中國歷代文學作品選

朱東潤 主編

高等學校文科教材

下編

上海古籍出版社

全書由朱東潤主編。下編由趙善詒、徐震堮負編輯總責，並看過全稿；分任註釋工作的有下列諸同志：

元代部份：詩歌、散文，馬興榮；戲曲、散曲，趙景深、李平。

明代部份：詩歌，徐震堮、陳謙豫、楊積慶；散文，馬興榮、陳謙豫、楊積慶、郭豫適；小説，郭豫適、馬興榮；戲曲、散曲，趙景深、陸樹崙、李平。

清代部份：詩歌，楊積慶、陳謙豫、馬興榮、郭豫適；詞，徐震堮、馬興榮、陳謙豫；散文，郝昺衡、馬興榮、陳謙豫、郭豫適、楊積慶；小説，陳謙豫、楊積慶；戲曲，趙景深、陸樹崙、李平。

近代部份：詩歌，徐震堮、陳謙豫、馬興榮、郭豫適、楊積慶；詞，陳謙豫、郭豫適；散文，郝昺衡、郭豫適、楊積慶、馬興榮。

下編完稿於一九六三年，後因故未能及時出版。

這次出版之前，對原稿作了修改。修改工作由主編朱東潤主持，由陳謙豫協助主編工作。參加下編修改工作的有華東師範大學的陳謙豫、馬興榮、齊森華、張文澤、王建定，復旦大學的趙景深、李平、江巨榮。徐震堮看過下編的一部份修改稿。朱東潤、趙善詒、陳謙豫看過下編修改稿的全文。

下編的校勘和資料核對工作，由王壽亨擔任。

目　錄

元代部份

一、詩　歌

二、散　文

三、戲　曲

四、散　曲

明代部份

一、詩　歌

二、散　　文

三、小　說

四、戲　曲

五、散　曲

清代部份

一、詩　歌

二、詞

三、散 文

四、小 説

五、戲 曲

近代部份

一、詩 歌

二、詞

三、散　文

元代部份

一、詩　歌

劉　因　詩

劉因，字夢吉，號靜修，雄州容城（今河北省徐水縣）人。生於公元一二四九年（宋理宗淳祐九年），卒於公元一二九三年（元世祖至元三十年）。至元十九年詔征爲承德郎、右贊善大夫，不久即辭歸。二十八年再征爲集賢學士，不就。卒於家。著有《靜修集》。

白　溝

【解題】 這首詩指出宋太祖曾圖謀收取幽燕，但是兒孫不能繼承遺志，對遼金一味妥協退讓，終於釀成覆滅之禍。表現了詩人在元蒙統治下的深沉感慨。

寶符藏山自可攻[1]，兒孫誰是出羣雄。幽燕不照中天月[2]，豐沛空歌海内風[3]。趙普元無四方志[4]，澶淵堪笑百年功[5]。白溝移向江淮去[6]，止罪宣和恐未公[7]。

四部叢刊本《靜修先生文集》卷十

【註釋】

[1] 寶符句：《史記·趙世家》："簡子乃告諸子曰：'吾藏寶符於常山上，先得者賞。'諸子馳之常山上，求，無所得。毋卹還，曰：'已得符矣。'簡子曰：'奏之。'毋卹曰：'從常山上臨代，代可取也。'簡子於是知毋卹果賢，乃廢太子伯魯，而以毋卹爲太子。"這句借指宋太祖曾圖謀收取幽燕。

[2] 幽燕句：幽燕，今北京市及山西省大同市一帶。五代石敬瑭在契丹扶植下建立晉朝時，割讓燕雲十六州給契丹，後漢、後周及宋均未能收復。

[3] 豐沛句：豐沛，地名。漢高祖劉邦爲沛（今江蘇省沛縣）之豐邑人，統一全國後曾回沛地，置酒宴父老，唱《大風歌》："大風起兮雲飛揚，威加海内兮歸故鄉，安得猛士兮守四方。"

[4] 趙普，宋太祖、宋太宗兩朝宰相。元無，即原無。

[5] 澶淵句：澶淵，古湖泊名。又名繁淵。在今河南省濮陽縣西南。宋真宗景德元年（一〇〇四），遼蕭太后與聖宗親率大軍南下，深入宋境。宋宰相寇準力勸真宗親征，宋軍小勝後與遼議和，由宋每年輸遼銀十萬兩、絹二十萬匹，史稱"澶淵之盟"。澶淵和議維持了一百多年。

[6] 白溝句：白溝，河名，即西東流向的巨馬河。宋遼以此爲界，故亦稱界河。這句是説，宋南渡後，江淮就成了宋金國界了。

[7] 宣和,宋徽宗年號。此處指宋徽宗。公,原本作“平”,誤。

觀梅有感

【解題】 這首詩雖然含蓄,但明顯地流露了作者故國之思。

東風吹落戰塵沙,夢想西湖處士家[1]。只恐江南春意減,此心元不爲梅花。

四部叢刊本《静修先生文集》卷十二

【註釋】

[1] 西湖處士,北宋詩人林逋,隱居杭州西湖之孤山,賞梅養鶴,終身不仕,也不婚娶,世稱“梅妻鶴子”。其詠梅詩傳誦於世。

趙孟頫詩

趙孟頫，字子昂，湖州（今浙江省吴興縣）人。生於公元一二五四年（宋理宗寶祐二年），卒於公元一三二二年（元英宗至治二年）。本宋宗室，入元後，被推薦入朝，官至翰林學士承旨。他以書畫著名，亦工詩文，著有《松雪齋文集》。

岳鄂王墓

【解題】 通過嘆惜岳飛的屈死，斥責南宋君臣的苟且偷安，沉痛悲憤之情，溢於言表。

鄂王墳上草離離[1]，秋日荒涼石獸危[2]。南渡君臣輕社稷，中原父老望旌旗[3]。英雄已死嗟何及，天下中分遂不支[4]。莫向西湖歌此曲，水光山色不勝悲。

四部叢刊本《松雪齋文集》卷四

【註釋】

[1] 鄂王，南宋民族英雄岳飛，於紹興十一年（一一四二）被害。寧宗時追封爲鄂王。離離，繁茂貌。

[2] 石獸，指岳飛墳上的石馬、石象等。

[3] 南渡兩句：意思説，淪陷區人民天天盼望南宋的軍隊到來，而南宋君臣卻苟且偷安，早把恢復中原置諸腦後了。

[4] 遂不支，指岳飛屈死後，南宋終於滅亡。

虞集詩

虞集，字伯生，號道園，祖籍仁壽（今四川省仁壽縣），遷居崇仁（今江西省崇仁縣）。生於公元一二七二年（宋度宗咸淳八年），卒於公元一三四八年（元順帝至正八年）。大德初以薦授大都路儒學教授，累遷奎章閣侍書學士。與楊載、范梈、揭傒斯並稱於時。著有《道園學古録》等。

至正改元辛巳寒食日示弟及諸子侄

【解題】 這是作者於元順帝至正元年（一三四一）寒食日（清明前一日或二日）祭掃祖墓時，寫給其弟及子侄的兩首詩中的一首。它透過對故鄉的殷切懷念，曲折地表達了興亡之感。

江山信美非吾土，飄泊棲遲近百年[1]。山舍墓田同水曲[2]，不堪夢覺聽啼鵑[3]。

秀野草堂本《元詩選》初集《道園學古録》

【註釋】

［1］江山二句：這兩句的意思有兩層：一層是，從作這首詩的時候上推到作者父親由四川遷居江西，約已百年，故有"飄泊棲遲"的話；另一層是，作者的先祖虞允文在宋高宗紹興三十一年（一一六一），大破金兵於採石，暫時穩定了南宋局面。可是到了一二七九年，宋朝終於滅亡。"江山信美非吾土"語出王粲《登樓賦》，此處是説當時的天下已經不是宋代的疆土了。

［2］山舍句：是説祖墓在四川，而現在的廬舍墓田都在江西。同水曲，同在濱臨江岸之處。

［3］啼鵑，相傳古代蜀主望帝之魂所化，啼聲甚悲。唐宋詩詞中常用"鵑啼"來寄托國家的興亡。杜鵑啼時在春暮，這首詩作於寒食，夢覺鵑啼，語意雙關。

輓文山丞相

【解題】 這是作者哀悼宋末民族英雄文天祥的詩，歌頌了文天祥力圖恢復宋室、至死不移的精神。詩中引用"新亭對泣"的典故，説明東晉時北方雖然淪陷，但還撑持着當日的半壁江山，如今連剩水殘山都不能保有，景況更加悽慘。在這裏流露出作者緬懷故宋的心情。這首詩用典精切，曲折地傳出文天祥的心事。

徒把金戈挽落暉[1]，南冠無奈北風吹[2]。子房本爲韓仇出[3]，諸葛寧知漢祚移[4]。雲暗鼎湖龍去遠[5]，月明華表鶴歸遲[6]。不須更上新亭望，大不如前灑淚時[7]。

秀野草堂本《元詩選》初集《道園遺稿》

【註釋】

［1］金戈挽落暉，《淮南子・覽冥訓》："魯陽公與韓搆難，戰酣，日暮，援戈而撝之，日爲之反三舍。"此處以"落暉"比喻垂亡的宋朝。

［2］南冠，楚冠，比喻囚犯。《左傳》成公九年："晉侯觀於軍府，見鍾儀，問之曰：'南冠而縶者，誰也？'有司對曰：'鄭人所獻楚囚也。'"北風吹，岳珂《桯史・施宜生》："紹興三十年，虜來賀正旦，宜生以翰林侍講學士爲之使。朝廷聞之，命張忠定燾以吏部尚書侍讀館之都亭。時戎盟方堅，國備大弛，而諜者傳造舟調兵之事無虛日，上意不深信。館者因以首丘風之，至天竺，微問其的，宜生顧

其介(僕人)不在旁,忽庋語曰:‘今日北風甚勁。’又取几間筆扣之曰:‘筆來筆來。’”以上兩句意思是,文天祥雖然竭力挽救宋朝的滅亡,但大勢已去,終不能如願。

[3] 子房句:張良,字子房,家相韓五世。秦滅韓,張良謀爲韓報仇,使刺客擊秦始皇於博浪沙(在今河南省原陽縣東南),誤中副車。後佐劉邦滅秦興漢。

[4] 諸葛句:諸葛亮佐蜀,曾六出祁山,謀恢復漢室。祚,皇位。杜甫《詠懷古迹》:“運移漢祚終難復,志決身殲軍務勞。”

[5] 雲暗句:傳説黄帝鑄鼎荆山下,鼎成,乘龍上天,後人因名其處曰鼎湖(見《史記・封禪書》)。後世遂以“鼎湖龍去”言皇帝之死。此處指宋端宗及帝昺之死。

[6] 月明句:《蒐神後記》:“丁令威本遼東人,學道於靈虚山,後化鶴歸遼,集城門華表柱。時有少年舉弓欲射之,鶴乃飛,徘徊空中而言曰:‘有鳥有鳥丁令威,去家千年今始歸,城郭如故人民非。’”遲,待而不至之詞。此處借喻文天祥被俘而死。鶴歸遲,謂不見其魂魄歸來。

[7] 不須二句:新亭,故址在今江蘇省南京市南。《世説新語》:“過江諸人,每至美日,輒相邀新亭,藉卉飲宴,周侯(周顗,晉元帝時尚書右僕射)中坐而嘆曰:‘風景不殊,正自有河山之異。’皆相視流淚,惟王丞相(王導,晉元帝時丞相)愀然變色曰:‘當共戮力王室,克復神州,何至作楚囚相對!’”這兩句意思説,宋亡後局面比東晉渡江時還要不如。

薩都剌詩

薩都剌,字天錫,號直齋,答失蠻氏,蒙古人。其祖父因功留鎮雲、代,遂居雁門(今山西省代縣)。生於公元一二七二年(宋度宗咸淳八年),卒年不詳。累官御史,以彈劾權貴,左遷閩海廉訪知事。他的詩清麗俊逸,間有豪邁奔放之作。詞亦有名。著有《雁門集》。

上京即事

【解題】 這一組詩作於元順帝元統元年(一三三三),它以清新的筆調描繪出了祖國的北地風光和少數民族的生活。上京,上都。終元一代與大都並稱爲兩都。故址在今內蒙古自治區正藍旗東閃電河北岸。原詩五首,選兩首。

其一

牛羊散漫落日下,野草生香乳酪甜。卷地朔風沙似雪,家家行帳下氈簾[1]。

【註釋】

[1] 行帳,帳幕。

其二

紫塞風高弓力強[1],王孫走馬獵沙場。呼鷹腰箭歸來晚,馬上倒懸雙白狼。

光緒本《雁門集》卷六

【註釋】

[1] 紫塞,指長城。崔豹《古今註・都邑》:"秦築長城,土色皆紫,漢塞亦然,故稱紫塞焉。"

早發黃河即事

【解題】 這首詩作於元順帝至正十年(一三五〇)丞相脱脱與賈魯議論治理黃河時。詩用貧富對比的方法,譴責了富家子弟的驕奢淫泆,對人民所受的苦難,表示了深切的同情。同時也提出了治河的方法。

晨發大河上[1],曙色滿船頭。依依樹林出,慘慘烟霧收。村墟雜雞犬,門巷出羊牛。炊烟遶茅屋,秋稻上壠丘。嘗新未及試,官租急徵求。兩河水平堤,夜有盜賊憂。長安里中兒[2],生長不識愁。朝馳五花馬[3],暮脱千金裘[4]。鬥雞五坊市[5],酣歌最高樓。繡被夜中酒,玉人坐更籌。豈知農家子,力穡望有秋。裋褐常不完[6],糲食常不周[7]。醜婦有子女,鳴機事耕疇。上以充國税,下以祀松楸[8]。去年築河防,驅夫如驅囚[9]。人家廢耕織,嗷嗷齊東州。饑餓半欲死,驅之長河流。河源天上來,趨下性所由。古人有善備,鄙夫無良謀[10]。我歌兩河曲,庶達公與侯。凄風振枯槁,短髮涼颼颼。

光緒本《雁門集》卷十四

【註釋】

[1] 大河,黄河。

[2] 長安里中兒,泛指都市富家子弟。

[3] 五花馬,把馬鬃剪爲五個花瓣的馬。唐開元、天寶時,凡名馬都把馬鬃剪成花瓣形狀,故世以五花馬作爲良馬的代稱。

[4] 千金裘,價值千金的珍貴皮衣。

[5] 五坊市,泛指都市。五坊,《新唐書·百官志》:"閑廐使押五坊,以供時狩:一曰鵰坊,二曰鶻坊,三曰鷂坊,四曰鷹坊,五曰狗坊。"

[6] 裋(shù樹)褐,粗陋之衣。《漢書·貢禹傳》:"妻子糠豆不贍,裋褐不完。"

[7] 糲食,粗劣食物。

[8] 松楸,指墓地上種的樹木。引申爲墓地的代稱。

[9] 去年二句:《元史·順帝紀》:(九年)"三月丁酉,壩河淺澀,以軍士、民夫各一萬濬之。""五月,詔修黄河金堤。"

[10] 鄙夫無良謀,《左傳》莊公十年:"肉食者鄙,未能遠謀。"

王冕詩

王冕，字元章，别號煮石山農，諸暨(今浙江省諸暨縣)人。生於公元一二八七年(元世祖至元二十四年)，卒於公元一三五九年(元順帝至正十九年)。幼年家貧，牧牛自學。後屢試進士不第，即焚所爲文。晚年歸隱九里山。他工畫墨梅，亦擅竹石，兼能刻印。他的詩質直、自然，多描寫隱逸生活，部份作品也能反映一定的現實生活。著有《竹齋集》。

勁草行

【解題】 本詩借詠勁草，歌頌"漢家不降士"的氣節，表達了作者對他們的崇敬。

中原地古多勁草，節如箭竹花如稻。白露灑葉珠離離，十月霜風吹不到。萋萋不到王孫門，青青不蓋讒佞墳。游根直下土百尺，枯榮暗抱忠臣魂。我問忠臣爲何死，元是漢家不降士。白骨沉埋戰血深，翠光瀲灩腥風起。山南雨晴蝴蝶飛，山北雨冷麒麟悲[1]。寸心摇摇爲誰道，道旁可許愁人知？昨夜東風鳴羯鼓[2]，髑髏起作摇頭舞。寸田尺宅且勿論，金馬銅駝淚如雨[3]！

秀野草堂本《元詩選》二集《竹齋集》

【註釋】

[1] 麒麟，墓前的石麒麟。杜甫《曲江》詩："苑邊高塚卧麒麟。"

[2] 羯鼓，古擊樂器。又名"兩杖鼓"。南北朝時從西域傳入，盛行於唐代。此處指敵人的軍鼓。

[3] 金馬銅駝，漢未央宫前有銅馬，故稱金馬門。《晉書・索靖傳》："靖有先識遠量，知天下將亂，指洛陽宫門銅駝，嘆曰：會見汝在荆棘中耳！"

楊維楨詩

楊維楨,字廉夫,號鐵崖,别號鐵笛道人,諸暨(今浙江省諸暨縣)人。生於公元一二九六年(元成宗元貞二年),卒於公元一三七〇年(明太祖洪武三年)。泰定四年(一三二七)登進士第,官至建德路總管府推官。他的詩在當時很有名,稱爲"鐵崖體"。樂府詩揭露了一些社會黑暗。竹枝詞則很有民歌風味。著有《鐵崖古樂府》、《東維子集》等。

題蘇武牧羊圖

【解題】 這是一首題畫的詩,歌頌了蘇武堅貞不渝的民族氣節。

未入麒麟閣[1],時時望帝鄉。寄書元有雁[2],食雪不離羊[3]。旄盡風霜節[4],心懸日月光[5]。李陵何以别,涕淚滿河梁[6]。

秀野草堂本《元詩選》初集《鐵崖集》

【註釋】

[1] 麒麟閣,漢宣帝甘露三年(前五十一),畫功臣十一人像於麒麟閣,第十一人爲蘇武。

[2] 寄書句:《漢書·蘇武傳》:"昭帝即位,數年,匈奴與漢和親,漢求武等,匈奴詭言武死。後,漢使復至匈奴,常惠請其守者與俱,得夜見漢使,具自陳道。教使者謂單于,言:'天子射上林中,得雁,足有係帛書,言武等在某澤中。'使者大喜,如惠語以讓單于。單于視左右而驚,謝漢使曰:'武等實在。'"元,通"原"。

[3] 食雪句:《漢書·蘇武傳》:"(衛)律知武終不可脅,白單于。單于愈益欲降之。迺幽武,置大窖中,絶不飲食。天雨雪,武臥齧雪與旃毛並咽之,數日不死。匈奴以爲神。乃徙武北海上無人處,使牧羝,羝乳乃得歸。"

[4] 旄盡,《漢書·蘇武傳》:"武既至海上,廩食不至,掘野鼠去草實而食之。杖漢節牧羊,臥起操持,節旄盡落。"

[5] 以上數句寫蘇武出使匈奴被留不屈、被迫牧羊一段生活中的鬥爭精神。

[6] 李陵二句:漢武帝天漢二年(前九九)李陵將兵五千出居延北,遇匈奴軍主力,矢盡無援,投降匈奴。漢昭帝時,匈奴與漢和親,武得歸漢,臨行,李陵置酒送别。《文選》李陵詩:"攜手上河梁,遊子暮何之。"後人以爲别蘇武之詩。此兩句謂李陵生降匈奴,今見蘇武守節不移,不辱使命,仍舊秉持漢節回歸故國,試問何以爲情。

傳舍吏

【解題】 這是一首詠史的樂府詩,歌頌了傳舍吏兒捨身救國的英雄事跡。《史記·平原君列傳》:"秦急圍邯鄲,邯鄲急且降,平原君甚患之。邯鄲傳舍吏子李同説平原君曰:'邯鄲之民,炊骨易子而食,可謂急矣,而君之從宫以百數。婢妾被綺縠,餘粱肉,而民褐衣不完,糟糠不厭。民困兵盡,或剡木爲矛矢,而君器物鐘磬自若。使秦破趙,君安得有此?使趙得全,君何患無有?今君誠能令夫人以下編於士卒之間,分功而作。家之所有,盡散以饗士,士方其危苦之時,易德耳。'

於是平原君從之,得敢死之士三千人,李同遂與三千人赴秦軍,秦軍爲之卻三十里。亦會楚魏救至,秦兵遂罷,邯鄲復存。李同戰死,封其父爲李侯。"

傳舍吏[1],當封侯。晉鄙救兵鄴中留[2],邯鄲急擊危綴旒[3]。傳舍吏兒當國憂[4],散君帑藏大饗士[5],編君妻妾列兵儔[6]。傳舍吏兒率死士,跿跔赤手科鍪頭[7]。救兵至,邯鄲危復瘳[8],傳舍兒死父封侯。

四部備要《鐵崖詠史註》卷一

【註釋】

[1] 傳舍,古代供來往行人居住的旅舍。《漢書·酈食其傳》:"沛公至高陽傳舍。"註云:"傳舍者,人所止息,前人已去,後人復來,轉相傳也。"

[2] 晉鄙句:《史記·信陵君列傳》:"魏安釐王二十年,秦昭王已破趙長平軍,又進兵圍邯鄲。公子姊爲趙惠文王弟平原君夫人,數遺魏王及公子書,請救於魏。魏王使將軍晉鄙將十萬衆救趙。秦王使使者告魏王曰:'吾攻趙,旦暮且下,而諸侯敢救者,已拔趙,必移兵先擊之。'魏王恐,使人止晉鄙,留軍壁鄴,名爲救趙,實持兩端以觀望。"

[3] 綴旒,同"贅旒"。《文選·褚淵碑文》:"康國祚於綴旒,拯王維於已墜。"銑註:"康,安也。綴旒,冠上垂珠,以喻危也。"

[4] 當國憂,承擔國憂。當,擔當。

[5] 帑(tǎng 淌)藏(zàng 臟),國庫。《後漢書·桓帝紀》:"嘉禾生大司農帑藏。"

[6] 列兵儔,列入軍隊中,與士兵爲伍。

[7] 跿(tú 徒)跔(jū 拘),跳躍。科,空。科鍪頭,指頭不着兜鍪入敵。《史記·張儀列傳》:"虎賁之士,跿跔科頭,貫頤奮戟者,至不可勝計。"

[8] 瘳(chōu 抽),病愈。《孟子·滕文公上》:"厥疾不瘳。"此處引申爲"安"。

二、散文

吴澂文

吴澂，字幼清，崇仁(今江西省崇仁縣)人。生於公元一二四九年(宋理宗淳祐九年)，卒於公元一三三三年(元順帝元統元年)。宋末舉進士不第。元初應召，歷任江西儒學副提舉、翰林學士等職，後辭官歸山講學，四方從學之士不下千人。爲學折衷朱(熹)陸(九淵)兩派。著有《吴文正集》等。

送何太虚北遊序

【解題】 作者以簡練的語言闡述了擴大生活領域、開拓見聞的必要性，同時也抨擊了老子蔽塞耳目的保守態度和假遊歷之名而行干謁之實的卑庸之徒，這在當時可算是一種比較進步的見解。

士可以遊乎？"不出户，知天下"[1]，何以遊爲哉！士可以不遊乎？男子生而射六矢，示有志乎上下四方也[2]，而何可以不遊也？

夫子[3]，上智也[4]，適周而問禮[5]，在齊而聞韶[6]，自衛復歸于魯，而後雅、頌各得其所也[7]。夫子而不周、不齊、不衛也，則猶有未問之禮，未聞之韶，未得所之雅、頌也，上智且然，而況其下者乎？士何可以不遊也！然則彼謂不出户而能知者，非歟？曰：彼老氏意也[8]。老氏之學，治身心而外天下國家者也[9]。人之一身一心，天地萬物咸備[10]，彼謂吾求之一身一心有餘也，而無事乎他求也[11]，是固老氏之學也。而吾聖人之學不如是[12]。聖人生而知也，然其所知者，降衷秉彛之善而已[13]。若夫山川風土、民情世故[14]、名物度數[15]、前言往行[16]，非博其聞見於外，雖上智亦何能悉知也？故寡聞寡見，不免孤陋之譏。取友者，一鄉未足，而之一國；一國未足，而之天下；猶以天下爲未足，而尚友古之人焉[17]。陶淵明所以欲尋聖賢遺跡於中都也[18]。然則士何可以不遊也？

而後之遊者，或異乎是。方其出而遊乎上國也，奔趨乎爵禄之府，伺候乎權勢之門，摇尾而乞憐，脅肩而取媚，以僥倖於寸進。及其既得之，而遊於四方也，豈有意於行吾志哉！豈有意於稱吾職哉！苟可以敚攘其人[19]，盈厭吾欲，囊橐既充[20]，則陽陽而去爾[21]。是故昔之遊者爲道，後之遊者爲利。遊則同，而所以遊者不同。余於何弟太虚之遊，惡得無言乎哉！太虚以穎敏之資，刻厲之學，善書工詩，綴文研經，脩於己，不求知於人，三十餘年矣。口未嘗談爵禄，目未嘗覩權勢，一旦而忽有萬里之遊，此人之所恠而余獨知其心也[22]。世之士，操筆僅記姓名，則曰："吾能書！"屬辭稍協聲韻[23]，則曰："吾能詩！"言語佈置，粗如往時所謂舉子業[24]，則曰："吾能文！"闔門稱雄，矜己自大，醯甕之雞[25]，坎井之蛙[26]，蓋不知甕外之天，井外之海爲何如，挾其所已能，自謂足以終吾身、没吾世而無憾，夫如是又焉用遊！

太虛肯如是哉？書必鍾、王[27]，詩必陶、韋[28]，文不柳、韓、班、馬不止也[29]。且方窺閫聖人之經[30]，如天如海，而莫可涯[31]，詎敢以平日所見所聞自多乎[32]？此太虛今日之所以遊也。是行也，交從日以廣[33]，歷涉日以熟，識日長而志日起，跡聖賢之跡而心其心，必知士之爲士，殆不止於研經綴文工詩善書也。聞見將愈多而愈寡，愈有餘而愈不足，則天地萬物之皆備於我者，真可以不出户而知。是知也，非老氏之知也。如是而遊，光前絶後之遊矣，余將於是乎觀。

澂所逮事之祖母[34]，太虛之從祖姑也[35]，故謂余爲兄，余謂之爲弟云。

四部叢刊《國朝文類》卷三十四

【註釋】

[1] “不出户，知天下”，見《老子》第四十七章（王弼註本）。

[2] 男子二句：《禮記・内則》：“國君世子生，告于君，接以大牢。宰掌具。三日，卜士負之，吉者宿齊，朝服寢門外，詩負之，射人以桑弧蓬矢六，射天地四方。”

[3] 夫子，孔子。

[4] 上智，上等智慧。這句意思是説，孔子是上等智慧的人。實際上，孔子自己並不認爲是上等智慧的人，他在《論語・季氏》中説：“生而知之者上也”，在《論語・述而》中則説：“我非生而知之者，好古敏以求之者也。”

[5] 適周而問禮，《史記・孔子世家》載，孔子曾至周問禮於老子。

[6] 在齊而聞韶，《論語・述而》：“子在齊聞韶，三月不知肉味。”韶，虞舜時的音樂。

[7] 自衛二句：《論語・子罕》：“子曰：吾自衛反於魯，然後樂正，雅、頌各得其所。”

[8] 老氏，老子。

[9] 治身心而外天下國家，即修養自己的精神、道德而以天下國家的事情爲外務。按，老子曾幻想人類社會回復到“小國寡民”的原始狀態，實行“無爲而治”，即以對人民不干涉作爲治理天下的手段，書中常言天下國家，並不是不管天下國家的事情。

[10] 人之一身二句：《孟子・盡心》：“孟子曰：萬物皆備於我矣。”這裏作者借以指摘老子治身心而外天下國家之失。

[11] 彼謂二句：《老子》第十三章：“吾所以有大患者，爲吾有身，及吾無身，吾有何患。”

[12] 聖人，指孔子。

[13] 降衷，《尚書・湯誥》：“惟皇上帝，降衷于下民。”孔傳：“衷，善也。”秉彝，《詩經・大雅・烝民》：“民之秉彝，好是懿德。”“彝”作“常”解，即法則、規律，引申爲本性。連上兩句意思是，孔子之所生而知之的，那是上天給予他的好善之性而已。這是儒家的唯心思想。

[14] 世故，世事。《列子・楊朱》：“衛端木叔者，子貢之世也，藉其先貲，家累萬金，不治世故，放意所好。”

[15] 名物，指名號和物色。《周禮・地官・大司徒》：“辨其山林、川澤、丘陵、墳衍、原隰之名物。”鄭玄註：“名物者，十等之名與所生之物。”度數，《周禮・春官・墓大夫》：“正其位，掌其度數。”註：“度數，爵等之大小。”

[16] 前言往行，前人的言論與行爲。

[17] 取友者七句：語本《孟子·萬章下》："孟子謂萬章曰：'一鄉之善士，斯友一鄉之善士；一國之善士，斯友一國之善士；天下之善士，斯友天下之善士。以友天下之善士爲未足，又尚論古之人。頌其詩，讀其書，不知其人可乎？是以論其世也，是尚友也。'"

[18] 陶淵明句：意思是陶淵明要"尚友古人"，所以向中都尋找聖賢遺跡。按陶淵明《贈羊長史》云："愚生三季後，慨然念黄虞。得知千載外，正賴古人書。聖賢留餘跡，事事在中都。豈忘遊心目，關河不可踰。九域甫已一，逝將理舟輿。"中都，專指關中。

[19] 敚攘，強行索取。敚，即"奪"的本字。

[20] 囊橐(tuó 駝)，口袋。有底的口袋稱囊，無底的口袋稱橐。

[21] 陽陽，安舒自得。韓愈《張中丞傳後叙》："巡就戮時，顔色不亂，陽陽如平常。"

[22] 恠，即怪字。

[23] 屬辭，聯綴詞句成文。

[24] 舉子業，封建時代實行科舉取士制度，學童應試前學習作應試文字，稱舉子業。

[25] 醯(xī 希)甕之雞，即醯雞，浮在酒上的一種小蟲。《莊子·田子方》："(孔子請教老耼後)出以告顔回曰：'丘之於道也，其猶醯雞與？微夫子之發吾覆也，吾不知天地之大全也。'"

[26] 坎井之蛙，《莊子·秋水篇》："(埳井之鼃)謂東海之鱉曰：'吾樂與，跳梁乎井幹之上，入休乎缺甃之崖，赴水則接腋持頤，蹶泥則没足滅跗，還虷蟹與科斗，莫吾能若也。且夫擅一壑之水，而跨跱埳井之樂，此亦至矣，夫子奚不時來入觀乎？'東海之鱉左足未入，而右膝已縶矣。"此連上句均借指孤陋寡聞而又自以爲是的人。

[27] 鍾、王，指鍾繇、王羲之。他們都是古代傑出的書法家。

[28] 陶、韋，指陶淵明、韋應物。他們都是古代的著名詩人。

[29] 柳、韓、班、馬，指柳宗元、韓愈、班固、司馬遷。他們都是古代著名的散文家。

[30] 窺，窺測。闖，直入。韓愈《同宿聯句》："儒門雖大啓，姦首不敢闖。"此處闖字，即用韓詩之義。

[31] 涯，邊際。此處作動詞用。莫可涯，猶言莫可測其邊際。

[32] 詎敢，豈敢。

[33] 交從，交遊。

[34] 逮事，及事，趕得上奉侍。

[35] 從祖姑，祖父的堂姊妹。

李孝光文

李孝光,初名同祖,字季和,後更名孝光,號五峯。樂清(今浙江省樂清縣)人。生於公元一二八五年(元世祖至元二十二年),卒於公元一三五〇年(元順帝至正十年)。少博學,後隱居雁蕩山五峰下,從學者甚多。至正三年(一三四三)詔入京,官至文林郎祕書丞。著有《五峰集》。

雁山十記

【解題】 雁蕩山,在浙江省樂清、平陽縣境内,分南雁、中雁、北雁三部分,是我國東南著名的風景區。宋沈括曾説:"天下奇秀,無逾此山。"李孝光的《雁山十記》主要是遊北雁記,這裏選録《觀石梁記》、《大龍湫記》兩篇。石梁,又名石梁橋,在雁山東北谷,據《廣雁蕩山志》云:"梁如籃環,矯坳屈曲,仿佛鵲橋。"大龍湫,又名大瀑布,在雁山西谷,據《廣雁蕩山志》云:"瀉下望若懸布,隨風作態,遠近斜正,變幻不一。"

觀石梁記

予家距雁山五里,歲率三四至山中[1],每一至,常如遇故人萬里外。

泰定元年冬[2],予與客張子約、陳叔夏復來[3]。從兩家僮,持衾裯杖屨[4]。冬日妍燠[5],黄葉佈地。客行望見山北口立石,髟然如浮屠氏[6],腰隆起,若世之遊方僧自襆被者[7],客騳然而笑[8]。時落日正射東南山,山氣盡紫,鳥相呼如歸人,入宿石梁。石梁拔地起,上如大梯,倚屋檐端;下入空洞[9],中可容千人;地上石脚空嵌[10],類腐木根。檐端有小樹長尺許,倒掛絶壁上,葉著霜正紅,始見謂是躑躅花[11],絶可愛。梁下有寺[12],寺僧具煮茶醅酒,客主俱醉。月已没,白雲西來如流水;風吹橡栗墮瓦上[13],轉射巖下小屋,從瓴中出[14],擊地上積葉,鏗鎗宛轉[15],殆非世間金石音。燈下相顧,蒼然無語。夜將半,設兩榻對臥。子約沾醉[16],比曉,猶呼其門生,不知巖下宿也。

永嘉詩人祠堂叢刻《五峯集》卷一,
並參校乾隆《廣雁蕩山志》引文

【註釋】

[1] 率(shuài 帥),大率,通常。

[2] 泰定元年,即公元一三二四年。泰定,元泰定帝年號。

[3] 張子約,生平不詳。陳叔夏,名德永,號兩峯,黄巖人。曾任和靖書院山長,著有《兩峯慚草》。

[4] 衾裯(chóu 綢),被。《詩經・召南・小星》:"抱衾與裯。"傳:"衾,被也;裯,禪被也。"

[5] 燠(yù 鬱),暖。

[6] 浮屠氏,和尚。《後漢書・楚王英傳》:"英少時好遊俠,交通賓客,晚節更喜黄老,學爲浮屠齋戒祭祀。"浮屠即佛陀的舊譯,後因稱佛教徒爲浮屠氏,亦作浮圖。

[7] 遊方僧,雲遊四方之僧人。襆被,以巾束被。自襆被,自己背着被包。

[8] 冁(chǎn 產)然,笑貌。《莊子·達生》:"桓公冁然而笑。"

[9] 空洞,即石梁洞。

[10] 空嵌,孔竅玲瓏剔透之狀。

[11] 躑躅花,《古今註》:"羊躑躅,黄花,羊食即死,見之即躑躅不前進。"按,古時杜鵑、山躑躅、羊躑躅皆省稱躑躅花。

[12] 梁下有寺,石梁下之寺即石梁寺。

[13] 橡栗,即櫟實,冬天結果,可食。

[14] 瓴(líng 零),瓦溝。

[15] 鏗(kēng 硜)鏜(tāng 湯),鐘聲。這裏是指橡栗落在積葉上的聲音。

[16] 沾醉,大醉。《資治通鑑》唐僖宗中和四年:"從者皆沾醉。"胡三省註:"沾醉,言飲酒大醉,胸襟沾濕,不能自持也。"

大龍湫記

大德七年秋八月[1],予嘗從老先生來觀大龍湫[2],苦雨積日夜。是日大風起西北,始見日出。湫水方大,入谷,未到五里餘,聞大聲轉出谷中[3],從者心掉[4]。望見西北立石,作人俯勢;又如大楹[5]。行過二百步,乃見更作兩股相倚立。更進百數步,又如樹大屏風。而其顛谽谺[6],猶蟹兩螯,時一動摇,行者兀兀不可入[7]。轉緣南山趾,稍北,回視如樹圭[8]。又折而入東崦[9],則仰見大水從天上墮地,不掛著四壁,或盤桓久不下[10],忽迸落如震霆[11]。東巖趾,有諾詎那庵,相去五六步,山風横射,水飛著人。走入庵避,餘沫迸入屋猶如暴雨至。水下擣大潭[12],轟然萬人鼓也。人相持語[13],但見口張,不聞作聲,則相顧大笑。先生曰:"壯哉!吾行天下,未見如此瀑布也。"是後,予一歲或一至,至,常以九月。十月,則皆水縮,不能如向所見。

今年冬又大旱,客入,到庵外石矼上[14],漸聞有水聲。乃緣石矼下,出亂石間,始見瀑布垂,勃勃如蒼烟[15],乍小乍大,鳴漸壯急。水落潭上窪石[16],石被激射,反紅如丹砂。石間無秋毫土氣,産木宜瘠,反碧滑如翠羽鳧毛[17]。潭中有斑魚廿餘頭,聞轉石聲,洋洋遠去[18],閒暇回緩[19],如避世士然。家僮方罣大瓶石旁,仰接瀑水,水忽舞向人,又益壯一倍,不可復得瓶,乃解衣脱帽著石上,相持扼掔[20],欲争取之,因大呼笑。西南石壁上,黄猿數十,聞聲皆自驚擾,挽崖端偃木牽連下[21],窺人而啼。縱觀久之,行出瑞鹿院前——今爲瑞鹿寺。日已入。蒼林積葉,前行,人迷不得路,獨見明月,宛宛如故人[22]。

老先生謂南山公也。

永嘉詩人祠堂叢刻《五峯集》卷一

【註釋】

[1] 大德七年,即公元一三〇三年。大德,元成宗年號。

[2] 老先生,本文末作者説:"老先生謂南山公也。"南山公即泰不華,蒙古人,父爲台州録事,因家台州。泰不華好學能詩文,舉進士,官至禮部尚書,出爲台州路達魯花赤。方國珍起兵時,被殺。

[3] 轉,震動。

[4] 心掉,膽落的意思。

[5] 楹,柱。

[6] 谽(hān 酣)谺(yá 牙),谷中空廓的樣子。《漢書·司馬相如傳》云:"巖巖深山之谾谾兮,通谷豁乎谽谺。"按,谽同"谽"。

[7] 兀兀,恐懼不安的樣子。

[8] 樹圭,立珪。樹,立。圭,同"珪",玉之上尖下方者稱珪。

[9] 東崦,東山。

[10] 盤桓,猶徘徊。

[11] 震霆,響雷。

[12] 擣,擊撞。

[13] 相持語,彼此握着手講話。

[14] 石矼(gāng 剛),石橋。

[15] 勃勃,水氣上昇的樣子。

[16] 窪(wā 洼),低凹。

[17] 翠羽鳧毛,翠鳥和野鴨的羽毛。

[18] 洋洋,舒緩搖尾的樣子。《孟子·萬章》:"少則洋洋焉,攸然而逝。"

[19] 回緩,徘徊徐行。

[20] 扼掔,同"扼腕",用手握腕,表示激動或惋惜的情緒。掔本字,音義與牽同。《史記·鄭世家》"鄭襄公肉袒掔羊以迎",可證。元明間多假掔作擥,即腕字,見《正韻》。

[21] 偃木,橫臥的樹木。

[22] 宛宛,與依依同意。

宋　史

《宋史》共四百九十六卷,修於公元一三四三至一三四五年(元順帝至正三年至至正五年)。由丞相脱脱和阿魯圖先後主持修撰。《宋史》雖然是從維護元朝的統治出發,文字又不加修飾,而且矛盾百出,錯誤極多,但它是根據宋代官修的實録、國史、會要及其他私家著述編撰的,保留了有關宋代歷史的大量記載,爲我們提供了許多原始資料。

張順張貴傳

【解題】 本篇通過敍述張順、張貴赤膽忠心、抗敵救國而英勇犧牲的事跡,説明了南宋人民對祖國的熱愛。同時對張順、張貴爲國獻身的高貴精神,作者也給予了肯定和贊揚。

張順,民兵部將也。襄陽受圍五年[1],宋闖知其西北一水曰清泥河[2],源於均、房[3],即其地造輕舟百艘,以三舟聯爲一舫[4],中一舟裝載,左右舟則虚其底而掩覆之[5]。出重賞募死士,得三千。求將,得順與張貴。俗呼順曰“矮張”,貴曰“竹園張”,俱智勇,素爲諸將所服,俾爲都統[6]。出令曰:“此行有死而已,汝輩或非本心,宜亟去,毋敗吾事。”人人感奮。

漢水方生,發舟百艘,稍進團山下。越二日,進高頭港口,結方陳[7],各船置火槍、火砲、熾炭、巨斧、勁弩。夜漏下三刻,起矴出江[8],以紅鐙爲識。貴先登,順殿之,乘風破浪,徑犯重圍。至磨洪灘以上,北軍舟師佈滿江面,無隙可入。衆乘鋭凡斷鐵絙攢杙數百[9],轉戰百二十里,黎明抵襄城下。城中久絶援,聞救至,踴躍氣百倍。及收軍,獨失順。越數日,有浮屍遡流而上,被介冑[10],執弓矢,直抵浮梁[11],視之順也,身中四槍六箭,怒氣勃勃如生。諸軍驚以爲神,結冢斂葬[12],立廟祀之。

張貴既抵襄,襄帥吕文焕力留共守[13]。貴恃其驍勇,欲還郢[14],乃募二士能伏水中數日不食,使持蠟書赴郢求援。北兵增守益密,水路連鎖數十里,列撒星樁[15],雖魚蝦不得度。二人遇樁即鋸斷之,竟達郢,還報,許發兵五千駐龍尾洲以助夾擊。

刻日既定,乃别文焕東下,點視所部軍,洎登舟[16],帳前一人亡去,乃有過被撻者。貴驚曰:“吾事泄矣,亟行,彼或未及知。”復不能銜枚隱跡,乃舉砲鼓噪發舟,乘夜順流斷絙破圍冒進,衆皆辟易。既出險地,夜半天黑,至小新城,大兵邀擊,以死拒戰。沿岸束荻列炬,火光燭天如白晝。至勾林灘,漸近龍尾洲,遥望軍船旗幟紛披,貴軍喜躍,舉流星火示之[17],軍船見火即前迎,及勢近欲合[18],則來舟皆北兵也。蓋郢兵前二日以風水驚疑,退屯三十里,而大兵得逃卒之報,據龍尾洲以逸待勞。貴戰已困,出於不意,殺傷殆盡,身被數十槍,力不支見執,卒不屈,死之。乃命降卒四人舁屍至襄[19],令於城下曰:“識矮張乎[20]? 此是也。”守陴者皆哭[21],城中喪氣。文焕斬四卒,以貴祔葬順冢[22],立雙廟祀之。

中華書局標點本《宋史》卷四百五十

【註釋】

[1] 襄陽受圍五年,元兵從宋理宗寶祐五年(一二五七)起,圍攻襄陽,至宋度宗咸淳九年(一二七三),

呂文煥以襄陽降元，中間陸續經過十六年。張順及張貴救襄陽，在咸淳八年，距城破僅一年。

[2] 闖，窺探。

[3] 均，今湖北省均縣。房，今湖北省房縣。

[4] 舫，船。《國策・楚策一》："舫船載卒，一舫載五十人，與三月之糧。"

[5] 虚其底，船底空無一物。

[6] 都統，官名。宋代有諸軍都統制，節制兵馬，但非固定官職，事止即罷。

[7] 陳，同"陣"。

[8] 矴(dìng 定)，船停泊時沉落水中以穩定船身的石塊，用處如後來的錨。

[9] 絙(gēng 耕)，粗索。攢(zǎn 趲)，折。杙(yì 亦)，木橛。

[10] 介胄，盔甲。

[11] 浮梁，浮橋。

[12] 結冢，建立墳墓。

[13] 呂文煥，宋守襄陽的主將，後以襄陽降元。

[14] 郢，此處指漢水南的新郢。

[15] 撒星樁，水道上錯綜密佈的樁頭。

[16] 洎(jì 記)，及，到。

[17] 流星火，即烽報。夜間，軍中用以互通信號。

[18] 勢近欲合，兩軍陣勢相近，將要會師的時候。

[19] 舁(yú 于)，抬。

[20] 矮張，據前文"俗呼順曰'矮張'，貴曰'竹園張'"，此處當作"竹園張"。

[21] 守陴者，守城的軍士。陴，城牆上的女牆。

[22] 祔葬，合葬。《禮記・檀弓上》："周公蓋祔。"孔穎達疏："周公以來，蓋始祔葬，祔即合也，言將後喪合前喪。"

三、戲曲

關漢卿雜劇

關漢卿,號已齋叟,大都(今北京市)人,是我國古代偉大的戲劇家,元雜劇的奠基人。約生於十三世紀初,卒於十三世紀末。在元蒙貴族的暴力統治下,關漢卿不樂仕進,長期接觸社會底層,對人民的疾苦,有深切的瞭解與同情。故其雜劇多能深刻反映民族矛盾與階級矛盾,揭露當時政治的黑暗,表現人民的苦難與鬥争,對婦女的社會地位和命運,尤爲關懷。關氏是元代劇壇前期的領袖,賈仲明吊詞中稱他爲“驅梨園領袖,總編修帥首,捻雜劇班頭”,嘗“至躬踐排場,面傅粉墨,以爲我家生活,偶倡優而不辭”(《元曲選》序)。所作雜劇多達六十餘種,爲諸家之冠。現存確係關作雜劇十四種中,以《竇娥冤》、《救風塵》、《單刀會》爲最著。關劇曲詞質樸、精煉,情節生動而富於戲劇性,人物形象鮮明。

感天動地竇娥冤

《竇娥冤》是關漢卿的代表作,也是元雜劇中悲劇的典範。此劇寫竇娥因其父竇天章無力償還高利貸而被典押給蔡婆做童養媳,不幸成婚後不久,又做了寡婦。惡棍張驢兒爲了霸佔竇娥,企圖用藥毒死蔡婆,不料弄巧反拙,誤毒了自己的父親。州官接受了張的賄賂,竟誣竇娥以殺人之罪,判處斬決。在刑場上,竇娥悲憤地控訴了封建吏治的黑暗,對不合理的社會提出了强烈的抗議。三年後,竇天章任肅政廉訪使,奉命查核楚州案件。竇娥的鬼魂向父親申訴了冤屈,竇天章逮獲了真兇,案情纔得昭雪。這部作品深刻地揭露了封建社會政治的腐敗與官吏的貪酷兇殘,熱情謳歌了被壓迫的人民羣衆英勇堅强的反抗精神。

楔　子[1]

【解題】 本劇中,楔子位於全劇的開頭,起介紹劇中人物、交代竇娥被抵押前的身世的作用。秀才竇天章因欠蔡婆本利銀四十兩,無力償還,乃將女兒端雲抵與蔡婆爲童養媳;竇娥的不幸便是從這裏開始的。它説明高利貸的殘酷剥削也是造成竇娥悲劇命運的重要根源。

(卜兒蔡婆上[2],詩云)花有重開日,人無再少年;不須長富貴,安樂是神仙。老身蔡婆婆是也。楚州人氏[3],嫡親三口兒家屬。不幸夫主亡逝已過,止有一個孩兒,年長八歲;俺娘兒兩個,過其日月,家中頗有些錢財。這裏一個竇秀才,從去年問我借了二十兩銀子,如今本利該銀四十兩。我數次索取,那竇秀才只説貧難,没得還我。他有一個女兒,今年七歲,生得可喜,長得可愛,我有心看上他,與我家做個媳婦,就准了這四十兩銀子[4],豈不兩得其便。他説今日好日辰,親送女兒到我家來。老身且不索錢去，專在家中等候，這早晚竇秀才敢待來也[5]。(冲末扮竇天章引正旦扮端雲上[6]，詩云)讀盡縹緗萬卷書[7]，可憐貧殺馬相如[8]；漢庭一日承恩召，不説當壚説《子虛》[9]。小生姓竇，名天章，祖貫長安京兆人也[10]。幼習儒業，飽有文章；争奈時運不通[11]，功名未遂[12]。不幸渾家亡化已過[13]，撇下這個女孩兒，小字端雲，從三歲上亡了他母親，如今孩兒七歲了也。小生一貧如洗，流落在這楚州居住。此間一個蔡婆婆，他家廣有錢物；小生因無盤纏，曾借了他二十兩銀子，到今本利該對還他四十兩[14]。他數次問小生索取，教我把甚麼還他？誰想蔡婆婆常常着人來説[15]，要小生女孩兒做他兒媳婦。況如今春榜動，選場開[16]，正待上朝取應[17]，又苦盤纏缺少。小生出於無奈，只得將女孩兒端雲送與蔡婆婆做兒媳婦去。(做嘆科[18]，云)嗨！這個那裏是做媳婦？分明是賣與他一般。就准了他那先借的四十兩銀子，分外但得些少東西[19]，勾小生應舉之費[20]，便也過望了。説話之間，早來到他家門首。婆婆在家麽？(卜兒上，云)秀才，請家裏坐，老身等候多時也。(做相見科。竇天章云)小生今日一徑的將女孩兒送來與婆婆[21]，怎敢説做媳婦，只與婆婆早晚使用。小生目下就要上朝進取功名去，留下女孩兒在此，只望婆婆看覷則個[22]。(卜兒云)這等[23]，你是我親家了。你本利少我四十兩銀子，兀的是借錢的文書[24]，還了你；再送與你十兩銀子做盤纏。親家，你休嫌輕少。(竇天章做謝科，云)多謝了，婆婆。先少你許多銀子，都不要我還了；今又送我盤纏：此恩異日必當重報。婆婆，女孩兒早晚呆癡[25]，看小生薄面，看覷女孩兒咱[26]。(卜兒云)親家，這不消你囑付，令愛到我家[27]，就做親女兒一般看承他，你只管放心的去。(竇天章云)婆婆，端雲孩兒該打呵，看小生面則駡幾句[28]；當駡呵，則處分幾句[29]。孩兒，你也不比在我跟前，我是你親爺，將就的你[30]；你如今在這裏，早晚若頑劣呵，你只討那打駡喫。兒嚛[31]！我也是出於無奈。(做悲科，唱)

【仙吕賞花時】 我也只爲無計營生四壁貧[32]，因此上割捨得親兒在兩處分。從今日遠踐洛陽塵，又不知歸期定准，則落的無語闇消魂[33]。(下)

(卜兒云)竇秀才留下他這女孩兒與我做媳婦兒，他一徑上朝應舉去了。(正旦做悲科，云)爹爹，你直下的撇了我孩兒去也[34]！(卜兒云)媳婦兒，你在我家，我是親婆，你是親媳婦，只當自家骨肉一般。你不要啼哭，跟着老身前後執料去來[35]。(同下)

【註釋】

[1] 楔子，元雜劇中所云楔子，乃是四折之外的過場戲的通稱，與小説中作爲引首的楔子不同，位置也不固定，或列劇首，或處折與折之間，亦有置於劇末的。其作用多係介紹情節與人物，加强情節的聯繫，故個别劇本中也有因劇情的需要而用兩個楔子的。楔子通常較“折”爲短，僅唱一至二支曲子，不像“折”中務用套曲。

[2] 卜兒，元雜劇中飾老婦人的角色，猶京劇之老旦。宋元人簡寫“娘”字爲“奻”，再省爲“卜”。

[3] 楚州，舊治在今江蘇省清江市，下文的山陽縣屬楚州。

[4] 准，此處作折合、抵償解。

[5] 早晚，用表時間概念，有“隨時”、“時候”、“有時”等多種含義，此處作“時候”解，“這早晚”即“這時候”。下文“早晚使用”意謂“隨時使用”；“早晚呆癡”作“有時候呆癡”解。敢待，大概的意思。

[6] 冲末、正旦，俱雜劇角色名。元雜劇角色分末、旦、净、雜四大類。末爲男角，猶京劇中的“生”，内分正末、副末、冲末、外末、小末等。旦即女角之總稱，亦分正旦、副旦、貼旦、外旦、小旦、老旦、花

旦、色旦、搽旦諸名目。正末、正旦係劇中男女主角。

[7] 縹(piǎo 漂)緗(xiāng 相),縹,淡青色的綢子;緗,淺黄色的綢子。古人多以之包書或作書囊,後來就用作書卷的代稱。范成大詩:"縹緗如山晝掩關。"

[8] 殺,同"煞",用表程度的副詞。貧殺,即窮得很。馬相如,即司馬相如,漢景帝、武帝時著名的辭賦家,字長卿,成都人,《子虚賦》、《上林賦》皆其代表作。

[9] 不説當罏説《子虚》句:當罏,典出卓文君慕司馬相如之才,偕同私奔後開酒店的故事。竇天章此語自比相如,言其志在功名,不在兒女私情。

[10] 祖貫,祖籍,原籍。

[11] 争奈,怎奈。争,同"怎"。

[12] 功名未遂,應科舉之試而未能考中,没能做官。

[13] 渾家,古典小説戲曲中妻子的通稱。

[14] 對還,對本對利,加倍償還。

[15] 着,同"著",有多種用法。此處"着人來説"與第三折中"着這楚州亢旱三年",俱作"教"、"使"解。第一折"因甚着這個人將你勒死",是"被"、"遭"的意思。第二折"你老人家放精神着",此"着"字係語助詞,無義。

[16] 況如今春榜動二句:科舉時代,進士考試與發榜,多在春季。這兩句意謂,進士考試即將舉行。

[17] 上朝取應,指進京應考。

[18] 科,元時演劇術語,指劇中人物的表情動作,凡劇本載有"某某科"之處,扮演者需在舞臺上演出相應的動作或表情,如"做飲酒科"、"做拿住科"、"做哭科";亦可用指舞臺效果,如"内做風科"。

[19] 分外,額外。

[20] 勾,同"够"。

[21] 一徑,直接。

[22] 看覷,此處作照顧解。則個,語助詞,近乎"者"、"着"、"咱",用表叮囑、希望,或加重語氣。

[23] 這等,這樣。

[24] 兀的,指示代詞中的近指,意即"這"。

[25] 呆癡,愚笨,不懂事。

[26] 咱,此處係語尾助詞,含請求、希望之意。

[27] 令愛,對别人女兒的客氣稱呼。

[28] 則,同"只"。後文中"則落的"、"則是"即"只落得"、"只是"。

[29] 處分,此處作數落、責備解。

[30] 將就,遷就。

[31] 嘜,語尾助詞,與"啦"、"呀"同。

[32] 四壁貧,窮得空蕩蕩的,剩下四堵牆壁。

[33] 闇(àn 暗)消魂,言離别時淒涼的心境。闇,通"黯"、"暗"。消,通"銷"。

[34] 直,此處作竟然解。下的,猶"捨得",謂忍心也。

[35] 執料,照料。去來,與"去"同。

第一折

【解題】 蔡婆去賽盧醫處討債,賽盧醫竟將蔡婆誘到偏僻處欲行殺害,卻被惡棍張驢兒父子無意中撞破。張驢兒等乘機搬進蔡家,妄圖霸佔竇娥,受到竇娥的嚴詞拒絶。竇娥的反抗性格,在這一折中初露鋒芒。

(净扮賽盧醫上[1],詩云)行醫有斟酌,下藥依《本草》[2];死的醫不活,活的醫死了。自家姓盧,人道我一手好醫,都叫做賽盧醫,在這山陽縣南門開着生藥局[3]。在城有個蔡婆婆[4],我問他借了十兩銀子,本利該還他二十兩;數次來討這銀子,我又無的還他。他若不來便罷,若來呵,我自有個主意。我且在這藥鋪中坐下,看有甚麽人來。(卜兒上,云)老身蔡婆婆。我一向搬在山陽縣居住,儘也静辦[5]。自十三年前竇天章秀才留下端雲孩兒與我做兒媳婦,改了他小名,唤做竇娥。自成親之後,不上二年,不想我這孩兒害弱症死了[6]。媳婦兒守寡,又早三個年頭[7],服孝將除了也。我和媳婦兒説知,我往城外賽盧醫家索錢去也。(做行科,云)驀過隅頭[8],轉過屋角,早來到他家門首。賽盧醫在家麽?(盧醫云)婆婆,家裏來。(卜兒云)我這兩個銀子長遠了[9],你還了我罷。(盧醫云)婆婆,我家裏無銀子,你跟我莊上去取銀子還你。(卜兒云)我跟你去。(做行科)(盧醫云)來到此處,東也無人,西也無人,這裏不下手等甚麽?我隨身帶的有繩子。兀那婆婆[10],誰唤你哩?(卜兒云)在那裏?(做勒卜兒科。孛老同副净張驢兒衝上[11],賽盧醫慌走下,孛老救卜兒科)(張驢兒云)爹,是個婆婆,争些勒殺了[12]。(孛老云)兀那婆婆,你是那裏人氏?姓甚名誰?因甚着這個人將你勒死?(卜兒云)老身姓蔡,在城人氏,止有個寡媳婦兒,相守過日。因爲賽盧醫少我二十兩銀子,今日與他取討。誰想他賺我到無人去處[13],要勒死我,賴這銀子。若不是遇着老的和哥哥呵,那得老身性命來。(張驢兒云)爹,你聽的他説麽?他家還有個媳婦哩。救了他性命,他少不得要謝我;不若你要這婆子,我要他媳婦兒,何等兩便?你和他説去。(孛老云)兀那婆婆,你無丈夫,我無渾家,你肯與我做個老婆,意下如何?(卜兒云)是何言語!待我回家,多備些錢鈔相謝。(張驢兒云)你敢是不肯,故意將錢鈔哄我?賽盧醫的繩子還在,我仍舊勒死了你罷。(做拿繩科)(卜兒云)哥哥,待我慢慢地尋思咱。(張驢兒云)你尋思些甚麽?你隨我老子,我便要你媳婦兒。(卜兒背云[14])我不依他,他又勒殺我。罷罷罷,你爺兒兩個隨我到家中去來。(同下)(正旦上,云)妾身姓竇,小字端雲,祖居楚州人氏。我三歲上亡了母親,七歲上離了父親;俺父親將我嫁與蔡婆婆爲兒媳婦,改名竇娥。至十七歲與夫成親,不幸丈夫亡化,可早三年光景,我今二十歲也。這南門外有個賽盧醫,他少俺婆婆銀子,本利該二十兩,數次索取不還,今日俺婆婆親自索取去了。竇娥也[15],你這命好苦也呵!(唱)

【仙吕點絳唇】 滿腹閒愁,數年禁受[16],天知否?天若是知我情由,怕不待和天瘦。

【混江龍】 則問那黄昏白晝,兩般兒忘餐廢寢幾時休?大都來昨宵夢裏[17],和着這今日心頭。催人淚的是錦爛熳花枝横繡闥,斷人腸的是剔團圞月色挂妝樓[18]。長則是急煎煎按不住意中焦[19],悶沉沉展不徹眉尖皺,越覺的情懷冗冗[20],心緒悠悠。

(云)似這等憂愁,不知幾時是了也呵!(唱)

【油葫蘆】 莫不是八字兒該載着一世憂[21],誰似我無盡頭!須知道人心不似水長流。我從三歲母親身亡後,到七歲與父分離久,嫁的個同住人,他可又拔着短籌[22];撇的俺婆婦每都把空房守[23],端的個有誰問[24]、有誰偢[25]?

【天下樂】　莫不是前世裏燒香不到頭[26],今也波生招禍尤[27]?勸今人早將來世修。我將這婆侍養,我將這服孝守,我言詞須應口[28]。

(云)婆婆索錢去了,怎生這早晚不見回來[29]?(卜兒同孛老、張驢兒上)(卜兒云)你爺兒兩個且在門首等,我先進去。(張驢兒云)妳妳[30],你先進去,就説女婿在門首哩。(卜兒見正旦科)(正旦云)妳妳回來了,你喫飯麽?(卜兒做哭科,云)孩兒也,你教我怎生説波[31]!(正旦唱)

【一半兒】　爲甚麽淚漫漫不住點兒流?莫不是爲索債與人家惹争鬥?我這裏連忙迎接慌問候,他那裏要説緣由。(卜兒云)羞人答答的[32],教我怎生説波!(正旦唱)則見他一半兒徘徊一半兒醜。

(云)婆婆,你爲甚麽煩惱啼哭那[33]?(卜兒云)我問賽盧醫討銀子去,他賺我到無人去處,行起兇來,要勒死我。虧了一個張老並他兒子張驢兒,救得我性命。那張老就要我招他做丈夫,因這等煩惱。(正旦云)婆婆,這個怕不中麽[34]?你再尋思咱:俺家裏又不是没有飯喫,没有衣穿,又不是少欠錢債,被人催逼不過;况你年紀高大,六十以外的人,怎生又招丈夫那?(卜兒云)孩兒也,你説的豈不是。但是我的性命全虧他這爺兒兩個救的,我也曾説道:待我到家,多將些錢物[35],酬謝你救命之恩。不知他怎生知道我家裏有個媳婦兒,道我婆媳婦又没老公[36],他爺兒兩個又没老婆,正是天緣天對。若不隨順,他依舊要勒死我。那時節我就慌張了,莫説自已許了他,連你也許了他。兒也,這也是出於無奈。(正旦云)婆婆,你聽我説波。(唱)

【後庭花】　避兇神要擇好日頭,拜家堂要將香火修;梳着個霜雪般白鬏髻[37],怎將這雲霞般錦帕兜[38]?怪不的女大不中留[39]。你如今六旬左右,可不道到中年萬事休。舊恩愛一筆勾,新夫妻兩意投,枉教人笑破口。

(卜兒云)我的性命都是他爺兒兩個救的,事到如今,也顧不得别人笑話了。(正旦唱)

【青哥兒】　你雖然是得他、得他營救,須不是筍條、筍條年幼[40],剗的便巧畫蛾眉成配偶[41]?想當初你夫主遺留,替你圖謀,置下田疇,蚤晚羹粥[42],寒暑衣裘;滿望你鰥寡孤獨[43],無捱無靠,母子每到白頭。公公也,則落得乾生受[44]。

(卜兒云)孩兒也,他如今只待過門,喜事匆匆的,教我怎生回得他去?(正旦唱)

【寄生草】　你道他匆匆喜,我替你倒細細愁:愁則愁興闌刪咽不下交歡酒[45],愁則愁眼昏騰扭不上同心扣[46],愁則愁意朦朧睡不穩芙蓉褥。你待要笙歌引至畫堂前[47],我道這姻緣敢落在他人後。

(卜兒云)孩兒也,再不要説我了。他爺兒兩個都在門首等候,事已至此,不若連你也招了女婿罷。(正旦云)婆婆,你要招你自招,我並然不要女婿。(卜兒云)那個是要女婿的。争奈他爺兒兩個自家捱過門來,教我如何是好?(張驢兒云)我們今日招過門去也。帽兒光光,今日做個新郎;袖兒窄窄,今日做個嬌客[48]。好女婿,好女婿!不枉了[49],不枉了!(同孛老入拜科)(正旦做不禮科,云)兀那廝[50],靠後!(唱)

【賺煞】　我想這婦人每休信那男兒口,婆婆也,怕没的貞心兒自守,到今日招着個村老子[51],領着個半死囚。(張驢兒做嘴臉科[52],云)你看我爺兒兩個這等身段,儘也選得女婿過,你不要錯過了好時辰,我和你早些兒拜堂罷。(正旦不禮科,唱)則被你坑殺人燕侶鶯儔[53]。婆婆也,你豈不知羞!俺公公撞府冲州[54],闘闐的銅斗兒家緣百事有[55],想着俺公公置就,怎忍教張驢兒情受[56]?(張驢兒做扯正旦拜科,正旦推跌科,唱)兀的不是俺没丈夫的婦女下場頭!(下)

(卜兒云)你老人家不要惱懆[57]。難道你有活命之恩,我豈不思量報你?只是我那媳婦兒氣性最不好惹的[58],既是他不肯招你兒子,教我怎好招你老人家?我如今拚的好酒好飯養你爺兒兩個在家,待我慢慢的勸化俺媳婦兒;待他有個回心轉意,再作區處[59]。(張驢兒云)這歪剌骨[60]!便是黄花女兒[61],剛剛扯的一把,也不消這等使性[62],平空的推了我一交[63],我肯乾罷!就當面賭個誓與你:我今生今世不要他做老婆,我也不算好男子!(詞云)美婦人我見過萬千向外[64],不似這小妮子生得十分憊賴[65];我救了你老性命死裏重生,怎割捨得不肯把肉身陪待?(同下)

【註釋】

[1] 浄,角色名,所扮大抵粗暴勇猛的人物,如京劇之花臉。其中又分浄、副浄、二浄及丑,多扮演男性,間或有扮女性者。賽盧醫,元劇中對庸醫及賣藥人的諷刺性的通稱,亦即綽號。春秋時名醫扁鵲係盧國人,故有"盧醫"、"盧扁"之稱。此處云"賽",實係反語。

[2]《本草》,本名《神農本草經》爲我國古代記載中藥的書籍。

[3] 生藥局,藥材舖。

[4] 在城,本城。

[5] 静辦,清静,安静。

[6] 弱症,肺癆的别稱。

[7] 早,先。此處與後文"早來到他家門首"、"可早三年光景"均作"已經"解。

[8] 驀,同"邁",跨越。隅頭,謂角落。

[9] 兩個銀子,銀子通常以十兩爲一個,兩個即二十兩。

[10] 兀那,猶"那"。兀,語助詞。

[11] 孛(bó 勃)老,雜劇角色名,屬"雜"類,意即老頭兒。

[12] 争些,險些,差一點。

[13] 賺,騙。

[14] 背云,旁白。

[15] 也,此處係語尾助詞,同"呀"、"喲"。

[16] 禁受,忍受。

[17] 大都來,亦作"待都來",不過、大抵之意。

[18] 剔(tī 踢),用表程度的副詞。團圞,即圓。剔團圞,意謂滴溜兒圓。

[19] 急煎煎,心情焦灼貌。

[20] 冗(rǒng 戎)冗,謂心事煩多。

[21] 八字兒,指用干支排列的生辰年月,一般用作命運的代詞。

[22] 拔着短籌,喻指短命。古人計數每用竹籌,上刻數字,數字小者亦稱"短籌"。

[23] 婆婦,即婆媳。每,人稱代詞的詞尾,其義若"們",用表多數。

[24] 端的,究竟。

[25] 偢(chǒu 丑),理睬。

[26] 前世裏燒香不到頭,舊時迷信,謂夫妻不能偕老,係因前生燒香没有燒到頭的緣故。

[27] 也波,曲語中的襯字,無義。

[28] 言詞須應口,應許的諾言必須兑現。

[29] 怎生,如何。

[30] 妳(nǎi 乃),"奶"的異體字。妳妳,女人的尊稱,有時也作祖母或乳娘的代稱。

[31] 波,語尾助詞,同"啊"、"吧"。倘用在語句中間,則爲襯字,無義。

[32] 羞人答答的,或作羞答答的,謂害羞、難爲情。

[33] 那,同"哪"。

[34] 不中(zhòng 衆),不行,使不得。

[35] 將,拿。

[36] 老公,指丈夫。

[37] 髲(dí 狄)髻,古時婦女將頭髮盤成螺形,上加網套,用作裝飾。

[38] 錦帕兜,古代新娘的裝飾,蒙覆錦帕。

[39] 女大不中留,意謂女子到了婚齡,必須出嫁。元人諺語云:"蠶老不中留,人老不中留,女大不中留。"是謂"三不留"。

[40] 筍條,竹根生幼芽,謂之筍。此處以筍喻人的年輕。

[41] 剗(chǎn 産)的,一作"剗地",平白無故的意思。畫蛾眉,古之婦女多用黛色畫眉,略似蠶蛾觸鬚,細而長曲。漢張敞曾爲其妻畫眉,後人以此隱喻夫妻恩愛。竇娥用此語諷刺蔡婆甘心再嫁。

[42] 蚤,同"早"。

[43] 鰥(guān 關)寡孤獨,古代成語:老而無妻曰鰥,老而無夫曰寡,少而無父曰孤,老而無子曰獨。這裏是偏義複詞,只作寡婦用。

[44] 乾生受,猶言枉自徒勞,白辛苦。乾,枉自,白白地。生受,喫苦、受罪之意。

[45] 闌刪,一作闌珊,零落衰頹之意。

[46] 昏騰,模糊不清,迷迷糊糊。

[47] 笙歌,指音樂。畫堂,堂舍的泛稱,即裝飾得很華麗的客堂。笙歌引至畫堂前,係古人結婚時的儀式,在樂聲中引新人到堂前參拜。

[48] 帽兒光光四句:係宋元民間諺語。光光,言新郎衣帽整潔,窄窄,猶謂漂亮時新,均贊賀之辭。

[49] 不枉了,没有白做。

[50] 廝,對男子的賤稱,猶言"小子"。

[51] 村老子,粗俗的老頭。老子,此處作老年人的通稱。

[52] 做嘴臉,做怪樣。

[53] 坑殺人,害死人。

[54] 撞府冲州,指跑江湖,經歷過許多地方。

[55] 闘(zhèng 政)闘(chuài 揣去),掙扎。銅斗兒家緣,謂家境殷實。銅斗,係量器。家緣,即家産。

[56] 情受,繼承,承受。

[57] 惱懆,煩躁。

[58] 氣性,脾氣,性格。

[59] 區處,處理,分別處置。

[60] 歪剌(lá 拉陽平)骨,對婦女侮辱謾駡之辭,與"歪剌"皆取義於臭,猶言"臭貨",指不正經的女人,或兼"潑辣"之義。

[61] 黄花女兒,處女。

[62] 使性,發脾氣。

[63] 交,同"跤"。

[64] 向外,以上,以外。

[65] 小妮(nī 尼陰平)子,猶説"丫頭",小女孩之泛稱。憊(bèi 備)賴,潑賴,調皮。

第二折

【解題】 張驢兒想毒死蔡婆,以便威逼竇娥成親,不料反而毒死了自己老子;他將此案誣加在竇娥身上,要挾竇娥以順從作爲"私休"的條件,竇娥堅決不從。在公堂上,竇娥受到被張驢兒買通的貪官嚴刑拷打,卻仍然慷慨陳詞,據理力争,最後爲了掩護年邁的蔡婆,不得不屈招。這一折除進一步刻畫竇娥的堅強之外,還揭露了封建政權是人民最兇惡的敵人。

(賽盧醫上,詩云)小子太醫出身[1],也不知道醫死多人。何嘗怕人告發,關了一日店門?在城有個蔡家婆子,剛少的他廿兩花銀,屢屢親來索取,争些撚斷脊筋。也是我一時智短,將他賺到荒村。撞見兩個不識姓名男子,一聲嚷道:"浪蕩乾坤,怎敢行兇撒潑,擅自勒死平民[2]!"唬得我丢了繩索,放開脚步飛奔。雖然一夜無事,終覺失精落魂;方知人命關天關地,如何看做壁上灰塵。從今改過行業,要得滅罪修因,將以前醫死的性命,一個個都與他一卷超度的經文。小子賽盧醫的便是。只爲要賴蔡婆婆二十兩銀子,賺他到荒僻去處,正待勒死他,誰想遇見兩個漢子,救了他去。若是再來討債時節,教我怎生見他?常言道的好:"三十六計,走爲上計。"喜得我是孤身,又無家小連累,不若收拾了細軟行李,打個包兒,悄悄的躲到别處,另做營生,豈不乾净?(張驢兒上,云)自家張驢兒,可奈那竇娥百般的不肯隨順我[3];如今那老婆子害病,我討服毒藥,與他喫了,藥死那老婆子,這小妮子好歹做我的老婆。(做行科,云)且住,城裏人耳目廣,口舌多,倘見我討毒藥,可不嚷出事來?我前日看見南門外有個藥舖,此處冷静,正好討藥。(做到科,叫云)太醫哥哥,我來討藥的。(賽盧醫云)你討甚麽藥?(張驢兒云)我討服毒藥。(賽盧醫云)誰敢合毒藥與你[4]?這廝好大膽也。(張驢兒云)你真個不肯與我藥麽[5]?(賽盧醫云)我不與你,你就怎地我[6]?(張驢兒做拖盧云)好呀,前日謀死蔡婆婆的,不是你來?你説我不認的你哩!我拖你見官去。(賽盧醫做慌科,云)大哥,你放我,有藥有藥。(做與藥科。張驢兒云)既然有了藥,且饒你罷。正是:"得放手時須放手,得饒人處且饒人。"(下)(賽盧醫云)可不悔氣[7]!剛剛討藥的這人,就是救那婆子的。我今日與了他這服毒藥去了,以後事發,越越要連累我[8];趁早兒關上藥舖,到涿州賣老鼠藥去也[9]。(下)(卜兒上,做病伏几科)(孛老同張驢兒上,云)老漢自到蔡婆婆家來,本望做個接脚[10],卻被他媳婦堅執不從。那婆婆一向收留俺爺兒兩個在家同住,只説好事不在忙,等慢慢裏勸轉他媳婦。誰想那婆婆又害起病來。孩兒,你可曾算我兩個的八字,紅鸞天喜幾時到命哩[11]?(張驢兒云)要看什麽天喜到命!只賭本事,做得去,自去做。(孛老云)孩兒也,蔡婆婆害病好幾日了,我與你去問病波。(做見卜兒問科,云)婆婆,你今日病體如何?(卜兒云)我身子十分不快哩。(孛老云)你可想些甚麼喫?(卜兒云)我思量些羊賭兒湯喫[12]。(孛老云)孩兒,你對竇娥說,做些羊賭兒湯與婆婆喫。(張驢兒向古門云[13])竇娥,婆婆想羊賭兒湯喫,快安排將來。(正旦持湯上,云)妾身竇娥是也。有俺婆婆不快,想羊賭湯喫,我親自安排了與婆婆喫去。婆婆也,我這寡婦人家,凡事也要避些嫌疑,怎好收留那張驢兒父子兩個?非親非眷的,一家兒同住,豈不惹外人談議?婆婆也,你莫要背地裏許了他親事,連我也累做不清不潔的。我想這婦人心好難保也呵!(唱)

【南吕一枝花】 他則待一生鴛帳眠,那裏肯半夜空房睡;他本是張郎婦,又做了李郎妻。有一等婦女每相隨,並不說家克計[14],則打聽些閒是非;說一會不明白打鳳的機關[15],使了些調虛囂撈龍的見識[16]。

【梁州第七】 這一個似卓氏般當罏滌器[17],這一個似孟光般舉案齊眉[18];說的來藏頭蓋脚多怜悧[19],道着難曉,做出纔知。舊恩忘卻,新愛偏宜;墳頭上土脈猶濕,架兒上又換新衣。那裏有奔喪處哭倒長城[20],那裏有浣紗時甘投大水[21],那裏有上山來便化頑石[22]。可悲,可耻!婦人家直恁的無仁義[23];多淫奔,少志氣,虧殺前人在那裏,更休說本性難移。

(云)婆婆,羊賭兒湯做成了,你喫些兒波。(張驢兒云)等我拿去。(做接嘗科,云)這裏面少些鹽醋,你去取來。(正旦下)(張驢兒放藥科)(正旦上,云)這不是鹽醋?(張驢兒云)你傾下些。(正旦唱)

【隔尾】 你說道少鹽欠醋無滋味,加料添椒纔脆美。但願娘親蚤痊濟,飲羹湯一杯,勝甘露灌體[24],得一個身子平安倒大來喜[25]。

(孛老云)孩兒,羊賭湯有了不曾?(張驢兒云)湯有了,你拿過去。(孛老將湯云)婆婆,你喫些湯兒。(卜兒云)有累你。(做嘔科,云)我如今打嘔,不要這湯喫了,你老人家喫罷。(孛老云)這湯特做來與你喫的,便不要喫,也喫一口兒。(卜兒云)我不喫了,你老人家請喫。(孛老喫科)(正旦唱)

【賀新郎】 一個道你請喫,一個道婆先喫,這言語聽也難聽,我可是氣也不氣!想他家與咱家有甚的親和戚?怎不記舊日夫妻情意,也曾有百縱千隨[26]?婆婆也,你莫不爲黄金浮世寶,白髮故人稀[27],因此上把舊恩情,全不比新知契[28]?則待要百年同墓穴,那裏肯千里送寒衣[29]。

(孛老云)我喫下這湯去,怎覺昏昏沉沉的起來?(做倒科)(卜兒慌科,云)你老人家放精神着,你扎挣着些兒。(做哭科,云)兀的不是死了也!(正旦唱)

【鬬蝦蟆】 空悲戚,没理會[30],人生死,是輪迴。感着這般病疾,值着這般時勢,可是風寒暑濕,或是饑飽勞役,各人證候自知[31]。人命關天關地,别人怎生替得?壽數非干今世,相守三朝五夕,說甚一家一計[32]。又無羊酒段匹,又無花紅財禮[33];把手爲活過日,撒手如同休棄。不是竇娥忤逆,生怕傍人論議。不如聽咱勸你,認個自家悔氣,割捨的一具棺材,停置幾件布帛,收拾出了咱家門裏,送入他家墳地。這不是你那從小兒年紀指脚的夫妻[34];我其實不關親,無半點悽惶淚。休得要心如醉,意似癡,便這等嗟嗟怨怨,哭哭啼啼。

(張驢兒云)好也囉!你把我老子藥死了,更待乾罷!(卜兒云)孩兒,這事怎了也?(正旦云)我有什麽藥在那裏?都是他要鹽醋時,自家傾在湯兒裏的。(唱)

【隔尾】 這廝搬調咱老母收留你[35],自藥死親爺,待要誆嚇誰?(張驢兒云)我家的老子,倒說是我做兒子的藥死了，人也不信。(做叫科，云)四鄰八舍聽着：竇娥藥殺我家老子哩！(卜兒云)罷麽，你不要大驚小怪的，嚇殺我也。(張驢兒云)你可怕麽？(卜兒云)可知怕哩[36]。(張驢兒云)你要饒麽？(卜兒云)可知要饒哩。(張驢兒云)你教竇娥隨順了我，叫我三聲的的親親的丈夫[37]，我便饒了他。(卜兒云)孩兒也，你隨順了他罷。(正旦云)婆婆，你怎説這般言語！(唱)我一馬難將兩鞍鞴[38]。想男兒在日曾兩年匹配，卻教我改嫁别人，其實做不得。

(張驢兒云)竇娥，你藥殺了俺老子，你要官休？要私休？(正旦云)怎生是官休？怎生是私休？(張驢兒云)你要官休呵，拖你到官司，把你三推六問[39]，你這等瘦弱身子，當不過拷打，怕你不招認藥死我老子的罪犯！你要私休呵，你早些與我做了老婆，倒也便宜了你。(正旦云)我又不曾藥死你老子，情願和你見官去來。(張驢兒拖正旦、卜兒下)(浄扮孤引祗候上[40]，詩云)我做官人勝别人，告狀來的要金銀；若是上司當刷卷[41]，在家推病不出門。下官楚州太守桃杌是也。今早升廳坐衙[42]，左右，喝攛廂[43]。(祗候幺喝科[44])(張驢兒拖正旦、卜兒上，云)告狀告狀。(祗候云)拿過來。(做跪見。孤亦跪科，云)請起。(祗候云)相公[45]，他是告狀的，怎生跪着他？(孤云)你不知道，但來告狀的，就是我衣食父母[46]。(祗候幺喝。孤云)那個是原告？那個是被告？從實説來。(張驢兒云)小人是原告張驢兒，告這媳婦兒，唤做竇娥，合毒藥下在羊肚湯兒裏，藥死了俺的老子。這個唤做蔡婆婆，就是俺的後母。望大人與小人做主咱。(孤云)是那一個下的毒藥？(正旦云)不干小婦人事。(卜兒云)也不干老婦人事。(張驢兒云)也不干我事。(孤云)都不是，敢是我下的毒藥來？(正旦云)我婆婆也不是他後母，他自姓張，我家姓蔡。我婆婆因爲與賽盧醫索錢，被他賺到郊外勒死；我婆婆卻得他爺兒兩個救了性命，因此我婆婆收留他爺兒兩個在家，養膳終身，報他的恩德。誰知他兩個倒起不良之心，冒認婆婆做了接脚，要逼勒小婦人做他媳婦。小婦人元是有丈夫的[47]，服孝未滿，堅執不從。適值我婆婆患病，着小婦人安排羊肚湯兒喫。不知張驢兒那裏討得毒藥在身，接過湯來，只説少些鹽醋，支轉小婦人，闇地傾下毒藥。也是天幸，我婆婆忽然嘔吐，不要湯喫，讓與他老子喫，纔喫的幾口，便死了。與小婦人並無干涉[48]，只望大人高擡明鏡[49]，替小婦人做主咱。(唱)

【牧羊關】 大人你明如鏡，清似水，照妾身肝膽虚實。那羹本五味俱全，除了外百事不知。他推到嘗滋味，喫下去便昏迷。不是妾訟庭上胡支對[50]，大人也，卻教我平白地説甚的？

(張驢兒云)大人詳情[51]：他自姓蔡，我自姓張，他婆婆不招俺父親接脚，他養我父子兩個在家做甚麽？這媳婦年紀兒雖小，極是個賴骨頑皮[52]，不怕打的。(孤云)人是賤蟲，不打不招。左右，與我選大棍子打着。(祗候打正旦，三次噴水科[53])(正旦唱)

【罵玉郎】 這無情棍棒教我捱不的。婆婆也，須是你自做下，怨他誰！勸普天下前婚後嫁婆娘每，都看取我這般傍州例[54]。

【感皇恩】 呀！是誰人唱叫揚疾[55]，不由我不魄散魂飛。恰消停[56]，纔蘇醒，又昏迷。捱千般打拷，萬種淩逼，一杖下，一道血，一層皮。

【採茶歌】 打的我肉都飛，血淋漓，腹中冤枉有誰知！則我這小婦人毒藥來從何處也，天那！怎麽的覆盆不照太陽暉[57]！

(孤云)你招也不招？(正旦云)委的不是小婦人下毒藥來[58]。(孤云)既然不是你，與我打那婆子。(正旦忙云)住住住，休打我婆婆，情願我招了罷。是我藥死公公來。(孤云)既然招了，着他畫了伏狀[59],將枷來枷上,下在死囚牢裏去。到來日判個斬字,押付市曹典刑[60]。(卜兒哭科,云)竇娥孩兒,這都是我送了你性命,兀的不痛殺我也!(正旦唱)

【黄鍾尾】 我做了個銜冤負屈沒頭鬼,怎肯便放了你好色荒淫漏面賊[61]!想人心不可欺,冤枉事天地知,争到頭,競到底,到如今待怎的;情願認藥殺公公,與了招罪。婆婆也,我若是不死呵,如何救得你!(隨祗候押下)

(張驢兒做叩頭科,云)謝青天老爺作主!明日殺了竇娥,纔與小人的老子報的冤。(卜兒哭科,云)明日市曹中殺竇娥孩兒也,兀的不痛殺我也!(孤云)張驢兒,蔡婆婆,都取保狀,着隨衙聽候。左右,打散堂鼓,將馬來,回私宅去也。(同下)

【註釋】

[1] 太醫,原係宫廷御用醫官的稱號,這裏是賽盧醫自我吹嘘。

[2] 平民,指百姓。

[3] 可奈,怎奈。

[4] 合,配製。

[5] 真個,真的。

[6] 怎地,怎麽樣。

[7] 悔氣,同"晦氣"。

[8] 越越,愈加。

[9] 涿(zhuō 桌)州,故治在今河北省涿縣。

[10] 接脚,丈夫死後,再招個丈夫,被招者稱"接脚女婿",亦稱"接脚"。

[11] 紅鸞,舊時迷信説法,謂婚姻喜事係紅鸞星照命。天喜,迷信説法,凡日支與月建相合,如寅月逢戌日,卯月逢亥日,均吉,謂之"天喜"。

[12] 賭,同"肚"。

[13] 古門,即"古門道",又作"鬼門道",舞臺上的上場門與下場門,以戲劇多扮演古人之事得名。

[14] 説家克計,策劃持家方法。

[15] 打鳳,與下句的撈龍並指安排圈套陷害好人。撈龍或作"牢籠"。機關,指設下的圈套、計策。

[16] 虚囂,詐僞,浮虚。見識,主意。

[17] 卓氏,指卓文君。

[18] 似孟光般舉案齊眉,孟光,東漢梁鴻之妻,夫妻感情融洽,相敬如賓,孟光常於喫飯時把盛食具的托盤高舉齊眉,以表對丈夫的敬愛。後人多以此比喻和睦夫妻。

[19] 伶俐,同"伶俐",這裏作乾净、没牽累解。

[20] 奔喪處哭倒長城,民間傳説:秦始皇時大興徭役,孟姜女的丈夫范喜良被逼遣築長城,殞葬長城之下。姜女尋求不得,哭之甚哀,城牆爲之倒塌一大片,終於發現了丈夫的屍骨。

[21] 浣紗時甘投大水,春秋時伍子胥爲逃避楚平王的殺害,投奔吴國,途中飢困,乞食於浣紗少女。少女出於同情給了食物,卻認爲自己與不相識的男子往來的行爲是越出常軌,便投江自殺。竇娥舉這段故事雖帶有濃厚的封建意識,卻也表明了自己堅貞的志氣。

[22] 上山來便化頑石,民間傳説:古代有個婦女,因丈夫久出不歸,思念甚切,日日登山瞭望,冀見其

夫,竟化爲石。後人就稱此石爲“望夫石”。

[23] 恁的,那樣的。

[24] 甘露,古人迷信説法,謂天下太平,上天就降甘美的露水,人服之可以長生。漢武帝爲此曾在長安建神明臺,造銅人捧露盤以承接。

[25] 倒大來,亦作“到大來”、“倒大”、“大來”,猶言“極”、“十分”。

[26] 百縱千隨,百依百順。

[27] 黄金浮世寶,白髮故人稀,古代諺語,均“難得”之意。此處係竇娥嘲諷婆婆急於嫁人,唯恐機會錯過,棄舊迎新。

[28] 新知契,新的知心人。

[29] 千里送寒衣,關於孟姜女的又一傳説:姜女爲丈夫送寒衣,跋涉千里,到達長城始知丈夫已死。元鄭廷玉有《孟姜女送寒衣》雜劇。

[30] 理會,理解、領會。

[31] 證候,同“症候”。

[32] 一家一計,指一家人。

[33] 又無羊酒段匹二句:古代結親時,男家須向女家贈送財禮。段匹,指綢緞之類的紡織品。

[34] 指脚的夫妻,謂結髮夫妻。

[35] 搬調,搬弄、調唆。

[36] 可知,當然、的確之意,多用於答話,謂“不言而喻”。

[37] 的的親親,嫡嫡親親。

[38] 一馬難將兩鞍鞴,出自成語“好馬不鞴雙鞍,烈女不嫁兩夫”,這是封建道德的貞操觀念。

[39] 三推六問,指多次審訊。推,推求。問,審問。

[40] 孤,雜劇中扮演官員的角色名稱。祇候,衙門裏的高級差役,亦有以此稱呼官員的隨從及富貴人家僕役頭目的。

[41] 刷卷,檢查、清理民刑案件,由肅政廉訪使赴所屬地方衙門稽核。

[42] 升廳坐衙,指官員開庭審案。

[43] 喝攛厢,元代司法上的一種制度。攛,謂設拋;厢,一作“箱”。官府設箱受納狀紙,告狀人投狀紙入箱,謂“攛厢”。喝,指吆喝。

[44] 么喝,同“吆喝”。

[45] 相公,此處係對官員的尊稱。

[46] 衣食父母,古代仰靠別人生活的人,常稱賜惠者爲衣食父母。這裏借演員打諢的話,諷刺封建官吏趁百姓打官司的機會,從中敲詐勒索,故視訴訟者爲“衣食父母”。

[47] 元,同“原”。

[48] 干涉,指關係,牽連。

[49] 高擡明鏡,喻斷案公允,猶明鏡高懸,能洞察一切,明辨是非。

[50] 胡支對,胡亂對答。

[51] 詳情,仔細審查事件的真相。

[52] 賴骨頑皮,頑固執拗。

[53] 噴水,封建社會中,官吏多用嚴刑逼供,當受刑者昏迷過去時,則命衙役噴水使之甦醒。

[54] 傍州例,依據例子判案,不一定按法律條文。

[55] 唱叫揚疾,大聲吵嚷。

[56] 消停,停止,停頓。

[57] 覆盆不照太陽暉,盆如翻蓋,陽光就照不進去。意謂不見光明。此處用喻官府衙門暗無天日,故被屈判的常稱爲"覆盆之冤"。

[58] 委的,一作"委實",確實之意。

[59] 伏狀,認罪的書面供詞。

[60] 市曹,一作市廛,鬧市。古代處決犯人多押至鬧市執行,用以警衆。典刑,執法行刑,此處作處死。

[61] 漏面賊,膽敢公開行兇作惡的壞人。

第 三 折

【解題】 這一折是全劇矛盾衝突的高潮。劇中,竇娥對"天"、"地"的指責,實際上是對最高統治者的詛咒。作者在這裏塑造了一個善良正直、至死不屈的婦女典型形象,表達了當時廣大人民對統治者的強烈憎恨。

(外扮監斬官上[1],云)下官監斬官是也。今日處決犯人,着做公的把住巷口[2],休放往來人閒走。(淨扮公人[3],鼓三通、鑼三下科。劊子磨旗[4]、提刀,押正旦帶枷上。劊子云)行動些[5],行動些,監斬官去法場上多時了。(正旦唱)

【正宫端正好】 没來由犯王法[6],不提防遭刑憲,叫聲屈動地驚天。頃刻間遊魂先赴森羅殿[7],怎不將天地也生埋怨。

【滾繡球】 有日月朝暮懸,有鬼神掌著生死權。天地也,只合把清濁分辨,可怎生糊突了盜跖顔淵[8]:爲善的受貧窮更命短,造惡的享富貴又壽延。天地也,做得個怕硬欺軟,卻元來也這般順水推船[9]。地也,你不分好歹何爲地?天也,你錯勘賢愚枉做天!哎,只落得兩淚漣漣。

(劊子云)快行動些,悮了時辰也。(正旦唱)

【倘秀才】 則被這枷紐的我左側右偏,人擁的我前合後偃,我竇娥向哥哥行有句言[10]。(劊子云)你有甚麽話説?(正旦唱)前街裏去心懷恨,後街裏去死無冤,休推辭路遠。

(劊子云)你如今到法場上面,有甚麽親眷要見的,可教他過來,見你一面也好。(正旦唱)

【叨叨令】 可憐我孤身隻影無親眷,則落的吞聲忍氣空嗟怨。(劊子云)難道你爺娘家也没的?(正旦云)止有個爹爹,十三年前上朝取應去了,至今杳無音信。(唱)蚤已是十年多不覩爹爹面。(劊子云)你適纔要我往後街裏去,是什麽主意?(正旦唱)怕則怕前街裏被我婆婆見。(劊子云)你的性命也顧不得,怕他見怎的?(正旦云)俺婆婆若見我披枷帶鎖赴法場飡刀去呵。(唱)枉將他氣殺也麽哥[11],枉將他氣殺也麽哥。告哥哥,臨危好與人行方便。

(卜兒哭上科,云)天那,兀的不是我媳婦兒!(劊子云)婆子靠後。(正旦云)既是俺婆婆來了,叫他來,待我囑付他幾句話咱。(劊子云)那婆子,近前來,你媳婦要囑付你話哩。(卜兒云)孩兒,痛殺我也!(正旦云)婆婆,那張驢兒把毒藥放在羊肚兒湯裏,實指望藥死了你,要霸佔我爲妻。不想婆婆讓與他老子喫,倒把他老子藥死了。我怕連累婆婆,屈招了藥死公公,今日赴法場典刑。婆婆,此後遇着冬時年節，月一十五，有瀽不了的漿水飯，瀽半碗兒與我喫[12]；燒不了的紙錢，與竇娥燒一陌兒[13]；則是看你死的孩兒面上。(唱)

【快活三】 念竇娥葫蘆提當罪愆[14]，念竇娥身首不完全，念竇娥從前已往幹家緣[15]；婆婆也，你只看竇娥少爺無娘面。

【鮑老兒】 念竇娥伏侍婆婆這幾年，遇時節將碗涼漿奠；你去那受刑法屍骸上烈些紙錢[16]，只當把你亡化的孩兒薦。(卜兒哭科，云)孩兒放心，這個老身都記得。天那，兀的不痛殺我也！(正旦唱)婆婆也，再也不要啼啼哭哭，煩煩惱惱，怨氣衝天。這都是我做竇娥的没時没運，不明不闇，負屈銜冤。

(劊子做喝科，云)兀那婆子靠後，時辰到了也。(正旦跪科)(劊子開枷科)(正旦云)竇娥告監斬大人，有一事肯依竇娥，便死而無怨。(監斬官云)你有什麼事？你説。(正旦云)要一領淨席[17]，等我竇娥站立；又要丈二白練[18]，挂在旗鎗上[19]：若是我竇娥委實冤枉，刀過處頭落，一腔熱血休半點兒沾在地下，都飛在白練上者。(監斬官云)這個就依你，打甚麽不緊[20]。(劊子做取席站科，又取白練挂旗上科)(正旦唱)

【耍孩兒】 不是我竇娥罰下這等無頭願，委實的冤情不淺；若没些兒靈聖與世人傳，也不見得湛湛青天。我不要半星熱血紅塵灑，都只在八尺旗鎗素練懸。等他四下裏皆瞧見，這就是咱萇弘化碧[21]，望帝啼鵑[22]。

(劊子云)你還有甚的説話，此時不對監斬大人説，幾時説那？(正旦再跪科，云)大人，如今是三伏天道，若竇娥委實冤枉，身死之後，天降三尺瑞雪，遮掩了竇娥屍首。(監斬官云)這等三伏天道，你便有衝天的怨氣，也召不得一片雪來，可不胡説！(正旦唱)

【二煞】 你道是暑氣暄，不是那下雪天；豈不聞飛霜六月因鄒衍[23]？若果有一腔怨氣噴如火，定要感的六出冰花滚似綿[24]，免着我屍骸現。要什麽素車白馬[25]，斷送出古陌荒阡[26]！

(正旦再跪科，云)大人，我竇娥死的委實冤枉，從今以後，着這楚州亢旱三年。(監斬官云)打嘴！那有這等説話！(正旦唱)

【一煞】 你道是天公不可期[27]，人心不可憐，不知皇天也肯從人願。做甚麽三年不見甘霖降，也只爲東海曾經孝婦冤[28]；如今輪到你山陽縣。這都是官吏每無心正法，使百姓有口難言。

(劊子做磨旗科，云)怎麽這一會兒天色陰了也？(内做風科，劊子云)好冷風也！(正旦唱)

【煞尾】 浮雲爲我陰，悲風爲我旋，三樁兒誓願明題徧。(做哭科，云)婆婆也，直等待雪飛六月，亢旱三年呵，(唱)那其間纔把你個屈死的冤魂這竇娥顯。

(劊子做開刀，正旦倒科)(監斬官驚云)呀，真個下雪了，有這等異事！(劊子云)我也道平日殺人，滿地都是鮮血，這個竇娥的血都飛在那丈二白練上，並無半點落地，委實奇怪。(監斬官云)這死罪必有冤枉，早兩樁兒應驗了，不知亢旱三年的説話，准也不准？且看後來如何。左右，也不必等待雪晴，便與我擡他屍首，還了那蔡婆婆去罷。(衆應科。擡屍下)

【註釋】

[1] 外，雜劇角色名，多爲“外末”的省稱，有時也作“外旦”、“外淨”的省稱。

[2] 做公的，同“公人”。

[3] 公人，衙門中的差役。

[4] 磨旗，摇旗，揮旗。

[5] 行動些，快些走。

[6] 没來由，無緣無故。

[7] 森羅殿，迷信的説法，謂陰間閻王審案的廳堂。

[8] 糊突，即糊塗。盜跖，跖是古代傳説中反抗貴族統治的領袖，被統治階級誣之爲“盗”，故稱爲盗跖。顔淵，孔子的學生，貧而好學，古代以之爲賢人的典型。

[9] 順水推船，比喻乘便行事，此處作趨炎附勢解。

[10] 行(háng 杭)，凡用於人稱代詞後面的，均起指示方位的作用，如“哥哥行”即“哥哥那裏”。

[11] 也麽哥，語助詞，無義。通常用於曲辭中疊句的結尾，如“兀的不痛殺人也麽哥”，有加強語氣的作用。

[12] 瀽(jiǎn 檢)，倒，潑。

[13] 一陌兒，舊時祭奠要燒紙錢，“一陌兒”即一百張紙錢。陌，通“百”。

[14] 葫蘆提，糊裏糊塗。亦作“葫盧題”、“葫蘆蹄”。

[15] 幹家緣，料理家務。

[16] 烈，燒。

[17] 一領，一張。

[18] 白練，白綢子。

[19] 旗鎗，此處係指旗桿頂端的金屬裝飾物。

[20] 打甚麽不緊，猶有什麽要緊，即“不要緊”。

[21] 萇弘化碧，萇弘，周之忠臣，無辜被害，流血成石，或謂化爲碧玉，不見其屍。事見《拾遺記》。

[22] 望帝啼鵑，古代民間傳説：蜀王杜宇，號望帝，爲其相鼈靈所逼，遜位後隱居山中，其魂化爲杜鵑，啼聲凄厲，百姓哀之。事見《寰宇記》。

[23] 飛霜六月因鄒衍，鄒衍，戰國時燕之忠臣，相傳他被讒下獄，曾仰天大哭，時值夏天，上蒼感動，竟然降霜。後人遂以“六月飛霜”喻寃獄。

[24] 六出冰花，指雪，蓋雪爲六瓣形晶體。

[25] 素車白馬，東漢時，范式與張劭交好，劭死，式自遠地乘白車白馬往吊。後人以“素車白馬”借指吊喪送葬。

[26] 斷送，原作葬送，此處作“送”解。

[27] 期，寄以希望。

[28] 東海曾經孝婦寃，傳説：漢東海有寡婦周青，爲侍奉婆婆矢志不嫁，婆婆遂自縊而死。其小姑告官，誣嫂以殺人之罪；問官不察，竟判處死。臨刑之際，孝婦指身邊竹竿語人曰：倘我無罪，血當沿竿往上倒流。其言果應，而東海地方乃大旱三年，後任官員查問就裏，有于公者代爲申雪，天方降雨。事本《漢書·于定國傳》。

第 四 折

【解題】 在最後一折裏，竇天章以提刑肅政廉訪使的身份出場，由竇娥的鬼魂出現訴寃，終於平反了冤獄,正義得到了伸張,邪惡受到了懲辦,這在一定程度上表現了人民的願望。但作者由於認識的局限,没有把希望寄託在面對面的鬭争上,這是時代給他的限制。又如道白中多處提到的"三從四德"、"十惡大罪"等,都可見到封建社會的道德觀念在作者身上留下的烙印。

(竇天章冠帶引丑張千、祗從上[1],詩云)獨立空堂思黯然,高峯月出滿林烟;非關有事人難睡,自是驚魂夜不眠。老夫竇天章是也。自離了我那端雲孩兒,可蚤十六年光景。老夫自到京師,一舉及第,官拜參知政事[2]。只因老夫廉能清正,節操堅剛,謝聖恩可憐,加老夫兩淮提刑肅政廉訪使之職[3],隨處審囚刷卷,體察濫官污吏,容老夫先斬後奏。老夫一喜一悲:喜呵,老夫身居臺省[4],職掌刑名[5],勢劍金牌[6],威權萬里;悲呵,有端雲孩兒,七歲上與了蔡婆婆爲兒媳婦,老夫自得官之後,使人往楚州問蔡婆婆家,他鄰里街坊道,自當年蔡婆婆不知搬在那裏去了,至今音信皆無。老夫爲端雲孩兒,啼哭的眼目昏花,憂愁的鬚髪斑白。今日來到這淮南地面,不知這楚州爲何三年不雨?老夫今在這州廳安歇。張千,説與那州中大小屬官,今日免參[7],明日蚤見。(張千向古門云)一應大小屬官,今日免參,明日蚤見。(竇天章云)張千,説與那六房吏典[8],但有合刷照文卷,都將來,待老夫燈下看幾宗波。(張千送文卷科。竇天章云)張千,你與我掌上燈,你每都辛苦了,自去歇息罷。我唤你便來,不唤你休來。(張千點燈同祗從下。竇天章云)我將這文卷看幾宗咱。"一起犯人竇娥,將毒藥致死公公。"我纔看頭一宗文卷,就與老夫同姓;這藥死公公的罪名,犯在十惡不赦[9],俺同姓之人也有不畏法度的。這是問結了的文書,不看他罷,我將這文卷壓在底下,别看一宗咱。(做打呵欠科,云)不覺的一陣昏沉上來,皆因老夫年紀高大,鞍馬勞困之故。待我搭伏定書案[10],歇息些兒咱。(做睡科。魂旦上,唱)

【雙調新水令】 我每日哭啼啼守住望鄉臺[11],急煎煎把讎人等待,慢騰騰昏地裏走,足律律旋風中來[12]。則被這霧鎖雲埋,攛掇的鬼魂快[13]。

(魂旦望科,云)門神户尉不放我進去[14]。我是廉訪使竇天章女孩兒,因我屈死,父親不知,特來託一夢與他咱。(唱)

【沉醉東風】 我是那提刑的女孩,須不比現世的妖怪,怎不容我到燈影前,卻攔截在門桯外[15]?(做叫科,云)我那爺爺呵!(唱)枉自有勢劍金牌,把俺這屈死三年的腐骨骸,怎脱離無邊苦海?

(做入見哭科,竇天章亦哭科,云)端雲孩兒,你在那裏來?(魂旦虚下[16])(竇天章做醒科,云)好是奇怪也!老夫纔合眼去,夢見端雲孩兒,恰便似來我跟前一般;如今在那裏?我且再看這文卷咱。(魂旦上做弄燈科)(竇天章云)奇怪,我正要看文卷,怎生這燈忽明忽滅的?張千也睡着了,我自己剔燈咱。(做剔燈,魂旦翻文卷科。竇天章云)我剔的這燈明了也,再看幾宗文卷。"一起犯人竇娥藥死公公。"(做疑怪科,云)這一宗文卷,我爲頭看過[17],壓在文卷底下,怎生又在這上頭?這幾時問結了的,還壓在底下,我别看一宗文卷波。(魂旦再弄燈科。竇天章云)怎麽這燈又是半明半闇的?我再剔這燈咱。(做剔燈,魂旦再翻文卷科。竇天章云)我剔的這燈明了,我另拿一宗文卷看咱。"一起犯人竇娥藥死公公。"呸!好是奇怪!我纔將這文書分明壓在底下,剛剔了這燈,怎生又翻在面上?莫不是楚州後廳裏有鬼麽?便無鬼呵,這樁事必有冤枉。將這文卷再壓在底下,待我另看一宗,如何?(魂旦又弄燈科。竇天章云)怎生這燈又不明了?敢有鬼弄這燈?我再剔一剔去。(做剔燈科。魂旦上,做撞見科。竇天章舉劍擊桌科,云)呸!我説有鬼!兀那鬼魂,老夫是朝廷欽差帶牌走馬肅政廉訪使[18],

你向前來,一劍揮之兩段。張千,虧你也睡的着,快起來,有鬼有鬼。兀的不嚇殺老夫也!(魂旦唱)

【喬牌兒】 則見他疑心兒胡亂猜,聽了我這哭聲兒轉驚駭。哎,你個竇天章直恁的威風大,且受我竇娥這一拜。

(竇天章云)兀那鬼魂,你道竇天章是你父親,"受你孩兒竇娥拜",你敢錯認了也?我的女兒叫做端雲,七歲上與了蔡婆婆爲兒媳婦。你是竇娥,名字差了,怎生是我女孩兒?(魂旦云)父親,你將我與了蔡婆婆家,改名做竇娥了也。(竇天章云)你便是端雲孩兒?我不問你别的,這藥死公公是你不是?(魂旦云)是你孩兒來。(竇天章云)噤聲[19]!你這小妮子,老夫爲你啼哭的眼也花了,憂愁的頭也白了,你剗地犯下十惡大罪,受了典刑!我今日官居臺省,職掌刑名,來此兩淮審囚刷卷,體察濫官污吏;你是我親生之女,老夫將你治不的,怎治他人?我當初將你嫁與他家呵,要你三從四德:三從者,在家從父,出嫁從夫,夫死從子;四德者,事公姑,敬夫主,和妯娌,睦街坊。今三從四德全無,剗地犯了十惡大罪。我竇家三輩無犯法之男,五世無再婚之女;到今日被你辱没祖宗世德,又連累我的清名。你快與我細吐真情,不要虚言支對;若説的有半釐差錯,牒發你城隍祠内[20],着你永世不得人身,罰在陰山永爲餓鬼[21]。(魂旦云)父親停嗔息怒,暫罷狼虎之威,聽你孩兒慢慢的説一徧咱。我三歲上亡了母親,七歲上離了父親,你將我送與蔡婆婆做兒媳婦。至十七歲與夫配合,纔得兩年,不幸兒夫亡化,和俺婆婆守寡。這山陽縣南門外有個賽盧醫,他少俺婆婆二十兩銀子。俺婆婆去取討,被他賺到郊外,要將婆婆勒死;不想撞見張驢兒父子兩個,救了俺婆婆性命。那張驢兒知道我家有個守寡的媳婦,便道:"你婆兒媳婦既無丈夫,不若招我父子兩個。"俺婆婆初也不肯,那張驢兒道:"你若不肯,我依舊勒死你。"俺婆婆懼怕,不得已含糊許了,只得將他父子兩個領到家中,養他過世。有張驢兒數次調戲你女孩兒,我堅執不從。那一日俺婆婆身子不快,想羊肚兒湯喫,你孩兒安排了湯。適值張驢兒父子兩個問病,道:"將湯來我嘗一嘗。"説:"湯便好,只少些鹽醋。"賺的我去取鹽醋,他就闇地裏下了毒藥,實指望藥殺俺婆婆,要强逼我成親。不想俺婆婆偶然發嘔,不要湯喫,卻讓與老張喫,隨即七竅流血藥死了。張驢兒便道:"竇娥藥死了俺老子,你要官休?要私休?"我便道:"怎生是官休?怎生是私休?"他道:"要官休,告到官司,你與俺老子償命;若私休,你便與我做老婆。"你孩兒便道:"好馬不鞴雙鞍,烈女不更二夫;我至死不與你做媳婦,我情願和你見官去。"他將你孩兒拖到官中,受盡三推六問,吊拷繃扒[22],便打死孩兒,也不肯認。怎當州官見你孩兒不認,便要拷打俺婆婆;我怕婆婆年老,受刑不起,只得屈認了。因此押赴法場,將我典刑。你孩兒對天發下三樁誓願:第一樁,要丈二白練掛在旗鎗上,若係冤枉,刀過頭落,一腔熱血休滴在地下,都飛在白練上;第二樁,現今三伏天道,下三尺瑞雪,遮掩你孩兒屍首;第三樁,着他楚州大旱三年。果然血飛上白練,六月下雪,三年不雨:都是爲你孩兒來。(詩云)不告官司只告天,心中怨氣口難言;防他老母遭刑憲,情願無辭認罪愆。三尺瓊花骸骨掩[23],一腔鮮血練旗懸;豈獨霜飛鄒衍屈,今朝方表竇娥冤。(唱)

【鴈兒落】 你看這文卷曾道來不道來,則我這冤枉要忍耐如何耐?我不肯順他人,倒着我赴法場;我不肯辱祖上,倒把我殘生壞。

【得勝令】 呀,今日個搭伏定攝魂臺,一靈兒怨哀哀。父親也,你現掌着刑名事,親蒙聖主差,端詳這文册[24],那廝亂綱常當合敗[25],便萬剮了喬才[26],還道報冤讎不暢懷。

(竇天章做泣科,云)哎!我那屈死的兒,則被你痛殺我也!我且問你:這楚州三年不雨,可真個是爲你來?(魂旦云)是爲你孩兒來。(竇天章云)有這等事!到來朝我與你做主。(詩云)白頭親苦痛哀哉,屈殺了你個青春女孩,只恐怕天明了,你且回去,到來日我將文卷改正明白。(魂旦暫下)(竇天章云)呀,天色明了也。張千,我昨日看幾宗文卷,中間有一鬼魂來訴寃枉。我喚你好幾次,你再也不應,直恁的好睡那!(張千云)我小人兩個鼻子孔一夜不曾閉,並不聽見女鬼訴什麽寃狀,也不曾聽見相公呼喚。(竇天章做叱科,云)啞!今蚤升廳坐衙,張千,喝攛廂者。(張千做么喝科,云)在衙人馬平安,擡書案[27]。(禀云)州官見。(外扮州官入參科)(張千云)該房吏典見。(丑扮吏入參見科)(竇天章問云)你這楚州一郡,三年不雨,是爲着何來?(州官云)這個是天道亢旱,楚州百姓之災,小官等不知其罪。(竇天章做怒云)你等不知罪麽!那山陽縣有用毒藥謀死公公犯婦竇娥,他問斬之時,曾發願道:"若是果有寃枉,着你楚州三年不雨,寸草不生。"可有這件事來?(州官云)這罪是前陞任桃州守問成的,現有文卷。(竇天章云)這等糊突的官,也着他陞去!你是繼他任的,三年之中,可曾祭這寃婦麽?(州官云)此犯係十惡大罪,元不曾有祠,所以不曾祭得。(竇天章云)昔日漢朝有一孝婦守寡,其姑自縊身死,其姑女告孝婦殺姑,東海太守將孝婦斬了。只爲一婦含寃,致令三年不雨。後于公治獄,彷彿見孝婦抱卷哭於廳前,于公將文卷改正,親祭孝婦之墓,天乃大雨。今日你楚州大旱,豈不正與此事相類?張千,吩咐該房僉牌下山陽縣,着拘張驢兒、賽盧醫、蔡婆婆一起人犯,火速解審,毋得違悮片刻者。(張千云)理會的。(下)(丑扮解子押張驢兒、蔡婆婆同張千上,禀云)山陽縣解到審犯聽點。(竇天章云)張驢兒。(張驢兒云)有。(竇天章云)蔡婆婆。(蔡婆婆云)有。(竇天章云)怎麽賽盧醫是緊要人犯不到?(解子云)賽盧醫三年前在逃,一面着廣捕批緝拿去了[28],待獲日解審。(竇天章云)張驢兒,那蔡婆婆是你的後母麽?(張驢兒云)母親好冒認的?委實是。(竇天章云)這藥死你父親的毒藥,卷上不見有合藥的人,是那個的毒藥?(張驢兒云)是竇娥自合就的毒藥。(竇天章云)這毒藥必有一個賣藥的醫舖,想竇娥是個少年寡婦,那裏討這藥來;張驢兒,敢是你合的毒藥麽?(張驢兒云)若是小人合的毒藥,不藥别人,倒藥死自家老子?(竇天章云)我那屈死的兒嚛,這一節是緊要公案,你不自來折辯,怎得一個明白?你如今寃魂却在那裏?(魂旦上,云)張驢兒,這藥不是你合的,是那個合的?(張驢兒做怕科,云)有鬼有鬼,撮鹽入水,太上老君,急急如律令,敕[29]!(魂旦云)張驢兒,你當日下毒藥在羊肚兒湯裏,本意藥死俺婆婆,要逼勒我做渾家。不想俺婆婆不喫,讓與你父親喫,被藥死了,你今日還敢賴哩!(唱)

【川撥棹】 猛見了你這喫敲材[30],我只問你這毒藥從何處來?你本意待闇裏栽排[31],要逼勒我和諧,倒把你親爺毒害,怎教咱替你耽罪責!

(魂旦做打張驢兒科)(張驢兒做避科,云)太上老君,急急如律令,敕!大人說這毒藥必有個賣藥的醫舖,若尋得這賣藥的人,來和小人折對[32],死也無詞。(丑扮解子解賽盧醫上,云)山陽縣續解到犯人一名賽盧醫。(張千喝云)當面[33]。(竇天章云)你三年前要勒死蔡婆婆,賴他銀子,這事怎麽說?(賽盧醫叩頭科,云)小的要賴蔡婆婆銀子的情是有的,當被兩個漢子救了,那婆婆並不曾死。(竇天章云)這兩個漢子,你認的他叫做什麽名姓?(賽盧醫云)小的認便認的,慌忙之際,可不曾問的他名姓。(竇天章云)現有一個在階下,你去認來。(賽盧醫做下認科,云)這個是蔡婆婆。(指張驢兒云)想必這毒藥事發了。(上云)是這一個。容小的訴禀:當日要勒死蔡婆婆時,正遇見他爺兒兩個,救了那婆婆去。過得幾日,他到小的舖中,討服毒藥。小的是念佛喫齋人,不敢做昧心的事,說道:"舖中只有官料藥[34]，並無什麽毒藥。”他就睁着眼道：“你昨日在郊外要勒死蔡婆婆，我拖你見官去。”小的一生最怕的是見官，只得將一服毒藥與了他去。小的見他生相是個惡的，一定拿這藥去藥死了人，久後敗露，必然連累。小的一向逃在涿州地方，賣些老鼠藥。剛剛是老鼠被藥殺了好幾個，藥死人的藥，其實再也不曾合。(魂旦唱)

【七弟兄】 你只爲賴財、放乖、要當災。(帶云)這毒藥呵，(唱)原來是你賽盧醫出賣張驢兒買，没來由填做我犯由牌[35]，到今日官去衙門在。

(竇天章云)帶那蔡婆婆上來。我看你也六十外人了，家中又是有錢鈔的，如何又嫁了老張，做出這等事來？(蔡婆婆云)老婦人因爲他爺兒兩個救了我的性命，收留他在家養膳過世。那張驢兒常説要將他老子接脚進來，老婦人並不曾許他。(竇天章云)這等説，你那媳婦就不該認做藥死公公了。(魂旦云)當日問官要打俺婆婆，我怕他年老受刑不起，因此咱認做藥死公公，委實是屈招個[36]！(唱)

【梅花酒】 你道是咱不該，這招狀供寫的明白，本一點孝順的心懷，倒做了惹禍的胚胎。我只道官吏每還覆勘，怎將咱屈斬首在長街？第一要素旗鎗鮮血灑，第二要三尺雪將死屍埋，第三要三年旱示天災：咱誓願委實大。

【收江南】 呀，這的是衙門從古向南開[37]，就中無個不冤哉。痛殺我嬌姿弱體閉泉臺[38]，蚤三年以外，則落的悠悠流恨似長淮。

(竇天章云)端雲兒也，你這冤枉，我已盡知，你且回去。待我將這一起人犯並原問官吏，另行定罪，改日做個水陸道場[39]，超度你生天便了[40]。(魂旦拜科，唱)

【鴛鴦煞尾】 從今後把金牌勢劍從頭擺，將濫官污吏都殺壞，與天子分憂，萬民除害。(云)我可忘了一件，爹爹，俺婆婆年紀高大，無人侍養，你可收恤家中，替你孩兒盡養生送死之禮，我便九泉之下，可也瞑目。(竇天章云)好孝順的兒也。(魂旦唱)囑付你爹爹，收養我妳妳，可憐他無婦無兒，誰管顧年衰邁。再將那文卷舒開，(帶云)爹爹也，把我竇娥名下，(唱)屈死的招伏罪名兒改[41]。(下)

(竇天章云)唤那蔡婆婆上來。你可認的我麽？(蔡婆婆云)老婦人眼花了，不認的。(竇天章云)我便是竇天章。適纔的鬼魂，便是我屈死的女孩兒端雲。你這一行人，聽我下斷[42]：張驢兒毒殺親爺，姦佔寡婦，合擬凌遲[43]，押付市曹中，釘上木驢[44]，剮一百二十刀處死。陞任州守桃杌，並該房吏典，刑名違錯，各杖一百，永不敍用。賽盧醫不合賴錢，勒死平民；又不合修合毒藥，致傷人命，發烟障地面，永遠充軍[45]。蔡婆婆我家收養，竇娥罪改正明白。(詞云)莫道我念亡女與他滅罪消愆，也只可憐見楚州郡大旱三年[46]。昔于公曾表白東海孝婦，果然是感召得靈雨如泉。豈可便推諉道天災代有，竟不想人之意感應通天。今日個將文卷重行改正，方顯的王家法不使民冤。

題目[47]　秉鑒持衡廉訪法

正名　感天動地竇娥冤

影明本臧晉叔編《元曲選》，參考隋樹森校訂本

【註釋】

[1] 丑，角色名，多扮演反面人物或小人物。雜劇中通常由男演員飾之。祗從，即祗候，見第二折註[40]。

[2] 參知政事，元制：參知政事係從二品，隸屬中書省，職位在右丞與左丞之下。

[3] 謝聖恩可憐二句：謝，謂感激。聖恩可憐，猶言皇帝的恩典提拔。加，加委。兩淮，指江北淮東道和淮西江北道。提刑肅政廉訪使，原係"提刑按察使"，至元二十八年(一二九一)改，正三品，全國各道俱設有，掌糾察該道官吏善惡得失並覆查刑獄案件事。

[4] 臺省，"臺"指御史臺，廉訪使屬御史臺；"省"指尚書、中書、門下三省，參知政事屬中書省。

[5] 刑名，對刑事案件的審判、裁決權。

[6] 勢劍，亦名"誓劍"、"尚方劍"，皇帝所賜，執之可代行權，猶俗云"先斬後奏"。金牌，元制：武官中萬户佩朝廷所發的金虎符，猶印信；持之既可行權，兼表地位。

[7] 參，古時下級官吏謁見上級曰"參"。

[8] 六房，地方政府中分管日常工作的部門組織，猶後世之科室，即司功、司倉、司户、司兵、司法、司士，統稱"六房"。

[9] 十惡不赦，據《元史・刑法志》，"十惡"者：謀反、謀大逆、謀叛、惡逆、不道、大不敬、不孝、不睦、不義與内亂。犯者罪在不赦。

[10] 搭伏定，靠着、伏着的意思。

[11] 望鄉臺，舊時迷信的説法：人死之後魂歸地府，如登上望鄉臺，可遥見陽世家屬，聊解思念之情。

[12] 足律律，擬聲詞，風聲。一説，形容旋風轉動急速的樣子。

[13] 攛(cuān 氽)掇，催促，慫恿。

[14] 門神户尉，古代迷信習俗，貼神像於大門之上，左曰"門丞"，右曰"户尉"，統名曰"門神"，用以驅邪。

[15] 門桯(tīng 廳)，門下面的石礎。古之衙門多爲半截式，並不一直到地。其下承以高的門檻，此門檻嵌於兩石桯中間。

[16] 虚下，元雜劇術語，示演員背身作下場狀。

[17] 爲頭，此處作"先前"、"起初"解。

[18] 帶牌，佩帶金牌。走馬，謂肅政廉訪使有使用官馬與驛道的特權。

[19] 噤聲，住口。

[20] 牒，公文。牒發，用公文解送。

[21] 陰山，舊時迷信，謂陰間有大石山，極冷，爲拘押有罪的鬼魂之所。

[22] 吊拷，把人吊起來拷打。繃扒，亦作"掤扒"、"絣扒"，剥去衣服捆綁起來，趴伏在地以用刑。

[23] 瓊花，指雪。

[24] 端詳，仔細察看。

[25] 當合，應該。當合敗，意即到了應當敗露的時候了。

[26] 萬剮，酷刑之一種，把犯人的肉從骨頭上一片片剮下。喬才，猶言惡棍、壞蛋。

[27] 在衙人馬平安，擡書案，元人雜劇中官員陞廳理事時，衙役照例吆喝這句話，以示吉祥，屬儀式之一種。

[28] 着廣捕批緝拿，下通緝命令，發文書捉拿。

[29] 急急如律令，敕！道教迷信的語言。"如律令"，是促請對方按律令行事。道士在畫符念咒時，往往以此句結尾，即促請他所寄望的"神仙"迅速按他的命令辦事。

[30] 喫敲材，該挨打的傢伙。

[31] 栽排，安排，佈置。

[32] 折對，對質。

[33] 當面，犯人見官。雜劇演至此時，衙役須在旁吆喝“當面”，並令犯人跪下。

[34] 官料藥，准許公開售賣的藥。

[35] 犯由牌，標誌犯人罪狀的牌子。

[36] 個，此處作語尾助詞，無義。

[37] 的是，確實是。

[38] 泉臺，墳墓。

[39] 水陸道場，佛教的迷信儀式，謂可超度亡魂，造福生者，後道教亦沿之。

[40] 生天，上天堂。

[41] 招伏，原作“於伏”，據趙琦美《脈望館鈔校本古今雜劇》本改。

[42] 下斷，宣判。

[43] 凌遲，古之酷刑，也叫剮刑。《宋史·刑法志》：“凌遲者，先斷其支(肢)體，乃抉其吭(咽喉)，當時之極法也。”

[44] 木驢，凌遲之前，將犯人放在有鐵刺的木樁上，遊街示衆，謂之“騎木驢”。

[45] 烟障，即烟瘴，深山叢林中蒸發出來的濕熱霧氣，人觸之輒病瘧。烟障地面，指我國西南邊遠地區，古代罪犯充軍之所。

[46] 可憐見，憐憫、可嘆。

[47] 題目、正名，元雜劇結構中的一個組成部分。置於戲劇末尾，通常用兩或四句對子總結全劇內容。前半部分叫做“題目”，後半部分謂之“正名”。但全劇的名稱則多取末句，如《感天動地竇娥冤》。

關大王獨赴單刀會

《單刀會》是一部假借歷史題材的雜劇。劇情叙三國鼎立時代吴蜀間激烈的利害衝突：東吴大將魯肅，爲索取荆州，伏下甲兵邀請關羽赴宴，意圖劫持。關羽明知對方不懷好意，卻憑藉超羣的膽略，單刀赴會。席間，他嚴正地駁斥了對方的無理要求，不失時機地運用巧智迫使吴軍不敢輕舉妄動，而後從容勝利返回。作品成功地塑造了一位人民喜愛的英雄形象，在舞臺上影響深遠。此劇有兩種流傳的本了，一係元刊本《關大工單刀會》， 係明鈔本《單刀會》，二者的基本情節是一致的。這裏選的，底本是明鈔本，今據題目正名改標《關大王獨赴單刀會》。

第　四　折

【解題】 這一折裏，作者寫出關羽在和魯肅會面的時候，理直氣壯地駁斥了魯肅索取荆州的無理要求。戲劇發展到高潮時，全劇戛然而止，結尾乾净而有力。

(魯肅上，云)歡來不似今朝，喜來那逢今日。小官魯子敬是也。我使黄文持書去請關公，欣喜許今日赴會，荆襄地合歸還俺江東。英雄甲士已暗藏壁衣之後，令江上相候，見舡到便來報我知道。(正末關公引周倉上，云)周倉，將到那裏也？(周云)來到大江中流也。(正云)看了這大江，是一派好水

也呵!(唱)

【雙調新水令】 大江東去浪千疊[1],引着這數十人,駕着這小舟一葉。又不比九重龍鳳闕[2],可正是千丈虎狼穴,大丈夫心别[3]。我覷這單刀會似賽村社[4]。

(云)好一派江景也呵!(唱)

【駐馬聽】 水湧山疊,年少周郎何處也?不覺的灰飛烟滅!可憐黄蓋轉傷嗟,破曹的檣櫓一時絶[5],鏖兵的江水由然熱[6],好教我情慘切!(云)這也不是江水,(唱)二十年流不盡的英雄血!

(云)卻早來到也,報伏去[7]。(卒報科,做相見科)(魯云)江下小會,酒非洞裏之長春,樂乃塵中之菲藝。猥勞君侯屈高就下[8],降尊臨卑,實乃魯肅之萬幸也!(正云)量某有何德能,着大夫置酒張筵?既請必至。(魯云)黄文,將酒來。二公子滿飲一盃。(正云)大夫飲此盃。(把盞科)(正云[9])想古今咱這人過日月好疾也呵!(魯云)過日月是好疾也:光陰似駿馬加鞭,浮世似落花流水。(正唱)

【胡十八】 想古今立勛業,那裏也舜五人、漢三傑[10],兩朝相隔數年别。不付能見者[11],卻又早老也!開懷的飲數杯。(云)將酒來。(唱)盡心兒待醉一夜。(把盞科

(正云)你知以德報德,以直報怨麽[12]?(魯云)既然將軍言以德報德,以直報怨;借物不還者爲之"怨"。想君侯文武全才,通練兵書,習《春秋》、《左傳》[13],濟拔顛危,匡扶社稷[14],可不謂之仁乎?待玄德如骨肉,覷曹操若仇讎,可不謂之義乎?辭曹歸漢,棄印封金[15],可不謂之禮乎?坐服于禁,水渰七軍,可不謂之智乎?且將軍仁、義、禮、智俱足,惜乎止少個"信"字,欠缺未完。再若得全個"信"字,無出君侯之右也。(正云)我怎生失信?(魯云)非將軍失信,皆因令兄玄德公失信。(正云)我哥哥怎生失信來?(魯云)想昔日玄德公敗於當陽之上,身無所歸,因魯肅之故,屯軍三江夏口。魯肅又與孔明同見我主公,即日興師拜將,破曹兵於赤壁之間。江東所費鉅萬,又折了首將黄蓋。因將軍賢昆玉無尺寸地,暫借荆州,以爲養軍之資。數年不還。今日魯肅低情曲意,暫取荆州,以爲救民之急;待倉廩豐盈,然後再獻與將軍掌領。魯肅不敢自專,君侯台鑑不錯[16]。(正云)你請我喫筵席來,那是索荆州來?(魯云)没、没、没,我則這般道:孫、劉結親,以爲唇齒,兩國正好和諧。(正唱)

【慶東原】 你把我真心兒待,將筵宴設,你這般攀今攬古[17],分甚枝葉[18]?我根前使不着你"之乎者也"、"詩云子曰",早該豁口截舌[19]。有意説孫、劉,你休目下翻成吴、越[20]。

(魯云)將軍原來傲物輕信。(正云)我怎麽"傲物輕信"?(魯云)當日孔明親言:"破曹之後,荆州即還江東。"魯肅親爲代保。不思舊日之恩,今日恩變爲讎;猶自説"以德報德,以直報怨"。聖人道:"信近於義,言可復也[21]。"去食去兵,不可去信[22]。"大車無輗,小車無軏,其何以行之哉[23]?"今將軍全無仁義之心,枉作英雄之輩。荆州久借不還,卻不道"人無信不立"!(正云)魯子敬,你聽的這劍界麽[24]?(魯云)劍界怎麽?(正云)我這劍界,頭一遭誅了文丑,第二遭斬了蔡陽[25]。魯肅呵,莫不第三遭到你也?(魯云)没、没,我則這般道來。(正云)這荆州是誰的?(魯云)這荆州是俺的。(正云)你不知,聽我説。(唱)

【沉醉東風】 想着俺漢高皇圖王霸業,漢光武秉正除邪,漢獻帝將董卓誅,漢皇叔把温侯滅[26]。俺哥哥合情受漢家基業。則你這東吴國的孫權,和俺劉家卻是甚枝葉?請你個不克己先生自説[27]。

(魯云)那裏甚麽響?(正云)這劍界二次也!(魯云)卻怎麽説?(正云)這劍按天地之靈,金火之精,陰陽之氣,日月之形;藏之則鬼道遁跡,出之則魑魅潛踪[28];喜則戀鞘沉沉而不動,怒則躍匣錚錚而有聲。今朝席上,倘有争鋒,恐君不信,拔劍施呈。吾當攝劍[29],魯肅休驚。這劍果有神威不可當,廟堂之器豈尋常;今朝索取荆州事,一劍先交魯肅亡[30]。(唱)

【鴈兒落】 則爲你三寸不爛舌,惱犯我三尺無情鐵。這劍饑飡上將頭,渴飲讐人血。

【得勝令】 則是條龍向鞘中蟄[31],虎在坐間踅[32]。今日故友每纔相見,休着俺弟兄每相間别[33]。魯子敬聽者:你心内休喬怯[34],暢好是隨邪[35],吾當酒醉也[36]。

(魯云)臧宫動樂[37]。(臧宫上,云)天有五星,地攢五嶽,人有五德,樂按五音。五星者:金、木、水、火、土。五嶽者:常、恒、泰、華、嵩[38]。五德者:温、良、恭、儉、讓。五音者:宫、商、角、徵、羽。(甲士擁上科)(魯云)埋伏了者。(正擊案,怒云)有埋伏也無埋伏?(魯云)並無埋伏。(正云)若有埋伏,一劍揮之兩斷。(做擊案科)(魯云)你擊碎菱花[39]。(正云)我特來破鏡[40]。(唱)

【攪筝琶】 卻怎生鬧炒炒軍兵列,休把我攔當者。(云)當着我的,呵呵!(唱)我着他劍下身亡,目前流血。便有那張儀口、蒯通舌[41],休那裏躲閃藏遮。好生的送我到船上者,我和你慢慢的相别。

(魯云)你去了,倒是一場伶俐[42]。(黄文云)將軍,有埋伏裏!(魯云)遲了我的也!(關平領衆將上,云)請父親上舡,孩兒每來迎接裏。(正云)魯肅,休惜殿後。(唱)

【離亭宴帶歇拍煞】 我則見紫袍銀帶公人列[43],晚天涼風冷蘆花謝,我心中喜悦。昏慘慘晚霞收,冷颼颼江風起,急颭颭帆招惹[44]。承管待,承管待。多承謝,多承謝。唤梢公慢者[45],纜解開岸邊龍,舡分開波中浪,棹攪碎江心月[46]。正歡娱有甚進退?且談笑不分明夜[47]。説與你兩件事先生記者:百忙裏趁不了老兄心[48],急且裏倒不了俺漢家節[49]!

題目 孫仲謀獨佔江東地
　　 請喬公言定三條計
正名 魯子敬設宴索荆州
　　 關大王獨赴單刀會

影舊鈔脈望館藏本,参考王季烈校刊《孤本元明雜劇》

【註釋】

[1] 大江東去,宋蘇軾《念奴嬌·赤壁懷古》首句:"大江東去,浪淘盡千古風流人物。"此處亦喟嘆之意。

[2] 九重龍鳳闕,封建時代帝王住的宫殿。

[3] 大丈夫心别,謂豪傑心情不同於一般人。

[4] 賽村社,社指"社火",係民間自行組織表演技藝的團體,每於節日進行演出競賽,謂之"賽社"。此係關羽輕視對方本領的一種比喻,謂與東吴在這番較量中必能取勝。

[5] 檣(qiáng 牆)櫓,檣,桅桿;櫓,行舟的工具。此處聯用借指船隻。

[6] 由然,同"猶然"。

[7] 報伏,同"報復",回報。

[8] 猥勞,猥係謙詞,猶言辱,猥勞即辱勞之意。此句意謂,有勞大駕光臨我們這小地方。

[9] 明鈔本作“正末”,係“正云”之誤,今據王季烈校涵芬樓藏《孤本元明雜劇》本改。

[10] 舜五人,相傳帝舜手下有五位賢臣:禹(司空,掌平治水土)、棄(后稷,掌教種五穀)、契(司徒,掌教育百姓)、臯陶(士官,掌刑法)、后夔(樂正,掌制韶樂)。漢三傑,指輔佐劉邦定天下之張良、蕭何、韓信。

[11] 不付能,同“不甫能”,即好容易。

[12] 你知二句:以德報德,以直報怨,語出《論語·憲問》篇。意謂有恩德施於我的,當以恩德報答他;與我有仇怨的,我也該用公正的態度對待他。魯肅引這兩句話,是指東吴曾經借荆州給劉備暫住,而西蜀現在拒絶歸還,是忘恩負義,不符合古人行事的道德。

[13] 習《春秋》、《左傳》,相傳關羽愛讀《春秋》、《左傳》,能粗通大義。

[14] 匡扶,匡正扶助。社稷,指國家。社,土地的神;稷,五穀的神。二者都是國家的根本,故通常以社稷用代國家。此處指關羽協助劉備恢復漢王朝的統治。

[15] 棄印封金,關羽在許昌得到劉備的消息後,把曹操所授“漢壽亭侯”之印留在原處,並封存曹操所贈金銀,而後離去,以示清白。

[16] 台鑑,致對方的客氣話,意同“尊裁”。台,舊時對人的敬稱。鑑,審察。“台鑑不錯”謂“您裁奪得很對”。

[17] 攬,原作覽,據涵芬樓藏本改。

[18] 枝葉,枝、葉都是樹木的一部分,此處係比喻吴蜀兩國的關係,意思是像魯肅那樣瑣細計較,對原來密切的吴蜀都很不利。後文中“枝葉”作“關係”解,“甚枝葉”,猶“有甚麽關係?”

[19] 豁口截舌,割開嘴,截斷舌頭。意謂説這些不該説的話,真當割嘴斷舌。

[20] 吴、越,春秋時,吴越世爲敵國,後人用之以喻敵對關係。

[21] 信近於義,言可復也,語見《論語·學而》篇。集註:“信,約信也;義者,事之宜也;復,踐言也。言約信而合其宜,則言必可踐矣。”

[22] 去食去兵二句:《論語·顔淵》:“足食足兵,民信之矣。子貢曰:必不得已而去,於斯三者何先?曰:去兵。子貢曰:必不得已而去,於斯二者何先?曰:去食。——自古皆有死,民無信不立。”意思是説,信用最重要。

[23] 大車無輗(ní 倪)三句:《論語·爲政》:“子曰:人而無信,不知其可也。大車無輗,小車無軏,其何以行之哉?”輗、軏俱駕車之工具,缺少它就不能行走。此處喻人無信用就難以在社會上生存下去。

[24] 劍界,猶劍戒,劍鳴報警之意。王惲《秋澗集·劍戒》:“僕有一劍……每臨静夜,屢聆悲鳴。比復作聲,錚然也。且聞百煉之精,或嘗試人者鳴,世傳以爲劍戒。”

[25] 頭一遭二句:文丑,袁紹所部名將。蔡陽,《三國志·魏書》作蔡揚,曹操部下的將軍。關羽殺文丑、蔡陽事,與史書記載不符,而與元代新安虞氏刊印的《全相三國志平話》相合;故事來源可能出自宋元民間藝人的“講史”。

[26] 温侯,吕布,字奉先,東漢九原人。官奮威將軍,封温侯。據史書記載爲曹操所殺。

[27] 不克己,不肯喫虧。

[28] 魑(chī 癡)魅(mèi 妹),古代傳説中害人的山林精怪。此處謂寶劍可以辟邪。

[29] 攝劍,拔劍。

[30] 先交,同“先教”。

[31] 蟄,藏。

[32] 踅(xué 學),往返盤旋。

[33] 間别,分離,阻絶。

[34] 喬怯,畏懼。

[35] 隨邪,不正經。

[36] 吾當,吾,我;當字係語助詞。"吾當"在雜劇中常用作帝王的自稱。關羽世稱"關大王",故亦沿用之。

[37] 臧宫,作者在本劇中創造的人物。

[38] 常、恒,恒當作"衡"。常山即恒山,與衡、泰、華、嵩合稱"五嶽"。

[39] 菱花,古代鏡子的代稱,以銅鏡背面的裝飾圖案多用菱花之故。

[40] 破鏡,象徵決裂與分離,鏡與"子敬"的"敬"諧音,語意雙關。

[41] 張儀,戰國時魏人,相於秦,曾遊説六國連横事秦,後封武信君。蒯通,楚漢相争時辯士,武臣用其計,降燕趙三十餘城;韓信從其策,得平齊地。二人皆辯士之佼佼者。

[42] 伶俐,作乾净利落解。

[43] 紫袍銀帶,均古代官員服飾,此處用喻高級官員。公人,指官員。

[44] 急颭颭,船隻順風疾行貌。

[45] 梢公,梢,船尾,在船尾掌舵的人稱"梢公"。

[46] 棹(zhào 趙),槳。

[47] 不分明夜,不分白天和夜晚。《西廂記》第二本第四折鶯鶯埋怨老夫人"俺娘無夜無明并女工",無夜無明意與此同。

[48] 趁,此處同"稱"。趁心即"稱心"。

[49] 急且裏,匆忙急迫之間。

馬致遠雜劇

馬致遠,號東籬,大都(今北京市)人,生卒年不詳,是元代劇壇前期與關漢卿、白樸並稱的重要作家。曾做過江浙省務提舉。仕途的黑暗與元蒙貴族集團推行的民族歧視政策,使他在不滿現實的同時,接受了道教思想的影響,走向消極遁世。晚年隱居。馬致遠是元貞書會的中堅人物,曾與藝人花李郎等合撰雜劇《黄粱夢》;所作雜劇今知有十五種,僅存六種,其中《破幽夢孤雁漢宮秋》最爲杰出。其他作品,多寫神仙道化,價值不高。

破幽夢孤雁漢宮秋

《漢宮秋》是一部著名的歷史悲劇,作品以長期流傳民間的王昭君故事爲題材,突破前人在處理這一題材時嗟嘆"紅顔薄命"或哀其"遠適荒漠"的窠臼,假漢元帝與王昭君的生離死別,歌頌了真摯的愛情,同時突出地表現了王昭君的民族氣節與對祖國、家鄉的深刻懷念。作者把導致悲劇的原因,歸結爲統治集團的腐敗無能和國力的衰微,聯繫馬致遠所生活的民族壓迫深重的年代,作品的創作意圖與價值,仍然是很明顯的。作品美化了漢元帝的感情,誇大了毛延壽個人的作用,表現了作者思想的局限性。

第三折

【解題】 作者首先刻畫了在對敵人屈服的情况下,漢元帝内心的惆悵情緒。其次描寫王昭君在番漢交界處,留下"漢家衣服",舉一杯酒望南澆奠後,縱身投江。這些正是主題最明朗化的表現。

(番使擁旦上,奏胡樂科,旦云)妾身王昭君,自從選入宮中,被毛延壽將美人圖點破,送入冷宮。甫能得蒙恩幸,又被他獻與番王形像[1]。今擁兵來索,待不去,又怕江山有失;没奈何將妾身出塞和番。這一去,胡地風霜,怎生消受也!自古道:"紅顔勝人多薄命,莫怨春風當自嗟。"(駕引文武内官上[2],云)今日灞橋餞送明妃,卻早來到也。(唱)

【雙調新水令】 錦貂裘生改盡漢宮妝[3],我則索看昭君畫圖模樣[4]。舊恩金勒短,新恨玉鞭長。本是對金殿鴛鴦;分飛翼,怎承望!

(云)您文武百官計議,怎生退了番兵,免明妃和番者。(唱)

【駐馬聽】 宰相每商量,大國使還朝多賜賞。早是俺夫妻悒怏,小家兒出外也摇裝[5]。尚兀自渭城衰柳助凄涼,共那灞橋流水添惆悵。偏您不斷腸,想娘娘那一天愁都撮在琵琶上。

(做下馬科)(與旦打悲科[6])(駕云)左右慢慢唱者,我與明妃餞一盃酒。(唱)

【步步嬌】 您將那一曲陽關休輕放,俺咫尺如天樣,慢慢的捧玉觴。朕本意待尊前捱些時光,且休問劣了宮商[7],您則與我半句兒俄延着唱。

(番使云)請娘娘早行,天色晚了也。(駕唱)

【落梅風】 可憐俺別離重,你好是歸去的忙。寡人心先到他李陵臺上[8],回頭兒卻纔魂夢裏想，便休題貴人多忘。

(旦云)妾這一去，再何時得見陛下？把我漢家衣服都留下者。(詩云)正是：今日漢宫人，明朝胡地妾；忍着主衣裳，爲人作春色！(留衣服科)(駕唱)

【殿前歡】 則甚麽留下舞衣裳，被西風吹散舊時香。我委實怕宫車再過青苔巷，猛到椒房[9]，那一會想菱花鏡裏妝，風流相，兜的又横心上。看今日昭君出塞，幾時似蘇武還鄉？

(番使云)請娘娘行罷，臣等來多時了也。(駕云)罷罷罷，明妃你這一去，休怨朕躬也。(做别科，駕云)我那裏是大漢皇帝！(唱)

【鴈兒落】 我做了别虞姬楚霸王，全不見守玉關征西將。那裏取保親的李左車，送女客的蕭丞相[10]？

(尚書云)陛下不必挂念。(駕唱)

【得勝令】 他去也不沙架海紫金梁[11]，枉養着那邊庭上鐵衣郎。您也要左右人扶侍，俺可甚糟糠妻下堂[12]？您但提起刀鎗，卻早小鹿兒心頭撞[13]。今日央及煞娘娘[14]，怎做的男兒當自強！

(尚書云)陛下，咱回朝去罷。(駕唱)

【川撥棹】 怕不待放絲繮，咱可甚鞭敲金鐙響。你管燮理陰陽，掌握朝綱，治國安邦，展土開疆；假若俺高皇，差你個梅香，背井離鄉，臥雪眠霜，若是他不戀恁春風畫堂，我便官封你一字王[15]。

(尚書云)陛下不必苦死留他，着他去了罷。(駕唱)

【七弟兄】 説甚麽大王、不當、戀王嬙，兀良[16]，怎禁他臨去也回頭望！那堪這散風雪旌節影悠揚，動關山鼓角聲悲壯。

【梅花酒】 呀！俺向着這迥野悲涼。草已添黄，兔早迎霜[17]。犬褪得毛蒼，人搠起纓鎗，馬負着行裝，車運着餱糧，打獵起圍場。他他他，傷心辭漢主；我我我，攜手上河梁。他部從入窮荒，我鑾輿返咸陽。返咸陽，過宫牆；過宫牆，遶迴廊；遶迴廊，近椒房；近椒房，月昏黄；月昏黄，夜生涼；夜生涼，泣寒螿；泣寒螿，緑紗窗；緑紗窗，不思量！

【收江南】 呀！不思量，除是鐵心腸；鐵心腸，也愁淚滴千行。美人圖今夜掛昭陽，我那裏供養，便是我高燒銀燭照紅妝。

(尚書云)陛下回鑾罷，娘娘去遠了也。(駕唱)

【鴛鴦煞】 我煞大臣行説一個推辭謊，又則怕筆尖兒那火編修講[18]。不見他花朶兒精神，怎趁那草地裏風光？唱道竚立多時，徘徊半晌，猛聽的塞鴈南翔，呀呀的聲嘹喨，卻原來滿目牛羊，是兀那載離恨的氈車半坡裏響[19]。(下)

(番王引部落擁昭君上，云)今日漢朝不棄舊盟，將王昭君與俺番家和親。我將昭君封爲寧胡閼氏，坐我正宫。兩國息兵，多少是好。衆將士，傳下號令，大衆起行，望北而去。(做行科)(旦問云)這裏甚地面了？(番使云)這是黑龍江[20]，番漢交界去處；南邊屬漢家，北邊屬我番國。(旦云)大王，借一盃酒，望南澆奠，辭了漢家，長行去罷。(做奠酒科，云)漢朝皇帝，妾身今生已矣，尚待來生也。(做跳江科)(番王驚救不及，嘆科，云)嗨！可惜，可惜！昭君不肯入番，投江而死。罷罷罷，就葬在此江邊，號爲青塚者。

我想來,人也死了,枉與漢朝結下這般讎隙,都是毛延壽那廝搬弄出來的。把都兒[21],將毛延壽拿下,解送漢朝處治。我依舊與漢朝結和,永爲甥舅,卻不是好?(詩云)則爲他丹青畫誤了昭君,背漢王暗地私奔;將美人圖又來哄我,要索取出塞和親。豈知道投江而死,空落的一見消魂。似這等姦邪逆賊,留着他終是禍根;不如送他去漢朝哈喇[22],依還的甥舅禮兩國長存。(下)

影明本臧晉叔編《元曲選》甲集上

【註釋】

[1] 形像,圖像。

[2] 駕,元雜劇中皇帝的代稱,所謂"駕頭雜劇"即扮演帝王的雜劇。

[3] 生,生硬、勉強。

[4] 則索,只得。則,同"只"。

[5] 摇裝,本作"遥裝",南北朝相沿下來的習俗:凡遇遠行,必擇一吉日先期出門,家人親友亦須餞送如儀,旋即返回,改日正式出發,或寓此行必定平安之意。

[6] 打悲,裝做悲傷的樣子。打,此處作"做"解。

[7] 宫商,指腔調。這句説,不要管荒腔走板。

[8] 李陵臺,李陵,漢武帝時勇將,因孤軍深入,戰敗無援而投降匈奴。李陵臺在元代的上京。

[9] 椒房,《漢書·車千秋傳》顔師古註云:"椒房,殿名,皇后所居也。以椒和泥塗壁,取其温而芳也。"

[10] 保親的李左車二句:保親與送客相對成文,送客,係宋元婚禮中送親者的稱呼。李左車,謀士,曾佐韓信下燕齊二國。蕭丞相,即蕭何,漢初功臣。據史書二人俱無送親事,此處係借漢元帝口,譏諷朝中以賢臣名將自居的文武均貪生怕死之徒,只能推舉昭君和番以息邊患,並保全自已的富貴。

[11] 不沙,不是那。架海紫金梁,喻國家所倚重的文武大臣。

[12] 糟糠妻,貧賤時共患難的妻子。《後漢書·宋弘傳》記宋弘對漢光武帝劉秀語:"臣聞貧賤之知不可忘,糟糠之妻不下堂。"

[13] 小鹿兒心頭撞,言心情緊張時,心臟激烈跳動,猶小鹿撞觸心頭。

[14] 央及,央求。煞,同"索",要的意思。

[15] 一字王,遼、元之際地位尊貴的王稱,如趙王、燕王之類;若郡王,王稱前必冠以兩字,如咸安郡王,謂之二字王,其地位較一字王爲卑。漢無此名稱,劇中係借用。

[16] 兀良,襯字,無義,但有加強語氣的作用。

[17] 免,原作"色",今據明顧曲齋刻本改。

[18] 我煞大臣行二句:火,通"伙",即夥。蓋古代皇帝言行,俱有史官筆録,故劇中漢元帝作此語。這兩句是説,我要向大臣們説一個推託的謊,又只怕那班筆頭兒的史官囉唣。

[19] 氊車,古代北方少數民族政權后妃所乘之車,以錦緣青氊作車蓋。

[20] 黑龍江,當爲黑江,龍字是衍文。題目作"沉黑江明妃青塚恨",可證。

[21] 把都兒,蒙古語"勇士"的音譯,元雜劇中多作武士、兵士和將士解。

[22] 哈喇,蒙古語,殺。

王實甫雜劇

王實甫，名德信，字實甫，大都（今北京市）人。王氏雖較關漢卿爲晚出，但也是元代劇壇最有才華的杰出作家之一。其生卒年不詳，主要活動時期約在元貞、大德間（即公元一二九五——一三〇七年）。據賈仲明弔詞《凌波仙》的介紹，王實甫在當時就享有盛名，又嘗混跡青樓，多與演員、歌妓往來。所作雜劇十四種，僅存《西厢記》、《麗春堂》、《破窰記》三種及《芙蓉亭》、《販茶船》各一折；其代表作即中外馳名的《西厢記》。

崔鶯鶯待月西厢記

《西厢記》是元代愛情劇中的杰作。故事雖本元稹《鶯鶯傳》，實際上卻是從董解元《西厢記諸宫調》脱胎而來的。劇情寫書生張珙與相國小姐崔鶯鶯在普救寺一見鍾情，卻因禮教的阻隔無從親近。恰值叛將孫飛虎率兵圍寺，索取鶯鶯；張生在老夫人親口許婚後，依靠友人白馬將軍杜確的幫助，解除了危難。不料老夫人卻食言賴婚，致使張生相思成病。在紅娘的熱情幫助下，鶯鶯經歷了艱苦的思想鬥争，終於冲破了禮教的約束，與張生自由結合。可是頑固的老夫人卻以門第爲由，强迫張生上京應試，而張生卒中狀元，實現了與鶯鶯團聚的夙望。作品在批判封建禮教與婚姻制度的同時，通過鶯鶯與張生等反抗禮教的典型形象的塑造，熱情地謳歌了青年一代追求個性解放與美好理想的戰鬭精神，從而把崔、張的愛情故事提到了一個新的高度。

《西厢記》的藝術成就也很卓越。形象生動，個性鮮明，尤以崔鶯鶯最爲成功。作者寫她内心錯綜複雜的矛盾，"對人前巧語花言，没人處便想張生，背地裏愁眉淚眼"，深刻地反映了那個時代青年一代與禮教的激烈衝突，表現了靈魂覺醒的真實過程。作品體制宏偉，長達五本二十一折，與明初《西遊記》同爲元明雜劇所僅見。文詞華美生動，極具詩情畫意，諸如"碧雲天，黄花地，西風緊，北雁南飛。曉來誰染霜林醉，總是離人淚"等名句，數百年來，衆口交譽。

第三本　張君瑞害相思

第　二　折

【解題】 老夫人賴婚後，張生心情鬱憤，竟致卧病書齋。這一折寫他與鶯鶯由於紅娘的傳書寄簡，互通情愫，使張生於絶望之際重新萌發了對幸福的希望。其中極寫紅娘見義勇爲、甘冒風險的熱忱，頌揚了由紅娘所代表的勞動人民高尚的道德品質；也寫出了張生對鶯鶯的志誠。尤其是鶯鶯在封建禮教的壓抑和對紅娘的誤解下，不敢大膽地暴露自己對張生的真實感情，偏要在看過張生的簡帖後故作嗔怒，赴約時又突然賴簡，假意責備張生行止不端，這些情節具有强烈的戲劇性，在構思和人物思想性格的細緻刻畫方面，都充分地展示了作者的創作才能。

(旦上云)紅娘伏侍老夫人不得空便,偌早晚敢待來也[1]。起得早了些兒,困思上來,我再睡些兒咱。(睡科)(紅上云)奉小姐言語去看張生,因伏侍老夫人,未曾回小姐話去。不聽得聲音,敢又睡哩!我入去看一遭。(紅唱)

【中吕】【粉蝶兒】 風静簾閑,透紗窗麝蘭香散,啓朱扉摇響雙環。絳臺高[2],金荷小[3],銀釭猶燦[4]。比及將煖帳輕彈[5],先揭起這梅紅羅軟簾偷看[6]。

【醉春風】 則見他釵嚲玉斜横[7],髻偏雲亂挽。日高猶自不明眸[8],暢好是懶、懶[9]。(旦做起身長嘆科)(紅唱)半晌擡身,幾回搔耳,一聲長嘆。

(紅云)我待便將簡帖兒與他[10],恐俺小姐有許多假處哩[11]。我則將這簡帖兒放在妝盒兒上,看他見了説甚麽。(旦做照鏡科,見簡看科)(紅唱)

【普天樂】 晚妝殘,烏雲嚲,輕勻了粉臉,亂挽起雲鬟。將簡帖兒拈,把妝盒兒按,拆開封皮孜孜看[12],顛來倒去不害心煩。(旦怒叫)紅娘!(紅做意云)呀!決撒了也[13]!(紅唱)俺厭的早扢皺了黛眉[14],(旦云)小賤人,不來怎麽!(紅唱)忽的波低垂了粉頸[15],氲的呵改變了朱顔[16]。

(旦云)小賤人,這東西那裏將來的?我是相國的小姐,誰敢將這簡帖兒來戲弄我?我幾曾慣看這等東西?告過夫人,打下你個小賤人下截來。(紅云)小姐使將我去,他着我將來。我不識字,知他寫着甚麽?(紅唱)

【快活三】 分明是你過犯[17],没來由把我摧殘;使別人顛倒惡心煩。你不慣,誰曾慣?

(紅云)姐姐休鬧,比及你對夫人説呵,我將這簡帖兒去夫人行出首去來。(旦揪住紅科)我逗你耍來。(紅云)放手,看打下下截來。(旦云)張生近日如何?(紅背云)我則不説。(旦云)好姐姐,你説與我聽咱!(紅唱)

【朝天子】 張生近間、面顔,瘦得來實難看。不思量茶飯,怕見動彈;曉夜將佳期盼,廢寢忘飡。黄昏清旦,望東牆淹淚眼。

(旦云)唤個好太醫看他證候咱[18]。(紅云)他證候喫藥不濟。(紅唱)病患要安,則除是出幾點風流汗。

【四邊静】 怕人家調犯[19],"早共晚夫人見些破綻,你我何安[20]。"問甚麽他遭危難?嗜攛斷、得上竿,掇了梯兒看[21]。

(旦云)紅娘,不看你面呵,我將與夫人,看他有甚麽面顔見夫人?雖然我家虧他,只是兄妹之情,焉有外事。紅娘,早是你口穩哩;若別人知呵,甚麽模樣!將描筆兒過來[22],我寫將去回他,着他下次休是這般。(旦做寫科,起身科,云)紅娘,你將去説:"小姐看望先生,相待兄妹之禮[23],如此非有他意。"再一遭兒是這般呵,必告夫人知道。和你個小賤人都有説話。(旦擲書下)(紅唱)

【脱布衫】 小孩兒家口没遮攔,一迷的將言語摧殘[24]。把似你使性子[25],休思量秀才,做多少好人家風範[26]。(紅娘拾書科)

【小梁州】 他爲你夢裏成雙覺後單,廢寢忘飡。羅衣不奈五更寒[27],愁無限,寂寞淚闌干[28]。

【幺】 似這等辰勾空把佳期盼[29],我將這角門兒世不曾牢拴[30],則願你做夫妻無危難。我向筵席頭上整扮,做一個縫了口的撮合山[31]。

(紅云)我若不去來,道我違拗他,那生又等我回話,我須索走一遭。(下)

(末上云)那詩倩紅娘將去,未見回話。我這封書去,必定成事。這早晚敢待來也。(紅上云)須索回張生話去。小姐,你性兒忒慣得嬌了;有前日的心,那得今日的心來?(紅唱)

【石榴花】 今日個晚妝樓上杏花殘,猶自怯衣單,那一片聽琴心,清露月明間。昨日個向晚,不怕春寒,幾乎險被先生饌[32],那其間豈不胡顏[33]。爲一個不酸不醋風魔漢,隔牆兒險化望夫山。

【鬥鵪鶉】 你用心兒撥雨撩雲[34],我好意兒與他傳書寄簡。不肯蒐自己狂爲[35],則待要覓別人破綻。受艾焙權時忍這番[36],暢好是奸。"張生是兄妹之禮,焉敢如此[37]!"對人前巧語花言;——没人處便想張生,——背地裏愁眉淚眼。

(紅見末科)(末起云)小娘子來了。擎天柱[38],大事如何了也?(紅云)不濟事了,先生休傻。(末云)小生簡帖兒是一道會親的符籙,則是小娘子不用心,故意如此。(紅云)我不用心?有天哩,你那簡帖兒好聽!(紅唱)

【上小樓】 這的是先生命慳,須不是紅娘違慢。那簡帖兒倒做了你的招狀,他的勾頭[39],我的公案。若不是覷面顔,厮顧盼[40],擔饒輕慢[41]。(紅云)先生受罪,禮之當然。賤妾何辜?争些兒把你娘拖犯[42]。

【幺】 從今後相會少,見面難。月暗西廂,鳳去秦樓[43],雲斂巫山[44]。你也赸,我也赸,請先生休訕[45],早尋個酒闌人散。

(紅云)只此再不必申訴足下肺腑,怕夫人尋,我回去也。(末云)小娘子此一遭去,更着誰與小生分剖;必索做一個道理,方可救得小生一命。(末跪下揪住紅科)(紅云)張生是讀書人,豈不知此意,其事已知矣。(紅唱)

【滿庭芳】 你休要呆裏撒奸[46];你待要風情美滿,卻教我骨肉摧殘[47]。老夫人手執着棍兒摩娑看,粗麻綫怎透得針關。直待我拄着拐幫閑鑽懶,縫合脣送暖偷寒[48]。(紅云)待去呵,小姐性兒撮鹽入火[49]。(唱)消息兒踏着泛[50];(紅云)待不去呵,(末跪哭云)小生這一個性命,都在小娘子身上。(紅唱)禁不得你甜話兒熱趲[51],好教我兩下裏做人難。

(紅云)我没來由分説!小姐回與你的書,你自看。(末接科,開讀科)呀,有這場喜事!撮土焚香,三拜禮畢。早知小姐簡至,理合遠接,接待不及,勿令見罪!小娘子,和你也歡喜[52]。(紅云)怎麽?(末云)小姐駡我都是假。書中之意,着我今夜花園裏來,和他哩,也波哩,也囉哩[53]。(紅云)你讀書我聽。(末云)是四句詩:"待月西廂下,迎風户半開,隔牆花影動,疑是玉人來。"(紅云)怎見得他着你來?你解與我聽咱。(末云)"待月西廂下",着我月上來。"迎風户半開",他開門等我。"隔牆花影動,疑是玉人來",着我跳過牆來。(紅云)他着你跳過牆來,你做下來。端的有此説麽?(末云)我是個猜詩謎的社家[54],風流隋何,浪子陸賈[55],我那裏有差的勾當。(紅云)你看我姐姐,在我行也使道兒[56]。(紅唱)

【耍孩兒】 幾曾見寄書的瞞着魚雁[57],小則小心腸兒轉關[58]。寫着道"西廂待月"等得更闌,着你跳東牆"女"字邊"干"[59]。原來那詩句兒裏包籠着三更棗[60],簡帖兒裏埋伏着九里山[61]。他着緊處將人慢[62],您會雲雨鬧中取静,我寄音書忙裏偷閑。

【四煞】 紙光明玉板[63],字香噴麝蘭,行兒邊湮透的非是春汗?一緘情淚紅猶濕,滿紙春心墨未乾。從今後休疑難。放心波學士,穩情取金雀丫鬟[64]。

【三煞】 他人行別樣親[65],俺根前取次看[66],更做道孟光接了梁鴻案[67]。別人行甜言美語三冬暖,我根前惡語傷人六月寒[68]。我爲頭兒看:看你個離魂倩女[69],怎發付擲果潘安[70]。

(末云)小生讀書人,怎跳得那花園過?(紅唱)

【二煞】 隔牆花又低,迎風户半拴,偷香手段今番按[71],怕牆高怎把龍門跳[72]?嫌花密難將仙桂攀。放心去,休辭憚;你若不去呵,望穿他盈盈秋水[73],蹙損了淡淡春山[74]。

(末云)小生曾到花園,已經兩遭,不見那好處;這一遭知他又如何?(紅云)如今不比往常。

【收尾】 你雖是去兩遭[75],我敢道不如這番。隔牆酬和都胡侃[76],證果的是今番這一簡[77]。(紅下)

(末云)嘆萬事自有分定,誰想小姐有此一場好處。小生是猜詩謎的社家,風流隋何,浪子陸賈,到那裏扢扎幫便倒地[78]。今日頽天百般的難得晚。天,你有萬物於人,何故争此一日?疾下去波!(末念)讀書繼晷怕黄昏,不覺西沉強掩門;欲赴海棠花下約,太陽何苦又生根?(末云)呀,纔晌午也!再等一等。(又看科)今日百般的難得下去也呵。碧天萬里無雲,空勞倦客身心,恨殺魯陽貪戰[79],不覺紅日西沉!呀,卻早倒西也,再等一等咱。無端三足烏[80],團團光爍爍;安得后羿弓[81],射此一輪落!謝天地!卻早日下去也!卻早發擂也[82]!呀,卻早撞鐘也!拽上書房門,到得那裏,手挽着垂楊滴溜撲跳過牆去[83]。(下)[84]

【註釋】

[1] 偌,猶言"這",偌早晚即"這時候"。

[2] 絳臺,絳,赤色;絳臺指紅色的燭臺。

[3] 金荷,燭臺上承燭淚的銅盤。

[4] 銀釭(gāng 缸),燈燭。宋晏幾道《鷓鴣天》詞:"今宵剩把銀釭照,猶恐相逢在夢中!"

[5] 煖,同"暖"。

[6] 梅紅羅,深紅色的綾羅。

[7] 軃,斜墜。玉,指玉釵。

[8] 不明眸,不肯睁開眼。

[9] 暢好是,真是,正是。

[10] 簡帖兒,書信,後文"簡帖"同此。

[11] 假處,謂裝模作樣。此後鶯鶯嗔簡、擲書,一如紅娘所料,蓋於平日早已熟知性情。

[12] 孜孜,專心注視的樣子。

[13] 決撒,拆穿,敗露。

[14] 扢(gē 格)皺了黛眉,皺起了眉頭。

[15] 波,襯字,無義。

[16] 氳的,同"暈的"。此處含有惱怒、嗔怪之意。

[17] 過犯,過失。

[18] 證候,即症候。
[19] 調犯,説閒話、譏刺之意。
[20] 早共晚夫人見些破綻二句:故意模擬鶯鶯裝腔作勢的口吻。
[21] 喒攛斷二句:攛斷,同"攛掇",慫恿之意。掇了梯兒看,當時流行的成語。這兩句的意思是,慫恿人家。
[22] 描筆兒,女孩家用以描圖刺綉之筆,與常人書信用筆不同,蓋後者閨中多不備,禮教之所防也。
[23] 相,原本作"可",據王季思校註本改。
[24] 小孩兒二句:没遮攔,謂説話不顧輕重,脱口而出。一迷的,一味。
[25] 把似,與其。
[26] 風範,模樣。
[27] 奈,同"耐"。南唐李煜《浪淘沙》詞:"羅衾不耐五更寒。"
[28] 淚闌干,眼淚縱橫。闌干,縱横散亂貌。
[29] 辰勾,水星。因離太陽的角距不超過 28°,肉眼不容易見到。此處喻盼佳期如等待看到辰星一樣困難。
[30] 世,長時間。
[31] 撮合山,媒人。
[32] 先生饌,《論語・爲政》:"有酒食,先生饌。"原意是學生應取酒食奉養老師,此處借作調侃,意謂險些被你張先生喫了。
[33] 胡顔,羞愧無顔。
[34] 撥雨撩雲,指挑動鶯鶯的感情。
[35] 蒐,檢查。
[36] 艾焙,以艾草燻灼患處。
[37] 張生是兄妹之禮二句:係紅娘倣效鶯鶯口吻。
[38] 擎天柱,張生對紅娘的稱謂,表示倚重。
[39] 勾頭,逮捕罪犯的拘票。
[40] 厮,作"相"解。
[41] 擔饒,寬恕。
[42] 争些兒,差一點。你娘,紅娘自指。此句謂差一點連累了我。
[43] 鳳去秦樓,古代傳説:秦穆公以愛女弄玉嫁蕭史,蕭史善吹簫,嘗教弄玉吹作鳳鳴,羣鳳畢集,二人乃雙雙乘之仙去。
[44] 雲斂巫山,古代傳説:楚襄王嘗遊高唐,夢與巫山神女歡會,去時謂王曰:"妾在巫山之陽,高丘之阻,旦爲朝雲,暮爲行雨,朝朝暮暮,陽臺之下。"後人常用"巫山雲雨"借指男女幽會。以上三句猶云歡會無期。
[45] 你也赸三句:赸(shàn 訕),跳躍,此處謂走開,后文聯用即大家散伙之意。訕,羞慚。休訕,即不必羞慚。
[46] 呆裏撒奸,謂外作癡呆,内懷奸詐。
[47] 卻,原本作"都",今據王季思校註本改。

[48] 直待我二句：直待我,謂簡直要我。“幫閑鑽懶”、“送暖偷寒”都是爲別人效勞出力的最費工夫口舌的事。卻還需在瘸了腿、破了嘴等極困難的條件下去完成這類任務,那是很艱巨的。這兩句話的意思是説,簡直是叫我拚了老命去爲你拉皮條。

[49] 撮鹽入火,鹽着火即爆,喻性子急躁。

[50] 消息兒踏着泛,消息,謂機關的樞紐,亦稱“泛子”或“泛”,誤踏着便中了機關。

[51] 熱趲(zǎn 贊上),急忙地奔走。熱,副詞,形容催逼得緊。趲,快走。

[52] 和,連。

[53] 也波哩,也囉哩,“哩”、“囉”原係歌曲結尾處腔聲,此處隱指男女之事。

[54] 社家,宋元時代,掌握專門技藝的高手,常常結成團體,如“遏雲社”、“緋緑社”、“齊雲社”,或以清歌見長,或以蹴踘取勝,相聚較量。在社者或經常參與活動者均係行家。張生此處猶自詡爲猜謎的老手。

[55] 隋(亦作隨)何、陸賈,均漢初謀士,多才而善辯。

[56] 道兒,詭計。

[57] 魚雁,此處指傳書遞信的人。蓋古時有魚腹藏書、鴻雁傳書的傳説。

[58] 轉關,打埋伏,使巧。

[59] “女”字邊“干”,合之爲“奸”字。

[60] 三更棗,棗與“早”諧音,出佛教故事：禪宗五祖弘忍,欲傳法於六祖慧能,賜以粳米三粒、棗子一枚,慧能乃悟其義爲三“更”“早”去。此處謂鶯鶯以詩句藏謎,暗約張生,係蹈五祖故智。

[61] 九里山,原係韓信設埋伏佈陣擊破項羽之處,此處喻鶯鶯簡帖裏打了埋伏,騙過了紅娘。

[62] 着緊處,緊要關頭。慢,怠慢。

[63] 玉板,光潔堅緻的紙,稱爲玉板箋。

[64] 穩情,十拿九穩靠得住。金雀丫鬟,指鶯鶯。

[65] 他人行,與後文中“別人行”同,謂“在別人面前”。

[66] 取次看,意思是小看了他。取次,輕忽。

[67] 見《竇娥冤》第二折註[18]。

[68] 別人行二句：三冬暖,六月寒,謂鶯鶯對張生温言婉語,對紅娘則態度粗暴,出語傷人。

[69] 離魂倩女,《太平廣記》陳玄祐《離魂記》,敍張倩娘因戀慕王宙,不同意乃父解除婚約之行,竟使魂魄脱離軀體追趕情人,與王宙同居五年,且生二子。後來偕歸衡州,魂身纔合一。元鄭德輝《倩女離魂》雜劇即據此改寫。此處以倩女喻鶯鶯。

[70] 擲果潘安,傳説晉代潘安容貌出衆,每乘車出,路旁的婦女爲表愛慕,争以果擲之。此處喻張生。

[71] 按,實行。

[72] 龍門,舊説：黄河鯉魚倘能跳過湍急的龍門,就能成龍。後人遂以跳龍門比喻士子考試及第,飛黄騰達。此處用作雙關語,指張生倘使缺乏跳牆的勇氣,就無法和鶯鶯相見。後文“嫌花密”句意思與此相對。

[73] 秋水,指眼睛,言其眼睛清澈如同秋水。

[74] 春山,指眉毛。謂雙眉若春山之秀。

[75] 雖,原本作“須”,據王季思校註本改。

[76] 胡侃,胡調、扯淡。

[77] 證果,佛教用語,證,證實。《五燈會元》:"依吾行者,定證妙果。"此謂經過實驗而有所得。

[78] 扢扎幫,形容動作迅速。

[79] 魯陽貪戰,《淮南子·覽冥》:"魯陽公與韓構難,戰酣日暮,援戈而揮之,日爲之退三舍。"此處謂太陽遲遲不落。

[80] 三足烏,指太陽。古代神話,謂太陽裏有三隻脚的金色烏鴉。

[81] 后羿弓,古代神話,謂堯時天有十日,草木焦枯。堯命后羿射之,羿援弓而發九矢,射落九日,僅留其一。

[82] 發擂,擊鼓。

[83] 滴溜撲,一作"滴流撲",跌倒、摔下的聲音。

[84] 此下弘治本原有紅娘上場説白,據別本删。

第 四 本

第 三 折

【解題】 在崔張的婚事肯定下來後,老夫人又提出張生必須進京應試,中得狀元方能成親的條件。這一折寫崔張的分別。全折情意纏綿,辭句華美,爲古代批評家所稱道。

(夫人、長老上,開[1])今日送張生赴京,就十里長亭,安排下筵席。我和長老先行,不見張生小姐來到。(旦、末、紅同上,旦云)今日送張生上朝取應去。早是離人傷感,況值那暮秋天氣,好煩惱人也呵!"悲歡聚散一杯酒,南北東西萬里程。"(旦唱)

【正宫】【端正好】 碧雲天,黄花地,西風緊,北雁南飛。曉來誰染霜林醉?總是離人淚。

【滚繡球】 恨相見得遲,怨歸去得疾。柳絲長玉驄難繫[2],恨不得倩疏林挂住斜暉。馬兒迍迍行[3],車兒快快隨,卻告了相思迴避[4],破題兒又早别離[5]。聽得道一聲"去也",鬆了金釧;遥望見十里長亭,減了玉肌。此恨誰知!

(紅云)姐姐今日不打扮?(旦云)紅娘呵,你那裏知道我的心哩!(旦唱)

【叨叨令】 見安排着車兒、馬兒,不由人熬熬煎煎的氣;有甚麽心情花兒、靨兒[6],打扮得嬌嬌滴滴的媚;准備着被兒、枕兒,則索昏昏沉沉的睡;從今後衫兒、袖兒,揾濕做重重疊疊的淚。兀的不悶殺人也麽哥,兀的不悶殺人也麽哥。久已後書兒、信兒,索與我恓恓惶惶的寄[7]。

(做到了科,見夫人了)(夫人云)張生和長老坐,小姐這壁坐,紅娘將酒來。張生,你向前來,是自家親眷,不要迴避。俺今日將鶯鶯與你,到京師休辱末了俺孩兒,挣揣一個狀元回來者[8]。(末云)小生託夫人餘蔭,憑着胸中之才,覷官如拾芥耳[9]。(潔云)夫人主張不差,張生不是落後的人。(把酒了,坐)(旦長吁了)(旦唱)

【脱布衫】 下西風黄葉紛飛,染寒烟衰草萋迷[10]。酒席上斜簽着坐地[11],蹙愁眉死臨侵地[12]。

【小梁州】 我見他閣淚汪汪不敢垂,恐怕人知。猛然見了把頭低,長吁氣,推整素羅衣。

【幺】 雖然久後成佳配,奈時間怎不悲啼[13]。意似癡,心如醉,昨宵今日,清減了小腰圍。

(夫人云)小姐把盞者!(紅遞酒了,旦把盞了)(旦唱)

【上小樓】 合歡未已,離愁相繼。想着俺前暮私情,昨夜成親,今日别離。我諗知,這幾日相思滋味,卻元來比别離情更增十倍。

【幺】 年少呵輕遠别,情薄呵易棄擲。全不想腿兒相壓,臉兒相偎,手兒相攜。你與俺崔相國做女婿,妻榮夫貴[14],但得一個並頭蓮,强似狀元及第。

(紅云)姐姐,不曾喫早飯,飲一口兒湯水。(旦云)紅娘呵,甚麽湯水咽得下。(唱)

【滿庭芳】 供食太急,須臾對面,頃刻别離。若不是酒席間子母每當迴避[15],有心待與他舉案齊眉。

【幺】 雖然是廝守得一時半刻,也合着俺夫妻共桌而食。眼底空留意,尋思起就裏,險化做望夫石[16]。

(夫人云)紅娘把盞者。(紅把酒科了)(旦唱)

【快活三】 將來的酒共食,嘗着似土和泥;假若便是土和泥,也有些土氣息、泥滋味。

【朝天子】 煖溶溶玉盃,白泠泠似水,多半是相思淚。眼面前茶飯怕不待要喫[17],恨塞滿愁腸胃。蝸角虚名[18],蠅頭微利[19],拆鴛鴦在兩下裏。一個這壁,一個那壁,一遞一聲長吁氣[20]。

(夫人云)輛起車兒[21],俺先回去,小姐隨後和紅娘來。(下)(末辭潔科)(潔云)此一行别無話説,貧僧準備買登科録,看做親的茶飯,少不了貧僧的。先生在意,鞍馬上保重者。"從今經懺無心禮,專聽春雷第一聲。"(下)(旦唱)

【四邊静】 霎時間杯盤狼藉,車兒投東,馬兒向西。兩意徘徊,落日山横翠。知他今宵宿在那裏?有夢也難尋覓。

(旦云)張生,此一行,得官不得官,疾早便回來。(末云)小姐心兒裏艱難。小生這一去,白奪一個狀元,真乃是:"青霄有路終須到,金榜無名誓不歸。"(旦云)君行别無所贈,口占一絶,爲君送行:"棄擲今何在,當時且自親,還將舊來意,憐取眼前人。"(末云)小姐之意差矣,張珙更敢憐誰?謹賡一絶,以剖寸心:"人生長遠别,孰與最關親?不遇知音者,誰憐長歎人?"(旦唱)

【耍孩兒】 淋漓襟袖啼紅淚[22],比司馬青衫更濕[23]。伯勞東去燕西飛[24],未登程先問歸期。雖然眼底人千里,且盡生前酒一杯。未飲心先醉,眼中流淚,心内成灰。

【五煞】 到京師服水土,趁程途,節飲食,順時自保揣身體[25]。荒村雨露宜眠早,野店風霜要起遲!鞍馬秋風裏,最難調護,最要扶持。

【四煞】 這憂愁訴與誰?相思只自知,老天不管人憔悴。淚添九曲黄河溢[26],恨壓三峯華岳低[27]。到晚來悶把西樓倚,見了些夕陽古道,衰草長堤。

【三煞】 笑吟吟一處來,哭啼啼獨自歸。歸家若到羅幃裏,昨日個繡衾香暖留春住,今夜個翠被生寒有夢知。留戀你别無意,見據鞍上馬,閣不住淚眼愁眉。

(末云)有甚言語囑付小生咱?(旦唱)

【二煞】 你休憂文齊福不齊,我則怕你停妻再娶妻[28]。你休要"一春魚雁無消息"!我這裏

“青鸞有信頻須寄”,你卻休“金榜無名誓不歸”。此一節君須記:若見了那異鄉花草,再休似此處棲遲?

(末云)再誰似小姐?小生又生此念[29]。僕童趕早行一程兒,早尋個宿處。(末念)淚隨流水急,愁逐野雲飛。(下)(旦唱)

【一煞】 青山隔送行,疏林不做美,淡烟暮靄相遮蔽[30]。夕陽古道無人語,禾黍秋風聽馬嘶。我爲甚麽懶上車兒内,來時甚急,去後何遲!

(紅云)夫人去好一會,姐姐,咱家去!(旦唱)

【收尾】 四圍山色中,一鞭殘照裏。徧人間煩惱填胸臆,量這些大小車兒如何載得起?(旦、紅下)

《古本戲曲叢刊》影明弘治本,並參考王季思註本

【註釋】

[1] 開,元雜劇術語,即開始説話的意思。

[2] 玉驄,馬的代稱,原指青白色的馬。

[3] 迍(tún 屯)迍,行動遲緩貌。

[4] 卻,通“恰”。

[5] 破題兒,開頭。唐宋文人稱詩賦起首幾句爲破題。明清小説中常有“破題兒第一遭”,有“頭一次”的含義。

[6] 靨(yè 夜),原指嘴邊的酒窩,此處是指婦女妝扮面部的一種首飾。《酉陽雜俎》:“近代妝尚靨,如射月曰‘黄星靨’。”

[7] 索,須。

[8] 挣揣,奪取。

[9] 拾芥,喻輕而易舉,言功名富貴唾手可得。芥,小草。

[10] 萋迷,草茂盛貌。衰草萋迷,謂枯草徧地。

[11] 酒席上斜簽着坐地,指張珙。簽,插。

[12] 死臨侵地,臨侵,指憔悴無力。“死”字此處疑作程度副詞,言極憔悴也。可與《趙禮讓肥》第二折中“黑臨侵的肌體羸”相參。

[13] 奈,無奈。

[14] 妻榮夫貴,此句當與上文“你與俺崔相國做女婿”聯讀。俗云:夫榮妻貴;鶯鶯既係相國家小姐,已具身份,那麽張生無須上京博取功名,亦可憑相國家女婿的身份取得富貴。這裏有埋怨之意。

[15] 若不是句:指老夫人在場,不得與張生親近。

[16] 嶮,同“險”,差一點。

[17] 怕不待要,難道不要。

[18] 蝸角虚名,《莊子·則陽》:“有國於蝸之左角者,曰蠻氏;國於蝸之右角者,曰觸氏,争地而戰,伏屍百萬。”此處“蝸角”作細微解;“蝸角虚名”,微不足道的名譽。

[19] 蠅頭微利,漢班固《難莊篇》云,世人競争利,如蠅之追逐肉汁,所沾無多。此處亦譏孜孜於微利之失。

[20] 一遞一聲,指鶯鶯與張生兩人不斷地吁嘆。遞,接連不斷。

[21] 輛起車兒,套上車子。

[22] 紅淚,《拾遺記》:“薛靈芸選入宮時,別父母,以玉唾壺承淚,壺即紅色。”

[23] 比司馬青衫更濕句:言別離之淒苦。白居易《琵琶行》:“江州司馬青衫濕。”

[24] 伯勞,鳴禽名,一名鵙,略大於雀,胸腹部茶色,尾及翼黑褐色。

[25] 保揣,保重。揣,量度。

[26] 九曲黄河,古之黄河,自孟津而北,分爲九道。

[27] 三峯華岳,謂華山蓮花峯、毛女峯、松檜峯。

[28] 停妻再娶妻,重婚。封建社會有停妻再娶條例,士人金榜題名後尤多再婚權貴之行,故鶯鶯出此語。

[29] 再誰似小姐二句:凌濛初曰:“徐文長評本,張生此語之後,即上馬而去。鶯鶯徘徊目送,不忍遽歸,乃有‘青山隔送行’等語,情景較合。”此處照改。

[30] 靄,雲氣。

高明戲文

高明,字則誠,號東嘉,又號菜根道人。瑞安(今浙江省瑞安縣)人。元末明初著名的戲曲家。約生於公元一三〇一年(元成宗大德五年),卒於公元一三七一年(明太祖洪武四年),一説卒於元至正十九年(一三五九)。嘗從元代理學家黄溍學,至正五年(一三四五)進士。先後任處州録事、福建行省都事、慶元路推官等職。任内,遇元人虐待漢人,高明曾委曲調護;與幕府論不合,則避而不治文書。元末方國珍據浙東,欲置他於幕下,力辭不就,即日解官。後即隱居寧波城東之櫟社,"以詞曲自娱"。朱元璋即位,聞其名,使使徵之,他以心疾辭,佯狂不復出。《琵琶記》爲其晚年作品。此外,戲文還有《閔子騫單衣記》,詩文有《柔克齋集》二十卷,均不傳。如皋冒氏小三吾亭輯得四十餘首,以入《永嘉詩人祠堂叢刻》。

琵琶記

《琵琶記》共四十二齣,敷衍趙五娘和蔡伯喈的故事。作者借用東漢歷史家蔡伯喈的名字,描寫了一個知識分子如何被迫上京應舉,如何被皇帝和牛丞相强行重婚和留在朝廷做官,表現他辭試不能、辭婚不能、辭官不能的痛苦。伯喈赴京以後,其妻趙五娘一人支撑門户。不幸的是,由於政治的黑暗、官吏的横行不法和嚴重的自然災害的侵襲,五娘一家三人受到饑餓的威脅。五娘以過人的毅力和獻身的精神贍養年過八旬的公婆。公婆餓死以後,她又祝髮買葬、羅裙包土,安葬了他們。然後携帶琵琶上路,進京尋找丈夫,歷盡艱苦。最後雖得到一個大團圓的結局,但本質上只能是一個深刻的社會悲劇。整個作品對封建科舉制度作了有力的控訴與批判,對元代政治的黑暗作了一定的揭露,對中國下層婦女的崇高品質作了熱情的歌頌。但作品也宣揚了封建道德,這是應予批判的思想糟粕。藝術上,它的結構别具一格,有的心理描寫較爲細膩,語言基本符合人物個性。《琵琶記》歷來被稱爲南戲中興之祖。這裏選了《糟糠自厭》一齣。

糟糠自厭

【解題】 蔡伯喈上京赴考以後,趙五娘獨自擔負起全家生活的重擔。由於連年饑荒,生活極其艱難,趙五娘典盡衣服首飾,千辛萬苦糴來糧米,供奉公婆,自己卻在背地裏以皮糠充饑。《糟糠自厭》雖也歌頌了封建倫理觀念,但在實際上,觀衆看到的是封建制度下不能掌握自己命運的婦女,在極端艱苦的生活環境中自我犧牲、捨己爲人的可貴精神和她們善良、勤樸、堅忍、盡責這些傳統的美好品質。該齣對造成這場悲劇的朝廷、權臣和科舉制度提出了控訴。曲詞樸素、形象,有强烈的感情色彩,絲絲入扣地表現了趙五娘的心理活動過程,深得曲家和讀者的贊賞。

(旦上唱)【山坡羊】 亂荒荒不豐稔的年歲[1],遠迢迢不回來的夫婿。急煎煎不耐煩的二親[2],軟怯怯不濟事的孤身己[3]。衣盡典,寸絲不掛體。幾番要賣了奴身己,争奈没主公婆教誰管取?(合)思之,虚飄飄命怎期?難捱,實丕丕災共危[4]。

【前腔】 滴溜溜難窮盡的珠淚，亂紛紛難寬解的愁緒。骨崖崖難扶持的病體[5]，戰欽欽難捱過的時和歲[6]。這糠呵，我待不喫你，教奴怎忍飢？我待喫呵，怎喫得？（介）苦，思量起來不如奴先死，圖得不知他親死時。（合前）

（白）奴家早上安排些飯與公婆，非不欲買些鮭菜[7]，争奈無錢可買。不想婆婆抵死埋冤，只道奴家背地喫了甚麽。不知奴家喫的卻是細米皮糠，喫時不敢教他知道，只得迴避。便埋冤殺了，也不敢分說。苦！真實這糠怎的喫得。（喫介）（唱）

【孝順歌】 嘔得我肝腸痛，珠淚垂，喉嚨尚兀自牢嗄住[8]。糠，遭礱被舂杵，篩你簸揚你，喫盡控持[9]。悄似奴家身狼狽[10]，千辛百苦皆經歷。苦人喫着苦味，兩苦相逢，可知道欲吞不去。（喫吐介）（唱）

【前腔】 糠和米，本是兩倚依，誰人簸揚你作兩處飛？一賤與一貴，好似奴家共夫婿，終無見期。丈夫，你便是米麽，米在他方没尋處。奴便是糠麽，怎的把糠救得人饑餒？好似兒夫出去，怎的教奴供給得公婆甘旨[11]？（不喫放椀介）（唱）

【前腔】 思量我生無益，死又值甚的！不如忍飢爲怨鬼。公婆老年紀，靠着奴家相依倚，只得苟活片時。片時苟活雖容易，到底日久也難相聚。謾把糠來相比，這糠尚兀自有人喫，奴家骨頭，知他埋在何處？

（外净上探，白）媳婦，你在這裏説甚麽？（旦遮糠介）（净蒐出，打旦介）（白）公公，你看麽？真個背後自逼邏東西喫[12]，這賤人好打！（外白）你把他喫了，看是什麽物事？（净荒喫介）（吐介）（外白）媳婦，你逼邏的是甚麽東西？（旦介）（唱）

【前腔】 這是穀中膜，米上皮，將來逼邏堪療饑。（外净白）這是糠，你卻怎的喫得？（旦唱）嘗聞古賢書，狗彘食人食[13]，公公，婆婆，須强如草根樹皮。（外净白）這的不嗄殺了你？（旦唱）嚼雪飡氈，蘇卿尤健[14]；飡松食柏，到做得神仙侶[15]，縱然喫些何慮？（白）公公，婆婆，别人喫不得，奴家須是喫得。（外净白）胡説！偏你如何喫得？（旦唱）爹媽休疑，奴須是你孩兒的糟糠妻室[16]！

（外净哭介，白）原來錯埋冤了人，兀的不痛殺了我！（倒介）（旦叫介）（唱）

【雁過沙】 他沉沉向迷途，空教我耳邊呼。公公，婆婆，我不能盡心相奉事，番教你爲我歸黄土。公公，婆婆，人道你死緣何故？公公，婆婆，你怎生割捨拋棄了奴？

（白）公公，婆婆。（外醒介）（唱）

【前腔】 媳婦，你耽飢事公姑[17]。媳婦，你耽飢怎生度？錯埋冤你也不肯辭，我如今始信有糟糠婦。媳婦，我料應不久歸陰府。媳婦，你休便爲我死的把生的受苦。（旦叫婆婆介）（唱）

【前腔】 婆婆，你還死，教奴家怎支吾[18]？你若死，教我怎生度？我千辛萬苦回護丈夫[19]，如今到此難回護。我只愁母死難留父，況衣衫盡解，囊篋又無。（外叫净介）（唱）

【前腔】 婆婆，我當初不尋思，教孩兒往皇都。把媳婦閃得苦又孤，把婆婆送入黄泉路，只怨是我相耽悮。我骨頭未知埋在何處所？

（旦白）婆婆都不省人事了，且扶入裏面去。正是：青龍共白虎同行[20]，吉兇事全然未保。（並下）

（末上白）福無雙至猶難信，禍不單行卻是真。自家爲甚説這兩句？爲鄰家蔡伯喈妻房，名唤做趙氏五娘子，嫁得伯喈秀才，方纔兩月，丈夫便出去赴選。自去之後，連年饑荒，家裏只有公婆兩口，年紀八十之上。甘旨之奉，虧殺這趙五娘子，把些衣服首飾之類盡皆典賣，糴些糧米做飯與公婆喫，他卻背地裏把些細米皮糠逼邏充饑。唧唧[21]，這般荒年飢歲，少什麽有三五個孩兒的人家，供膳不得爹娘。這個小娘子，真個今人中少有，古人中難得。那公婆不知道，顛倒把他埋冤；今來聽得他公婆知道[22]，卻又痛心都害了病[23]。俺如今去他家裏探取消息則個。(看介)這個來的卻是蔡小娘子，怎生恁地走得荒？(旦荒走上介，白)天有不測風雲，人有旦夕禍福。(見末介)公公，我的婆婆死了。(末介)我卻要來。(旦白)公公，我衣衫首飾盡行典賣，今日婆婆又死，教我如何區處？公公可憐見，相濟則個。(末白)不妨，婆婆衣衾棺槨之費，皆出於我，你但盡心承值[24]公公便了。(旦哭介)(唱)

【玉包肚】　千般生受[25]，教奴家如何措手？終不然把他骸骨[26]，没棺槨送在荒坵？(合)相看到此，不由人不珠淚流，正是不是冤家不聚頭。(末唱)

【前腔】　不須多憂，送婆婆是我身上有。你但小心承直公公，莫教又成不救。(合前)

(旦白)如此，謝得公公！只爲無錢送老娘。(末白)娘子放心，須知此事有商量。(合)正是：歸家不敢高聲哭，只恐人聞也斷腸。(並下)

《古本戲曲叢刊》影明陸貽典鈔校本

【註釋】

[1] 稔(rěn 荏)，指莊稼成熟。不豐稔，即荒歉年景。

[2] 不耐煩，猶言不能忍受。

[3] 身己，指自己的身體。《廣韻》："己，身也。"

[4] 實不不，即實實在在。

[5] 骨崖崖，瘦骨棱棱。

[6] 戰欽欽，即戰兢兢。憂懼重重、時提警戒之心的意思。

[7] 鮭(xié 鞋)菜，泛指魚菜。鮭，即魚類菜肴。

[8] 牢嗄(shà 霎)住，緊緊地卡住。

[9] 控持，猶言折磨。

[10] 悄，猶渾如、恰似、完全的意思。

[11] 甘旨，本意指美好的食物，這裏特指供養父母的食物。

[12] 逼邏，亦作辟邏、俾儸，安排、張羅的意思。

[13] 狗彘(zhì 至)食人食，語出《孟子・梁惠王》。原意說狗和豬竟喫人的食物。這裏意思相反，指狗和豬纔喫的糟糠，人卻在喫。

[14] 嚙雪飡氈二句：蘇卿即西漢蘇子卿，名武。武出使匈奴，匈奴逼降，不從，被關在大窖中。絶不飲食，"天雨雪，武臥齧雪，與旃毛並咽之"，得不死。尤，猶也。

[15] 飡松食柏，即以松、柏的葉子、果實充飢。舊傳神仙不食人間煙火，《抱朴子・仙藥篇》載，秦王子嬰的宮人避亂入山，有老人教她喫松葉松子，遂不饑不渴，冬不寒，夏不熱，至漢成帝時仍在。《列仙傳》說，赤松子好食柏子食，齒落更生。這裏是譬喻無糧食可喫。

[16] 糟糠妻室，指貧賤時艱苦與共的妻子，後人亦以自稱妻室。語見《後漢書・宋弘傳》。

[17] 耽飢，忍飢。

[18] 支吾，這裏是對付、支持的意思。

[19] 回護，曲爲辯護，袒護。

[20] 青龍共白虎，古時之星宿名，星命家因以青龍爲吉星，白虎爲兇星。

[21] 喞喞，即嘖嘖，贊嘆之聲。

[22] 今來，當時的口語，猶云近來。

[23] 元本無"病"字，痛作"用"，義不可解；今據明改本《陳繼儒評鼎鐫琵琶記》補正。

[24] 承值，即承直，侍奉、看護之意。

[25] 生受，道謝語，猶言難爲，有勞。

[26] 終不然，難道的意思。

四、散　曲

關漢卿散曲

作者介紹見前戲曲部份。

關漢卿除撰著雜劇外,兼寫散曲,今存套數十三篇、小令五十七支。數量雖不多,卻不乏出色的篇章。他的散曲,在藝術風格上帶有濃厚的民間文學氣息,樸素清新,形象鮮明,感情真摯,接近口語,體現了元代前期散曲的特徵。

四　塊　玉

別　情

【解題】 這一支小令描寫男女的離愁別恨,用平易的語言,寫出了不平靜的心情。

自送別,心難捨,一點相思幾時絶。憑闌袖拂楊花雪[1]。溪又斜,山又遮,人去也!

隋樹森編《全元散曲》

【註釋】

[1] 楊花雪,似雪一般的楊花。

南呂一枝花

不伏老(節録)

【解題】 這是關漢卿一篇較有名的散套,相當詳細地載述了他自己的生活、性格和愛好,對於瞭解關氏的生平、思想,具有重大的參考價值。這裏節選的〔黄鐘尾〕,風格豪放,與前面所選的表現離愁別恨的〔四塊玉·別情〕的委婉凄清迥然不同,相當鮮明地表現了關漢卿堅強不屈的反抗性格,不能簡單化地目爲風流放蕩。

【尾】 我是個蒸不爛、煮不熟、搥不匾[1]、炒不爆、響璫璫一粒銅碗豆[2]。恁子弟每,誰教你鑽入他鋤不斷、斫不下、解不開、頓不脱、慢騰騰千層錦套頭。我翫的是梁園月[3],飲的是東京酒[4];賞的是洛陽花[5],攀的是章臺柳[6]。我也會圍棋,會蹴踘[7],會打圍[8],會插科[9];會歌舞,會吹彈,會嚥作[10],會吟詩,會雙陸[11]。你便是落了我牙,歪了我嘴,瘸了我腿,折了我手,天賜與我這幾般兒歹症候[12],尚兀自不肯休[13]!則除是閻王親自喚[14],神鬼自來勾,三魂歸地府,七魄喪冥幽,天哪!那其間纔不向烟花路兒上走!

隋樹森編《全元散曲》

【註釋】

[1] 匾,同“扁”。

[2] 響,原作"嚮"。銅碗豆,原是青樓勾欄中對老狎客的暱稱;此處含有隱喻性格堅強的意思。

[3] 翫,習以爲常,此處作慣賞。梁園,漢時梁孝王好營宫室苑囿,嘗於大梁(今河南省開封市)築兔園以館賓客,日與遊樂其中,後世稱梁園。

[4] 東京,漢時以洛陽爲東京;五代至宋,皆以汴州(今開封市)爲東京。這裏指開封。

[5] 洛陽花,指牡丹。古人謂洛陽牡丹甲於天下,宋歐陽修曾撰《洛陽牡丹記》專誌之。

[6] 章臺柳,謂妓女。章臺,本漢時長安章臺下街名,舊時用爲妓院的代稱。據傳,唐韓翃與妓柳氏有婚姻之約,後從本官之淄青掌節度使書記,置柳氏於長安,一别三年。韓曾因思念賦詩云:"章臺柳,章臺柳,昔日青青今在否?"後柳氏爲番將沙叱利所奪,淄青諸將中有虞候許俊,頗具俠腸,乘間劫柳氏以歸韓。事見唐許堯佐撰傳奇《柳氏傳》,載《太平廣記》。

[7] 蹴踘,古人踢毬的一種遊戲。

[8] 打圍,古代指打獵時的合圍,後泛稱打獵。

[9] 插科,插入滑稽動作或詼諧幽默語言的表演,一稱"插科打諢",雜劇演出中常用之。

[10] 嚥作,指歌唱。朱有燉《桃源景》楔子〔仙吕·賞花時〕曲:"你道我咽作的吞子忒獻鬬,你道我撇末的場中無對手。"吞子謂嗓子,獻鬬指出色。

[11] 雙陸,一種賭博。以木盤上置黑白兩色木棋子(又稱"馬")各十五枚,盤上左右各畫十二路,謂之"梁"。二人對局,擲骰按點色行走,白馬自右而左,黑馬自左而右,先出完者獲勝。或謂:若擲得雙六,必操勝券,故稱"雙陸"。

[12] 歹症候,猶云"惡疾"。

[13] 兀自,猶、還的意思。

[14] 則,此處係限量詞,與"只""祇"同義。則除是,即"只除是",猶今之"除非是"。

馬致遠散曲

作者介紹見前戲曲部份。

在前期的散曲作家中，馬致遠頗負盛名，有文場“曲狀元”之稱。雖然他的作品，多局限於抒發個人懷才不遇的悲哀，宣揚消極遁世的情緒，格調不高；但他的散曲描繪景物，意境優美；語言凝煉，流暢自然，在藝術造詣方面仍然值得重視。不僅這樣，他還是前期創作力最旺盛的作家。隋樹森《全元散曲》輯有他所撰套數十六篇，殘套七篇，小令一百十五支。

壽陽曲

遠浦歸帆

【解題】 這一支小令，寫江村小鎮寧静的晚景，篇幅不長而明白如畫，表達了遁世者的閑適心情。

夕陽下，酒旆閑[1]。兩三航未曾着岸。落花水香茅舍晚，斷橋頭賣魚人散。

隋樹森編《全元散曲》

【註釋】

[1] 酒旆(pèi 配)，酒店的旗帘。

天净沙

秋　思

【解題】 這是馬致遠小令中最著名的一支。作者以凝煉的語言，通過一幅秋郊夕照圖的描繪，準確而委婉地刻畫出旅人飄泊的心境。前三句用九個並列的實詞，把九種不同的景物巧妙地組織在一個畫面裏，渲染出一派淒涼蕭瑟的晚秋氣氛，從而含蓄地烘託出旅人的哀愁。語言音節和諧，畫面色彩鮮明，藝術上確有獨到之處。

枯藤老樹昏鴉。小橋流水人家。古道西風瘦馬。夕陽西下，斷腸人在天涯[1]。

隋樹森編《全元散曲》

【註釋】

[1] 斷腸人，此處指飄泊天涯、極度憂傷的旅人。

般涉調・耍孩兒

借　馬

【解題】 這篇套曲扣住借馬這一生活事件，運用誇張手法，把一個吝嗇鬼在別人向他借馬前後的心理活動，作了淋漓盡致、惟妙惟肖的刻畫。這是一篇成功的諷刺文學作品，語言生動活潑，描寫詼諧，它充分説明：馬致遠的才能是多方面的。

近來時買得匹蒲梢騎[1]，氣命兒般看承愛惜[2]。逐宵上草料數十番，喂飼得膘息胖肥。

但有些穢污卻早忙刷洗,微有些辛勤便下騎。有那等無知輩,出言要借,對面難推。

【七煞】 懶設設牽下槽,意遲遲背後隨,氣忿忿懶把鞍來鞴。我沉吟了半晌語不語,不曉事頹人知不知。他又不是不精細,道不得"他人弓莫挽,他人馬休騎"[3]。

【六煞】 不騎啊,西棚下涼處拴,騎時節揀地皮平處騎,將青青嫩草頻頻的喂。歇時節肚帶鬆鬆放,怕坐的困尻包兒款款移[4]。勤覷着鞍和轡,牢踏着寶鐙,前口兒休提。

【五煞】 飢時節喂些草,渴時節飲些水,著皮膚休使麄氈屈[5]。三山骨休使鞭來打[6],磚瓦上休教穩着蹄。有口話你明明的記:飽時休走,飲了休馳。

【四煞】 拋糞時教乾處拋,尿綽時教淨處尿,拴時節揀個牢固樁橛上繫。路途上休要踏磚塊,過水處不教踐起泥。這馬知人義,似雲長赤兔,如益德烏騅[7]。

【三煞】 有汗時休去簷下拴,渲時休教侵著頹[8],軟煮料草鍘底細[9]。上坡時款把身來聳,下坡時休叫走得疾。休道人忒寒碎[10];休教鞭颩著馬眼[11],休教鞭擦損毛衣。

【二煞】 不借時惡了弟兄,不借時反了面皮。馬兒行囑付叮嚀記:鞍心馬户將伊打,刷子去刀莫作疑[12]。則嘆的一聲長吁氣。哀哀怨怨,切切悲悲。

【一煞】 早晨間借與他,日平西盼望你,倚門專等來家内。柔腸寸寸因他斷,側耳頻頻聽你嘶。道一聲好去,早兩淚雙垂。

【尾】 没道理,没道理;忒下的[13],忒下的。恰纔説來的話君專記:一口氣不違借與了你。

隋樹森編《全元散曲》

【註釋】

[1] 蒲梢,古大宛名馬。見《史記·樂書》。

[2] 氣命兒般,性命似的。

[3] 他人弓莫挽二句:當時的成語。

[4] 尻(kāo)包兒,指騎馬人的屁股。

[5] 著皮膚休使麄氈屈,意謂馬鞍下着皮膚的粗氈要疊放平。麄,同粗,此"麄"字常誤作"麀",兹從瞿氏鐵琴銅劍樓藏明刊《太平樂府》本。

[6] 三山骨,指馬後股上的骨骼。

[7] 似雲長赤兔二句:傳説,三國時,關羽所乘之馬名赤兔,張飛坐騎名曰烏騅,皆良馬。

[8] 渲,此處指替馬洗刷。頹,指雄性生殖器。

[9] 鍘(zhá 札),切草刀,亦可解爲切草。

[10] 寒碎,寒酸、瑣碎。

[11] 颩(diū 丢),揮擊。

[12] 馬户,"驢"之拆字;刷子去刀,即"吊"字。"驢吊"係罵人的話。

[13] 忒下的,下手太狠之意。

張養浩散曲

張養浩,字希孟,號雲莊,濟南(今山東省濟南市)人。生於公元一二六九年(元世祖至元六年),卒於公元一三二九年(元文宗天曆二年)。《元史》有傳。元武宗至大年間,曾拜監察御史,上疏論時政,爲權要所忌,當即罷官。仁宗即位,召爲右司都事,官至禮部尚書、參議中書省事。著有《雲莊休居自適小樂府》一卷。《全元散曲》輯録其套數二篇,小令一百六十一首。張氏於宦途幾經風險,又能關心時政,故所作雖以"休居自適"爲題,仍不能忘懷現實,對當時社會的黑暗也能有所揭露。

朱履曲

警世

【解題】 這支曲子是寫他自己在元蒙時代做官的痛苦體驗。由於統治者喜怒無常,人們隨時可能遭到殺身之禍,作品中反映了作者對命運的擔憂。

纔上馬齊聲兒喝道[1]。只這的便是送了人的根苗[2],直引到深坑裏恰心焦。禍來也何處躲?天怒也怎生饒[3]!把舊來時威風不見了。

隋樹森編《全元散曲》

【註釋】

[1] 喝道,封建時代高級官員出行時,前導吏役呵喝,以禁止行人,令其迴避,謂之喝道。韓愈詩:"不覺中丞喝道來。"《古今註》云:"兩漢京兆河南尹及執金吾司隸校尉,皆使人導引傳呼,使行者止、坐者起。"即喝道也。

[2] 的,猶"確"。的便是,即"確便是"、"確是"。

[3] 怎生,此處作"怎樣"。

山坡羊

潼關懷古

【解題】 此係張養浩散曲中的代表作,從表面看,似乎是喟嘆歷代王朝的興亡,實際上卻是哀痛勞動人民在封建統治下以及在動亂中所蒙受的蹂躪之苦,一針見血地點出了封建政治與人民的對立。作品用字警闢,造意深遠,爲元散曲中所少見。

峰巒如聚,波濤如怒,山河表裏潼關路[1]。望西都[2],意躊躕[3]。傷心秦漢經行處[4],宫闕萬間都做了土[5]。興,百姓苦;亡,百姓苦。

隋樹森編《全元散曲》

【註釋】

[1] 山河表裏,指潼關一帶地勢險要,外有黄河,内有華山,是爲表裏。潼關,關名,後漢建安中建,在今陝西省潼關縣北,歷代皆爲軍事要地。

[2] 西都,指長安。

[3] 躊躕,原指猶豫不決、徘徊不前;此處表示思潮起伏,陷入沉思。

[4] 傷心句: 謂經過秦漢故地,内心傷感。

[5] 宫闕,宫,宫殿;闕,皇宫前的望樓。

睢景臣散曲

睢景臣,一作舜臣,字景賢,揚州(今江蘇省揚州市)人,生卒年不詳。據鍾嗣成《録鬼簿》記述:“大德七年,公自維揚來杭州,余與之識。自幼讀書,以水沃面,雙眸紅赤,不能遠視。心性聰明,酷嗜音律。”撰有雜劇《屈原投江》等三種,均不傳。後人輯有《睢景臣詞》。這裏所選《般涉調·哨遍·高祖還鄉》是他的代表作,收在《朝野新聲太平樂府》中。《録鬼簿》提到:“維揚諸公俱作《高祖還鄉》套數,唯公《哨遍》製作新奇,皆出其下。”足見他是很符時望的。

般涉調·哨遍

高祖還鄉

【解題】 這篇套曲,描寫了漢高祖劉邦衣錦還鄉的歷史畫面,和正史中的記載及一般文人謳歌的角度相反,作者巧妙地借助於曲中一個熟悉劉邦的鄉民的口吻,歷述了迎駕時的見聞和感嘆,生動地勾畫了那個流氓無賴發跡變泰後的傲慢神情,並以辛辣的語言,剥露了劉邦微賤時期的醜惡行徑,從而揭穿了袞袞華服下的封建帝王的本來面目。由於作者立意用散曲諷刺封建統治者,散曲的戰鬥作用得到了發揮。這篇套曲,一向被公認爲元代散曲最有價值的代表作之一。作品形象鮮明、情節生動,很像一幕諷刺喜劇。

社長排門告示[1],但有的差使無推故[2]。這差使不尋俗[3],一壁廂納草也根[4],一邊又要差夫,索應付。又言是車駕,都説是鑾輿,今日還鄉故。王鄉老執定瓦臺盤[5],趙忙郎抱着酒胡蘆[6]。新刷來的頭巾,恰糨來的綢衫[7],暢好是粧麽大户[8]。

【耍孩兒】 瞎王留引定火喬男女[9],胡踢蹬吹笛擂鼓[10]。見一彪人馬到莊門[11],匹頭裏幾面旗舒[12]:一面旗白胡闌套住個迎霜兔[13],一面旗紅曲連打着個畢月烏[14],一面旗雞學舞[15],一面旗狗生雙翅[16],一面旗蛇纏胡蘆[17]。

【五煞】 紅漆了叉,銀錚了斧[18]。甜瓜苦瓜黄金鍍[19]。明晃晃馬鐙鎗尖上挑[20],白雪雪鵝毛扇上鋪。這幾個喬人物,拿着些不曾見的器仗,穿着些大作怪衣服。

【四】 轅條上都是馬,套頂上不見驢。黄羅傘柄天生曲[21]。車前八個天曹判[22],車後若干遞送夫。更幾個多嬌女[23],一般穿着,一樣粧梳。

【三】 那大漢下的車,衆人施禮數。那大漢覷得人如無物。衆鄉老展脚舒腰拜,那大漢挪身着手扶。猛可裏擡頭覷[24]。覷多時認得,險氣破我胸脯[25]!

【二】 你須身姓劉,您妻須姓吕。把你兩家兒根脚從頭數。你本身做亭長耽幾盞酒[26],你丈人教村學讀幾卷書。曾在俺莊東住。也曾與我喂牛切草,拽埧扶鋤[27]。

【一】 春採了桑,冬借了俺粟。零支了米麥無重數。换田契强秤了麻三秤[28],還酒債偷量了豆幾斛。有甚胡突處[29]?明標着册曆[30],見放着文書。

【尾】 少我的錢,差發内旋撥還[31];欠我的粟,税糧中私准除[32]。只道劉三[33],誰肯把你揪捽住[34],白甚麽改了姓、更了名唤做漢高祖[35]!

隋樹森編《全元散曲》

【註釋】

[1] 社,古時地方的基層單位,或謂二十五家爲一社。社長,猶村長之類。排門告示,即挨户通知。

[2] 但有的差使無推故,謂任何差使均不得藉故推託。

[3] 不尋俗,不尋常。

[4] 一壁廂,一邊。納草也根,供給馬飼料。也,襯字,無義。

[5] 鄉老,鄉里較有地位的頭面人物。

[6] 忙郎,農民的通稱。

[7] 糨,用米汁給洗淨的衣服上漿。

[8] 暢好是,正好是。粧麽大户,裝充有身份的闊人。

[9] 王留,雜劇中對一般農民的通稱。火,一伙。喬,裝模作樣,亦含丑、賤之意。

[10] 胡踢蹬,胡亂。踢蹬,語助詞,用以加强語氣。

[11] 一彪,一隊。周密《癸辛雜識》别集下"一彪"條:"虜中謂一聚馬爲彪,或三百疋,或五百疋。"

[12] 匹頭裏,同"劈頭裏",猶當頭。舒,飄展。

[13] 白胡闌套住個迎霜兔,指月旗。胡闌,"環"的複音,即圓圈。套住,在月形圈中畫白兔。古代神話謂月中有玉兔。

[14] 紅曲連打着個畢月烏,指日旗。曲連,"圈"的複音。紅圈,日之形狀。畢月烏,傳説云日中有三足金烏。古代星曆家以七曜配二十八宿,又以各種鳥獸配二十八宿,如"昴日雞"、"畢月烏"等。這裏"畢月烏"即指烏。

[15] 雞學舞,指鳳旗。

[16] 狗生雙翅,指飛虎旗。

[17] 蛇纏葫蘆,指龍戲珠旗。以上五旗,均借鄉民口吻加以諷刺,用譏帝王舖張闊綽的排場。

[18] 銀錚,鍍銀。

[19] 甜瓜苦瓜黄金鍍,指卧瓜、立瓜等金瓜錘,儀仗器械。

[20] 明晃晃馬鐙,即朝天鐙,儀仗器物。

[21] 黄羅傘柄天生曲,即帝王儀仗中所用"曲蓋"。

[22] 天曹判,天上的判官。此處喻威風凛凛的侍從人員。

[23] 多嬌女,指宫娥。

[24] 猛可裏,忽然間。

[25] 險,原作"嶮",義同。

[26] 亭長,劉邦曾作泗上亭長。秦制,十里爲亭,十亭爲鄉。

[27] 拽埧(jù 具),鄉間以兩牛並耕爲一埧,字亦作具。拉犁耙耕之意。

[28] 麻三秤,麻三十斤。鄉間以十斤爲一秤。

[29] 胡突,糊塗。

[30] 册曆,帳簿。

[31] 差發,當官差,不願應役者,可出錢雇人代替。旋,馬上、立刻。

[32] 私准除,暗地扣除。

[33] 劉三,劉邦排行不詳,此當因其兄字仲,故稱。或爲表此村民向與劉邦諗熟。

[34] 揪捽,抓。

[35] 白甚麼,作平白無故地爲甚麼解。用於此處,係質問劉邦爲甚改名漢高祖,亦嘲諷之意。

喬吉散曲

喬吉，一作喬吉甫，字夢符，號笙鶴翁、惺惺道人，太原（今山西省太原市）人。一般推斷他生於公元一二八〇年（元世祖至元十七年），卒於公元一三四五年（元順帝至正五年）。《録鬼簿》稱他"美容儀，能詞章。以威嚴自飭，人敬畏之。居杭州太乙宫前。有題西湖《梧葉兒》百篇，名公爲之序。江湖間四十年，欲刊所作，竟無成事者。至正五年，病卒於家"。曾撰雜劇十餘種，今存《兩世姻緣》等三種。喬吉是元代曲壇後期的代表人物，與張可久齊名，存小令二百零九首，套數十一套。作品内容因一生潦倒而多表現消極厭世的思想，但也多少流露出對現實的不滿情緒。在藝術風格上，他的作品清麗而質樸，雅俗兼備，不像張可久那樣過分追求文字技巧、偏重典雅。

水仙子

尋　梅

【解題】 這支散曲，景中寓情，表面上是描寫梅花，實際上卻處處微露自己的失意心情。曲中運用白話，自然而精巧，是其所長。

冬前冬後幾村莊，溪北溪南兩履霜。樹頭樹底孤山上[1]。冷風來何處香？忽相逢縞袂綃裳[2]。酒醒寒驚夢，笛凄春斷腸。淡月昏黄。

隋樹森編《全元散曲》

【註釋】

[1] 孤山，此指杭州西湖之孤山，位處裏外二湖之間，又名瀛嶼，宋林逋隱居於此山北麓，舊時多梅花。

[2] 縞，白色的絹。綃，生絲織成的薄綢。此處言"縞袂綃裳"，係將梅花擬作白衣仙女。

折桂令

荆溪即事

【解題】 此曲寫景色之荒涼，實有指桑駡槐之意，宣洩作者對現實的不滿。

問荆溪溪上人家[1]：爲甚人家，不種梅花？老樹支門，荒蒲繞岸，苦竹圈笆。寺無僧狐狸樣瓦[2]，官無事烏鼠當衙。白水黄沙，倚徧闌干，數盡啼鴉。

隋樹森編《全元散曲》

【註釋】

[1] 荆溪，在今江蘇省宜興縣南。

[2] 寺無僧，一本作"廟不靈"。樣，應作"漾"，抛、弄之意。

張可久散曲

張可久，字小山，慶元路（治所在今浙江省寧波市）人。生卒年不詳，至正初已七十多歲，至正八年尚在。曾以路吏轉首領官，爲桐廬典史，暮年久居西湖。一生懷才不遇，故放情山水，多抑鬱之詞。他是元代後期著名的散曲作家，留存小令八百五十五支，套數九篇，作品數量爲元人之冠。他的創作題材，範圍較廣，然多寫景、言情、談禪、詠物、贈答之類，反映現實生活的不多。在表現方法上，比較注重格律形式的工整，多採詩詞句法入曲，故風格雖典雅藴藉，卻失去了前期散曲清新、自然的本色。

金字經

春晚

【解題】 這支小令，寫春歸引起的感傷，於寥寥數語中表白了心境的淒涼與對遠方情人的懷念，感情纖細，表現手法上頗近北宋的“小詞”。

惜花人何處，落紅春又殘[1]。倚遍危樓十二闌，彈，淚痕羅袖斑。江南岸，夕陽山外山。

隋樹森編《全元散曲》

【註釋】

[1] 落紅，指凋謝的花朵。

劉致散曲

劉致,字時中,號逋齋,洪都(今江西省南昌市)人,一説石州寧鄉人。生於十三世紀末,卒年不詳。曾任永新州判、翰林待制及浙江行省都事等官職。在元代的散曲家中,劉致敢於直接以創作評議當時的現實政治,一掃曲壇吟風弄月、離愁別恨的舊習,擴大了散曲的表現範圍,所以能成爲最有成就的作家。代表作爲兩套《端正好·上高監司》。

端正好

上高監司(前套)

【解題】 劉致的《端正好·上高監司》共分兩套。前套由十五支曲子組成,沉痛地敍述了飢民在天災人禍的雙重迫害下,掙扎於死亡邊緣的悲慘情況,並以極大的憤慨揭示了當時貧富懸殊的階級矛盾。後套長達三十四曲,爲元曲之冠,揭露了江西鈔法的種種積弊,指責了貪官與奸商勾結,盤剥人民的不法罪行,並提出了改革的辦法。作者對人民的苦難,雖則寄予一定的同情,但對農民起義卻又採取了仇視的態度,這是由於階級局限所致。作品語言雖較樸實,卻存在平淡、粗糙的缺陷。

衆生靈遭磨障,正值着時歲飢荒。謝恩光[1],拯濟皆無恙,編做本詞兒唱。

【滾繡球】 去年時正插秧,天反常,那裏取若時雨降,旱魃生四野災傷[2]。穀不登,麥不長,因此萬民失望。一日日物價高漲,十分料鈔加三倒[3],一斗粗糧折四量[4],煞是淒涼。

【倘秀才】 殷實户欺心不良,停塌户瞞天不當[5]。吞象心腸歹伎倆[6]。穀中添粃屑,米内插粗糠,怎指望他兒孫久長。

【滾繡球】 甑生塵[7],老弱飢,米如珠,少壯荒。有金銀那裏每典當[8]? 盡枵腹高臥斜陽[9]。剥榆樹餐,挑野菜嘗,喫黄不老勝如熊掌[10],蕨根粉以代餱糧。鵝腸苦菜連根煮,荻筍蘆蒿帶葉咗[11],則留下杞柳株樟。

【倘秀才】 或是捶麻柘稠調豆漿,或是煮麥麩稀和細糠,他每早合掌擎拳謝上蒼。一個個黄如經紙,一個個瘦似豺狼,填街臥巷。

【滾繡球】 偷宰了些闊角牛,盗斫了些大葉桑。遭時疫無棺活葬,賤賣了些家業田莊。嫡親兒共女,等閑參與商[12],痛分離是何情况? 乳哺兒没人要,撇入長江。那裏取厨中剩飯盃中酒,看了些河裏孩兒岸上娘,不由我不哽咽悲傷。

【倘秀才】 私牙子船灣外港[13]行過河中宵月朗,則發跡了些無徒米麥行[14]。牙錢加倍解[15],賣麵處兩般裝,昏鈔早先除了四兩[16]。

【滾繡球】 江鄉相,有義倉,積年係税户掌。借貸數補答得十分停當,都侵用過將官府行唐[17]。那近日勸糶到江鄉,按户口給月糧。富户都用錢買放,無實惠盡是虚樁。充饑畫餅誠堪笑,印信憑由卻是謊[18]。快活了些社長知房[19]。

【伴讀書】 磨滅盡諸豪壯,斷送了些閑浮浪。抱子攜男扶筇杖,尫羸傴僂如蝦樣[20]。一絲好氣沿途創,閣淚汪汪。

【貨郎兒】 見餓莩成行街上[21],乞出攔門鬬搶。便財主每也懷金鵠立待其亡[22]。感謝這監司主張,似汲黯開倉[23]。披星帶月熱中腸,濟與糶親臨發放,見孤孀疾病無皈向,差醫煮粥分廂巷。更把贓輸錢分例米,多般兒區處的最優長。衆饑民共仰,似枯木逢春,萌芽再長。

【叨叨令】 有錢的販米穀、置田莊、添生放[24],無錢的少過活、分骨肉、無承望;有錢的納寵妾、買人口、偏興旺,無錢的受饑餒、填溝壑、遭災障。小民好苦也麽哥!小民好苦也麽哥!便秋收鬻妻賣子家私喪。

【三煞】 這相公愛民憂國無偏黨[25],發政施仁有激昂。恤老憐貧,視民如子,起死回生,扶弱摧強。萬萬人感恩知德,刻骨銘心,恨不得展草垂韁[26]。覆盆之下[27],同受太陽光。

【二煞】 天生社稷真卿相,才稱朝廷作棟梁。這相公主見宏深,秉心仁恕,治政公平,涖事慈祥。可與蕭曹比並,伊傅齊肩,周召班行[28]。紫泥宣詔[29],花襯馬蹄忙。

【一煞】 願得早居玉筍朝班上[30],佇看金甌姓字香[31]。入闕朝京,攀龍附鳳;和鼎調羹[32],論道興邦。受用取貂蟬濟楚[33]。衮綉峥嶸[34],珂珮丁當[35]。普天下萬民樂業,都知是前任繡衣郎[36]。

【尾聲】 相門出相前人奬[37],官上加官後代昌。活被生靈恩不忘,粒我烝民德怎償[38]。父老兒童細較量,樵叟漁夫曹論講,共説東湖柳岸旁[39],那裏清幽更舒暢,靠着雲卿蘇圃場[40],與徐孺子流芳挹清況[41]。葢一座祠堂人供養,立一統碑碣字數行,將德政因由都載上,使萬萬代官民見時節想。

隋樹森編《全元散曲》

【註釋】

[1] 恩光,同"恩德"。此處用指高監司賑災。

[2] 旱魃(bá 拔),旱神,一名旱母。《神異經》:"魃所見之國大旱,赤地千里。"

[3] 料鈔,元朝初年新發行的鈔票,以絲料作本,故名"料鈔"。加三倒,指鈔票貶值,舊鈔掉换新鈔時,需貼加三成。倒,掉换。

[4] 折四量,由於鈔票貶值,買糧時只能打個四折。

[5] 停塌,元時有"塌倉",即堆棧。停塌户,指囤糧户。

[6] 吞象心腸,謂貪心不足。諺語云:人心不足蛇吞象。

[7] 甑(zèng 贈),古代蒸食炊器。

[8] 那裏每,猶"哪裏去"。

[9] 枵(xiāo 肖)腹,因飢餓空着肚子。

[10] 黄不老,野菜名。下文中"蕨"和"鵝腸苦菜"亦野生植物。

[11] 啌,同"噇",吞咽。

[12] 参與商,均星名。参星居西,商星居東,此出彼入,不能相見。此處喻骨肉分離。

[13] 私牙子,私商。

[14] 無徒,無賴之徒。

[15] 牙錢,佣錢,經紀商人賴取牙錢過活。

[16] 昏鈔,指破爛的紙幣。

[17] 行唐,蒙蔽、怠慢、搪塞之意。

[18] 憑由,單據。

[19] 知房,舊時縣衙門,公事料理劃歸吏、户、禮、兵、刑、工六房。此指各房管事的書辦。

[20] 尫(wāng 汪)羸(léi 雷),瘦弱。尫,同“尪”。

[21] 餓莩(piǎo 漂),餓死的人。

[22] 鵠立,延頸跂望地站着。

[23] 汲黯,漢之直臣,武帝時爲東海太守,有治績,召爲九卿。《史記·汲黯傳》説他因公路過河南,時河南水旱成災,民不聊生;黯乃發河南倉粟,賑濟災民。

[24] 生放,放債生利。

[25] 無偏黨,不偏袒任何人。

[26] 展草垂韁,均述家畜救主故事。展草,三國時李信純寵一愛犬黑龍,某日,李適醉臥草地,值草地起火。黑龍往返水池,以其皮毛沾水以浸草地,隔斷火路,竟致力盡而死。垂韁,前秦苻堅被慕容沖追逐,自馬上跌落水中,其馬跪前足,使得援韁繩登岸逃走。元孟漢卿《張孔目智勘魔合羅》雜劇第四折賓白有“想當日狗有展草之恩,馬有垂繮之報,禽獸尚然如此,何況你乎!”此處謂恨不能變犬馬以報答恩德。

[27] 覆盆,見《竇娥冤》第二折註[57]。

[28] 可與蕭曹三句:蕭、曹、伊、傅、周、召均古之賢相:蕭何、曹參相漢高祖;伊尹相湯;傅説相殷高宗;周公旦、召公奭相周成王。

[29] 紫泥宣詔,古代書緘均用泥封加印,皇帝詔書用紫泥。

[30] 玉笋朝班上,筍多冒出,此猶云班行中出類拔萃之輩。唐蔣凝美風標,當時稱爲玉笋班,見《山堂肆考》。

[31] 金甌姓字香,指高監司升任中書省相職。《新唐書·崔琳傳》記唐玄宗“每命相,皆先書其名。一日,書琳等名,覆以金甌”。

[32] 和鼎調羹,言宰相處理政事,猶厨師在炊具中烹調食物,咸得其宜。

[33] 貂蟬濟楚,貂蟬,漢侍中之冠也,以貂尾爲飾;濟楚,整齊貌。此處作加官晉爵解。

[34] 衮,古天子與上公所服之捲龍衣。

[35] 珂珮,飾物。珂,馬勒上的貝飾。珮,珮玉。

[36] 繡衣郎,《漢書·百官公卿表》:“侍御史有繡衣直指,出討奸猾,治大獄。”此處指提刑按察司。

[37] 相門出相,《史記·孟嘗君列傳》:“臣聞將門必有將,相門必有相。”

[38] 粒,動詞。烝民,衆民。此句意謂使我人民有飯喫。

[39] 東湖,湖名,在今江西省南昌市東南。

[40] 雲卿蘇圃場,蘇雲卿,廣漢人。《宋史·隱逸下·蘇雲卿傳》:“紹興間,來豫章東湖,結廬獨居……披荆畚礫爲圃,藝植耘芟,灌溉培壅,皆有法度。”

[41] 徐孺子,後漢南昌人,名徐穉,爲時所重。家貧不應徵辟,世稱南州高士。

無名氏散曲

醉太平[1]

【解題】 這支小令用明快的語言寫出元蒙統治下的整個社會面貌，以及人民爲了生存，英勇地拿起武器進行革命鬥争的原因。“哀哉可憐”一語，不是同情的聲音，而是諷刺這個充滿着罪惡的社會。

堂堂大元，奸佞專權，開河變鈔禍根源[2]，惹紅巾萬千[3]。官法濫，刑法重，黎民怨。人喫人，鈔買鈔，何曾見；賊做官，官做賊，混愚賢，哀哉可憐！

影元刊本《輟耕録》卷二十三

【註釋】

[1]《輟耕録》云：“〔醉太平〕一闋，不知誰所造。自京師以至江南，人人能道之。古人多取里巷之歌謡者，以其有關於世教也。今此數語，切中時病，故録之以俟採民風者焉。”

[2] 開河，指元末順帝至正十一年（一三五一），元蒙徵發民夫十五萬，戍軍二萬，派賈魯主持治河，並以重兵監視。紅巾軍首領韓山童、劉福通以白蓮教爲掩護，派遣會衆參加治河，策動起義。變鈔，指變换名目，濫發紙幣。

[3] 紅巾萬千，劉福通等在永年（今河北省永定縣）初起時僅三千人，推韓山童爲小明王，失敗後，劉福通回家鄉潁州（今安徽省阜陽縣）重新組織義軍，短期内迅速發展到十餘萬衆。

明代部份

一、詩歌

高啓詩

高啓，字季迪，長洲(今江蘇省蘇州市)人。生於公元一三三六年(元順帝至元二年)，卒於公元一三七四年(明太祖洪武七年)。張士誠據蘇州，高啓寄居外家，住在吴淞江之青邱，因自號青邱子。洪武初，召修元史，授翰林院國史編修。擢户部右侍郎，不受。因曾經賦詩有所諷刺，太祖很不滿於他。罷官後，隱居青邱，以教讀爲生。知府魏觀爲移其家於郡中，朝夕相見。魏觀因爲改修府治得罪。太祖見高啓爲魏觀所作上梁文，大怒，把他腰斬於市。高啓詩文皆工，尤長於詩，兼師衆長，而自具性靈，清新俊逸，但死得太早，未能盡其所長，對後來的影響不大。有《高太史大全集》。

牧牛詞

【解題】 詩用樂府的形式寫出人牛相得之樂，而以結句轉出本意：這一種天真淳樸的農村生活是不可能長久保持的。

爾牛角彎環，我牛尾禿速[1]，共拈短笛與長鞭，南隴東岡去相逐。日斜草遠牛行遲，牛勞牛飢惟我知。牛上唱歌牛下坐，夜歸還向牛邊臥。長年牧牛百不憂，但恐輸租賣我牛[2]！

四部叢刊本《高太史大全集》卷二

【註釋】

[1] 禿速，或作"禿簌"，凋疏貌。牛尾細而毛少，故云。

[2] 輸租，交租。

明皇秉燭夜遊圖

【解題】 這是一首題畫的詩，極意描寫唐明皇沉酣酒色，忘懷國事，終於釀成安史之亂。

花萼樓頭日初墮[1]，紫衣催上宫門鎖[2]。大家今夕燕西園[3]，高爇銀盤百枝火[4]。海棠欲睡不得成，紅妝照見殊分明[5]。滿庭紫焰作春霧，不知有月空中行。新譜霓裳試初按[6]，内使頻呼燒燭换[7]。知更宫女報銅籤[8]，歌舞休催夜方半。共言醉飲終此宵，明日且免羣臣朝。只憂風露漸欲冷，妃子衣薄愁成嬌。琵琶羯鼓相追續[9]，白日君心歡不足。此時何暇化光明，去照逃亡小家屋[10]！姑蘇臺上長夜歌[11]，江都宫裏飛螢多[12]，一般行樂未知極，烽火忽至將如何！可憐蜀道歸來客[13]，南内淒涼頭盡白[14]。孤燈不照返魂人，梧桐夜雨秋蕭瑟[15]。

四部叢刊本《高太史大全集》卷八

【註釋】

[1] 花萼樓，《新唐書·讓皇帝憲傳》："及先天後，盡以隆慶舊邸爲興慶宫，……天子於宫西、南置樓，其西署曰花萼相輝之樓，南曰勤政務本之樓。帝時時登之。聞諸王作樂，必亟召升樓，與同榻坐。"

[2] 紫衣，《新唐書·車服志》："以紫爲三品之服。"《宦者傳序》："開元天寶中，宦官黄衣以上三千員，衣朱紫千餘人。"元薩都剌《宫詞》："夜半宫車出建章，紫衣小隊兩三行。"紫衣蓋宫監之貴者。

[3] 大家，蔡邕《獨斷》："親近侍從官稱〔天子〕曰大家。"

[4] 爇(rè 熱)，燒。

[5] 海棠二句：《冷齋夜話》引《楊妃外傳》："明皇登沉香亭，詔妃子，妃子時卯酒未醒。命力士從侍兒扶掖而至。妃子醉韻殘妝，釵亂鬢亂，不能再拜。明皇笑曰：'是豈妃子醉耶？海棠睡未足耳。'"

[6] 霓裳，《太真外傳》："《霓裳羽衣曲》者，是玄宗登三鄉驛望女几山所作也。故劉禹錫詩有云：'伏覩玄宗皇帝望女几山詩，小臣斐然有感：開元天子萬事足，惟惜當時光景促，三鄉驛上望仙山，歸作《霓裳羽衣曲》。仙心從此在瑶池，三清八景相追隨，天上忽乘白雲去，世間空有《秋風詞》。'又《逸史》云：'羅公遠天寶初侍玄宗八月十五日夜宫中玩月，曰："陛下能從臣月中遊乎？"乃取一枝桂，向空擲之，化爲一橋，其色如銀。請上同登。約行數十里，遂至大城闕。公遠曰："此月宫也。"有仙女數百，素練寬衣，舞於廣庭。上前問曰："此何曲也？"曰："《霓裳羽衣》也。"上密記其聲調。遂回橋，卻顧，隨步而滅。旦諭伶官，象其聲調，作《霓裳羽衣曲》。'以二説不同，乃備録於此。"

[7] 内使，宫内供使令的人。

[8] 知更句：《陳書·世祖紀》："每雞人伺漏，傳更籤於殿中。乃敕送者必投籤於階石之上，令鎗然有聲云。"知更宫女是管報告更漏的宫女。

[9] 琵琶羯鼓句：《太真外傳》："上嘗夢十仙子，乃製《紫雲迴》。並夢龍女，又製《凌波曲》。二曲既成，遂賜宜春院及梨園弟子並諸王。時新豐初進女伶謝阿蠻，善舞。上與妃子鍾念，因而授焉。就按於清元小殿，寧王吹玉笛，上羯鼓，妃琵琶，馬仙期方響，李龜年觱篥，張野狐箜篌，賀懷智拍，自旦至午，歡洽異常。"羯鼓，本龜兹、高昌、疏勒、天竺部之樂器。狀如漆桶，下承以牙牀，以兩杖擊之。

[10] 此時二句：聶夷中《詠田家》詩："我願君王心，化作光明燭。不照綺羅筵，只照逃亡屋！"作者反用聶詩，説唐明皇這時候一心在追歡取樂，哪有工夫想到老百姓呢？

[11] 姑蘇臺，《述異記》："吴王夫差築姑蘇之臺，三年乃成。周旋詰曲，横亘五里。崇飾土木，殫耗人力。宫妓千人。上别立春宵宫，爲長夜之飲。"

[12] 江都句：《隋書·煬帝紀》："上於景華宫徵求螢火，得數斛。夜出遊山放之，光徧巖谷。"按此事在大業十二年五月，是年七月始幸江都宫。但唐宋詩人多以放螢爲江都事。《唐詩鼓吹》李商隱《隋宫》詩註引《廣陵志》："揚州有煬帝放螢苑。"

[13] 蜀道歸來，肅宗至德二年九月，收復西京，十一月，明皇自成都還。

[14] 南内,指興慶宫,以其在蓬萊宫之南,故名。明皇自蜀歸,居於此。

[15] 孤燈二句：返魂人,指楊妃。用白居易《長恨歌》"夕殿螢飛思悄然,孤燈挑盡未成眠"及"臨邛道士鴻都客,能以精誠致魂魄"事。梧桐夜雨,亦用白詩"芙蓉如面柳如眉,對此如何不淚垂！春風桃李花開日,秋雨梧桐葉落時"。

登金陵雨花臺望大江

【解題】 此詩首段寫景;中間懷古,當南北分裂時,割據東南者皆以金陵形勝之地,建都於此,恃長江天塹以爲固,往往不旋踵而覆亡;最後以明太祖統一南北,四海一家,不必再以長江爲天塹作結,語似頌揚,其實正是譏刺建都金陵之非。

大江來從萬山中,山勢盡與江流東。鍾山如龍獨西上,欲破巨浪乘長風[1]。江山相雄不相讓,形勢爭誇天下壯。秦皇空此瘞黄金,佳氣葱葱至今王[2]。我懷鬱塞何由開？酒酣走上城南臺[3]。坐覺蒼茫萬古意,遠自荒煙落日之中來！石頭城下濤聲怒[4],武騎千羣誰敢渡？黄旗入洛竟何祥[5]？鐵鎖横江未爲固[6]。前三國,後六朝[7],草生宫闕何蕭蕭！英雄乘時務割據,幾度戰血流寒潮。我今幸逢聖人起南國[8],禍亂初平事休息。從今四海永爲家[9],不用長江限南北。

四部叢刊本《高太史大全集》卷十一

【註釋】

[1] 鍾山二句：鍾山,一名紫金山,在今江蘇省南京市中山門外。詩言沿江山勢,都是向東的,獨鍾山由東向西,似與江流相對抗。破巨浪乘長風,借用《南史·宗慤傳》"願乘長風破萬里浪"語。

[2] 秦皇二句：《太平御覽》卷一百七十引《金陵圖》云："昔楚威王見此有王氣,因埋金以鎮之,故曰金陵。秦併天下,望氣者言江東有天子氣,鑿地斷連岡,因改金陵爲秣陵。"據此,埋金以鎮壓王氣者,乃楚王,非秦皇。又《丹陽記》："秦始皇埋金玉雜寶以厭天子氣,故曰金陵。"與《金陵圖》所云不同。《後漢書·光武帝紀論》："後望氣者蘇伯阿爲王莽使至南陽,遥望見春陵郭,唶曰：'氣佳哉！鬱鬱葱葱然！'"這兩句説,金陵形勝之地,秦皇雖然想用鎮壓之法以破其地氣,而龍蟠虎踞,至今猶是佳氣葱葱,王者所宅。王讀作旺。

[3] 城南臺,指雨花臺。在今南京市南聚寶山上。相傳梁武帝時雲光法師講經於此。凡講經,天雨花如雪片,故名。地據岡阜最高處,遥望大江,俯瞰城市,歷歷在目。

[4] 石頭城,故址在今南京市清涼山。本楚金陵城,孫權重築改名。六朝時,江流迫近山麓,城負山面江,南臨秦淮河口,當交通要衝。

[5] 黄旗入洛,《三國志·吴志·孫皓傳》註引《江表傳》曰："初丹陽刁玄使蜀,得司馬徽與劉廙論運命歷數事。玄詐增其文,以誑國人曰：'黄旗紫蓋,見於東南,終有天下者,荆揚之君乎?'又得中國降人,言壽春下有童謡曰：'吴天子當上。'皓聞之,喜曰：'此天命也。'既載其母、妻子及後宫數千人,從牛渚陸道西上,云青蓋入洛陽,以順天命。行遇大雪,道塗陷壞,兵士被甲持仗,百人共引一車,寒凍殆死。兵人不堪,皆曰：'若遇敵,便當倒戈耳。'皓聞之,乃還。"祥,吉兇的先兆。孫皓以爲青蓋入洛是吴滅晉之兆,而其後皓降晉,舉家西遷入洛,故云"竟何祥"也。

[6] 鐵鎖横江,《晉書·王濬傳》："吴人於江險磧要害之處,並以鐵鎖横截之。又作鐵錐長丈餘,暗置

江中,以逆距船。先是羊祜獲吴間諜,具知情狀。濬乃作大筏數十,亦方百餘步,縛草爲人,被甲持杖。令善水者以筏先行。筏遇鐵錐,錐輒箸筏去。又作火炬,長十餘丈,大數十圍,灌以麻油,在船前。遇鎖,然炬燒之,須臾,融液斷絶。"

[7] 六朝,吴、東晉、宋、齊、梁、陳皆都於建業,稱爲六朝。詩中和三國對舉,三國專指吴,六朝專指南北朝之南朝。

[8] 聖人起南國,朱元璋,鍾離(今安徽省鳳陽縣東)人,從郭子興起兵於濠州,故云。

[9] 從今四海永爲家,用劉禹錫《西塞山懷古》語:"從今四海爲家日,故壘蕭蕭蘆荻秋。"

于謙詩

于謙,字廷益,錢塘(今浙江省杭州市)人。生於公元一三九八年(明太祖洪武三十一年),卒於公元一四五七年(明英宗天順元年)。永樂進士,官至兵部尚書。瓦剌(蒙古一部落)入侵,英宗被俘,他擁立景帝,反對南遷,並親自督戰,擊敗瓦剌軍,使當時局勢轉危爲安。英宗復位後,他以"謀逆罪"被誣殺。萬曆間昭雪,謚忠肅。其詩作多憂國憂民和表述自己的堅貞情操。遺著有《于肅愍公集》。

詠煤炭

【解題】 這首詩借物詠志。詩中句句贊頌煤炭,實際是句句抒寫自己爲國家鞠躬盡瘁、死而後已的懷抱。

鑿開混沌得烏金[1],藏蓄陽和意最深[2]。爝火燃回春浩浩[3],洪爐照破夜沉沉。鼎彝元賴生成力[4],鐵石猶存死後心[5]。但願蒼生俱飽暖,不辭辛苦出山林。

《于肅愍公集》

【註釋】

[1] 混沌,古代傳說,天地未分之前,"混沌如一雞子"。後來多以"混沌"二字指自然界。烏金,指煤炭。

[2] 陽和,原指和暖的陽光,這裏指煤炭的熱力。

[3] 這句是說,煤炭燃燒起來就像火炬,使人感到無限温暖,猶如大地回春。爝(jué 爵)火,小火把。

[4] 鼎彝句:鼎,古代的食具。彝(yí 夷),古代的飲具。"鼎彝"原是古代飲食器的名稱,後來專指帝王宗廟的祭器。按前一種意思,這句是說人們的生活要靠煤火的力量。按後一種意思,是把"鼎彝"引申解釋爲"國本"(封建時代,把帝王的宗廟看得很神聖,認爲是國家的根本),這句就寓有作者以天下爲己任之意。兩説均可通。

[5] 鐵石句:古人認爲,鐵石在地下埋藏久了就變爲煤炭。這句是說,鐵石被地氣消融後又變成煤炭,依然要爲人們造福。

入塞

【解題】 這首詩把出征隊伍凱旋歸來的雄武氣概和親人攔街相迎的話語神情,寫得嚴肅、熱烈,使人如見如聞,反映了當時人民對瓦剌軍入侵的痛恨與對和平生活的渴望心情。

將軍歸來氣如虎,十萬貔貅争鼓舞[1]。凱歌馳入玉關門,邑屋参差認鄉土[2]。弟兄親戚遠相迎,擁道攔街不得行。喜極成悲還墮淚,共言此會是更生[3]。將軍令嚴不得住,羽書催入京城去[4]。朝廷受賞卻還家,父子夫妻保相聚。人生從軍可奈何,歲歲防邊辛苦多。不須更奏胡笳曲[5],請君聽我入塞歌。

《于肅愍公集》

【註釋】

[1] 貔(pí 皮)貅(xiū 休),猛獸名,古代用以比喻勇猛的軍隊。

[2] 這兩句是説,戰士們唱着凱歌,騎着馬,奔進了邊關,看到那些參差不齊的經過戰火的房屋,還能辨認出那裏是自己的故鄉。
[3] 更生,重新獲得生命。
[4] 羽書,古時徵調軍隊的文書,上插鳥羽,表示緊急,必須速遞。
[5] 胡笳,古時胡人用的一種樂器,行軍時常在馬上吹奏。此處借指軍樂。

、

李夢陽詩

李夢陽,字獻吉,號空同子,慶陽(今甘肅省慶陽縣)人,後徙河南扶溝。生於公元一四七三年(明憲宗成化九年),卒於公元一五三〇年(明世宗嘉靖九年)。弘治進士,官户部郎中。爲尚書韓文草疏劾宦官劉瑾,事洩,下獄,幾死。瑾死,遷江西提學副使。夢陽當臺閣體風行的時候,深厭其平庸熟爛,倡言"文必秦漢,詩必盛唐"。與何景明、徐禎卿、邊貢、康海、王九思、王廷相號七子,譽之者推爲杜甫以後一人。惟模擬過甚,爲後人所譏,謂其"牽率模擬,剽賊於聲句字之間,如嬰兒之學語,如桐子之洛誦"。然夢陽受才雄鷙,頗有意於杜甫的縱橫變化,七言古近體詩,陵跨一時,在當時起了轉移風氣的一定作用;而竭力模古,尺寸不失,對後來的不良影響也很大。有《空同集》。

石將軍戰場歌

【解題】 這首詩敍明英宗正統十四年(一四四九)也先進逼京城,石亨把他擊退的一場戰事。原作聲調激昂,描寫生動,當時頗爲傳誦。但敍次無法,時有敗筆。錢謙益《列朝詩集》附録此詩,舉其疵病所在,備加詆諆。兹用沈德潛《明詩別裁》改本,於註釋内註明原文,並附錢氏評語。

清風店南逢父老[1],告我已巳年間事[2]。店北猶存古戰場,遺鏃尚帶勤王字[3]。憶昔蒙塵實慘怛[4],反覆勢如風雨至[5]。紫荆關頭晝吹角[6],殺氣軍聲滿幽朔。胡兒飲馬彰義門[7],烽火夜照燕山雲。内有于尚書[8],外有石將軍[9]。石家官軍若雷電,天清野曠來酣戰。朝廷既失紫荆關,吾民豈保清風店!牽爺負子無處逃,哭聲震天風怒號。兒女牀頭伏鼓角,野人屋上看旌旄[10]。將軍此時挺戈出,殺敵不異草與蒿。追北歸來血洗刀[11],白日不動蒼天高。萬里煙塵一劍掃,父子英雄古來少[12]。單于痛哭倒馬關[13],羯奴半死飛狐道[14]。處處懽聲噪鼓旗,家家牛酒犒王師。應追漢室嫖姚將,還憶唐家郭子儀[15]。沉吟此事六十春,此地經過淚滿巾。黄雲落日古骨白,砂礫慘澹愁行人。行人來折戰場柳,下馬坐望居庸口[16]。卻憶千官迎駕初[17],千乘萬騎下皇都。乾坤得見中興主,殺伐重開載造圖[18]。姓名應勒雲臺上,如此戰功天下無[19]!嗚呼戰功今已無[20],安得再生此輩西備胡!

刻本《明詩別裁集》

【註釋】

[1] 清風店,在今河北省易縣。石亨追破伯顔帖木兒(也先弟)於此。

[2] 己巳,明英宗正統十四年(一四四九)。

[3] 勤王,朝廷危急的時候,救援王室的兵叫勤王兵。《宋史·文天祥傳》:"德祐初,江上報急,詔天下勤王。"

[4] 憶昔句:《明史·英宗紀》:"正統十四年七月,也先寇大同,下詔親征。八月辛酉,次土木堡。壬戌,師潰,死者數十萬。英國公張輔等皆死。帝北狩。"天子出走曰蒙塵,此處指英宗被也先所擄。

[5] 反覆句:謂瓦剌兵乘勝入侵,勢如風雨。

[6] 紫荆關,在今河北省易縣西北約四十公里的紫荆嶺上。是年十月,也先挾英宗陷紫荆關,向北京

進攻。

[7] 彰義門,《明史·地理志》作彰儀門,京城九門之一。

[8] 于尚書,于謙,字廷益,錢塘人。時爲兵部左侍郎。也先入寇,英宗被擄,謙力排南遷之議,遷兵部尚書。也先逼京師,謙身自督戰,擊退之,論功加少保。也先見中國有備,遂議和,送歸英宗。後爲徐有貞、石亨讒死。弘治初,贈太傅,謚肅愍,後改謚忠肅。

[9] 石將軍,名亨,渭南人,爲寬河衛指揮僉事。正統十四年,以功進都督同知。其秋,也先大舉兵入寇,戰敗,單騎奔還。郕王監國,尚書于謙薦之,召掌五軍大營,進右都督。不久,封武清伯。也先逼京師,命偕都督陶瑾等九將分兵紮營九門外。德勝門當敵衝,特以命亨。于謙以尚書督軍。敵兵攻彰義門,都督高禮等卻之。轉之德勝門外,亨用謙令,伏兵誘擊,死者甚衆。既而圍孫鏜西直門外,以亨救引退。相持五日,敵人收兵而退。論功以石亨爲最多,進爵爲侯。後亨日益驕縱,下亨詔獄,以謀叛律論斬,死於獄中。

[10] 兒女二句:謂孩子們聞鼓角聲而伏不敢動,鄉間的人攀登屋上窺探戰事的情況。

[11] 追北,猶逐北,追逐敗逃的敵人。北,敗走。

[12] 父子英雄,《明史·石亨傳》:"其從子彪,魁梧似之。驍勇敢戰,善用斧。也先逼京師,既退,追擊餘寇,頗有斬獲,進署指揮僉事。"此下原有"天生李晟爲社稷,周之方叔今元老"兩句,錢氏評:"敍事殊乏警策。以李晟、方叔比石亨父子,擬人非其倫矣。"《明詩別裁》刪去。

[13] 倒馬關,在今河北省唐縣西北約五十公里。明代與居庸、紫荆合稱三關。石亨追破伯顔帖木兒於此。

[14] 飛狐道,飛狐口,在今河北省淶源縣北、蔚縣南。兩崖峭立,一線微通,蜿蜒百餘里,古代爲河北平原與北方邊郡之間的交通要道。

[15] 應追二句:"應追"原作"休誇"。錢氏評:"既云方叔、李晟,又舉嫖姚、子儀,何其贅也?"漢武帝時,霍去病爲嫖姚校尉,前後六擊匈奴,拜驃騎將軍,封冠軍侯(嫖姚,《史記》作剽姚,《漢書》作票姚)。郭子儀破安禄山,再造唐室。故以爲比。

[16] 居庸口,居庸關,在今北京市昌平縣西北,爲長城重要隘口,控軍都山隘道中樞。關城跨兩山間,明洪武元年(一三六八)建。

[17] 卻憶句:英宗被擄後,皇太后命郕王祁鈺(英宗弟)監國。九月即皇帝位,尊英宗爲太上皇。也先既敗,仍挾英宗以誘和,同時寇掠邊境。于謙力排衆議,令邊將堅守要塞,寇來即擊,不許議和。也先計窮,景泰元年(一四五〇)八月,送英宗還北京。

[18] 載造,同"再造",謂國家遭破敗之後,重新締造。《新唐書·郭子儀傳》:"子儀破安慶緒,收東都,入朝,帝勞之曰:'國家再造,卿之力也。'"圖,版圖,地圖。

[19] 姓名二句:原作"梟雄不數雲臺士,楊石齊名天下無"。錢氏評:"初云内于外石,至此忽舉楊石,何其突兀,不相照應!"東漢明帝永平中,追念前世功臣,圖鄧禹等二十八將於雲臺。

[20] 嗚呼句:"戰功"原作"楊石"。《明詩別裁》改上句"楊石戰功"爲"如此戰功",自勝原作,但此句以"戰功"易"楊石",從語意上來説,"楊石今已無"可通,而"戰功今已無"卻不可通。楊指楊洪,以總兵鎮宣府,也先逼京師,詔洪將兵二萬入衛,及至,寇已退。敕洪與孫鏜范廣等追擊餘寇,至霸州,破之。以功進封侯爵。

林良畫兩角鷹歌

【解題】 這是一首題畫的詩。前半寫林良畫鷹之妙;後半寫宋徽宗亦善畫鷹,但他耽於逸樂,不恤國事,終至身爲俘虜。作者借此發出議論,以諷刺當時封建帝王的玩物喪志。今王云云,表面上作頌揚語,骨子裏是譏諷。詩不知作於何時,但吕紀生於成化十三年,弘治中雖已供奉内廷,年未三十,詩云“白首金爐邊”,至少已在正德末年或嘉靖初年。武宗是一個有名的逸遊無度的浪子皇帝,詩可能是世宗初即位時,借武宗的往事作爲諷諫的。

百餘年來畫禽鳥,後有吕紀前邊昭[1]。二子工似不工意,吮筆決眥分毫毛[2]。林良寫鳥秖用墨[3],開縑半掃風雲黑。水禽陸禽各臻妙,挂出滿堂皆動色。空山古林江怒濤,兩鷹突出霜崖高。整骨刷羽意勢動,四壁六月生秋飈[4]。一鷹下視睛不轉,已知兩眼無秋毫[5]。一鷹掉頭復欲下,漸覺振翮風蕭蕭。匹綃雖慘淡,殺氣不可滅[6]。戴角森森爪拳鐵[7],迥如愁胡眥欲裂[8]。朔風吹沙秋草黄,安得臂爾騎駟驖[9]!草間妖鳥盡擊死,萬里晴空灑毛血。我聞宋徽宗,亦善貌此鷹[10],後來失天子,餓死五國城[11]。乃知圖畫小人藝,工意工似皆虚名。校獵馳騁亦末事,外作禽荒古有經[12]。今王恭默罷遊宴,講經日御文華殿[13]。南海西湖馳道荒,獵師虞長皆貧賤[14]。吕紀白首金爐邊,日暮還家無酒錢。從來上智不貴物,淫巧豈敢陳王前!良乎,良乎,寧使爾畫不直錢,無令後世好畫兼好畋[15]。

刻本《明詩别裁集》

【註釋】

[1] 吕紀,字廷振,號東愚,鄞(今浙江省寧波市)人。弘治中,供奉内廷。官錦衣衛指揮。擅長花鳥。爲明代院體畫花鳥代表作家之一。邊昭,邊景昭,字文進,沙縣(今福建省沙縣)人。善畫翎毛花果。永樂中,召至京師,授武英殿待詔。所作師法南宋。一圖之中,能繪各種禽鳥鳴躍翻飛於花木竹石之間,妍麗生動,爲明代院體花鳥畫高手。

[2] 吮(shǔn 楯)筆句:吮筆,猶言含毫。決,張開;眥,目眶。分毫毛,言其畫筆的工細。

[3] 林良,字以善,南海(今廣東省廣州市)人。英宗時,供奉内廷。官工部營繕所丞,直仁智殿。改錦衣衛指揮(一作百户)。擅花果翎毛,着色精簡。尤喜放筆爲水墨禽鳥,神采飛動,名盛於時。此詩起處八句,化用杜甫《韋諷録事宅觀曹將軍畫馬圖》起處四句。而“二子工似不工意”二句,亦即《丹青行》的“幹惟畫肉不畫骨”之意。“挂出滿堂皆動色”句,用《戲爲雙松圖歌》之“滿堂動色嗟神妙”。

[4] 飈,大風。

[5] 已知句:謂從它注目下視的神氣,可以知道没有一點點東西能逃過它的鋭利的目光。

[6] 匹綃二句:謂畫絹雖舊,但畫鷹的英鋭之氣,絲毫不減。

[7] 戴角,角鷹是鷙的一種。頭部後面的羽毛,長而有白緣,作冠狀,故名。森森,陰沉可怕之貌。

[8] 愁胡,杜甫《畫鷹》詩:“側目似愁胡。”仇兆鰲註引孫楚《鷹賦》:“深目蛾眉,狀如愁胡。”謂眼碧如胡人。

[9] 駟驖,《詩經·秦風·駟驖》傳:“驖,驪。”孔穎達正義:“驪,黑色。驖者,言其色黑如鐵。”駟,四馬。一車四馬皆黑色,叫駟驖。此下二句用杜甫《畫鷹》詩:“何當擊凡鳥,毛血灑平蕪。”

[10] 我聞句：宋徽宗善畫，尤工花鳥。

[11] 五國城，遼時有剖阿里、盆奴里、奥里米、越里篤、越里吉等五國歸附，設節度使領之，五國分居諸城，稱爲五國城。其中之一，即今黑龍江省依蘭縣，稱爲五國頭城，宋徽宗被金人所俘，囚死於此。

[12] 校獵二句：校獵，即圍獵。《漢書・司馬相如傳》："天子校獵。"註："校獵者，以木相貫穿，總爲闌校，遮止禽獸而獵取之。"禽荒，耽於畋獵。《尚書・五子之歌》："訓有之：内作色荒，外作禽荒，甘酒嗜音，峻宇雕牆，有一于此，未或不亡。"經，常道。

[13] 講經句：宋代起有經筵之制，專爲皇帝講解經傳史鑑，自大學士、翰林侍讀學士、侍講學士等皆得充任講官，定期入侍，輪流講讀。元明仍之。

[14] 虞長，虞人之長。掌管山澤苑囿的官叫虞人。

[15] 結處六句，反用杜甫《丹青行》末四句之意。

何景明詩

何景明，字仲默，號大復山人，信陽（今河南省信陽市）人。生於公元一四八三年（明憲宗成化十九年），卒於公元一五二一年（明武宗正德十六年）。弘治十五年進士，官至陝西提學副使。景明與李夢陽同倡復古之説，謂"文靡於隋，韓力振之，然古文之法亡於韓；詩溺於陶，謝力振之，然古詩之法亦亡於謝"。自謂不讀唐以後書，其歌行近體，取法李杜及初、盛唐諸人，而古體必取法漢魏。當時言詩者稱爲李何，爲"弘正七子"之冠。其後頗厭夢陽模擬太甚，議論與之出入，以"捨筏登岸"爲喻，勸以自闢途徑，往復争論不已。景明才不及夢陽之雄，而詩格秀朗，刻畫之跡較少，故受後人之譏彈，亦不如夢陽之甚。有《大復集》。

歲晏行

【解題】 此詩寫人民困於賦税徭役，無以爲生。正德間，連年河決。詩中所言築堤，不知指何年事。考《明史·河渠一》："明年（正德五年）九月，河復衝黄陵岡，入賈魯河，汎溢横流，直抵豐沛。……工部侍郎崔巖奉命修理黄河，濬祥符董盆口、滎澤孫家渡，又濬賈魯河及亳州故河各數十里，且築長垣諸縣決口及曹縣外堤、梁靖決口，功未就而驟雨，堤潰。"詩或作於是年。

舊歲已晏新歲逼，山城雪飛北風烈。徭夫河邊行且哭[1]，沙寒水冰凍傷骨。長官叫號吏馳突，府帖連催築河卒[2]。一年徵求不少蠲[3]，貧家賣男富賣田。白金縱有非地産，一兩已值千銅錢[4]。往時人家有儲粟，今歲人家飯不足。飢鶴翻飛不畏人，老鴉鳴噪日近屋。生男長成娶比鄰，生女落地思嫁人。官家私家各有務，百歲豈止療一身[5]？近聞狐兔亦徵及[6]，列網持矰徧山域。野人知田不知獵，蓬矢桑弓射不得。嗟吁今昔豈異情？昔時新年歌滿城，明朝亦是新年到，北舍東鄰聞哭聲。

刻本《大復集》卷十一

【註釋】

[1] 徭，古代人民替公家服勞役的一種制度。徭夫，替公家從事勞役的人。

[2] 府帖，府裏下來的文書。

[3] 徵求，指租税。蠲（juān 捐），除免。

[4] 白金二句：明英宗時起，田賦改徵白銀，米麥一石，折收銀二錢五分，貧家交税，多用銅錢兑取白銀，然後上繳。

[5] 官家二句：官家私家，語意並不平列，側重在私家。意謂不要以爲只是官家有公事，私家也有私家的事，養男嫁女，負擔很重，豈止養活一身而已。上文生男生女二句，即是"百歲豈止療一生"的註脚。

[6] 近聞句：明代中葉以後，朝廷對人民的掠奪，無所不至，皇帝的一切飲食、服御、玩好之物，無不取之於民。狐兔之徵，大約是用來充實苑囿的。

答望之

【解題】 此詩寫政亂民困，兼寓同傷漂泊之感。望之，孟洋字。洋，信陽人，弘治十八年進士,官至南京大理寺卿,亦能詩,有《有涯集》。朱彝尊《静志居詩話》:"孟大理望之,仲默外弟也。"

念汝書難達,登樓望欲迷。天寒一雁至[1],日暮萬行啼。饑饉饒羣盜,徵求及寡妻[2]。江湖更摇落,何處可安棲!

刻本《大復集》卷十七

【註釋】

[1] 天寒句:以寫景承上登樓望遠,兼以一雁暗寓來書,點出題中答字之意。

[2] 饑饉二句:《爾雅·釋天》:"穀不熟爲饑,蔬不熟爲饉。"泛指災荒。杜甫《又呈吴郎》:"已訴徵求貧到骨,更思戎馬淚沾巾。"徵求,聚斂蒐括的意思。當時苛捐重税,雖孤苦婦人也不能免。

鰣魚

【解題】 此詩五六兩句寫封建帝王不惜爲了個人的口體之養而勞民傷財,三四兩句寫賜宦官而不薦寢廟,用意深刻,惟末聯以自己受賜無望作結,不免減損全詩的諷刺價值。

五月鰣魚已至燕,荔枝盧橘未能先[1]。賜鮮徧及中璫第[2],薦熟誰開寢廟筵[3]。白日風塵馳驛騎,炎天冰雪護江船[4]。銀鱗細骨堪憐汝,玉筯金盤敢望傳[5]!

刻本《大復集》卷二十六

【註釋】

[1] 五月二句:鰣魚産海洋中,産卵期方泝河而上,南方江河中多有之,以江蘇省鎮江市之金山、浙江省之桐廬縣等處所産爲最有名。江南鰣魚上市後,五月已經運到北京,帝王之需求與地方官吏之趨奉,已在一句中説盡。盧橘,《文選》註説是枇杷。《本草綱目》李時珍註以爲金橘。詩中與鰣魚荔枝並舉,似仍從《文選》註作爲枇杷。先,駕乎其上。唐玄宗時涪州貢荔枝,德宗時山南貢枇杷,二者都是遠方的土産,所以用來和鰣魚相比。

[2] 賜鮮句:鮮,時鮮。中璫,宦官。宦官執事宫中,故稱中人、中官。璫,冠飾。《漢官儀》:"中常侍,秦官也。漢興,或用士人,銀璫左貂。光武以後,專任宦者,右貂金璫。"後因以貂璫稱宦官。《後漢書·朱穆傳》註:"璫以金爲之,當冠前,附以金貂也。"

[3] 薦熟句:無牲而祭曰薦,見《穀梁傳》桓公八年註。因之凡以時鮮之物獻於宗廟皆曰薦。寢廟,即宗廟。《禮記·月令》註:"凡廟,前曰廟,後曰寢。"疏:"廟是接神之處,其處尊,故在前。寢,衣冠所藏之處,對廟爲卑,故在後。但廟制有東西廂,有序牆,寢制唯室而已。"序牆,即東西牆。

[4] 白日二句:鰣魚味鮮易壞,必須護之以冰,飛速遞送。上句言陸運,下句言水運。

[5] 銀鱗二句:憐,愛。玉筯金盤,皇帝用以賜予臣下。杜甫《野人送朱櫻》詩:"金盤玉筯無消息,此日嘗新任轉蓬。"亦言用以賜櫻桃於羣臣。傳,頒賜。

李攀龍詩

李攀龍,字于鱗,號滄溟,歷城(今山東省濟南市郊)人。生於公元一五一四年(明武宗正德九年),卒於公元一五七〇年(明穆宗隆慶四年)。嘉靖二十三年進士,官至河南按察使。攀龍與王世貞同爲後七子領袖。其詩,樂府古體模擬漢魏,生吞活剥;七言近體專學盛唐,幾於具體,但專從格調韻味着眼,題材頗狹隘,當時聲名雖盛,受到後人的譏彈亦最甚。有《滄溟集》。

初春元美席上贈謝茂秦得關字

【解題】 這是一首宴席上贈人的詩。元美,王世貞字。謝茂秦,名榛,自號四溟山人,臨清(今山東省臨清縣)人,布衣,亦後七子之一。七人中謝榛年最高,初結社的時候,謝實爲主盟,後來論詩意見不合,李攀龍貽書與之絶交,世貞也左袒攀龍,把他排斥在七子之外。這首詩作於初締交時,所以對謝稱譽備至。詩中盛讚謝榛意氣之高,交遊之廣,可見明代中葉以後詩壇風氣的一斑,事實上也暴露了一般山人墨客的面目。關字是即席分韻所得的字。

鳳城楊柳又堪攀[1],謝朓西園未擬還[2]。客久高吟生白髮,春來歸夢滿青山[3]。明時抱病風塵下[4],短褐論交天地間[5]。聞道鹿門妻子在,衹今詞賦且燕關[6]。

明隆慶刻本《滄溟集》卷七

【註釋】

[1] 鳳城,指京城。杜甫《夜》詩:“銀漢遥應接鳳城。”仇註:“趙曰:‘秦穆公女吹簫,鳳降其城,因號丹鳳城。其後言京城曰鳳城。’”

[2] 謝朓句:謝朓,字玄暉,南朝齊詩人。此處借指謝榛。曹植《公讌》詩:“清夜遊西園,飛蓋相追隨。”後用以泛指貴公子宴遊的地方。

[3] 客久二句:謂謝榛久客京師,不免有思鄉之感。

[4] 明時句:寫謝榛的不求利達。謂生當清明之世,正是可以進取的時候,卻抱病風塵之下,高臥不起。

[5] 短褐句:褐,粗布衣。這一句寫謝榛的聲氣之廣,雖是一個布衣之士,而交徧天下。

[6] 聞道二句:鹿門,山名,在今湖北省襄樊市東南。漢末龐德公携妻子登山,採藥不返。這兩句是説,謝榛雖暫遊京師,終究要歸隱故山的。

輓王中丞

【解題】 王忬,字民應,太倉(今江蘇省太倉縣)人,是王世貞的父親。以右副都御史代楊博爲薊遼總督,進右都御史,故稱中丞。嘉靖三十八年二月,把都兒辛愛數部屯會州,挾朶顔爲嚮導,將引兵西入,而聲言向東。忬信以爲真,遽引兵而東。敵人乃乘間由潘家口入,渡灤河而西,大掠遵化、遷安、薊州、玉田,駐内地五日,京師大震。御史王漸、方輅劾忬,刑部論忬戍邊。嚴嵩素與王忬不合,忬子世貞又以口語失歡於嵩子世蕃,楊繼盛之死,世貞又爲他經理喪事。嵩父子大恨,因改論忬斬。明中葉以後,邊防廢弛,王忬在當時還算是一個比較留心軍備的人。灤河之役,雖然失機應受處分,但其死卻由於嚴嵩的陷害,所以輓詩着重寫他的忠勇與冤死。

其　一

司馬臺前列柏高[1],風雲猶自夾旌旄。屬鏤不是君王意,莫作胥山萬里濤[2]!

【註釋】

[1] 司馬臺句:《漢書·朱博傳》:"御史府中列柏,常有野烏數千棲宿其上。"後世因稱御史臺爲柏臺。《周禮》夏官大司馬掌軍政,後稱兵部尚書爲大司馬,侍郎爲少司馬。王忬以右副都御史兵部侍郎爲薊遼總督,明代總督巡撫皆帶都御史銜,故稱臺。

[2] 屬鏤二句:《史記·伍子胥列傳》言太宰嚭讒子胥於吴王,吴王乃使使賜伍子胥屬(zhǔ 主)鏤之劍,曰:"子以此死。"子胥自剄死,吴王取其屍,盛以鴟夷,浮之江中。吴人爲立祠江上,命曰胥山。後世傳説子胥死而爲潮神,以發洩其鬱怒不平之氣。這兩句謂忬之死由於嚴嵩的構陷,並非出於世宗的本意。

其　二

幕府高臨碣石開[1],薊門丹旐重徘徊[2]。沙場入夜多風雨,人見親提鐵騎來[3]。

明隆慶刻本《滄溟集》卷十三

【註釋】

[1] 幕府句:《史記·李牧傳》索隱引崔浩云:"古者出征爲將帥,軍還則罷,理無常處,以幕帟爲府署,故曰幕府。"碣石,山名。或謂在今河北省昌黎縣北,或謂在臨榆縣東海中。此句説薊遼總督治所所在。

[2] 薊門句:唐置薊州,治漁陽(今天津市薊縣),明省縣入州。屬順天府。黄瑜《雙槐歲鈔》:"京都十景,其一曰'薊門煙樹'。"丹旐,喪柩前面的銘旌。潘岳《寡婦賦》:"龍轜儼其星駕兮,飛旐翩以啓路。"

[3] 沙場二句:謂王忬的不忘報國,死了之後,有人夜間還看見他親提鐵騎,馳騁於沙場風雨之中。

王世貞詩

王世貞,字元美,號鳳洲,又號弇州山人,太倉(今江蘇省太倉縣)人。生於公元一五二六年(明世宗嘉靖五年),卒於公元一五九〇年(明神宗萬曆十八年)。嘉靖進士,官至南京刑部尚書。世貞早年與李攀龍同爲後七子領袖,攀龍早卒,世貞獨主詩壇者二十年。其論詩必大曆以上,論文必西漢,於同時唐宋派古文家唐順之、王慎中、歸有光皆表示不滿。但對復古派模倣剿襲之病,亦知之甚切。至其晚年,見解頗有改變,作歸太僕(有光)贊,至云:"千載有公,繼韓、歐陽,余豈易趨?久而自傷。"病亟時,還在讀東坡集。世貞於詩,才力雄,學殖富,實在非同時諸人所及,而著述既富,洗鍊未至,如黄河一瀉千里,不免泥沙俱下。著有《弇州山人四部稿》、《弇山堂别集》。

登太白樓

【解題】 《嘉慶一統志》:"李白酒樓在濟寧州南城上,唐李白客任城縣,縣令賀知章觴之於此。今樓與當時碑刻俱存。"唐任城縣屬河南道兗州,即今山東省濟寧市。按李白《任城縣廳壁記》:"帝擇明德,以賀公宰之。"賀公名失傳,後人以賀知章當之,非也。唐宋以下關於李白酒樓的題詠很多,這一首詩空中落筆,頗能寫出李白的胸襟氣魄。

昔聞李供奉[1],長嘯獨登樓。此地一垂顧,高名百代留[2]。白雲海色曙,明月天門秋[3]。欲覓重來者,潺湲濟水流[4]。

刻本《明詩别裁集》

【註釋】

[1] 李供奉,《新唐書·文藝傳中·李白》:"知章見其文,嘆曰:'子謫仙人也。'言於玄宗,召見金鑾殿,論當世事,奏頌一篇。帝賜食,親爲調羹。有詔供奉翰林。"後因稱李白爲供奉。

[2] 此地二句:言此樓自經李白一登之後,遂揚名千古。

[3] 天門,此處只作天空解。

[4] 欲覓二句:言但見濟水日夜潺湲,更没有一個像李白這樣的人來登此樓了。覓,《弇州山人稿》誤作"竟",據《明詩别裁》改。

袁江流鈐山岡當廬江小吏行

【解題】 這首詩是爲嚴嵩而作的。明世宗是一個剛愎自用的人,嚴嵩以揣摩逢迎得到他的信任,當政二十年,以子世蕃及趙文華等爲爪牙,招權納賄,結黨營私,侵吞軍餉,操縱國事。凡内外文武官員與他意見不合的都遭殺害。晚年漸漸失去世宗的信任,御史鄒應龍、林潤等乘機彈劾世蕃。世蕃誅死,嚴嵩革職,家財籍没,不久病死。世貞父王忬爲薊遼總督,失機,嚴嵩及世蕃以私怨致之於死。世貞作此詩,亦所以洩私憤。嚴嵩,江西分宜人,故以袁江流鈐山岡名篇。《廬江小吏行》,即《孔雀東南飛》。當,猶代。曹子建有《當來日大難》、《當牆欲高行》等,皆用舊曲。此詩蓋擬《孔雀東南飛》之體,而嬉笑怒駡,酣暢淋漓,雖曰擬古,與亦步亦趨者不同。惟用事間有不知所出者,姑存疑以俟續考。

湯湯袁江流[1],巀嵲鈐山岡[2],鈐山自言高,袁江自言長。不知何星宿,獨火或貪狼[3],降生小家子,爲災復爲祥[4]。瘦若鸛雀立,步則鶴昂藏[5]。朱蛇戢其冠,光彩爛縱横;孔雀雖有毒,不能掩文章[6]。十五齒邑校[7],二十薦鄉書[8],三十拜太史[9],矻矻事編摩。五十天官卿,藻鏡在留都[10]。六十登亞輔[11],少保秩三孤[12]。七十進師臣[13],獨秉密勿謨[14]。八十加殊禮,内殿敕肩輿[15]。任子左司空[16],孽孫執金吾[17],諸兒勝拜跪,一一賜銀緋[18]。甲第連青雲[19],冠蓋羅道途。儤直不復下[20],中禁起周廬[21],涼堂及便房,事事皆相宜。文絲織隱囊[22],細錦爲牀帷。尚方鑄精鏐[23],胡盌杯苽籬[24]。雕盤盛玉膳,黄票封大禧[25]。五尺鳳頭尖[26],時時遣問遺。黄絨團蟒紗,織作自留司[27]。匹匹壓紗銀,百兩頗有餘。煎作百和香[28],染爲混元衣[29]。温涼四時藥,手自劑刀圭[30]。日月報薄蝕,朝賀當暑祁,但臥不必出[31],稱敕撰直詞[32]。御史噤莫聲,緹騎勿何誰[33]。相公有密啓,爲復未開封,九重不斯須,婕妤貼當胸。密詔下相公,但稱嚴少師,或字呼惟中[34]。縣官與相公,兩心共一心。相公别有心,縣官不可尋[35]。相公與司空,兩心同一心。司空别有心,相公不得尋[36]。昔逐諸城翟,黄冠歸田里[37]。後詒貴溪夏,朝衣向東市[38]。戈矛生謦欬,齏粉成睚眦[39]。朝疏論相公,箠榜夕以至。甯忤縣官生,不忤相公死。相公猶自可,司空立殺爾。凌晨直門開[40],九卿前白事[41]。不復問詔書,但取相公旨。相公前報言:"但當語兒子,兒子大智慧,能識天下體[42]。"九卿不能答,次且出門去[43],不敢歸其曹[44],共過城西邸[45]。司空令傳語,偶醉未可起。去者歸其曹,留者當至未[46]。九卿面如土,九卿足如枳[47]。爲復且忍饑,以次前白事。司空有得色,相公直廬喜[48];司空稍囁嚅[49],相公直廬恚[50]。不復問相公,但取司空旨。縣官有密詔,急取相公對。相公不能對,急復呼兒子[51]。兒子大智慧,能識天下體,一疏天怒迴,再疏天顔喜。九邊十二鎮[52],諸王三十國[53],中外美達官,大小員數百,各各黄金鑄,一一千金直[54]。南海明月珠,于闐夜光玉[55]。貓睛鴉鶻石,酒黄祖珻緑,紅紫青靺鞨,大者如拳蕨[56]。薔薇古剌水[57],伽南及阿速,瑞腦真龍涎[58],十里爲芬馥。古法書名畫[59],何止千百軸,玉蹙標金題[60],煌煌照箱簏。妖姬回鶻隊[61],隊隊皆殊色。銀牀金絲帳,玉枕象牙席。杏衫平頭奴[62],絲縢雙蹴踘[63],酒闌呼不見,潛入他房宿。生埋馮子都[64],爛煑秦宫肉[65]:生者白叢花,殁者一叢棘[66]。近即龍牀底[67],遠至陰山後,凡我民膏脂,無非相公有。義兒數百人,監司迨卿寺,以至大節鎮,侯家並戚里[68]。逶迤洙泗步[69],粲粲西京手[70],老者相公兒,少者司空子。謂當操鈞柄,天地俱長久[71]。御史上彈章,天眼忽一開。詔捕少司空,究覈諸臟罪。三木囊赭衣,炎方禦魑魅。金吾一孫戍,餘者許歸侍,意猶念相公,續廩存晚計[72]。舳艫三十艘[73],滿載金珠行,相公船頭坐,誰敢問譏征[74]。嘯傲郿隖間,足誇富家翁[75]。司空不之戍,還復稱司空。廣徵諸山村,起第象紫宫。募卒爲家衛,日夜聲洶洶[76]。從奴蹋邑門[77],子弟郡國雄[78]。不論有反狀,訛言所流騰,宗社萬不憂,黔首或震驚[79]。御史再發之,天威不爲恆。御史乘飛置,捕司空至京[80]。司空辭相公,再拜泣且絮[81]:"今當長相别,兒不負阿父。"相公心自言:"阿父甯負汝?不識一丁字,束髮辟三府[82],月請尚書奉[83],冠服亞汝父[84]。汝父身不保,安能相救取!"重懇監行客[85],少入别諸姬。“歸者吾而配，不歸而鬼妻。”諸姬心自言：“司空何太癡！歸者吾而配，不歸人人妻[86]。”還撫諸兒郎：“阿爺生别離。金銀空饒積，高與鈐山齊，不得鑄爺身，及身身始知[87]。”兒郎心自言：“阿爺何太癡！有金兒當死，無金兒自支[88]。”監行兩指揮，各攜鐵鋃鐺[89]，程程視溲寢[90]，步步相扶將。有酒强爲歌，無酒夜傍徨。秋官爰書上[91]，頃刻飛騎傳，一依叛臣法，砼死大道邊[92]。有屍不得收，縱施羣烏鳶。家貲巨千萬，少府司農錢[93]。上寶入尚方，中寶發助邊[94]。不得稱相公，没入優老田[95]。片瓦不蓋頭，一絲不著肩。諸孫呼踐更[96]，夕受亭長鞭[97]。僮奴半充戍，餘者他州縣。夜半一啓門，諸姬鳥獸竄。里中輕薄子，媒妁在兩腕[98]。相公逼饑寒，時一仰天嘆：“我死不負國，奈何坐兒叛？”傍人爲大笑：“啃汝一何愚[99]！汝云不負國，國負汝老奴？誰令汝生兒？誰令汝縱臾[100]？誰納庶僚賄？誰朘諸邊儲[101]？誰僇直諫臣[102]？誰爲開倿諛？誰仆國梁柱[103]？誰翦國爪牙[104]？土木求神仙，誰獨稱先驅[105]？六十登亞輔，少保秩三孤；七十進師臣，獨秉廊廟謨；八十加殊禮，内殿敕肩輿。任子左司空，孽孫執金吾，諸兒勝拜跪，一一賜金緋。甲第連青雲，冠蓋羅道途。以此稱無負，不如一婁豬[106]，食君圈中料[107]，爲君充庖厨。以此稱無負，不如一羖羱[108]，食君田中草，爲君禦霜雪[109]。以此稱無負，不如韝中鶻[110]，雖飽則掣去[111]，毛羽前嚙決[112]。以此稱無負，不如鼠在厠，雖有小損傷，所共多污穢。”相公寂無言，次且復傍徨，頰老不能赤，淚老不能眶[113]。生當長掩面，何以見穹蒼？死當長掩面，何以見高皇[114]？殮用六尺席，殯用七尺棺，黄腸安在哉？珠襦久還官[115]。狐兔未稱尊，一邱不得安[116]。爲子能負父，爲臣能負君，遺臭污金石[117]，所得皆浮雲[118]。

刻本《明詩紀事》

【註釋】

[1] 湯（shāng 商）湯，大水急流貌。袁江，在江西省南部，源出武功山北麓，東流到清江縣入贛江。分宜縣城瀕袁江北岸。

[2] 巀（jié 截）嵲（niè 聶），高峻貌。鈐山，在分宜縣南，位於袁江南岸。

[3] 獨火、貪狼，皆兇星名。

[4] 災、祥，《左傳》僖公十六年：“是何祥也？吉凶焉在？”杜註：“祥，吉凶之先見者。”統言之，災亦謂之祥，析言之，則凶爲災，吉爲祥。

[5] 瘦若二句：《明史·嚴嵩傳》：“嚴嵩，字惟中，分宜人，長身戍削。”

[6] 朱蛇四句：謂嚴嵩心術雖極陰險，其文采自足觀。戢，斂藏。朱蛇不知何物。《録異記》：“雞冠蛇，頭如雄雞，身長丈餘，圍可數寸，中人必死。”朱蛇疑即此類。

[7] 齒邑校，入縣學爲生員。齒，列名。

[8] 鄉書，周制，三年大比，鄉老及鄉大夫獻賢能之書於王。見《周禮·地官·鄉大夫》。後世因稱鄉試中式爲登賢書，亦曰鄉書。傅維鱗《明書·嚴嵩傳》：“二十二舉於鄉。”

[9] 三十拜太史，明清兩代，修史屬之翰林院，故翰林亦稱太史。《明書·嚴嵩傳》：“二十六進士高第，改翰林院庶吉士，授編修。”

[10] 五十二句：《周禮》天官冢宰掌邦治。唐武后光宅元年改吏部爲天官，後世因通稱吏部爲天官。

藻鏡,品藻鑑別。吏部掌銓衡人才,故以藻鏡稱吏部。江總《讓尚書僕射表》:“藻鏡官方,品才人物。”嘉靖七年,嚴嵩奉使祭告顯陵,還遷吏部左侍郎,進南京禮部尚書,改吏部,年正五十。明成祖遷都北京,以南京爲留都。

[11] 六十句:亞輔,次相。《明史·嚴嵩傳》:“二十一年八月,拜武英殿大學士,入直文淵閣,仍掌禮部事。時嵩年六十餘矣。”

[12] 少保,《明史·嚴嵩傳》:“嵩乃奏慶雲見,請受羣臣朝賀。又爲《慶雲賦》、《大禮告成頌》,奏之。帝悦,命付史館,尋加太子太保。從幸承天,賞賜與輔臣埒。……累進吏部尚書、謹身殿大學士、少傅兼太子太師。”又“時讚老病罷,璧死,乃復用夏言,帝爲加嵩少師以慰之。”秩,品秩。孤,《尚書·周官》:“少師、少傅、少保曰三孤。”孔傳:“此三官名曰三孤。孤,特也。言卑於公,尊於卿,特置此三官。”

[13] 師臣,凡太師、太傅、太保、少師、少傅、少保等都是天子師保之官,故稱師臣。

[14] 獨秉密勿謨,密勿的本義是黽勉,後用作機密的意思。《三國志·魏志·杜恕傳》:“與聞政事密勿大臣。”這句是説嚴嵩獨掌朝政。《明史·嚴嵩傳》:“翟鑾資序在嵩上,帝待之不如嵩。嵩諷言官論之,鑾得罪去。吏部尚書許讚、禮部尚書張璧同入閣,皆不預聞票擬事,政事一歸嵩。”

[15] 八十二句:《明史·嚴嵩傳》:“嵩年八十,聽以肩輿入禁苑。”

[16] 任子左司空,子以父蔭得官者稱任子。《明史·嚴嵩傳》:“世蕃尋遷工部左侍郎。”周官大司空掌邦事,後世以稱工部。

[17] 孽孫執金吾,庶子旁出謂之孽,孽孫猶言諸孫。嚴嵩孫鴻、鵠皆官錦衣衛。錦衣衛是明代的禁軍,掌侍衛儀仗,後專主巡察緝捕,故以比漢之執金吾。《漢書·百官公卿表》:“中尉,秦官,掌徼循京師,有兩丞、候、司馬、千人。武帝太初元年更名執金吾。”

[18] 諸兒二句:謂凡幼兒能知拜跪者,皆賜以銀印緋袍。勝(shēng 聲),能。

[19] 甲第,大宅。《史記·武帝紀》:“賜列侯甲第。”集解:“有甲乙第次,故曰第。”

[20] 儤(bào 豹)直,官吏連日值宿曰儤直,這裏指宰相在禁中值宿辦公。

[21] 中禁,宫中。天子所居,門閣有禁,非侍御者不得入,故曰禁中。周廬,《文選·西都賦》李周翰註:“設卒周衛以值宿也。”《明史·嚴嵩傳》:“帝嘗以嵩直廬隘,撤小殿材爲營室,植花木其中,朝夕賜御膳法酒。”

[22] 隱囊,《顏氏家訓·勉學》:“坐棋子方褥,憑斑絲隱囊。”趙曦明註:“如今之靠枕。”

[23] 尚方,漢少府屬官有尚方令、丞,掌作御刀劍及玩好雜物。鏐(liú 留),黄金之美者,據《爾雅·釋器》註,即紫磨金。

[24] 胡,同“瑚”,盛黍稷之器。《左傳》哀公十一年:“胡簋之事,則嘗學之矣。”註:“胡簋,禮器名,夏曰胡。”或謂胡,大也,胡盌連讀。笊籬,當作笊(zhǎo 爪)籬。《六書故》:“今人織竹如勺,以漉米,謂之爪籬,俗有笊籬字。”以上兩句説,食器皆以精金製成,出自尚方。

[25] 黄票封大禧,未詳。

[26] 五尺鳳頭尖,未詳。

[27] 黄絨二句:《續通志·器服略》:“獨錦衣衛堂上官,大紅蟒衣。亦以賜宰輔及虜酋。”《明史·輿服志》:“閣臣賜蟒,始於弘治劉健、李東陽。”明代在南京、杭州、蘇州三處,各置提督織造太監一人,專掌織造各項衣料及制帛、誥敕、彩繒之類,以供御用及宫廷祭祀頒賞之需。留司,指南京織造

局，明代自成祖後，稱南京爲留都。

[28] 百和香，用多種香料製成的香。杜甫《即事》："雷聲忽送千峯雨，花氣渾如百和香。"

[29] 混元衣，道服的一種。明世宗奉道教，常戴香葉冠。曾刻沉水香冠五賜夏言等，言不奉詔；嵩因召見的機會，戴上所賜的沉水香冠，籠以輕紗。世宗因之愈加信任嚴嵩。混元衣當指此類事。

[30] 劑，和藥。刀圭，量藥之器。庾信《至老子廟應詔》："量藥用刀圭。"《池北偶談》："《署里雜存》云：'買得古錯刀三枚，形似今之剃刀，其上一圈，如圭璧之形。中一孔，即貫索之處也。蓋服食家舉刀取藥，僅滿其上之圭，言其少耳。'"

[31] 日月三句：古時以爲天變皆由於人事，凡日蝕月蝕，宰輔都要入朝引罪。這三句説，嚴嵩特爲世宗所信任，逢日月蝕或當朝賀而遇嚴寒大暑皆可不必入朝。

[32] 直詞，指奉敕所撰制誥之類，以在直所撰，故稱直詞。亦指青詞，即道家所用醮薦詞文，世宗好道，嚴嵩尤善青詞，以此得寵任。

[33] 緹騎，本執金吾出入導從的士卒，執金吾掌擒奸執猾，後因稱逮捕人犯的官役爲緹騎。明代以稱東西廠及錦衣衛的吏士。何誰，猶誰何，呵問之詞。

[34] 相公以下七句：言嚴嵩密啓可以直達天子，而世宗對嵩也加以殊禮，凡密詔皆不呼名。九重，宫中。《楚辭·九辯》："君之門兮九重。"婕妤，宫中女官號。

[35] 縣官四句：縣官，指天子。《史記·絳侯世家》索隱："所以謂國家爲縣官者，夏官王畿内縣，即國都也。王者官天下，故曰縣官也。"相公，指嚴嵩。謂世宗完全信任嚴嵩，而嚴嵩别有用心，世宗卻不知道。

[36] 相公四句：司空，指嚴世蕃。謂嚴嵩完全信託他的兒子，而世蕃另有私圖，嚴嵩也不知道。

[37] 昔逐二句：諸城翟，翟鑾，字仲鳴，其先諸城人。嘉靖二十一年，夏言罷，鑾爲首輔。嚴嵩初入，鑾以資地居其上，權遠出嵩下，而嵩終惡鑾，不能容。會鑾子汝儉、汝孝與其師崔奇勳、所親焦清同舉二十三年進士，嵩遂屬給事中王交、王堯日劾其有弊。帝怒，勒鑾父子、奇勳、清爲民。（見《明史·翟鑾傳》）黄冠，農夫之服。《禮記·郊特牲》："野夫黄冠，黄冠，草服也。"孫希旦集解："黄冠乃簑笠之屬，其色黄也。"

[38] 後詒二句：詒，通"紿"，欺騙。貴溪夏，夏言，字公謹，貴溪人。世宗時爲首輔十八年，與嚴嵩交惡。嘉靖二十一年，落職閒住，嵩遂代言入閣。久之，復尚書大學士。二十四年，盡復少師諸官階。言至，直陵嵩出其上，凡所批答，略不顧嵩，嵩噤不敢吐一語。所引用私人，言斥逐之，亦不敢救。未幾，因陝西總督曾銑請復河套，言倚銑可辦，密疏薦之，帝令言擬旨優獎之者再。銑喜，益鋭意出師。後帝忽降旨詰責，語甚厲。嵩揣知帝意，遂力言河套不可復，騰疏攻言。二十七年正月，盡奪言官階。嵩復代仇鸞草奏訐言納銑金交關爲奸利。遂下銑詔獄，坐銑交結近侍律斬。遣官校逮言。其年十月，竟棄言市（見《明史·夏言傳》）。東市，《漢書·鼂錯傳》："錯衣朝衣，斬東市。"

[39] 戈矛二句：皆倒裝句，即謦咳生戈矛，睚眦成齏粉。謦（qǐng 請）咳，咳嗽。引申爲言笑。睚（yá 厓）眦（zì 字），怒視。引申爲小怨小忿。此兩句謂言笑之間，忽動殺機，睚眦小怨，立成齏粉。

[40] 直門，《三輔黄圖》："西出南頭第二門曰直城門，亦曰直門。"

[41] 九卿，明時以六部尚書、都察院都御史、通政司使、大理寺卿爲九卿。

[42] 但當語兒子三句：《明史·嚴世蕃傳》："（世蕃）剽悍陰賊，席父寵，招權利無厭。然頗通國典，曉

暢時務。嘗謂天下才,唯己與陸炳、楊博爲三。炳死,益自負。嵩耄昏,且旦夕直西内,諸司白事,輒曰:'以質東樓。'東樓,世蕃别號也。"

[43] 次且,同"趑趄",猶踟躕。

[44] 曹,職官治事分科謂之曹。這裏指官署。

[45] 邸,王侯府第。此指世蕃所居。

[46] 司空四句:《明史·嚴世蕃傳》:"朝事一委世蕃,九卿以下,浹日不得見,或停至暮而遣之。"未,未時。

[47] 足如枳,謂足如針刺。《山海經·西山經》:"浮山多盼木,枳葉而無傷。"郭璞註:"枳,刺針也。"

[48] 直廬,宰相入直内廷時辦公的地方。參看註[21]。

[49] 囁(niè 聶)嚅(rú 如),欲言復止,説話猶豫。

[50] 恚(huì 惠),怒。以上四句説,嚴嵩完全以兒子的喜怒爲喜怒。如果嚴世蕃面有喜色,這件事一定合嚴嵩的意;如果嚴世蕃有點答應不出,嚴嵩在内廷知道了,也一定發怒。

[51] 縣官有密詔四句:《明史·嚴嵩傳》:"嵩雖警敏,能先意揣帝旨,然帝所下手詔,語多不可曉,惟世蕃一覽瞭然,答語無不中。"

[52] 九邊,《明史·兵志》:"初設遼東、宣府、大同、延綏四鎮,繼設寧夏、甘肅、薊州三鎮,而太原總兵治偏頭,三邊制府駐固原,亦稱二鎮,是爲九邊。"十二鎮,明代於昌平、保定、山西、陝西、四川、雲南、廣西、湖廣、廣東、浙江、福建、山東,各設鎮守總兵官一人(見《明史·職官志》)。

[53] 諸王三十國,嘉靖時藩國,太祖子始封者十六:秦、晉、周、楚、魯、蜀、代、肅、遼、慶、甯、岷、韓、瀋、唐、伊。太祖姪一:靖江。成祖子一:趙。仁宗子四:鄭、襄、荆、淮。英宗子四:德、崇、吉、徽。憲宗子三:益、衡、榮。世宗子一:景。凡三十國。其以枝子分封者不計。

[54] 以上六句言諸王襲爵、百官授缺,無不納賄於嵩。《明書·嚴嵩傳》:"於藩國請卹乞封,所挾受賄,積資且巨萬。……御史葉經疏稱,交城王諸孫輔國將軍表相謀襲爵,永壽王庶子惟熾與嫡長孫懷熺争國封,嵩俱納其重賄。"又曰:"(世蕃)性尤強記,於中外官職饒瘠險易,亡不闇熟,其責賄多寡,毫髮不能匿。"

[55] 南海二句:鄒陽《獄中上書自明》:"臣聞明月之珠,夜光之璧,以暗投人於道,衆莫不按劍相眄。"于闐,西域國名,産美玉。

[56] 貓睛四句:貓睛石亦名貓兒眼,祖珻緑亦作祖母緑,與鴉鶻石、靺鞨並寶石名。拳蕨,謂蕨芽。黄庭堅詩:"蕨芽已作小兒拳。"

[57] 薔薇古剌水,波斯出的香水。

[58] 伽南二句:伽南、阿速、瑞腦、龍涎,皆香名。

[59] 古法書名畫,《明書·嚴嵩傳》:"而宗憲自是益傾江南庫藏爲世蕃餽。所需古法書名畫種種,宗憲皆爲索之富人世家,豪敚巧獵,靡所不及。而它撫臣監司相習成風,不以爲諱。其所欲鼎彝尊罍之類,或發塚剽攻。它寶玩多起大獄而後得之。世蕃猶汲汲無已。"

[60] 玉躞標金題:米芾《書史》:"隋唐藏書,皆金題玉躞。"註:"躞,軸心,以玉爲之。"《通雅》:"按梁虞和《論書表》:'金題玉躞織成帶。'註:'金題,押頭也,猶今書面籤題也;玉躞,言帶頭小楔,或以牙玉爲之。'"二説不同,似後説爲長。

[61] 回鶻(hú 斛),即回紇,維吾爾族的古稱。隊,舞隊。

[62] 杏衫,樂府《西洲曲》:"單衫杏子紅,雙鬢鴉雛色。"平頭奴,《河中之水歌》:"平頭奴子擎履箱。"平頭是一種頭巾的式樣。《唐書·車服志》:"隋文官有平頭小様巾。"

[63] 縢,行縢,即綁腿布。蹴踘,亦作蹋鞠,古代的一種游戲,也叫打毬。《漢書·霍去病傳》註:"鞠,以皮爲之,實以毛,蹴蹋而戲。"《唐音癸籤》:"唐變古蹴鞠戲爲蹴毬。其法,植兩修竹,高數丈,絡網於上爲門,以度毬。毬工分左右朋,以角勝負。"

[64] 馮子都,《漢書·霍光傳》:"初光愛幸監奴馮子都,常與計事。及顯寡居,與子都亂。"監奴,總管家務的奴僕。顯,霍光之妻。

[65] 秦宫,《後漢書·梁冀傳》:"冀愛監奴秦宫,官至太倉令,得出入壽所。壽見宫,輒屏御者,託以言事,因與私焉。"壽,梁冀妻孫壽。屏,斥退。御者,左右伺候的人。

[66] 以上六句寫嚴嵩家中的糜爛,寵奴與姬妾相私通,幸而不發覺,則如花叢之蝶,恣其淫亂。一朝事洩,則生埋爛煮,葬身於荆棘叢中。

[67] 龍牀,天子的御榻。

[68] 義兒四句:《明史·嚴嵩傳》:"士大夫輻輳附嵩,時稱文選郎中萬寀、職方郎中方祥等,爲嵩文武管家。尚書吴鵬、歐陽必進、高燿、許論輩,皆惴惴事嵩。"《明史·趙文華傳》:"(趙文華)累官至通政使,性傾狡。未第時,在國學,嚴嵩爲祭酒,才之。後仕於朝,而嵩日貴幸,遂相與結爲父子。"

[69] 逶迤,同委蛇,委曲自得之貌。洙、泗,古代魯國的兩條河。《禮記·檀弓》:"吾與女事夫子於洙、泗之間。"夫子指孔子。此下四句言朝廷上的一班士大夫都是儒衣儒行的文學之士,卻甘心做嚴氏父子的乾兒義子。

[70] 粲粲,鮮明富麗之貌。《詩經·小雅·大東》:"西人之子,粲粲衣服。"西京,指西漢,以文學得名。柳宗元《西漢文類序》:"文之近古而尤壯麗,莫若漢之西京。"手,作手,手筆。

[71] 謂當二句:操,執。鈞柄,朝廷大權。兩句結上啓下,謂嚴嵩父子這樣的氣勢熏天,以爲可以永遠執掌朝政,與天地同長久。

[72] 御史以下十句:《明史·嚴嵩傳》:"(御史鄒應龍)抗疏極論嵩父子不法,曰:'臣言不實,乞斬臣首以謝嵩、世蕃。'帝降旨慰嵩,而以嵩溺愛世蕃,負眷倚,令致仕,馳驛歸,有司歲給米百石。下世蕃於理。嵩爲世蕃請罪,且求解,帝不聽。法司奏論世蕃及其子錦衣鵠、鴻,客羅龍文,戍邊遠。詔從之,特宥鴻爲民,使侍嵩。"彈章,檢舉罪狀的奏章。覈(hē 核),考驗確鑿。三木,加於頭頸和手足的刑具。囊,裹,着。赭衣,罪人的衣服。炎方,南方邊遠之地。戍(shù 庶),充軍。廩,公家給食,即《明史》所云"有司歲給米百石"。

[73] 舳艫,舳,船尾;艫,船頭。後概稱大船爲舳艫。

[74] 譏征,譏,查問;征,收税。《孟子·梁惠王》:"關市譏而不征。"趙岐註:"關以譏難非常,不征税也。"

[75] 嘯傲二句:謂嚴嵩致仕歸家,依然聲勢烜赫,積財無數,過着奢豪的生活。郿隖,《後漢書·董卓傳》:"乃結壘於長安城東以自居。又築塢於郿,高厚七丈,號曰萬歲塢。積穀爲三十年儲。自云,事成雄據天下,不成,守此足以畢老。"

[76] 司空不之戍六句:《明書·嚴嵩傳》:"而世蕃之自戍所私歸,益廣拓宅舍。又用金多,爲盜窺,乃召募伎勇材力之士合數百人,日夜擊刁斗自衛。郡邑頗疑其跡。"紫宫,本星座名。《晉書·天文志》:"紫宫垣十五星,在北斗北。一曰紫微,大帝之座也,天子之常居也。"後亦稱皇宫爲紫宫。

[77] 從奴蹋(tà 榻)邑門,言嚴家的奴僕倚勢横行,蔑視州縣官。蹋,踐踏。

[78] 子弟郡國雄,嚴家子弟横行霸道,稱雄郡國。

[79] 不論有反狀四句:意思説,不管有没有謀反的實據,而流言所至,雖不能動摇國本,也使百姓驚恐。反狀,謀反的事實。訛(é 俄)言,謡言。宗社,宗廟社稷。萬不憂,萬萬不必憂。黔首,百姓。《史記·秦始皇本紀》:"更名民曰黔首。"

[80] 御史再發之四句:《明史·嚴嵩傳》:"其明年,南京御史林潤奏:'江洋巨盜,多入逃軍羅龍文、嚴世蕃家。龍文居深山,乘軒衣蟒,有負險不臣之志。世蕃得罪後,與龍文日誹謗時政。其治第役衆四千。道路皆言兩人通倭,變且不測。'詔下潤逮捕,下法司論斬,皆伏誅。"恆,常。不爲恆,不能老是像往常一般寬大,即天威不測之意。置,驛車。飛置,猶疾置,特别加快的驛車。《漢書·劉屈氂傳》:"是時上避暑甘泉宫,丞相長史乘疾置以聞。"

[81] 絮,絮語。

[82] 束髮,成童之稱。辟,召。三府,三公。漢制,三公得辟置僚屬。束髮辟三府,是説嚴世蕃年少時即以父蔭得高官。

[83] 奉,同"俸"。

[84] 冠服亞汝父,言其官職僅次於嵩。

[85] 監行客,押解罪犯的差官。

[86] 歸者六句:而,同"爾"。配,匹配。這六句説,假使能有一朝活着回來,我還是你們的丈夫,要是不回來,你們便是寡婦了。諸姬心自言:你活着回來,我們是你的姬妾,要是不回來,任何人都可以改嫁,誰來爲你守寡呢?

[87] 不得二句:言空有這麽多金銀,也救不了我的命。現在親身經受了,纔懂得這道理。

[88] 有金二句:謂有了錢反而害自已,没有錢也能過日子。

[89] 鋃鐺,鎖鍊。

[90] 程程視溲寢,意思説,一路上大小便以至睡覺,都要受到監視。溲,大小便。

[91] 秋官,《周禮·秋官司寇》:"乃立秋官司寇,使帥其屬而掌邦禁,以佐王刑邦國。"鄭玄註:"禁,所以防姦者也。刑,正人之法。"後世因稱刑部爲秋官。爰書,罪犯供詞的記録。

[92] 矺,借作磔(zhé 哲),車裂。此處作殺解。

[93] 家貲巨千萬二句:萬萬謂之巨萬,巨千萬,極言其多。少府,漢官,掌山海地澤之税,以奉養天子,爲天子之私府。司農,漢官,掌錢穀,後世以稱户部。兩句言家資無數,都被朝廷没收。《明史·嚴世蕃傳》:"籍其家,黄金可三萬餘兩,白金二百萬餘兩,他珍寶服玩所直又數百萬。"《明書·嚴世蕃傳》亦有詳細記載。

[94] 上寶二句:上寶,上等的寶物。尚方,見註[23],此處指宫中。助邊,充邊防軍餉。

[95] 優老田,優待老臣,賜他養老的田地。

[96] 踐更,出錢僱人代當官差。更,輪流當差。《漢書·昭帝紀》註:"更有三品,有卒更,有踐更,有過更。古者正卒無常人,皆當迭爲之,一月一更,是爲卒更也。貧者欲得顧更錢者,次直者(輪到當值的)出錢顧之,月二千,是爲踐更也。"

[97] 亭長,秦漢時,十里一亭,有亭長,管追捕盜賊。這裏指地方保長之類。

[98] 媒妁(shuò 碩),媒人。在兩腕,就在手邊。或指牽了就走。

[99] 喈(zhǎi 窄),呼叱聲。

[100] 縱臾,慫恿。

[101] 朘(juān 捐),剥削。邊儲,邊防的儲備。

[102] 僇,同"戮"。《明史・嚴嵩傳》:"前後劾嵩、世蕃者,謝瑜、葉經、童漢臣、趙錦、王宗茂、何惟柏、王曄、陳塏、厲汝進、沈鍊、徐學詩、楊繼盛、周鈇、吴時來、張翀、董傳策,皆被譴。經、鍊用他過置之死,繼盛附張經疏尾殺之。"

[103] 梁柱,謂國家的大臣,指夏言,詳前註[38]。

[104] 爪牙,謂將帥,指曾銑、張經。曾銑見註[38]。張經總督江南、江北、浙江、山東、福建、湖廣諸軍事,屢敗倭寇,以與嵩黨趙文華、胡宗憲不協,嵩誣以養寇不戰,冒趙、胡功,論斬。

[105] 土木二句:土木,謂大興營建。《明史・陶仲文傳》:"授神霄保國宣教高士,尋封神霄保國弘烈宣教振法通真忠孝秉一真人。明年八月,欲令太子監國,專事静攝。太僕卿楊最疏諫,杖死。廷臣震慴。大臣争諂媚取容,神仙禱祀日亟。以仲文子世同爲太常丞,子壻吴濬、從孫良輔,爲太常博士。帝有疾,既而瘳,喜仲文祈禱功,特授少保、禮部尚書。久之,加少傅,仍兼少保。仲文起筦庫,不二歲,登三孤,恩寵出(邵)元節上。乃請建雷壇於鄉縣,祝聖壽。……自是中外争獻符瑞。……其後夏言以不冠香葉冠,積他釁至死,而嚴嵩以虔奉焚修,蒙異眷者二十年。"

[106] 婁豬,《左傳》定公十四年:"既定爾婁豬。"註:"婁豬,求子豬。"按謂母豬。

[107] 圈,豬欄。

[108] 羖(gǔ 古)攊(lì 歷),羊。《北史・齊本紀中》:"先是童謡曰:'一束藁,兩頭然,河邊羖攊飛上天。'藁然兩頭,於文爲高,河邊羖攊爲水邊羊。"

[109] 禦霜雪,羊毛可以禦寒。

[110] 韝,臂衣。鶻(hú 斛),隼,一種獵鷹。獵人打獵時多臂鷹而出。

[111] 雖飽則掣(chè 撤)去,《後漢書・吕布傳》:"譬如養鷹,飢即爲用,飽則颺去。"掣去,疾飛而去。

[112] 毛羽,毛指獸類,羽指鳥類。決,用牙齒來咬斷。此句是説,獵鷹還能爲人逐捕雉兔之屬。

[113] 眶,作動詞用,滿眶的意思。

[114] 高皇,高皇帝。謂明太祖。

[115] 黄腸二句:《漢書・霍光傳》:"(光薨。賜)梓宫、便房、黄腸題凑各一具,樅木外臧椁十五具。"註:"蘇林曰:'以柏木黄心致累棺外,故曰黄腸。'"又曰:"太后被珠襦,盛服坐武帳中。"註:"晉灼曰:'貫珠以爲襦。'"

[116] 狐兔二句:狐兔,以比嚴嵩父子,言其一朝失勢,連葬身之地都没有。《明史・嚴嵩傳》:"又二年(世蕃伏誅後二年),嵩老病,寄食墓舍以死。"

[117] 遺臭污金石,言嚴氏父子遺臭萬年,玷污史册。金謂鐘鼎彝器之屬,石謂碑碣石刻之屬,二者皆所以紀功德,垂久遠。

[118] 所得皆浮雲,言其生前所得權勢富貴,都如浮雲過眼,一場虚空而已。

戚繼光詩

戚繼光,字元敬,號南塘,登州(今山東省蓬萊縣)人。明代抗倭名將,軍事家,也是一位愛國詩人。生於公元一五二八年(明世宗嘉靖七年),卒於公元一五八七年(明神宗萬曆十五年)。他出身將門,初任登州衛指揮僉事,調浙江、福建、廣東等地抗擊倭寇,戰功卓著。後又調至北方,鎮守薊州十六年,寇不敢犯。他的詩慷慨高昂。著有《練兵實紀》、《武備新書》、《止止堂集》等。

登捨身臺

【解題】 這首詩借登捨身臺之事,表達自己一向捨身爲國的思想;同時,對不顧國家安危、只圖歌舞享樂的權貴們進行了斥責。

向來曾作捨身歌,今日登臨意若何? 指點封疆餘獨感[1],蕭疏鬢髮爲誰皤[2]! 劍分胡餅從人後[3],手掬流泉已自多。回首朱門歌舞地[4],尊前列鼎問調和[5]。

《明戚武毅公止止堂集》

【註釋】

[1] 封疆,這裏指邊界。

[2] 蕭疏,稀疏。皤(pó 婆),白。

[3] 胡餅,燒餅,這裏指乾糧。此句意謂軍中分胡餅時,我應當讓人先喫,自己在後。

[4] 朱門,朱紅的大門。原指富貴人家,這裏借指權貴們的府第。

[5] 尊,酒器。列鼎,謂列鼎而食。《漢書・主父偃傳》顏師古註引張晏曰:"五鼎食,牛羊豕魚麋也;諸侯五,卿大夫三。"這裏指權貴府第的豪侈生活。調和,指菜肴的味道調和得好不好。

馬上作

【解題】 這首作於馬上的短詩,概括地抒寫了作者的平生行跡,表現了長期從軍以保衛國家的壯志豪情。

南北驅馳報主情,江花邊月笑平生[1]。一年三百六十日,多是横戈馬上行[2]。

《明戚武毅公止止堂集》

【註釋】

[1] 南北二句:驅馳,策馬疾馳。作者曾先後在南方福建、廣東一帶和北方薊州一帶鎮守,故稱"南北驅馳"。主,指君主。江花,指南方江邊的花。邊月,指北方邊地的月。

[2] 横戈,意謂持着武器。

陳子龍詩

陳子龍,字臥子,號大樽,松江華亭(今上海市松江縣)人。生於公元一六〇八年(明神宗萬曆三十六年),卒於公元一六四七年(清世祖順治四年)。崇禎十年進士,選紹興推官,升兵科給事中。福王時,見朝政腐敗,告歸終養。清兵破南京後,子龍在松江起兵,推吴易爲主,兵敗,避匿山中,結太湖兵抗清,事洩,被執,乘間投水死。崇禎間,太倉張溥起"復社",子龍亦與同里夏允彝起"幾社",與之相應,俱爲東林黨後勁。其文學主張繼承七子傳統,詩宗法漢魏六朝盛唐。早期作品,辭采濃郁,尤好擬古樂府,但内容比較貧乏。後期多感時撫事之作,風格俊上,悲壯蒼涼,爲明末重要作家。亦工詞。其詩文詞經後人輯爲《陳忠裕公全集》。

小車行

【解題】 崇禎十年,子龍中進士,殿試在三甲,就選得惠州司李。是年六月,兩畿大旱,山東蝗蟲爲災,流亡徧野。這首詩是作者出京赴任時途中目擊飢民流離之狀而作的。

小車班班黄塵晚[1],夫爲推,婦爲輓[2]。出門茫然何所之? 青青者榆療我飢[3],願得樂土共哺糜[4]。風吹黄蒿,望見垣堵,中有主人當飼汝[5]。叩門無人室無釜[6],躑躅空巷淚如雨。

嘉慶簳山草堂版《陳忠裕公全集》卷五

【註釋】

[1] 班班,車行之聲。

[2] 輓,同"挽",拉車子。《左傳》襄公十四年:"或輓之,或推之。"註:"前牽曰輓。"

[3] 青青者句:言荒年無食,只好以樹葉充飢。

[4] 願得樂土句:希望找到一個好地方,大家有一口稀粥喝。與上文的"出門茫然何所之"相應。

[5] 中有主人句:這是飢民的猜想之詞。汝,飢民自謂。以上三句意謂,遠望黄蒿中露出牆垣,自己安慰説,這裏有住家,會施捨給你一點喫的東西。

[6] 叩門句:寫屋主人也已經逃荒去了。

易水歌

【解題】 全集此詩後註云:"案此詩似專詠古。或云爲左蘿石奉使求成而作。"案或説似可信。清兵入關後,朝議遣使通好,止其南下,而難其人,右僉都御史左懋第請行,至北京被留。明年,南京失守。懋第與從行兵部司務陳用極、游擊王一斌、都司張良佐、劉統、王廷佐,俱以拒降被害。左懋第,字蘿石,萊陽人。詩借荆軻入秦之事,哀悼左懋第的出使無成。末語"異日還逢博浪沙",言他日必有爲明朝復仇者,以致其抗清的決心。

趙北燕南之古道,水流湯湯沙皓皓[1]。送君迢遥西入秦,天風蕭條吹白草。車騎衣冠滿路旁,驪駒一唱心茫茫[2]。手持玉觴不能飲,羽聲颯沓飛清霜[3]。白虹照天光未滅[4],七尺屏風袖將絶[5]。督亢圖中不殺人[6],咸陽殿上空流血。可憐六合歸一家,美人鐘鼓如雲霞[7]。慶卿成塵漸離死[8],異日還逢博浪沙[9]!

嘉慶簳山草堂版《陳忠裕公全集》卷十二

【註釋】

[1] 趙北二句:《史記·刺客列傳》荆軻赴秦,"太子及賓客知其事者,皆白衣冠以送之,至易水之上。"易水在今河北省西部,源出易縣,流入拒馬河。故云趙北燕南。湯(shāng 商)湯,大水急流貌。

[2] 驪駒,送別之歌。《漢書·王式傳》:"歌驪駒。"註:"服虔曰:'逸詩篇名也,見《大戴禮》,客欲去,歌之。'文穎曰:'其辭云:驪駒在門,僕夫具存。驪駒在路,僕夫整駕也。'"

[3] 羽聲,五音之一。《史記·刺客列傳》:"高漸離擊筑,荆軻和而歌,爲變徵之聲,士皆垂淚涕泣。又前而歌曰:'風蕭蕭兮易水寒,壯士一去兮不復還!'復爲羽聲忼慨,士皆瞋目,髮盡上指冠。"颯(sà 薩)沓(tà 榻),盛大貌。

[4] 白虹,《漢書·鄒陽傳》:"昔荆軻慕燕丹之義,白虹貫日,太子畏之。"註:"應劭曰:'燕太子丹質於秦,始皇遇之無禮。丹亡去,厚養荆軻,令西刺秦王,精誠感天,白虹爲之貫日也。'"

[5] 七尺句:《燕丹子》敍荆軻左手把秦王袖,右手揕其胸。秦王説:今天的事情,一切聽你的,但求讓我聽一曲琴再死。於是召姬人鼓琴,琴聲曰:"羅縠單衣,可掣而絶,八尺屏風,可超而越,鹿盧之劍,可負而拔。"秦王聽從琴聲負劍拔之,奮袖超屏風而走。詩作七尺屏風,恐誤記。

[6] 督亢句:督亢,地名,在今河北省涿縣東,是燕國的富饒之區。太子丹派荆軻入秦,以獻督亢之地及秦亡將樊於期之頭爲名,藏匕首於地圖中,謀刺秦王。

[7] 可憐二句:《史記·秦始皇本紀》:"秦每破諸侯,寫放其宫室,作之咸陽北阪上,南臨渭,自雍門以東至涇渭,殿屋、複道、周閣相屬,所得諸侯美人鐘鼓以充入之。"六合,上下四方。如雲霞,極言其多。

[8] 慶卿,即荆軻。《史記·刺客列傳》:"荆軻者,衛人。其先乃齊人,徙於衛,衛人謂之慶卿。"漸(jiān 尖)離,高漸離,燕人,善擊筑,與荆軻爲友。燕亡,漸離改换姓名,爲人傭作。秦始皇召他入宫,把他眼睛熏瞎了,叫他擊筑。從來稍稍和他親近。他把鉛放在筑裏,舉筑擊始皇,不中,被殺。這裏指左懋第和他的同僚的被殺。

[9] 博浪沙,《史記·留侯世家》:"留侯張良者,其先韓人也。秦滅韓,良悉以家財求客刺秦王,爲韓報仇。得力士,爲鐵椎重百二十斤,擊秦皇帝博浪沙中,誤中副車。"異日,他日,可指過去,亦可指將來,此處指將來,作總有一天解。

張煌言詩

張煌言,字玄著,號蒼水,鄞縣(今浙江省寧波市)人。生於公元一六二〇年(明光宗泰昌元年),卒於公元一六六四年(清聖祖康熙三年)。順治二年乙酉(一六四五),起兵抗清,奉魯王監國。官至兵部尚書,兼東閣大學士。順治十六年己亥(一六五九),與鄭成功合師,大舉入江,圍南京。後別率一軍至蕪湖,以制上游。大江南北,紛紛響應,共下四府、三州、二十四縣。終因鄭成功兵敗,孤軍難支而退。時歸路已阻,無法出海,乃改裝夜行,經皖、浙山地二千餘里,復至海上,重新結聚力量,繼續抗清。至康熙三年甲辰(一六六四),鄭成功死,見大勢已去,遂解散部曲,居於南田懸嶴島(今浙江省象山縣南),伺機再起。不久被俘犧牲,葬於杭州南屏山荔子峯下。著有《張蒼水集》。其詩文多反映親身經歷之戰鬥生活,情緒慷慨激昂。

被執過故里

【解題】 此詩爲康熙三年(一六六四)七月,作者被清軍俘獲後,押經寧波時所作。詩中首先以蘇武仗節歸漢、管寧避亂回里的事蹟作比,嘆惜自己生不逢辰,明亡家破,四海飄零,有愧於前賢。其次述説歸來所見:城郭依然,人事已改,不勝滄桑之感。最後則進一步表露自己誓志"成仁"的決心。

蘇卿仗漢節,十九歲華遷[1];管寧客遼東,亦閱十九年[2];還朝千古事,歸國一身全。予獨生不辰[3],家國兩荒煙。飄零近廿載[4],仰止媿前賢[5]。豈意避秦人,翻作楚囚憐[6]!蒙頭來故里[7],城郭尚依然;彷佛丁令威,魂歸華表巔[8]。有靦此面目[9],難爲父老言。知者哀其辱,愚者笑其顛;或有賢達士,謂此勝錦旋[10]。人生七尺軀,百歲寧復延!所貴一寸丹[11],可踰金石堅。求仁而得仁,抑又何怨焉[12]!

中華書局排印本《張蒼水集》第三編《采薇吟》

【註釋】

[1] 蘇卿二句:指漢蘇武出使匈奴事。蘇武,西漢杜陵(今陝西省興平縣境内)人。字子卿。武帝時,以中郎將使匈奴。匈奴單于迫令投降,不屈,被幽禁在大窖中,後又徙居北海上,使牧羝,羝乳乃得歸。武仗漢節牧羊,終不爲屈,前後堅持十九年之久,昭帝時,始被釋回國(見《漢書·蘇武傳》)。

[2] 管寧(一五七——二四一),三國魏朱虛(今山東省臨朐縣)人。字幼安。東漢末,避亂居遼東,亂後始歸。文帝拜爲大中大夫,明帝拜爲光禄勳,皆辭不就。

[3] 生不辰,生不逢時。

[4] 飄零句:張煌言自順治乙酉(一六四五)奉魯王(朱以海)監國至越,至康熙三年甲辰(一六六四)被俘,與清軍輾轉鬥争,前後恰值十九年。

[5] 仰止,敬仰的意思。《詩經·小雅·車舝》:"高山仰止。"疏:"古人有高顯之德如山者,則慕而仰之。"止,語末助詞,古與"之"字通。

[6] 避秦,避亂。語本陶潛《桃花源記》。秦政暴虐,因以避秦比喻避亂。此處是指解散餘部,隱居懸

畧的事。楚囚,《左傳》成公九年:"晉侯觀於軍府,見鍾儀,問之曰:'南冠而縶者誰也?'有司對曰:'鄭人所獻楚囚也!'"後世因以楚囚比喻被俘的人。此處指被清軍俘獲。

[7] 蒙頭,遮住頭;羞愧得没臉見人的意思。

[8] 彷彿二句:丁令威,《搜神後記》:"丁令威本遼東人,學道於靈虚山,後化鶴歸遼,集城門華表柱。時有少年舉弓欲射之,鶴乃飛,徘徊空中而曰:'有鳥有鳥丁令威,去家千年今始歸;城郭如故人民非,何不學仙塚纍纍?'遂高上冲天。"華表,古代設在宫殿、城垣、墳墓前的石柱。以上四句,言其被俘後重入故鄉,心中極爲羞愧。而家鄉城郭依然,人事已非,不禁引起故國滄桑之感。

[9] 靦(tiǎn 腆),面有愧色。《詩經・小雅・何人斯》:"有靦面目。"

[10] 錦旋,即衣錦還鄉之省文。沈冰壺《張公蒼水傳》:"十九日,公至寧波,方巾葛衣,乘肩輿而入,觀者嘖嘖嘆息,同於晝錦。入提督府,顧盼謂人曰:'此沈相國(沈一貫)第也!我昔曾會文於此。今忽忽二十年後,不勝丁令威化鶴歸來之慟耳!'"

[11] 丹,丹心,忠心。

[12] 求仁二句:語見《論語・述而》:"求仁而得仁,又何怨?"此處是説其所希求的正是殺身成仁,以死報國,今死得其所,何怨之有?

甲辰八月辭故里

【解題】 清康熙三年甲辰(一六六四)八月初,張煌言被轉解至杭州。此詩即離别故鄉前所寫。詩中表示自己以于謙、岳飛等人爲榜樣,寧死不屈。雖以身殉國,但鬥志永遠不滅。

國亡家破欲何之?西子湖頭有我師;日月雙懸于氏墓[1],乾坤半壁岳家祠[2]。慚將赤手分三席[3],敢爲丹心借一枝[4]。他日素車東浙路[5],怒濤豈必屬鴟夷[6]!

中華書局排印本《張蒼水集》第三編《采薇吟》

【註釋】

[1] 日月雙懸,是説于謙抵抗瓦剌侵略的功績,永垂不朽,可與日月争光。于謙,見前詩歌部份作者介紹。于氏墓,指于謙的墳墓,在杭州西湖旁三台山下。

[2] 乾坤半壁,是説岳飛的抗金鬥争,支撑住南宋的偏安局面。岳飛(一一〇三——一一四一),字鵬舉,宋湯陰(今河南省湯陰縣)人。宣和間,以敢戰士應募,隨宗澤守開封,屢破金軍。官至太尉,授少保,爲河南北諸路招討使。大破金兵於朱仙鎮,指日渡河北上。時秦檜力主和議,下令退兵,召還臨安(今浙江省杭州市),解除兵權。不久被誣謀反,下獄。紹興十一年(一一四一)十二月二十九日,與子岳雲及部將張憲同時被害。岳家祠,指岳飛的祠墓,在杭州西湖棲霞嶺下。

[3] 赤手,空手。席,坐次。此句是説,自己恢復明室的功業未成,不敢希望與于謙、岳飛同立祠於西子湖畔鼎足而三。

[4] 敢,一本作"擬"。枝,枝棲,棲息的地方。此句補足前句意,説自己憑這顆丹心,在于謙、岳飛的祠墓前,借取一席葬身之地。

[5] 素車,靈車、喪車。此處借喻波濤洶湧,如同張着帷蓋的素車一般。枚乘《七發》形容廣陵的潮水:"其少進也,浩浩溰(āi 哀)溰,如素車白馬帷蓋之張。"東浙,浙江東部地區。此句是説,自己抗清之志不滅,死後亦當形成錢塘江中的怒潮。

[6] 鴟(chī 蚩)夷,一作鴟鴺,皮製的袋。《國語·吴語》:"(申胥)遂自殺。將死,曰:'而懸吾目於東門,以見越之入,吴國之亡也。'王慍曰:'孤不使大夫得有見也!'乃使取申胥之屍,盛以鴟夷,而投之於江。"《録異記》:"夫差殺伍子胥,煮之於鑊,乃以鴟夷橐投之於江。子胥恚(huì 會)恨,驅水爲濤,以溺殺人。"此句緊聯上句,是説自己同伍子胥一樣,將於死後化爲怒濤,永遠不會泯滅。

夏完淳詩

夏完淳,字存古,松江華亭(今上海市松江縣)人。生於公元一六三一年(明思宗崇禎四年),卒於公元一六四七年(清世祖順治四年)。與父允彝,師陳子龍,並有聲名。明亡後,從父、師起兵抗清;事敗以後,允彝與子龍先後死難。夏完淳復入吴易軍中參與軍事。易敗,流亡於江漢之間,繼續進行抗清活動。順治四年(一六四七)夏間,因上表謝魯王遥授中書舍人,爲人告發,被捕。解送南京後,不屈死,年僅十七。著有《夏内史集》及《玉樊堂詞》。

即事

【解題】 這組詩是夏完淳於公元一六四六年加入吴易軍中以後所作。此時南京已陷落,作者身在義軍之中,面對着旌旗號角,不禁觸起了無限憤慨之情,因此即事命篇,寫下自己誓志恢復的決心。詩意慷慨悲涼。

其一

復楚情何極,亡秦氣未平[1]。雄風清角勁,落日大旗明。縞素酬家國[2],戈船決死生[3]。胡笳千古恨,一片月臨城。

【註釋】

[1] 復楚二句:是借用楚、秦隱射明、清。秦始皇滅楚以後,楚人時時力圖恢復,當時曾流傳着這樣兩句話:"楚雖三户,亡秦必楚。"(見《史記·項羽本紀》)此處意思是説,想要恢復明王朝的心情非常急切,而消滅敵人的志氣也絲毫没有平息。極,盡。

[2] 縞(gǎo 稿)素句:《史記·高祖本紀》:"發使告諸侯曰:'天下共立義帝,北面事之。今項羽放殺義帝於江南,大逆無道,寡人親爲發喪。'諸侯皆縞素。"此處用以表明誓志恢復的決心。縞素,白色生絹,指喪服。

[3] 戈船,戰船。《漢書·武帝紀》:"歸義越侯嚴,爲戈船將軍,出零陵,下離水。"註:"臣瓚曰:'伍子胥書,有戈船,以載干戈,因謂之戈船也。'"

其二

戰苦難酬國[1],仇深敢憶家[2]!一身存漢臘[3],滿目盡胡沙[4]。落月翻旗影,清霜冷劍花。六軍渾散盡[5],半夜起悲笳。

【註釋】

[1] 戰苦句:意思是説,強敵當前,形勢艱苦,復仇雪恨,實非易事。

[2] 敢,此處作豈敢、不敢解。

[3] 一身句:《後漢書·陳寵傳》:"及莽篡位,召咸(陳寵祖父)以爲掌寇大夫,謝病不肯應。時三子參、豐、欽皆在位,乃悉令解官,父子相與歸鄉里,閉門不出入,猶用漢家祖臘。人問其故,咸曰:'我先人豈知王氏臘乎?'"此處用以表示要畢身忠於明王朝。臘,古代歲終時的一種祭祀。

[4] 胡沙，李白《永王東巡歌》："三山北虜亂如麻，四海南奔似永嘉。但用東山謝安石，爲君談笑静胡沙。"此處借指清軍。

[5] 渾，全。杜甫《春望》："白頭搔更短，渾欲不勝簪。"

其　三

一旅同仇誼[1]，三秋故主懷[2]。將星沉左輔[3]，卿月隱中台[4]。東閣塵賓幕[5]，西征愧賦才[6]。月明笳鼓切，今夜爲誰哀？

中華書局排印本《夏完淳集》卷四

【註釋】

[1] 一旅，《左傳》哀公元年："有田一成，有衆一旅，能布其德，而兆其謀，以收夏衆。"註："五百人爲旅。"此處指吴昜所率領的這支義軍，爲了抗清，大家結成了同仇敵愾的情誼。

[2] 三秋句：公元一六四四年，明思宗自殺，作者入吴昜軍爲一六四六年，前後正三年，故稱三秋。意思是說，三年來一直在懷念着明王朝。

[3] 將星，古代的一種迷信説法，認爲帝王將相，都是上應天星。《隋書·天文志》："將軍十二星，在婁北，主武兵。中央大星，天之大將也。"左輔，漢以左馮翊爲左輔，右扶風爲右輔，並京兆合稱三輔。此句指一六四五年清兵攻陷揚州後，史可法的死難。時史可法以東閣大學士兼兵部尚書督師揚州，地在南京之東，借稱左輔。

[4] 卿月，《隋書·天文志》："月爲太陰之精，以之配日，女主之象也。以之比德刑罰之義，列之朝廷諸大臣之類。"此處比喻賢臣。中台，星名，三台之一。古代以三台喻三公之位，中台謂司徒。此處指政府。此句是指馬士英、阮大鋮等奸佞當權，敗壞朝政，賢良之士盡皆隱避。

[5] 東閣句：《漢書·公孫弘傳》："(弘)數年至宰相封侯，於是起客館，開東閣，以延賢人，與參謀議。"此處意思是説，自己能力差，不堪勝任吴昜的軍事參議。塵，沾污。

[6] 西征句：《晉書·潘岳傳》："未幾，選爲長安令，作《西征賦》，述所經人物山水，文清旨詣。"此處亦爲作者自謙之辭，意思是説，慚愧自己没有像潘岳一般的才能。

别雲間

【解題】 上海市松江縣，古稱雲間，即作者的家鄉。這首詩是夏完淳被清廷逮捕後，在解往南京前臨别松江時所作。原收在他臨難前的詩集《南冠草》中。作者一面抱着此去誓死不屈的决心；一面又對行將永别的故鄉，流露出無限的依戀和深切的慨嘆。

三年羈旅客[1]，今日又南冠[2]。無限河山淚，誰言天地寬[3]？已知泉路近[4]，欲别故鄉難。毅魄歸來日[5]，靈旗空際看[6]。

中華書局排印本《夏完淳集》卷四

【註釋】

[1] 三年句：指作者自參加抗清活動到寫此詩時，遠離家鄉已有三個年頭。

[2] 南冠，被囚禁的人。參見前張煌言詩《被執過故里》註[6]。

[3] 誰言句：意思是説天地之大竟無容身之處。孟郊《贈崔純亮》："出門即有礙，誰謂天地寬。"

[4] 泉路,黄泉路,指死亡。
[5] 毅魄,堅強不屈的魂魄。
[6] 靈旗,古代出兵征伐時所用的一種旗幟。《漢書·禮樂志》:"招揺靈旗。"註:"畫招揺(星名)於旗,以征伐,故稱靈旗。"以上兩句是説,自己死後成了鬼魂,也還要歸來從空中看後繼者率領部隊起義。

二、散文

宋濂文

宋濂,字景濂,號潛溪,浦江(今浙江省義烏縣西北)人。生於公元一三一〇年(元武宗至大三年),卒於公元一三八一年(明太祖洪武十四年)。元末召爲翰林編修,不受。明初主修《元史》,官至學士承旨知制誥。宋濂學識淵博,散文簡潔,在當時頗有名。著有《宋學士文集》。

送東陽馬生序

【解題】 本篇以簡潔樸實的語言,敘述作者年輕時求學的勤苦經歷和當時太學生學習的優越條件。通過兩者對比,力圖啓發人們認識專心求學,刻苦自勵的重要。

余幼時即嗜學,家貧,無從致書以觀,每假借於藏書之家,手自筆録,計日以還[1]。天大寒,硯冰堅,手指不可屈伸,弗之怠。録畢,走送之,不敢稍逾約。以是人多以書假余,余因得遍觀羣書。既加冠[2],益慕聖賢之道,又患無碩師、名人與遊[3],嘗趨百里外,從鄉之先達執經叩問[4]。先達德隆望尊,門人弟子填其室,未嘗稍降辭色[5]。余立侍左右,援疑質理[6],俯身傾耳以請;或遇其叱咄,色愈恭,禮愈至,不敢出一言以復;俟其欣悦,則又請焉。故余雖愚,卒獲有所聞。

當余之從師也,負篋曳屣行深山巨谷中,窮冬烈風,大雪深數尺,足膚皸裂而不知;至舍,四肢僵勁不能動,媵人持湯沃灌[7],以衾擁覆,久而乃和。寓逆旅,主人日再食,無鮮肥滋味之享。同舍生皆被綺繡,戴珠纓寶飾之帽,腰白玉之環,左佩刀,右佩容臭[8],煜然若神人;余則緼袍敝衣處其間[9],略無慕豔意。以中有足樂者,不知口體之奉不若人也。蓋余之勤且艱若此。今雖耄老[10],未有所成,猶幸預君子之列,而承天子之寵光,綴公卿之後[11],日侍坐備顧問,四海亦謬稱其氏名,況才之過於余者乎?

今諸生學於太學[12],縣官日有廩稍之供[13],父母歲有裘葛之遺,無凍餒之患矣;坐大厦之下而誦詩書,無奔走之勞矣;有司業、博士爲之師[14],未有問而不告,求而不得者也;凡所宜有之書,皆集於此,不必若余之手録,假諸人而後見也。其業有不精,德有不成者,非天質之卑,則心不若余之專耳,豈他人之過哉!

東陽馬生君則,在太學已二年,流輩甚稱其賢。余朝京師,生以鄉人子謁余,譔長書以爲贄[15],辭甚暢達,與之論辯,言和而色夷。自謂少時用心於學甚勞,是可謂善學者矣!其將歸見其親也,余故道爲學之難以告之。謂余勉鄉人以學者,余之志也;詆我夸際遇之盛而驕鄉人者[16],豈知余者哉!

四部備要本《宋文憲公全集》卷三十二

【註釋】

[1] 計日以還,照約定日期送還。

[2] 加冠,古代男子年二十行加冠禮,謂之成人。

[3] 碩師,大師、名師。

[4] 先達,有德行學問而顯達的先輩。《南史·褚玠傳》:"玠早有令譽,先達多以才器許之。"

[5] 未嘗稍降辭色,言辭態度很嚴肅。降,謙抑。辭色,言辭和臉色。《晉書·祖逖傳》:"仍將本流徙部曲百餘家渡江,中流擊楫而誓曰:'祖逖不能清中原而復濟者,有如大江!'辭色壯烈,衆皆慨嘆。"

[6] 援疑質理,提出疑難,詢問義理。

[7] 媵人,指婢僕。

[8] 容臭,香囊。

[9] 緼袍,以亂麻爲絮的袍子。《論語·子罕》:"衣敝緼袍,與衣狐貉者立,而不恥者,其由也與?"朱熹註:"緼,枲著也;袍,衣有著者也。蓋衣之賤者。"

[10] 耄老,年老。《禮記·曲禮上》:"八十、九十曰耄。"

[11] 綴,連綴。這裏指追隨。

[12] 太學,當時的全國最高學府。

[13] 縣官句:謂公家每天供給食糧。縣官,指朝廷,公家。廩稍,即廩食。

[14] 司業,太學副長官。博士,太學教官。

[15] 譔長書以爲贄,寫很長的信作爲進見之禮。

[16] 際遇,遭遇。《宋史·何執中傳》:"昔張士遜亦以舊學際遇,用太傅致仕。"

秦士録(節録)

【解題】 這是一篇人物特寫,它着力描繪鄧弼這個身懷絶技、勇猛無敵、而又博學多才的人物,同時也寫出鄧弼懷才不遇的憤慨。人物形象生動,使人如聞其聲,如見其人。

鄧弼,字伯翊,秦人也。身長七尺,雙目有紫棱[1],開合閃閃如電。能以力雄人,鄰牛方鬥不可擘[2],拳其脊,折仆地;市門石鼓,十人舁[3],弗能舉,兩手持之行。然好使酒,怒視人,人見輒避,曰:"狂牛不可近,近則必得奇辱。"

一日,獨飲娼樓,蕭、馮兩書生過其下,急牽入共飲;兩生素賤其人,力拒之。弼怒曰:"君終不我從[4],必殺君,亡命走山澤耳;不能忍君苦也[5]。"兩生不得已,從之。弼自據中筵,指左右,揖兩生坐。呼酒歌嘯以爲樂。酒酣,解衣箕踞[6],拔刀置案上,鏗然鳴。兩生雅聞其酒狂[7],欲起走,弼止之曰:"勿走也!弼亦粗知書,君何至相視如涕唾?今日非速君飲,欲少吐胸中不平氣耳。四庫書從君問[8],即不能答,當血是刃。"兩生曰:"有是哉?"遽摘七經數十義扣之[9];弼歷舉傳疏[10],不遺一言。復詢歷代史;上下三千年纚纚如貫珠[11]。弼笑曰:"君等伏乎未也?"兩生相顧慘沮[12],不敢再有問。弼索酒,被髮跳叫曰[13]:"吾今日壓倒老生矣!古者學在養氣,今人一服儒衣,反奄奄欲絶,徒欲馳騁文墨,兒撫一世豪傑[14],此何可哉?此何可哉?君等休矣。"兩生素負多才藝,聞弼言大愧,下樓,足不得成步。歸詢其所與遊,亦未嘗見其挾册呻吟也[15]。

泰定末[16],德王執法西御史臺[17],弼造書數千言袖謁之。閽卒不爲通,弼曰:"若不知關中有鄧伯翊耶?”連擊踣數人,聲聞於王;王令隸人捽入,欲鞭之。弼盛氣曰:“公奈何不禮壯士? ……”……王曰:“爾自號壯士,解持矛鼓譟前登堅城乎?”曰:“能。”“百萬軍中,可刺大將乎?”曰:“能。”“突圍潰陣,得保首領乎?”曰:“能。”王顧左右曰:“姑試之。”問所須,曰:“鐵鎧良馬各一,雌雄劍二。”王即命給與。陰戒善槊者五十人,馳馬出東門外,然後遣弼往。王自臨觀,空一府隨之。暨弼至,衆槊并進;弼虎吼而奔,人馬辟易五十步,面目無色。已而烟塵漲天,但見雙劍飛舞雲霧中,連砍馬首墜地,血涔涔滴[18]。王撫髀驩曰:“誠壯士! 誠壯士!”命勺酒勞弼,弼立飲不拜。由是狂名振一時,至比之王鐵槍云。

王上章薦諸天子。會丞相與王有隙,格其事不下。弼環視四體,嘆曰:“天生一具銅筋鐵肋,不使立勳萬里外,乃槁死三尺蒿下,命也,亦時也! 尚何言!”遂入王屋山爲道士[19]。後十年終。

史官曰:“弼死未二十年,天下大亂,中原數千里,人影殆絶;玄鳥來降失家[20],競棲林木間。使弼在,必當有以自見。惜哉,弼鬼不靈則已;若有靈,吾知其怒髮上衝也。”

四部備要本《宋文憲公全集》卷三十八

【註釋】

[1] 目有紫棱,指眼光鋭利有神。

[2] 擘(bò 檗),分開。

[3] 舁(yú 于),抬。

[4] 不我從,不從我的倒裝句。

[5] 忍君苦,忍受你們的氣惱。

[6] 箕踞,兩腿伸直岔開,形如畚箕。是傲慢無禮的姿態。

[7] 雅,素來、向來。

[8] 四庫,經、史、子、集四部的代稱。唐玄宗開元年間收羅圖集,分藏長安、洛陽兩地,“以甲、乙、丙、丁爲次,列經、史、子、集四庫”(《新唐書・藝文志》)。後因稱四部爲四庫。

[9] 七經,《小學紺珠》以《易》、《書》、《詩》、《周禮》、《儀禮》、《禮記》、《春秋》爲七經。

[10] 傳疏,註釋經文的叫“傳”,解釋傳文的叫“疏”。

[11] 纚纚如貫珠,連接不斷如串珠。纚纚,連緜不斷,此處是形容談吐滔滔不絶。

[12] 慘沮,沮喪失色。

[13] 被髮,披散頭髮。

[14] 兒撫一世豪傑,把一世豪傑當小兒來撫摩、玩弄。

[15] 挾册呻吟,拿着書籍吟咏、誦讀。

[16] 泰定,元泰定帝年號(一三二四——一三二八)。

[17] 德王,按《元史・諸王表》載有安德王、宣德王、懿德王、保德郡王等,此處德王不知爲誰。西御史臺,陝西道御史府。

[18] 血涔涔滴,血不斷流下。

[19] 王屋山,在山西省陽城縣西南。

[20] 玄鳥,燕子。

劉基文

劉基,字伯温,青田(今浙江省青田縣)人。生於公元一三一一年(元武宗至大四年),卒於公元一三七五年(明太祖洪武八年)。元末進士,曾任江西高安縣丞、江浙儒學副提舉等職。後棄官歸隱。元至正二十年(一三六〇)後,協助朱元璋建立明王朝,爲開國功臣之一。官至御史中丞兼太史令,封誠意伯。他是元末明初著名詩文家之一,有些作品反映了當時社會的動亂和人民的疾苦,客觀上揭露了封建統治的腐朽。他的詩歌以古樸、雄放見長,散文富有形象性。著有《誠意伯文集》。

賣柑者言

【解題】 這是一篇富有諷刺性的作品。它通過賣柑者之口,着重指出那些坐高堂、騎大馬、飲美酒、食佳肴、神氣十足的將軍、大臣們,實際都是一些不懂用兵、不會治世、"金玉其外,敗絮其中"的朽物,尖鋭地揭露了當時的社會現實,表現了作者滿腔憤世之情。語言犀利,生動有力。文章採取設辭問答形式,有助於深化題旨。結尾自問,有畫龍點睛之妙。

杭有賣果者,善藏柑,涉寒暑不潰[1]。出之燁然,玉質而金色[2]。置於市,賈十倍,人爭鬻之[3]。予貿得其一[4],剖之,如有煙撲口鼻,視其中,乾若敗絮。予恠而問之曰[5]:"若所市於人者,將以實籩豆[6],奉祭祀,供賓客乎?將衒外以惑愚瞽也[7]?甚矣哉爲欺也。"

賣者笑曰:"吾業是有年矣,吾賴是以食吾軀[8]。吾售之,人取之,未嘗有言,而獨不足子所乎?世之爲欺者不寡矣,而獨我也乎?吾子未之思也。今夫佩虎符、坐皋比者,洸洸乎干城之具也[9],果能授孫吴之略耶[10]?峨大冠、拕長紳者,昂昂乎廟堂之器也[11],果能建伊皋之業耶[12]?盗起而不知禦[13],民困而不知救,吏姦而不知禁,法斁而不知理,坐糜廪粟而不知恥[14]。觀其坐高堂,騎大馬,醉醇醴而飫肥鮮者[15],孰不巍巍乎可畏,赫赫乎可象也[16]?又何往而不金玉其外,敗絮其中也哉!今子是之不察,而以察吾柑!"

予默默無以應。退而思其言,類東方生滑稽之流[17]。豈其憤世疾邪者耶?而託於柑以諷耶[18]?

四部叢刊本《誠意伯文集》卷七

【註釋】

[1] 杭有賣果三句:杭,指浙江杭州。柑,果名,形似橘而大,橙黄色。涉,經歷。潰,腐爛。

[2] 出之二句:燁(yè葉)然,光彩照耀的樣子。玉質而金色,質地像玉一樣潤澤,顏色像金子一樣輝煌。

[3] 賈十倍二句:賈,通"價",價格。鬻(yù育),賣。亦可解作買,這裏應是購買的意思。

[4] 貿(mào冒),買賣,此處是買的意思。

[5] 恠,"怪"的異體字。

[6] 若所二句:若,你。市,賣。籩(biān邊)豆,古代禮器。籩用竹製,盛果脯等;豆用木製,也有用銅或陶製的,盛齏醬等;供祭祀和宴會之用。

[7] 衒(xuàn 渲),同"炫",炫耀。愚瞽,傻子、瞎子。也,别本作"乎"。

[8] 吾業是二句:意謂我做這一種職業已多年了,也靠它維持生活。食(sì 飼),供養。軀,身體。

[9] 今夫二句:虎符,虎形的兵符。皋比(pí 皮),虎皮。洸(guāng 光)洸,威武的樣子。干城之具,喻指捍衛國家的將才。《詩經·周南·兔罝》:"糾糾武夫,公侯干城。"具,才,此指人材。

[10] 孫吴,指我國古代著名的軍事家孫武、吴起。

[11] 峨大冠二句:峨(é 俄),高。拕,同"拖",下垂。紳(shēn 伸),古代士大夫束在腰間並垂下一部分作爲裝飾的大帶子。廟堂之器,喻指朝廷大臣之材。

[12] 伊皋,伊,指伊尹,商湯的大臣。皋,指皋陶(yáo 摇),相傳是舜時掌管刑法的大臣。

[13] 禦,抵擋。

[14] 法斁二句:斁(dù 妒),敗壞。坐糜廩粟,坐着消耗國家倉庫裏的糧食。

[15] 醇醴,美酒。飫(yù 欲),飽食。

[16] 孰不二句:巍巍,高不可及的樣子。赫赫,氣勢壯盛的樣子。象,效法。

[17] 東方生,即東方朔,漢武帝時人,詼諧滑(gǔ 骨)稽,善諷諫(見《史記·滑稽列傳》)。

[18] 託,假借。

方孝孺文

方孝孺,字希直,一字希古,寧海(今浙江省象山縣)人。生於公元一三五七年(元順帝至正十七年),卒於公元一四〇二年(明惠帝建文四年)。少從宋濂學,以文章、理學著名於當時。洪武間,除漢中府教授。蜀獻王聘爲世子師,名其學舍曰:正學。建文時,爲侍講學士。燕王朱棣(成祖)引兵入金陵,稱帝,命他起草登極詔書,不從,被磔於市。後世學者稱正學先生。著有《遜志齋集》。

越巫

【解題】 這是一篇諷刺好誕者的雜文。作者在這篇《越巫》和下面一篇《吴士》的後面,附有這樣一段説明:"右《越巫》、《吴士》二篇,余見世人之好誕者死於誕、好夸者死於夸,而終身不自知其非者衆矣,豈不惑哉!遊吴越間,客談二事類之,書以爲世戒。"

越巫[1],自詭善驅鬼物[2]。人病,立壇場[3],鳴角振鈴[4],跳擲叫呼,爲胡旋舞[5],禳之[6]。病幸已[7],饌酒食[8],持其貲去。死則諉以它故[9],終不自信其術之妄。恒夸人曰:"我善治鬼,鬼莫敢我抗。"惡少年愠其誕[10],瞯其夜歸[11],分五六人,棲道旁木上,相去各里所,候巫過,下砂石擊之。巫以爲真鬼也,即旋其角,且角且走。心大駭,首岑岑加重[12],行不知足所在。稍前,駭頗定,木間砂亂下如初,又旋而角,角不能成音,走愈急,復至前,復如初,手慄氣懾[13],不能角;角墜,振其鈴,既而鈴墜,惟大叫以行。行,聞履聲,及葉鳴、谷響,亦皆以爲鬼,號求救於人甚哀。夜半,抵家,大哭叩門。其妻問故,舌縮不能言[14],惟指床曰:"亟扶我寢[15],我遇鬼,今死矣!"扶至床,膽裂死[16],膚色如藍;巫至死不知其非鬼。

四部叢刊本《遜志齋集》卷六

【註釋】

[1] 越巫,越地的巫。在舊時代,迷信盛行,人們稱以降神驅鬼爲職業的人爲巫(古代稱女巫爲巫,男巫爲覡)。

[2] 自詭,自己詐稱。

[3] 壇場,築土而高曰壇,除地曰場。《漢書·高帝紀》:"漢王齋戒設壇場,拜韓信爲大將軍。"此處指巫作法事的地方。

[4] 鳴角振鈴,吹角摇鈴。角,指巫做法事吹的海螺。

[5] 胡旋舞,一種旋轉的舞。《唐書·音樂志》:"(康國)舞,急轉如風,俗謂之胡旋。"《樂府雜録》:"胡旋舞,俱於小圜毬子上舞,縱横騰踏,兩足終不離於毬子上,其妙如此也。"這裏則是描述越巫狂亂跳躍,故作驅鬼的姿態。

[6] 禳(rǎng 壤),祈求免除災禍。

[7] 病幸已,病幸而好了。已,止。

[8] 饌,喫喝。《論語·爲政》:"有酒食,先生饌。"

[9] 諉以它故,拿其它原因來推託。諉,託。

[10] 愠,憤恨。誕,欺妄。

[11] 瞯(jiàn 諫),視。這裏有窺伺之意。
[12] 岑岑,麻木脹悶。《漢書・外戚傳》有"我頭岑岑也,藥中得無有毒"之語。
[13] 手慄氣懾,手在顫抖,氣也不敢出。慄,顫抖恐懼的樣子。懾,恐懼不敢出氣。
[14] 舌縮,舌根斂縮僵硬。
[15] 亟,急。
[16] 牀,原作"床",誤。

吴士

【解題】 本文對誇誇其談的人作了尖鋭的諷刺。

吴士好夸言。自高其能,謂舉世莫及。尤善談兵[1],談必推孫吴[2]。遇元季亂,張士誠稱王姑蘇[3],與國朝争雄[4]。兵未决。士謁士誠曰:"吾觀今天下形勢莫便於姑蘇,粟帛莫富於姑蘇,甲兵莫利於姑蘇;然而不霸者,將劣也。今大王之將,皆任賤丈夫,戰而不知兵,此鼠鬭耳[5]。王果能將吾[6],中原可得,於勝小敵何有![7]"士誠以爲然,俾爲將[8],聽自募兵[9],戒司粟吏勿與較贏縮[10]。

士嘗遊錢塘,與無賴懦人交,遂募兵於錢塘,無賴士皆起從之,得官者數十人,月靡粟萬計[11]。日相與講擊刺坐作之法[12],暇則斬牲、具酒燕飲[13]。其所募士,實未嘗能將兵也[14]。

李曹公破錢塘[15],士及麾下,遁去不敢少格[16]。蒐得[17],縛至轅門誅之。垂死猶曰:"吾善孫吴法。"

四部叢刊本《遜志齋集》卷六

【註釋】

[1] 善,多。《詩經・載馳》:"女子善懷。"鄭玄箋:"善,猶多也。"談兵,談論兵事。
[2] 孫吴,孫武、吴起。孫武,春秋末年齊國人,善用兵,是我國古代有名的軍事家和軍事理論家。著有《孫子》十三篇(《漢書・藝文志》稱《孫子兵法》八十二篇)。吴起,衛國人,戰國初年有名的政治家、軍事家。著有兵法書《吴起》,今佚。傳世《吴子》,出於後人僞託。因孫武、吴起,都精於兵法,所以後世談論兵法的人,往往並舉孫吴。
[3] 張士誠(一三二一——一三六七),元末泰州白駒場人,鹽販出身。一三五三年與弟士德、士信率鹽民起義,攻克泰州、興化、高郵。次年稱誠王,國號周。又渡江攻克常熟、湖州、松江等地。一三五六年定都平江(今江蘇省蘇州市)。次年爲朱元璋所敗,降元。後又繼續擴佔土地,疆域南至浙江紹興,北至山東濟寧,西至安徽北部,東至海邊。一三六三年秋,自稱吴王。後又屢爲朱元璋所敗。一三六七年秋,平江城破,被俘至金陵(今江蘇省南京市),自縊死。
[4] 國朝,本朝,這裏指明朝。争雄,争勝。
[5] 鼠鬭,如鼠相鬭。
[6] 將(jiàng 醬)吾,以我爲將。
[7] 何有,有何難。《論語・里仁》:"能以禮讓爲國乎何有。"
[8] 俾爲將,使(他)爲將領。

[9] 募兵,招募士兵。

[10] 贏縮,贏,有餘;縮,不足。這句是説,命令主管糧食的官吏不要與他計較多少。贏,一作嬴。

[11] 靡,浪費。

[12] 擊刺坐作,指兵士練武的動作。

[13] 斬,殺。具,備。燕,通"宴"。

[14] 將(jiàng 醬)兵,帶領軍隊。

[15] 李曹公,即李文忠。文忠,字思本,盱眙人,明太祖(朱元璋)姊子。洪武間,官至大都督府左都督,封曹國公。卒後,追封岐陽王,謚武靖。

[16] 格,通"挌",搏鬬。

[17] 蒐,"搜"的異體字。

馬中錫文

馬中錫,字天禄,故城(今河北省故城縣)人。生卒年不詳。明憲宗成化十一年(一四七五)進士,授刑科給事中。正德年間,官至兵部侍郎。因反對太監劉瑾,被貶官、下獄,劉瑾伏誅以後,出任大同巡撫。正德六年(一五一一),劉六、劉七等起義,馬中錫奉命統率禁兵前往鎮壓。但後來他鑒於起義部隊力量的強大,又有感於事變本身,是由酷吏、太監所激起,遂主張"招安",並親往劉營,勸劉等"就撫"。但當權者卻發強兵,懸賞格求捕劉等,決意進行鎮壓。劉六等見朝廷不可信任,遂堅持鬬争,惟兵至故城,戒毋犯馬中錫家。謗遂大起,朝廷即以"縱賊"罪下中錫於獄,瘐死。後數年,巡按御史盧雍追訟其冤,朝廷方復馬中錫官,賜祭予廕(事見《明史》卷一八七《馬中錫傳》)。著有《東田集》。

中山狼傳

【解題】 本文着重批判了中山狼的忘恩負義,當遭到危險時,它裝出一副可憐相,花言巧語地迷惑人,以騙取人們的同情和庇護;一旦事過境遷,它就翻臉不認人,甚至要把救命恩人喫掉。這樣,作品在客觀上也就告訴了人們:狼的本性不變,對於喫人的狼,必須堅決消滅它。東郭先生對中山狼濫施仁慈,講究什麽"兼愛",結果自己差點喪命,可見這種"仁陷於愚"的行爲是十分錯誤的。作品藝術上有一定的成就,狡猾殘忍的中山狼,迂腐軟弱的東郭先生,都有較高的典型性;就是着墨不多的杖藜老人,他的沉着、堅定,也給人很深的印象。

鄭振鐸推測此文是根據宋代謝良所作增補而成。過去有人認爲此文是馬中錫寫來諷刺李夢陽對康海的忘恩負義(見《玉劍尊聞》、《池北偶談》、《茶香室三鈔》)。我們認爲,這篇作品是以前人的創作爲藍本的,至於最初的作者或馬中錫本人創作時,主觀上是否確有所指,雖不可知,但實際上這篇作品本身卻具有廣泛的概括性。所以,如果把它的思想意義和社會價值僅僅歸結爲反映康、李之間的私人恩怨,是不正確的。

趙簡子大獵於中山[1],虞人導前[2],鷹犬羅後[3],駭禽鷙獸應弦而倒者不可勝數[4]。有狼當道,人立而啼。簡子垂手登車[5],援烏號之弓[6],挾肅慎之矢[7],一發飲羽[8],狼失聲而逋[9]。簡子怒,驅車逐之,驚塵蔽天,足音鳴雷,十里之外[10],不辨人馬。

時,墨者東郭先生[11],將北適中山以干仕[12],策蹇驢[13],囊圖書,夙行失道[14],望塵驚悸。狼奄至[15],引首顧曰:"先生豈有志於濟物哉?昔毛寶放龜而得渡[16],隋侯救蛇而獲珠[17],龜蛇固弗靈於狼也。今日之事,何不使我得早處囊中以苟延殘喘乎?異時倘得脱穎而出[18],先生之恩,生死而肉骨也[19],敢不努力以效龜蛇之誠!"先生曰:"嘻,私汝狼以犯世卿[20],忤權貴,禍且不測,敢望報乎?然墨之道,兼愛爲本,吾終當有以活汝,脱有禍[21],固所不辭也!"乃出圖書,空囊槖,徐徐焉實狼其中[22],前虞跋胡,後恐疐尾[23],三納之而未克,徘徊容與[24],追者益近。狼請曰:"事急矣!先生果將揖遜救焚溺,而鳴鑾避寇盜耶[25]?惟先生速圖!"乃跼蹐四足[26],引繩而束縛之,下首至尾[27],曲脊掩胡,蝟縮蠖屈[28],蛇盤龜息,以聽命先生。先生如其指,内狼於囊[29],遂括囊口,肩舉驢上,引避道左[30],以待趙人之過。

已而簡子至,求狼弗得,盛怒,拔劍斬轅端示先生,罵曰:"敢諱狼方向者[31],有如此轅!"先生伏躓就地[32],匍匐以進[33],跽而言曰[34]:"鄙人不慧,將有志於世,奔走遐方[35],自迷正途,又安能發狼蹤,以指示夫子之鷹犬也!然嘗聞之,大道以多歧亡羊[36]。夫羊,一童子可制之,如是其馴也,尚以多歧而亡;狼非羊比,而中山之歧,可以亡羊者何限?乃區區循大道以求之[37],不幾於守株緣木乎[38]?況田獵,虞人之所事也,君請問諸皮冠[39]。行道之人何罪哉?且鄙人雖愚,獨不知夫狼乎?性貪而狠,黨豺爲虐[40],君能除之,固當窺左足以效微勞[41],又肯諱之而不言哉!"簡子默然,回車就道。先生亦驅驢,兼程而進。

良久,羽旄之影漸没[42],車馬之音不聞,狼度簡子之去已遠[43],而作聲囊中曰:"先生可留意矣。出我囊,解我縛,拔矢我臂,我將逝矣[44]!"先生舉手出狼,狼咆哮謂先生曰:"適爲虞人逐,其來甚遠,幸先生生我[45]。我餒甚,餒不得食,亦終必亡而已。與其饑死道路[46],爲羣獸食,毋寧斃於虞人,以俎豆於貴家[47]。先生既墨者,摩頂放踵[48],思一利天下,又何吝一軀啖我而全微命乎[49]?"遂鼓吻奮爪以向先生。先生倉卒以手搏之,且搏且卻,引蔽驢後,便旋而走,狼終不得有加於先生[50],先生亦極力拒,彼此俱倦,隔驢喘息。先生曰:"狼負我!狼負我!"狼曰:"吾非固欲負汝,天生汝輩,固需吾輩食也!"相持既久,日晷漸移[51],先生竊念天色向晚,狼復羣至,吾死矣夫!因紿狼曰[52]:"民俗,事疑必詢三老,第行矣[53],求三老而問之,苟謂我當食即食,不可即已。"狼大喜,即與偕行。

踰時[54],道無人行,狼饞甚,望老木僵立路側,謂先生曰:"可問是老!"先生曰:"草木無知,叩焉何益[55]?"狼曰:"第問之,彼當有言矣!"先生不得已,揖老木,具述始末,問曰:"若然,狼當食我邪?"木中轟轟有聲,謂先生曰:"我杏也。往年老圃種我時,費一核耳,踰年華[56],再踰年實,三年拱把[57],十年合抱,至於今二十年矣!老圃食我,老圃之妻子食我,外至賓客,下至奴僕皆食我。又復鬻實於市,以規利於我[58]。其有功於老圃甚巨。今老矣,不能斂華就實[59],賈老圃怒[60],伐我條枚,芟我枝葉,且將售我工師之肆取直焉[61]。噫!樗朽之材[62],桑榆之景[63],求免於斧鉞之誅而不可得,汝何德於狼,乃覬免乎[64]?是固當食汝。"言下,狼復鼓吻奮爪以向先生。先生曰:"狼爽盟矣[65],矢詢三老[66],今值一杏,何遽見迫邪?"復與偕行。

狼愈急,望見老牸[67],曝日敗垣中,謂先生曰:"可問是老!"先生曰:"曏者草木無知[68],謬言害事,今牛,禽獸耳,更何問焉?"狼曰:"第問之,不問,將咥汝[69]!"先生不得已,揖老牸,再述始末以問。牛皺眉瞪眼,舐鼻張口,向先生曰:"老杏之言不謬矣!老牸繭栗少年時[70],筋力頗健,老農賣一刀以易我,使我貳羣牛、事南畝[71]。既壯,羣牛日以老憊,凡事我都之[72]。彼將馳驅,我伏田車[73],擇便途以急奔趨。彼將躬耕,我脱輻衡[74],走郊坰以闢榛荆[75]。老農視我猶左右手。衣食仰我而給,婚姻仰我而畢,賦稅仰我而輸[76],倉庾仰我而實[77]。我亦自諒,可得帷席之敝如馬狗也[78]。往年家儲無擔石[79],今麥秋多十斛矣;往年窮居無顧藉[80],今掉臂行村社矣;往年塵卮罌[81],涸唇吻,盛酒瓦盆,半生未接,今醞黍稷,據樽罍[82],驕妻妾矣;往年衣短褐,侶木石[83],手不知揖,心不知學,今持《兔園册》[84],戴笠子，腰韋帶[85]，衣寬博矣。一絲一粟，皆我力也。顧欺我老弱，逐我郊野，酸風射眸[86]，寒日弔影，瘦骨如山[87]，老淚如雨，涎垂而不可收，足攣而不可舉，皮毛俱亡，瘡痍未瘥。老農之妻妒且悍，朝夕進説曰：'牛之一身，無廢物也。肉可脯，皮可鞟[88]，骨角可切磋爲器。'指大兒曰：'汝受業庖丁之門有年矣，胡不礪刃硎以待[89]？'跡是觀之[90]，是將不利於我，我不知死所矣！夫我有功，彼無情乃若是，行將蒙禍；汝何德於狼，覬幸免乎？"言下，狼又鼓吻奮爪以向先生。先生曰："毋欲速！"

遥望老子杖藜而來[91]，鬚眉皓然，衣冠閒雅，蓋有道者也。先生且喜且愕，舍狼而前，拜跪啼泣，致辭曰："乞丈人一言而生。"丈人問故，先生曰："是狼爲虞人所窘，求救於我，我實生之。今反欲咥我，力求不免，我又當死之，欲少延於片時，誓定是於三老[92]。初逢老杏，強我問之，草木無知，幾殺我。次逢老牸，強我問之，禽獸無知，又幾殺我。今逢丈人，豈天之未喪斯文也[93]。敢乞一言而生。"因頓首杖下，俯伏聽命。丈人聞之，欷歔再三。以杖叩狼曰："汝誤矣！夫人有恩而背之，不祥莫大焉。儒謂受人恩而不忍背者，其爲子必孝，又謂虎狼之父子[94]。今汝背恩如是，則併父子亦無矣！"乃厲聲曰："狼，速去！不然將杖殺汝！"狼曰："丈人知其一未知其二，請愬之[95]，願丈人垂聽。初，先生救我時，束縛我足，閉我囊中，壓以詩書，我鞠躬不敢息[96]，又蔓辭以説簡子[97]，其意蓋將死我於囊，而獨竊其利也。是安可不咥？"丈人顧先生曰："果如是，是羿亦有罪焉[98]！"先生不平，具狀其囊狼憐惜之意。狼亦巧辯不已以求勝。丈人曰："是皆不足以執信也。試再囊之，我觀其狀，果困苦否。"狼欣然從之。信足先生[99]，先生復縛置囊中，肩舉驢上，而狼未之知也。丈人附耳謂先生曰："有匕首否？"先生曰："有！"於是出匕。丈人目先生，使引匕刺狼。先生曰："不害狼乎？"丈人笑曰："禽獸負恩如是，而猶不忍殺。子固仁者，然愚亦甚矣！從井以救人，解衣以活友[100]，於彼計則得，其如就死地何？先生其此類乎？仁陷於愚，固君子之所不與也[101]。"言已大笑，先生亦笑。遂舉手助先生操刃，共殪狼[102]，棄道上而去。

商務版《叢書集成》本《東田文集》卷三

【註釋】

[1] 趙簡子，名鞅。春秋時晉國的大夫。中山，地名，今河北省定縣一帶。

[2] 虞人，古代主管山澤苑囿田獵的官。《孟子·滕文公》下："昔齊景公田，招虞人以旌。"註："虞人，守苑囿之吏也。"

[3] 羅，原作"罹"，誤，據《涵芬樓古今文鈔》卷五十九《傳狀類》所收《中山狼傳》校改。

[4] 鷙獸，猛獸。鳥之兇猛者稱鷙。又凡性之兇猛者也可稱鷙。

[5] 垂手登車，從容上車。垂手，手下垂，形容安閒從容。"垂"原作"唾"。

[6] 烏號，古良弓名。《淮南子·原道》："射者扞(張)烏號之弓。"高誘註："桑柘其材堅勁，烏峙其上，及其將飛，枝必撓下，勁能復巢，烏隨之。烏不敢飛，號呼其上。伐其枝以爲弓，因曰烏號之弓也。"一説：黄帝得道，乘龍而上，其臣援弓射龍，欲下黄帝不能也。烏，於也，號，呼也。於是抱弓而號，因名其弓爲烏號。

[7] 肅慎之矢，古之良箭。肅慎，古代國名，原稱息慎、稷慎，周代始稱肅慎，其地域傳説不一，約在吉

林省寧安縣以北直至沿混同江南北岸一帶。周武王時,肅慎曾進貢該地出產的名箭。按:援烏號之弓、挾肅慎之矢,意謂趙簡子使用的都是上等的弓箭。

[8] 飲羽,形容箭射入極深,連箭尾羽毛都不見了。飲,吞没。

[9] 失聲,狼中箭痛極,忍不住發出叫聲。逋,逃跑。

[10] 十里之外,《涵芬樓古今文鈔》本作"十步之外"。

[11] 墨者東郭先生,信仰墨子學説的東郭先生。墨子,春秋時人,創"兼愛""非攻"之説。東郭,姓。

[12] 適,往。干,求。干仕,謀求官職。

[13] 策蹇(jiǎn 檢)驢,騎着跛足的驢子。策,原爲馬鞭;騎者必執鞭,故亦可作騎解。蹇,跛足。

[14] 夙行,清晨趕路。失道,迷路。

[15] 奄至,突然來到。

[16] 毛寶放龜而得渡,毛寶,東晉時陽武人,字碩貞,官至豫州刺史。《蒐神記》云:寶嘗得一白龜,放於江中。後守邾城時,爲石季龍戰敗,諸人投江逃命,均溺死,惟寶披甲投水,覺水下有物浮之前進,登岸後視之,乃前所放白龜也。

[17] 隋侯救蛇而獲珠,《淮南子·覽冥訓》:"譬如隋侯之珠,和氏之璧,得之者富,失之者貧。"高誘註:"隋侯,漢東之國,姬姓諸侯也。隋侯見大蛇傷斷,以藥傅(敷)之。後蛇於江中銜大珠以報之,因曰隋侯之珠。蓋明月珠也。"

[18] 穎,錐子尖。脱穎而出,猶穎脱而出。《史記·平原君列傳》記戰國時毛遂曾説:"使遂早得處囊中,乃穎脱而出。"意謂將來顯露頭角,正如口袋裏的錐子的尖端露出頭來。此處意謂如能脱離災禍,日後重新出頭。

[19] 生死而肉骨,意謂使死者復生,枯骨長肉。此係中山狼對東郭先生表面上感恩圖報之辭。此處"生"、"肉"作動詞解。

[20] 私汝狼以犯世卿,爲着包庇你這狼而干犯着大貴族。世卿,指趙簡子。春秋時,各國大都由一個或幾個大貴族掌握政權,世代傳襲,故稱世卿。

[21] 脱有禍,設使有禍。脱,或然之辭。《世説·賞譽》:"脱時過止,寒温而已。"意謂即使有時過之,也只是問候寒暄,不與之深談。

[22] 空囊槖(tuó 陀)二句:空出口袋,慢慢地把狼裝進袋裏去。槖,原爲無底的袋,然常囊槖連稱。實,此處作裝入解。

[23] 前虞二句:意謂往前怕踐壓狼頷下的垂肉,往後又怕阻礙狼的尾巴。《詩經·豳風·狼跋》:"狼跋其胡,載疐(zhì 志)其尾。"毛傳:"跋,躐;疐,跲(jiá 頰)也。老狼有胡,進則躐其胡,退則跲其尾,進退有難。"胡,老狼頷下的垂肉。疐,跲,躓也,此處作踐壓阻礙解。

[24] 容與,從容不迫。此處徘徊容與,謂躊躇不決、動作遲鈍。

[25] 先生二句:揖遜救焚溺,在救火、救溺時還打躬作揖地講究禮貌。鳴鸞避寇盜,逃避強盜時,卻像平時那樣駕着車,響起叮叮噹噹的鈴聲。此兩句比喻人遇事不分緩急、迂闊害事。鸞,通鑾,古代車駕上的鈴,古籍多寫作"鸞"。《説文》鑾字下云:"人君乘車四馬鑣,八鑾鈴,像鸞鳥之聲,和則敬也。"段註:"爲鈴繫於馬銜之兩邊,聲中五音,似鸞鳥,故曰鑾。"

[26] 跼蹐,蜷縮。

[27] 下首至尾,把頭彎下來凑到尾巴上。

[28] 蝟縮蠖(huò 貨)屈,像刺蝟似地縮起來,像尺蠖蟲爬行時那樣地彎曲起來。
[29] 内,同納。《孟子・萬章》:"若己推而内之溝中。"
[30] 引避道左,躲避在路旁。引避,退避。《後漢書・章帝紀》:帝嘗敕侍御史司空曰:"方春所過,無得有所伐殺,車可以引避,引避之。"
[31] 諱,此處作隱瞞解。
[32] 伏躓就地,伏倒在地上。躓,倒下。
[33] 匍匐,伏地而行。
[34] 跽,跪。
[35] 遐方,遠方。
[36] 大道以多歧亡羊,大路多歧途,故羊易走失。《列子・説符第八》:"楊子(指楊朱)之鄰人亡羊,既率其黨,又請楊子之豎追之。楊子曰:'嘻! 亡一羊,何追者之衆?'鄰人曰:'多歧路。'既反,問:'獲羊乎?'曰:'亡之矣!'曰:'奚亡之?'曰:'歧路之中又有歧焉。吾不知所之,所以反也。'"
[37] 區區,僅僅。
[38] 幾,近。守株,守株待兔。《韓非子・五蠹》:"宋人有耕田者,田中有株,兔走觸株,折頸而死。因釋其耒而守株,冀復得兔。兔不可復得,而身爲宋國笑。"緣木,緣木求魚。《孟子・梁惠王》:"以若所爲,求若所欲,猶緣木而求魚也。"守株待兔、緣木求魚,比喻脱離實際的主觀主義的行事,必勞而無獲。
[39] 皮冠,古代田獵時所戴的帽子。古時國君出獵,欲招虞人,則以此爲符信。此處皮冠,係狩獵官的代稱。問諸皮冠,問之於狩獵官。
[40] 黨豺爲虐,跟豺爲一夥相助作惡。黨,朋黨。屈原《離騷》:"惟夫黨人之偷樂兮",王逸註:"黨,朋也。"豺,形似狼犬而體瘦,與狼均爲貪殘之獸,故豺狼常連稱。
[41] 窺左足,略舉足。《漢書・息夫躬傳》:"京師雖有武蠭精兵,未有能窺左足而先應者也。"註:"蘇林曰:'窺,音跬(kuǐ 傀)。'師古曰:'跬,半步也,言一舉足也。'"
[42] 羽旄,古代旗上裝飾。此處借指趙簡子一行人。
[43] 度,料,估計。
[44] 逝,去。"將逝"兩字原缺,據《涵芬樓古今文鈔》補。
[45] 生我,救活我。
[46] "路"字原缺,據《涵芬樓古今文鈔》補。
[47] 俎(zǔ 祖)豆於貴家,供貴族作祭祀時的祭品。俎、豆皆爲古代舉行祭禮時的容器,俎爲薦牲之具,豆爲盛醬濡物的器具。
[48] 摩頂放踵,《孟子・盡心》上:"墨子兼愛,摩頂放踵,利天下爲之。"註:"摩突其頂,下至於踵,以利天下,己樂爲之也。"意謂爲了貫徹兼愛精神,求有利於天下,自己就是從頭到脚全身都受到折磨、傷害,也毫不顧惜。放,至。
[49] 又何吝一軀啖我而全微命乎,你又何必吝惜你的身體不給我喫,讓我能够保全這小性命? 軀原作"驅",誤。
[50] 有加於先生,佔先生的上風。
[51] 日晷(guǐ 鬼),日影。

[52] 紿(dài 代),誑騙。
[53] 第行,只管走。第,但,只管。《史記·陳丞相世家》:"陛下第出僞游雲夢。"
[54] 踰時,逾時,過一會兒。踰,通"逾",越。《詩經·鄭風·將仲子》:"無踰我里。"
[55] 叩焉何益?問之何益?
[56] 踰年華,隔年開花。開花謂之華。
[57] 拱把,《孟子·告子》:"拱把之桐梓。"朱註:"拱,兩手所圍也;把,一手所握也。"
[58] 規利於我,從我身上謀求財利。規,謀求。
[59] 不能斂華就實,不能在花謝後結果。
[60] 賈(gǔ 古)老圃怒,引得老圃發怒。賈,有自取之義,《左傳》桓十年:"吾焉用此,其以賈害也。"註:"賈,買也。"此處賈作引得解。
[61] 工師之肆,工匠的舖子。直,同值,價錢。
[62] 樗(shū 書)朽之材,無用的樹木。樗,落葉喬木,高數丈,質鬆,味臭,又稱臭椿。
[63] 桑榆之景,晚年。日落之時,其光尚留於桑榆之上,故借以喻晚年。《後漢書·馮異傳》:"始雖垂翅回谿(地名),終能奮翼黽池(地名),可謂失之東隅,收之桑榆。"註:"桑榆,謂晚也。"
[64] 覬(jì 計),覬覦,非分的希望。《左傳》桓二年:"是以民服事其上,而下無覬覦。"覬免,妄想寬免。
[65] 爽盟,背約。
[66] 矢,誓。《詩經·鄘風·柏舟》:"之死矢靡它。"
[67] 老牸(zì 字),老母牛。牸,母牛,也可爲母獸之通稱。
[68] 曏(xiàng 向)者,剛纔,上次。曏,嚮,或作"鄉",義同。《吕氏春秋·觀表》:"曏者右宰穀臣之觴吾子也甚懽。"
[69] 咥(dié 喋),咬。
[70] 繭栗,初長成的牛角。以其小而形似繭、栗,故稱。繭栗少年時,意謂老母牛當初剛長角時。
[71] 貳羣牛、事南畝,跟別的牛在一起從事耕地。貳,有"副"義,如副車稱貳車。《禮記·少儀》:"乘貳車"註:"貳車、佐車皆副車也。"此處貳羣牛、事南畝,有只是作羣牛的輔助、幫同耕作的意思。南畝,田畝。《詩經·豳風·七月》:"饁彼南畝。"胡承珙《毛詩後箋》:"馮氏《名物疏》曰:'古之治田者,大抵因地勢水勢而爲之,其在南者謂之南畝。'"後人每泛稱田畝爲南畝。
[72] 我都之,"都"有總其事之義。意謂小牛初來時輔助耕地,及後則凡事都任之也。
[73] 伏田車,駕着田獵的車。伏,猶服,駕。田車,古代田獵所用的車。《詩經·小雅·吉日》:"田車既好,四牡孔阜。"疏:"田獵之車既善好,四牡之馬甚盛。"
[74] 輻,車輪中直木。衡,車轅橫木。此處輻衡泛指車輛。脱輻衡,謂卸去車杠。耕田用以拖犁,故不用車杠。
[75] 郊坰(jiōng 扃),郊野。榛、荆,皆木名,此處泛指野草雜樹。闢榛荆,意謂開荒地。
[76] 輸,送,繳納。
[77] 倉庾(yǔ 雨),穀倉。庾,倉之無屋者。《史記·文帝紀》:"發倉庾以振貧民。"集解引胡廣曰:"在邑曰倉,在野曰庾。"
[78] 帷席,帷蓋,帷帳和蓆子。《禮記·檀弓》:"敝帷不棄,爲埋馬也;敝蓋不棄,爲埋狗也。"《漢書·陳湯傳》:"夫犬馬有勞於人,尚加帷蓋之報,況國之功臣者哉。"師古註即引《禮記》。此處係老母牛

自忖,意謂死後可以像狗馬一樣,得一帷蓆掩埋屍體。

[79] 擔(dān 丹)石,少量糧食。一石爲石,兩石爲擔。

[80] 無顧藉,没有人照顧、倚靠。

[81] 巵(zhī 支),酒器。罌,盛漿容器,形腹大口小。此處巵罌連稱,作酒器解。塵巵罌,意謂無酒可喝,故酒器上有積塵。

[82] 攄樽罍,拿着酒器。樽罍,酒器。

[83] 侶木石,與木石爲伴。意謂没有社交往來。

[84]《兔園册》,也稱兔園策,古代村塾所用淺陋的課本。歐陽修《五代史·劉岳傳》:"馮道世本田家,狀貌質野,朝士多笑其陋。道旦入朝,兵部侍郎任贊與岳在其後。道行數反顧,贊問岳:'道反顧何爲?'岳曰:'遺《兔園册》爾!'《兔園册》者,鄉校俚儒教田夫牧子之所誦也,故岳舉以誚道。道聞之大怒。"《郡齋讀書志》云:"《兔園策》十卷,唐虞世南撰,奉王命纂古今事爲四十八門,皆偶麗之語。至五代時行於民間,村野以授學童,故有遺下《兔園策》之誚。"《宋史·藝文志》及《困學紀聞》則皆謂《兔園册府》係唐杜嗣先所撰。此處持《兔園册》,意謂老農學習文化知識。又,"持《兔園册》",《涵芬樓古今文鈔》作"侍兔園"。按: 兔園,西漢梁孝王所築之園名。《西京雜記》:"梁孝王好營宫室苑囿之樂,作曜華之宫,築兔園。"侍兔園,意謂陪伴顯貴者遊樂,與官僚文士交往。"持兔園册"與"侍兔園",以老農的情況推論,前者義似較近。

[85] 腰韋帶,圍着軟皮帶。韋帶,熟皮帶,質柔軟。

[86] 酸風射眸,冷風刺痛眼睛。李賀《金銅仙人辭漢歌》:"東關酸風射眸子。"

[87] 寒日二句: 借用宋龔開《瘦馬圖》"今日有誰憐駿骨,夕陽沙岸影如山"句意。

[88] 鞟(kuò 廓),同"鞹",去毛的皮。

[89] 硎(xíng 刑),磨刀石。

[90] 跡是觀之,從這些跡象來看。

[91] 杖藜,猶策杖。藜,植物名,莖高數尺,待其老時,可以爲杖。

[92] 誓定是於三老,講好以三位老者的意見爲準。

[93] 豈天之未喪斯文也,莫非天不絶我這書生的命? 斯文,讀書人。《論語·子罕》:"天之將喪斯文也,後死者不得與於斯文也。"孔疏:"文王既没,故孔子自謂後死。言天將喪此文者,本不當使我知之;今使我知之,未欲喪也。"按,斯文原指禮樂教化,後亦用爲儒士的代稱。

[94] 虎狼之父子,意謂即使是虎狼,也還知道有父子的情分。按,"之"恐係"知"之誤。

[95] 愬,同"訴"。

[96] 鞠躬不敢息,弓着身體不敢出氣兒。

[97] 蔓辭,節外生枝的話,無謂的廢話。

[98] 是羿句:《孟子·離婁下》:"逄蒙(羿之家衆)學射於羿,盡羿之道。思天下惟羿爲愈己,於是殺羿。孟子曰:'是亦羿有罪焉。'"孟子意謂后羿不辨人之好壞,盡傳其藝於人,以至死於壞人之手,他自己也有過失。此處"是羿亦有罪焉"即借用這句成語,説狼雖負恩,東郭先生自己也是有過錯的。

[99] 信足先生,把脚伸向東郭先生。信,古與"伸"通。《易·繫辭》:"屈信相感。"屈信猶屈伸。

[100] 從井二句: 從井句典出《論語·雍也》:"宰我問曰:'仁者雖告之曰,井有仁焉,其從之也?'子曰:

‘何爲其然也！君子可逝也，不可陷也。’”孔子意思是説：君子可以想辦法去救出在井裏的人，但不能自己也跟着跳下井去，因爲那樣只能同歸於盡。解衣句典出《列士傳》：戰國時燕國人左伯桃與羊角哀爲友，同往楚國，途遇雨雪，衣薄糧少，二人估計不能都活着到楚國，左伯桃謂羊角哀曰：“吾所學不如子，子往矣！”乃併衣糧與羊角哀，自避入空樹中，凍餒而死。羊角哀至楚國，爲上卿。後啓樹發左伯桃屍，備禮改葬。左伯桃墓近荆將軍陵，託夢告羊角哀曰：“我日夜被荆將軍所伐。”哀云：“我向地下看之。”遂自刎死。後世因稱友誼之篤者曰羊左。按，此處兩句並未全用原義，主要是諷刺東郭先生的“仁陷於愚”。

[101] 仁陷於愚二句：謂講究仁義而到了愚蠢的地步，也是君子所不贊同的。

[102] 殪(yì 意)，殺。

唐順之文

唐順之,字應德,一字義修,毗陵(今江蘇省常州市)人。生於公元一五〇七年(明武宗正德二年),卒於公元一五六〇年(明世宗嘉靖三十九年)。嘉靖八年進士,官翰林院編修。後罷官入陽羡山讀書十餘年,復召用,率兵巡視淮、揚。曾親自泛海,屢敗侵犯沿海地區的倭寇,以功升右僉都御史。明代弘治中,前七子李、何等人提出了"文必秦漢"的口號,此唱彼和,推波助瀾,形成了一個聲勢浩大的文學復古運動。摹擬之風,泛濫一時。嘉靖初,王慎中、唐順之、茅坤等人起來反對復古派的文學理論,並明確提出自己的文學見解,主張效法唐宋散文,因之被稱爲"唐宋派"。唐順之對復古派的文風深惡痛絶,批評尖鋭,儘管他自己的文學主張也有嚴重的弱點,但在與復古主義的鬬争中,是有進步意義的。著作有《荆川先生文集》。

答茅鹿門知縣二

【解題】 作者在這封信中對復古派作了尖鋭的嘲諷,指出他們的文章"番來覆去,不過是這幾句婆子舌頭語";句模字擬,剽竊古人,"如貧人借富人之衣,莊農作大賈之飾",徒有形貌,而無"本色","是以精光枵焉,而其言遂不久湮廢"。這就一針見血地刺中了復古派的要害,他們文章的弱點正在於缺乏思想和藝術的光輝。作者主張寫文章要直抒胸臆,如寫家書,才能有"真精神與千古不可磨滅之見"。這些見解,在理論上雖有不够精確之處,但對復古派的批判是有積極作用的。全文緊扣中心論點,層層闡述,感情自然真摯,語言通俗形象。

熟觀鹿門之文[1],及鹿門與人論文之書,門庭路徑,與鄙意殊有契合[2];雖中間小小異同,異日當自融釋,不待喋喋也[3]。

至如鹿門所疑於我本是欲工文字之人,而不語人以求工文字者,此則有説[4]。鹿門所見於吾者,殆故吾也,而未嘗見夫槁形灰心之吾乎[5]?吾豈欺鹿門者哉!其不語人以求工文字者,非謂一切抹摋,以文字絶不足爲也,蓋謂學者先務,有源委本末之别耳[6]。文莫猶人,躬行未得[7],此一段公案,姑不敢論,只就文章家論之。雖其繩墨布置,奇正轉摺[8],自有專門師法,至於中一段精神命脈骨髓[9],則非洗滌心源,獨立物表,具今古隻眼者,不足以與此[10]。今有兩人,其一人心地超然,所謂具千古隻眼人也,即使未嘗操筆呻吟[11],學爲文章,但直攄胸臆[12],信手寫出,如寫家書,雖或疎鹵,然絶無烟火酸餡習氣[13],便是宇宙間一樣絶好文字;其一人猶然塵中人也,雖其專專學爲文章[14],其於所謂繩墨布置,則盡是矣,然番來覆去,不過是這幾句婆子舌頭語,索其所謂真精神與千古不可磨滅之見,絶無有也,則文雖工而不免爲下格。此文章本色也。即如以詩爲諭,陶彭澤未嘗較聲律,雕句文[15],但信手寫出,便是宇宙間第一等好詩。何則?其本色高也。自有詩以來,其較聲律、雕句文、用心最苦而立説最嚴者,無如沈約[16],苦卻一生精力,使人讀其詩,秖見其綑縛齷齪,滿卷累牘[17],竟不曾道出一兩句好話。何則?其本色卑也。本色卑,文不能工也,而況非其本色者哉[18]!

且夫兩漢而下,文之不如古者,豈其所謂繩墨轉折之精之不盡如哉?秦、漢以前,儒家者有儒家本色,至如老、莊家有老、莊本色,縱横家有縱横本色,名家、墨家、陰陽家皆有本色[19],雖其爲術也駁[20],而莫不皆有一段千古不可磨滅之見。是以老家必不肯勦儒家之説[21],縱横必不肯借墨家之談,各自其本色而鳴之爲言。其所言者,其本色也。是以精光注焉,而其言遂不泯於世[22]。唐、宋而下,文人莫不語性命,談治道,滿紙炫然[23],一切自託於儒家。然非其涵養畜聚之素[24],非真有一段千古不可磨滅之見,而影響勦説,蓋頭竊尾[25],如貧人借富人之衣,莊農作大賈之飾[26],極力裝做,醜態盡露。是以精光枵焉[27],而其言遂不久湮廢。然則秦、漢而上,雖其老、墨、名、法、雜家之説而猶傳,今諸子之書是也;唐、宋而下,雖其一切語性命、談治道之説而亦不傳,歐陽永叔所見唐四庫書目百不存一焉者是也[28]。後之文人,欲以立言爲不朽計者,可以知所用心矣。

然則吾之不語人以求工文字者,乃其語人以求工文字者也,鹿門其可以信我矣。雖然,吾槁形而灰心焉久矣,而又敢與知文乎!今復縱言至此,吾過矣!吾過矣!此後鹿門更見我之文,其謂我之求工於文者耶,非求工於文者耶?鹿門當自知我矣,一笑。

鹿門東歸後,正欲待使節西上時得一面晤,傾倒十年衷曲[29];乃乘夜過此,不已急乎?僕三年積下二十餘篇文字債,許諾在前,不可負約,欲待秋冬間病體稍蘇,一切塗抹,更不計較工拙[30],只是了債。此後便得燒卻毛穎,碎卻端溪,兀然作一不識字人矣[31]。而鹿門之文方將日進,而與古人爲徒未艾也[32]。異日吾倘得而觀之,老耄尚能識其用意處否耶[33]?並附一笑。

四部叢刊影明萬曆本《荆川先生文集》卷七

【註釋】

[1] 鹿門,即茅坤。茅坤(一五一二——一六〇一),字順甫,别號鹿門,歸安(今浙江省吴興縣)人。嘉靖十七年進士,官至大名兵備副使。爲反對明七子"文必秦漢"的論點,貫徹"唐宋派"的文學主張,曾編選《唐宋八大家文鈔》,影響極廣。自己著有《白華樓藏稿》十一卷,《續稿》十五卷,《吟稿》八卷,《玉芝山房稿》二十二卷。

[2] 門庭兩句:意指茅坤在文學上的主張、思路,與自己極爲符合。

[3] 異日兩句:融釋,融解消釋,即趨向一致。喋(dié 蝶)喋,多言。

[4] 有説,有説明的必要。

[5] 鹿門所見三句:槁形灰心,《莊子·齊物論》:"南郭子綦隱機而坐,仰天而噓,荅焉似喪其耦。顏成子游立侍乎前,曰:'何居乎,形固可使如槁木,而心固可使如死灰乎?今之隱機者,非昔之隱機者也。'子綦曰:'偃,不亦善乎,而問之也,今者吾喪我,汝知之乎?……'"大意是説,一天,顏成子游看到南郭子綦靠桌而坐,仰面呼吸的樣子,就像精神已經脱離了他的軀體。便問他道:"你怎麽會使軀體像一根枯木,使心靈像一堆死灰呢?今天靠桌而坐的你,不像過去靠桌而坐的你啊。"子綦回答道:"你問得好。今天我已經忘掉了自己(意即精神的新我,已經忘掉了軀體的舊我),你知道嗎?"作者此處是説,鹿門所見到的我,是當年"欲工文字"的舊我,而不是今天的主張寫文章要重在"真精神"的新我。

[6] 蓋謂二句：先務，先着手之處。源，本。委，末。

[7] 文莫猶人二句：《論語·述而》："子曰：文莫吾猶人也，躬行君子，則吾未之有得。"大意説，文章，我没有什麽勝過别人；實行君子之道，我也没有什麽成就。作者這裏引孔子謙遜之辭以示自謙。

[8] 繩墨，木匠畫直綫的工具，人們往往用以比喻規矩或法度。奇正，古代兵法的術語。《孫子·勢》："戰勢不過奇正，奇正之變，不可勝窮也。"以上兩句是説，文章要按照一定的准則，安排奇正轉折。

[9] 精神、命脈、骨髓，這裏是用作比喻，即指下面所説的文章中的"真精神與千古不可磨滅之見"。

[10] 則非四句：洗滌心源，洗浄心底的陳舊觀念。獨立物表，超然於事物表象之上。具今古隻眼，具有不同於古今一般人的獨到見解。此，指精神、命脈、骨髓。

[11] 操筆呻吟，即握筆吟哦，指作文時聚精會神地構思的情况。

[12] 胸臆，這裏指思想感情。

[13] 雖或二句：疎鹵（lǔ 魯），疎陋粗糙。烟火，指人間烟火氣，道家稱辟穀修道爲不食烟火食，所以把烟火氣看成是俗氣。酸餡習氣，據《調謔編》稱，蘇軾贈僧惠通詩云："氣含蔬筍到公無？"還常對人説："頗解蔬筍語否？爲無酸餡氣也。"這裏指迂腐氣或寒酸氣。

[14] 專專，下一"專"字加重語氣。

[15] 即如三句：諭，例子。陶彭澤，即陶淵明，因他曾爲彭澤令，故有此稱。較聲律，追求聲律。雕句文，雕琢文句。

[16] 沈約，南北朝梁代著名文學家、詩律學家。字休文，吴興武康人。歷仕宋、齊二代，後助梁武帝爲帝，官至尚書令，封建昌縣侯。他精通音韻，曾把同時人周顒發現的平、上、去、入四聲用於詩的格律，提出多種音律上的毛病，認爲作詩者必須避免。講究聲韻，對嚴整的格律詩的産生有積極作用。問題是沈約等人的詩歌理論和創作實踐，僅僅留意於形式，而忽視了思想内容，助長了形式主義之風。

[17] 秖見二句：綑縛齷齪，這裏指文章束縛太多，必然拘泥、侷促。齷齪，即偓促。牘（dú 獨），古代寫字用的木片。

[18] 這句是説，何况不是他自己的本來面目呢！

[19] 名家，戰國時期的一個學派，一稱"辯者"，講求名和實的關係，主要代表人物有惠施、公孫龍等。陰陽家，研究陰陽五行數術的學派，代表人物爲戰國時期的鄒衍。

[20] 駁，原指馬毛色不純，這裏是混雜的意思。

[21] 老家，指老莊一派哲學家。勦（chāo 鈔），通"鈔"。勦説，即竊取别人的言論爲己説。《禮記·曲禮上》："毋勦説，毋雷同。"

[22] 是以二句：精光，指真精神與千古不可磨滅之見。注，注入。泯，滅。

[23] 文人三句：性命，中國古代哲學家研究人、物之性及其相互關係的學問，如有的認爲人、物之性都是天生的，人性是天命或天理在人身上的體現。《禮記·中庸》就説"天命之謂性"。有的則認爲人生性命皆"初禀自然之氣"（《論衡·初禀》）。這裏泛指宋、明理學。炫（xuàn 眩）然，光彩炫目。

[24] 這句是説，然而並不是他們平時真有很深的修養和研究。

[25] 蓋頭竊尾，意謂抄襲别人的真知灼見而略加變化，便當作自己的創見。

[26] 賈（gǔ 古），商人。

[27] 枵（xiāo 蕭），中心空虚的樹根，引申爲空虚。

[28] 這句話的意思見於歐陽修的《新唐書·藝文志序》:“自漢以來,史官列其名氏篇第,以爲六藝九種七略,至唐始分爲四類,曰經、史、子、集。而藏書之盛,莫盛於開元,其著録者五萬三千九百一十五卷,而唐之學者自爲之書者,又二萬八千四百六十九卷。嗚呼!可謂盛矣!……然凋零磨滅……今著於篇,有其名而無其書者十蓋五六也,可不惜哉!”

[29] 傾倒,傾訴。衷曲,衷腸。

[30] 一切二句:一切,這裏有“權且”的意思。塗抹,這是作者的自謙之詞,猶言亂寫。工拙,好壞。

[31] 此後三句:毛穎,毛筆。韓愈曾作《毛穎傳》。端溪,原爲廣東省端溪縣的溪水名,因溪中所産之石,可作硯臺,世稱“端硯”。這裏以端溪指代硯臺。兀然,渾然無知的樣子。

[32] 未艾,未止。

[33] 耄(mào 冒),老。《禮記·曲禮上》:“八十、九十曰耄。”

歸有光文

歸有光，字熙甫，號震川，崑山（今江蘇省崑山縣）人。生於公元一五〇六年（明武宗正德元年），卒於公元一五七一年（明穆宗隆慶五年）。因屢試不第，遷居安亭江上，讀書講學，遠近從學者甚多。六十歲時（嘉靖四十四年）中進士，授浙江長興縣令，官至南京太僕寺丞。有光是明代後期的散文家。他反對風靡一時的後七子的復古主義，其散文簡潔平淡，對清代桐城派影響較大。著有《震川文集》。

見村樓記

【解題】 本文寫見村樓的環境、來歷，文字簡潔生動，但也流露出一種消極感傷的情懷。而最後對李延實的勉勵，也未脱封建説教，這些都是應當加以指出的。

崑山治城之隍[1]，或云即古婁江[2]，然婁江已湮[3]，以隍爲江，未必然也。吴淞江自太湖西來[4]，北向，若將趨入縣城。未二十里，若抱若折，遂東南入於海。江之將南折也，背折而爲新洋江。新洋江東數里，有地名羅巷村，亡友李中丞先世居於此[5]，因自號爲羅村云。

中丞遊宦二十餘年，幼子延實，產於江右南昌之官廨[6]。其後，每遷官輒隨，歷東兗、汴、楚之境[7]，自岱岳、嵩山、匡廬、衡山、瀟湘、洞庭之渚[8]，延實無不識也。獨於羅巷村者，生平猶昧之。中丞既謝世[9]，延實卜居縣城之東南門内金潼港。有樓翼然出於城闉之上[10]，前俯隍水，遥望三面，皆吴淞江之野，塘浦縱横，田塍如畫，而村墟遠近映帶，延實日焚香灑掃讀書其中，而名其樓曰見村。

余間過之，延實爲具飯，念昔與中丞遊，時時至其故宅所謂南樓者，相與飲酒論文，忽忽二紀，不意遂已隔世，今獨對其幼子飯，悲悵者久之。城外有橋，余常與中丞出郭，造故人方思曾[11]，時其不在，相與憑檻，常至暮，悵然而返。今兩人者皆亡，而延實之樓，即方氏之故廬，余能無感乎！中丞自幼攜策入城，往來省墓及歲時出郊嬉遊，經行術徑[12]，皆可指也。孔子少不知父葬處，有輓父之母知而告之[13]，余可以爲輓父之母乎？

延實既能不忘其先人，依然水木之思[14]，肅然桑梓之懷[15]，愴然霜露之感矣[16]。自古大臣子孫蚤孤而自樹者，史傳中多其人，延實在勉之而已。

四部備要本《震川先生集》卷十五

【註釋】

[1] 隍，没有水的護城壕。有水稱池。

[2] 婁江，又名下江，亦稱劉河，俗作瀏河。源出太湖，流至崑山縣後入長江。

[3] 湮，没。

[4] 吴淞江，又名蘇州河。源出太湖，流至上海後，合黄浦江入海。

[5] 李中丞，名憲卿，字廉甫，官至都察院左副都御史，故稱中丞。

[6] 江右，舊稱今江西省爲江右。魏禧《日録雜説》云："江東稱江左，江西稱江右，蓋自江北視之，江東在左，江西在右耳。"李憲卿曾爲江西布政司左參議，延實生於江西，故云。

[7] 東兖、汴、楚，指今山東、河南、湖北等省。

[8] 岱岳、嵩山、匡廬、衡山、瀟湘、洞庭，指今山東省的泰山，河南省的嵩山，江西省的廬山，湖南省的衡山、瀟江、湘江、洞庭湖。

[9] 謝世，逝世。

[10] 城闉(yīn 因)，城門。《詩經·鄭風·出其東門》："出其闉闍。"陳奐傳疏："闉即城門也。"

[11] 方思曾，名元儒，後更名欽儒。官至侍御，以忤權貴罷歸。

[12] 術徑，道路。術，左思《蜀都賦》："亦有甲第，當衢向術。"註云："術，道也。"

[13] 孔子二句：《禮記·檀弓上》："孔子少孤，不知其墓，殯於五父之衢，人之見之者，皆以爲葬也。其慎也，蓋殯也，問於郰(zōu 鄒)曼父之母，然後得合葬於防。"《史記·孔子世家》："丘生而叔梁紇死，葬於防山，防山在魯東，由是孔子疑其父墓處，母諱之也……母死，乃殯五父之衢，蓋其慎也，郰人輓父之母，誨孔子父墓，然後往合葬於防焉。"

[14] 水木之思，想到本源。《左傳》昭公九年："王使詹桓伯辭於晉曰……我在伯父，猶衣服之有冠冕，木水之有本原。"

[15] 桑梓，故鄉。《詩經·小雅·小弁》："維桑與梓，必恭敬止。"朱註："桑梓，二木。古者五畝之宅，樹之牆下，以遺子孫。"後世遂以爲故鄉之稱。

[16] 愴然句：《禮記·祭義》："霜露既降，君子履之，必有悽愴之心。"以上數句言延實能不忘先人，不忘根源，不忘故鄉，不忘祭祀、悼念。

項脊軒志

【解題】 這是一篇抒情散文。歷敍項脊軒的環境及其前後的變化；作者親人生前對自己的關切，以及自己對她們死後的懷念。文章簡潔生動，項脊軒如在目前，人物的聲容笑貌也躍然紙上。

項脊軒[1]，舊南閣子也。室僅方丈，可容一人居。百年老屋，塵泥滲漉[2]，雨澤下注，每移案，顧視無可置者。又北向，不能得日，日過午已昏。余稍爲修葺[3]，使不上漏；前闢四窗，垣牆周庭，以當南日，日影反照，室始洞然[4]。又雜植蘭桂竹木於庭，舊時欄楯[5]，亦遂增勝。積書滿架，偃仰嘯歌，冥然兀坐[6]，萬籟有聲。而庭堦寂寂，小鳥時來啄食，人至不去。三五之夜[7]，明月半牆，桂影斑駁，風移影動，珊珊可愛。

然予居於此，多可喜，亦多可悲。先是庭中通南北爲一；迨諸父異爨[8]，内外多置小門牆，往往而是。東犬西吠，客踰庖而宴[9]，雞棲於廳。庭中始爲籬，已爲牆，凡再變矣。家有老嫗，嘗居於此。嫗，先大母婢也[10]，乳二世，先妣撫之甚厚[11]。室西連於中閨，先妣嘗一至。嫗每謂予曰："某所而母立於茲[12]。"嫗又曰："汝姊在吾懷，呱呱而泣；娘以指叩門扉曰：'兒寒乎？欲食乎？'吾從板外相爲應答……"語未畢，余泣，嫗亦泣。余自束髮[13]，讀書軒中。一日，大母過余曰："吾兒，久不見若影[14]，何竟日默默在此，大類女郎也？"比去，以手闔門，自語曰："吾家讀書久不效，兒之成，則可待乎！"頃之，持一象笏至[15]，曰："此吾祖太常公宣德間執此以朝[16]，他日汝當用之！"瞻顧遺跡，如在昨日，令人長號不自禁。

軒東,故嘗爲廚;人往,從軒前過。余扃牖而居[17],久之,能以足音辨人。軒凡四遭火,得不焚,殆有神護者。

項脊生曰:"蜀清守丹穴,利甲天下,其後秦皇帝築女懷清臺[18]。劉玄德與曹操爭天下,諸葛孔明起隴中[19],方二人之昧昧於一隅也[20],世何足以知之?余區區處敗屋中,方揚眉瞬目,謂有奇景;人知之者,其謂與埳井之蛙何異[21]?"

余既爲此志,後五年,吾妻來歸。時至軒中,從余問古事,或憑几學書。吾妻歸寧[22],述諸小妹語曰:"聞姊家有閣子,且何謂閣子也?"其後六年,吾妻死,室壞不修。其後二年,余久臥病無聊,乃使人復葺南閣子,其制稍異於前。然自後余多在外,不常居。

庭有枇杷樹,吾妻死之年所手植也,今已亭亭如蓋矣[23]。

四部備要本《震川先生集》卷十七

【註釋】

[1] 項脊軒,作者遠祖歸隆道,宋朝人,曾居住太倉縣之項脊涇,作者故以項脊名軒。

[2] 滲漉(lù 鹿),水由孔隙漏下。

[3] 修葺(qì 氣),修補。

[4] 洞然,明亮。

[5] 欄楯(shǔn 吮),欄杆。

[6] 冥然,静默貌。

[7] 三五之夜,陰曆十五日夜。

[8] 諸父異爨(cuàn 竄),伯叔父分居分食。

[9] 客踰庖而宴,客人越過廚房而赴宴。

[10] 大母,祖母。《漢書·文三王傳》:"李太后,親平王之大母也。"註:"大母,祖母也。"

[11] 先妣,已死的母親。《禮記·曲禮》:"生曰父、曰母、曰妻,死曰考、曰妣、曰嬪。"

[12] 而,你。《左傳》昭公二十年:"余知而無罪也。"

[13] 束髮,古人以十五歲爲成童之年,把頭髮束起來盤到頂上。

[14] 若,你。《史記·項羽本紀》:"吾翁即若翁。"

[15] 象笏,又稱象簡、手版。古時大臣朝見君主時執此物。

[16] 太常公,指夏昶。昶字仲昭,崑山人。永樂(明成祖年號)進士,歷官太常寺卿。宣德,明宣宗年號。

[17] 扃(jiǒng 炯)牖(yǒu 友),關窗。

[18] 蜀清三句:《史記·貨殖列傳》:"巴蜀寡婦清,其先得丹穴,而擅其利數世,家亦不訾。清,寡婦也,能守其業,用財自衛,不見侵犯。秦皇帝以爲貞婦而客之,爲築女懷清臺。"

[19] 隴中,當作隆中。

[20] 昧昧,不明。《楚辭·九章·懷沙》:"日昧昧其將暮。"此處作名望未顯解。

[21] 埳井之蛙,比喻見聞短淺之人。參閱吴澂《送何太虚北遊序》註[26]。

[22] 歸寧,已婚女子回家省視父母。《詩經·周南·葛覃》:"歸寧父母。"

[23] 蓋,傘。

宗臣文

宗臣,字子相,興化(今江蘇省興化縣)人。生於公元一五二五年(明世宗嘉靖四年),卒於公元一五六〇年(嘉靖三十九年)。嘉靖二十九年(一五五〇)進士,官至福建提學副使。詩文主張復古,與李攀龍、王世貞、謝榛、梁有譽、徐中行、吴國倫齊名,稱"後七子"。著有《宗子相集》。

報劉一丈書

【解題】 明嘉靖間(一五四二——一五六二),嚴嵩父子專權,"事無大小,惟嵩主張;一或少遲,顯禍立見"。嵩子世蕃,更是私擅爵賞,廣致賂遺。一般士大夫則阿諛逢迎,干謁求進,奔走於嚴氏之門。作者通過給一位姓劉行一的父執的書信,極爲生動地諷刺了當時上層社會的這種污濁與醜惡。筆鋒犀利,語言簡潔流暢,在復古派的散文中是不可多得的。但本文結尾流露出一種"人生有命,富貴在天"的宿命論思想,是應當批判的。

數千里外,得長者時賜一書,以慰長想,即亦甚幸矣。何至更辱饋遺[1],則不才益將何以報焉[2],書中情意甚殷[3],即長者之不忘老父,知老父之念長者深也。

至以"上下相孚,才德稱位"語不才[4],則不才有深感焉。夫才德不稱,固自知之矣。至於不孚之病,則尤不才爲甚。

且今世之所謂孚者何哉?日夕策馬候權者之門[5],門者故不入[6],則甘言媚詞作婦人狀[7],袖金以私之。即門者持刺入[8],而主者又不即出見。立廄中僕馬之間[9],惡氣襲衣裾,即飢寒毒熱不可忍,不去也。抵暮,則前所受贈金者出,報客曰:"相公倦,謝客矣。客請明日來。"即明日又不敢不來。夜披衣坐,聞雞鳴即起盥櫛[10],走馬抵門。門者怒曰:"爲誰?"則曰:"昨日之客來。"則又怒曰:"何客之勤也?豈有相公此時出見客乎?"客心恥之,強忍而與言曰:"亡奈何矣[11],姑容我入!"門者又得所贈金,則起而入之,又立向所立廄中。幸主者出,南面召見,則驚走匍匐階下[12]。主者曰:"進。"則再拜,故遲不起。起則上所上壽金[13]。主者故不受,則固請;主者故固不受,則又固請。然後命吏納之。則又再拜,又故遲不起,起則五六揖始出。出揖門者曰:"官人幸顧我[14],他日來,幸亡阻我也。"門者答揖,大喜,奔出。馬上遇所交識,即揚鞭語曰:"適自相公家來,相公厚我厚我!"且虛言狀。即所交識,亦心畏相公厚之矣。相公又稍稍語人曰:"某也賢,某也賢!"聞者亦心計交贊之。此世所謂上下相孚也。長者謂僕能之乎?

前所謂權門者,自歲時伏臘一刺之外[15],即經年不往也。間道經其門,則亦掩耳閉目,躍馬疾走過之,若有所追逐者。斯則僕之褊哉[16],以此常不見悦於長吏,僕則愈益不顧也。每大言曰:"人生有命,吾惟守分爾矣[17]!"長者聞之,得無厭其爲迂乎[18]?

鄉園多故[19],不能不動客子之愁。至於長者之抱才而困,則又令我愴然有感[20]。天之與先生者甚厚,亡論長者不欲輕棄之,即天意亦不欲長者之輕棄之也[21],幸寧心哉[22]!

明刻本《宗子相集》卷二十

【註釋】

[1] 饋(kuì 餽)遺(wèi 畏),贈送禮物。

[2] 不才,猶言不肖,自謙之辭。

[3] 殷,盛、厚。

[4] 上下相孚二句：意思是説,上下之間相互信任、投合,才能和品德都適合其職位。孚,信。稱(chèng 秤),符合。

[5] 策,馬鞭;以鞭捶馬。《論語·雍也》:“策其馬曰:‘非敢後也,馬不進也!’”策馬,猶云馳馬。權者,此處指當時權臣嚴嵩、嚴世蕃父子。

[6] 故不入,故意不進去通報。

[7] 甘言媚詞,奉承諂媚的話。

[8] 刺,名帖。《後漢書·禰衡傳》:“陰懷一刺。”

[9] 廄(jiù 救),馬房。

[10] 盥櫛,洗臉梳頭。盥(guàn 灌),洗手。櫛(zhì 質),梳髮。

[11] 亡,同“無”。無奈何,没有辦法。

[12] 匍匐,伏地而行。

[13] 壽金,謂獻給主者的禮金。以金帛奉獻於人曰壽。《史記·刺客列傳》:“嚴仲子奉黄金百鎰,前爲聶政母壽。”

[14] 官人,尊稱門者。幸,希望。顧,照顧,看得起。此句猶言“幸官人顧我。”

[15] 伏臘,夏伏冬臘,古代兩祭名。秦漢以後,以夏至後第三個庚日起,連續三旬爲伏日,一稱三伏;又以冬至後第三個戌日致祭百神爲臘祭。《漢書·楊惲傳》:“田家作苦,歲時伏臘,烹羊炰羔,斗酒自勞。”此處猶言過時過節。

[16] 褊(biǎn 扁),狹隘。

[17] 守分(fèn 份),謹守本分。

[18] 迂,拘執而不通人情。

[19] 故,事故。

[20] 愴然,悲痛貌。

[21] 亡論二句：意思是説,劉的才德稟賦很好,不用説是你自己不願輕易拋棄它,就是老天也不希望你輕易拋棄它。

[22] 寧心,安心。

李贄文

李贄,字卓吾,别號宏甫、温陵居士等,泉州晉江(今福建省泉州市)人。生於公元一五二七年(明世宗嘉靖六年),卒於公元一六〇二年(明神宗萬曆三十年)。二十六歲中舉,三十歲被選爲河南輝縣教諭,歷官至雲南姚安府知府。五十四歲辭官。晚年著書講學,以"異端"自居,對當時的假道學、程朱理學和封建傳統作了某些抨擊,引起了當權者的不滿。於是以"敢倡亂道,惑世誣民"(《明實録》卷三六九)的罪名被捕,死於獄中。李贄是泰州學派後期的代表人物,哲學觀點没有擺脱王守仁思想和禪學的影響。他曾指責《六經》、《論語》、《孟子》,並非"萬世之至論",主張不必"咸以孔子之是非爲是非"。這種思想反映在文學上,則認爲"天下之至文",皆"出於童心",反對"假人言假言"、"事假事、文假文"。又以"變"的觀點,反對貴古賤今之説,提高小説、戲曲的地位。這些主張,對以後公安派的文學理論有直接影響。李贄的思想在當時雖有一定的進步意義,但他對封建傳統和假道學的某些抨擊,以及他以"童心"解釋文學現象的説法,都必須以階級觀點批判地看待。李贄的文章長於分析,犀利、潑辣。主要著作有《焚書》、《續焚書》、《藏書》、《續藏書》等。

又與焦弱侯

【解題】 這封信表現了李贄對正統程、朱道學的批判精神,並在一定程度上揭露了當時假道學的"展轉反覆,以欺世獲利,名爲山人而心同商賈,口談道德而志在穿窬"的虚僞、醜惡靈魂。文筆犀利,富有諷刺性。焦弱侯(一五四〇——一六〇二),名竑,字弱侯,號漪園,又號澹園。明江寧(今江蘇省南京市)人,官至翰林院修撰。竑博極羣書,和李贄交往最密。認爲佛經所説,最得孔、孟"盡性至命"的精義;漢宋諸儒經註反成糟粕。企圖引佛入儒,調和兩家思想。著有《澹然集》、《焦弱侯問答》、《玉堂叢話》、《國朝經籍志》等。

鄭子玄者[1],丘長孺父子之文會友也[2]。文雖不如其父子,而質實有恥[3],不肯講學,亦可喜,故喜之。蓋彼全不曾親見顔、曾、思、孟[4],又不曾親見周、程、張、朱[5],但見今之講周、程、張、朱者,以爲周、程、張、朱實實如是爾也,故恥而不肯講。不講雖是過[6],然使學者恥而不講,以爲周、程、張、朱卒如是而止,則今之講周、程、張、朱者可誅也[7]。彼以爲周、程、張、朱者皆口談道德而心存高官,志在巨富;既已得高官巨富矣,仍講道德,説仁義自若也;又從而嘵嘵然語人曰[8]:"我欲厲俗而風世[9]。"彼謂敗俗傷世者,莫甚於講周、程、張、朱者也,是以益不信。不信故不講。然則不講亦未爲過矣。

黄生過此,聞其自京師往長蘆抽豐[10],復跟長蘆長官别赴新任。至九江[11],遇一顯者[12],乃舍舊從新,隨轉而北,衝風冒寒,不顧年老生死。既到麻城[13],見我言曰:"我欲遊嵩、少[14],彼顯者亦欲遊嵩、少,拉我同行,是以至此。然顯者俟我於城中[15],勢不能一宿[16]。回日當復道此[17],道此則多聚三五日而别,兹卒卒誠難割捨云[18]。"其言如此,其情何如?我揣其中實爲林汝寧好一口食難割捨耳[19]。然林汝寧向者三任,彼無一任不往,往必滿載而歸,兹尚未厭足[20],如餓狗思想隔日屎,乃敢欺我以爲遊嵩、少。夫以遊嵩、少藏林汝寧之抽豐來嗛我[21]；又恐林汝寧之疑其爲再尋己也，復以捨不得李卓老，當再來訪李卓老，以嗛林汝寧：名利兩得，身行俱全。我與林汝寧幾皆在其術中而不悟矣，可不謂巧乎！今之道學[22]，何以異此！

由此觀之，今之所謂聖人者[23]，其與今之所謂山人者一也[24]，特有幸不幸之異耳。幸而能詩，則自稱曰山人；不幸而不能詩，則辭卻山人而以聖人名。幸而能講良知[25]，則自稱曰聖人；不幸而不能講良知，則謝卻聖人而以山人稱。展轉反覆，以欺世獲利，名爲山人而心同商賈[26]，口談道德而志在穿窬[27]。夫名山人而心商賈，既已可鄙矣，乃反掩抽豐而顯嵩、少，謂人可得而欺焉，尤可鄙也！今之講道德性命者，皆遊嵩、少者也；今之患得患失，志於高官重禄，好田宅[28]，美風水[29]，以爲子孫蔭者[30]，皆其託名於林汝寧，以爲舍不得李卓老者也。然則鄭子玄之不肯講學，信乎其不足怪矣。

且商賈亦何可鄙之有？挾數萬之貲，經風濤之險，受辱於關吏，忍詬於市易，辛勤萬狀，所挾者重，所得者末。然必交結於卿大夫之門，然後可以收其利而遠其害，安能傲然而坐於公卿大夫之上哉[31]！今山人者，名之爲商賈，則其實不持一文；稱之爲山人，則非公卿之門不履[32]，故可賤耳。雖然，我寧無有是乎？然安知我無商賈之行之心，而釋迦其衣以欺世而盜名也耶[33]？有則幸爲我加誅，我不護痛也。雖然，若其患得而又患失，買田宅，求風水等事，決知免矣。

中華書局排印本《焚書》卷二

【註釋】

[1] 鄭子玄，生平不詳。

[2] 文會，科舉時代士人定期會文的集會。

[3] 質實有恥，質樸、篤實，有羞恥之心。

[4] 顏、曾、思、孟，指顏回、曾參、子思、孟軻。顏回，字子淵，亦稱顏淵，春秋時魯人，孔子弟子，早卒，孔子稱其賢，後世稱爲復聖。曾子，名參，字子輿，春秋時魯人，孔子弟子，以其學傳子思，後世稱爲宗聖。子思，孔子孫，名伋，字子思，受學於曾子，後世稱爲述聖。孟子，名軻，字子輿，戰國時鄒人，受業於子思的門人，後世稱爲亞聖。

[5] 周、程、張、朱，周指道州營道（今湖南省道縣）濂溪的周敦頤，程指洛陽的程顥、程頤兄弟，張指陝西的張載，朱指福建的朱熹，他們是宋代理學（也稱"性理學"、"道學"）的四個主要學派的代表人物。

[6] 過，過分。

[7] 誅，殺。

[8] 嘵（xiāo 囂）嘵然，怒而争辯之聲。

[9] 厲俗而風（fèng 諷）世，猶言勸化世俗。厲，勸勉。風，教化。

[10] 長蘆，古縣名，在今河北省滄州市西。抽豐，舊指利用各種借口向在任官吏騙取餽贈。

[11] 九江，即今江西省九江市。

[12] 顯者，有地位、聲望的人。

[13] 麻城,縣名。在湖北省東北邊境,鄰接河南、安徽兩省。

[14] 嵩,嵩山,在今河南省鄭州市西南。少,少室,嵩山的西峯。

[15] 俟,等待。

[16] 勢,情勢。

[17] 當復道此,當再路過此地。

[18] 卒(cù 猝)卒,倉猝,急促。卒,同“猝”。

[19] 林汝寧,汝寧,府名,在今河南省境内。汝寧知府姓林,其名字和生平不詳。

[20] 厭足,滿足。厭,通“饜”。

[21] 嗛(qiè 慊),通“慊”,快意、滿足。此處似作“欺騙”解,疑是“賺”字之誤。

[22] 道學,宋儒哲學思想。以繼承孔孟“道統”,宣揚“性命義理”之學爲主。故又稱“性理學”、“理學”。《宋史》有《道學傳》,列載周敦頤、程顥、程頤、張載、朱熹等二十餘人。後世遂有“道學”這一名稱。

[23] 聖人,舊指道德修養很高的人。

[24] 山人,舊指隱士。

[25] 良知,儒家唯心的看法,以爲人有本然的知能,叫良知良能。《孟子·盡心上》:“人之所不學而能者,其良能也;所不慮而知者,其良知也。”明王守仁本此説,倡良知之學,以“知善知惡是良知”爲本體,以“致良知”爲工夫。

[26] 商賈(gǔ 古),舊時商人的統稱。《周禮·天官·太宰》:“六曰商賈,阜通貨賄。”鄭玄註:“行曰商,處曰賈。”

[27] 穿窬(yú 俞),指盜賊的行爲。《論語·陽貨》:“其猶穿窬之盜也與!”朱熹集註:“穿,穿壁;窬,踰牆。”窬,通“踰”。

[28] 田宅,田園住宅。

[29] 風水,郭璞《葬書》:“葬者乘生氣也,經曰,氣乘風則散,界水則止,古人聚之使不散,行之使有止,故謂之風水。”俗因稱葬地的形勢爲風水,稱堪輿家爲風水先生。

[30] 蔭,庇護。

[31] 傲然,高傲的樣子。

[32] 履,踏,登。

[33] 而釋迦其衣句:釋迦,釋迦牟尼的簡稱。後泛指佛教。此句的大意是,穿着佛家的衣服,借此欺世盜名。

賈　誼

【解題】 這是作者讀史的一篇評論文章。全文論點明確,議論風生,贊美了賈誼,也兼評了董仲舒,而對班固與劉向則有褒有貶。特別還借題發揮,抨擊了當時一些欺世盜名的“穿窬之人”。至於作者對“三表五餌”的評價,是應分析、批判的。

班固贊曰[1]:“劉向稱‘賈誼言三代與秦治亂之意[2],其論甚美,通達國體[3],雖古之伊、管未能遠過也[4]。使時見用,功化必盛[5],爲庸臣所害[6],甚可悼痛!’追觀孝文玄默躬行[7],以移風俗[8],誼之所陳略施行矣。及欲改定制度,以漢爲土德[9],色上黄,數用五[10],及欲試屬國[11]，施五餌三表以繫單于[12]，其術固以疏矣[13]。誼亦天年早終，雖不至公卿，未爲不遇也。凡所著述五十八篇[14]，掇其切要於事者著於傳云。”

李卓吾曰：班氏文儒耳[15]，只宜依司馬氏例以成一代之史[16]，不宜自立論也。立論則不免攙雜别項經史聞見[17]，反成穢物矣[18]。班氏文才甚美，其於孝武以前人物[19]，盡依司馬氏之舊，又甚有見，但不宜更添論贊於後也。何也？論贊須具曠古隻眼[20]，非區區有文才者所能措也[21]。劉向亦文儒也，然筋骨勝，肝腸勝，人品不同[22]，故見識亦不同，是儒而自文者也。雖不能超於文之外，然與固遠矣。

漢之儒者咸以董仲舒爲稱首[23]，今觀仲舒不計功謀利之云[24]，似矣。而以明災異下獄論死[25]，何也？夫欲明災異，是欲計利而避害也。今既不肯計功謀利矣，而欲明災異者何也？既欲明災異以求免於害，而又謂仁人不計利[26]，謂越無一仁又何也[27]？所言自相矛盾矣。且夫天下曷嘗有不計功謀利之人哉！若不是真實知其有利益於我，可以成吾之大功，則烏用正義明道爲耶？其視賈誼之通達國體，真實切用何如耶？

班氏何知，知有舊時所聞耳，而欲以貶誼，豈不可笑！董氏章句之儒也[28]，其腐固宜。雖然，董氏特腐耳[29]，非詐也，直至今日，則爲穿窬之盗矣[30]。其未得富貴也，養吾之聲名以要朝廷之富貴[31]，凡可以欺世盗名者，無所不至。其既得富貴也，復以朝廷之富貴養吾之聲名，凡所以臨難苟免者，無所不爲。豈非真穿窬之人哉！是又仲舒之罪人，班固之罪人，而亦敢於隨聲雷同以議賈生[32]。故余因讀賈、鼂二子經世論策[33]，痛班氏之溺於聞見，敢於論議，遂爲歌曰：駟不及舌[34]，慎莫作孽[35]！通達國體，劉向自别。三表五餌，非疎匪拙[36]。彼何人斯？千里之絶[37]。漢廷諸子，誼實度越[38]。利不可謀，何其迂闊[39]！何以用之？皤鬚鶴髮[40]。從容廟廊[41]，冠冕珮玦[42]。世儒拱手，不知何説[43]。

中華書局排印本《焚書》卷五

【註釋】

[1] 班固（三二——九二），東漢史學家、文學家。字孟堅，安陵（今陕西省咸陽市）人。曾爲蘭臺令史，後轉遷爲郎，典校秘書。奉詔修成《漢書》，開創了斷代爲史的體例。後人輯其所著辭賦雜文爲《班蘭臺集》。贊，文體名。一般用於歌頌和贊美，多數有韻。古人寫作文史，間附贊語，用以總結全篇大意。史贊則爲對所記人物、史實的評價，包括贊美和批評，多用散文。

[2] 劉向（約前七七——前六），西漢經學家、文學家。本名更生，字子政，沛（今江蘇省沛縣）人。曾任諫議大夫。成帝時，任光禄大夫，終中壘校尉。曾校閲羣書，著成《别録》。所作《九嘆》等辭賦三十三篇，大部分已佚。另編有《洪範五行傳》、《新序》、《説苑》、《列女傳》等書。賈誼（前二〇一——前一六九），西漢政論家、辭賦家。雒陽（今河南省洛陽市）人。年二十餘爲博士，官至大中大夫。後爲長沙王太傅、梁懷王太傅。他的政論文《陳政事疏》、《論積貯疏》、《治安策》、《過秦論》等頗有名。賦作有《鵩鳥賦》、《弔屈原賦》等。後人輯爲《賈長沙集》。另有《新書》十卷。三代，指夏、商、周。

[3] 國體，國家體制。

[4] 伊、管，伊尹、管仲。伊尹，名伊，尹是官名，生卒年不詳，商代初年政治家，曾幫助湯攻滅夏桀。管

仲,春秋初期政治家,名夷吾,字仲,潁上(今安徽省潁上縣)人,曾幫助齊桓公稱霸於諸侯。

[5] 功化,功業和教化。

[6] 庸臣,愚昧無能之臣。

[7] 孝文,即漢文帝劉恆。玄默躬行,深思默想、身體力行。

[8] 移,改變。

[9] 土德,古代陰陽五行家以金、木、水、火、土五行之性爲五德,認爲歷史上的改朝換代是由於五德的相生相尅所造成的。當時相傳,周爲火德,滅火者爲水,故秦爲水德,漢繼秦則爲土德。按五德相承之説,自秦始皇即開始利用以欺騙人民。

[10] 色上黄二句:照五行之説,漢爲土德。土色黄,故以黄色爲最高貴的顔色;又因土居五行之五,故官吏印章的字數都用五計。上,猶尚,貴。

[11] 屬國,指當時的各少數民族政權。

[12] 五餌三表,據《漢書·賈誼傳》顔師古註稱:"《賈誼書》謂愛人之狀,好人之技,仁道也;信爲大操,常義也;愛好有實,已諾可期,十死一生,彼將必至:此三表也。賜之盛服車乘以壞其目;賜之盛食珍味以壞其口;賜之音樂婦人以壞其耳;賜之高堂邃宇府庫奴婢以壞其腹;於來降者,上以召幸之,相娱樂,親酌而手食之,以壞其心:此五餌也。"按這是對付匈奴的策略和手段。繫,縛,拴。單(chán 蟬)于,漢時匈奴對其君主的稱號。

[13] 疏,疏闊,謂迂闊不切事宜。

[14] 五十八篇,指賈誼所著《新書》五十八篇(十卷)。

[15] 班氏,指班固。

[16] 司馬氏,指司馬遷。

[17] 經史,經書和史書。

[18] 穢物,污穢雜亂的東西。

[19] 孝武,即漢武帝劉徹。

[20] 曠古,空前。隻眼,特殊的眼光,獨到的見解。

[21] 措,辦。

[22] 筋骨勝三句:意謂劉向雖是文儒,但文章、品格有不同於一般文儒的地方。

[23] 董仲舒(前一八〇——前一〇五),西漢唯心主義哲學家。廣川(今河北省衡水縣)人。曾任膠西王相。向漢武帝建議"罷黜百家,獨尊儒術",開此後兩千餘年儒學正宗的局面。以儒家宗法思想爲中心,雜以陰陽五行之説,把神權、君權、父權、夫權貫串在一起,建成爲封建統治和等級制度服務的封建神學體系。體系的核心是所謂"天人感應"説。他鼓吹"道之大原出於天,天不變,道亦不變",强調封建倫理制度的永恆性和絶對性。著有《春秋繁露》等。

[24] 計功謀利,計較功名,謀取貨利。

[25] 明災異句:災異,古代陰陽家以爲天人交感,人事不善(如帝王的政令失常等),天帝就用災害和變異加以警戒。董仲舒曾因講論災異的事,觸犯漢武帝,被撤職下獄,當死,不久獲釋放。

[26] 仁人,仁德之人。

[27] 越無一仁句:據《漢書·董仲舒傳》説,董仲舒爲江都相時,一天江都易王和董仲舒談論,認爲越王勾踐與大夫泄庸、種、范蠡三人謀伐吴,遂滅了吴國。他稱贊大夫泄庸等三人是越國的"三仁"。

董仲舒不同意易王的看法,他舉柳下惠的例子説明仁人連謀伐別國的話都不願意聽,何況越國是用欺詐的手段伐吴的呢?因此,他認爲越國"本無一仁"。

[28] 章句之儒,分析古書章節句讀的文士。《漢書・夏侯勝傳》:"章句小儒,破碎大道。"按漢人讀書之法有二:一曰訓詁舉大義,通儒以徧讀羣書者;一曰章句義理,經生博士抱一經以登利禄之途者。後者就是指的章句之儒。

[29] 特,但。

[30] 穿窬,指盜賊的行爲。見前《又與焦弱侯》註[27]。

[31] 要(yāo 邀),求。

[32] 雷同,人云亦云。《禮記・曲禮上》:"毋雷同。"鄭玄註:"雷之發聲,物無不同時應者,人之言當各由己,不當然也。"

[33] 賈、鼂,賈誼、鼂錯。鼂錯,生年不詳,卒於公元前一五四年。潁川(今河南省禹縣)人,西漢政論家。文帝時,曾爲太子家令,得太子(即景帝)信任,號"智囊"。景帝即位,任爲御史大夫。公元前一五四年,景帝採用他的建議,削奪諸侯王國部分封地,於是吴、楚等七國以誅鼂錯爲借口,發動叛亂,鼂錯遂爲景帝所殺。

[34] 駟不及舌,《論語・顔淵》:"子貢曰:'惜乎!夫子之説君子也,駟不及舌。'"《説苑・談叢》:"口者,關也;舌者,機也;出言不當,駟馬不能追也。"意謂説話要慎重,話一出口,不能追回,即俗語"一言既出,駟馬難追"的意思。

[35] 作孽,造成罪孽。

[36] 非疎匪拙,既不疎闊,也不愚拙。匪,非。

[37] 千里,千里馬,比喻英俊之才。絶,少有,特異。

[38] 漢廷諸子二句:意謂在漢廷之中,賈誼的才能確實是勝過所有諸人的。度越,超過,駕乎其上。

[39] 迂闊,拘泥、迂遠而脱離實際。

[40] 皤(pó 婆)鬚鶴髮,指白鬚白髮的老人。皤,素白之色。鶴,通"翯(hè 郝)",白。

[41] 從(cōng 匆)容,舒緩不急迫。廟廊,指朝廷。

[42] 冠冕珮玦,戴着貴冠,佩着玉佩。冠,此處作動詞用。珮,同"佩"。冕,古時大夫以上所戴的帽子。玦,形似環而有缺口。

[43] 不知何説,不知是什麽道理。説,緣故,道理。

袁宏道文

袁宏道，字中郎，號石公，公安(今湖北省公安縣)人。生於公元一五六八年(明穆宗隆慶二年)，卒於公元一六一〇年(神宗萬曆三十八年)。萬曆二十年進士，曾任吴縣(今江蘇省蘇州市)知縣，官至吏部郎中。與其兄宗道、弟中道都是晚明反復古主義運動的"公安派"的代表人物，時稱"三袁"。他們力矯前、後七子所倡導的"文必秦漢，詩必盛唐"的流弊，主張文學作品要"獨抒性靈，不拘格套"。其作品語言清新明快，然内容多描寫封建士大夫階級的閒適生活，部分篇章反映了民間疾苦，對當時政治現實有所批判。著有《袁中郎全集》。

徐文長傳

【解題】 徐文長是明代一個具有多方面藝術才能的作家，在詩文、戲曲、書法、繪畫等方面，都有一定的成就和影響。本文對徐文長的生平、遭遇和文藝上的成就，作了扼要、明快的敘述與評價。

余一夕坐陶太史樓，隨意抽架上書，得《闕編》詩一帙，惡楮毛書[1]，烟煤敗黑，微有字形，稍就燈間讀之。讀未數首，不覺驚躍，急呼周望[2]，《闕編》何人作者？今耶？古耶？周望曰："此余鄉徐文長先生書也。"兩人躍起，燈影下，讀復叫，叫復讀。僮僕睡者皆驚起。蓋不佞生三十年[3]，而始知海内有文長先生。噫，是何相識之晚也。因以所聞於越人士者，略爲次第，爲徐文長傳。

徐渭，字文長，爲山陰諸生[4]，聲名藉甚[5]。薛公蕙校越時[6]，奇其才，有國士之目[7]。然數奇[8]，屢試輒蹶[9]。中丞胡公宗憲聞之[10]，客諸幕。文長每見，則葛衣烏巾，縱譚天下事[11]，胡公大喜。是時，公督數邊兵[12]，威振東南，介胄之士，膝語蛇行，不敢舉頭，而文長以部下一諸生傲之，議者方之劉真長、杜少陵云[13]。會得白鹿，屬文長作表，表上，永陵喜[14]。公以是益奇之，一切疏記，皆出其手。

文長自負才略，好奇計，談兵多中，視一世士，無可當意者，然竟不偶。文長既已不得志於有司，遂乃放浪麯蘖[15]，恣情山水，走齊、魯、燕、趙之地，窮覽朔漠。其所見山崩海立，沙起雲行，風鳴樹偃，幽谷大都，人物魚鳥，一切可驚可愕之狀，一一皆達之於詩。其胸中又有勃然不可磨滅之氣，英雄失路，托足無門之悲，故其爲詩，如嗔，如笑，如水鳴峽，如種出土，如寡婦之夜哭，羈人之寒起。雖其體格時有卑者，然匠心獨出，有王者氣，非彼巾幗而事人者所敢望也。文有卓識，氣沉而法嚴，不以模擬損才，不以議論傷格，韓、曾之流亞也[16]。文長既雅不與時調合，當時所謂騷壇主盟者[17]，文長皆叱而奴之，故其名不出於越，悲夫！喜作書，筆意奔放如其詩，蒼勁中姿媚躍出，歐陽公所謂"妖韶女老自有餘態"者也[18]。間以其餘，旁溢爲花鳥，皆超逸有致。卒以疑，殺其繼室，下獄論死。張太史元汴力解[19]，乃得出。晚年憤益深，佯狂益甚。顯者至門，或拒不納；時攜錢至酒肆，呼下隸與飲；或自持斧擊破其頭，血流被面，頭骨皆折，揉之有聲；或以利錐錐其兩耳，深入寸餘，竟不得死。

周望言："晚歲詩文益奇，無刻本，集藏於家。"余同年有官越者，托以抄録，今未至。余所見者，《徐文長集》、《闕編》二種而已，然文長竟以不得志於時，抱憤而卒。

石公曰："先生數奇不已，遂爲狂疾，狂疾不已，遂爲囹圄[20]。古今文人，牢騷困苦未有若先生者也。雖然，胡公間世豪傑，永陵英主：幕中禮數異等[21]，是胡公知有先生矣；表上[22]，人主悦，是人主知有先生矣。獨身未貴耳。先生詩文崛起，一掃近代蕪穢之習，百世而下，自有定論。胡爲不遇哉！梅客生嘗寄余書曰[23]：'文長吾老友，病奇於人，人奇於詩。'余謂文長，無之而不奇者也[24]。無之而不奇，斯無之而不奇也，悲夫！"

崇禎刻本《鍾伯敬增定袁中郎全集》卷四

【註釋】

[1] 惡楮，壞紙。楮，紙。

[2] 周望，陶望齡字周望，號石簣，會稽人。萬曆中進士，授編修，不久即告歸家居。

[3] 不佞，猶不才。自稱的謙詞。《國策・趙策二》："不佞寢疾，不能趨走。"

[4] 山陰，今浙江省紹興縣。

[5] 聲名藉甚，《漢書・陸賈傳》："賈以此遊漢廷公卿間，名聲籍甚。"王先謙補註引周壽昌云："蓋籍即藉用白茅之藉，言聲名得所藉而益盛也。甚與盛意同。"

[6] 薛公蕙，薛蕙字君采，亳州人。官至吏部考功司郎中。學者稱西原先生。校越，主越中考試。

[7] 國士，舊稱一國傑出的人物爲國士。《史記・淮陰侯列傳》："至如信者，國士無雙。"

[8] 數奇（jī 雞），命運不好。《漢書・李廣傳》："以爲李廣數奇，毋令當單于。"顔師古註云："言廣命隻，不耦合也。"

[9] 蹶，挫。《史記・孫武吴起傳》："兵法，百里而趣利者蹶上將。"

[10] 中丞胡公宗憲，浙江巡撫胡宗憲。中丞，明代以副、僉使御史任巡撫，故稱巡撫爲中丞。

[11] 譚，同談。

[12] 公督句：嘉靖三十二年，朝議以倭寇猖獗，設總督大臣，總督江南、江北、浙江、山東、福建、湖廣諸軍，以張經爲之，張經得罪死，周琉、楊宜繼之。三十五年楊宜落職，以胡宗憲繼任。故云"督數邊兵"。

[13] 劉真長、杜少陵，真長名惔，東晉人。簡文帝爲相，與王濛同爲談客，待以上賓禮。少陵即唐代詩人杜甫。嚴武再鎮劍南，表甫爲參謀。武以世舊，待甫甚善，親至其家，甫見之或時不巾。方，比也。二人皆爲幕僚，皆不屈於勢位，故以相比。

[14] 永陵喜，陶望齡《徐文長傳》云："表進，上大嘉悦其文，旬月間遍誦人口。"永陵，明世宗之陵。按，宋元明人皆以陵名稱已故的皇帝。

[15] 麯櫱（niè 臬），酒。《禮記・月令》："乃命大酋，秫稻必齊，麯櫱必時。"註云："古者獲稻而漬米麯，至春而爲酒。"因謂酒爲麯櫱。

[16] 韓、曾，韓愈、曾鞏。

[17] 騷壇，文壇。

[18] 歐陽公句：歐陽修《水谷夜行寄子美聖俞》："作詩三十年，視我猶後輩。文詞愈清新，心意雖老大，譬如妖韶女，老自有餘態。"

[19] 張元汴，浙江山陰人。字子藎，别號陽和，隆慶（明穆宗年號）進士，官至翰林侍讀。

[20] 囹（líng 林）圄（yǔ 羽），同囹圉，牢獄。

[21] 禮數異等,胡宗憲聘請徐文長時,文長再三推辭,最後提出要保持賓客地位,得到了胡宗憲的同意,故此在胡幕中,文長始終是受特殊優待的。

[22] 表,指前面所説的《獻白鹿表》。

[23] 梅客生,名國禎,麻城人,萬曆進士,官至兵部右侍郎。

[24] 奇,此句與下句之"奇"字皆爲奇怪之奇。末句之"奇"爲數奇之奇。

虎丘記

【解題】 本文記明代蘇州虎丘山中秋月夜遊人雲集的情景。作者生動地描繪了虎丘的月夜景色和遊人聚飲鬬歌的場面。

虎丘去城可七八里[1]。其山無高巖邃壑,獨以近城故,簫鼓樓船,無日無之。凡月之夜,花之晨,雪之夕,遊人往來,紛錯如織,而中秋爲尤勝。

每至是日,傾城闔户,連臂而至。衣冠士女,下迨蔀屋[2],莫不靚妝麗服[3],重茵累席[4],置酒交衢間[5],從千人石上至山門[6],櫛比如鱗[7]。檀板丘積[8],樽罍雲瀉[9],遠而望之,如雁落平沙,霞鋪江上,雷輥電霍[10],無得而狀。

布席之初,唱者千百,聲若聚蚊,不可辨視。分曹部署[11],競以歌喉相鬬;雅俗既陳,妍媸自别。未幾而摇手頓足者[12],得數十人而已。已而明月浮空,石光如練,一切瓦釜[13],寂然停聲,屬而和者,才三四輩。一簫,一寸管,一人緩板而歌,竹肉相發[14],清聲亮徹,聽者魂銷。比至夜深,月影横斜,荇藻淩亂[15],則簫板亦不復用;一夫登場,四座屏息,音若細髮,響徹雲際,每度一字,幾盡一刻,飛鳥爲之徘徊,壯士聽而下淚矣。

劍泉深不可測[16],飛巖如削。千頃雲得天池諸山作案[17],巒壑競秀,最可觴客。但過午則日光射人,不堪久坐耳。文昌閣亦佳,晚樹尤可觀。面北爲平遠堂舊址,空曠無際,僅虞山一點在望[18]。堂廢已久,余與江進之謀所以復之[19],欲祠韋蘇州、白樂天諸公於其中[20];而病尋作,余既乞歸,恐進之之興亦闌矣。山川興廢,信有時哉。

吏吴兩載[21],登虎丘者六。最後與江進之、方子公同登,遲月生公石上[22]。歌者聞令來,皆避匿去。余因謂進之曰:"甚矣,烏紗之横[23],皂隸之俗哉[24]!他日去官,有不聽曲此石上者,如月[25]!"今余幸得解官稱吴客矣。虎丘之月,不知尚識余言否耶[26]?

崇禎刻本《鍾伯敬增定袁中郎全集》卷八

【註釋】

[1] 虎丘,山名,在今江蘇省蘇州市,是江南名勝之一。相傳春秋時吴王闔閭葬此,三日而虎踞其上,因稱之爲虎丘。

[2] 下迨蔀(pǒu 剖)屋,下至貧民。迨,及,至。蔀,《易經·豐》:"豐其蔀。"註云:"蔀,覆曖,障光明之物也。"後人遂以"蔀屋"指貧家昏暗的房屋。此處則指貧民。

[3] 靚(jìng 敬)妝,塗脂抹粉。

[4] 重茵累席,遊客皆席地而坐,以重褥作墊。茵,墊褥。

[5] 交衢,通衢。

[6] 千人石,虎丘山半,有大石,石面平坦,面積甚大,傳説梁時高僧生公於此説法,有千人列聽,故稱千人石。
[7] 櫛比如鱗,形容"重茵累席,置酒交衢間者"之多,如魚鱗相次。櫛比,言其密。
[8] 檀板,用檀木製的歌板。
[9] 樽罍(léi 雷),皆盛酒器。
[10] 雷輥(gǔn 滚)電霍,雷鳴電閃。輥,車輪轉動聲。
[11] 分曹部署,分部安排。
[12] 摇手頓足,形容唱曲子的人按節而歌。
[13] 瓦釜,喻粗俗的歌調。《楚辭·卜居》:"黄鍾毁棄,瓦釜雷鳴。"
[14] 竹肉,指管樂與歌喉。《晉書·孟嘉傳》:"絲不如竹,竹不如肉。"
[15] 荇(xìng 杏)藻,水草。此處喻月下的樹影。蘇軾《記承天寺夜遊》:"庭下如積水空明,水中藻荇交横,蓋竹柏影也。"
[16] 劍泉,又稱劍池,在千人石下。兩側崖高百尺,池水終年不涸。
[17] 千頃句:意謂千頃雲得天池等山作爲几案。千頃雲,山名,在虎丘山上。天池,山名,又稱華山,在蘇州閶門外三十里。
[18] 虞山,在江蘇省常熟縣西北。
[19] 江進之,名盈科,桃源(今湖南省桃源縣)人,萬曆進士,曾任長洲縣知縣,著有《雪濤閣集》。
[20] 韋蘇州、白樂天,即唐詩人韋應物、白居易。
[21] 吏吴,在吴縣(蘇州)做官。
[22] 遲月句:意謂坐在生公石上待月出。遲,等候。生公石,即生公講壇,在千人石北面。
[23] 烏紗,即烏紗帽。自唐朝起始定爲官服。此處指官吏。
[24] 皂隸,衙門中的差役。
[25] 如月,以月爲證。
[26] 識(zhì 志),記憶。

五　泄

【解題】 五泄在浙江省諸暨縣西六十里的五泄山上,是浙江著名風景區之一。本文是袁宏道遊五泄後所寫的一篇遊記,對五泄的景物和遊者活動的情況,都作了生動、細致的描繪。

一

越人盛稱五泄,然皆聞而知之,陶周望雖極言五泄之好[1],其實不曾親見,與我等也。發郡城凡二日至諸暨縣[2],縣去五泄尚七十餘里,次日始行,一路多頑山,無卷石可入目者[3]。余私念:看山數百里外,敝舟羸馬,艱辛萬狀,今諸山態貌若此,何以償此路債?周望亦謂乃弟:"余輩誇張五泄太過,若爾,當奈中郎笑話何?"獨静虚以爲不然[4]。頃之,至青口,兩山夾天如綫,山石玲瓏峭削,若疊若鏤。數里一壁,潭水滑滑流壁下[5]。一壁上有古木一株,上人云是沉香樹,一年一花,猿猱所不到。其他非奇壁,則皆穠花異草,幔山而生,紅白青緑,燦爛如錦。映山紅有高七八尺者,與他山絶異,因相顧大叫曰:“奇哉!得此足償路債,不怕袁郎輕薄也。”王静虚曰:“未也,爾輩遇小小丘壑,便爾張皇如是,明日見五泄,當不狂死耶?”静虚曾習定五泄三年[6],以是知之極詳。余與公望聞之,喜甚,皆跳吼沙石上。緩步十餘里,始至五泄僧房。静虚曰:“牛羊下矣[7],五泄留供來日朝餐。”因散步前山,沿溪而行,兩山一溪,比青口天尤狹,而奇峭率相類。山形或如鑪、如鐘鼓、如屏障劍戟,皆拔地而生,溪旁天竹成林[8]。行數里,遇一白鬚人云:前山有虎。同行者皆心動,尋舊路而歸。

二

五泄水石俱奇絶,别後三日,夢中猶作飛濤聲,但恨無青蓮之詩[9]、子瞻之文[10],描寫其高古濆薄之勢爲缺典耳[11]。石壁青削似緑芙蕖,高百餘仞,周迴若城,石色如水浣浄,插地而生,不容寸土。飛瀑從巖顛挂下,雷奔海立,聲聞數里,大若十圍之玉,宇宙間一大奇觀也。因憶會稽賦有所謂[12]“五泄争奇于雁蕩”者,果爾,雁蕩之奇,當復如何哉。暮歸,各得一詩,余詩先成,石簣次之,静虚、公望、子公又次之[13]。所目既奇,詩亦變幻恍惚,牛鬼蛇神[14],不知是何等語。時夜已午,魑呼虎號之聲如在床几間[15],彼此諦觀,鬚眉毛髮,種種皆竪,俱若鬼矣。

三

一二三四等泄,俱在山腰,五級而下,飛濤走雪與第五泄率相類。山路甚險巇[16],余等從山顛下觀之,時,新雨後,苔柔石滑,不堪置足,一手拽樹枝,一手執杖,踏人肩作磴,半日始得那一步[17],艱苦萬狀。山僧云:自此往富陽便是平地[18],不復下嶺。五泄或作五雪,亦佳。

崇禎刻本《鍾伯敬增定袁中郎全集》卷九

【註釋】

[1] 陶周望,陶望齡。詳《徐文長傳》註[2]。

[2] 諸暨,今浙江省諸暨縣。

[3] 卷石,同“拳石”。

[4] 静虚,王静虚。

[5] 滑(gǔ 骨)滑,泉涌貌。《易林》:“涌泉滑滑。”

[6] 習定,養静。

[7] 牛羊下矣,天晚牛羊下山歸家。此處即借指天晚。《詩經·王風·君子于役》:“日之夕矣,羊牛下來。”

[8] 天竹,亦稱南天竹,常緑灌木,春夏開白色小花,實赤色。

[9] 青蓮,李白。李白自號青蓮居士,人稱李青蓮。

[10] 子瞻,蘇軾字子瞻。

[11] 濆薄,湧出。左思《吴都賦》:“濆薄沸騰。”

[12] 會稽賦,指王十朋《會稽風俗賦》。

[13] 公望,陶公望。子公,方子公。

[14] 牛鬼蛇神,喻怪誕。杜牧《李賀詩序》:“鯨呿鼇擲,牛鬼蛇神,不足爲其虚荒幻誕也。”

[15] 魈(xiāo 消),亦作“魈”,舊謂山中怪物。

[16] 險巇(xī 希),亦作“險戲”、“險巇”。《文選·廣絶交論》:“世路險巇,一至於此。”註:“險巇,猶顛危也。”

[17] 那,通“挪”,移動。

[18] 富陽,今浙江省富陽縣。

鍾惺文

鍾惺,字伯敬,竟陵(今湖北省天門縣)人。生於公元一五七四年(明神宗萬曆二年),卒於公元一六二四年(明熹宗天啓四年)。萬曆進士,官至福建提學僉事。與譚元春同爲竟陵派創始者。他提倡抒寫性靈,同時又企圖以幽深峭拔的風格來矯正公安派的浮淺之弊,這在反對前後七子的擬古主義方面起了一定的作用,但由於過度追求形式,使其大部分作品流於冷僻苦澀。著有《隱秀軒文集》。

浣花溪記

【解題】 本篇是作者遊覽成都浣花溪杜工部祠後寫的一篇遊記。文中細膩生動地描繪了浣花溪的景色;同時對詩人杜甫在窮愁奔走中猶能擇勝而居的安詳胸懷表示贊賞。

出成都南門,左爲萬里橋[1],西折纖秀長曲,所見如連環、如玦[2]、如帶、如規、如鉤,色如鑒、如琅玕[3]、如綠沈瓜[4],窈然深碧、瀠迴城下者,皆浣花溪委也。然必至草堂,而後浣花有專名,則以少陵浣花居在焉耳。

行三四里爲青羊宫[5],溪時遠時近,竹柏蒼然,隔岸陰森者盡溪,平望如薺,水木清華,神膚洞達[6]。自宫以西,流匯而橋者三,相距各不半里。舁夫云通灌縣[7],或所云"江從灌口來"是也[8]。

人家住溪左,則溪蔽不時見,稍斷則復見溪,如是者數處,縛柴編竹,頗有次第。橋盡,一亭樹道左,署曰"緣江路"。過此則武侯祠,祠前跨溪爲板橋一,覆以水檻,乃覩"浣花溪"題牓。過橋,一小洲横斜插水間如梭,溪周之,非橋不通,置亭其上,題曰"百花潭水"。由此亭還度橋,過梵安寺[9],始爲杜工部祠[10]。像頗清古,不必求肖,想當爾爾。石刻像一,附以本傳,何仁仲别駕署華陽時所爲也[11]。碑皆不堪讀。

鍾子曰:杜老二居,浣花清遠,東屯險奥[12],各不相襲。嚴公不死[13],浣溪可老,患難之於朋友大矣哉!然天遣此翁增夔門一段奇耳[14]。窮愁奔走,猶能擇勝,胸中暇整[15],可以應世,如孔子微服主司城貞子時也[16]。時萬曆辛亥十月十七日,出城欲雨,頃之霽。使客遊者[17],多由監司郡邑招飲[18],冠蓋稠濁[19],磬折喧溢[20],迫暮趣歸[21]。是日清晨,偶然獨往。楚人鍾惺記。

中國文學珍本叢書本《鍾伯敬合集》下册辰集

【註釋】

[1] 萬里橋,在四川省成都市南。杜甫《狂夫》詩:"萬里橋西一草堂,百花潭水即滄浪。"

[2] 玦(jué 決),似環而有缺口的玉佩。

[3] 琅玕,美石名。有五色,青者可以入藥。詩人多以青琅玕比竹。杜甫《鄭駙馬宅宴洞中》詩:"留客夏簟青琅玕。"此處則以竹色比溪水。

[4] 綠沈瓜,一種深綠色的瓜。《南史·任昉傳》:"(任昉卒)武帝聞問,方食西苑綠沈瓜,投之於盤,悲不自勝。"

[5] 青羊宫，道觀名。在今四川省成都市西南，浣花溪附近。相傳老子乘青羊至其地，故名。

[6] 神膚洞達，神清氣爽，通達肌膚。

[7] 灌縣，今四川省灌縣。古爲灌口鎮。

[8] 江，錦江。發源於郫縣，流經成都市南，入岷江。"江從灌口來"是杜甫《野望因過常少仙》詩中之句。

[9] 梵安寺，在四川省成都市南，與杜甫草堂相連，故俗稱"草堂寺"。

[10] 杜工部祠，在浣花溪上。宋吕大防建。

[11] 别駕，官名。漢置别駕從事史，爲刺史的佐吏。魏晉以後，諸州均置别駕從事一人，總理衆務，隋唐沿置不改。宋代諸州置通判，類似别駕之職，後世因稱通判爲别駕。署，署理，舊時稱代理或暫任爲署。華陽，今四川省華陽縣。

[12] 東屯，夔州（今重慶市奉節縣）東瀼溪。杜甫初依嚴武，居成都之浣花草堂。唐代宗永泰元年（七六五）嚴武卒，杜甫從成都遷居雲安，次年至夔州。秋寓西閣。次年春遷居赤甲，再遷瀼西，秋後遷東屯。

[13] 嚴公，嚴武。官劍南節度使，與杜甫友好。

[14] 夔門，夔門峽，爲瞿塘峽西口。

[15] 暇整，安詳不煩亂。

[16] 如孔子句：《史記・孔子世家》："孔子去曹適宋，與弟子習禮大樹下，宋司馬桓魋欲殺孔子，拔其樹，孔子去，弟子曰：'可以速矣。'孔子曰：'天生德於予，桓魋其如予何？'孔子適鄭，與弟子相失，孔子獨立郭東門。鄭人或謂子貢曰：'東門有人，其顙似堯，其項類皋陶，其肩類子産，然自要以下，不及禹三寸，纍纍若喪家之狗。'子貢以實告孔子，孔子欣然笑曰：'形狀末也，而似喪家之狗，然哉！然哉！'孔子遂至陳，主於司城貞子家。"司城貞子，陳國大夫。

[17] 使客，朝廷所派使臣。

[18] 監司，監察州郡之官。郡邑，指地方官。

[19] 稠濁，繁亂。

[20] 磬折，彎腰似磬，敬禮之貌。磬，古樂器，以石板爲之，略似人字形。

[21] 趣（cù 促），急速。

艾南英文

艾南英，字千子，東鄉(今江西省東鄉縣)人。生於公元一五八三年(明神宗萬曆十一年)，卒於公元一六四六年(清世祖順治三年)。天啓四年(一六二四)中舉，因對策中有譏刺魏忠賢語，罰停三科。思宗即位，詔許會試，未第。清兵渡江後，江西郡縣盡失，南英乃入福建。唐王召見，陳《十可憂疏》，授兵部主事，尋改御史。

南英曾組織帶有政治性的文學集社，號豫章社。倡導效法唐宋派歸有光的散文，反對文學復古運動。著有《天傭子集》。

自　敘

【解題】 這篇序是作者試卷集的自序，作於萬曆四十七年(一六一九)。它具體生動地敘述了明代歲考、鄉試的情況和考生所受的折磨。指出在科舉制度下，有才能的人往往被擯斥、埋没，而庸腐無能者，倒可以飛黄騰達，同時也揭露了考場的種種黑暗和考官的空疏鄙陋。作者以其曲盡形容之筆，表達了自己憤憤不平的感情，而封建科舉制度的真面貌，也於此可見一斑。

予年十有七以童子試受知於平湖李養白先生[1]，其明年春爲萬曆庚子[2]，始籍東鄉縣學[3]，迄萬曆己未[4]，爲諸生者二十年，試於鄉闈者七年[5]，飩於二十人中者十有四年[6]。所受知邑令長凡二人，所受知郡太守凡三人，所受知督學使者凡六人。於是先後應試之文積若干卷，既删其不足存者，而其可存者，不獨慮其亡佚散亂，無以自考。又重其皆出於勤苦憂患驚怖束縛之中，而且以存知己之感也。乃取而壽之梓[7]，而序其所以梓之之意。

曰：嗟乎，備嘗諸生之苦，未有如予者也。舊制，諸生於郡縣有司按季課程[8]，名季考；及所部御史入境取其士什之一而校之[9]，名觀風。二者既非諸生黜陟進取之所係[10]，而予又以嬾慢成癖，輒不及與試。獨督學使者於諸生爲職掌其歲考[11]，則諸生之黜陟係焉，非患病及内外艱[12]，無不與試者。其科考則三歲大比[13]，縣升其秀以達於郡，郡升其秀以達於督學，督學又升其秀以試於鄉闈。不及是者，又有遺才大收以盡其長[14]，非是塗也[15]，雖孔孟無由而進[16]，故予先後試卷，盡出是二者。試之日，衙鼓三號，雖冰霜凍結，諸生露立門外，督學衣緋坐堂上[17]，燈燭輝煌，圍爐輕煖自如。諸生解衣露足，左手執筆硯，右手持布襪，聽郡縣有司唱名，以次立甬道，至督學前。每諸生一名，蒐檢軍士二名，上窮髮際，下至膝踵，倮腹赤踝，爲漏數箭而後畢[18]，雖壯者，無不齒震凍慄，腰以下，大都寒沍僵裂[19]，不知爲體膚所在。遇天暑酷烈，督學輕綺蔭涼[20]，飲茗揮箑自如[21]。諸生什佰爲羣，擁立塵坌中[22]，法既不敢執扇，又衣大布厚衣，比至就席[23]，數百人夾坐，烝薰腥雜[24]，汗淫浹背[25]，勺漿不入口[26]，雖設有供茶吏，然率不敢飲，飲必朱鈐其牘[27]，疑以爲弊，文雖工，降一等，蓋受困於寒暑者如此。既就席，命題[28]。題一以教官宣讀[29]，便短視者[30]；一書牌上，吏執而下巡，便重聽者[31]。近廢宣讀，獨以牌書某學某題[32]，一日數學[33]，則數吏執牌而下。而予以短視，不能見咫尺，必屏氣囁嚅詢傍舍生[34]，問所目[35]。而督學又望視臺上，東西立瞭高軍四名,諸生無敢仰視四顧、麗立伸欠[36]、倚語側席者[37]。有則又朱鈐其牘,以越規論[38],文雖工,降一等。用是腰脊拘困,雖溲溺不得自由[39],蓋所以縶其手足便利者又如此。所置坐席,取給工吏,吏大半侵漁所費[40],倉卒取辦臨時,規制狹迫,不能舒左右肱[41],又薄脆疎縫,據坐稍重,即恐折仆[42],而同號諸生常十餘人,慮有更號[43],率十餘坐以竹聯之。手足稍動,則諸坐皆動,竟日無寗時,字爲跛踦[44]。而自閩中一二督學,重懷挾之禁[45],諸生併不得執硯。硯又取給工吏,率皆青刓頑石,滑不受墨,雖一事足以困其手力。不幸坐漏痕承簷所在[46],霖雨傾注,以衣覆卷,疾書而畢事。蓋受困於胥吏之不謹者又如此。此閱卷,大率督學以一人閱數千人之文。文有平奇虛實,煩簡濃淡之異,而主司之好尚亦如之[47],取必於一流之材,則雖宿學不能無恐[48],而予常有天幸然。高下既定,督學復衣緋坐堂上,郡縣有司候視門外,教官立堦下,諸生俛行以次至几案前[49],跽而受教,噤不敢發聲。視所試優劣,分從甬道西角門以出。當是時,其面目不可以語妻孥。蓋所爲拘牽文法以困折其氣者又如此。嗟乎,備嘗諸生之苦,未有如予者也。

至入鄉闈,所爲蒐檢防禁,囚首垢面,夜露晝暴,暑暍風沙之苦[50],無異於小試[51]。獨起居飲食稍稍自便,而房司非一手,又皆簿書獄訟之餘[52],非若督學之静專屏營,以文爲職。而予七試七挫,改絃易轍,智盡能索。始則爲秦漢子史之文,而闈中目之爲野;改而從震澤、毘陵成弘先正之體[53],而闈中又目之爲老;近則雖以公、穀、孝經、韓、歐、蘇、曾大家之句[54],而房司亦不知其爲何語。每一試已,則登賢書者雖空疎庸腐稚拙鄙陋[55],猶得與郡縣有司分庭抗禮。而予以積學二十餘年,制藝自鶴灘、守溪下至弘、正、嘉、隆大家[56],無所不究;書自六籍子史[57],濂、洛、關、閩[58],百家衆説,陰陽、兵、律[59],山經、地志[60],浮屠、老子之文章[61],無所不習,而顧不得與空疎庸腐稚拙鄙陋者爲伍。每一念至,欲棄舉業不事,杜門著書,考古今治亂興衰之故,以自見於世,而又念不能爲逸民以終老。嗟乎,備嘗諸生之苦,未有如予者也。

古之君子有所成就,則必追原其勛歷勤苦之狀以自警[62]。上至古昔聖人,昌言交拜[63],必述其艱難創造之由。故曰:逸能思初,安能惟始。故予雖事無所就,試卷亦鄙劣瑣陋不足以存,然皆出於勤苦憂患驚怖束縛之中,而況數先生者,又皆今世名人鉅公,而予以一日之藝,附弟子之列,語有之:知己重於感恩。今有人於此,衣我以文繡[64],食我以稻粱,樂我以臺池鼓鍾[65],然使其讀予文而不知其原本聖賢,備見古今與道德性命之所在,予終不以彼易此。且予淹困諸生,既無以報知己,而一二君子,溘先逝者[66],又無以對先師於地下。以其出於勤苦憂患驚怖束縛之中,而又以存知己之感,此試卷之所爲刻也。若數科闈中所試,則世皆以成敗論人,不欲塵世人之耳目[67],又類好自表見,形主司短長[68],故藏而匿之,然終不能忘其姓名。駒兒五歲能讀書[69],將封識而使掌之。曰:此某司理、某令尹爲房考時所擯也[70]。既以陰誌其姓名,而且使駒兒讀而鑒,鑒而爲詭遇以逢時[71],無如父之拙也。

康熙刻本《天傭子集》卷二

【註釋】

[1] 童子試,明清兩代初級入學考試之稱,包括縣試、府試和院試三個階段,録取入學者爲生員,稱秀才。平湖,今浙江省平湖縣。

[2] 萬曆庚子,明神宗萬曆二十八年(一六〇〇)。

[3] 始籍東鄉縣學,始入東鄉縣學,即考取爲東鄉縣學生員。籍,入學籍。東鄉,今江西省東鄉縣。

[4] 萬曆己未,即公元一六一九年。

[5] 鄉闈,即鄉試。明代每三年一次在各省舉行的考試稱鄉試。闈,考場之意。這句說,考過七次鄉試。

[6] 餼於句:指補廩至今已十四年。按,明初每月給生員廩米六斗,後又增廣名額,於是額內者爲廩膳生員,簡稱廩生,增額者爲增廣生員,簡稱增生,凡初入學者謂之附學,簡稱附生。廩膳、增廣以歲科兩試等第高者補充之。廩膳有定額,宣德元年定爲在京府學六十人,在外府學四十人,州三十人,縣二十人。

[7] 壽之梓,刻印成書使其流傳久遠之意。梓,雕板。

[8] 按季課程,每三個月考試一次,考核學習進程。

[9] 所部御史,明代以都御史或副、僉都御史巡撫各省,故稱巡撫爲所部御史。校,考查。

[10] 黜陟,升降。《尚書・舜典》:"三考黜陟幽明。"孔安國傳:"黜退其幽者,升進其明者。"

[11] 歲考,明制,提學官在任,三歲兩試諸生,先以六等試諸生優劣,謂之歲考。一等前列者,視廩膳生有缺,依次充補,其次補增廣生。一二等皆給賞,三等如常,四等朴責,五等則廩增遞降一等,附生降爲青衣,六等黜革。

[12] 内外艱,父母喪。艱,親喪。母喪稱内艱或母艱,父喪稱外艱或父艱。

[13] 科考,提學官選拔優等生員參加鄉試之考試。三歲大比,《周禮・地官・鄉大夫》:"三年則大比,考其德行道藝而興賢者、能者。"科考是鄉試的準備,三年一行,所以說"三歲大比"。

[14] 遺才大收,凡因故未參加考試者,可以參加一次補考,補考稱"録遺"與"大收"。

[15] 塗,同"途"。

[16] 孔孟,孔丘、孟軻。

[17] 衣緋,穿紅色官服。

[18] 爲漏數箭,謂歷時數刻。我國古代以漏壺計時,壺中盛水,底穿一孔,壺中立箭,箭上刻度數,壺中水以漏漸減,箭上所刻亦以次顯露,即可知時。

[19] 寒沍(hù 户),寒凍。

[20] 督學輕綺,督學穿着綢衣。輕綺,細薄的綾綢。

[21] 箑(jié 捷),扇。

[22] 塵坌(bèn 笨),塵埃。坌,塵。

[23] 比,及。

[24] 烝熏,指熱氣。

[25] 汗淫浹背,汗流浹背。淫,侵淫。

[26] 勺漿,滴水。

[27] 朱鈐其牘,用紅色的印記蓋在考卷上。鈐,印記,鈐記。牘,卷。

[28] 命題,出題目。
[29] 教官,宋以後各級儒學的教授、學正、教諭、訓導等統稱教官或校官、學官。府學稱教授,州學稱學正,縣學稱教諭或訓導。
[30] 短視,近視。
[31] 重聽,聽覺不靈。《漢書·黄霸傳》:"許丞廉吏,雖老,尚能拜起送迎,正頗重聽,何傷?"正,即使。
[32] 某學,某縣學。
[33] 一日數學,明代歲考時,某督學所屬府縣在學生員均同一試場考試,而各府、縣學試題不同,故云一日數學。
[34] 囁嚅,竊竊私語。東方朔《七諫·怨世》:"改前聖之法度兮,喜囁嚅而妄作。"王逸註:"囁嚅,小語謀私貌也。"
[35] 問所目,意思是問出何題目。
[36] 麗立,並立。麗,偶。
[37] 倚語,偏過身來和别人講話。
[38] 越規,犯規。越,踰。
[39] 溲溺,小便。
[40] 侵漁所費,吞没了置辦坐席的費用。
[41] 舒,伸。
[42] 折仆,坐席斷折使人前跌於地。
[43] 更號,調换坐位。
[44] 跛踦,偏斜。《禮記·禮器》:"有司跛倚以臨祭,其爲不敬大矣。"孫希旦集解云:"立而偏任一足曰跛,依物爲倚。"按:踦,倚也。此處作字體偏斜不整解。
[45] 重懷挾之禁,嚴厲禁止挾帶。
[46] 不幸坐漏痕承簷所在,意思是不幸坐在漏雨的地方或屋簷下。
[47] 主司,主試官。
[48] 宿學,積學之士。《史記·老莊申韓列傳》:"雖當世宿學,不能自解免也。"
[49] 俛行,低頭而行。俛,同"俯"。
[50] 暑暍(hē 喝),暑熱。
[51] 小試,科歲考。
[52] 而房司二句:房司,房官。鄉會試卷皆按考生所習經,分房校閲。視各經卷數多少不等,分爲若干房,每房由一人負責校閲試卷,擇優以薦於主考官,決定去取。房官由主考於教官、推官、知縣中聘任,故云皆簿書獄訟之餘。
[53] 改而從句:謂改而學王鏊、唐順之等成化、弘治時先賢之文。王鏊,字守溪,吴縣(今江蘇省蘇州市)人,成化(明憲宗年號)間鄉會試皆第一,著有《震澤集》等,成化、弘治(明孝宗年號)間被譽爲"時文正宗"。唐順之,字應德,號荆川,武進(今江蘇省常州市,舊爲毘陵郡治)人,嘉靖(明世宗年號)中會試第一,古文時文均爲明中葉一大宗,著有《荆川集》。震澤,太湖舊稱。先正,先賢。
[54] 公、穀,指《公羊傳》、《穀梁傳》。韓、歐、蘇、曾,指韓愈、歐陽修、蘇洵、蘇軾、蘇轍、曾鞏。
[55] 登賢書,鄉試中式。《周禮·地官》:"鄉老及鄉大夫羣吏,獻賢能之書於王,王再拜受之,登於天

府，内史貳之。”後世乃稱鄉試中式爲登賢書。

[56] 制藝，八股文。亦稱爲“時文”。鶴灘，錢福號鶴灘，與王守溪齊名，有“錢王”之稱。弘、正、嘉、隆，指弘治、正德、嘉靖、隆慶。

[57] 六籍子史，六經及子書、史書。

[58] 濂、洛、關、閩，指宋代理學家周敦頤、程顥、程頤、張載、朱熹。周敦頤，字茂叔，道州營道(今湖南省道縣)濂溪人，知南康軍(今江西省南康縣)，時稱濂溪先生，著有《通書》等，爲宋理學之宗。程顥、程頤，洛陽人。顥字伯淳，舉進士，歷官上元(今江蘇省南京市)簿、晉城(今山西省晉城縣)令，以道學稱，號明道先生；頤字正叔，著《易傳》、《春秋傳》，學者出其門最多，號伊川先生。張載，字子厚，郿縣(今陝西省郿縣)横渠鎮人。嘉祐(宋仁宗年號)間舉進士，熙寧(宋神宗年號)時爲崇政殿校書，尋屏居關中南山與諸生講學，號横渠先生。著《易説》等。朱熹，字元晦，婺源(今江西省婺源縣)人，僑居建州(今福建省建甌縣)，紹興(宋高宗年號)進士，官至寶文閣待制。宋代理學至熹而集其大成。晚年講學於建陽之考亭。言理學者合稱爲濂、洛、關、閩。

[59] 陰陽、兵、律，指陰陽家學説及兵書、律曆。

[60] 山經、地志，地理書。

[61] 浮屠，舊稱佛教徒爲浮屠氏，佛經爲浮屠經，佛塔爲浮屠。此處指佛經。

[62] 敭歷，謂仕宦所經歷。蔣伸《授李珏揚州節度使制》：“敭歷斯久，聲猷益光。”敭，古揚字。

[63] 昌言交拜，《尚書・大禹謨》：“禹拜昌言。”《孔傳》：“昌，當也，以益言爲當，故拜受而然之。”

[64] 文繡，美衣。《孟子・告子》：“令聞廣譽施於身，所以不願人之文繡也。”朱註：“文繡，衣之美者也。”

[65] 臺池鼓鍾，園林、音樂。

[66] 溘先逝者，先死者。《楚辭・九章・惜往日》：“寧溘死而流亡兮。”洪興祖補註：“溘，奄忽也。”後因稱人死曰溘逝。

[67] 塵，此處作“污”解。

[68] 形主司短長，暴露主考官的缺點。

[69] 騶兒，艾南英長子，名斯騶，生於明神宗萬曆四十三年(一六一五)。時，南英三十三歲。

[70] 司理，亦作司李，即推官。宋太祖開寶六年(九七三)，設諸州司寇參軍，以新進士及選人擔任，後改爲司理，掌獄訟勘鞫。令尹，明清時對知縣的稱呼。司理、令尹，均指指派的鄉試房考官。擯，棄絶，排斥。

[71] 詭遇，《孟子・滕文公》：“吾爲之範我馳驅，終日不獲一；爲之詭遇，一朝而獲十。”此謂打獵時不按規矩，縱横馳騁以追逐禽獸。後遂稱以不正當的方法追求功名富貴爲詭遇。白居易《適意》詩：“直道速我尤，詭遇非吾志。”

徐弘祖文

徐弘祖,字振之,别號霞客,江陰(今江蘇省江陰縣)人。生於公元一五八六年(明神宗萬曆十四年),卒於公元一六四一年(思宗崇禎十四年)。幼喜博覽古今史籍及輿地志、山海圖經等書。及壯,無意於仕進,遂漫遊各地,蒐訪奇山水。自二十二歲至逝世前,三十餘年間,足跡遍歷今華東、華北及西南等地。並將其經歷一一記述,後編爲《徐霞客遊記》。

《徐霞客遊記》有十卷、十二卷、二十卷本數種。爲作者按日記述三十年間旅途觀察所得。文筆生動,記載精詳,在攀奇涉勝的敍寫中,反映了祖國河山的壯麗和作者對大自然的熱愛。它不僅是一部著名的地理著作,而且也是一部文字簡潔活潑,内容豐富的文學作品。

遊黄山後記

【解題】 黄山是我國著名的風景區,在皖南歙縣境内。有三十六峯,其中以天都、蓮花二主峯景色最佳。本文着重描繪天都、蓮花千巖競秀、松濤雲海的動人景色。

戊午九月初三日[1] 出白岳榔梅菴[2],至桃源橋,從小橋右下,陡甚,即舊向黄山路也[3]。七十里,宿江邨[4]。

初四日 十五里,至湯口[5]。五里,至湯寺[6],浴於湯池[7]。扶杖望硃砂菴而登[8]。十里,上黄泥岡,向時雲裏諸峯,漸漸透出,亦漸漸落吾杖底。轉入石門[9],越天都之脅而下[10],則天都、蓮花二頂[11],俱秀出天半。路旁一岐東上,乃昔所未至者,遂前趨直上,幾達天都側。復北上,行石罅中,石峯片片夾起,路宛轉石間,塞者鑿之,陡者級之[12],斷者架木通之,懸者植梯接之。下瞰峭壑陰森,楓松相間,五色紛披,燦若圖繡。因念黄山當生平奇覽,而有奇若此,前未一探,兹遊快且愧矣。時夫僕俱阻險行後,余亦停弗上,乃一路奇景,不覺引余獨往。既登峯頭,一菴翼然,爲文殊院[13],亦余昔年欲登未登者。左天都,右蓮花,背倚玉屏風[14]。兩峯秀色,俱可手擥。四顧奇峯錯列,衆壑縱横,真黄山絶勝處!非再至,焉知其奇若此?遇遊僧澄源至[15],興甚勇。時已過午,奴輩適至。立菴前,指點兩峯,菴僧謂:"天都雖近而無路,蓮花可登而路遥,祇宜近盼天都,明日登蓮頂。"余不從,决意遊天都,挾澄源、奴子[16],仍下峽路。至天都側,從流石蛇行而上,攀草牽棘,石塊叢起則歷塊,石崖側削則援崖,每至手足無可着處,澄源必先登垂接。每念上既如此,下何以堪?終亦不顧。歷險數次,遂達峯頂,惟一石頂,壁起猶數十丈,澄源尋視其側,得級,挾予以登[17],萬峯無不下伏,獨蓮花與抗耳。時濃霧半作半止,每一陣至,則對面不見。眺蓮花諸峯,多在霧中。獨上天都,予至其前,則霧徙於後;予越其右,則霧出於左。其松猶有曲挺縱横者,柏雖大幹如臂,無不平貼石上如苔蘚然。山高風鉅[18],霧氣去來無定,下盼諸峯,時出爲碧嶠[19],時没爲銀海[20]。再眺山下,則日光晶晶,别一區宇也。日漸暮,遂前其足,手向後據地,坐而下脱,至險絶處,澄源並肩手相接。度險下至山坳,暝色已合,復從峽度棧以上,止文殊院。

初五日 平明[21],從天都峯坳中北下二里,石壁岈然[22],其下蓮花洞[23],正與前坑石笋對峙[24]，一塢幽然。別澄源下山，至前歧路側，向蓮花峯而趨。一路沿危壁西行，凡再降升，將下百步雲梯，有路可直躋蓮花峯[25]，既陟而磴絶，疑而復下。隔峯一僧高呼曰："此正蓮花道也！"乃從石坡側度石隙，徑小而峻，峯頂皆巨石鼎峙[26]，中空如室，從其中迭級直上，級窮洞轉，屈曲奇詭，如下上樓閣中，忘其峻出天表也[27]。一里，得茅廬，倚石罅中，方徘徊欲升，則前呼道之僧至矣。僧號凌虚，結茅於此者，遂與把臂陟頂[28]。頂上一石，懸隔二丈，僧取梯以度，其巔廓然。四望空碧，即天都亦俯首矣。蓋是峯居黄山之中，獨出諸峯上，四面巖壁環聳，遇朝陽霽色，鮮映層發，令人狂叫欲舞。久之，返茅菴。凌虚出粥相餉[29]，啜一盂。乃下至岐路側，過大悲頂[30]，上天門[31]。三里，至煉丹臺[32]，循臺嘴而下。觀玉屏風、三海門諸峯[33]，悉從深塢中壁立起。其丹臺一岡中垂，頗無奇峻，惟瞰翠微之背[34]，塢中峯巒錯聳，上下周映，非此不盡瞻眺之奇耳。還過平天矼[35]，下後海[36]，入智空菴，别焉。三里，下獅子林[37]，趨石笋矼[38]，至向年所登尖峯上，倚松而坐，瞰塢中峯石迴攢[39]，藻繢滿眼[40]，始覺匡廬[41]、石門[42]，或具一體[43]，或缺一面[44]，不若此之閎博富麗也。久之，上接引崖，下眺塢中，陰陰覺有異。復至岡上尖峯側，踐流石，援棘草，隨坑而下，愈下愈深，諸峯自相掩蔽，不能一目盡也。日暮，返獅子林。

初六日　别霞光[45]，從山坑向丞相原[46]。下七里，至白沙嶺[47]，霞光復至，因余欲觀牌樓石[48]，恐白沙菴無指者[49]，追來爲導。遂同上嶺，指嶺右隔坡，有石叢立，下分上並，即牌樓石也。余欲逾坑溯澗，直造其下，僧謂："棘迷路絶，必不能行，若從坑直下丞相原，不必復上此嶺，若欲從仙燈而往[50]，不若即由此嶺東向。"余從之，循嶺脊行。嶺横亙天都、蓮花之北，狹甚，旁不容足，南北皆崇峯夾映。嶺盡北下，仰瞻右峯羅漢石，圓頭禿頂，儼然二僧也。下至坑中，逾澗以上。共四里，登仙燈洞。洞南向，正對天都之陰，僧架閣連板於外，而内猶穹然[51]，天趣未盡刊也[52]。復南下三里，過丞相原，山間一夾地耳。其菴頗整，四顧無奇，竟不入。復南向循山腰行五里，漸下，澗中泉聲沸然，從石間九級下瀉，每級一下，有潭淵碧，所謂九龍潭也[53]。黄山無懸流飛瀑，惟此耳。又下五里，過苦竹灘[54]，轉循太平縣路[55]，向東北行。

乾隆刻本《徐霞客遊記》第一册上

【註釋】

[1] 戊午，明萬曆四十六年(一六一八)。

[2] 白岳，山名，在黄山西南。

[3] 即舊句：指萬曆四十四年(一六一六)作者初遊黄山時所走之路。

[4] 江邨，鎮名，在黄山東北。

[5] 湯口，鎮名，在黄山脚下，是上山必經之處。

[6] 湯寺，即祥符寺，因靠近湯泉，故俗稱湯寺。

[7] 湯池，即湯泉。

[8] 硃砂菴，在硃砂峯下，又名慈光寺。

[9] 石門，峯名。

[10] 天都,天都峯。
[11] 蓮花,蓮花峯。與天都並稱黄山兩大峯。
[12] 陡者級之,陡的地方就鑿出石級來。
[13] 文殊院,寺名,在天都、蓮花兩峯之間。
[14] 玉屏風,即玉屏峯。
[15] 遊僧,遊方和尚。
[16] 奴子,奴僕。
[17] 挾,此處作扶持解。
[18] 鉅,同巨。
[19] 碧嶠,因滿山松柏,青翠蔚然,故稱"碧嶠"。嶠,山鋭而高。
[20] 銀海,因雲霧瀰漫似大海波濤,故稱銀海。
[21] 平明,天正明。《史記·留侯世家》:"平明,與我會此。"
[22] 岈(yā 呀)然,山谷深空貌。
[23] 蓮花洞,在蓮花峯下。
[24] 石笋,峯名。
[25] 躋,登。
[26] 鼎峙,如鼎之三足而立。
[27] 天表,天上。班固《西都賦》:"若遊目於天表,似無依而洋洋。"
[28] 把臂,挽臂。《後漢書·吕布傳》:"相待甚厚,臨别把臂言誓。"
[29] 相餉,指招待。
[30] 大悲頂,山峯名。
[31] 上天門,在天都峯脚。
[32] 煉丹臺,在煉丹峯上。相傳黄帝曾在此煉丹仙去,故名。
[33] 三海門,峯名,在石門峯與煉丹峯之間。
[34] 翠微,峯名,在清潭峯北。
[35] 平天矼,在煉丹峯。
[36] 後海,地名。
[37] 獅子林,在煉丹峯左。
[38] 石笋矼,在始信峯上。
[39] 迴攢,曲折簇聚。
[40] 藻績,即藻繪,文采。《文心雕龍·原道》:"龍鳳以藻繪呈瑞。"此處指山下的五光十色。
[41] 匡廬,指江西廬山。
[42] 石門,浙江青田縣的石門山。
[43] 具一體,具備黄山的某一體。
[44] 缺一面,缺少黄山的某一方面。
[45] 霞光,僧名。
[46] 丞相原,在石門峯、鉢盂峯之間。相傳宋理宗丞相程元鳳曾在此讀書,故名。

[47] 白沙嶺，在皮篷嶺與丞相原之間。
[48] 牌樓石，即天牌石，俗稱“仙人榜”。
[49] 白沙菴，在白沙嶺下。
[50] 仙燈，洞名，在鉢盂峯下。
[51] 穹然，大且深也。
[52] 天趣句：天然之致没有失掉。刊，削除。
[53] 九龍潭，在丞相原附近。
[54] 苦竹灘，即苦竹溪，在九龍潭下。
[55] 太平縣，今安徽省太平縣。

楚遊日記

【解題】 本文是《楚遊日記》中探訪麻葉洞的一則日記。這則日記，不僅使我們看到湖南茶陵山水的險奇壯麗，而且也反映了作者不畏艱險，窮究奇境的毅力。

十七日[1]。

仍由新菴北下龍頭嶺[2]，共五里，至絡絲潭下。先是，予按志有秦人三洞[3]，上洞惟石門不可入，予既得東、西兩洞[4]，無從覓所謂上洞者。土人曰：“絡絲潭北有上清潭，洞門甚隘。水由中出，人不能入，入即有奇勝。此洞與麻葉洞，俱神龍蟄處，非惟難入，亦不敢入也。”予聞之益喜甚。既過絡絲潭，不渡澗，即依西麓下。蓋渡澗爲東麓，雲陽之西也，棗核故道[5]；不渡澗爲西麓，大嶺、洪碧之東也。

出把七道，北半里，至上清潭，洞即在路之下、澗之上。門東向，夾如合掌。水由洞出，有三派[6]：自洞後者，匯而不流；由洞左者，乃洞南旁竇出[7]，甚急。逾洞左急流，即當伏水入[8]。導者止供炬，無肯爲前驅者。予解衣，伏水蛇行以進。石隙低而隘，水没大半，必身伏水中，手擎炬[9]，平出水上，乃得入。西入二丈，隙始高裂丈餘，南北横裂者亦三丈，然都無入處。惟直西一竇，闊一尺五寸，高二尺；水没其中者如所闊，隙餘水面，僅得尺之半。計匍匐水中，必口鼻俱濡水[10]。且以炬探之，貼隙頂入，猶半爲水漬。時顧僕守衣洞外，若泅水入，誰爲遞炬者？身可由水，炬豈能由水耶？况秦人洞水[11]，予雖没浸股膝，温然可近；此水獨寒，而洞當風口，颼颼尤厲。風兼水逼，火復阻道，捨之出。爇火洞門久之[12]。復循西麓隨水北，已在棗核嶺西矣。

去上清三里，得麻葉洞，洞在麻葉灣；西大嶺，南洪碧，東即雲陽、棗核之支[13]，北則棗核西垂也[14]。大嶺東轉，正東澗下流，夾峙如門。當門一石峯聳突，曰將軍嶺。澗搗其西，而棗核一支，西至此盡。澗西有石崖，南向，東瞰澗中[15]；大嶺一支，亦東至此盡。迴崖之下，開一隙，淺不能入。崖前有小溪，自西而東入大澗。循小溪至崖西亂石間，水窮於下，竅啓於上[16]，即麻葉洞。

洞口南向，僅斗大，在石隙中轉折數級下。初覓導，亦俱以炬應，無敢導者，且曰：“此中有神龍奇鬼，非符術不能服。”最後以重資覓一人，將脱衣，問予乃儒，非法士，驚出曰：

"予以爲大師[17],故縱膽入。豈能身狥汝耶[18]?"予乃寄行李前村,與顧僕各持數炬入。村民隨至洞口者數十人,皆莫能從。予兩人乃以足先入,歷級轉竇遞炬下。數轉達洞底,洞稍寬,可側身舒首,乃以炬前向,其東西裂隙,俱無入處。直北一穴,低僅尺,闊等,下甚平燥。先以炬,後蛇伏進,背腹摩貼[19],足後聳[20],乃度此内洞第一關。内,裂隙既高,東西横亘,然亦無入處。又度第二關,低隘與前齊規[21],進法亦如之。既入,内層亦横裂。西南裂者,不甚深;其東北裂處,上一石坳[22],忽又縱裂起,上穹下狹[23],高不見頂。至此,石幻殊形,膚理頓易[24],片竅俱欲生動。其西北之峽,漸入漸束,内夾一縫,不能容炬。轉從東南峽,仍下一坳。其底沙石平鋪,如澗底潔溜[25],乾燥鮮水,峽東南盡處,亂石轟駕[26],疊成樓臺。由其隙,皆可攀躋上[27]。其上石竇一縷,直徹洞頂;光由隙中下射,宛如鈎月。澗底南通;覆石低壓,高僅尺許,此必前通洞外,澗所從入者。由層石下,北循澗底入,隘低甚,與外二關相似。稍從其西,攀上一石隙,北轉而東,若度鞍歷嶠[28]。兩壁石色石質,光瑩欲滴,垂柱倒蓮,紋同雕刻。東下一級,復值澗底,已轉入隘關内。於是闢成一衖,闊二丈,高殺其五尺[29],覆石平如布幄。北馳坦底半里許,下有一石,庋出爲榻[30],檽邊明辨[31],上則蓮英下垂[32],連接成幃;四圍垂幔,大與榻並;中,圓透盤空,上穹爲頂;其後西壁,玉柱圓竪,大小不一,而色皆瑩素,紋絶刻鏤,衖中第一奇也。又直北半里,洞分上下兩層,澗底東北去,上洞登自西北。時所齎火炬[33],已去其七,恐歸途迷惘,遂割奇返[34]。抵透光處,炬裁盡[35]。洞外守視者,又增數十人,見余兩人,皆額禮稱異,且曰:"前久待不出,疑墮異吻[36]。"予各謝之。然此洞但入處多隘,其中美勝,予所見洞俱莫及,不知土人何畏入乃爾。

乃取行李於前村。隨澗北十里,抵大道。又西十里,宿黄石鋪,去茶陵西已四十里。鋪南即大嶺。北峙峯石,俱嶙峋插空[37];西南一峯尤甚,名五鳳樓。去十里而近[38],即安仁道。予早臥不及詢,明發登途,知已無及。黄石西北三十里爲高暑山,又有小暑山,俱在攸縣東[39],疑即司空山也。二山之西,高峯漸伏。茶陵江北曲,經高暑南麓而西;攸水在山北。是山,界茶、攸兩江云。

乾隆刻本《徐霞客遊記》第二册下

【註釋】

[1] 十七日,指明思宗崇禎十年(一六三七)正月十七日。在這以前,作者曾遊歷了湖南省茶陵以西的紫雲山、雲陽山、棗核嶺、龍頭嶺、絡絲潭等處。

[2] 仍由新菴,作者在遊麻葉洞前兩日即已住宿新菴。

[3] 予按句:志,指《大明一統志》。據《大明一統志》云:"秦人三洞,在茶陵縣南三十里。上洞有石門不可入。但聞有鐘磬聲,世傳秦人曾遯跡於此。"

[4] 予既句:作者前一日(十六日)曾遊秦人洞的東、西兩洞。

[5] 棗核故道,作者前兩日曾從雲陽山經棗核嶺到絡絲潭,故稱棗核故道。故道,曾經走過的路。

[6] 派,支。

[7] 竇,小洞。

[8] 伏水入，彎腰涉水進去。

[9] 擎(qíng 晴)，舉。

[10] 濡(rú 如)水，爲水所沾濕。

[11] 秦人洞水，指秦人洞中之東洞。按作者十六日日記云："又西一里，則西南谷中，四山環遶，亦成仰釜，釜底有澗，澗東西皆秦人洞也。灌莽中直下二里，至其處，澗由西洞出，入東洞。……洞內水匯成潭，深浸洞兩崖，旁無餘隙可入。循崖則路斷，從水則苦無浮槎，惟小門水入峽後，亦旁通大洞流，可揭厲入。"揭厲，《詩經・邶風・匏有苦葉》："深則厲，淺則揭。"

[12] 爇(rè 熱)火，燒火。

[13] 西大嶺三句：大嶺、洪碧、雲陽、棗核，俱麻葉洞附近山嶺名。

[14] 西垂，西麓。

[15] 瞰(kàn 看)，俯視。

[16] 水窮於下二句：謂水流到崖下爲止，崖上有洞口張開。窮，盡。竅，洞。

[17] 大師，大法師。

[18] 狥，同"殉"。

[19] 背腹摩貼，背部和腹部都貼住上下石壁，摩擦前進。

[20] 聳，聳動。

[21] 齊規，同等。

[22] 石坳(ào 傲)，陷凹的石洞。

[23] 穹(qióng 窮)，高。

[24] 膚理頓易，石紋突然改變了。膚理，此處指石紋。

[25] 潔溜，光滑。

[26] 轟駕，重疊。

[27] 躋，登。

[28] 若度鞍歷嶠(jiào 教)，好像跨過馬鞍，越過尖峭的高山。鞍和嶠在這裏都是用來形容地形的。

[29] 殺(shài 晒)，減。《周禮・地官・廩人》："詔王殺邦用。"註："猶減也。"

[30] 庋(guǐ 鬼)出爲榻，伸突出來像放着一張臥榻。庋，置。

[31] 欞(líng 靈)邊明辨，榻邊上的格子花紋，清晰可辨。欞，欞牀，有欄檻的牀。

[32] 蓮英，蓮花。英，花。《詩經・鄭風・有女同車》："顏如舜英。"傳："英，猶華也。"

[33] 齎(jī 機)，攜帶。

[34] 割奇，捨棄奇景。

[35] 裁，同"才"。

[36] 異吻，怪物的口。

[37] 嶙峋，山勢重疊的樣子。《漢書・揚雄傳》："岭巆嶙峋，洞亡涯兮。"註："嶙峋，節級貌。"

[38] 去十里而近，距離不滿十里。

[39] 攸縣，今湖南省攸縣。

魏學洢文

魏學洢,字子敬,嘉善(今浙江省嘉善縣)人。生於公元一五九六年(明神宗萬曆二十四年),卒於公元一六二五年(明熹宗天啓五年)。父魏大中,因彈劾魏忠賢而遭誣害,他也因此受到閹黨威逼,悲憤至死。平生好學,善爲文,著作有《茅簷集》。

核舟記

【解題】 本文選自《虞初新志》。它寫出了我國古代工藝美術品所曾達到的藝術高度和民間藝人的卓越才能。而且對核舟的描繪,人物的刻畫都非常細致、生動。

明有奇巧人曰王叔遠,能以徑寸之木[1],爲宮室、器皿、人物,以至鳥獸、木石,罔不因勢象形,各具情態。嘗貽余核舟一,蓋大蘇泛赤壁云[2]。

舟首尾長約八分有奇,高可二黍許。中軒敞者爲倉,箬篷覆之[3]。旁開小窗,左右各四,共八扇。啓窗而觀,雕欄相望焉。閉之,則右刻"山高月小,水落石出"[4],左刻"清風徐來,水波不興"[5],石青糁之[6]。

船頭坐三人,中峨冠而多髯者爲東坡,佛印居右[7],魯直居左[8]。蘇、黄共閱一手卷[9]。東坡右手執卷端,左手撫魯直背。魯直左手執卷末,右手指卷,如有所語。東坡現右足,魯直現左足,各微側,其兩膝相比者,各隱卷底衣褶中。佛印絶類彌勒,袒胸露乳,矯首昂視,神情與蘇黄不屬。卧右膝,詘右臂支船,而竪其左膝,左臂掛念珠倚之,珠可歷歷數也。

舟尾横卧一楫。楫左右舟子各一人。居右者椎髻仰面,左手倚一衡木,右手攀右趾,若嘯呼狀。居左者右手執蒲葵扇,左手撫爐,爐上有壺,其人視端容寂[10],若聽茶聲然。

其船背稍夷,則題名其上,文曰"天啓壬戌秋日[11],虞山王毅叔遠甫刻"[12],細若蚊足,鈎畫了了[13],其色墨。又用篆章一,文曰"初平山人",其色丹。

通計一舟,爲人五;爲窗八;爲箬篷,爲楫,爲爐,爲壺,爲手卷,爲念珠各一;對聯、題名并篆文,爲字共三十有四。而計其長曾不盈寸。蓋簡桃核修狹者爲之。

魏子詳矚既畢[14],詫曰:嘻,技亦靈怪矣哉! 莊列所載,稱驚猶鬼神者良多[15],然誰有遊削於不寸之質[16],而須麋瞭然者[17]? 假有人焉,舉我言以復於我,亦必疑其誑。今乃親睹之。繇斯以觀,棘刺之端,未必不可爲母猴也[18]。嘻,技亦靈怪矣哉!

文學古籍刊行社《虞初新志》卷十

【註釋】

[1] 徑寸之木,直徑一寸長的木頭。

[2] 大蘇泛赤壁,蘇軾泛舟遊赤壁。大蘇,蘇軾。

[3] 箬(ruò 弱)篷,箬竹葉作的船篷。

[4] "山高月小,水落石出",蘇軾《後赤壁賦》句。

[5] "清風徐來,水波不興",蘇軾《前赤壁賦》句。

[6] 石青糝之,以青色顔料塗在刻字上。

[7] 佛印,《續傳燈録》云:佛印禪師名了元,字覺老,蘇東坡謫黄州,佛印住廬山,相與酬酢往還。宋哲宗元符元年(一〇九八)去世。

[8] 魯直,黄庭堅字魯直。

[9] 手卷,横幅的書畫卷子。

[10] 視端容寂,眼睛正視(茶爐),神色平静。

[11] 天啓壬戌,明熹宗天啓二年(一六二二)。

[12] 虞山,在今江蘇省常熟縣西北,此處借指常熟。

[13] 了了,清楚。

[14] 詳矚,細看。

[15] 驚猶鬼神,驚奇得好像鬼神所造。

[16] 遊削於不寸之質,在不到一寸的材料上從事雕刻。

[17] 須麋,即鬚眉。《荀子·非相篇》:"伊尹之狀,面無須麋。"

[18] 棘刺二句:意謂在棘刺的尖端上未必不能刻成一個母猴。按,《韓非子·外儲説左上》云:有宋人在燕王面前誇説可以在棘刺之端刻一母猴。

張岱文

張岱，字宗子，又字石公，號陶庵，又號蝶庵，山陰（今浙江省紹興市）人。生於公元一五九七年（明神宗萬曆二十五年），卒於公元一六七九年（清聖祖康熙十八年）。少時，不求仕進，過着一種遊山玩水、讀書品藝的紈袴生活。明亡後避居山中，從事著述。於往昔繁華，多所追憶，所著《陶庵夢憶》、《西湖夢尋》，就是他對過去生活的片斷記録，在緬懷明王朝的感嘆之中，也流露出不少消極思想。此外著有《瑯嬛文集》、《石匱書》等。

柳敬亭説書

【解題】 本篇寫柳敬亭説書的情況，寫得生動傳神。使人不僅見到柳敬亭的動作、語態，而且可以想見其爲人。

南京柳麻子[1]，黧黑[2]，滿面疤瘤[3]，悠悠忽忽，土木形骸[4]。善説書。一日説書一回，定價一兩。十日前先送書帕下定[5]，常不得空。南京一時有兩行情人[6]，王月生[7]、柳麻子是也。

余聽其説景陽崗武松打虎白文[8]，與本傳大異。其描寫刻畫，微入毫髮，然又找截乾淨[9]，並不嘮叨。哱夬聲如巨鐘[10]。説至筋節處[11]，叱咤叫喊，洶洶崩屋[12]。武松到店沽酒，店内無人，謈地一吼[13]，店中空缸空甓[14]，皆瓮瓮有聲。閑中著色[15]，細微至此。主人必屏息静坐，傾耳聽之，彼方掉舌[16]，稍見下人呫嗶耳語[17]，聽者欠伸有倦色，輒不言，故不得強。每至丙夜[18]，拭桌剪燈，素瓷静遞[19]，欸欸言之[20]，其疾徐輕重，吞吐抑揚，入情入理，入筋入骨，摘世上説書之耳，而使之諦聽，不怕其齰舌死也[21]。

柳麻子貌奇醜，然其口角波俏[22]，眼目流利，衣服恬静，直與王月生同其婉孌[23]，故其行情正等。

《説庫》本《陶庵夢憶》卷五

【註釋】

[1] 柳麻子，即柳敬亭。因他滿臉瘢疤，所以當時人都如此稱呼他。敬亭，名逢春，泰州（今江蘇省泰縣）人。善説書，曾爲馬士英、阮大鋮的幕客，因憎恨他們的奸邪，離去。繼入左良玉幕下，良玉死後，大部時間在民間説書。當時很多著名文人都給他寫過傳記。

[2] 黧（lí 梨）黑，面色黄黑。黧，黑黄色。

[3] 疤，同"疤"。瘤（lěi 磊），疙瘩。

[4] 悠悠忽忽二句：形容柳的爲人，隨隨便便，任意放蕩，不肯修飾。《世説新語·容止》："劉伶身長六尺，貌甚醜頇而悠悠忽忽，土木形骸。"註云："劉伶字伯倫，形貌醜陋，身長六尺，然肆意放蕩，悠焉獨暢，自得一時，常以宇宙爲狹。"

[5] 送書帕，送去請柬和定金。

[6] 行情人，即非常行時的人。

[7] 王月生,當時南京名妓。《陶庵夢憶》卷八《王月生》條說:"南中勛戚大老力致之,亦不能竟一席;富商權胥得其主席半晌,先一日送書帕,非十金則五金,不敢褻訂。"

[8] 白文,南方說書分"大書"、"小書"。"大書"全是白文,不唱,重在說時的語言、表情、聲勢。"小書"則唱白并重而尤在唱。

[9] 找截乾浄,應補敘即補敘,應停止即停止,毫無拖沓鬆散之病。找,補敘。截,停止。

[10] 哱(bó 勃)夬(guài 怪),似是吆喝的意思。

[11] 筋節處,即關鍵處。

[12] 洶洶崩屋,喊聲震屋。洶洶,迅猛的喧嘩聲。

[13] 譽(páo 袍),大聲呼叫。

[14] 甓(pì 辟),本意是磚,這裏作瓦器解。

[15] 閑中著色,在一般人不經意的地方,加以渲染。

[16] 掉舌,動舌,出詞發言。

[17] 呫(chè 徹)嗶(bì 畢)耳語,附耳小語。

[18] 丙夜,夜半時分,與"子夜"、"午夜"義同。

[19] 素甆,這裏指茶盌。素,白色。甆,同"瓷"。

[20] 欵欵,徐緩。

[21] 齰(zhà 乍)舌,咬舌。《漢書·灌夫傳》:"齰舌自殺。"這裏是羞愧欲死的意思。

[22] 波俏,流利有風致,此處指柳敬亭説書口齒伶俐。

[23] 婉孌,美好。《詩經·齊風·甫田》:"婉兮孌兮,總角丱兮。"

西湖香市

【解題】 本文追記明亡以前西湖香市的熱鬧場面,並通過香市衰歇原因的敘述及杭州情況的描繪,暴露了當時社會的黑暗。

西湖香市,起於花朝[1],盡於端午。山東進香普陀者日至[2],嘉湖進香天竺者日至[3],至則與湖之人市焉,故曰香市。

然進香之人,市於三天竺,市於岳王墳,市於湖心亭,市於陸宣公祠[4],無不市,而獨湊集於昭慶寺,昭慶兩廊故無日不市者。三代八朝之骨董[5],蠻夷閩貊之珍異皆集焉[6]。至香市,則殿中甬道上下,池左右,山門内外,有屋則攤,無屋則廠[7],廠外又棚,棚外又攤,節節寸寸。凡臙脂簪珥[8],牙尺剪刀,以至經典木魚,孩兒嬉具之類,無不集。

此時春暖,桃柳明媚,鼓吹清和,岸無留船,寓無留客,肆無留釀。袁石公所謂[9]:"山色如娥,花光如頰,波紋如綾,温風如酒[10]。"已畫出西湖三月,而此以香客雜來,光景又别。士女閒都[11],不勝其村粧野婦之喬畫[12];芳蘭薌澤,不勝其合香芫荽之薰蒸[13];絲竹管絃,不勝其摇鼓欱笙之聒帳[14];鼎彝光怪[15],不勝其泥人竹馬之行情;宋元明畫,不勝其湖景佛圖之紙貴[16]。如逃如逐,如奔如追,撩撲不開,牽挽不住。數百十萬男男女女,老老少少,日簇擁於寺之前後左右者,凡四閲月方罷,恐大江以東,斷無此二地矣。

崇禎庚辰三月[17],昭慶寺火。是歲及辛巳壬午洊饑[18],民强半餓死。壬午虜鯁山東[19],香客斷絶,無有至者,市遂廢。辛巳夏,余在西湖,但見城中餓殍舁出,扛挽相屬[20]。時杭州劉太守夢謙,汴梁人,鄉里抽豐者[21],多寓西湖,日以民詞餽送[22]。有輕薄子改古詩誚之曰:"山不青山樓不樓,西湖歌舞一時休,暖風吹得死人臭,還把杭州送汴州[23]。"可作西湖實録。

《説庫》本《陶庵夢憶》卷七

【註釋】

[1] 花朝,俗傳陰曆二月十二日爲百花生日,稱爲花朝。但《翰墨記》云:洛陽風俗以二月二日爲花朝節。《熙朝樂事》等書則又以二月半爲花朝。其説不一。

[2] 普陀,山名,在浙江省舟山羣島中,是我國佛教聖地之一。

[3] 嘉湖,指今浙江省嘉興、湖州一帶。天竺,指杭州西湖之上、中、下三天竺寺。

[4] 市於岳王墳三句:岳王墳、湖心亭、陸宣公祠,三處均爲西湖遊覽勝地。岳王墳即宋岳飛墓地,在棲霞嶺下。湖心亭,在西湖中央。陸宣公祠,即唐陸贄的祠廟,在孤山麓。

[5] 三代,指夏、商、周。八朝指漢、魏及六朝。骨董,即古董。《通俗編》引《霏雪録》云:"骨董乃方言,初無定字,《晦庵語録》作汨董,今亦稱古董。"

[6] 蠻夷閩貊,指閩、粤及外洋。按,當時對外貿易主要在廣州、福州等處。

[7] 廠,屋無壁稱廠。

[8] 䏰赦,同"胭脂"。

[9] 袁石公,袁宏道號石公。

[10] 山色如娥等四句:此四句見《袁中郎全集》卷八《西湖一》。又,原文"温風如酒"句在"波紋如綾"句之上。

[11] 閒都,文雅美麗。《漢書·司馬相如傳》:"相如時從車騎,雍容閒雅,甚都。"註云:"都,閒美之稱也。"

[12] 喬畫,指婦女塗脂抹粉,裝腔作勢。

[13] 芫(yuán 元)荽(suí 雖),一種有香味的植物,俗稱香菜。

[14] 欱(hā 哈)笙,以口吹笙。聒帳,吵鬧。

[15] 鼎彝,泛指古代的青銅器。

[16] 佛圖,佛像,佛畫。

[17] 崇禎庚辰,即明崇禎十三年(一六四〇)。

[18] 辛巳、壬午,指崇禎十四、十五年(一六四一、一六四二)。洊(jiàn 薦),再。

[19] 虜鯁山東,《明史·詹兆衡傳》:"(崇禎)十四年夏,言燕齊二千里間,寇盜縱横,行旅阻絶。"鯁,同"梗",阻塞之意。

[20] 相屬,相接。

[21] 抽豐,舊社會中凡利用各種名義向親友之爲官吏者索取餽贈,稱爲抽豐或打秋風。

[22] 以民詞餽送,遇有訴訟案件,從中關説,而獲得原被告中一方錢財,作爲自已的餽送。

[23] 此詩乃改宋朝林升的《題臨安邸》:"山外青山樓外樓,西湖歌舞幾時休。暖風熏得遊人醉,直把杭州作汴州。"

西湖七月半

【解題】 本文介紹了當時杭州人七月半遊西湖的盛況，而且生動、形象地描繪了封建士大夫和所謂風雅之士的庸俗醜態。不過，作者所自詡的那種高雅生活，也還是封建文人自命清高的情調。

西湖七月半，一無可看，只可看看七月半之人。看七月半之人，以五類看之。其一，樓船簫鼓，峨冠盛筵[1]，燈火優傒[2]，聲光相亂，明爲看月而實不見月者，看之；其一，亦船亦樓，名娃閨秀，攜及童孌[3]，笑啼雜之，還坐露臺[4]，左右盼望，身在月下而實不看月者，看之；其一，亦船亦聲歌，名妓閑僧，淺斟低唱，弱管輕絲，竹肉相發[5]，亦在月下，亦看月而欲人看其看月者，看之；其一，不舟不車，不衫不幘[6]，酒醉飯飽，呼羣三五，躋入人叢，昭慶、斷橋[7]，嘄呼嘈雜[8]，裝假醉，唱無腔曲[9]，月亦看，看月者亦看，不看月者亦看，而實無一看者，看之；其一，小船輕幌[10]，净几煖爐，茶鐺旋煮[11]，素瓷靜遞[12]，好友佳人，邀月同坐，或匿影樹下，或逃囂裏湖[13]，看月而人不見其看月之態，亦不作意看月者[14]，看之。

杭人游湖，巳出酉歸[15]，避月如仇。是夕好名，逐隊争出，多犒門軍酒錢，轎夫擎燎[16]，列俟岸上。一入舟，速舟子急放斷橋[17]，趕入勝會。以故二鼓以前人聲鼓吹[18]，如沸如撼[19]，如魘如囈[20]，如聾如啞，大船小船一齊湊岸，一無所見，止見篙擊篙，舟觸舟，肩摩肩，面看面而已。少刻興盡，官府席散，皂隸喝道去[21]。轎夫叫船上人怖以關門[22]，燈籠火把如列星，一一簇擁而去。岸上人亦逐隊趕門，漸稀漸薄，頃刻散盡矣。吾輩始艤舟近岸[23]。斷橋石磴始涼，席其上，呼客縱飲。此時月如鏡新磨，山復整妝，湖復頮面[24]，向之淺斟低唱者出，匿影樹下者亦出，吾輩往通聲氣，拉與同坐。韻友來，名妓至，杯箸安，竹肉發。月色蒼涼，東方將白，客方散去。吾輩縱舟，酣睡於十里荷花之中，香氣拘人，清夢甚愜[25]。

《説庫》本《陶庵夢憶》卷七

【註釋】

[1] 峨冠，高冠。峨冠博帶是封建士大夫的服裝，這裏用以代表這些人。

[2] 優傒，倡優歌伎及奴僕。

[3] 童孌(luán 巒)，亦作孌童，美童也。

[4] 露臺，指樓船上的平臺。

[5] 竹肉相發，簫笛聲和着歌聲。竹，簫笛等竹製樂器。肉，歌喉。

[6] 幘，古代男子包髮的頭巾。

[7] 昭慶、斷橋，昭慶寺、斷橋都是西湖名勝。

[8] 嘄(xiāo 驍)呼，高聲亂嚷。

[9] 無腔曲，不成腔調的歌曲。

[10] 輕幌，細薄幃幔。

[11] 茶鐺(chēng 撑)，燒茶小鍋。

[12] 素瓷，精致雅潔的瓷杯。

[13] 裏湖,金沙堤與蘇堤東浦橋相接,北面是岳王廟,南面爲裏湖。

[14] 作意,故意做作。

[15] 巳出酉歸,巳時出城,酉時返城。巳時,約上午九時至十一時之間。酉時,約下午五時至七時之間。

[16] 擎燎,舉着火把。

[17] 速,催促。

[18] 鼓吹,音樂聲。

[19] 如沸如撼,如水沸聲,如物體震撼聲。

[20] 如魘如囈,如夢魘,如囈語。

[21] 皂隸,官署中的衙役。

[22] 怖以關門,以關城門來恐嚇遊人,使其早歸。

[23] 艤舟近岸,擺船靠岸。

[24] 頮(huì 會)面,洗面。指湖面重新呈現出明潔的樣子。

[25] 愜,適意。

張溥文

張溥,字天如,太倉(今江蘇省太倉縣)人。生於公元一六〇二年(明神宗萬曆三十年),卒於公元一六四一年(明思宗崇禎十四年)。崇禎四年進士。"復社"的發起人之一。著有《七録齋詩文合集》,輯有《漢魏六朝百三名家集》等書。

五人墓碑記

【解題】 本文通過對明熹宗天啓七年(一六二七)蘇州市民抗暴運動的敍述,歌頌了蘇州市民不畏強暴,不怕犧牲,敢於向惡勢力鬬争的精神,表現了作者對被殺害者的敬仰與悼念。

五人者,蓋當蓼洲周公之被逮[1],激於義而死焉者也。至於今,郡之賢士大夫請於當道,即除逆閹廢祠之址以葬之[2],且立石於其墓之門以旌其所爲[3]。嗚呼,亦盛矣哉!

夫五人之死,去今之墓而葬焉,其爲時止十有一月耳。夫十有一月之中,凡富貴之子,慷慨得志之徒,其疾病而死,死而湮没不足道者亦已衆矣[4],況草野之無聞者歟[5]?獨五人之皦皦[6],何也?予猶記周公之被逮,在丁卯三月之望[7]。吾社之行爲士先者[8],爲之聲義,斂貲財以送其行[9],哭聲震動天地。緹騎按劍而前[10],問:"誰爲哀者?"衆不能堪,抶而仆之[11]。是時大中丞撫吴者爲魏之私人[12],周公之逮所由使也。吴之民方痛心焉,於是乘其厲聲以訶[13],則譟而相逐。中丞匿於溷藩以免[14]。既而以吴民之亂請於朝,按誅五人:曰顔佩韋、楊念如、馬杰、沈揚、周文元,即今之傫然在墓者也[15]。

然五人之當刑也,意氣揚揚,呼中丞之名而詈之,談笑以死。斷頭置城上,顔色不少變。有賢士大夫發五十金,買五人之脰而函之[16],卒與屍合。故今之墓中,全乎爲五人也。嗟乎!大閹之亂,縉紳而能不易其志者[17],四海之大,有幾人歟?而五人生於編伍之間[18],素不聞詩書之訓,激昂大義,蹈死不顧,亦曷故哉?且矯詔紛出[19],鈎黨之捕遍於天下[20],卒以吾郡發憤一擊,不敢復有株治[21],大閹亦逡巡畏義,非常之謀[22],難於猝發,待聖人之出而投環道路[23],不可謂非五人之力也。

由是觀之,則今之高爵顯位,一旦抵罪,或脱身以逃,不能容於遠近,而又有翦髮杜門[24],佯狂不知所之者,其辱人賤行,視五人之死,輕重固何如哉!是以蓼洲周公忠義暴於朝廷[25],贈諡美顯[26],榮於身後,而五人亦得以加其土封[27],列其姓名於大堤之上。凡四方之士,無有不過而拜且泣者,斯固百世之遇也。不然,令五人者保其首領,以老於户牖之下[28],則盡其天年,人皆得以隸使之[29],安能屈豪傑之流,扼腕墓道[30],發其志士之悲哉!故予與同社諸君子,哀斯墓之徒有其石也,而爲之記,亦以明死生之大,匹夫之有重於社稷也。

賢士大夫者:冏卿因之吴公[31],太史文起文公[32]、孟長姚公也[33]。

明刊本《七録齋詩文合集·古文存稿》卷三

【註釋】

[1] 蓼洲周公,周順昌號蓼洲,江蘇吴縣人。熹宗時,被宦官魏忠賢陷害,死於獄中。

[2] 逆閹,指宦官魏忠賢。

[3] 旌,表揚。

[4] 湮没,埋没。

[5] 草野之無聞者,民間不著名的人。草野原指鄉野,此處指民間。

[6] 皦(jiǎo 皎)皦,同"皎皎",光明貌。

[7] 丁卯三月之望,明熹宗天啓七年(一六二七)三月十五日。按,《明史》載周順昌被逮,在熹宗天啓六年(丙寅)三月,本文説是天啓七年三月。查張溥作此文,距周順昌被逮爲時甚短,當較史載可靠。從之。

[8] 吾社,指作者和郡中名士所倡建的"復社"。

[9] 聲義,伸張正義。斂貲財,募集款項。貲,同"資"。

[10] 緹騎,本指古代貴官的侍從,此指明代專事偵查、逮捕人犯的差役。

[11] 抶(chì 赤)而仆之,把他們打倒在地。

[12] 大中丞,指巡撫毛一鷺。按,中丞爲漢御史臺的長官。明代制度,以副都御史或僉都御史放到外省任巡撫,故稱巡撫爲中丞。

[13] 訶,責罵。

[14] 溷(hùn 混)藩,厠所。

[15] 傫然,相并相集貌。

[16] 脰,頸項,這裏指頭。函,以棺收斂。

[17] 縉紳,亦作搢紳。指搢笏(將笏插於腰帶)、垂紳(垂着帽帶)的人,即士大夫。

[18] 編伍,指人民。古時編制平民户口,五家爲一伍。

[19] 矯詔,假託皇帝名義頒發的詔書。

[20] 鉤黨,牽引爲同黨。《後漢書・靈帝紀》:"皆爲鉤黨下獄。"按,明天啓間魏忠賢大興黨獄,陷害東林黨人黄尊素、李應昇、繆昌期、高攀龍等一百八十餘人。

[21] 株治,牽連治罪。

[22] 非常之謀,篡奪帝位的陰謀。

[23] 待聖人之出而投環道路,等到明思宗即位,(魏忠賢)就在路上自縊了。按,崇禎元年,放逐魏忠賢於鳳陽,不久復召還,魏忠賢乃自縊於阜城驛。

[24] 翦髮杜門,剃髮爲僧,閉門不出。

[25] 暴,表白。

[26] 贈謚美顯,指明思宗謚周順昌"忠介"而言。

[27] 加其土封,增修他們的墳墓。

[28] 户牖之下,家中。户,門户;牖,窗牖。

[29] 隸使,當奴僕加以驅使。

[30] 扼腕,用手握腕以示惋惜、悲憤。

[31] 冏(jiǒng 炯)卿因之吴公,冏卿,太僕寺卿。周穆王置太僕正,命伯冏爲之,故以爲借代。因之吴

公,吴默字因之,吴江人,萬曆時爲太僕少卿。

[32] 太史文起文公,文震孟,字文起,天啓中殿試第一,授翰林院編修,故稱太史,官至東閣大學士。

[33] 孟長姚公,姚希孟字孟長,萬曆進士,授翰林檢討,故亦稱太史。

夏完淳文

作者介紹見前詩歌部份。

獄中上母書

【解題】 清順治四年(一六四七)夏間,夏完淳因魯王(朱以海)遥授爲中書舍人而上表謝恩之事,爲清廷發覺,遭到逮捕,解往南京。此書乃作者在南京獄中,寫給其嫡母盛氏的絶筆。一面以瑣瑣家事,諄諄囑託,流露出對家人的依戀不捨之情;另一面卻又將恢復大志放在兒女私情之上,不以後嗣爲念,並表示要"報仇在來世",體現了作者視死如歸的氣概。但由於作者出身於封建士大夫的家庭,承受了系統的封建教養,也就使他的作品帶上了濃厚的封建色彩。

不孝完淳今日死矣!以身殉父,不得以身報母矣!

痛自嚴君見背[1],兩易春秋[2]。冤酷日深[3],艱辛歷盡。本圖復見天日,以報大仇,卹死榮生[4],告成黄土[5];奈天不佑我,鍾虐先朝[6],一旅纔興,便成齏粉[7]。去年之舉[8],淳已自分必死[9],誰知不死,死於今日也。斤斤延此二年之命[10],菽水之養無一日焉[11]。致慈君託跡於空門[12],生母寄生於别姓[13]。一門漂泊,生不得相依,死不得相問。淳今日又溘然先從九京[14]。不孝之罪,上通於天。嗚呼!雙慈在堂,下有妹女。門祚衰薄[15],終鮮兄弟[16]。淳一死不足惜,哀哀八口,何以爲生?雖然,已矣,淳之身,父之所遺;淳之身,君之所用。爲父爲君,死亦何負於雙慈!但慈君推乾就溼[17],教禮習詩,十五年如一日,嫡母慈惠[18],千古所難。大恩未酬,令人痛絶!

慈君託之義融女兄[19],生母託之昭南女弟[20]。淳死之後,新婦遺腹得雄[21],便以爲家門之幸。如其不然,萬勿置後[22]!會稽大望[23],至今而零極矣!節義文章,如我父子者幾人哉?立一不肖後如西銘先生[24],爲人所詬笑,何如不立之爲愈耶?嗚呼!大造茫茫[25],總歸無後。有一日中興再造,則廟食千秋[26],豈止麥飯豚蹄,不爲餒鬼而已哉[27]!若有妄言立後者,淳且與先文忠在冥冥誅殛頑嚚[28],決不肯捨!兵戈天地,淳死後,亂且未有定期。雙慈善保玉體,無以淳爲念。二十年後,淳且與先文忠爲北塞之舉矣[29]!勿悲勿悲!相託之言,慎勿相負!武功甥將來大器[30],家事盡以委之。寒食盂蘭[31],一杯清酒,一盞寒燈,不至作若敖之鬼[32],則吾願畢矣!新婦結褵二年[33],賢孝素著,武功甥好爲我善待之,亦武功渭陽情也[34]。

語無倫次,將死言善[35],痛哉痛哉!人生孰無死?貴得死所耳!父得爲忠臣,子得爲孝子。含笑歸太虚[36],了我分内事。大道本無生[37],視身若敝屣。但爲氣所激,緣悟天人理[38]。惡夢十七年,報仇在來世。神遊天地間,可以無愧矣!

中華書局排印本《夏完淳集》卷八

【註釋】

[1] 嚴君,《易·家人》:"家人有嚴君焉,父母之謂也。"後專用以稱父。見背,下世,專指親死,謂離我

而去也。夏完淳父名允彝,字彝仲,别號瑗公。與陳子龍、何剛、徐孚遠、王光承等七十二人結幾社於松江。崇禎十年(一六三七)進士,授福建長樂縣知縣,後丁母憂歸家。順治二年(一六四五),南都失,八月間,與沈猶龍、陳子龍等起兵松江,兵敗,自沉於松塘而死。

[2] 易,更换。兩易春秋,已經過了兩年。作者被捕在順治四年(一六四七)夏間,距離夏允彝死的時間,正當兩年。

[3] 酷,慘痛。此句謂冤仇與慘痛一天深似一天。

[4] 邺(xù 序),或作"卹",本義賑救,這裏指朝廷對死難者贈官賜謚及賜葬賜祭等。榮生,指朝廷對死者遺族的封蔭。

[5] 告成,《詩經・大雅・江漢》:"經營四方,告成於王。"疏:"告其成功於宣王也。"黄土,猶言地下。此句謂復明功成後,當祭告死去的父親。

[6] 鍾,聚集。虐,災難。先朝,指明朝。

[7] 齏(jī 基)粉,比喻粉身碎骨。此處指軍隊潰散敗亡。

[8] 去年之舉,指順治三年(一六四六)作者和陳子龍、錢旃歃血爲盟,共謀倡義,上書魯王,魯王遥授中書舍人,參謀太湖吴易軍事。易敗被執,作者隻身流竄,隱匿民間。

[9] 自分(fèn 忿),自料,自甘。《漢書・李廣蘇建傳》:"武曰:'自分已死久矣。'"

[10] 斤斤,明察貌。不必要的計較謂之斤斤較量,此處作多事、多餘解。

[11] 菽水之養,孝養父母。《禮記・檀弓》:"啜菽飲水盡其歡,斯之謂孝。"

[12] 慈君,即慈母。此處指作者的嫡母盛氏。空門,佛門。因佛教以空法爲入涅槃之門。《智度論》:"涅槃城有三門,所謂空、無相、無作。"

[13] 生母,指作者生身之母陸氏。

[14] 溘(kè 刻)然,奄忽、忽然。九京,即九原,地下。《禮記・檀弓》:"是全要領以從先大夫於九京也。"鄭註:"晉卿大夫之墓地在九原。'京'蓋字之誤,當爲'原'。"

[15] 門祚,家運。

[16] 終鮮兄弟。言無兄弟。語出《詩經・鄭風・揚之水》。

[17] 推乾就溼,形容父母撫育子女之勞苦。《孝經援神契》:"母之於子也,鞠養殷勤,推燥居溼,絶少分甘。"

[18] 嫡母,《稱謂録》引《塗説》:"妾生之子,稱父之正妻爲嫡母。"此處謂盛氏以嫡母而慈愛如此,實千古所難。

[19] 義融女兄,指夏完淳之姊夏淑吉。《太倉州志》:"夏淑吉,字美南,華亭夏允彝女,能詩。適嘉定侯岐曾仲子洵,年二十一而寡。生子檠(即武功),甫周歲,而岐曾、峒曾及子演、潔俱以守城死。改名荆隱,結廬曹溪、龍江間,兩家奔命,賴以棲止。"

[20] 昭南女弟,指作者之妹夏惠吉,字昭南,又號蘭隱,亦能詩。

[21] 新婦,指作者之妻錢秦篆,嘉善錢旃之女。時結婚剛兩年。遺腹,婦女有孕以後夫死,稱腹中胎兒爲遺腹。雄,男孩。

[22] 置後,立嗣承繼。

[23] 會稽,古郡名,治所即今浙江省紹興市。大望,大族。案夏氏先世出於晉朝夏統。統字仲御,會稽人,見《晉書・隱逸傳》。

[24] 西銘先生,謂張溥(一六〇二——一六四一)。溥字天如,太倉人,崇禎四年(一六三一)進士。少與同里張采齊名,時稱"婁東二張"。倡立復社,四方之士争走其門,影響甚大。卒時年僅四十,無子,死存遺腹,後生一女。嗣子名永錫。立嗣爲人所詬笑事不詳。

[25] 大造,指天地,即造物者的意思。

[26] 廟食,有功於國的人,死後爲之立廟祭祀。

[27] 餒(něi 腇)鬼,餓鬼。

[28] 文忠,謂作者之父夏允彝,順治二年死難,唐王稱號,贈謚文忠。頑嚚(yín 銀),頑固不化。《尚書·堯典》:"父頑母嚚。"《孔傳》:"心不則德義之經爲頑,口不道忠信之言爲嚚。"

[29] 二十年後二句:佛家輪迴之説,人死於此,復轉生於彼,二十年後又已長大成人。此謂父子二人,來世還要重舉義軍,掃清塞北,完成復明大業。

[30] 武功甥,指作者外甥侯檠,字武功,爲夏淑吉所生。嘉定人,父玄洵早逝,祖侯岐曾與伯祖峒曾均死於堅守嘉定的抗清鬭争中。大器,大才。此句是稱揚其甥將來必成大才。按:武功在順治十年(一六五三)十七歲時亦復夭折。

[31] 寒食,舊時節名。《荆楚歲時記》:"冬至後一百五日,謂之寒食。"即清明節的前一天。舊俗於寒食清明祭掃先墓。盂蘭,即盂蘭盆。梵語亦作烏藍婆拏,意譯作倒懸之意。舊時迷信,於七月十五日(中元節)作盂蘭盆會,謂可救先亡倒懸之苦。

[32] 若敖之鬼,《左傳》宣公四年:"鬼猶求食,若敖氏之鬼,不其餒而!"此爲楚令尹子文語。子文爲楚君若敖之後,憂兄之子越椒之將滅宗,故臨終時有此語。後越椒果然叛楚,楚王滅若敖氏之族。此處用作死後斷絶後嗣的意思。

[33] 結褵(lí 離),褵,一作縭。《詩經·豳風·東山》:"親結其縭。"馬瑞辰《毛詩傳箋通釋》:"結縭,謂結其蔽膝之帶。"郝懿行《爾雅義疏》引《釋名》云:"'婦人蔽膝,齊人謂之巨巾。田家婦女,出至田野,以覆其頭,故因以爲名也。'今田家嫁女,母爲施妝,名曰上頭,即繫袚於首,與《釋名》之義合。"據此,結褵,猶舊時所謂上頭,即指結婚。

[34] 渭陽情,舅甥之間的情誼。渭陽,《詩經·秦風》篇名。内容寫晉公子重耳出亡在外,秦穆公納以爲晉君,時重耳之甥秦康公爲世子,送重耳歸國至於渭水之陽而作此詩。

[35] 將死言善,《論語·泰伯》:"曾子言曰:'鳥之將死,其鳴也哀;人之將死,其言也善。'"

[36] 太虚,指天。《昭明文選·孫綽遊天台山賦》註:"太虚,謂天也。"

[37] 大道,常理。無生,佛教術語,認爲涅槃之真理,無生滅,故云無生。借以破生滅的煩惱。

[38] 天人,天道和人事。

三、小　説

馮夢龍小説

馮夢龍,明代著名的通俗文學家。字猶龍,號墨憨齋主人,別署姑蘇詞奴、顧曲散人等。長洲(今江蘇省吴縣)人。生於公元一五七四年(明神宗萬曆二年),卒於公元一六四六年(清世祖順治三年)。崇禎年間任福建壽寧縣知縣。清兵入關時,進行抗清宣傳,後憂憤而死。他很重視民間文學,做過大量的搜集、編訂和出版工作;也從事創作。所編訂的三部白話短篇小説集:《喻世明言》(初名《古今小説》)、《警世通言》、《醒世恆言》,合稱《三言》。

《三言》共有短篇小説一百二十篇,有的是宋元話本,有的是明代擬話本。《三言》在藝術上代表了我國古代白話短篇小説的成就。作品中主要反映了市民階層的生活狀况和思想感情,但也往往夾雜着封建倫理觀念、宿命論思想和色情描寫等糟粕。

沈小霞相會出師表

【解題】　本篇是以明代真人真事爲基礎寫成的作品。主要描寫以沈鍊、賈石爲代表的“忠臣”“義士”和以嚴嵩、嚴世蕃父子爲代表的奸臣之間的鬥争。作品對嚴嵩父子及其黨羽的種種罪惡行徑,作了比較深刻的揭露,反映了當時整個封建社會的腐朽黑暗,具有重要的認識意義。當然,作者在揭露封建社會某些反動本質的同時,也美化了明世宗,宣揚了封建迷信、因果報應思想,這應加以分析。故事情節曲折完整,所塑造的沈氏父子和賈石等人物,頗爲形象、生動。

閒向書齋閱古今[1],偶逢奇事感人心。忠臣翻受奸臣制,骯髒英雄淚滿襟[2]。
休解綬,慢投簪[3],從來日月豈常陰?到頭禍福終須應,天道還分貞與淫[4]。

話説國朝嘉靖年間[5],聖人在位[6],風調雨順,國泰民安。只爲用錯了一個奸臣,濁亂了朝政,險些兒不得太平。那姦臣是誰?姓嚴名嵩[7],號介溪,江西分宜人氏。以柔媚得幸,交通宦官,先意迎合,精勤齋醮[8],供奉青詞[9],由此驟致貴顯。爲人外裝曲謹,内實猜刻。讒害了大學士夏言[10],自己代爲首相,權尊勢重,朝野側目[11]。兒子嚴世蕃,由官生直做到工部侍郎[12]。他爲人更狠,但有些小人之才,博聞強記,能思善算,介溪公最聽他的説話,凡疑難大事,必須與他商量。朝中有“大丞相”、“小丞相”之稱。

他父子濟惡[13],招權納賄,賣官鬻爵[14]。官員求富貴者,以重賂獻之,拜他門下做乾兒子,即得超遷顯位。由是不肖之人,奔走如市,科道衙門[15],皆其心腹牙爪。但有與他作對的,立見奇禍,輕則杖謫[16],重則殺戮,好不利害!除非不要性命的,纔敢開口説句公道話兒;若不是真正關龍逢、比干十二分忠君愛國的[17],寧可悮了朝廷,豈敢得罪宰相!其時有無名子感慨時事[18],將《神童詩》改成四句云[19]:

少小休勤學，錢財可立身。
君看嚴宰相，必用有錢人。

又改四句道是：

天子重權豪，開言惹禍苗。
萬般皆下品，只有奉承高。

只爲嚴嵩父子恃寵貪虐，罪惡如山，引出一個忠臣來，做出一段奇奇怪怪的事蹟，留下一段轟轟烈烈的話柄[20]。一時身死，萬古名揚。正是：

家多孝子親安樂，國有忠臣世泰平。

那人姓沈，名鍊[21]，别號青霞，浙江紹興人氏。其人有文經武緯之才，濟世安民之志。從幼慕諸葛孔明之爲人。孔明文集上有《前出師表》、《後出師表》[22]，沈鍊平日愛誦之，手自抄録數百遍，室中到處粘壁。每逢酒後，便高聲背誦；念到"鞠躬盡瘁，死而後已"[23]，往往長嘆數聲，大哭而罷，以此爲常。人都叫他是狂生。嘉靖戊戌年中了進士，除授知縣之職[24]。他共做了三處知縣。那三處？溧陽，茌平[25]，清豐。這三任官做得好。真個是：

吏肅惟遵法，官清不愛錢。
豪強皆斂手，百姓盡安眠。

因他生性伉直[26]，不肯阿奉上官[27]，左遷錦衣衛經歷[28]。一到京師，看見嚴家贓穢狼藉，心中甚怒。忽一日值公宴，見嚴世蕃倨傲之狀，已自九分不像意。飲至中間，只見嚴世蕃狂呼亂叫，旁若無人，索巨觥飛酒[29]，飲不盡者罰之。這巨觥約容酒斗餘，兩坐客懼世蕃威勢，没人敢不喫。只有一個馬給事[30]，天性絶飲，世蕃固意將巨觥飛到他面前。馬給事再三告免，世蕃不依。馬給事略沾唇，面便發赤，眉頭打結，愁苦不勝。世蕃自去下席，親手揪了他的耳朵，將巨觥灌之。那給事出於無奈，悶着氣，一連幾口吸盡。不喫也罷，纔喫下時，覺得天在下，地在上，牆壁都團團轉動，頭重脚輕，站立不住。世蕃拍手呵呵大笑。

沈鍊一肚子不平之氣，忽然揎袖而起，搶那隻巨觥在手，斟得滿滿的，走到世蕃面前，説道："馬司諫承老先生賜酒，已沾醉不能爲禮，下官代他酬老先生一盃。"世蕃愕然。方欲舉手推辭，只見沈鍊聲色俱厲道："此盃别人喫得，你也喫得！别人怕着你，我沈鍊不怕你！"也揪了世蕃的耳朵灌去。世蕃一飲而盡。沈鍊擲盃於案，一般拍手呵呵大笑。唬得衆官員面如土色，一個個低着頭，不敢則聲。世蕃假醉，先辭去了。沈鍊也不送，坐在椅上，嘆道："咳！'漢賊不兩立！''漢賊不兩立！'"一連念了七八句。這句書也是《出師表》上的説話，他把嚴家比着曹操父子。衆人只怕世蕃聽見，到替他捏兩把汗。沈鍊全不爲意，又取酒連飲幾盃，盡醉方散。

睡到五更醒來，想道："嚴世蕃這廝，被我使氣，逼他飲酒，他必然記恨來暗算我。一不做，二不休，有心只是一怪，不如先下手爲強。我想嚴嵩父子之惡，神人怨怒。只因朝廷寵信甚固,我官卑職小,言而無益。欲待覷個機會,方纔下手。如今等不及了,只當做張子房在博浪沙中椎擊秦始皇[31],雖然擊他不中,也好與衆人做個榜樣。"就枕頭上思想疏稿[32],想到天明有了,起身焚香盥手,寫就表章。表上備説嚴嵩父子招權納賄,窮兇極惡,欺君悞國十大罪,乞誅之以謝天下。聖旨下道:"沈鍊謗訕大臣,沽名釣譽,着錦衣衛重打一百,發去口外爲民[33]。"

嚴世蕃差人分付錦衣衛官校,定要將沈鍊打死。喜得堂上官是個有主意的人。那人姓陸名炳[34],平時極敬重沈公的氣節;況且又是屬官,相處得好的。因此反加周全,好生打個出頭棍兒[35],不甚利害。户部注籍保安州爲民[36]。

沈鍊帶着棒瘡,即日收拾行李,帶領妻子,顧着一輛車兒,出了國門[37],望保安進發。

原來沈公夫人徐氏,所生四個兒子:長子沈襄,本府廩膳秀才[38],一向留家;次子沈衮、沈褒,隨任讀書;幼子沈袠[39],年方週歲。嫡親五口兒上路。滿朝文武,懼怕嚴家,没有一個敢來送行。有詩爲證:

一紙封章忤廟廊[40],蕭然行李入遐荒[41]。
相知不敢攀鞍送,恐觸權奸惹禍殃。

一路上辛苦,自不必説,且喜到了保安州了。那保安州屬宣府[42],是個邊遠地方,不比内地繁華。異鄉風景,舉目悽涼;況兼連日陰雨,天昏地黑,倍加慘戚。欲賃間民房居住[43],又無相識指引,不知何處安身是好。

正在徬徨之際,只見一人打着小傘前來,看見路旁行李,又見沈鍊一表非俗,立住了脚,相了一回,問道:"官人尊姓?何處來的?"沈鍊道:"姓沈,從京師來。"那人道:"小人聞得京中有個沈經歷,上本要殺嚴嵩父子,莫非官人就是他麽?"沈鍊道:"正是。"那人道:"仰慕多時,幸得相會。此非説話之處。寒家離此不遠[44],便請攜寶眷同行[45],到寒家權下,再作區處[46]。"沈鍊見他十分慇勤,只得從命,行不多路便到了。看那人家,雖不是個大大宅院,卻也精緻。那人揖沈鍊至於中堂,納頭便拜。沈鍊慌忙答禮,問道:"足下是誰?何故如此相愛?"那人道:"小人姓賈名石,是宣府衛一個舍人[47]。哥哥是本衛千户[48],先年身故無子,小人應襲[49]。爲嚴賊當權,襲職者都要重賂,小人不願爲官,託賴祖蔭[50],有數畝薄田,務農度日。數日前聞閣下彈劾嚴氏[51],此乃天下忠臣義士也。又聞編管在此[52],小人渴欲一見,不意天遣相遇,三生有幸[53]!"説罷又拜下去。沈公再三扶起,便教沈衮、沈褒與賈石相見。賈石教老婆迎接沈奶奶到内宅安置。交卸了行李,打發車夫等去了。分付莊客宰豬買酒,管待沈公一家。

賈石道:"這等雨天,料閣下也無處去,只好在寒家安歇了。請安心多飲幾盃,以寬勞頓。"沈鍊謝道:"萍水相逢[54],便承款宿[55],何以當此?"賈石道:"農莊粗糲[56],休嫌簡慢。"當日賓主酬酢[57],無非説些感慨時事的説話。兩邊説得情投意合,只恨相見之晚。

過了一宿,次早,沈鍊起身,向賈石説道:"我要尋所房子,安頓老小,有煩舍人指引。"賈石道:"要什麽樣的房子?"沈鍊道:"只像宅上這一所,十分足意了。租價但憑尊教。"賈石道："不妨事。"出去踅了一回[58]，轉來道："賃房儘有，只是齷齪低窪，急切難得中意的。閣下不若就在草舍權住幾時[59]。小人領着家小，自到外家去住[60]。等閣下還朝，小人回來，可不穩便？"沈鍊道："雖承厚愛，豈敢占舍人之宅？此事決不可。"賈石道："小人雖是村農，頗識好歹。慕閣下忠義之士，想要執鞭隨鐙[61]，尚且不能；今日天幸降臨，權讓這幾間草房與閣下作寓，也表得我小人一點敬賢之心，不須推遜。"話畢，慌忙分付莊客，推個車兒，牽個馬兒，帶個驢兒，一夥子將細軟家私搬去[62]，其餘家常動使家火都留與沈公日用。

沈鍊見他慨爽，甚不過意，願與他結義爲兄弟。賈石道："小人是一介村農，怎敢僭扳貴宦[63]。"沈鍊道："大丈夫意氣相許，那有貴賤？"賈石小沈鍊五歲，就拜沈鍊爲兄。沈鍊教兩個兒子拜賈石爲義叔。賈石也喚妻子出來，都相見了，做了一家兒親戚。賈石陪過沈鍊喫飯已畢，便引着妻子到外舅李家去訖[64]。自此沈鍊只在賈石宅子内居住。時人有詩嘆賈舍人借宅之事。詩曰：

傾蓋相逢意氣真[65]，移家借宅表情親。
世間多少親和友，競産争財愧死人。

却説保安州父老，聞知沈經歷爲上本參嚴閣老貶斥到此[66]，人人敬仰，都來拜望，争識其面。也有運柴運米相助的，也有攜酒餚來請沈公喫的，又有遣子弟拜於門下聽教的。沈鍊每日間與地方人等講論忠孝大節，及古來忠臣義士的故事，説到關心處，有時毛髮倒竪，拍案大叫；有時悲歌長嘆，涕淚交流。地方若老若少[67]，無不聳聽懽喜。或時唾駡嚴賊，地方人等齊聲附和，其中若有不開口的，衆人就駡他是不仁不義。一時高興，以後率以爲常。又聞得沈經歷文武全才，都來合他去射箭。

沈鍊教把稻草扎成三個偶人，用布包裹，一寫"唐奸相李林甫"[68]，一寫"宋奸相秦檜"[69]，一寫"明奸相嚴嵩"。把那三個偶人，做個射鵠[70]。假如要射李林甫的，便高聲駡道："李賊看箭！"秦賊、嚴賊，都是如此。北方人性直，被沈經歷哄得熱鬧了，全不慮及嚴家知道。

自古道："若要不知，除非莫爲。"世間只有權勢之家，報新聞的極多。早有人將此事報知嚴嵩父子。嚴嵩父子深以爲恨，商議要尋個事頭，殺卻沈鍊，方免其患。

適值宣大總督員缺[71]，嚴閣老分付吏部[72]，教把這缺與他門人乾兒子楊順做去。吏部依言，就將楊侍郎楊順差往宣大總督。楊順往嚴府拜辭，嚴世蕃置酒送行，席間屏人而語，託他要查沈鍊過失。楊順領命，唯唯而去。正是：

合成毒藥惟需酒，鑄就鋼刀待舉手。
可憐忠義沈經歷，還向偶人誇大口。

却説楊順到任不多時，適遇大同韃虜俺答引衆入寇應州地方[73]，連破了四十餘堡，擄去男婦無算。楊順不敢出兵救援，直待韃虜去後，方纔遣兵調將，爲追襲之計。一般篩鑼擊鼓，揚旗放炮，都是鬼弄，那曾看見半個韃子的影兒？楊順情知失機，懼罪，密諭將士，搜獲避兵的平民，將他剽頭斬首[74]，充做韃虜首級，解往兵部報功[75]。那一時，不知殺死了多少無辜的百姓。

沈鍊聞知其事，心中大怒，寫書一封，教中軍官送與楊順。中軍官曉得沈經歷是個攬禍的太歲[76]，書中不知寫甚麽説話，那裏肯與他送。沈鍊就穿了青衣小帽[77]，在軍門伺候楊順出來，親自投遞。楊順接來看時，書中大略説道：一人功名事極小，百姓性命事極大。殺平民以冒功，於心何忍？况且遇韃賊止於擄掠，遇我兵反加殺戮，是將帥之惡，更甚於韃虜矣！書後又附詩一首。詩云：

殺生報主意何如[78]？解道功成萬骨枯[79]。
試聽沙場風雨夜[80]，冤魂相唤覓頭顱。

楊順見書大怒，扯得粉碎。

卻説沈鍊又做了一篇祭文，率領門下弟子，備了祭禮，望空祭奠那些冤死之鬼；又作《塞下吟》云[81]：

雲中一片虜烽高[82]，出塞將軍已著勞。
不斬單于誅百姓[83]，可憐冤血染霜刀！

又詩云：

本爲求生來避虜，誰知避虜反戕生[84]！
早知虜首將民假，悔不當時隨虜行！

楊總督標下有個心腹指揮[85]，姓羅，名鎧，抄得此詩並祭文，密獻於楊順。楊順看了，愈加怨恨，遂將第一首詩改竄數字。詩曰：

雲中一片虜烽高，出塞將軍枉著勞。
何似借他除佞賊[86]，不須奏請上方刀[87]。

寫就密書，連改詩封固，就差羅鎧送與嚴世蕃。書中説：沈鍊怨恨相國父子，陰結死士劍客，要乘機報仇。前番韃虜入寇，他吟詩四句，詩中有借虜除佞之語，意在不軌[88]。

世蕃見書大驚，即請心腹御史路楷商議。路楷曰："不才若往按彼處[89]，當爲相國了當這件大事。"世蕃大喜，即分付都察院[90]，便差路楷巡按宣大。臨行，世蕃治酒款别，説道："煩寄語楊公，同心協力；若能除卻這心腹之患，當以侯伯世爵相酬[91]，決不失信於二公也。"

路楷領諾。不一日，奉了欽差勑令[92]，來到宣府，到任與楊總督相見了。路楷遂將世蕃所託之語，一一對楊順説知。楊順道："學生爲此事朝思暮想[93]，廢寢忘餐，恨無良策，以置此人於死地。"路楷道："彼此留心，一來休負了嚴公父子的付託，二來自家富貴的機會，不可挫過。"楊順道："説得是，倘有可下手處，彼此相報。"當日相别去了。

楊順思想路楷之言，一夜不睡；次早坐堂，只見中軍官報道："今有蔚州衛拿獲妖賊二名[94]，解到轅門外，伏聽鈞旨[95]。"楊順道："唤進來。"解官磕了頭，遞上文書。楊順拆開看了,呵呵大笑。這二名妖賊,叫做閻浩、楊胤夔,係妖人蕭芹之黨。

原來蕭芹是白蓮教的頭兒[96],向來出入虜地,慣以燒香惑衆,哄騙虜酋俺答,説自家有奇術,能咒人使人立死,喝城使城立頹。虜酋愚甚,被他哄動,尊爲國師[97]。其黨數百人,自爲一營。俺答幾次入寇,都是蕭芹等爲之嚮導,中國屢受其害。

先前史侍郎做總督時[98],遣通事重賂虜中頭目脱脱[99],對他説道:"天朝情願與你通好[100],將俺家布粟,换你家馬,名爲'馬市',兩下息兵罷戰,各享安樂,此是美事。只怕蕭芹等在内作梗,和好不終。那蕭芹原是中國一個無賴小人,全無術法,只是狡僞,哄誘你家搶掠地方,他於中取事。郎主若不信[101],可要蕭芹試其術法。委的喝得城頹,咒得人死,那時合當重用;若咒人人不死,喝城城不頹,顯是欺誑,何不縛送天朝? 天朝感郎主之德,必有重賞。'馬市'一成,歲歲享無窮之利,煞強如搶掠的勾當。"

脱脱點頭道是,對郎主俺答説了。俺答大喜,約會蕭芹,要將千騎隨之,從右衛而入[102],試其喝城之技。蕭芹自知必敗,改换服色,連夜脱身逃走,被居庸關守將盤詰[103],並其黨喬源、張攀隆等拿住,解到史侍郎處。招稱妖黨甚衆,山陝畿南[104],處處俱有。一向分頭緝捕。今日閻浩、楊胤夔亦是數内有名妖犯。楊總督看見獲解到來,一者也算他上任一功,二者要借這個題目,牽害沈鍊,如何不喜? 當晚就請路御史來後堂商議道:"别個題目擺布沈鍊不了,只有白蓮教通虜一事,聖上所最怒。如今將妖賊閻浩、楊胤夔招中,竄入沈鍊名字,只説浩等平日師事沈鍊,沈鍊因失職怨望,教浩等煽妖作幻,勾虜謀逆。天幸今日被擒,乞賜天誅,以絶後患。先用密稟,稟知嚴家,教他叮囑刑部[105],作速覆本。料這番沈鍊之命,必無逃矣。"路楷拍手道:"妙哉! 妙哉!"

兩個當時就商量了本稿[106],約齊了同時發本。嚴嵩先見了本稿及稟帖,便教嚴世蕃傳話刑部。那刑部尚書許論,是個罷軟没用的老兒[107],聽見嚴府分付,不敢怠慢,連忙覆本,一依楊、路二人之議。聖旨倒下,妖犯着本處巡按御史即時斬決。楊順蔭一子錦衣衛千户[108],路楷紀功陞遷三級,俟京堂缺推用[109]。

話分兩頭。卻説楊順自發本之後,便差人密地裏拿沈鍊下於獄中。慌得徐夫人和沈衮、沈褒没做理會,急尋義叔賈石商議。賈石道:"此必楊、路二賊爲嚴家報仇之意。既然下獄,必然誣陷以重罪。兩位公子及今逃竄遠方,待等嚴家勢敗,方可出頭。若住在此處,楊、路二賊,決不干休。"沈衮道:"未曾看得父親下落,如何好去?"賈石道:"尊大人犯了對頭,決無保全之理。公子以宗祀爲重[110],豈可拘於小孝,自取滅絶之禍? 可勸令堂老夫人,早爲遠害全身之計。尊大人處,賈某自當央人看覷[111],不煩懸念。"

二沈便將賈石之言,對徐夫人説知。徐夫人道:"你父親無罪陷獄,何忍棄之而去? 賈叔叔雖然相厚,終是個外人。我料楊、路二賊,奉承嚴氏,亦不過與你爹爹作對,終不然累及妻子。你若畏罪而逃,父親倘然身死,骸骨無收,萬世罵你做不孝之子,何顔在世爲人乎!"説罷,大哭不止。沈衮、沈褒齊聲慟哭。賈石聞知徐夫人不允,嘆惜而去。

過了數日,賈石打聽的實,果然扭入白蓮教之黨,問成死罪。沈鍊在獄中大罵不止。楊順自知理虧,只恐臨時處決,怕他在衆人面前毒駡,不好看相,預先問獄官責取病狀,將沈鍊結果了性命。賈石將此話報與徐夫人知道。母子痛哭,自不必説。又虧賈石多有識熟人情,買出屍首,囑付獄卒:“若官府要梟示時[112],把個假的答應。”卻瞞着沈衮兄弟,私下備棺盛殮,埋於隙地。事畢,方纔向沈衮説道:“尊大人遺體已得保全,直待事平之後,方好指點與你知道,今猶未可洩漏。”

沈衮兄弟感謝不已。賈石又苦口勸他兄弟二人逃走。沈衮道:“極知久佔叔叔高居,心上不安。奈家母之意,欲待是非稍定,搬回靈柩,以此遲延不決。”賈石怒道:“我賈某生平,爲人謀而盡忠,今日之言,全是爲你家門户,豈因久佔住房,説發你們起身之理?既嫂嫂老夫人之意已定,我亦不敢相強。但我有一小事,即欲遠出,有一年半載不回,你母子自小心安住便了。”覷着壁上貼得有前後《出師表》各一張,乃是沈鍊親筆楷書,賈石道:“這兩幅字可揭來送我,一路上做個記念。他日相逢,以此爲信。”沈衮就揭下兩紙,雙手摺疊,遞與賈石。賈石藏於袖中,流淚而別。

原來賈石算定楊、路二賊設心不善,雖然殺了沈鍊,未肯干休。自己與沈鍊相厚,必然累及,所以預先逃走,在河南地方宗族家權時居住,不在話下。

卻説路楷見刑部覆本,有了聖旨,便於獄中取出閻浩、楊胤夔斬訖,並要割沈鍊之首,一同梟示。誰知沈鍊真屍已被賈石買去了,官府也那裏辨驗得出,不在話下。

再説楊順看見止於蔭子,心中不滿,便向路楷説道:“當初嚴東樓許我事成之日[113],以侯伯爵相酬,今日失言,不知何故?”路楷沉思半晌,答道:“沈鍊是嚴家緊對頭,今止誅其身,不曾波及其子。斬草不除根,萌芽復發。相國不足我們之意,想在於此。”楊順道:“若如此,何難之有?如今再上個本,説沈鍊雖誅,其子亦宜知情,還該坐罪[114],抄没家私,庶國法可伸,人心知懼。再訪他同射草人的幾個狂徒,並借屋與他住的,一齊拿來治罪,出了嚴家父子之氣。那時卻將前言取賞,看他有何推託?”路楷道:“此計大妙!事不宜遲,乘他家屬在此,一網打盡,豈不快哉!只怕他兒子知風逃避,卻又費力。”楊順道:“高見甚明。”一面寫表申奏朝廷,再寫稟帖到嚴府知會,自述孝順之意;一面預先行牌保安州知州[115],着用心看守犯屬,勿容逃逸,只等旨意批下,便去行事。詩曰:

破巢完卵從來少[116],削草除根勢或然。
可惜忠良遭屈死,又將家屬媚當權。

再過數日,聖旨下了。州裏奉着憲牌[117],差人來拿沈鍊家屬,並查平素往來諸人姓名,一一挨拿。只有賈石名字,先經出外,只得將在逃開報。此見賈石見幾之明也[118]。時人有詩贊云:

義氣能如賈石稀,全身遠避更知幾。
任他羅網空中布,争奈仙禽天外飛。

卻説楊順見拿到沈衮、沈褒,親自鞫問[119],要他招承通虜實迹。二沈高聲叫屈,那裏肯招？被楊總督嚴刑拷打，打得體無完膚，沈袞、沈褒熬鍊不過，雙雙死於杖下。可憐少年公子，都入枉死城中！其同時拿到犯人，都坐個同謀之罪，累死者何止數十人。幼子沈袠，尚在襁褓[120]，免罪，隨着母徐氏，另徙在雲州極邊[121]，不許在保安居住。

路楷又與楊順商議道："沈鍊長子沈襄，是紹興有名秀才，他時得地[122]，必然銜恨於我輩，不若一並除之，永絶後患。亦要相國知我用心。"

楊順依言，便行文書到浙江，把做欽犯[123]，嚴提沈襄來問罪；又分付心腹經歷金紹，擇取有才幹的差人，賫文前去[124]，囑他中途伺便，便行謀害，就所在地方，討個病狀回繳。事成之日，差人重賞，金紹許他薦本超遷[125]。

金紹領了台旨，汲汲而回，着意的選兩名積年幹事的公差，無過是張千、李萬。金紹唤他到私衙，賞了他酒飯，取出私財二十兩相贈。張千、李萬道："小人安敢無功受賜？"金紹道："這銀兩不是我送你的，是總督楊爺賞你的，教你賫文到紹興去拿沈襄，一路不要放鬆他，須要如此如此，這般這般，回來還有重賞；若是怠慢，總督老爺衙門不是取笑的。你兩個自去回話。"張千、李萬道："莫説總督老爺鈞旨，就是老爺分付，小人怎敢有違？"收了銀兩，謝了金經歷，在本府領下公文，疾忙上路，往南進發。

卻説沈襄，號小霞，是紹興府學廩膳秀才。他在家久聞得父親以言事獲罪，發去口外爲民，甚是掛懷，欲親到保安州一看。因家中無人主管，行止兩難。

忽一日，本府差人到來，不由分説，將沈襄鎖縛，解到府堂。知府教把文書與沈襄看了備細，就將回文和犯人交付原差，囑他一路小心。

沈襄此時方知父親及二弟俱已死於非命，母親又遠徙極邊，放聲大哭。哭出府門，只見一家老小都在那裏攪做一團的啼哭。原來文書上有"奉旨抄没"的話，本府已差縣尉封鎖了家私，將人口盡皆逐出。

沈小霞聽説，真是苦上加苦，哭得咽喉無氣。霎時間，親戚都來與小霞話别，明知此去多兇少吉，少不得説幾句勸解的言語。小霞的丈人孟春元[126]，取出一包銀子，送與二位公差，求他路上看顧女婿。公差嫌少不受。孟氏娘子又添上金簪子一對，方纔收了。

沈小霞帶着哭，分付孟氏道："我此去死多生少，你休爲我憂念，只當我已死一般，在爺娘家過活。你是書禮之家，諒無再醮之事[127]，我也放心得下。"指着小妻聞淑女説道："只這女子年紀幼小，又無處着落，合該叫他改嫁。奈我三十無子，他卻有兩個半月的身孕，他日倘生得一男，也不絶了沈氏香煙。娘子，你看我平日夫妻面上，一發帶他到丈人家去住幾時，等待十月滿足，生下或男或女，那時憑你發遣他去便了。"

話聲未絶，只見聞氏淑英説道："官人説那裏話！你去數千里之外，没個親人朝夕看覷，怎生放下？大娘自到孟家去，奴家情願蓬首垢面，一路伏侍官人前行。一來官人免致寂寞，二來也替大娘分得些憂念。"沈小霞道："得個親人做伴，我非不欲；但此去多分不幸，累你同死他鄉何益？"聞氏道："老爺在朝爲官，官人一向在家，誰人不知？便誣陷老爺有些不是的勾當,家鄉隔絶,豈是同謀? 妾幫着官人到官申辨,決然罪不至死。就使官人下獄,還留賤妾在外,尚好照管。”

孟氏也放丈夫不下,聽得聞氏説得有理,極力攛掇丈夫帶淑女同去[128]。沈小霞平日素愛淑女有才有智;又見孟氏苦勸,只得依允。當夜衆人齊到孟春元家歇了一夜。次早,張千、李萬催趲上路。聞氏换了一身布衣,將青布裹頭,别了孟氏,背着行李,跟着沈小霞便走。那時分别之苦,自不必説。

一路行來,聞氏與沈小霞寸步不離,茶湯飯食都親自搬取。張千、李萬初時還好言好語,過了揚子江,到徐州起旱[129],料得家鄉已遠,就做出嘴臉來,呼么喝六,漸漸難爲他夫妻兩個來了。聞氏看在眼裏,私對丈夫説道:“看那兩個潑差人,不懷好意。奴家女流之輩,不識路徑,若前途有荒僻曠野的所在,須是用心隄防。”沈小霞雖然點頭,心中還只是半疑不信。

又行了幾日,看見兩個差人不住的交頭接耳,私下商量説話。又見他包裹中有倭刀一口[130],其白如霜,忽然心動,害怕起來,對聞氏説道:“你説這潑差人其心不善,我也覺得有七八分了。明日是濟寧府界上,過了府去,便是大行山、梁山濼[131]。一路荒野,都是響馬出入之所[132],倘到彼處他們行兇起來,你也救不得我,我也救不得你,如何是好?”聞氏道:“既然如此,官人有何脱身之計,請自方便。留奴家在此,不怕那兩個潑差人生吞了我。”沈小霞道:“濟寧府東門内有個馮主事[133],丁憂在家[134],此人最有俠氣,是我父親極相厚的同年,我明日去投奔他,他必然相納。只怕你婦人家,没志量打發這兩個潑差人,累你受苦,於心何安? 你若有力量支持他,我去也放膽。不然,與你同生同死,也是天命當然,死而無怨。”聞氏道:“官人有路儘走,奴家自會擺佈,不勞掛念。”

這裏夫妻暗地商量。那張千、李萬辛苦了一日,喫了一肚酒,齁齁的熟睡,全然不覺。次日早起上路,沈小霞問張千道:“前去濟寧還有多少路?”張千道:“只四十里,半日就到了。”沈小霞道:“濟寧東門内馮主事是我年伯,他先前在京師時,借過我父親二百兩銀子,有文契在此。他管過北新關[135],正有銀子在家。我若去取討前欠,他見我是落難之人,必然慨付。取得這項銀兩,一路上盤纏也得寬裕,免致喫苦。”張千意思有些作難。李萬隨口應承了,向張千耳邊説道:“我看這沈公子是忠厚之人,況愛妾行李都在此處,料無他故。放他去走一遭,取得銀兩,都是你我二人的造化,有何不可?”張千道:“雖然如此,到飯店安歇行李,我守住小娘子在店上,你緊跟着同去,萬無一失。”

話休絮煩。看看巳牌時分[136],早到濟寧城外,揀個潔浄店兒,安放了行李。沈小霞便道:“你二位同我到東門走遭,轉來喫飯未遲。”李萬道:“我同你去,或者他家留酒飯也不見得。”聞氏故意對丈夫道:“常言道:‘人面逐高低,世情看冷暖。’馮主事雖然欠下老爺銀兩,見老爺死了,你又在難中,誰肯唾手交還[137]? 枉自討個厭賤。不如喫了飯趕路爲上。”沈小霞道:“這裏進城到東門不多路,好歹去走一遭,不折了什麽便宜[138]。”

李萬貪了這二百兩銀子,一力攛掇該去。沈小霞分付聞氏道:“耐心坐坐,若轉得快時,便是没想頭了。他若好意留款,必然有些齎發。明日僱個轎兒擡你去。這幾日在牲口上坐,看你好生不慣。"聞氏覷個空,向丈夫丢個眼色,又道:"官人早回,休教奴久待則個。"李萬笑道:"去多少時,有許多説話,好不老氣!"

聞氏見丈夫去了,故意招李萬轉來囑咐道:"若馮家留飯,坐得久時,千萬勞你催促一聲。"李萬答應道:"不消分付。"比及李萬下階時[139],沈小霞已走去一段路了。李萬托着大意,又且濟寧是他慣走的熟路,東門馮主事家,他也認得,全不疑惑;走了幾步,又裏急起來[140],覷個毛坑上,自在方便了,慢慢的望東門而去。

卻説沈小霞回頭看時,不見了李萬,做一口氣急急的跑到馮主事家。也是小霞合當有救;正值馮主事獨自在廳。兩人京中舊時識熟,此時相見,喫了一驚。沈襄也不作揖,扯住馮主事衣袂道:"借一步説話[141]。"馮主事已會意了,便引到書房裏面。沈小霞放聲大哭。馮主事道:"年姪有話快説,休得悲傷,悮其大事。"沈小霞哭訴道:"父親被嚴賊屈陷,已不必説了。兩個舍弟隨任的,都被楊順、路楷殺害,只有小姪在家,又行文本府提去問罪,一家宗祀,眼見滅絶!又兩個差人心懷不善,只怕他受了楊、路二賊之囑,到前邊大行、梁山等處暗算了性命,尋思一計脱身,來投老年伯。老年伯若有計相庇,我亡父在天之靈,必然感激!若老年伯不能遮護,小姪便就此觸階而死。死在老年伯面前,强似死於奸賊之手!"馮主事道:"賢姪不妨。我家卧室之後,有一層複壁,儘可藏身,他人搜檢不到之處,今送你在内權住數日。我自有道理。"沈襄拜謝道:"老年伯便是重生父母!"

馮主事親執沈襄之手,引入卧房之後,揭開地板一塊,有個地道,從此鑽下,約走五六十步,便有亮光,有小小廊屋三間,四面皆樓牆圍裹,果是人迹不到之處。每日茶飯,都是馮主事親自送入。他家法極嚴,誰人敢洩漏半個字!正是:

深山堪隱豹,密柳可藏鴉。
不須愁漢吏,自有魯朱家[142]。

且説這一日,李萬上了毛坑,望東門馮家而來,到於門首,問老門公道:"主事老爺在家麽?"老門公道:"在家裏。"又問道:"有個穿白的官人來見你老爺,曾相見否?"老門公道:"正在書房裏喫飯哩。"李萬聽説,一發放心。看看等到未牌,果然廳上走一個穿白的官人出來。李萬急上前看時,不是沈襄。那官人逕自出門去了。

李萬等得不耐煩,肚裏又饑,不免問老門公道:"你説老爺留飯的官人,如何只管坐了去,不見出來?"老門公道:"方纔出去的不是?"李萬道:"老爺書房中還有客没有?"老門公道:"這到不知。"李萬道:"方纔那穿白的是甚人?"老門公道:"是老爺的小舅,常常來的。"李萬道:"老爺如今在那裏?"老門公道:"老爺每常飯後,定要睡一覺;此時正好睡哩。"

李萬聽得話不投機,心下早有二分慌了,便道:"不瞞大伯説,在下是宣大總督老爺差來的[143]。今有紹興沈公子,名唤沈襄,號沈小霞,係欽提人犯,小人提押到於貴府。他説與你老爺有同年叔姪之誼,要來拜望。在下同他到宅,他進宅去了。在下等候多時,不見出來,想必還在書房中。大伯,你還不知道。煩你去催促一聲,教他快快出來,要趕路走。"老門公故意道:“你説的是甚麽説話？我一些不懂。”李萬耐了氣,又細細的説一徧。老門公當面的一啐,罵道:“見鬼！何嘗有什麽沈公子到來！老爺在喪中,一概不接外客。這門上是我的干紀[144],出入都是我通稟。你卻説這等鬼話！你莫非是白日撞麽[145]？强裝什麽公差名色,掏摸東西的！快快請退,休纏你爺的帳！”

李萬聽説,愈加着急,便發作起來道:“這沈襄是朝廷要緊的人犯,不是當耍的。請你老爺出來,我自有話説！”老門公道:“老爺正瞌睡,没甚事,誰敢去稟！你這獠子好不達時務[146]。”説罷,洋洋的自去了。李萬道:“這個門上老兒好不知事！央他傳一句話,甚作難。想沈襄定然在内。我奉軍門鈞帖[147],不是私事,便闖進去,怕怎的？”

李萬一時粗莽,直撞入廳來,將照壁拍了又拍[148],大叫道:“沈公子,好走動了。”不見答應。一連叫唤了數聲,只見裏頭走出一個年少的家童,出來問道:“管門的在那裏？放誰在廳上喧嚷！”

李萬正要叫住他説話,那家童在照壁後張了張兒,向西邊走去了。李萬道:“莫非書房在那西邊？我且自去看看,怕怎的？”從廳後轉西走去。原來是一帶長廊。李萬看見無人,只顧望前而行。只見屋宇深邃,門户錯雜,頗有婦人走動。李萬不敢縱步,依舊退回廳上,聽得外面亂嚷。

李萬到門首看時,卻是張千來尋李萬不見,正和門公在那裏鬭口。張千一見李萬,不由分説,便罵道:“好夥計,只貪圖酒食,不幹正事！巳牌時分進城,如今申牌將盡,還在此閒蕩,不催趲犯人出城去[149],待怎麽？”李萬道:“呸！那有什麽酒食,連人也不見個影兒！”張千道:“是你同他進城的！”李萬道:“我只登了個東[150],被蠻子上前了幾步,跟他不上,一直趕到這裏,門上説有個穿白的官人,在書房中留飯,我説定是他了,等到如今,不見出來,門上人又不肯通報,清水也討不得一盃喫。老哥,煩你在此等候等候,等我到下處醫了肚皮再來。”張千道:“有你這樣不幹事的人！是甚麽樣犯人,卻放他獨自行走！就是在書房中,少不得也隨他進去。如今知他在裏頭不在裏頭,還虧你放慢綫兒講話！這是你的干紀,不關我事！”説罷便走。

李萬趕上扯住道:“人是在裏頭,料没處去。大家在此幫説句話兒,催他出來,也是個道理。你是喫飽的人,如何去得這等要緊？”張千道:“他的小老婆在下處,方纔雖然囑付店主人看守,只是放心不下。這是沈襄穿鼻的索兒,有他在,不怕沈襄不來。”李萬道:“老哥説得是。”

當下張千先去了。李萬忍住肚飢,守到晚,並無消息。看看日没黄昏,李萬腹中餓極了,看見間壁有個點心店兒,不免脱下布衫,抵當幾文錢的火燒來喫[151]。去不多時,只聽得扛門聲響,急跑來看,馮家大門已閉上了。李萬道:“我做了一世的公人,不曾受這般嘔氣。主事是多大的官兒,門上直恁作威作勢[152]？也有那沈公子好笑:老婆行李都在下處,既然這裏留宿,信也該寄一個出來。事已如此,只得在房簷下胡亂過一夜,天明等個知事的管家出來,與他説話。”

此時十月天氣,雖不甚冷,半夜裏起一陣風,簌簌的下幾點微雨,衣服都沾濕了,好生淒楚。捱到天明,雨止,只見張千又來了。卻是聞氏再三再四催逼他來的。張千身邊帶了公文解批[153],和李萬商議,只等開門,一擁而入,在廳上大驚小怪,高聲發話。老門公攔阻不住。一時間家中大小都聚集來,七嘴八張,好不熱鬧。街上人聽得宅裏鬧炒[154],也聚攏來圍住大門外閑看。驚動了那有仁有義守孝在家的馮主事,從裏面踱將出來。且説馮主事怎生模樣:

頭帶梔子花匾摺孝頭巾[155],身穿反摺縫稀眼粗蔴衫,腰繫蔴繩,足着草履。

衆家人聽得咳嗽響,道一聲:"老爺來了。"都分立在兩邊。主事出廳問道:"爲甚事在此喧嚷?"張千、李萬上前施禮道:"馮爺在上,小的是奉宣大總督爺公文來的,到紹興拿得欽犯沈襄,經由貴府。他説是馮爺的年姪,要來拜望。小的不敢阻攩,容他進見,自昨日上午到宅,至今不見出來,有誤程限。管家們又不肯代稟。伏乞老爺天恩,快些打發上路。"張千便在胸前取出解批和官文呈上。

馮主事看了,問道:"那沈襄可是沈經歷沈鍊的兒子麽?"李萬道:"正是。"馮主事掩着兩耳,把舌頭一伸,説道:"你這班配軍[156],好不知利害!那沈襄是朝廷欽犯,尚猶自可;他是嚴相國的仇人,那個敢容納他在家?他昨日何曾到我家來?你卻亂話!官府聞知,傳説到嚴府去,我是當得起他怪的!你兩個配軍自不小心,不知得了多少錢財,買放了要緊人犯,卻來圖賴我!"叫家童與他亂打那配軍出去,把大門閉了;不要惹這閑是非,嚴府知道不是當耍!馮主事一頭罵、一頭走進宅去了。大小家人奉了主人之命,推的推,攙的攙[157],霎時間被衆人擁出大門之外,閉了門,兀自聽得嘈嘈的亂罵[158]。

張千、李萬面面相覷,開了口,合不得;伸了舌,縮不進。張千埋怨李萬道:"昨日是你一力攛掇,教放他進城,如今你自去尋他!"李萬道:"且不要埋怨,和你去問他老婆,或者曉得他的路數[159],再來抓尋便了。"張千道:"説得是。他是恩愛的夫妻,昨夜漢子不回,那婆娘暗地流淚,巴巴的獨坐了兩三個更次。他漢子的行藏[160],老婆豈有不知?"兩個一頭説話,飛奔出城,復到飯店中來。

卻説聞氏在店房裏面,聽得差人聲音,慌忙移步出來,問道:"我官人如何不來?"張千指李萬道:"你只問他就是。"李萬將昨日往毛廁出恭[161],走慢了一步,到馮主事家,起先如此如此,以後這般這般,備細説了。張千道:"今早空肚皮進城就喫了這一肚寡氣。你丈夫想是真個不在他家了,必然還有個去處,難道不對小娘子説的?小娘子趁早説來,我們好去抓尋。"

説猶未了,只見聞氏噙着眼淚,一雙手扯住兩個公人,叫道:"好,好,還我丈夫來!"張千、李萬道:"你丈夫自要去拜什麽年伯,我們好意容他去走走,不知走向那裏去了,連累我們在此着急,没處抓尋,你到問我要丈夫!難道我們藏過了他?説得好笑!"將衣袂掣開,氣忿忿地對虎一般坐下[162]。

聞氏到走在外面,攔住出路,雙足頓地,放聲大哭,叫起屈來。老店主聽得,忙來解勸。

聞氏道:“公公有所不知,我丈夫三十無子,娶奴爲妾。奴家跟了他二年了,幸有三個多月身孕,我丈夫割捨不下,因此奴家千里相從,一路上寸步不離。昨日爲盤纏缺少,要去見那年伯,是李牌頭同去的[163]。昨晚一夜不回,奴家已自疑心;今早他兩個自回,一定將我丈夫謀害了。你老人家替我做主,還我丈夫便罷休!”老店主道:“小娘子休得急性。那排長與你丈夫前日無怨,往日無仇,着甚來由要壞他性命?”

聞氏哭聲轉哀道:“公公,你不知道,我丈夫是嚴閣老的仇人,他兩個必定受了嚴府的囑托來的,或是他要去嚴府請功。公公,你詳情[164],他千鄉萬里,帶着奴家到此,豈有没半句説話,突然去了?就是他要走時,那同去的李牌頭怎肯放他?你要奉承嚴府,害了我丈夫不打緊,教奴家孤身婦女,看着何人?公公,這兩個殺人的賊徒,煩公公帶着,奴家同他去官府處叫冤。”

張千、李萬被這婦人一哭一訴,就要分析幾句,没處插嘴。老店主聽見聞氏説得有理,也不免有些疑心,到可憐那婦人起來,只得勸道:“小娘子,説便是這般説,你丈夫未曾死也不見得,好歹再等候他一日。”聞氏道:“依公公等候一日不打緊,那兩個殺人的兇身,乘機走脱了,這干係卻是誰當?”張千道:“若果然謀害了你丈夫要走脱時,我弟兄兩個又到這裏則甚?”聞氏道:“你欺負我婦人家没張智[165],又要指望姦騙我。好好的説,我丈夫的屍首在那裏,少不得當官也要還我個明白!”

老店官見婦人口嘴利害,再不敢言語。店中閒看的,一時間聚了四五十人。聞説婦人如此苦切,人人惱恨那兩個差人,都道:“小娘子要去叫冤,我們引你到兵備道去[166]。”聞氏向着衆人深深拜福,哭道:“多承列位路見不平,可憐我落難孤身,指引則個!這兩個兇徒,相煩列位替奴家拿他同去,莫放他走了。”衆人道:“不妨事,在我們身上!”張千、李萬欲向衆人分剖時,未説得一言半字,衆人便道:“兩個排長不消辨得,虚則虚,實則實,若是没有此情,隨着小娘子到官,怕他則甚!”婦人一頭哭,一頭走,衆人擁着張千、李萬,攪做一陣的,都到兵備道前,道裏尚未開門。

那一日正是放告日期[167],聞氏束了一條白布裙,逕搶進栅門,看見大門上架着那大鼓,鼓架上懸着個槌兒,聞氏搶槌在手,向鼓上亂撾[168],撾得那鼓振天的響[169]。唬得中軍官失了三魂,把門吏喪了七魄,一齊跑來,將繩縛住,喝道:“這婦人好大膽!”聞氏哭倒在地,口稱“潑天冤枉!”只見門内幺喝之聲,開了大門,王兵備坐堂,問擊鼓者何人。中軍官將婦人帶進。聞氏且哭且訴,將家門不幸遭變,一家父子三口死於非命,只剩得丈夫沈襄,昨日又被公差中途謀害,有枝有葉的細説了一遍。

王兵備唤張千、李萬上來,問其緣故。張千、李萬説一句,婦人就剪一句[170]。婦人説得句句有理,張千、李萬抵搪不過。王兵備思想道:“那嚴府勢大,私謀殺人之事,往往有之,此情難保其無。”便差中軍官,押了三人,發去本州勘審。

那知州姓賀,奉了這項公事,不敢怠慢,即時扣了店主人到來,聽四人的口詞。婦人一口咬定二人謀害他丈夫。李萬招稱爲出恭慢了一步,因而相失。張千、店主人都據實説了一遍。知州委決不下。那婦人又十分哀切，像個真情；張千、李萬又不肯招認。想了一回，將四人閉於空房，打轎去拜馮主事，看他口氣若何。

馮主事見知州來拜，急忙迎接歸廳。茶罷，賀知州提起沈襄之事；纔説得"沈襄"二字，馮主事便掩着雙耳道："此乃嚴相公仇家。學生雖有年誼，平素實無交情，老公祖休得下問[171]，恐嚴府知道，有累學生。"説罷，站起身來道："老公祖既有公事，不敢留坐了。"

賀知州一場没趣，只得作别。在轎上想道："據馮公如此懼怕嚴府，沈襄必然不在他家。或者被公人所害也不見得；或者去投馮公，見拒不納，别走個相識人家去了，亦未可知。"回到州中，又取出四人來，問聞氏道："你丈夫除了馮主事，州中還認得有何人？"聞氏道："此地並無相識。"知州道："你丈夫是甚麽時候去的？那張千、李萬幾時來回復你的説話？"聞氏道："丈夫是昨日未喫午飯前就去的，卻是李萬同出店門。到申牌時分，張千假説催趲上路，也到城中去了，天晚方回來。張千兀自向小婦人説道：'我李家兄弟，跟着你丈夫馮主事家歇了。明日我早去催他出城。'今早張千去了一個早晨，兩人雙雙而回，單不見了丈夫，不是他謀害了是誰？若是我丈夫不在馮家，昨日李萬就該追尋了，張千也該着忙，如何將好言語穩住小婦人？其情可知：一定張千、李萬兩個在路上預先約定，卻教李萬乘夜下手，今早張千進城，兩個乘早將屍首埋藏停當，卻來回復我小婦人。望青天爺爺明鑑！"

賀知州道："説得是。"張千、李萬正要分辨，知州相公喝道："你做公差，所幹何事？若非用計謀死，必然得財買放。有何理説？"喝教手下將那張、李重責三十。打得皮開肉綻，鮮血迸流，張千、李萬只是不招。婦人在旁，只顧哀哀的痛哭。知州相公不忍，便討夾棍，將兩個公差夾起。那公差其實不曾謀死，雖然負痛，怎生招得？一連上了兩夾，只是不招。知州相公再要夾時，張、李受苦不過，再三哀求道："沈襄實未曾死，乞爺爺立個限期，差人押小的捱尋沈襄[172]，還那聞氏便了。"

知州也没有定見，只得勉從其言，聞氏且發尼姑庵住下。差四名民壯鎖押張千、李萬二人追尋沈襄，五日一比[173]；店主釋放寧家[174]；將情具由，申詳兵備道，道裏依繳了[175]。

張千、李萬一條鐵鍊鎖着，四名民壯，輪番監押，帶得幾兩盤纏都被民壯搜去爲酒食之費，一把倭刀也當酒喫了。那臨清去處又大，茫茫蕩蕩，來千去萬，哪裏去尋沈公子？也不過一時脱身之法。

聞氏在尼姑庵住下，剛到五日，准准的又到州裏去啼哭，要生要死。州守相公没奈何，只苦得批較差人張千、李萬。一連比了十數限，不知打了多少竹批[176]，打得爬走不動。張千得病身死，單單剩得李萬，只得到尼姑庵來拜求聞氏道："小的情極[177]，不得不説了；其實奉差來時，有經歷金紹口傳楊總督鈞旨，教我中途害你丈夫，就所在地方，討個結狀回報[178]。我等口雖應承，怎肯行此不仁之事？不知你丈夫何故忽然逃走，與我們實實無涉。青天在上，若半字虚情，全家禍滅！如今官府五日一比，兄弟張千已自打死，小的又累死也是冤枉。你丈夫的確未死，小娘子他日夫婦相逢有日。只求小娘子休去州裏啼啼哭哭，寬小的比限，完全狗命，便是陰德。"

聞氏道:“據你説不曾謀害我丈夫,也難准信。既然如此説,奴家且不去稟官,容你從容查訪;只是你們自家要上緊用心,休得怠慢。”李萬喏喏連聲而退。有詩爲證:

白金廿兩釀兇謀,誰料中途已失囚。
鎖打禁持熬不得,尼庵苦向婦人求。

官府立限緝獲沈襄,一來爲他是總督衙門的緊犯,二來爲婦人日日哀求,所以上緊嚴比。今日也是那李萬不該命絶,恰好有個機會。

卻説總督楊順,御史路楷,兩個日夜商量,奉承嚴府,指望旦夕封侯拜爵。誰知朝中有個兵科給事中吴時來,風聞楊順横殺平民冒功之事,把他盡情劾奏一本,並劾路楷朋奸助惡。嘉靖爺正當設醮祝釐[179],見説殺害平民,大傷和氣,龍顔大怒,着錦衣衛扭解來京問罪。嚴嵩見聖怒不測,一時不及救護,到底虧他於中調停,止於削爵爲民。可笑楊順、路楷殺人媚人,至此徒爲人笑,有何益哉!

再説賀知州聽得楊總督去任,已自把這公事看得冷了;又聞氏連次不來哭稟,兩個差人又死了一個,只剩得李萬,又苦苦哀求不已,賀知州分付打開鐵鏈,與他個廣捕文書[180],只教他用心緝訪,明是放鬆之意。李萬得了廣捕文書,猶如捧了一道赦書,連連磕了幾個頭,出得府門,一道煙走了,身邊又無盤纏,只得求乞而歸,不在話下。

卻説沈小霞在馮主事家複壁之中,住了數月,外邊消息,無有不知,都是馮主事打聽將來,説與小霞知道。曉得聞氏在尼姑庵寄居,暗暗歡喜。過了年餘,已知張千、李萬都逃了,這公事漸漸懶散。馮主事特地收拾内書房三間,安放沈襄在内讀書,只不許出外,外人亦無有知者。

馮主事三年孝滿,爲有沈公子在家,也不去起復做官[181]。光陰似箭,一住八年。值嚴嵩一品夫人歐陽氏卒,嚴世蕃不肯扶柩還鄉,唆父親上本留己侍養,卻於喪中簇擁姬妾,日夜飲酒作樂。嘉靖爺天性至孝,訪知其事,心中甚是不悦。

時有方士藍道行,善扶鸞之術[182],天子召見,教他請仙,問以輔臣賢否。藍道行奏道:“臣所召乃是上界真仙,正直無阿,萬一箕下判斷,有忤聖心,乞恕微臣之罪。”嘉靖爺道:“朕正願聞天心正論,與卿何涉,豈有罪卿之理?”藍道行書符唸呪,神箕自動,寫出十六個字來,道是:

高山番草,父子閣老;
日月無光,天地顛倒。

嘉靖爺爺看了,問藍道行道:“卿可解之。”藍道行奏道:“微臣愚昧未解。”嘉靖爺道:“朕知其説。‘高山’者,‘山’字連‘高’,乃是‘嵩’字,‘番草’者,‘番’字‘草’頭,乃是‘蕃’字。此指嚴嵩、嚴世蕃父子二人也。朕久聞其專權誤國,今仙機示朕,朕當即爲處分。卿不可洩於外人。”藍道行叩頭,口稱不敢,受賜而出。從此嘉靖爺漸漸疏了嚴嵩。

有御史鄒應龍,看見機會可乘,遂劾奏嚴世蕃憑藉父勢,賣官鬻爵,許多惡迹,宜加顯戮；其父嚴嵩溺愛惡子，植黨蔽賢，宜亟賜休退，以清政本。嘉靖爺見疏大喜，即升應龍爲通政右參議[183]，嚴世蕃下法司[184]，擬成充軍之罪，嚴嵩回籍。

未幾，又有江西巡按御史林潤，復奏嚴世蕃不赴軍伍[185]，居家愈加暴橫，強佔民間田産，畜養奸人，私通倭虜[186]，謀爲不軌。得旨三法司提問。問官勘實覆奏。嚴世蕃即時處斬，抄没家財，嚴嵩發養濟院終老[187]。被害諸臣，盡行昭雪。

馮主事得此喜信，慌忙報與沈襄知道，放他出來，到尼姑庵訪問那聞淑女。夫婦相見，抱頭而哭。聞氏離家時懷孕三月，今在庵中生下一孩子，已十歲了。聞氏親自教他念書，五經皆已成誦[188]，沈襄歡喜無限。馮主事方上京補官，教沈襄同去訟理父冤。聞氏暫迎歸本家園上居住。

沈襄從其言，到了北京。馮主事先去拜了通政司鄒參議，將沈錬父子冤情説了，然後將沈襄訟冤本稿送與他看。鄒應龍一力擔當。

次日，沈襄將奏本往通政司挂號投遞。聖旨下，沈錬忠而獲罪，准復原官，仍進一級，以旌其直；妻子召還原籍；所没入財産，府縣官照數給還。沈襄食廩年久，准貢[189]，敕受知縣之職[190]。沈襄復上疏謝恩，疏中奏道：

> "臣父錬向在保安，因目擊宣大總督楊順殺戮平民冒功，吟詩感嘆；適值御史路楷陰受嚴世蕃之囑，巡按宣大與楊順合謀，陷臣父於極刑，並殺臣弟二人，臣亦幾於不免。冤屍未葬，危宗幾絶，受禍之慘，莫如臣家。今嚴世蕃正法，而楊順、路楷，安然保首領於鄉，使邊廷萬家之怨骨，銜恨無伸；臣家三命之冤魂，含悲莫控，恐非所以肅刑典而慰人心也。"

聖旨准奏，復提楊順、路楷到京，問成死罪，監禁刑部牢中待決。沈襄來别馮主事，要親到雲州迎接母親和弟弟沈袠到京，依傍馮主事寓所相近居住，然後往保安州訪求父親骸骨，負歸埋葬。馮主事道："老年嫂處，適纔已打聽個消息，在雲州康健無恙。令弟沈袠已在彼游庠了[191]，下官當遣人迎之。尊公遺體要緊，賢姪速往訪問，到此相會令堂可也。"

沈襄領命，逕往保安，一連訪尋兩日，並無踪跡。第三日，因倦借坐人家門首。有老者從内而出，延進草堂喫茶。見堂中掛一軸子，乃楷書諸葛孔明兩次《出師表》也。表後但寫年月，不着姓名。沈小霞看了又看，目不轉睛。老者道："客官爲何看之？"沈襄道："動問老丈，此字是何人所書？"老者道："此乃吾亡友沈青霞之筆也。"沈小霞道："爲何留在老丈處？"老者道："老夫姓賈，名石。當初沈青霞編管此地，就在舍下作寓，老夫與他八拜之交[192]，最相契厚。不料後遭奇禍，老夫懼怕連累，也往河南逃避，帶得這二幅《出師表》，裱成一軸，時常展視，如見吾兄之面。楊總督去任後，老夫方敢還鄉。嫂嫂徐夫人和幼子沈袠，徙居雲州，老夫時常去看他。近日聞得嚴家勢敗，吾兄必當昭雪，已曾遣人去雲州報信。恐沈小官人要來移取父親靈柩，老夫將此軸懸挂在中堂，好教他認認父親遺筆。"沈小霞聽罷，連忙拜倒在地，口稱"恩叔"。賈石慌忙扶起道："足下果是何人？"沈小霞道："小姪沈襄。此軸乃亡父之筆也。"賈石道："聞得楊順這廝，差人到貴府來提賢姪，要行一網打盡之計，老夫只道也遭其毒手,不知賢姪何以得全?”沈小霞將臨清事情備細説了一遍。賈石口稱難得,便分付家童治飯款待。

沈小霞問道:“父親靈柩,恩叔必知,乞煩指引一拜。”賈石道:“你父親屈死獄中,是老夫偷屍埋葬,一向不敢對人説知。今日賢姪來此搬回故土,也不枉老夫一片用心。”説罷,剛欲出門,只見外面一位小官人騎馬而來。賈石指道:“遇巧,遇巧!恰好令弟來也。”那小官便是沈袠,下馬相見。賈石指沈小霞道:“此位乃大令兄諱襄的便是。”

此日弟兄方纔識面,恍如夢中相會,抱頭而哭。賈石領路,三人同到沈青霞墓所,但見亂草迷離,土堆隱起。賈石引二沈拜了,二沈俱哭倒在地。賈石勸了一回道:“正要商議大事,休得過傷。”二沈方纔收淚。賈石道:“二哥、三哥,當時死於非命,也虧了獄卒毛公存仁義之心,可憐他無辜被害,將他屍藁葬於城西三里之外[193]。毛公雖然已故,老夫亦知其處,若扶令先尊靈柩回去,一起帶回,使他父子魂魄相依。二位意下何如?”二沈道:“恩叔所言,正合愚弟兄之意。”當日又同賈石到城西看了,不勝悲感。次日另備棺木,擇吉破土,重新殯殮。二人面色如生,毫不朽敗,此乃忠義之氣所致也。

二沈悲哭,自不必説。當時備下車仗,擡了三個靈柩,别了賈石起身。臨别,沈襄對賈石道:“這一軸《出師表》,小姪欲問恩叔取去供養祠堂,幸勿見拒。”賈石慨然許了,取下挂軸相贈。二沈就草堂拜謝,垂淚而别。沈袠先奉靈柩到張家灣覓船裝載[194]。沈襄復身又到北京,見了母親徐夫人,回復了説話,拜謝了馮主事起身。

此時京中官員,無不追念沈青霞忠義,憐小霞母子扶柩遠歸,也有送勘合的[195],也有贈賻金的[196],也有餽贐儀的[197]。沈小霞只受勘合一張,餘俱不受。到了張家灣,另换了官座船,驛遞起人夫一百名牽纜[198],走得好不快!

不一日,來到臨清,沈襄吩付座船,暫泊河下,單身入城,到馮主事家,投了主事平安書信,園上領了聞氏淑女並十歲兒子下船。先參了靈柩,後見了徐夫人。那徐氏見了孫兒如此長大,喜不可言;當初只道滅門絶户,如今依舊有子有孫,昔日冤家皆惡死見報[199]。天理昭然,可見做惡人的到底喫虧,做好人的到底便宜。

閒話休題。到了浙江紹興府,孟春元領了女兒孟氏,在二十里外迎接,一家骨肉重逢,悲喜交集,將喪船停泊馬頭,府縣官員都在弔孝,舊時家産已自清查給還。二沈扶柩葬於祖塋,重守三年之制。無人不稱大孝。撫按又替沈鍊建造表忠祠堂[200],春秋祭祀。親筆《出師表》一軸,至今供奉在祠堂之中。

服滿之日,沈襄到京受職,做了知縣,爲官清正,直升到黄堂知府[201]。聞氏所生之子,少年登科[202],與叔叔沈袠同年進士,子孫世世書香不絶。馮主事爲救沈襄一事,京中重其義氣,累官至吏部尚書。忽一日,夢見沈青霞來拜候道:“上帝憐某忠直,已授北京城隍之職,屈年兄爲南京城隍,明日午時上任。”馮主事覺來甚以爲疑,至日午,忽見轎馬來迎,無疾而逝。二公俱已爲神矣。有詩爲證。詩曰:

生前忠義骨猶香,精魄爲神萬古揚。
料得奸魂沉地獄,皇天果報自昭彰。

人民文學出版社本《古今小説》並參考《今古奇觀》

【註釋】

[1] 閲古今,意謂閲讀記述古今事蹟的書籍。

[2] 骯髒,同"抗髒",爲人高亢剛直。

[3] 綬,印綬,繫官印的絲帶。簪,官員用以連冠於髪的簪子。解綬、投簪,意謂辭去官職。

[4] 貞與淫,此處指正與邪,忠與奸。

[5] 國朝,本朝,此處指明朝。嘉靖,明世宗朱厚熜(zǒng 總)的年號(一五二二——一五六六)。

[6] 聖人,古人對皇帝的尊稱。此處指明世宗。

[7] 嚴嵩(一四八〇——一五六九),字惟中,一字介溪。分宜(今江西省分宜縣)人。進士出身,官至太子太師,與子世蕃,均爲貪贓枉法、作惡多端的姦臣。晚年漸爲世宗疏遠,御史鄒應龍乘機彈劾世蕃,世蕃被殺,嵩被革職抄家,不久病死。

[8] 齋醮(jiào 叫),道士設壇祈禱。

[9] 青詞,唐李肇《翰林志》:"凡太清宫道觀薦告詞文,用青籐紙朱字,謂之青詞。"即道士打醮時燒化的祈禱文詞。明世宗崇奉道教,一般詞臣往往以善作青詞得幸。

[10] 讒(chán 蟬)害,説壞話誣害。夏言(一四八二——一五四八),字公瑾,明貴溪(今江西省貴溪縣)人。進士出身,嘉靖初年爲諫官,曾任武英殿大學士,後爲嚴嵩誣害,被殺。

[11] 朝野,指在朝的官吏和在野的民衆。側目,猶怒目而視,形容怒恨。

[12] 官生,高級官員的子弟應鄉試,稱官生。工部,明代中央政府六部之一,掌管營建、工役等事。侍郎是部的副長官,位次於尚書。

[13] 濟惡,同惡相濟,共同做壞事。

[14] 鬻(yù 育)爵,出賣官職。

[15] 科道,指六科給事中和十三道御史。給事中和御史都是官名;後者掌管監察、規諫,前者分派六部,掌管鈔發章疏,並稽察違誤。

[16] 杖謫(zhé 折),受杖刑並降職。

[17] 關龍逄(péng 蓬),夏朝的忠臣,夏桀爲酒池糟丘,作長夜之飲,龍逄諫,不聽,被殺。比干,商紂的叔父,商紂淫虐,不受諫,比干曰:"爲人臣者,不得不以死争。"乃連諫三日不去,遂被商紂剖腹觀心而死。

[18] 無名子,即無名氏。

[19] 神童詩,封建時代兒童的啓蒙讀物,據説是宋代汪洙所作。原詩是:"少小須勤學,文章可立身。滿朝朱紫貴,盡是讀書人。""天子重英豪,文章教爾曹。萬般皆下品,唯有讀書高。"

[20] 話柄,談論的資料,此處猶言故事。

[21] 沈鍊(一五〇七——一五五七),字純甫,明嘉靖進士。性剛直,不滿嚴嵩父子專權,曾上疏劾嚴嵩十大罪,爲嚴嵩陷害而死。

[22]《出師表》,諸葛亮將出兵攻魏時呈給蜀漢後主劉禪的奏章。《後出師表》爲後人摹仿《出師表》

所作。

[23] 鞠躬盡瘁,死而後已,見《出師表》。意思是,爲了完成艱巨的事業,要盡心竭力,到死方休。

[24] 除授,任命。

[25] 原作“莊平”,誤。當作“茌(chí 池)平”,地名,在今山東省聊城縣東北,附近有茌山,故稱。

[26] 伉直,剛直。

[27] 阿奉,阿諛奉承。

[28] 左遷,降職。錦衣衛,明朝禁衛軍,保衛皇帝,專管巡察、緝捕、審訊等工作,實際上是皇帝的特務組織。它的主管官是指揮使,經歷是掌管文書出納的官。

[29] 巨觥(gōng 肱),大酒盃。飛酒,送酒勸人喝。

[30] 給事,官名,即給事中的省稱,又稱司諫。參考注[15]。

[31] 張子房句:張良,字子房,韓國人,韓被秦滅,他爲了報仇,曾求得力士在博浪沙(今河南省原陽縣東南)用鐵椎襲擊秦始皇,未中。

[32] 疏稿,奏章的底稿。

[33] 口外,關外。

[34] 陸炳,明平湖(今浙江省平湖縣)人。他的母親是世宗的乳娘,因此得常進宫,後來他做了錦衣衛指揮使,很得世宗寵幸。上句堂上官,指主任長官,即指陸炳。

[35] 打個出頭棍兒,打屁股時,不讓棍頭着身,只讀棍棒的比較中間的一段着身,叫打出頭棍兒。這種打法因爲受刑者受棍打的力量較小,所以受傷較輕。

[36] 户部,封建時代六部之一,掌管户口、財務等事。注籍,登記户口。保安州,今河北省涿鹿縣。

[37] 國門,京城的門。

[38] 廩(lǐn 凛)膳秀才,年資較深、考試成績較好的秀才,每月可以領到一些伙食津貼費,叫做廩生。

[39] 袠(zhì 質),同“帙”。

[40] 封章,奏章。廟廊,朝廷。一紙封章忤廟廊,意謂一本奏章得罪了朝廷。

[41] 遐荒,荒遠的邊區。

[42] 宣府,即宣府鎮,明代九個邊防重鎮之一,包括今河北省延慶縣至山西省大同市一帶,駐所在今河北省宣化縣。

[43] 賃(rèn 認,又 lìn 吝),租。

[44] 寒家,猶寒舍,是對自己的家的謙稱。

[45] 寶眷,對别人家屬的尊稱。

[46] 區處,打算,安排。

[47] 宣府衛,衛爲明代軍隊編制;駐防地區,大的稱衛,小的稱所。舍人,此處指軍衛應襲職的武官子弟。

[48] 千户,京師和各地皆設衛、所,一府設所,數府設衛。所有千户所(一千一百十二人)、百户所(一百十二人),長官稱千户、百户。

[49] 襲,繼承。千户、百户的職位是世襲的。

[50] 託賴祖蔭,依靠祖宗的庇佑。

[51] 彈劾(hé 和),揭發罪狀。

[52] 編管,古時把發配出去的官員,編置在一定地區,由當地的地方官加以管束,叫編管。
[53] 三生有幸,舊時迷信説法,認爲每個人都有過去、現在、未來三世。三生有幸,極言非常幸運。
[54] 萍水相逢,浮萍在水上漂泊無定,偶爾相逢。此以比喻人的偶然相遇。
[55] 款,留。俗稱留客爲款客。款宿,留宿。此句連上句,意謂偶爾相逢,即承蒙優厚的接待。
[56] 粗糲,粗糙的飯食。
[57] 酬酢,勸酒,應酬。
[58] 踅(xué 穴),來回亂轉。
[59] 草舍,對自己的家的謙稱。
[60] 外家,外祖父家和岳父家都稱外家,此處指後者。
[61] 鐙(dèng 鄧),馬鞍兩旁的鐵脚踏。執鞭隨鐙,表示敬仰追隨之意。
[62] 細軟家私,指衣服、首飾等物。
[63] 僭(jiàn 件)扳,越份高攀。僭,僭越,越份。指在封建社會裏越出本人身份地位的行爲。扳,攀附。
[64] 外舅,岳丈。
[65] 傾蓋相逢,兩人坐車在路上相遇,停車談話,因車子靠在一起,車蓋相交,擠得有些傾斜。這是比喻偶然相逢,但卻十分親熱的意思。《孔子家語·致思》:"孔子之郯,遭程子於塗,傾蓋而語,終日甚相親。"
[66] 參,彈劾。閣老,明以後稱宰輔爲閣老;因爲在内閣辦事,故有此稱。此處指嚴嵩。
[67] 若,或。若老若少,猶言無論長幼。
[68] 李林甫(? ——七五二),小字哥奴。唐玄宗時宰相。他專權達十九年,作惡多端。爲了久居相位,主張重用番將,使安禄山等掌握邊疆重兵,他死後不久,即發生安史之亂。
[69] 秦檜(一〇九〇——一一五五),宋高宗時宰相,執政十九年,他對金實行投降政策,陷害了抗敵將領岳飛。
[70] 射鵠(gǔ 穀),也稱鵠,箭靶。《禮記·射義》:"故射者各射己之鵠。"
[71] 宣大,指宣府和大同(今山西省大同市)一帶。總督,官名。明初遇有軍事,皇帝指派去某地總督軍務;後來成爲固定的官職。
[72] 吏部,六部之一,掌管文職官員的任免、升降等事,長官爲吏部尚書。
[73] 韃虜,明時對韃靼族的貶稱。俺答,亦作阿爾坦,當時韃靼族的酋長。嘉靖年間,時常侵擾邊地,後來爲王尚文所擊敗。應州,今山西省應縣。
[74] 剗(chán 纏)頭,剪去頭髮。
[75] 兵部,六部之一,掌管軍事及武職官員的任免等。
[76] 太歲,俗傳每年有值年的神祇,稱爲太歲,觸犯太歲者必死。此處攬禍的太歲,是比喻專惹事端的人。
[77] 青衣小帽,明代普通老百姓日常穿戴的衣帽。
[78] 殺生句:意思是,屠殺了人民去向主子報功,問你於心何忍?
[79] 解道句:意思是,你也懂得"一將功成萬骨枯"的道理嗎?按,唐詩人曹松《已亥歲》(二首之一):"澤國江山入戰圖,生民何計樂樵蘇。憑君莫話封侯事,一將功成萬骨枯。"

[80] 沙場,戰場。王翰《涼州詞》:"醉臥沙場君莫笑,古來征戰幾人回!"

[81] 塞(sài 賽)下吟,舊時常用詩題,意思是在邊境上吟咏的詩。塞,原意是邊境險要之處。

[82] 雲中,今山西省大同市一帶。虜,敵人。烽,示警的烽火、烽煙。

[83] 單(chán 蟬)于,匈奴的首領稱單于,此處指韃靼族的首領俺答。

[84] 戕(qiāng 槍),殺害。

[85] 標下,部下。心腹,親信之人。指揮,明時在外置都指揮使司,有指揮使、指揮同知、指揮僉事等官,掌軍政。

[86] 佞(nìng 濘)賊,奸賊。

[87] 上方,尚方,漢代官名,主製宮禁中御用的刀劍及玩好器物。此處上方刀即皇帝御用的刀。皇帝如果把它賜給誰,誰就有專制斬殺的威權。

[88] 不軌,不遵守法度,此處意爲造反。

[89] 不才,自己的謙稱。按,巡按,此處作動詞解。皇帝派御史到各地巡察政治、考查官吏,叫巡按。

[90] 都察院,御史所屬的衙門,專門負責稽察、彈劾官吏的工作。

[91] 侯伯世爵,封建時代,規定公、侯、伯、子、男五等爵位,授給貴族及有功官僚,可以世代承襲,故稱世爵。

[92] 勑令,封建帝王的命令。

[93] 學生,明代科甲出身的官員在前輩或同僚前的謙稱。

[94] 蔚州,今河北省蔚縣。

[95] 鈞旨,上級的命令、指示。

[96] 白蓮教,也叫白蓮社,混合有佛教和其他宗教成分的秘密宗教組織。起源於宋代,至元代逐漸流行,一度被禁止,但參加者不斷增加。元、明、清三代常被農民利用來發動農民起義,所以有一定的進步性,但宗教迷信很濃厚,也易爲破壞份子所利用而起消極作用。

[97] 國師,古時君主尊崇某些僧道,待以師禮,稱爲國師。

[98] 史侍郎,指史道。下文的"馬市"是明王朝用仇鸞的計策,在大同開設馬市,讓他們用馬匹來換取粟帛以取得一些利益;明王朝企圖藉此妥協政策免去俺答的再來侵擾,但並沒有什麽實際效果。當時關於馬市這項工作是由史道負責的。

[99] 通事,翻譯官。

[100] 天朝,朝廷的尊稱。《晉書·鄭默傳》:"默上書言宮臣皆受命天朝。"此處指中國封建皇朝。

[101] 郎主,對外國君主或外族酋長的尊稱。此處是稱俺答。

[102] 右衛,地名,指大同右衛,在山西省右玉縣西面。

[103] 居庸關,長城的一個重要關口,在北京市昌平縣西北。

[104] 山,山西。陝,陝西。畿南,指河北省南部。

[105] 刑部,六部之一,掌管刑法、審判等事。

[106] 本稿,奏章的底稿。

[107] 罷軟,疲輭,疲憊軟弱。罷,同"疲"。

[108] 蔭,封建時代子孫因先世的官爵而受封,稱爲蔭。

[109] 俟,等候。京堂,指都察院、通政司和其他等級略相等的衙門的長官。缺,員額。推,推升。

[110] 宗祀(sì 巳),祖宗的香煙,指嗣續。
[111] 央,請求,拜託。
[112] 梟(xiāo 蕭)示,即梟首示衆:把人頭割下來掛在木桿子上示衆。
[113] 嚴東樓,即嚴嵩的兒子嚴世蕃,東樓是他的表字。
[114] 坐罪,定罪。
[115] 行牌,發出指令。牌,上級給下級的指令。
[116] 破巢句:意謂鳥巢被搗毀,鳥卵也就難保全了。
[117] 憲牌,指宣大總督的指示。憲,上憲,上官。
[118] 見幾,與下文"知幾",意思是事前有預見。
[119] 鞫問,審問。鞫(jú 菊),審。
[120] 襁褓,包裹嬰兒的包被。尚在襁褓,意謂還是嬰兒。
[121] 雲州,在今河北省赤城縣北面。
[122] 得地,同"得第",指考中進士。
[123] 欽犯,皇帝下令逮捕的罪犯。
[124] 齎(jī 機)文,送公文。
[125] 超遷,越級提升。
[126] 春元,明朝人對舉人的尊稱,不是名字。
[127] 再醮(jiào 叫),再嫁。在舊社會,婦女再嫁一般被認爲是不名譽的事。
[128] 攛掇,慫恿。
[129] 起旱,走陸路。
[130] 倭刀,日本製造的一種鋒利的短刀。
[131] 大行山,即太行山。太行山在山西高原與河北平原間。梁山濼,即梁山泊。濼,同"泊"。
[132] 響馬,北方的馬賊,他們在劫掠時往往先放出響箭示威,所以稱爲響馬。
[133] 主事,六部中的官名,位次於員外郎。
[134] 丁憂,我國古代禮制,遭遇父母喪事,三年之内,停職停考,並謝絶一切宴會,稱爲丁憂。
[135] 北新關,在今浙江省杭州市北武林門外,明朝設有稅關。
[136] 巳牌時分,上午九時至十一時。下文未牌是下午一時至三時,申牌是下午三時至五時。
[137] 唾手,形容很容易辦到。《後漢書·公孫瓚傳》注引《九州春秋》:"瓚曰:'始天下兵起,我謂唾手可決。'"
[138] 不折了什麽便宜,不會喫什麽虧。
[139] 比及,等到。
[140] 裏急,意謂要拉屎。
[141] 借,此處是請求時的謙詞。
[142] 魯朱家,魯人朱家,是著名的游俠。漢高祖打敗項羽後,要捕項羽的大將季布,季布逃匿在朱家家裏(事見《史記·游俠列傳》)。此處用來比喻馮主事的藏匿沈小霞。
[143] 在下,自己的謙稱。
[144] 干紀,干係,責任。

[145] 白日撞，白天裏闖入人家偷東西的賊。

[146] 獠(lǎo 勞)子，是封建時代對少數民族的一種侮辱性的稱呼，用作罵人語。

[147] 軍門鈞帖，總督衙門的公文。

[148] 照壁，廳前的牆，也叫照牆。

[149] 催趲，催着快走。

[150] 登了個東，上了一次毛坑(廁所)。

[151] 火燒，一種燒餅。

[152] 直恁(rèn 任)，居然這樣地。

[153] 解批，押解犯人的公文。

[154] 鬧炒，即吵鬧。炒，通"吵"。

[155] 梔(zhī 支)子花，夏天開放，花白色。孝頭巾，帶孝時用白色頭巾。此幾句寫馮主事穿着喪服的樣子。

[156] 配軍，發配充軍的罪犯。此處借作罵人語。

[157] 摐(sǒng 聳)，推。

[158] 兀(wù 悟)自，還在，仍然。

[159] 路數，路子，着落。

[160] 行藏，行蹤，底細。

[161] 出恭，拉屎。明時考試，設有出恭入敬牌，防閑士子擅離坐位，士子離位外出大便時，須領此牌，俗因稱大便爲出恭。

[162] 對虎，一種小孩的遊戲：兩人撐眉怒目對視、誰先發笑就算誰輸。這裏是形容兩個公差又氣又慌、不知如何是好的醜態。

[163] 李牌頭，指李萬。舊時稱軍士爲牌了，小軍官稱爲牌子頭，用小軍官的名稱來稱呼軍士，表示尊敬。下文排長，與牌頭相仿，即排軍之長，也是一種對於軍士的敬稱。

[164] 詳情，照情理推詳。

[165] 没張智，猶説没主張，没見識。

[166] 兵備道，明代設有按察司使，主管一省的法政。按察司下設按察分司，以按察副使、按察僉事等任按察分司之職，分察府州縣，謂之分巡道；其兼管兵備者，稱兵備道，兼管司法和軍事。

[167] 放告，官府在一定日期掛牌放告，受理控訴的案件。

[168] 撾(zhuā 抓)，擊，敲打。

[169] 振，通"震"。

[170] 剪，截斷、反駁的意思。

[171] 老公祖，舊時紳士對當地長官的稱呼。

[172] 捱尋，追尋、尋訪。

[173] 比，官廳限期令差役完成某項公事，到期查考有否完成，叫"比"，又叫"比較"。下文"批較"即"比較"。比有一定的期限，叫比期；比期到了而任務没有完成，是要打板子的。

[174] 寧家，安家。

[175] 依繳，即上級批准下級繳文所述對事件的處理。繳，下級向上級繳差的覆文。

[176] 竹批,竹板子。

[177] 情極,情急,發急。

[178] 結狀,證明事情已經了結的文書。

[179] 設醮祝釐(xǐ喜),設壇禱告,求神賜福。釐,同"禧"。

[180] 廣捕文書,不受地區限制,可以隨地緝捕逃犯的公文。

[181] 起復,丁憂期滿,重新出去做官叫起復。

[182] 扶鸞,也稱扶乩,舊時迷信行爲,用木桿架着柴筆在沙盤上寫出字來,假託是鬼神賜示。下文"箕下"、"神箕"的"箕"同"乩"。

[183] 通政右參議,明朝設通政司,是掌內外奏章的官署。設左右參議各一人,都是通政司的次官。

[184] 法司,即三法司,指刑部、都察院、大理寺。它們是中央的三個平行的機關,重大的案子,皇帝交給三法司會同審理。

[185] 不赴軍伍,嚴世蕃定了充軍的罪,並未報到,所以說他不赴軍伍。

[186] 倭虜,十四至十六世紀劫掠我國和朝鮮沿海地區的日本海盜集團。嘉靖三十一年(一五五二)以後的三四年間,江浙軍民被其殺害的達數十萬人,經名將譚綸、戚繼光、俞大猷等領導軍民血戰多年,到十六世紀六十年代中,才逐漸解決。

[187] 養濟院,也稱孤老院,是明代收容貧苦無依和殘疾者的慈善機關。

[188] 五經,指《易》、《詩》、《書》、《禮》、《春秋》。

[189] 准貢,准作貢生。科舉時代,做了貢生,就有做小官的資格。

[190] 勑,同"敕"。

[191] 游庠(xiáng祥),進學,考取秀才。

[192] 八拜之交,俗稱結義兄弟爲八拜之交。

[193] 藁(gǎo稿)葬,同"槀葬"。不歸舊塋,暫時草草埋葬。

[194] 張家灣,在北京市通縣南十五里,盧溝與白河會流處,爲南北水陸要會。

[195] 勘合,明代調遣軍隊的符契,中蓋印信,剖而爲二,印信適當騎縫處,雙方各持一半,用作核對的憑證。後來也指通行證。勘合不記姓名,不限年月,因此可以作爲禮品贈送。

[196] 賻(fù父)金,幫人治喪的禮金。

[197] 餽(kuì愧)贐(jìn近)儀,贈送人遠行的禮金。

[198] 驛遞,驛站。我國古代官府所設的運送招待站。

[199] 見報,現報。

[200] 撫按,巡撫及巡按御史。

[201] 黄堂,古代州郡太守的衙署的正廳上塗飾雌黄以驅除災殃,所以叫黄堂,後來一般用作知府的代稱。

[202] 登科,中了進士。

杜十娘怒沉百寶箱

【解題】 杜十娘爲了擺脱七年來屈辱的妓女生活,選擇李甲作爲從良的對象,可是紈袴公子李甲,卻在她從良後的旅途中出賣了她。絶望之餘,杜十娘便抱着“百寶箱”投江自盡。杜十娘的不幸遭遇是對當時黑暗社會的控訴,作品對杜十娘的同情和對李甲、孫富的揭露,表現了作者的愛憎。這個故事在形式上表現出來的是李甲與杜十娘的矛盾,而實質上卻是杜十娘美好的生活願望與當時社會制度的矛盾。因爲怯懦、自私的李甲,決不敢毅然打破在封建制度維護下的虛僞的階級體面,而維持他與杜十娘的共同生活。這篇作品在當時白話短篇小説中,是藝術性較高的一篇,所塑造的主人公形象,相當真實生動。

話中單表萬曆二十年間[1],有户部官奏准:目今兵興之際,糧餉未充,暫開納粟入監之例[2]。原來納粟入監的有幾般便宜:好讀書,好科舉,好中,結末來又有個小小前程結果。以此宦家公子,富室子弟,到不願做秀才,都去援例做太學生。自開了這例,兩京太學生,各添至千人之外。

内中有一人,姓李,名甲,字干先,浙江紹興府人氏。父親李布政[3],所生三兒,惟甲居長。自幼讀書在庠[4],未得登科[5],援例入於北雍[6]。因在京坐監[7],與同鄉柳遇春監生同遊教坊司院内[8],與一個名姬相遇。那名姬姓杜,名媺,排行第十,院中都稱爲杜十娘,生得:

渾身雅艷,遍體嬌香,兩彎眉畫遠山青,一對眼明秋水潤。臉如蓮萼,分明卓氏文君[9];唇似櫻桃,何減白家樊素[10]。可憐一片無瑕玉,誤落風塵花柳中。

那杜十娘自十三歲破瓜[11],今一十九歲,七年之内,不知歷過了多少公子王孫;一個個情迷意蕩,破家蕩産而不惜。院中傳出四句口號來,道是:

坐中若有杜十娘,斗筲之量飲千觴[12];
院中若識杜老媺,千家粉面都如鬼!

卻説李公子風流年少,未逢美色,自遇了杜十娘,喜出望外,把花柳情懷,一擔兒挑在他身上。那公子俊俏龐兒,温存性兒,又是撒漫的手兒[13],幫襯的勤兒[14],與十娘一雙兩好,情投意合。十娘因見鴇兒貪財無義[15],久有從良之志[16];又見李公子忠厚志誠,甚有心向他。奈李公子懼怕老爺,不敢應承。雖則如此,兩下情好愈密,朝歡暮樂,終日相守,如夫婦一般,海誓山盟,各無他志。真個:

恩深似海恩無底,義重如山義更高。

再説杜媽媽,女兒被李公子占住,别的富家巨室,聞名上門,求一見而不可得。初時李公子撒漫用錢,大差大使,媽媽脅肩諂笑[17],奉承不暇。日往月來,不覺一年有餘,李公子囊篋漸漸空虚,手不應心,媽媽也就怠慢了。老布政在家聞知兒子闞院[18],幾遍寫字來唤他回去。他迷戀十娘顔色,終日延捱。後來聞知老爺在家發怒,越不敢回。

古人云:“以利相交者,利盡而疏。”那杜十娘與李公子,真情相好,見他手頭愈短[19],心頭愈熱。媽媽也幾遍教女兒打發李甲出院,見女兒不統口[20];又幾遍將言語觸突李公子,要激怒他起身。公子性本温克[21],詞氣愈和。媽媽没奈何,日逐只將十娘叱罵道:“我們行户人家[22],喫客穿客,前門送舊,後門迎新,門庭鬧如火,錢帛堆成垛。自從那李甲在此,混帳一年有餘[23],莫説新客,連舊主顧都斷了。分明接了個鍾馗老[24],連小鬼也没得上門。弄得老娘一家人家,有氣無煙,成什麽模樣!"

杜十娘被駡,耐性不住,便回答道:"那李公子不是空手上門的,也曾費過大錢來。"媽媽道:"彼一時,此一時。你只教他今日費些小錢兒,把與老娘,辦些柴米,養你兩口也好。别人家養的女兒,便是摇錢樹,千生萬活;偏我家晦氣,養了個退財白虎[25]。開了大門七件事[26],般般都在老身心上。到替你這小賤人白白養着窮漢,教我衣食從何處來?你對那窮漢説,有本事出幾兩銀子與我,到得你跟了他去,我别討個丫頭過活卻不好?"

十娘道:"媽媽,這話是真是假?"媽媽曉得李甲囊無一錢,衣衫都典盡了,料他没處設法,便應道:"老娘從不説謊,當真哩!"十娘道:"娘,你要他許多銀子?"媽媽道:"若是别人,千把銀子也討了,可憐那窮漢出不起,只要他三百兩,我自去討一個粉頭代替[27]。只一件,須是三日内交付與我,左手交銀,右手交人。若三日没有銀時,老身也不管三七二十一,公子不公子,一頓孤拐打那光棍出去[28],那時莫怪老身!"十娘道:"公子雖在客邊乏鈔,諒三百金還措辦得來。只是三日忒近,限他十日便好。"媽媽想道:"這窮漢一雙赤手,便限他一百日,他那裏來銀子?没有銀子,便鐵皮包臉,料也無顔上門。那時重整家風,媺兒也没得話講。"答應道:"看你面,便寬到十日。第十日没有銀子,不干老娘之事。"十娘道:"若十日内無銀,料他也無顔再見了。只怕有了三百兩銀子,媽媽又翻悔起來。"媽媽道:"老身年五十一歲了,又奉十齋[29],怎敢説謊?不信時與你拍掌爲定。若翻悔時,做豬做狗。"

從來海水斗難量,可笑虔婆意不良[30];
料定窮儒囊底竭,故將財禮難嬌娘。

是夜,十娘與公子在枕邊,議及終身之事。公子道:"我非無此心,但教坊落籍[31],其費甚多,非千金不可。我囊空如洗,如之奈何!"十娘道:"妾已與媽媽議定,只要三百金,但須十日内措辦。郎君游資雖罄,然都中豈無親友,可以借貸。倘得如數,妾身遂爲君之所有,省受虔婆之氣。"公子道:"親友中爲我留戀行院,都不相顧。明日只做束裝起身,各家告辭,就開口假貸路費,凑聚將來,或可滿得此數。"起身梳洗,别了十娘出門。十娘道:"用心作速,專聽佳音。"公子道:"不須分付。"

公子出了院門,來到三親四友處,假説起身告别,衆人到也歡喜。後來叙到路費欠缺,意欲借貸。常言道:"説着錢,便無緣。"親友們就不招架[32]。他們也見得是,道李公子是風流浪子,迷戀煙花[33],年許不歸,父親都爲他氣壞在家。他今日抖然要回,未知真假。倘或説騙盤纏到手,又去還脂粉錢,父親知道,將好意翻成惡意,始終只是一怪,不如辭了乾净。便回道:"目今正值空乏,不能相濟,慚愧!慚愧!"人人如此,個個皆然,並没有個慷慨丈夫,肯統口許他一十二十兩。

李公子一連奔走了三日,分毫無獲,又不敢回決十娘,權且含糊答應。到第四日又没想頭,就羞回院中。平日間有了杜家,連下處也没有了,今日就無處投宿,只得往同鄉柳監生寓所借歇。柳遇春見公子愁容可掬,問其來歷。公子將杜十娘願嫁之情,備細説了。遇春摇首道："未必，未必！那杜媺曲中第一名姬[34]，要從良時，怕没有十斛明珠，千金聘禮！那鴇兒如何只要三百兩？想鴇兒怪你無錢使用，白白占住他的女兒，設計打發你出門；那婦人與你相處已久，又礙卻面皮，不好明言，明知你手内空虚，故意將三百兩賣個人情，限你十日。若十日没有，你也不好上門。便上門時，他會説你笑你，落得一場褻瀆[35]，自然安身不牢，此乃煙花逐客之計，足下三思，休被其惑。據弟愚意，不如早早開交爲上[36]。"

公子聽説，半晌無言，心中疑惑不定。遇春又道："足下莫要錯了主意。你若真個還鄉，不多幾兩盤費，還有人搭救；若是要三百兩時，莫説十日，就是十個月也難。如今的世情，那肯顧'緩急'二字的？那煙花也算定你没處告債，故意設法難你。"公子道："仁兄所見良是。"口裏雖如此説，心中割捨不下，依舊又往外邊東央西告，只是夜裏不進院門了。

公子在柳監生寓中，一連住了三日，共是六日了。杜十娘連日不見公子進院，十分着緊，就教小厮四兒街上去尋。四兒尋到大街，恰好遇見公子。四兒叫道："李姐夫，娘在家裏望你。"公子自覺無顔，回復道："今日不得工夫，明日來罷。"四兒奉了十娘之命，一把扯住，死也不放。道："娘叫喒尋你。是必同去走一遭。"李公子心上也牽掛着婊子，没奈何，只得隨四兒進院。見了十娘，嘿嘿無言。十娘問道："所謀之事如何？"公子眼中流下淚來。十娘道："莫非人情淡薄，不能足三百之數麽？"公子含淚而言，道出二句：

"不信上山擒虎易，果然開口告人難。

一連奔走六日，並無銖兩[37]，一雙空手，羞見芳卿。故此這幾日不敢進院。今日承命呼唤，忍恥而來，非某不用心，實是世情如此。"十娘道："此言休使虔婆知道。郎君今夜且住，妾别有商議。"

十娘自備酒肴，與公子懽飲。睡至半夜，十娘對公子道："郎君果不能辦一錢耶？妾終身之事，當如何也？"公子只是流涕，不能答一語。漸漸五更天曉，十娘道："妾所臥絮褥内，藏有碎銀一百五十兩，此妾私蓄，郎君可持去。三百金，妾任其半，郎君亦謀其半，庶易爲力。限只四日，萬勿遲誤！"

十娘起身將褥付公子，公子驚喜過望，唤童兒持褥而去。逕到柳遇春寓中，又把夜來之情與遇春説了。將褥拆開看時，絮中都裹着零碎銀子；取出兑時，果是一百五十兩。遇春大驚道："此婦真有心人也！既係真情，不可相負。吾當代爲足下謀之。"公子道："倘得玉成，決不有負！"當下柳遇春留李公子在寓，自出頭各處去借貸。兩日之内，凑足一百五十兩，交付公子道："吾代爲足下告債，非爲足下，實憐杜十娘之情也。"李甲拿了三百兩銀子，喜從天降，笑逐顔開，欣欣然來見十娘。剛是第九日，還不足十日。十娘問道："前日分毫難借，今日如何就有一百五十兩？"公子將柳監生事情，又述了一遍。十娘以手加額道："使吾二人得遂其願者，柳君之力也！"兩個懽天喜地，又在院中過了一晚。

次日，十娘早起，對李甲道："此銀一交，便當隨郎君去矣！舟車之類，合當預備。妾昨日於姊妹中借得白銀二十兩，郎君可收下爲行資也。"公子正愁路費無出，但不敢開口，得銀甚喜。説猶未了，鴇兒恰來敲門，叫道："媺兒，今日是第十日了！"公子聞叫，啓户相延道：

“承媽媽厚意,正欲相請。”便將銀三百兩放在桌上。鴇兒不料公子有銀,嘿然變色,似有悔意。十娘道:“兒在媽媽家中八年,所致金帛不下數千金矣。今日從良美事,又媽媽親口所訂,三百金不欠分毫,又不曾過期。倘若媽媽失信不許,郎君持銀去,兒即刻自盡。恐那時人財兩失,悔之無及也!”鴇兒無詞以對。腹内籌畫了半晌,只得取天平兑準了銀子,説道:“事已如此,料留你不住了。只是你要去時,即今就去。平時穿戴衣飾之類,毫釐休想!”説罷,將公子和十娘推出房門,討鎖來就落了鎖。此時九月天氣。十娘纔下床,尚未梳洗,隨身舊衣,就拜了媽媽兩拜。李公子也作了一揖。一夫一婦,離了虔婆大門。

鯉魚脱卻金鈎去,擺尾摇頭再不來。

公子教十娘且住片時:“我去唤個小轎擡你,權往柳榮卿寓所去,再作道理。”十娘道:“院中諸姊妹平昔相厚,理宜話别。况前日又承他借貸路費,不可不一謝也。”乃同公子到各姊妹處謝别。姊妹中惟謝月朗、徐素素與杜家相近,尤與十娘親厚。十娘先到謝月朗家。月朗見十娘秃髻舊衫,驚問其故。十娘備述來因,又引李甲相見。十娘指月朗道:“前日路資,是此位姐姐所貸,郎君可致謝。”李甲連連作揖。月朗便教十娘梳洗,一面去請徐素素來家相會。十娘梳洗已畢,謝、徐二美人各出所有,翠鈿金釧,瑶簪寶珥,錦袖花裙,鸞帶繡履,把杜十娘裝扮得焕然一新,備酒作慶賀筵席。月朗讓卧房與李甲、杜媺二人過宿。次日,又大排筵席,遍請院中姊妹。凡十娘相厚者,無不畢集。都與他夫婦把盞稱喜。吹彈歌舞,各逞其長,務要盡歡,直飲至夜分。十娘向衆姊妹,一一稱謝。衆姊妹道:“十姊爲風流領袖,今從郎君去,我等相見無日。何日長行[38],姊妹們尚當奉送。”月朗道:“候有定期,小妹當來相報。但阿姊千里間關[39],同郎君遠去,囊篋蕭條,曾無約束[40],此乃吾等之事。當相與共謀之,勿令姊有窮途之慮也。”衆姊妹各唯唯而散。是晚,公子和十娘仍宿謝家。至五鼓,十娘對公子道:“吾等此去,何處安身?郎君亦曾計議有定着否?”公子道:“老父盛怒之下,若知娶妓而歸,必然加以不堪,反致相累。展轉尋思,尚未有萬全之策。”十娘道:“父子天性,豈能終絶。既然倉卒難犯,不若與郎君於蘇、杭勝地,權作浮居[41]。郎君先回,求親友於尊大人面前勸解和順,然後攜妾于歸[42],彼此安妥。”公子道:“此言甚當。”次日,二人起身辭了謝月朗,暫往柳監生寓中,整頓行裝。杜十娘見了柳遇春,倒身下拜,謝其周全之德:“異日我夫婦必當重報。”遇春慌忙答禮道:“十娘鍾情所歡,不以貧窶易心[43],此乃女中豪桀。僕因風吹火,諒區區何足掛齒!”三人又飲了一日酒。次早,擇了出行吉日,僱倩轎馬停當。十娘又遣童兒寄信,别謝月朗。臨行之際,只見肩輿紛紛而至,乃謝月朗與徐素素拉衆姊妹來送行。月朗道:“十姊從郎君千里間關,囊中消索,吾等甚不能忘情。今合具薄贐[44],十姊可檢收,或長途空乏,亦可少助。”説罷,命從人挈一描金文具至前[45],封鎖甚固,正不知什麽東西在裏面。十娘也不開看,也不推辭,但殷勤作謝而已。須臾,輿馬齊集,僕夫催促起身。柳監生三盃别酒,和衆美人送出崇文門外,各各垂淚而别。正是:

他日重逢難預必,此時分手最堪憐。

再説李公子同杜十娘行至潞河[46]，舍陸從舟，卻好有瓜洲差使船轉回之便[47]，講定船錢，包了艙口。比及下船時，李公子囊中，並無分文餘剩。

你道杜十娘把二十兩銀子與公子，如何就没了？公子在院中闞得衣衫藍縷，銀子到手，未免在解庫中取贖幾件穿着[48]，又製辦了鋪蓋，剩來只勾轎馬之費。

公子正當愁悶，十娘道："郎君勿憂，衆姊妹合贈，必有所濟。"乃取鑰開箱。公子在傍，自覺慚愧，也不敢窺覷箱中虚實。只見十娘在箱裏取出一個紅絹袋來，擲於桌上道："郎君可開看之。"公子提在手中，覺得沉重，啓而觀之，皆是白銀，計數整五十兩。十娘仍將箱子下鎖，亦不言箱中更有何物。但對公子道："承衆姊妹高情，不惟途路不乏，即他日浮寓吴越間，亦可稍佐吾夫妻山水之費矣。"公子且驚且喜道："若不遇恩卿，我李甲流落他鄉，死無葬身之地矣！此情此德，白頭不敢忘也！"自此每談及往事，公子必感激流涕，十娘亦曲意撫慰。一路無話。

不一日，行至瓜洲，大船停泊岸口。公子別僱了民船，安放行李，約明日侵晨，剪江而渡。其時仲冬中旬，月明如水，公子和十娘坐於舟首。公子道："自出都門，困守一艙之中，四顧有人，未得暢語。今日獨據一舟，更無避忌。且已離塞北，初近江南，宜開懷暢飲，以舒向來抑鬱之氣，恩卿以爲何如？"十娘道："妾久疏談笑，亦有此心。郎君言及，足見同志耳。"

公子乃攜酒具於船首，與十娘鋪氈並坐，傳盃交盞。飲至半酣，公子執卮對十娘道："恩卿妙音，六院推首[49]，某相遇之初，每聞絶調[50]，輒不禁神魂之飛動。心事多違，彼此鬱鬱，鸞鳴鳳奏，久矣不聞。今清江明月，深夜無人，肯爲我一歌否？"十娘興亦勃發，遂開喉頓嗓，取扇按拍，嗚嗚咽咽，歌出元人施君美《拜月亭》雜劇上"狀元執盞與嬋娟"一曲，名《小桃紅》[51]。真個：

聲飛霄漢雲皆駐，響入深泉魚出遊。

卻説他舟有一少年，姓孫，名富，字善賚，徽州新安人氏。家資巨萬，積祖揚州種鹽[52]。年方二十，也是南雍中朋友。生性風流，慣向青樓買笑，紅粉追歡，若嘲風弄月，到是個輕薄的頭兒。事有偶然，其夜亦泊舟瓜洲渡口，獨酌無聊。忽聽得歌聲嘹喨，鳳吟鸞吹，不足喻其美。起立船頭，佇聽半晌，方知聲出鄰舟。正欲相訪，音響倏已寂然。乃遣僕者潛窺蹤跡，訪於舟人，但曉得是李相公僱的船，並不知歌者來歷。孫富想道："此歌者必非良家，怎生得他一見？"展轉尋思，通宵不寐。捱至五更，忽聞江風大作，及曉，彤雲密布，狂雪飛舞。怎見得，有詩爲證：

千山雲樹滅，萬徑人蹤絶。
扁舟蓑笠翁，獨釣寒江雪[53]。

因這風雪阻渡，舟不得開，孫富命艄公移船，泊於李家舟之傍。孫富貂帽狐裘，推窗假作看雪。值十娘梳洗方畢。纖纖玉手，揭起舟傍短簾，自潑盂中殘水，粉容微露，卻被孫富窺見了，果是國色天香，魂摇心蕩，迎眸注目，等候再見一面，杳不可得。沉思久之，乃倚窗

高吟高學士《梅花詩》二句道[54]:

雪滿山中高士臥,月明林下美人來。

李甲聽得鄰舟吟詩,舒頭出艙,看是何人。只因這一看,正中了孫富之計。孫富吟詩,正要引李公子出頭,他好乘機攀話。當下慌忙舉手,就問:"老兄尊姓何諱?"李公子敘了姓名鄉貫,少不得也問那孫富。孫富也敘過了,又敘了些太學中的閒話,漸漸親熱。孫富便道:"風雪阻舟,乃天遣與尊兄相會,實小弟之幸也。舟次無聊,欲同尊兄上岸,就酒肆中一酌,少領清誨,萬望不拒。"公子道:"萍水相逢,何當厚擾?"孫富道:"説那裏話!'四海之內,皆兄弟也'。"喝教艄公打跳[55],童兒張傘,迎接公子過船,就於船頭作揖,然後讓公子先行,自已隨後,各各登跳上涯。

行不數步,就有個酒樓。二人上樓,揀一副潔浄座頭,靠窗而坐。酒保列上酒肴。孫富舉盃相勸,二人賞雪飲酒。先説些斯文中套話,漸漸引入花柳之事。二人都是過來之人,志同道合,説得入港[56],一發成相知了。

孫富屏去左右,低低問道:"昨夜尊舟清歌者何人也?"李甲正要賣弄在行,遂實説道:"此乃北京名姬杜十娘也。"孫富道:"既係曲中姊妹,何以歸兄?"公子遂將初遇杜十娘,如何相好,後來如何要嫁,如何借銀討他,始末根由,備細述了一遍。孫富道:"兄攜麗人而歸,固是快事,但不知尊府中能相容否?"公子道:"賤室不足慮。所慮者老父性嚴,尚費躊躇耳!"孫富將機就機,便問道:"既是尊大人未必相容,兄所攜麗人,何處安頓?亦曾通知麗人,共作計較否?"公子攢眉而答道:"此事曾與小妾議之。"孫富欣然問道:"尊寵必有妙策。"公子道:"他意欲僑居蘇杭,流連山水,使小弟先回,求親友宛轉於家君之前,俟家君回嗔作喜,然後圖歸。高明以爲何如?"孫富沉吟半晌,故作愀然之色道:"小弟乍會之間,交淺言深,誠恐見怪。"公子道:"正賴高明指教,何必謙遜?"孫富道:"尊大人位居方面[57],必嚴帷薄之嫌[58],平時既怪兄遊非禮之地,今日豈容兄娶不節之人。況且賢親貴友,誰不迎合尊大人之意者?兄枉去求他,必然相拒。就有個不識時務的進言於尊大人之前,見尊大人意思不允,他就轉口了。兄進不能和睦家庭,退無詞以回復尊寵,即使流連山水,亦非長久之計。萬一資斧困竭[59],豈不進退兩難!"

公子自知手中只有五十金,此時費去大半,説到資斧困竭,進退兩難,不覺點頭道是。孫富又道:"小弟還有句心腹之談,兄肯俯聽否?"公子道:"承兄過愛,更求盡言。"孫富道:"疏不間親,還是莫説罷。"公子道:"但説何妨?"孫富道:"自古道,'婦人水性無常',況煙花之輩,少真多假。他既係六院名姝,相識定滿天下;或者南邊原有舊約,借兄之力,挈帶而來,以爲他適之地。"公子道:"這個恐未必然。"孫富道:"即不然,江南子弟,最工輕薄,兄留麗人獨居,難保無踰牆鑽穴之事[60],若挈之同歸,愈增尊大人之怒。爲兄之計,未有善策。況父子天倫,必不可絶。若爲妾而觸父,因妓而棄家,海內必以兄爲浮浪不經之人。異日妻不以爲夫,弟不以爲兄,同袍不以爲友[61],兄何以立於天地之間?兄今日不可不熟思也!"

公子聞言,茫然自失,移席問計:"據高明之見,何以教我?"孫富道:"僕有一計,於兄甚便;只恐兄溺枕席之愛[62],未必能行,使僕空費詞説耳!”公子道:“兄誠有良策,使弟再覩家園之樂,乃弟之恩人也,又何憚而不言耶?”孫富道:“兄飄零歲餘,嚴親懷怒,閨閣離心,設身以處兄之地,誠寢食不安之時也。然尊大人所以怒兄者,不過爲迷花戀柳,揮金如土,異日必爲棄家蕩産之人,不堪繼承家業耳!兄今日空手而歸,正觸其怒。兄倘能割衽席之愛,見機而作,僕願以千金相贈。兄得千金,以報尊大人,只説在京授館,並不曾浪費分毫,尊大人必然相信。從此家庭和睦,當無間言[63],須臾之間,轉禍爲福。兄請三思。僕非貪麗人之色,實爲兄效忠於萬一也。”

李甲原是没主意的人,本心懼怕老子,被孫富一席話,説透胸中之疑,起身作揖道:“聞兄大教,頓開茅塞。但小妾千里相從,義難頓絶,容歸與商之。得其心肯,當奉復耳。”孫富道:“説話之間,宜放婉曲。彼既忠心爲兄,必不忍使兄父子分離,定然玉成兄還鄉之事矣。”二人飲了一回酒,風停雪止,天色已晚。孫富教家僮算還了酒錢,與公子攜手下船。正是:

逢人且説三分話,未可全抛一片心。

卻説杜十娘在舟中,擺設酒果,欲與公子小酌,竟日未回,挑燈以待。公子下船,十娘起迎。見公子顔色匆匆,似有不樂之意,乃滿斟熱酒勸之。公子摇首不飲,一言不發,竟自上床睡了。

十娘心中不悦,乃收拾盃盤,爲公子解衣就枕,問道:“今日有何見聞,而懷抱鬱鬱如此?”公子嘆息而已,終不啓口。問了三四次,公子已睡去了。十娘委決不下,坐於床頭而不能寐。

到夜半,公子醒來,又嘆一口氣。十娘道:“郎君有何難言之事,頻頻嘆息?”公子擁被而起,欲言不語者幾次,撲簌簌掉下淚來。

十娘抱持公子於懷間,軟言撫慰道:“妾與郎君情好已及二載,千辛萬苦,歷盡艱難,得有今日。然相從數千里,未曾哀戚;今將渡江,方圖百年歡笑,如何反起悲傷?必有其故。夫婦之間,死生相共,有事盡可商量,萬勿諱也!”

公子再四被逼不過,只得含淚而言道:“僕天涯窮困,蒙恩卿不棄,委曲相從,誠乃莫大之德也。但反覆思之,老父位居方面,拘於禮法,況素性方嚴,恐添嗔怒,必加黜逐,你我流蕩,將何底止?夫婦之歡難保,父子之倫又絶。日間蒙新安孫友邀飲,爲我籌及此事,寸心如割!”

十娘大驚道:“郎君意將如何?”公子道:“僕事内之人,當局而迷。孫友爲我畫一計頗善,但恐恩卿不從耳!”十娘道:“孫友者何人?計如果善,何不可從?”公子道:“孫友名富,新安鹽商,少年風流之士也。夜間聞子清歌,因而問及。僕告以來歷,並談及難歸之故。渠意欲以千金聘汝,我得千金,可藉口以見吾父母;而恩卿亦得所天[64]。但情不能捨,是以悲泣。”説罷,淚如雨下。

十娘放開兩手,冷笑一聲道:“爲郎君畫此計者,此人乃大英雄也!郎君千金之資,既得恢復,而妾歸他姓,又不致爲行李之累,發乎情,止乎禮,誠兩便之策也。那千金在哪裏?”公子收淚道:"未得恩卿之諾,金尚留彼處,未曾過手。"十娘道:"明早快快應承了他,不可挫過機會。但千金重事,須得兑足,交付郎君之手,妾始過舟,勿爲賈豎子所欺[65]。"

時已四鼓,十娘即起身挑燈梳洗道:"今日之妝,乃迎新送舊,非比尋常。"於是脂粉香澤,用意修飾,花鈿繡襖,極其華艷,香風拂拂,光采照人。

裝束方完,天色已曉。孫富差家僮到船頭候信。十娘微窺公子,欣欣似有喜色,乃催公子快去回話,及早兑足銀子。公子親到孫富船中,回復依允。孫富道:"兑銀易事,須得麗人妝臺爲信。"公子又回復了十娘。十娘即指描金文具道:"可便擡去。"孫富喜甚,即將白銀一千兩,送到公子船中。

十娘親自檢看,足色足數,分毫無爽。乃手把船舷,以手招孫富。孫富一見,魂不附體。十娘啓朱唇,開皓齒道:"方纔箱子可暫發來,内有李郎路引一紙[66],可檢還之也。"

孫富視十娘已爲"甕中之鱉",即命家僮送那描金文具,安放船頭之上。十娘取鑰開鎖,内皆抽替小箱[67]。十娘叫公子抽第一層來看,只見翠羽明璫,瑶簪寶珥,充牣於中[68],約值數百金。十娘遽投之江中。李甲與孫富及兩船之人,無不驚詫。又命公子再抽一箱,乃玉簫金管;又抽一箱,盡古玉紫金玩器,約值數千金。十娘盡投之於大江中。岸上之人,觀者如堵,齊聲道:"可惜,可惜!"正不知什麽緣故。最後又抽一箱,箱中復有一匣。開匣視之,夜明之珠,約有盈把。其他祖母緑、貓兒眼[69],諸般異寶,目所未睹,莫能定其價之多少。衆人齊聲喝采,喧聲如雷。十娘又欲投之於江。李甲不覺大悔,抱持十娘慟哭。那孫富也來勸解。

十娘推開公子在一邊,向孫富罵道:"我與李郎備嘗艱苦,不是容易到此;汝以姦淫之意,巧爲讒説,一旦破人姻緣,斷人恩愛,乃我之仇人。我死而有知,必當訴之神明,尚妄想枕席之歡乎!"又對李甲道:"妾風塵數年[70],私有所積,本爲終身之計。自遇郎君,山盟海誓,白首不渝。前出都之際,假託衆姊妹相贈,箱中韞藏百寶,不下萬金。將潤色郎君之裝,歸見父母,或憐妾有心,收佐中饋[71],得終委托,生死無憾。誰知郎君相信不深,惑於浮議[72],中道見棄,負妾一片真心。今日當衆目之前,開箱出視,使郎君知區區千金,未爲難事。妾櫝中有玉[73],恨郎眼内無珠。命之不辰[74],風塵困瘁,甫得脱離,又遭棄捐,今衆人各有耳目,共作證明,妾不負郎君,郎君自負妾耳!"

於是衆人聚觀者,無不流涕,都唾罵李公子負心薄倖。公子又羞又苦,且悔且泣。方欲向十娘謝罪,十娘抱持寶匣,向江心一跳。衆人急呼撈救。但見雲暗江心,波濤滚滚,杳無蹤影。可惜一個如花似玉的名姬,一旦葬於江魚之腹!

三魂渺渺歸水府,七魄悠悠入冥途。

當時旁觀之人,皆咬牙切齒,争欲拳毆李甲和那孫富。慌得李、孫二人,手足無措,急叫開船,分途遁去。李甲在舟中,看了千金,轉憶十娘,終日愧悔,鬱成狂疾,終身不痊。孫富自那日受驚得病,卧床月餘,終日見杜十娘在傍詬罵,奄奄而逝。人以爲江中之報也。

卻説柳遇春在京坐監完滿,束裝回鄉,停舟瓜步[75]。偶臨江净臉,失墜銅盆於水,覓漁人找撈。及至撈起,乃是個小匣兒。遇春啓匣觀看,内皆明珠異寶,無價之珍。遇春厚賞漁人,留於床頭把玩。是夜夢中見江中一女子,凌波而來,視之,乃杜十娘也。近前萬福,訴以李郎薄倖之事。又道:"向承君家慷慨,以一百五十金相助,本意息肩之後[76],徐圖報答。不意事無終始;然每懷盛情,悒悒未忘。早間曾以小匣托漁人奉致,聊表寸心,從此不復相見矣。"言訖,猛然驚醒,方知十娘已死,嘆息累日。

後人評論此事,以爲孫富謀奪美色,輕擲千金,固非良士;李甲不識杜十娘一片苦心,碌碌蠢才,無足道者。獨謂十娘千古女俠,豈不能覓一佳侶,共跨秦樓之鳳[77],乃錯認李公子,明珠美玉,投於盲人,以致恩變爲仇,萬種恩情,化爲流水,深可惜也!

人民文學出版社《警世通言》卷三十二,略有删節

【註釋】

[1] 萬曆,明神宗朱翊鈞的年號(一五七三——一六一九)。按,此句以前,有入話一段,删去。

[2] 納粟入監,捐納粟米(或銀子)取得進入國子監的權利。監,國子監,當時最高學府。有了監生的資格,就可以去考舉人。

[3] 布政,即布政使。明初分全國爲十三個承宣布政使司,相當於十三個省,每司設一布政使,作爲最高的行政長官。

[4] 在庠(xiáng 祥),已經進了學。

[5] 登科,這裏指中舉。

[6] 北雍,周代太學有五,中曰"辟雍",後世因以爲國學的代稱。明代北京和南京均設有國子監,因稱在北京的爲北雍,在南京的爲南雍。

[7] 坐監,正式在國子監裏讀書的叫坐監。

[8] 監生,國子監生員的簡稱,又稱太學生。教坊司,原爲古代主管音樂歌舞的機關,唐代設左右教坊,掌俳優雜技。明代的教坊司專管樂舞承應,屬於禮部,娼妓也屬教坊司管。此處的院内,即指妓院。

[9] 卓氏文君,即卓文君,漢臨邛(qióng 窮)(今四川省邛崍縣)人,卓王孫之女,有文才,通音樂。司馬相如在卓王孫家,時文君新寡,相如以琴挑之,文君夜奔相如。《西京雜記》:"文君姣好,眉色如望遠山,臉際常若芙蓉。"

[10] 白家樊素,唐白居易的姬妾。孟棨《本事詩·事感》:"白尚書姬人樊素,善歌,妓人小蠻,善舞。嘗爲詩曰:'櫻桃樊素口,楊柳小蠻腰。'"

[11] 破瓜,指女子破身。

[12] 斗筲(shāo 燒),斗,量器;筲,竹製容器。容量都很小。斗筲之量,喻酒量很小。

[13] 撒漫,揮霍,用錢闊綽。

[14] 幫襯,此處作巴結、獻殷勤解。

[15] 鴇(bǎo 保),年老的妓女。俗因稱妓母爲鴇兒,又稱老鴇。此處鴇兒指下文的杜媽媽。

[16] 從良,妓女脱離樂籍,嫁作良家妻妾,叫從良。

[17] 脅肩諂笑,聳着肩架,裝出媚笑。此處形容鴇兒巴結人的醜態。《孟子·滕文公》:"脅肩諂笑,病於夏畦。"

[18] 闞,同“嫖”。

[19] 手頭,手裏的錢。短,少。

[20] 不統口,不答理。

[21] 温克,猶言温恭自持。温,温和;克,克制。《詩經・小雅・小宛》:“人之齊聖,飲酒温克。”

[22] 行户,與下文行院,都是妓院的隱稱。

[23] 混帳,胡鬧。此處指糊里糊塗過日子。

[24] 鍾馗(kuí 葵)老,即鍾馗。民間傳説鍾馗是管鬼的。

[25] 退財白虎,意謂不讓錢財上門的兇神。白虎,兇神。

[26] 開了大門七件事,指每日最基本的七種生活開支:柴、米、油、鹽、醬、醋、茶。

[27] 粉頭,妓女。

[28] 孤拐,指脚髁骨。《西遊記》第十五回,行者道:“伸過孤拐來,各打五棍見面,與老孫散散心!”

[29] 十齋,信佛的人於夏曆每月初一、初八、十四、十五、十八、廿三、廿四、廿八、廿九、三十日不喫葷腥,稱爲十齋。

[30] 虔(qián 前)婆,猶言賊婆,罵人語。此處指鴇母。

[31] 教坊落籍,從教坊除去名籍。古代妓女必須先從教坊除去名籍後,方得從良。教坊,教坊司,參見本文注[8]。

[32] 招架,與招攬同,有招呼承應之意,此處謂應酬,接口。

[33] 煙花,妓女的代稱。

[34] 曲中,曲本是里内的小巷。孫棨《北里志》:“平康里入北門東回三曲,即諸妓所居之聚也。妓中有錚錚者,多居南曲、中曲,其循牆一曲者,卑屑妓所居也。”後因以曲中稱妓女所居之處。

[35] 褻(xiè 屑)瀆(dú 讀),輕慢,侮蔑。

[36] 開交,猶言放手,丢開。

[37] 銖兩,二十四銖爲一兩,銖兩是説極少的一點銀子。

[38] 長行,遠行。

[39] 間關,形容道路的艱險。《漢書・王莽傳》:“間關至漸臺。”千里間關,意謂行程又遥遠又艱難。

[40] 約束,此處作準備解。曾無約束,意謂物質上全無準備,也即上句囊篋蕭條之意。

[41] 浮居,暫住。

[42] 于歸,古代稱女子出嫁爲于歸。《詩經・周南・桃夭》:“之子于歸,宜其室家。”此處作歸家解。

[43] 貧窶(jù 據),貧窮。

[44] 贐(jìn 近),送給人的路費。

[45] 文具,此處指文具箱子或首飾箱子。

[46] 潞河,一稱白河,爲北運河上游。

[47] 瓜洲,鎮名,在今江蘇省邗江縣南。差使船,給官府臨時當差的船。

[48] 解庫,典當鋪。

[49] 六院,明初南京的妓院。或説是教坊司所屬的官妓集聚處。其後六院便成爲妓院的代稱。

[50] 絶調,卓絶的音調。

[51]《拜月亭》雜劇,明人相傳爲元代施惠(字君美)所撰。寫蔣世隆與王瑞蘭,陀滿興福與蔣世隆之妹

瑞蓮的婚姻故事。《小桃紅》曲見世德堂刊本《拜月亭記》第四十三折《成親團圓》齣內。“狀元執盞與嬋娟”是該曲大意,不是曲中原句。

[52] 種鹽,製鹽。鹽出自鹽田,故稱種製。

[53] 此爲唐柳宗元《江雪》詩,但文字有出入。

[54] 高學士,指明初詩人高啓,字季迪,自號青丘子。

[55] 跳,船上跳板。打跳,把跳板舖起來。

[56] 入港,指言語投合。

[57] 位居方面,古時封疆大臣,獨當一面稱爲方面官。李甲的父親是布政使,在明代是一省最高的官,所以説位居方面。

[58] 必嚴帷薄之嫌,意謂必定嚴肅地維持男女之間的封建禮防。帷,幔;薄,簾。均爲障隔内外之具。封建時代,女子住内室,不與外界男子接觸。賈誼《新書·階級》:“古者大臣有坐……男女無別者,不謂污穢,曰帷薄不修。”

[59] 資斧,盤纏,旅費。

[60] 踰牆鑽穴,指偷情、幽會之類的事情。《孟子·滕文公》:“不待父母之命,媒妁之言,鑽穴隙相窺,踰牆相從,則父母國人皆賤之。”

[61] 同袍,《詩經·秦風·無衣》:“豈曰無衣,與子同袍。”後世軍人因以同袍相稱。此處指朋友。袍,衣服。

[62] 枕席之愛,與下文衽席之愛,皆指夫妻之愛。

[63] 間(jiàn 漸)言,嫌隙之言。間的本義是罅隙,因此挑撥離間之言稱間言。

[64] 所天,丈夫。《文選》潘岳《寡婦賦》:“適人而所天又殞。”按,古也有稱君上或稱父親爲所天者,惟近世多用以稱丈夫。

[65] 賈豎子,猶市儈。

[66] 路引,出行時所領的執照,此處指國子監所發給的回籍證。

[67] 抽替,即抽屜、抽斗。

[68] 充牣(rèn 刃),充滿。

[69] 祖母綠,又名綠柱玉,一種純色的綠寶石,通體透明似玻璃。貓兒眼,又名貓睛石,因其光彩變化似貓睛而得名。兩者都是名貴的寶石。

[70] 風塵,此處指妓女艱苦屈辱的生活。

[71] 中饋(kuì 愧),進食於尊長叫饋,舊時婦女多在家料理飲食之事,故稱婦職爲主持中饋,於是中饋便引申爲妻子的代稱。佐中饋,便是爲妾。

[72] 浮議,没有根據的議論。

[73] 櫝(dú 獨)中有玉,箱裏藏有珍珠寶物。下句眼内無珠,猶言没長眼睛。

[74] 命之不辰,猶言命不好。不辰,生不逢時。

[75] 瓜步,瓜步鎮,在今江蘇省六合縣東南瓜步山下。

[76] 息肩,放下擔子,此處指獲得安定的生活。

[77] 共跨句:神話傳説,春秋時,蕭史擅長吹簫,秦穆公把女兒弄玉嫁給他,夫妻住一樓上,蕭史常教弄玉吹簫,感情很好,一日,正吹簫間,招來了赤龍、紫鳳,於是,蕭史騎龍,弄玉跨鳳,一同飛昇。

灌園叟晚逢仙女

【解題】 本篇通過灌園叟的遭遇，揭露了封建社會的黑暗和勞動人民所受的種種迫害。主題鮮明，形象生動。篇中宣揚因果報應的描寫是它的局限性。

連宵風雨閉柴門，落盡深紅只柳存。
欲掃蒼苔且停帚，階前點點是花痕。

這首詩爲惜花而作。昔唐時有一處士姓崔[1]，名玄微，平昔好道，不娶妻室，隱於洛東。所居庭院寬敞，徧植花卉竹木，構一室在萬花之中，獨處於內。童僕都居花外，無故不得輒入。如此三十餘年，足跡不出園門。時值春日，院中花木盛開，玄微日夕徜徉其間[2]。一夜，風清月朗，不忍捨花而睡，乘着月色，獨步花叢中。忽見月影下，一青衣冉冉而來[3]，玄微驚訝道："這時節那得有女子到此行動？"心下雖然怪異，又説道："且看她到何處去？"那青衣不往東，不往西，徑至玄微面前，深深道個萬福[4]。玄微還了禮，問道："女郎是誰家宅眷？因何深夜至此？"那青衣啓一點朱唇，露兩行碎玉道[5]："兒家與處士相近。今與女伴過上東門[6]，訪表姨，欲借處士院中暫憩，不知可否？"玄微見來得奇異，欣然許之。青衣稱謝，原從舊路轉去。不一時，引一隊女子，分花約柳而來，與玄微一一相見。玄微就月下仔細看時，一個個姿容媚麗，體態輕盈，或濃或淡，妝束不一。隨從女郎，盡皆妖艷。正不知從那裏來的。相見畢，玄微邀進室中，分賓主坐下。開言道："請問諸位女娘姓氏。今訪何姻戚，乃得光降鄙園？"一衣緑裳者答道："妾乃楊氏。"指一穿白的道："此位李氏。"又指一衣絳服的道："此位陶氏。"遂逐一指示。最後到一緋衣小女，乃道："此位姓石，名阿措。我等雖則異姓，俱是同行姊妹。因封家十八姨，數日云欲來相看，不見其至。今夕月色甚佳，故與姊妹們同往候之。二來素蒙處士愛重，妾等順便相謝。"玄微方待酬答，青衣報道："封家姨至。"衆皆驚喜出迎。玄微閃過半邊觀看。衆女子相見畢，説道："正要來看十八姨，爲主人留坐，不意姨至；足見同心。"各向前致禮。十八姨道："屢欲來看卿等，俱爲使命所阻。今乘間至此[7]。"衆女道："如此良夜，請姨寬坐，當以一尊爲壽。"遂授旨青衣去取。十八姨問道："此地可坐否？"楊氏道："主人甚賢，地極清雅。"十八姨道："主人安在？"玄微趨出相見。舉目看十八姨，體態飄逸，言詞泠泠有林下風氣[8]。近其傍，不覺寒氣侵肌，毛骨竦然。遜入堂中[9]，侍女將桌椅已是安排停當。請十八姨居於上席。衆女挨次而坐。玄微末位相陪。不一時，衆青衣取到酒餚，擺設上來，佳餚異果，羅列滿案。酒味醇美，其甘如飴，俱非人世所有。此時月色倍明，室中照耀，如同白日，滿坐芳香，馥馥襲人[10]。賓主酬酢[11]，盃觥交雜。酒至半酣，一紅裳女子滿斟大觥，送與十八姨道："兒有一歌，請爲歌之。"歌云：

絳衣披拂露盈盈，淡染胭脂一朵輕。
自恨紅顔留不住，莫怨春風道薄情。

歌聲清婉，聞者皆淒然。又一白衣女子送酒道："兒亦有一歌。"歌云：

皎潔玉顔勝白雪，況乃當年對芳月。
沉吟不敢怨春風，自嘆容華暗消歇。

其音更覺慘切。那十八姨性頗輕佻，卻又好酒。多了幾盃，漸漸狂放。聽了二歌，乃道："值此芳辰美景，賓主正歡，何遽作傷心語。歌旨又深刺干[12]，殊爲慢客。須各罰以大觥，當另歌之。"遂手斟一盃遞來。酒醉手軟，持不甚牢，盃纔舉起，不想袖在箸上一兜，撲碌的連盃打翻。這酒若翻在别個身上，卻也罷了，恰恰裏盡潑在阿措身上。阿措年嬌貌美，性愛整齊，穿的卻是一件大紅簇花緋衣。那紅衣最忌的是酒，纔沾滴點，其色便敗，怎經得這一大盃酒！況且阿措也有七八分酒意，見污了衣服，作色道[13]："諸姊妹有所求，吾不畏爾！"即起身往外就走。十八姨也怒道："小女弄酒[14]，敢與吾爲抗耶?"亦拂衣而起[15]。衆女子留之不住，齊勸道："阿措年幼，醉後無狀[16]，望勿記懷。明日當率來請罪。"相送下階。十八姨忿忿向東而去。衆女子與玄微作别，向花叢中四散而走。玄微欲觀其踪跡，隨後送之。步急苔滑，一交跌倒。掙起身來看時，衆女子俱不見了。心中想道："是夢卻又未曾睡臥；若是鬼，又衣裳楚楚，言語歷歷；是人，如何又倏然無影[17]?"胡猜亂想，驚疑不定。回入堂中，桌椅依然，擺設盃盤，一毫已無；惟覺餘馨滿室。雖異其事，料非禍祟，卻也無懼。

到次晚，又往花中步玩。見諸女子已在，正勸阿措往十八姨處請罪。阿措怒道："何必更懇此老嫗？有事只求處士足矣。"衆皆喜道："妹言甚善。"齊向玄微道："吾姊妹皆住處士苑中，每歲多被惡風所撓，居止不安。常求十八姨相庇。昨阿措誤觸之，此後應難取力。處士倘肯庇護，當有微報耳。"玄微道："某有何力，得庇諸女?"阿措道："只求處士每歲元旦，作一朱幡[18]，上圖日月五星之文，立於苑東，吾輩則安然無恙矣。今歲已過，請於此月二十一日平旦[19]，微有東風，即立之，可免本日之難。"玄微道："此乃易事，敢不如命。"齊聲謝道："得蒙處士慨允，必不忘德。"言訖而别，其行甚疾。玄微隨之不及。忽一陣香風過處，各失所在。玄微欲驗其事，次日即製辦朱幡。候至二十一日，清早起來，果然東風微拂。急將幡樹立苑東。少頃，狂風振地，飛沙走石，自洛南一路，摧林折樹；苑中繁花不動。玄微方曉諸女者，衆花之精也。緋衣名阿措，即安石榴也。封十八姨，乃風神也。到次晚，衆女各裹桃杏花數斗來謝道："承處士脱某等大難，無以爲報。餌此花英，可延年卻老。願長如此衛護，某等亦可收長生。"玄微依其言服之，果然容顔轉少，如三十許人。後得道仙去。有詩爲證：

洛中處士愛栽花，歲歲朱幡繪採茶。
學得餐英堪不老，何須更覓棗如瓜[20]。

列位莫道小子説風神與花精往來，乃是荒唐之語。那九州四海之中，目所未見，耳所未聞，不載史册，不見經傳，奇奇怪怪，蹺蹺蹊蹊的事，不知有多多少少。就是張華的《博物志》[21]，也不過志其一二；虞世南的行書橱[22]，也包藏不得許多。此等事甚是平常，不足爲異。然雖如此，又道是子不語怪[23]，且閣過一邊。只那惜花致福，損花折壽，乃現在功德，須不是亂道。列位若不信時，還有一段灌園叟晚逢仙女的故事，待小子説與列位看官們聽。

若平日愛花的,聽了自然將花分外珍重;内中或有不惜花的,小子就將這話勸他,惜花起來;雖不能得道成仙,亦可以消閑遣悶。

你道這段話文出在那個朝代?何處地方?就在大宋仁宗年間,江南平江府東門外長樂村中[24]。這村離城只去三里之遠。村上有個老者,姓秋名先,原是莊家出身,有數畝田地,一所草房。媽媽水氏已故,别無兒女。那秋先從幼酷好栽花種果,把田業都撇棄了,專於其事。若偶覓得種異花,就是拾着珍寶,也没有這般歡喜。隨你極緊要的事出外,路上逢着人家有樹花兒,不管他家容不容,便陪着笑臉,捱進去求玩,若平常花木,或家裏也在正開,還轉身得快;倘然是一種名花,家中没有的,雖或有,已開過了,便將正事撇在半邊,依依不捨,永日忘歸[25]。人都叫他是花癡。或遇見賣花的有株好花,不論身邊有錢無錢,一定要買。無錢時便脱身上衣服去解當。也有賣花的知他僻性,故高其價,也只得忍貴買回。又有那破落户曉得他是愛花的,各處尋覓好花折來,把泥假捏個根兒哄他,少不得也買。有恁般奇事!將來種下[26],依然肯活。日積月累,遂成了一個大園。那園周圍編竹爲籬,籬上交纏薔薇、荼蘼、木香、刺梅、木槿、棣棠、金雀,籬邊撒下蜀葵、鳳仙、雞冠、秋葵、鶯粟等種。更有那金萱、百合、剪春羅、剪秋羅、滿地嬌、十様錦、美人蓼、山躑躅、高良姜、白蛺蝶、夜落金錢、纏枝牡丹等類,不可枚舉。遇開放之時,爛如錦屏。遠離數步,盡植名花異卉。一花未謝,一花又開。向陽設兩扇柴門,門内一條竹徑,兩邊都結柏屏遮護,轉過柏屏,便是三間草堂。房雖草覆,卻高爽寬敞,窗槅明亮。堂中掛一幅無名小畫,設一張白木卧榻。桌凳之類,色色潔浄。打掃得地下無纖毫塵垢。堂後精舍數間,卧室在内。那花卉無所不有,十分繁茂。真個四時不謝,八節長春,但見:

> 梅標清骨,蘭挺幽芳。茶呈雅韻,李謝濃妝。杏嬌疏雨,菊傲嚴霜。水仙冰肌玉骨,牡丹國色天香。玉樹亭亭階砌,金蓮冉冉池塘。芍藥芳姿少比,石榴麗質無雙。丹桂飄香月窟,芙蓉冷艷寒江。梨花溶溶夜月,桃花灼灼朝陽。山茶花寶珠稱貴,蠟梅花磬口方香[27]。海棠花西府爲上[28],瑞香花金邊最良。玫瑰、杜鵑,爛如雲錦,繡球、郁李,點綴風光。説不盡千般花卉,數不了萬種芬芳。

籬門外,正對着一個大湖,名爲朝天湖,俗名荷花蕩。這湖東連吴淞江,西通震澤,南接龐山湖。湖中景致,四時晴雨皆宜。秋先於岸旁堆土作堤,廣植桃柳。每至春時,紅緑間發,宛似西湖勝景。沿湖徧插芙蓉,湖中種五色蓮花。盛開之日,滿湖錦雲爛熳,香氣襲人,小舟蕩槳採菱,歌聲泠泠。遇斜風微起,偎船競渡,縱横如飛。柳下漁人,艤船曬網[29]。也有戲魚的,結網的,醉卧船頭的,没水賭勝的,歡笑之音不絶。那賞蓮游人,畫船簫管鱗集,至黄昏回棹,燈火萬點,間以星影螢光,錯落難辨[30]。深秋時,霜風初起,楓林漸染黄碧,野岸衰柳芙蓉,雜間白苹紅蓼,掩映水際;蘆葦中鴻雁羣集,嘹嚦干雲,哀聲動人,隆冬天氣,彤雲密布,六花飛舞[31],上下一色。那四時景致,言之不盡。有詩爲證:

朝天湖畔水連天,不唱漁歌即採蓮。
小小茅堂花萬種,主人日日對花眠。

按下散言，且説秋先每日清晨起來，掃盡花底落葉，汲水逐一灌溉。到晚上又澆一番。若有一花將開，不勝歡躍。或暖壺酒兒，或烹甌茶兒，向花深深作揖，先行澆奠，口稱“花萬歲”三聲，然後坐於其下，淺斟細嚼。酒酣興到，隨意歌嘯。身子倦時，就以石爲枕，卧在根旁，自半含至盛開，未嘗暫離。如見日色烘烈[32]，乃把棕拂蘸水沃之。遇着月夜，便連宵不寐。倘值了狂風暴雨，即披蓑頂笠，周行花間檢視。遇有欹枝，以竹扶之。雖夜間還起來巡看幾次。若花到謝時，則累日嘆息，常至墮淚。又不捨得那些落花，以棕拂輕輕拂來，置於盤中，時常觀玩。直至乾枯，裝入净甕。滿甕之日，再用茶酒澆奠，慘然若不忍釋。然後親捧其甕，深埋長堤之下，謂之“葬花”。倘有花片被雨打泥污的，必以清水再四滌净，然後送入湖中，謂之“浴花”。

平昔最恨的是攀枝折朵。他也有一段議論，道：“凡花一年只開得一度，四時中只占得一時，一時中又只占得數日。他熬過了三時的冷淡，才討得這數日的風光。看他隨風而舞，迎人而笑，如人正當得意之境，忽被摧殘，巴此數日甚難[33]，一朝折損甚易。花若能言，豈不嗟嘆。况就此數日間，先猶含蕊，後復零殘。盛開之時，更無多了。又有蜂採鳥啄蟲鑽，日炙風吹，霧迷雨打，全仗人去護惜他，卻反恣意拗折，於心何忍！且説此花自芽生根，自根生本，強者爲幹，弱者爲枝，一幹一枝，不知養成了多少年月。及候至花開，供人清玩，有何不美，定要折他！花一離枝，再不能上枝，枝一去幹，再不能附幹，如人死不可復生，刑不可復贖，花若能言，豈不悲泣！又想他折花的，不過擇其巧幹，愛其繁枝，插之瓶中，置之席上，或供賓客片時侑酒之歡，或助婢妾一日梳妝之飾。不思客觴可飽玩於花下，閨妝可借巧於人工！手中折了一枝，鮮花就少了一枝。今年伐了此幹，明年便少了此幹。何如延其性命，年年歲歲，玩之無窮乎？還有未開之蕊，隨花而去，此蕊竟槁滅枝頭，與人之童殀何異。又有原非愛玩，趁興攀折，既折之後，揀擇好歹，逢人取討，即便與之。或隨路棄擲，略不顧惜。如人横禍枉死，無處申冤。花若能言，豈不痛恨！”他有了這段議論，所以生平不折一枝，不傷一蕊。就是别人家園上，他心愛着那一種花兒，寧可終日看玩。假饒那花主人要取一枝一朵來贈他[34]，他連稱罪過，決然不要。若有傍人要來折花者，只除他看不見罷了；他若見時，就把言語再三勸止。人若不從其言，他情願低頭下拜，代花乞命。人雖叫他是花癡，多有可憐他一片誠心，因而住手者。他又深深作揖稱謝，又有小廝們要折花賣錢的，他便將錢與之，不教折損。或他不在時，被人折損，他來見有損處，必凄然傷感，取泥封之，謂之“醫花”。爲這件上，所以自己園中不輕易放人游玩。偶有親戚鄰友要看，難好回時，先將此話講過，纔放進去。又恐穢氣觸花，只許遠觀，不容親近。倘有不達時務的，捉空摘了一花一蕊，那老兒便要面紅頸赤，大發喉急[35]。下次就打駡他，也不容進去看了。後來人都曉得了他的性子，就一葉兒也不敢摘動。

大凡茂林深樹，便是禽鳥的巢穴。有花果處，越發千百爲羣。如單食果實，倒還是小事。偏偏只揀花蕊啄傷。惟有秋先卻將米穀置於空處飼之，又向禽鳥祈祝。那禽鳥卻也有知覺，每日食飽，在花間低飛輕舞，宛轉嬌啼，並不損一朵花蕊，也不食一個果實。故此産的果品最多，卻又大而甘美。每熟時，就先望空祭了花神，然後敢嘗，又遍送左近鄰家試新，餘下的方鬻。一年倒有若干利息。那老者因得了花中之趣，自少至老，五十餘年，略無倦意。筋骨愈覺強健。粗衣淡飯，悠悠自得。有得贏餘，就把來周濟村中貧乏。自此合村無不敬仰，又呼爲秋公。他自稱爲灌園叟。有詩爲證：

朝灌園兮暮灌園，灌成園上百花鮮。
花開每恨看不足，爲愛看園不肯眠。

話分兩頭。卻説城中有一人姓張，名委，原是個宦家子弟，爲人奸狡詭譎，殘忍刻薄。恃了勢力，專一欺鄰嚇舍，紥害良善[36]。觸着他的，風波立至，必要弄得那人破家蕩産，方才罷手。手下用一班如狼似虎的奴僕，又有幾個助惡的無賴子弟，日夜合做一塊，到處闖禍生災，受其害者無數。不想卻遇了一個又狠似他的，輕輕捉去，打得個臭死。及至告到官司，又被那人弄了些手脚，反問輸了。因粧了幌子[37]，自覺無顔，帶了四五個家人，同那一班惡少，暫在莊上遣悶。那莊正在長樂村中，離秋公家不遠。一日早飯後，喫得半酣光景，向村中閒走，不覺來到秋公門首。只見籬上花枝鮮媚，四圍樹木繁翳，齊道："這所在倒也幽雅！是那家的？"家人道："此是種花秋公園上，有名叫做花癡。"張委道："我常聞得説莊邊有什麽秋老兒，種得異様好花。原來就住在此。我們何不進去看看？"家人道："這老兒有些古怪，不許人看的。"張委道："别人或者不肯，難道我也是這般？快去敲門！"那時園中牡丹盛開，秋公剛剛澆灌完了，正將着一壺酒兒，兩碟果品，在花下獨酌，自取其樂。飲不上三盃，只聽得砰砰的敲門響，放下酒盃，走出來開門一看，見站着五六個人，酒氣直衝。秋公料到必是要看花的，便攔住門口，問道："列位有甚事到此？"張委道："你這老兒不認得我麽？我乃城裏有名的張衙内。那邊張家莊便是我家的，聞得你園中好花甚多，特來游玩。"秋公道："告衙内，老漢也没種甚好花，不過是桃杏之類，都已謝了。如今並没别様花卉。"張委睜起雙眼道："這老兒恁般可惡！看看花兒打甚緊，卻便回我没有。難道喫了你的！"秋公道："不是老漢説謊，果然没有。"張委那裏肯聽，向前叉開手，當胸一搡[38]，秋公站立不牢，踉踉蹌蹌，直撞過半邊。衆人一齊擁進。秋公見勢頭兇惡，只得讓他進去。把籬門掩上，隨着進來，向花下取過酒果，站在旁邊。衆人看那四邊花草甚多，惟有牡丹最盛。那花不是尋常玉樓春之類[39]，乃五種有名異品。那五種？

黄樓子　　綠蝴蝶　　西瓜穰　　舞青猊　　大紅獅頭

這牡丹乃花中之王，惟洛陽爲天下第一。有姚黄、魏紫名色，一本價值五千。你道因何獨盛於洛陽？只爲昔日唐朝有個武則天皇后，淫亂無道，寵幸兩個官兒，名唤張易之、張昌宗，於冬月之間，要游後苑，寫出四句詔來，道：

來朝游上苑，火速報春知。
百花連夜發，莫待曉風吹。

不想武則天原是應運之主，百花不敢違旨，一夜發蕊開花。次日駕幸後苑，只見千紅萬紫，芳菲滿目，單有牡丹花有些志氣，不肯奉承女主倖臣[40]，要一根葉兒也沒有。則天大怒，遂貶於洛陽。故此洛陽牡丹冠於天下。有一只《玉樓春》詞，單贊牡丹花的好處。詞云：

名花綽約東風裏，佔斷韶華都在此。芳心一片可人憐，春色三分愁雨洗。　玉人盡日懨懨地[41]，猛被笙歌驚破睡。起臨妝鏡似嬌羞，近日傷春輸與你。

那花正種在草堂對面，周圍以湖石攔之，四邊豎個木架子，上覆布幔，遮蔽日色。花本高有丈許，最低亦有六七尺，其花大如丹盤，五色燦爛，光華奪目。衆人齊贊："好花！"張委便踏上湖石去嗅那香氣。秋先極怪的是這節。乃道："衙內站遠些看，莫要上去。"張委惱他不容進來，心下正要尋事，又聽了這話，喝道："你那老兒住在我莊邊，難道不曉得張衙內名頭麽？有恁樣好花，故意回說沒有。不計較就勾了[42]，還要多言，那見得聞一聞就壞了花？你便這般說，我偏要聞。"遂把花逐朵攀下來，一個鼻子湊在花上去嗅。那秋老在旁，氣得敢怒而不敢言。也還道略看一回就去；誰知這廝故意賣弄道："有恁樣好花，如何空過？須把酒來賞玩。"吩附家人快去取。秋公見要取酒來賞，更加煩惱，向前道："所在蝸窄[43]，沒有坐處。衙內止看看花兒，酒還到貴莊上去喫。"張委指着地上道："這地下盡好坐。"秋公道："地上齷齪，衙內如何坐得？"張委道："不打緊，少不得有氈條遮襯。"不一時，酒肴取到，鋪下氈條，衆人團團圍坐，猜拳行令，大呼小叫，十分得意。只有秋公骨篤了嘴[44]，坐在一邊。

那張委看見花木茂盛，就起個不良之念，思想要吞佔他的。斜着醉眼，向秋公道："看你這蠢老兒不出，到會種花，卻也可取。賞你一盃。"秋公那裏有好氣答他，氣忿忿的道："老漢天性不會飲酒。不敢從命。"張委又道："你這園可賣麽？"秋公見口聲來得不好，老大驚訝，答道："這園是老漢的性命，如何捨得賣？"張委道："什麽性命不性命，賣與我罷了。你若沒去處，一發連身歸在我家。又不要做別事，單單替我種些花木，可不好麽？"衆人齊道："你這老兒好造化，難得衙內恁般看顧。還不快些謝恩？"秋公看見逐步欺負上來，一發氣得手足麻軟，也不去睬他。張委道："這老兒可惡！肯不肯，如何不答應我？"秋公道："說過不賣了，怎的只管問？"張委道："放屁！你若再說句不賣，就寫帖兒，送到縣裏去。"秋公氣不過，欲要搶白幾句[45]，又想一想：他是有勢力的人，卻又醉了，怎與他一般樣見識？且哄了去再處。忍着氣答道："衙內縱要買，必須從容一日，豈是一時急驟的事。"衆人道："這話也說得是。就在明日罷。"此時都已爛醉，齊立起身。家人收拾家伙先去。秋公恐怕折花，預先在花邊防護。那張委真個走向前，便要踹上湖石去採。秋先扯住道："衙內，這花雖是微物，但一年間不知費多少工夫，纔開得這幾朵。不爭折損了，深爲可惜。況折去不過二三日就謝了，何苦作這樣罪過！"張委喝道："胡說！有甚罪過！你明日賣了，便是我家之物。就都折盡，與你何干！"把手去推開。秋公揪住死也不放，道："衙內便殺了老漢，這花決不與你摘的。"衆人道："這老兒其實可惡！衙內采朵花兒，值什麽大事，妝出許多模樣！難道怕你就不摘了？"遂齊走上前亂摘。把那老兒急得叫屈連天，捨了張委，拚命去攔阻。扯了東邊，顧不得西首，頃刻間摘下許多。秋老心疼肉痛，罵道："你這班賊男女，無事登門，將我欺負，要這性命何用!”趕向張委身邊,撞個滿懷。去得勢猛,張委又多了幾盃酒,把脚不住,翻觔斗跌倒。衆人都道:“不好了！衙内打壞也!”齊將花撇下,便趕過來,要打秋公。内中有一個老成些的,見秋公年紀已老,恐打出事來,勸住衆人,扶起張委。張委因跌了這交,心中轉惱,趕上前打得個隻蕊不留,撒作遍地,意猶未足,又向花中踐踏一回。可惜好花,正是:

老拳毒手交加下,翠葉嬌花一旦休。
好似一番風雨惡,亂紅零落没人收。

當下只氣得個秋公搶地呼天,滿地亂滚。鄰家聽得秋公園中喧嚷,齊跑進來,看見花枝滿地狼藉,衆人正在行兇,鄰里盡喫一驚,上前勸住。問知其故,内中到有兩三個是張委的租户,齊替秋公陪個不是,虚心冷氣,送出籬門。張委道:“你們對那老賊説,好好把園送我,便饒了他。若説半個不字,須教他仔細着。”恨恨而去。鄰里們見張委醉了,只道酒話,不在心上。覆身轉來,將秋公扶起,坐在階沿上。那老兒放聲號慟。衆鄰里勸慰了一番,作别出去,與他帶上籬門,一路行走。内中也有怪秋公平日不容看花的,便道:“這老官兒真個忒煞古怪[46],所以有這樣事,也得他經一遭兒,警戒下次。”内中又有直道的道[47]:“莫説這没天理的話！自古道:‘種花一年,看花十日。’那看的但覺好看,贊聲好花罷了,怎得知種花的煩難。只這幾朶花,正不知費了許多辛苦,才培植得恁般茂盛。如何怪得他愛惜!”

不題衆人,且説秋公不捨得這些殘花,走向前將手去檢起來看,見踐踏得凋殘零落,塵垢沾污,心中凄慘,又哭道:“花阿！我一生愛護,從不曾損壞一瓣一葉,那知今日遭此大難!”正哭之間,只聽得背後有人叫道:“秋公爲何恁般痛哭?”秋公回頭看時,乃是一個女子,年約二八,姿容美麗,雅淡梳妝,卻不認得是誰家之女。乃收淚問道:“小娘子是那家？至此何幹?”那女子道:“我家住在左近。因聞你園中牡丹花茂盛,特來游玩,不想都已謝了。”秋公題起牡丹二字,不覺又哭起來。女子道:“你且説有甚苦情,如此啼哭?”秋公將張委打花之事説出。那女子笑道:“原來爲此緣故。你可要這花原上枝頭麽[48]?”秋公道:“小娘子休得取笑！那有落花返枝的理?”女子道:“我祖上傳得個落花返枝的法術,屢試屢驗。”秋公聽説,化悲爲喜道:“小娘子真個有這法術麽?”女子道:“怎的不真?”秋公倒身下拜道:“若得小娘子施此妙術,老漢無以爲報,但每一種花開,便來相請賞玩。”女子道:“你且莫拜,去取一碗水來。”秋公慌忙跳起去取水,心下又轉道:“如何有這樣妙法？莫不是見我哭泣,故意取笑?”又想道:“這小娘子從不相認,豈有耍我之理。還是真的。”急舀了一碗清水出來。擡頭不見了女子,只見那花都已在枝頭,地下並無一瓣遺存。起初每本一色,如今卻變做紅中間紫,淡内添濃,一本五色俱全,比先更覺鮮妍。有詩爲證:

曾聞湘子將花染[49],又見仙姬會返枝。
信是至誠能動物[50],愚夫猶自笑花癡。

當下秋公又驚又喜道:“不想這小娘子果然有此妙法。”只道還在花叢中,放下水,前來作謝。園中團團尋遍,並不見影。乃道:“這小娘子如何就去了?”又想道:“必定還在門口。須上去求他，傳了這個法兒。”一徑趕至門邊，那門卻又掩着。拽開看時，門首坐着兩個老者，就是左右鄰家，一個喚做虞公，一個叫做單老，在那裏看漁人曬網。見秋公出來，齊立起身拱手道：“聞得張衙内在此無理，我們恰往田頭，没有來問得。”秋公道：“不要説起，受了這班潑男女的嘔氣。虧着一位小娘子走來，用個妙法，救起許多花朵，不曾謝得他一聲，徑出來了。二位可看見往那一邊去的?”二老聞言，驚訝道：“花壞了，有甚法兒救得？這女子去幾時了?”秋公道：“剛方出來。”二老道：“我們坐在此好一回，並没個人走動，那見什麽女子?”秋公聽説，心下恍悟道：“恁般説，莫不這位小娘子是神仙下降?”二老問道：“你且説怎的救起花兒?”秋公將女子之事敍了一遍。二老道：“有如此奇事！待我們去看看。”秋公將門拴上，一齊走至花下，看了連聲稱異道：“這定然是個神仙。凡人那有此法力！”秋公即焚起一爐好香，對天叩謝。二老道：“這也是你平日愛花心誠，所以感動神仙下降。明日索性倒教張衙内這幾個潑男女看看，羞殺了他。”秋公道：“莫要！莫要！此等人即如惡犬，遠遠見了就該避之，豈可還引他來。”二老道：“這話也有理。”秋公此時非常歡喜，將先前那瓶酒熱將起來，留二老在花下玩賞，至晚而别。二老回去，即傳合村人都曉得，明日俱要來看，還恐秋公不許。誰知秋公原是有意思的人，因見神仙下降，遂有出世之念，一夜不寐，坐在花下存想。想至張委這事，忽地開悟道：“此皆是我平日心胸褊窄，故外侮得至。若神仙汪洋度量，無所不容，安得有此！”至次早，將園門大開，任人來看。先有幾個進來打探，見秋公對花而坐，但吩咐道：“任憑列位觀看，切莫要採便了。”衆人得了這話，互相傳開。那村中男子婦女，無有不至。

按下此處，且説張委至次早，對衆人説：“昨日反被那老賊撞了一交，難道輕恕了不成？如今再去要他這園。不肯時，多教些人從，將花木盡打個稀爛，方出這氣。”衆人道：“這園在衙内莊邊，不怕他不肯。只是昨日不該把花都打壞，還留幾朵，後日看看便是。”張委道：“這也罷了。少不得來年又發。我們快去，莫要使他停留長智。”衆人一齊起身，出得莊門，就有人説：“秋公園上神仙下降，落下的花，原都上了枝頭，卻又變做五色。”張委不信道：“這老賊有何好處，能感神仙下降？况且不前不後，剛剛我們打壞，神仙就來？難道這神仙是養家的不成？一定是怕我們又去，故此謅這話來央人傳説。見得他有神仙護衛，使我們不擺佈他。”衆人道：“衙内之言極是。”頃刻，到了園門口，見兩扇柴門大開，往來男女絡繹不絶，都是一般説話。衆人道：“原來真有這等事！”張委道：“莫管他，就是神仙見坐着[51]，這園少不得要的。”灣灣曲曲轉到草堂前，看時，果然話不虚傳。這花卻也奇怪，見人來看，姿態愈艷，光采倍生，如對人笑的一般。張委心中雖十分驚訝，那吞佔念頭，全然不改。看了一回，忽地又起一個惡念，對衆人道：“我們且去。”齊出了園門。衆人問道：“衙内如何不與他要園?”張委道：“我想得個好策在此，不消與他説得，這園明日就歸於我。”衆人道：“衙内有何妙算?”張委道：“見今貝州王則謀反[52]，專行妖術。樞密府行下文書來[53]，天下軍州嚴禁左道[54]，捕緝妖人。本府見出三千貫賞錢，募人出首。我明日就將落花上枝爲由，教張霸到府，首他以妖術惑人。這個老兒熬刑不過，自然招承下獄。這園必定官賣。那時誰個敢買他的？少不得讓與我。還有三千貫賞錢哩。”衆人道：“衙内好計！事不宜遲，就去打點起來[55]。”當時即進城,寫下首狀。次早,教張霸到平江府出首。這張霸是張委手下第一出尖的人,衙門情熟,故此用他。大尹正在緝訪妖人,聽説此事,合村男女都見的,不繇不信。即差緝捕使臣帶領幾個做公的[56],押張霸作眼[57],前去捕獲。張委將銀佈置停當,讓張霸與緝捕使臣先行,自己與衆子弟隨後也來。緝捕使臣一徑到秋公園上。那老兒還道是看花的,不以爲意。衆人發一聲喊,趕上前一索捆翻。秋公喫這一嚇不小。問道:“老漢有何罪犯?望列位説個明白。”衆人口口聲聲,駡做妖人反賊,不繇分訴,擁出門來。鄰里看見,無不失驚,齊上前詢問。緝捕使臣道:“你們還要問麽?他所犯的事也不小,只怕連村上人都有分哩。”那些愚民,被這大話一嚇,心中害怕,盡皆洋洋走開[58],惟恐累及。只有虞公、單老,同幾個平日與秋公相厚的,遠遠跟來觀看。

且説張委俟秋公去後,便與衆子弟來鎖園門。恐還有人在内,又檢點一過,將門鎖上。隨後趕上府前。緝捕使臣已將秋公解進,跪在月臺上[59],見傍邊又跪着一人,卻不認得是誰。那些獄卒都得了張委銀子,已備下諸般刑具伺候。大尹喝道:“你是何處妖人,敢在此地方上將妖術煽惑百姓?有幾多黨羽?從實招來!”秋公聞言,恰如黑暗中聞個火炮,正不知從何處起的。稟道:“小人家世住於長樂村中,並非别處妖人,也不曉得什麽妖術。”大尹道:“前日你用妖術使落花上枝,還敢抵賴!”秋公見説到花上,情知是張委的緣故。即將張委要佔園打花,并仙女下降之事,細訴一徧。不想那大尹性是偏執的,那裏肯信,乃笑道:“多少慕仙的,修行至老,尚不能得遇神仙;豈有因你哭,花仙就肯來?既來了,必定也留個名兒,使人曉得,如何又不别而去?這樣話哄那個!不消説得,定然是個妖人。快夾起來!”獄卒們齊聲答應,如狼虎一般,蜂擁上來,揪翻秋公,扯腿拽脚,剛要上刑,不想大尹忽然一個頭暈,險些兒跌下公座。自覺頭目森森[60],坐身不住。吩咐上了枷扭,發下獄中監禁,明日再審。獄卒押着,秋公一路哭泣出來。看見張委,道:“張衙内,我與你前日無怨,往日無仇,如何下此毒手,害我性命!”張委也不答應,同了張霸,和那一班惡少,轉身就走。虞公、單老,接着秋公,問知其細,乃道:“有這等冤枉的事!不打緊,明日同合村人,具張連名保結,管你無事。”秋公哭道:“但願得如此,便好。”獄卒喝道:“這死囚還不走!只管哭什麽!”秋公含着眼淚進獄。鄰里又尋些酒食送至門上。那獄卒誰個拿與他喫,竟接來自去受用。到夜間,將他上了囚牀,就如活死人一般,手足不能少展。心中苦楚,想道:“不知那位神仙救了這花,卻又被那廝借此陷害。神仙呵!你若憐我秋先,亦來救拔性命,情願棄家入道。”一頭正想,只見前日那仙女,冉冉而至。秋公急叫道:“大仙救拔弟子秋先則個[61]!”仙女笑道:“汝欲脱離苦厄麽?”上前把手一指,那枷扭紛紛自落。秋先爬起來,向前叩頭道:“請問大仙姓氏。”仙女道:“吾乃瑶池王母座下司花女,憐汝惜花志誠,故令諸花返本。不意反資姦人讒口。然亦汝命中合有此災,明日當脱。張委損花害人,花神奏聞上帝,已奪其算[62]。助惡黨羽,俱降大災。汝宜篤志修行,數年之後,吾當度汝。”秋先又叩首道:“請問上仙修行之道。”仙女道:“修仙徑路甚多,須認本源。汝原以惜花有功,今亦當以花成道。汝但餌百花,自能身輕飛舉。”遂教其服食之法。秋先稽首叩謝起來,便不見了仙子,擡頭觀看,卻在獄牆之上,以手招道:“汝亦上來,隨我出去。”秋先便向前攀援了一大回,還只到得半牆,甚覺喫力。漸漸至頂,忽聽得下邊一棒鑼聲,喊道:“妖人走了,快拿下!”秋公心下驚慌,手酥脚軟,倒撞下來,撒然驚覺,元在囚牀之上。想起夢中言語,歷歷分明,料必無事,心中稍寬。正是:

但存方寸無私曲,料得神明有主張。

且説張委見大尹已認做妖人,不勝歡喜。乃道:“這老兒許多清奇古怪,今夜且請在囚牀上受用一夜,讓這園兒與我們樂罷。”衆人都道:“前日還是那老兒之物,未曾盡興。今日是大爺的了,須要盡情歡賞。”張委道:“言之有理。”遂一齊出城,教家人整備酒肴,徑至秋公園上,開門進去。那鄰里看見是張委,心下雖然不平,卻又懼怕,誰敢多口。且説張委同衆子弟走至草堂前,只見牡丹枝頭一朵不存,原如前日打下時一般,縱横滿地。衆人都稱奇怪。張委道:“看起來,這老賊果係有妖法的。不然,如何半日上條爾又變了[63]?難道也是神仙打的?”有一個子弟道:“他曉得衙内要賞花,故意弄這法兒來嚇我們。”張委道:“他便弄這法兒,我們就賞落花。”當下依原鋪設氊條,席地而坐,放開懷抱恣飲。也把兩瓶酒賞張霸到一邊去喫。看看飲至月色挫西,俱有半酣之意,忽地起一陣大風。那風好利害!

善聚庭前草,能開水上萍。
腥聞羣虎嘯,響合萬松聲。

那陣風卻把地下這些花朵吹得都直竪起來,眨眼間俱變做一尺來長的女子。衆人大驚,齊叫道:“怪哉!”言還未畢,那些女子迎風一幌,盡已長大,一個個姿容美麗,衣服華艷,團團立做一大堆。衆人因見恁般標致,通看呆了。内中一個紅衣女子卻又説起話來,道:“吾姊妹居此數十餘年,深蒙秋公珍重護惜。何意驀遭狂奴俗氣熏熾[64],毒手摧殘,復又誣陷秋公,謀吞此地。今仇在目前,吾姊妹曷不戮力擊之!上報知己之恩,下雪摧殘之恥,不亦可乎?”衆女郎齊聲道:“阿妹之言有理!須速下手,毋使潛遁!”説罷,一齊舉袖撲來。那袖似有數尺之長,如風翻亂飄,冷氣入骨。衆人齊叫有鬼,撇了家伙,望外亂跑。彼此各不相顧。也有被石塊打脚的,也有被樹枝抓翻的,也有跌而復起,起而復跌的,亂了多時,方才收脚。點檢人數都在,單不見了張委、張霸二人。此時風已定了,天色已昏。這班子弟各自回家,恰像檢得性命一般,抱頭鼠竄而去。家人喘息定了,方唤幾個生力莊客,打起火把,覆身去找尋。直到園上,只聽得大梅樹下有呻吟之聲,舉火看時,卻是張霸被梅根絆倒,跌破了頭,掙扎不起。莊客着兩個先扶張霸歸去。衆人周圍走了一徧,但見静悄悄的萬籟無聲。牡丹棚下,繁花如故,並無零落。草堂中盃盤狼藉,殘羹淋漓。衆人莫不吐舌稱奇。一面收拾家伙,一面重復照看。這園子又不多大,三回五轉,毫無踪影。——難道是大風吹去了?女鬼喫去了?正不知躲在那裏。延捱了一會,無可奈何,只索回去過夜[65],再作計較。方欲出門,只見門外又有一夥人,提着行燈進來。不是别人,卻是虞公、單老,聞知衆人見鬼之事,又聞説不見了張委,在園上找尋,不知是真是假,合着三鄰四舍,進園觀看。問明了衆莊客,方知此事果真。二老驚詫不已,教衆莊客:“且莫回去,老漢們同列位還去找尋一徧。”衆人又細細照看了一下，正是興盡而歸，嘆了口氣，齊出園門。二老道："列位今晚不來了麼？老漢們告過，要把園門落鎖。没人看守得，也是我們鄰里的干係。"此時莊客們蛇無頭而不行，已不似先前聲勢了，答應道："但憑[66]，但憑。"兩邊人猶未散，只見一個莊客在東邊牆角下叫道："大爺有了！"衆人蜂擁而前。莊客指道："那槐枝上掛的，不是大爺的軟翅紗巾麽？"衆人道："既有了巾兒，人也只在左近。"沿牆照去，不多幾步，只叫得聲："苦也！"原來東角轉灣處，有個糞窖，窖中一人，兩脚朝天，不歪不斜，剛剛倒插在内。莊客認得鞋襪衣服，正是張委。顧不得臭穢，只得上前打撈起來。虞、單二老暗暗念佛，和鄰舍們自回。衆莊客擡了張委，在湖邊洗净。先有人報去莊上。合家大大小小，哭哭啼啼，置備棺衣入殮，不在話下。其夜，張霸破頭傷重，五更時亦死。此乃作惡的見報。正是：

兩個兇人離世界，一雙惡鬼赴陰司。

次日，大尹病愈陞堂，正欲弔審秋公之事，只見公差禀道："原告張霸同家長張委，昨晚都死了。"如此如此，這般這般。大尹大驚，不信有此異事。須臾間，又見里老鄉民共有百十人，連名具呈前事。訴説秋公平日惜花行善，并非妖人。張委設謀陷害，神道報應，前後事情，細細分剖。大尹因昨日頭暈一事，亦疑其枉。到便心下豁然。還喜得不曾用刑。即於獄中弔出秋公，立時釋放。又給印信告示，與他園門張掛，不許閑人損壞他花木。衆人叩謝出府。秋公向鄰里作謝，一路同了虞、單二老，開了園門，同秋公進去。秋公見牡丹茂盛如初，傷感不已。衆人治酒，與秋公壓驚。秋公便同衆人連喫了數日酒席。閑話休題。自此之後，秋公日餌百花，漸漸習慣，遂謝絶了煙火之物。所鬻果實之資，悉皆佈施。不數年間，髮白更黑，顔色轉如童子。一日正值八月十五，麗日當天，萬里無瑕。秋公正在房中趺坐[67]，忽然祥風微拂，彩雲如蒸，空中音樂嘹亮，異香撲鼻，青鸞白鶴，盤旋翔舞，漸至庭前。雲中正立着司花女，兩邊幢幡寶蓋，仙女數人，各奏樂器。秋公一見，撲翻身便拜。司花女道："秋先，汝功行圓滿，吾已申奏上帝，有旨封汝爲護花使者，專管人間百花，令汝拔宅上陞[68]。但有愛花惜花的，加之以福，殘花毁花的，降之以災。"秋公向空叩首謝恩訖，隨着衆仙，登時帶了花木，一齊冉冉陞起，向南而去。虞公、單老和那鄰里之人都看見的，一齊下拜。還見秋公在雲端延頭望着衆人，良久方没。此地遂改名陞仙里，又謂之惜花村。

園公一片惜花心，道感仙姬下界臨。
草木同陞隨拔宅，淮南不用煉黄金[69]。

人民文學出版社《醒世恒言》

【註釋】

[1] 處士，古時稱有才德而隱居不仕的人。《史記·魏公子列傳》："趙有處士毛公藏於博徒，薛公藏於賣漿家。"

[2] 徜(cháng常)徉(yáng羊)，自由自在地活動。

[3] 青衣，古時地位低下者所穿的服裝。婢女多穿青衣，故用爲婢女的代稱。此處即指婢女。冉冉，

慢慢地。

[4] 萬福,古時婦女相見行禮,多口稱“萬福”。

[5] 碎玉,指潔白的牙齒。

[6] 上東門,洛陽外郭城東面三門之一。《唐兩京城坊考》卷五：上東門:“西對東城之宣仁門,隋曰上春,唐初改。”

[7] 乘間,趁空,趁機會。

[8] 言詞泠(líng 零)泠,講話聲音清越。

[9] 遜,讓。

[10] 馥馥,香氣。

[11] 酬酢,來往應酬。

[12] 剌干,譏刺冒犯。

[13] 作色,變了臉色。

[14] 弄酒,使酒性。

[15] 拂衣,猶拂袖,表示憤怒。

[16] 無狀,没有禮貌。

[17] 倏(shū 叔)然,忽然。

[18] 朱幡,紅色長方形旗幟。

[19] 平旦,天大亮的時候。

[20] 棗如瓜,《神仙傳》：李少君者,齊人也。上書漢武帝云:“臣常遊海上,見安期先生食棗大如瓜。”

[21] 張華的《博物志》,西晉文學家張華所著的《博物志》,是一部筆記性質的書。

[22] 虞世南的行書橱,《潛確類書》：唐太宗嘗行,有司請載副書以從。上曰：不須,虞世南在,行秘書也。按,虞世南學識淵博,被人稱爲“行書橱”。

[23] 子不語怪,《論語·述而》:“子不語怪力亂神。”

[24] 平江府,今江蘇省蘇州市。

[25] 永日,整天。

[26] 將來,拿來。

[27] 磬口,河南省出産的一種名貴臘梅。花五瓣,盛開時也常常半含,色、香、形都屬第一。

[28] 西府,安徽和縣出産的一種名貴海棠。樹略高,葉茂枝柔,花色淺絳。

[29] 艤船,停船靠岸。

[30] 錯落,零零落落地交雜在一起。

[31] 六花,雪花六瓣,故名六出花。六花乃六出花簡稱。

[32] 日色,日光。

[33] 巴,盼望。

[34] 假饒,假使。

[35] 喉急,着急,生氣。

[36] 紮害,陷害。

[37] 粧了幌子,丟了臉。

[38] 搜(sǒng 聳),推。

[39] 玉樓春,和下列的“黄樓子”、“绿蝴蝶”、“西瓜穰”、“舞青猊”、“大紅獅頭”等都是不同品種的牡丹花名。

[40] 倖臣,得到皇帝寵愛的臣子。

[41] 懨懨地,没精打采地。

[42] 勾,通“够”。

[43] 蝸窄,房屋狹窄得像蝸牛角一樣。

[44] 骨篤了嘴,撅着嘴生氣。

[45] 搶白,責備。

[46] 忒煞,太,過甚。

[47] 直道,公正,耿直。

[48] 原,再。

[49] 湘子將花染,《太平廣記·染青蓮花》云:“唐韓文公愈之姪(湘子),有種花之異,聞其説於杜給事孺體,湖州有染户家,池生青蓮花,刺史命收蓮子歸京,種於池沼,或變爲紅蓮,因異之,乃致書問染工,染工曰:‘我家有公,世治靛甕,嘗以蓮子浸於甕底,俟經歲年,然後種之。若以所種青蓮花子爲種,即其紅焉。’”

[50] 信是,真是。

[51] 見,同“現”。

[52] 貝州王則,王則,涿州人,於宋仁宗慶曆七年(一〇四七)冬,據貝州(今河北省清河縣)起義,自稱東平郡王,建國號爲“安陽”,年號“得勝”。後失敗被俘,英勇就義。

[53] 樞密府,宋朝的最高軍事機關。

[54] 左道,邪道。

[55] 打點,準備。

[56] 緝捕使臣,搜捕盜賊的武官。

[57] 作眼,差役捕捉罪犯時的指證人。

[58] 洋洋,緩慢。

[59] 月臺,露天的平臺。

[60] 森森,寒氣逼人。

[61] 則個,語助詞。表示希望。

[62] 已奪其算,已經減少了他的壽命。

[63] 倏爾,忽然。

[64] 驀(mò 默),突然。熏熾,氣味濃烈逼人。

[65] 只索,只得。

[66] 但憑,聽便。

[67] 趺(fū 夫)坐,“結跏趺坐”的略稱。佛教中修禪者的坐法,即兩脚背放在兩膝上盤坐。

[68] 拔宅上陞,全家成仙陞天。

[69] 淮南,漢代淮南王劉安。相傳他好服食求仙,白日全家飛陞。煉黄金,道家燒煉丹藥。

四、戲　曲

湯顯祖傳奇

湯顯祖,字義仍,號若士,又號海若,别署清遠道人。臨川(今江西省臨川縣)人。生於公元一五五〇年(明世宗嘉靖二十九年),卒於公元一六一六年(明神宗萬曆四十四年)。明代傑出的戲劇家。政治上,他支持代表中小地主和工商業主利益的東林黨人;哲學上,他受王學左派和李卓吾的影響,反對程朱理學;文藝思想上,他反對前後七子的復古主義,提倡抒寫性靈,不拘格套。總的説來,湯顯祖的思想在當時是傾向進步的。仕途中,他潔身自好,不肯緣附會。在南京禮部祠祭司任内,因上《論輔臣科臣疏》被貶廣東徐聞。不久,量移浙江遂昌知縣,三年後被劾免職,歸鄉家居。其著作有《玉茗堂集》等數種,主要成就是戲曲創作。所作《牡丹亭》、《紫釵記》、《邯鄲記》和《南柯記》合稱"臨川四夢",在明代傳奇中都佔有重要位置。

牡　丹　亭

《牡丹亭》是湯顯祖的代表作。全劇共五十五齣。它描寫南安太守的女兒杜麗娘,不滿於封建禮教,遊園後在夢中與理想的情人柳夢梅相會,因情思成疾而逝;後托夢於夢梅並經夢梅調護,以情之所至,麗娘又得以死而復生,終於結爲夫婦。作品對封建禮教作了有力的抨擊,對年輕姑娘爲掙脱封建教條的束縛、爭取正當的幸福生活作了熱情的贊美。全劇構思奇特,富於浪漫主義色彩;語言絢麗多彩,主要人物個性鮮明,是明代傳奇中最優秀的劇作。這裏選了第七齣《閨塾》和第十齣《驚夢》中"遊園"一段。

閨　塾

【解題】 這一齣敍寫了杜麗娘心靈的初步覺醒。她雖然出於禮節上的尊重,不像春香那樣公然嘲弄那個宣揚封建禮教的塾師陳最良,卻同樣嚮往着高牆大院外面的自由天地,表現了她對封建教育的抵制以及對個性解放的追求。春香的形象機智、勇敢,和杜麗娘相比,更富有反抗性。

(末上)吟餘改抹前春句,飯後尋思午晌茶。蟻上案頭沿硯水,蜂穿窗眼咂瓶花。我陳最良杜衙設帳[1],杜小姐家傳毛詩,極承老夫人管待。今日早膳已過,我且把毛註潛玩一遍[2]。(念介)"關關雎鳩,在河之洲。窈窕淑女,君子好逑[3]。"好者好也,逑者求也。(看介)這早晚了,還不見女學生進館,卻也嬌養的兇;待我敲三聲雲板[4]。(敲雲板介)春香,請小姐解書。

【遶池遊】 (旦引貼捧書上)素妝纔罷[5],緩步書堂下[6]。對淨几明窗瀟灑。(貼)昔氏賢文[7],把人禁殺。恁時節則好教鸚哥喚茶。

(見介)(旦)先生萬福[8]。(貼)先生少怪。(末)凡爲女子,雞初鳴,咸盥、漱、櫛、笄[9],問安於父母;

日出之後,各供其事。如今女學生以讀書爲事,須要早起。(旦)以後不敢了。(貼)知道了。今夜不睡,三更時分,請先生上書。(末)昨日上的毛詩,可温習?(旦)温習了,則待講解。(末)你念來。(旦念書介)"關關雎鳩,在河之洲。窈窕淑女,君子好逑。"(末)聽講:"關關雎鳩",雎鳩是個鳥;關關,鳥聲也。(貼)怎樣聲兒?(末作鳩聲)(貼學鳩聲諢介[10])(末)此鳥性喜幽静,在河之洲。(貼)是了。不是昨日是前日,不是今年是去年,俺衙内關著個斑鳩兒,被小姐放去,一去去在何知州家。(末)胡說,這是興[11]。(貼)興個甚的那?(末)興者起也,起那下頭。窈窕淑女,是幽閒女子,有那等君子好好的來求他。(貼)爲甚好好的求他?(末)多嘴哩。(旦)師父,依註解書,學生自會。但把《詩經》大意,敷演一番[12]。

【掉角兒】 (末)論六經,《詩經》最葩[13],閨門内許多風雅。有指證,姜嫄産哇[14];不嫉妒,后妃賢達[15]。更有那詠雞鳴,傷燕羽,泣江皋,思漢廣[16],洗浄鉛華[17]。有風有化[18],宜室宜家[19]。(旦)這經文偌多[20]?(末)"《詩》三百[21],一言以蔽之,"没多些,只"無邪"兩字,付與兒家。

書講了。春香,取文房四寶來模字[22]。(貼下取上)紙、墨、筆、硯在此。(末)這甚麽墨?(旦)丫頭錯拏了,這是螺子黛[23],畫眉的。(末)這甚麽筆?(旦作笑介)這便是畫眉細筆。(末)俺從不曾見。拏去,拏去!這是甚麽紙?(旦)薛濤箋[24]。(末)拏去,拏去。只拏那蔡倫造的來[25]。這是甚麽硯?是一個?是兩個?(旦)鴛鴦硯。(末)許多眼[26]?(旦)淚眼[27]。(末)哭甚麽子?一發换了來。(貼背介)好個標老兒[28]!待换去。(下换上)這可好?(末看介)著。(旦)學生自會臨書。春香還勞把筆[29]。(末)看你臨。(旦寫字介)(末看驚介)我從不曾見這樣好字。這甚麽格[30]?(旦)是衛夫人傳下美女簪花之格[31]。(貼)待俺寫個奴婢學夫人[32]。(旦)還早哩。(貼)先生,學生領出恭牌。(下)(旦)敢問師母尊年?(末)目下平頭六十。(旦)學生待繡對鞋兒上壽,請個樣兒。(末)生受了[33],依《孟子》上樣兒,做個不知足而爲屨罷了[34]。(旦)還不見春香來。(末)要唤他麽?(末叫三度介)(貼上)害淋的。(旦作惱介)劣丫頭那裏來?(貼笑介)溺尿去來。原來有座大花園,花明柳緑,好耍子哩。(末)哎也,不攻書,花園去。待俺取荆條來。(貼)荆條做甚麽?

【前腔】 女郎行[35],那裏應文科判衙[36]?止不過識字兒書塗嫩鴉[37]。(起介)(末)古人讀書,有囊螢的[38],趁月亮的[39]。(貼)待映月,耀蟾蜍眼花[40],待囊螢,把蟲蟻兒活支煞[41]。(末)懸梁刺股呢[42]?(貼)比似你懸了梁,損頭髮;刺了股,添疤痆[43]。有甚光華!(内叫賣花介)(貼)小姐,你聽一聲聲賣花,把讀書聲差[44]。(末)又引逗小姐哩。待俺當真打一下。(末作打介)(貼閃介)你待打,打這哇哇,桃李門牆[45],嶮把負荆人諕煞[46]。

(貼搶荆條投地介)(旦)死丫頭,唐突了師父[47],快跪下。(貼跪介)(旦)師父看他初犯,容學生責認一遭兒。

【前腔】 手不許把鞦韆索拏,脚不許把花園路踏。(貼)則瞧罷。(旦)還嘴,這招風嘴[48],把香頭來綽疤[49];招花眼[50],把繡鍼兒簽瞎[51]。(貼)瞎了中甚用?(旦)則要你守硯臺,跟書案,伴詩云,陪子曰,没的争差[52]。(貼)争差些罷。(旦挦貼髮介[53])則問你幾絲兒頭髮,幾條背花[54]?敢也怕些些,夫人堂上那些家法。

(貼)再不敢了。(旦)可知道?(末)也罷,鬆這一遭兒。起來。(貼起介)

【尾聲】 (末)女弟子則争個不求聞達[55],和男學生一般兒教法。你們工課完了,方可回衙。咱和公相陪話去。(合)怎辜負的這一弄明窗新絳紗[56]。(末下)

(貼作背後指末駡介)村老牛,癡老狗!一些趣也不知。(旦作扯介)死丫頭,"一日爲師,終身爲父",他打不的你?俺且問你:那花園在那裏?(貼做不説)(旦做笑問介)(貼指介)兀那不是[57]!(旦)可有什麽景致?(貼)景致麽!有亭臺六七座,鞦韆一兩架。遶的流觴曲水[58],面着太湖山石。名花異草,委實華麗。(旦)原來有這等一個所在,且回衙去。

也曾飛絮謝家庭,欲化西園蝶未成。

無限春愁莫相問,緑陰終借暫時行。

【註釋】

[1] 設帳,意爲教書。漢馬融講學時,設絳紗帳,此後即常稱坐館教書爲"設帳"。

[2] 潛玩,意指暗中細細加以玩味。

[3] 關關雎鳩四句:見《詩經·周南·關雎》。

[4] 雲板,一種鐵製的敲打樂器,外形如雲狀,故名。官署用它來向後堂通報事情。

[5] 素妝,家常簡樸的打扮。遶池遊,原作遶地遊,據别本改。下齣同。

[6] 緩步,意爲輕盈徐緩而行。

[7] 昔氏賢文,指古代聖賢的文章。一説是書名,指一種編輯古代聖賢言論、教訓童蒙的啓蒙讀物。

[8] 萬福,古時婦女相見行禮請安,多口稱"萬福"。

[9] 盥(guàn 慣),浄手。漱,盪口。櫛(zhì 質),梳頭髮。笄(jī 機),髮簪。這裏指安好髮簪。"雞初鳴,咸盥、漱、櫛、笄,問安於父母",成了封建時代婦女的生活守則。見《禮記·内則》。

[10] 諢(hùn 混),插科打諢。舊時戲曲演員在表演中即興添加詼諧逗趣、引人發笑的語言、動作。

[11] 興,是詩歌創作中常用的一種表現手法。朱熹《詩集傳》:"先言他物,以引起所詠之辭。"也就是假託某一事物,引起關聯性的觸發,導入正題。這種手法,多用於歌謡的開端。

[12] 敷演,即講解的意思。

[13] 六經,指《詩》、《書》、《禮》、《樂》、《易》、《春秋》六部儒家經典。其中《樂》現已不傳。葩(pā 趴),花。這裏有華麗和富於文采的意思。韓愈《進學解》:"《詩》正而葩",故有稱《詩經》爲《葩經》的。這句意思是,六經中以《詩經》最有文采。

[14] 有指證二句:傳説,姜嫄是有邰之女,黄帝曾孫帝嚳之妃。據《列女傳》説,她嘗行於野,履天帝大脚趾印,因而有孕,遂生后稷。《詩經·大雅·生民》寫了這個故事。哇,通"娃"。

[15] 不嫉妒二句:《詩經·周南》中的《樛木》和《螽斯》兩首詩,舊註以爲是寫后妃賢達、不妒忌的。

[16] 更有那四句:詠雞鳴,指《詩經·齊風·雞鳴》。傷燕羽,指《詩經·邶風·燕燕》。泣江皋,指《詩經·召南·江有汜》。思漢廣,指《詩經·周南·漢廣》。舊説這四篇詩都是寫女子美德的。

[17] 鉛華,鉛粉,女子的化妝用品。

[18] 有風有化,有關於風化。指有教育意義。

[19] 宜室宜家,語出《詩經·周南·桃夭》。意思是,女子在夫家調理得一家和順。室,夫妻的住房。家,整個家庭。

[20] 偌(ruò 若)多,這麽多。

[21]《詩》三百,語本《論語·爲政》。《詩經》共有詩三百零五篇,概而言之稱爲三百篇。

[22] 文房四寶,指紙、墨、筆、硯。模字,即臨帖。

[23] 螺子黛，即螺黛，女子畫眉用的顔料，其色青黑而帶緑。

[24] 薛濤箋，薛濤，唐末四川名妓，有才情，善詩，工小楷。曾自製紅色的彩箋自用，世稱爲薛濤箋。後人通稱的薛濤箋，即泛指女子用的漂亮的彩色信箋。

[25] 蔡倫，後漢和帝時人，傳稱是紙的發明者。《後漢書》有傳。

[26] 眼，廣東省高要縣端溪出産的端硯，帶有天然的斑點，稱爲眼；也有在硯側精工雕琢以資裝飾的，亦稱爲眼。數目多少不等，並有白、赤、黄等不同顔色。

[27] 淚眼，端硯上的眼，有活眼、淚眼、死眼之分，眼不甚清澈的叫淚眼。淚眼次於活眼，優於死眼。見棟亭本《硯箋》。

[28] 標老兒，即執拗的人。至今北方還流行"耍標勁"的方言。

[29] 把筆，指初習字時，指導者在旁扶着執筆者的手練習運筆。

[30] 格，法式。

[31] 衛夫人，亦稱李夫人，名鑠，字茂漪。晉衛恆從女（一説衛瓘女，恆之妹），李矩妻。工書，師事鍾繇，擅隸書及正書。相傳王羲之、王獻之的書法，皆她所傳。美女簪花，形容書法娟秀。見《金石萃編·楊震碑跋》。

[32] 奴婢學夫人，學不像的意思。《古今書評》："羊欣書如大家婢作夫人，不堪位置，舉止羞澀，終不似真。"

[33] 生受，難爲、有勞的意思。

[34] 不知足而爲屨，語出《孟子·告子》，這裏用來諷刺陳最良的迂腐和書獃子氣。

[35] 女郎行，猶言女兒家。行（háng 杭），有輩、家的意思。

[36] 應文科，即應科舉考試。判衙，指官員坐堂辦事。這句意思是，女孩兒家那裏會去應考做官、坐堂辦事呢？

[37] 書塗嫩鴉，即塗鴉，比喻書法拙劣或胡亂寫作，這裏指隨便寫幾個字兒。

[38] 囊螢，晉代車胤，家貧買不起燈油，夏日他盛螢火蟲於練囊之内，就其光而讀書。事見《晉書·車胤傳》。

[39] 趁月亮，南齊江泌，家貧不能點燈，常在月下借月光讀書。見《南齊書·江泌傳》。

[40] 蟾蜍，指月亮。傳説月亮裏有蟾蜍，故古人常以蟾蜍代指月亮。

[41] 活支煞，活活地弄殺。

[42] 懸梁刺股，指蘇秦、孫敬刻苦讀書的故事。《國策·秦策一》："（蘇秦）讀書欲睡，引錐自刺其股。"《楚國先賢傳》："孫敬，字文寶，常閉户讀書，睡則以繩繫頸，懸之梁上。"故後人以"懸梁刺股"來形容刻苦自學。

[43] 疤（nà 納），傷疤。

[44] 差，同"岔"，打擾。

[45] 桃李門牆，指賢德之士任教的地方。門牆，指師門，語出《論語·子張》。

[46] 嶮，同"險"。負荆人，請罪的人，語出《史記·廉頗藺相如列傳》。這裏指犯了過錯的人。謼（hǔ 虎）煞，嚇殺。

[47] 唐突，冒犯、衝撞的意思。

[48] 招風嘴，招惹是非的嘴。

[49] 綽(chuò 啜),通"戳"。

[50] 招花眼,招惹是非的眼睛。這裏有愛瞧熱鬧的意思。

[51] 簽,刺。

[52] 争差,差錯。

[53] 撏(xún 尋),扯的意思。

[54] 背花,背上挨打後留下的傷痕。

[55] 不求聞達,語出諸葛亮《出師表》,意謂不想名譽著聞,職位顯達。這裏指不要爲官作宰,在外揚名。

[56] 一弄,一派。

[57] 兀那,指示詞,猶云那,但語氣要强調一些。

[58] 流觴曲水,古人於三月三日上巳節修禊聚會,與會者在上游列於曲水之旁,投下盛有酒的盃子(觴)於水上,任其循流而下,止則取而飲之,稱爲流觴曲水之飲。王羲之《蘭亭集序》描寫一次修禊事云:"清流激湍,映帶左右,引以爲流觴曲水。"此即指環曲的小渠。

驚　夢

【解題】 《驚夢》由〔遶池遊〕和〔山坡羊〕兩套組成,這裏只選了〔遶池遊〕一套。

在春香的鼓舞下,杜麗娘違背父母、塾師的訓戒,走出深閨,看到了一個美麗的新天地。她痛惜自己的青春埋没在小庭院中,而引起了她的自我覺醒。這裏有對禮教的不滿,有對自然和青春的熱愛,有對春色的驚嘆和對命運的感傷。從這幾支曲子裏,可以看到封建社會婦女内心的痛苦和對自由的嚮往。

【遶池遊】 (旦上)夢回鶯囀,亂煞年光遍[1]。人立小庭深院。(貼)炷盡沉煙[2],拋殘繡線,恁今春關情似去年[3]?

【烏夜嗁】 (旦)曉來望斷梅關[4],宿妝殘。(貼)你側着宜春髻子[5],恰憑闌。(旦)翦不斷,理還亂[6],悶無端。(貼)已分付催花鶯燕借春看。(旦)春香,可曾叫人掃除花徑?(貼)分付了。(旦)取鏡臺衣服來。(貼取鏡臺衣服上)"雲髻罷梳還對鏡,羅衣欲换更添香[7]。"鏡臺衣服在此。

【步步嬌】 (旦)裊晴絲[8],吹來閒庭院,摇漾春如線。停半晌,整花鈿[9]。没揣菱花[10],偷人半面,迤逗的彩雲偏[11]。(行介)步香閨怎便把全身現!

(貼)今日穿插的好。

【醉扶歸】 (旦)你道翠生生出落的裙衫兒茜[12],艷晶晶花簪八寶填[13],可知我常一生兒愛好是天然[14]。恰三春好處無人見[15]。不隄防沉魚落雁鳥驚諠[16],則怕的羞花閉月花愁顫[17]。

(貼)早茶時了,請行。(行介)你看:畫廊金粉半零星,池館蒼苔一片青。踏草怕泥新繡襪[18],惜花疼煞小金鈴[19]。(旦)不到園林,怎知春色如許?

【皂羅袍】 原來姹紫嫣紅開遍[20],似這般都付與斷井頹垣。良辰美景奈何天,賞心樂事誰家院[21]!恁般景致,我老爺和奶奶,再不提起。(合)朝飛暮捲[22],雲霞翠軒;雨絲風片,煙波畫船[23]。錦屏人忒看的這韶光賤[24]!

(貼)是花都放了,那牡丹還早。

【好姐姐】 (旦)徧青山啼紅了杜鵑[25],荼蘼外煙絲醉軟[26]。春香呵,牡丹雖好,他春歸怎占的先[27]!(貼)成對兒鶯燕呵!(合)閒凝眄,生生燕語明如翦[28],嚦嚦鶯歌溜的圓。

(旦)去罷。(貼)這園子委是觀之不足也。(旦)提他怎的!(行介)

【隔尾】 觀之不足由他繾[29],便賞徧了十二亭臺是枉然[30]。到不如興盡回家閒過遣。

(作到介)(貼)開我西閣門,展我東閣牀。瓶插映山紫[31],鑪添沉水香[32]。小姐,你歇息片時,俺瞧老夫人去也。(下)

徐朔方、楊笑梅校注《牡丹亭》

【注釋】

[1] 亂煞年光遍,意謂使人眼花繚亂的春光到處都是。

[2] 炷(zhù 柱),爇燒。沉煙,沉香燃燒的煙,這裏借指沉香。沉香是名貴的香料。

[3] 恁(rèn 任),恁麽的省文,即爲什麽。似,比擬之詞,有深似的意思。這句意思是,爲什麽今年的春情,比去年來得濃呢?

[4] 梅關,在大庾嶺上,宋代蔡挺置。這裏是虚指。

[5] 宜春髻子,飾有宜春綵燕的髮髻。古代婦女於立春日,翦綵爲燕形,貼宜春字戴之。見《荆楚歲時記》。

[6] 翦不斷,理還亂,李煜詞《烏夜啼》中的句子,這裏譬喻杜麗娘無法擺脱由於長期禁錮而産生的苦悶。

[7] 雲髻二句,引自薛逢《宫詞》,見《全唐詩》卷五百四十八。

[8] 晴絲,在春天晴朗的日子飄盪在空中的遊絲。

[9] 花鈿,泛指婦女戴的、嵌有金花珠寶的首飾。

[10] 没揣,不料。菱花,鏡子。

[11] 迤(yǐ 乙)逗,牽引,引惹。彩雲,指式樣美好的鬟髻。

[12] 翠生生,色彩艷麗、鮮明。出落的,顯得。茜(qiàn 欠),同“蒨”,鮮明。

[13] 艷晶晶,極言光彩絢麗燦爛。花簪,用珍寶嵌飾成的簪子。八寶,泛指各種珍寶。填,嵌飾。這句意思是,戴着嵌有各種珍寶的、光彩燦爛的簪子。

[14] 愛好,愛美。

[15] 三春好處,譬喻自已的美麗。

[16] 沉魚落雁,形容女子的美麗。莊子《齊物論》:“毛嬙、麗姬,人之所美者,魚見之深入,鳥見之高飛。”諠(xuān 宣),同“喧”,聲音嘩噪。

[17] 羞花閉月,形容女子的美麗。李白《西施》:“秀色掩今古,荷花羞玉顔。”曹植《洛神賦》:“髣髴兮若輕雲之蔽月。”蔽月,即閉月。顫,抖動。

[18] 泥,沾污。

[19] 惜花句:《開元天寶遺事》記:“天寶初,寧王……於後園中紉紅絲爲繩,密綴金鈴,繫於花梢之上。每有鳥鵲翔集,則令園吏掣鈴索以驚之。蓋惜花之故也。”疼煞,言爲惜花驅鵲而勤於掣鈴,致小

金鈴被拉得疼煞。

[20] 姹紫嫣紅,形容花的鮮艷、美麗。此句描寫百花盛開之狀。

[21] 誰家,哪一家。此句與上句同出自謝靈運《擬魏太子鄴中集詩序》:"天下良辰美景、賞心樂事,四者難併。"

[22] 朝飛暮捲,是王勃《滕王閣詩》"畫棟朝飛南浦雲,珠簾暮捲西山雨"的省文。

[23] 煙波,水氣瀰漫的情狀。

[24] 錦屏人,泛指幽居深閨、不能領略自然美景的人。忒(tè 特),太的同義詞,過於的意思。韶光,即春光。

[25] 啼紅了杜鵑,到處開遍了艷麗的花。寇準詩:"杜鵑啼處血成花。"或以爲指開遍了杜鵑花,語亦可通。

[26] 荼蘼,花名,屬薔薇科。羽狀複葉,新枝及葉柄有刺,夏日開花,白色,重瓣。這裏指荼蘼架。煙絲,即遊絲。

[27] 牡丹雖好二句: 皮日休咏牡丹詩有"獨占人間第一春"句。牡丹當春盡纔開花,故有此反問。整句意爲,牡丹雖美,但它開花太遲了,怎能占春花中第一呢? 這裏寓有杜麗娘對美麗的青春被耽誤了的幽怨和傷感。

[28] 生生燕語明如翦,形容燕語明快如剪。

[29] 繾(qiǎn 遣),留戀不舍。

[30] 十二,虛指,猶言所有。

[31] 映山紫,映山紅的一種。

[32] 沉水香,沉香的别稱。

李玉傳奇

李玉,字玄玉,號蘇門嘯侶,又號一笠庵主人,吴縣(今江蘇省蘇州市)人。約生於公元一五九〇年(明神宗萬曆十八年),卒於公元一六七〇年(清聖祖康熙九年)。崇禎間舉人。吴偉業稱:"其才足以上下千載,其學足以囊括藝林,而連厄於有司。"明亡後絶意仕進,專心編寫傳奇,計共編寫劇本四十餘種,傳世者約二十種,總稱《一笠庵傳奇》。其最知名者爲《清忠譜》和"一(《一捧雪》)、人(《人獸關》)、永(《永團圓》)、占(《占花魁》)"。此外還著有《北詞廣正譜》。

清忠譜

作品取材於明熹宗時在蘇州爆發的一場政治鬭争。明末政治異常黑暗,以魏忠賢閹黨爲代表的大官僚地主集團,在對人民進行暴力鎮壓和殘酷剥削的同時,也加强了對中小地主、工商業主及其利益的代表東林黨人的壓迫,從而激起人民的强烈反抗,統治階級内部矛盾也日益尖鋭。這部傳奇,以東林黨人周順昌和蘇州人民反抗魏忠賢黑暗統治的歷史事件爲内容,在一定程度上揭露了反動統治階級專横殘暴、禍國殃民的罪惡,歌頌了東林黨人反抗特務政治的鬭争,同時也熱情地贊美了以顔佩韋爲首的人民羣衆不怕犧牲、支持和援救東林黨人的正義行動,有鮮明的時代特點。但是,由於作者未能擺脱時代與階級的局限,作品中不免夾有大量對封建倫理道德的宣揚。在藝術處理上有一些值得肯定的創造,如大膽描寫氣氛熾烈的羣衆鬭争和羣衆合唱的場面,爲以前的傳奇劇作所罕見。參與編寫的劇作家除李玉外,尚有畢魏、葉時章和朱𨛖。

駡　像

【解題】 這是《清忠譜》的第六齣,寫魏忠賢將從人民身上剥削來的金錢,爲自己建造"生祠"的罪惡行爲,表現了周順昌不畏强暴、嫉惡如仇的鬭争精神。周順昌的唱辭,寫得激昂慷慨,錚錚有聲。

(末髯髯、羅帽、員領上)威勢炎炎天地昏,人人孝敬效兒孫。未識祠堂崇奉後,更將何事報親恩。自家堂長陸萬齡的便是[1],蒙本衙門老爺[2],與毛軍門老爺[3],委造魏千歲祠堂[4],已經完工。今日各位老爺親往虎丘,迎接新塑的神像入祠。我這裏掛紅結綵,上膳進香,各項俱已完備,特特在此伺候。若説起祠堂的好處,真個世間少有,天上無雙。金銀錢鈔,輸將萬萬,一似塵土泥沙;木石磚灰,堆積千千,恰像峯巒山谷。日則鳴鑼,鑼響處,千工動手,一個個鬼運神輸;夜則敲梆,梆打時,萬樁齊下,一聲聲天摇地動。做匠的如狼如虎,好似羅刹臨空[5];督工的喝雨呼風,賽過似哪吒降世。觀看的閉口無言,還怕死臨頭上;過路的低頭疾走,尚愁禍到當身。費盡了百萬錢糧,纔得個一朝齊整。雕龍插漢,縷鳳飛雲。畫棟流霞,碧甍耀日[6]。城牆堅固,賽過石頭城[7]、紫禁城,萬年基業;殿宇巍峩,一似皇極殿[8]、凌霄殿[9],千丈輝煌。頭門上,高題着:三朝捧日[10],一柱擎天;兩坊中,明寫的:力保封疆,功留社稷。威儀雄壯,渾似五鳳樓前[11],行走的誰不欽欽敬敬;氣象尊嚴,出入的如在建章宫裏[12],那敢嚷嚷喧喧! 少頃的沉香像迎入祠堂,隊隊行行,盡擁着一人有慶;今日裏普惠祠均瞻聖貌,挨挨擠擠,堪比着萬國來朝。真是千載齊心來仰聖,百官何必去朝天。道猶未已,你聽鼓樂聲喧,想是神像迎將來了,不免進去整備登座則個[13]。正是:平日但知天子貴,今朝纔識廠公尊[14]。(下)(外、小生、旦、貼扮執事、吹手,丑扮小監,付紗帽紅員領,老旦監帽蟒服前行。三雜擡轎、擡魏像盤龍、監帽、蟒玉,一雜撑黄傘行上)

【正宫過曲】【玉芙蓉】(合)勳名貫斗杓,功業凌蒼昊[15]。洵千秋間氣[16],天挺人豪[17]。今朝德望踰周、召[18],他日經綸翊舜、堯[19]。神容肖,勝龍姿鳳表。遍街衢[20],萬人瞻仰擁如潮。(作到介)

(末暗上,扶像上座介)(付)廠爺登殿,禮應加冠。(老)有御賜的七曲纓冠在此,進上千歲爺。(丑遞冠與老介)(老捧冠同付跪介)(老高聲介)奉旨進上千歲爺七曲纓冠!(丑立櫈上,除像監帽,作戴冠不上介)(丑)頭大冠小戴不得。(老、付立起介)唤陸萬齡! 怎麽爺的頭塑大了?(末跪介)遵爺鈞旨,頭塑九寸九,這是宫中賜來冠小了,與小的何干?(付)如今怎麽處?(老)這冠兒是上位賜的[21],又不好動他。(末)不難。塑像的在此,分付他將爺的頭兒,收一收便了。(老)有理。(末向净介)你把爺的頭兒,收這一分兒。(净)曉得。(作上櫈取像頭,安膝上鏇小介)(付、老跪介)(老哭介)咱的爺爺阿,頭疼阿,了不得! 了不得!(净作鏇小加冠介)(付)好得緊,好得緊!(老)如今儼然是一位太廟中神像了[22]。(末)請爺上香進爵。(付)如今我們都行五拜三叩頭的禮了。(老)不消,不消,别的要行這大禮,如今咱們兩個都是爺的親生骨肉一般,不須行這大禮,也不用禮生虚文,竟自多磕幾個頭兒就是了。(付)有理。(雜衆奏樂介,老、付進香、進酒介)(磕頭跪介)

【前腔】 (合)金樽玉液澆,寶鼎沉煙裊。着食前方丈,山海珍瑶。筵前禱祝祈三島[23],雲際嵩呼徹九霄[24]。(老、付又叩頭介)(合)兒純孝,舞斑衣拜禱[25]。望親恩,天聰昭鑒孝思遥。(作拜獻完介)

(末)請二位老爺偏殿進宴。(老)爺賜咱們的宴麽?(末)止是。(老)毛哥,咱們去喫爺的賜宴,再來上午膳罷。(付)有理。(老)歌樂奏來三殿合。(付)酒盃連進萬年歡。(老)分付孩子們,用心看守外邊栅門,不許閑人闖入! 千歲見了,要惱哩。(外)曉得。(共下)(生方巾、白衣上)

【北正宫】【端正好】 首陽巔,常山嶠[26],薦生來正氣昭昭。俺只是冷清清堅守着冰霜操,要砥柱狂瀾倒。俺周順昌[27],孤介性成,忠貞夙秉。血淋淋一點赤心,祇是忠君爲國;鐵錚錚千尋勁節,不肯貪位求榮。如今閹賊專權,羣奸附勢,俺自削籍家居[28],恨不奮身殺賊。近來趨承諂附之輩,各處徧造逆祠,吾郡亦創祠於半塘。那些黨羽,輸金恐後。昨有傳帖到來,説今日塑像入祠,公往叩賀。俺一時怒髮衝冠,毁帖大罵。如今不免步到半塘,看他們恁般樣光景[29]?(行介)

【滚綉毬】 恨奸邪,善類誅,逞兇圖,國祚摇[30]。數不盡拜門牆,一羣狼豹,驀忽地[31],聳生祠虎阜東郊。那一個貢沉香塑着頭,那一個獻玉帶束着腰,那一個進珍珠纓冠光耀,那一個奉金爐降速香燒[32]。紛紛的輸金餽餉晨昏納,擠擠的稽首投誠早晚朝,總是兒曹[33]。來此已是半塘了。果然是地侵阡陌,祠插雲霄,直恁奢侈僭擬也[34]!

【叨叨令】 見參差樓兒和殿兒,直恁的巍巍峩峩的造。看多少門兒和栅兒,直個是重重疊疊的奥[35]。遥望着燈兒和炬兒,閃的人輝輝煌煌的耀。猛望着身兒和首兒,活現出狰狰獰獰的貌。(指介)咦,兀的不恨殺人也麽哥,兀的不恨殺人也麽哥!(外、小生扮家丁持紅棍趕上)什麽人

在這裏窺探?(生)又只見牙兒和爪兒,向咱行喧喧磌磌的鬧。(外、小生見生立住介)

(老、付、末同丑衆上)千年桃進呈仙品,三祝聲傳效華封[36]。(老)此時該上午膳了。(付)承應的樂人梨園,隊舞撮弄的,都齊備在這裏麽?(末)都伺候久了。(老、付望介)什麽人在外邊窺望?孩子們快些打阿!(二雜低稟介)是吏部周老爺。(老)什麽周老爺?(付)一定是周順昌了。(生直入介)老公祖奉揖了!(與付揖介)(老)先拜了廠爺,然後作揖。(生)要俺周順昌拜麽?(冷笑介)

【脱布衫】(生)俺生平勁節清操,怎肯向貂璫屈膝低腰[37]!(老)叩拜的也頗多,你怎地獨自崛強[38]?(生)一任那吠村莊趨承權要[39],俺只是守孤忠,心存廊廟[40]。

(付)廠公功德巍巍,也是合當欽敬的。(生怒介)咳!那魏忠賢麽?

【小梁州】(生)他逞着産、禄兇殘勝趙高[41],比璜、瑗倍肆貪饕[42]。(老怒介)嗄,這等放肆!(生)他待學守澄、全誨恣咆哮[43],兇謀狡,件件犯科條[44]。

(老)廠爺有什麽不好處來?(生)他的罪案多得緊哩!

【幺篇】(换頭)[45](生)他誅夷妃后[46],把皇儲勦[47]。殺忠良,擅置宫操[48]。結乾兒,通奸媪[49],兀亂把公侯冒濫。他待要神器一身叨[50]。

(老)唗唗,一派多是胡言!(付)想多飲了幾盃酒兒,敢是醉了麽?(生)俺幾曾醉來!

【中吕】【快活三】(生)俺待學陽球伏闕號,效張鈞請劍梟[51]。恨不把奸皮冒鼓任人敲[52],倩禰衡撾出漁陽調[53]。

(老怒介)孩子們,把棍兒亂打這廝!(衆應介)(生)誰敢!誰敢!(付勸介)不要動手。且慢且慢!(向生介)老先生請回罷,不要招災惹禍了。(生大笑介)

【朝天子】(生)任奸祠鬱岧[54],任奸容鷙驁[55]。枉費了萬民脂、千官鈔。羞題着一柱擎天,封疆力保。少不得倒冰山,陽光照,逆像煙銷,奸祠火燎,舊郊原兀自的生荒草[56]。怪豺狼滿朝,恨鴟鴞滿巢[57],只貽着臭名兒千秋笑。(作拂衣下)

(老)可惱,可惱!今日是神像進祠吉日,撞着這狗弟子孩兒[58],鬧蘑這一場[59]。咱家方纔叫孩子們毒打這廝一頓,又被毛哥勸止,胸中惱不過,怎麽處?(付)凡事不可性急,方纔就打他一頓,也幹不得正經。如今連夜寫成一疏[60],送到廠爺處,差着校尉拿他上去[61],了他的性命便了。(老)就把辱駡神像爲題麽?(付)不中用。他前日與魏大中結姻[62],我已具一密揭,報知廠爺了。如今就在周起元背違明旨[63],擲減袍價疏内,説與東林周順昌等,干請説事,婪贓部分,一網打盡便了。(老)有理,有理。就寫,就寫。多謝毛哥指教!(付)俺們事關一體,自該同心合膽,畫出惡策的。何須謝得!(老)周順昌,周順昌,我此本一上,教你渾身是口不能言,徧體排牙説不得了!陸萬齡過來!咱老爺心上惱,也等不得上膳了,你們掩了神廚,好好在此看守。咱老爺和毛老爺,明日來候千歲爺的安罷。(末)曉得。(付)外厢去上轎了。(老)自然。(付)恨小非君子,無毒不丈夫。(老)縱使人如鐵,難當法似爐。(俱下)

【注釋】

[1] 堂長,祠堂主管。陸萬齡,明熹宗時監生,諂附魏忠賢,以魏比孔子,倡議爲魏建立生祠。

[2] 本衙門老爺,指掌蘇州織造太監李實,《明史》之《周順昌傳》、《魏忠賢傳》均曾提及。劇中説他是魏的乾兒子,未見史書。

[3] 毛軍門老爺,即毛一鷺。熹宗時應天巡撫,於蘇州虎丘建魏忠賢生祠。

[4] 魏千歲,即魏忠賢,當時稱爲九千歲。

[5] 羅刹,梵語稱惡鬼爲羅刹。慧琳:《一切經音義》云:“羅刹,此云惡鬼也,食人血肉,或飛空或地行,捷疾可畏也。”這裏是對勞動人民的誣蔑。

[6] 雕龍插漢四句:都是形容祠堂的巍峩和華麗。

[7] 石頭城,故址今江蘇省南京市清涼山,三國時孫權所建。

[8] 皇極殿,在北京故宫寧壽門内。

[9] 凌霄殿,相傳爲玉皇所居。

[10] 三朝捧日,言魏忠賢歷事神宗、光宗、熹宗三朝。

[11] 渾似,就好像。五鳳樓,見《名義考》:“梁太祖建五鳳樓,去地百丈,高入天空,有五鳳翹翼。”

[12] 建章宫,漢武帝太初元年建。

[13] 則個,表示動作進行時的語助詞,戲曲中常用,作用與“者”類似。巾箱本《琵琶記》十:“待奴家着些道理,勸解則個。”

[14] 廠公,與後文中的“廠爺”,都是魏忠賢的代稱,因爲當時他掌管特務機關東廠。

[15] 勳名二句:斗杓、蒼昊,都是稱頌魏忠賢的“功德”的諛詞。斗杓,北斗七星中的五、六、七三星的總稱。蒼昊,即蒼天。

[16] 洵千秋間(jiàn 見)氣,意爲確實是千古傑出的人物。間氣,舊時認爲英雄豪傑禀天地間殊絶之氣,間世而出,故曰間氣。

[17] 天挺人豪,天生爲人中之傑。

[18] 德望踰周、召,道德、聲望更勝似周成王時的賢臣周公旦、召公奭。

[19] 經綸翊舜、堯,意謂在政治上輔助着“聖明”的皇帝。經綸,即政治規畫。翊,輔助。

[20] 衢,四達之路。

[21] 上位,天子。

[22] 太廟,天子的祖廟。

[23] 三島,道家以蓬萊、方丈、瀛洲爲神仙所住之處,總稱三島。祈三島,是祝他長生不老的意思。

[24] 嵩呼,封建時代在皇帝前高呼“萬歲、萬歲、萬萬歲”,稱爲嵩呼。《漢書·武帝紀》:“翌日親登嵩高,御史乘屬在廟旁,吏卒咸聞呼萬歲者三。”即此稱之由來。

[25] 舞斑衣,春秋楚人老萊子,年七十常著五色斑衣,作嬰兒戲,以娱其親。

[26] 首陽巔二句:首陽巔,指商末伯夷、叔齊恥食周粟,餓死首陽山之事。常山嶠,指唐常山太守顔杲卿駡安禄山而死之事。這裏都是周順昌自况之詞。

[27] 周順昌,江蘇省吴縣人,官至吏部文選司員外郎,乞假歸。以忤魏忠賢,爲閹黨所誣陷,死獄中。

[28] 削籍,削去官籍,即解職。

[29] 恁般樣,甚麽樣的意思。

[30] 國祚,國家的根本命脈。

[31] 驀忽地,突然。

[32] 降速香,又稱降香、降真香,香木名。

[33] 兒曹,兒輩。

[34] 僭擬,冒用上級的名義、禮義或器物,超越了本身的名位。

[35] 奥，深邃之意。

[36] 三祝聲傳效華封，華封人祝堯曰："使聖人壽，使聖人富，使聖人多男子。"見《莊子・天地》。華，地名。封人，守封疆的官吏。

[37] 貂璫，貂、璫本是冠上的兩種裝飾物，漢光武以後用爲宦官的冠飾，後即用爲宦官的代稱。這裏借指魏忠賢。

[38] 怎地，怎麽。

[39] 吠村莊，指宋趙師羼(yì 亦)。光宗時，趙官至司農卿知臨安府，諂事韓侂胄。侂胄過山莊，謂師羼曰："此真田舍間氣象，但少雞鳴犬吠耳。"俄聞犬吠叢樹間，視之，乃師羼也。侂胄大笑。

[40] 廊廟，朝廷的代稱。心存廊廟，即忠於朝廷，忠於天子。

[41] 産、禄，指漢初吕后的兄弟吕産、吕禄。《漢書・高后紀》："將軍禄，相國産，顓兵秉政。"

[42] 璜、瑗，即徐璜、具瑗，都是漢桓帝時中常侍。權横一時，被稱爲"徐卧虎"、"具獨坐"。

[43] 守澄、全誨，就是王守澄、韓全誨，都是唐代的宦官。

[44] 科條，即法令。《國策》："科條既備。"

[45] 换頭，填詞過拍後另起，謂之"换頭"。

[46] 誅夷妃后，殺害后妃。《明史・魏忠賢傳》："矯詔賜光宗選侍趙氏死。裕妃張氏有娠，客氏譖殺之。"

[47] 把皇儲勦，皇儲即太子，同上書引："皇后張氏娠，客氏以計墮其胎，帝由是乏嗣。"

[48] 宫操，同上書引："忠賢乃勸帝選武閹鍊火器爲内操。"後"增置内操萬人，衷甲出入，恣爲威虐"。

[49] 奸媪，指明熹宗的乳母客氏。其人被封爲奉聖夫人，與魏忠賢私通，魏以此權勢更盛。毅宗立，客氏被誅。

[50] 神器一身叨，一身佔有皇位。

[51] 俺待二句：陽球，官至司隸校尉，因奏收王甫、曹節等奸宦，爲曹節等所害。張鈞，官至郎中，因請誅專權的張讓，爲張讓陷死獄中。事均見《後漢書》本傳。

[52] 把奸皮冒鼓，意謂把奸賊的皮剥下來蒙鼓。冒，蒙。

[53] 倩禰(nǐ 你)衡撾出漁陽調，曹操召名士禰衡，令其擊鼓以娱賓客。禰衡當衆擊漁陽三撾，痛駡曹操。見《後漢書・禰衡傳》。撾，擊。

[54] 鬱(yù 郁)岧(tiáo 條)，鬱是聚積在一起的意思，岧是山高的樣子。這是形容祠宇的巍峨。

[55] 鷙驁，同"桀驁"，驕横不馴之狀。驁字當作桀，特立的意思。

[56] 兀自，還自或猶自的意思。

[57] 鴟鴞，貓頭鷹的另一名稱，舊時以爲惡鳥。此處所謂豺狼、鴟鴞，都是比喻魏黨爪牙。

[58] 弟子孩兒，曲文中常見的駡人的話。元時稱妓女爲弟子，妓女的子女爲弟子孩兒。狗弟子孩兒，更是雙重的謾駡。

[59] 鬧薅(hāo 蒿)，攪亂。

[60] 疏，呈給皇帝的奏章。

[61] 校尉，這裏指明代的錦衣衛軍人，專事緝捕工作。

[62] 魏大中，與周順昌同時的東林黨人，官至吏科都給事中，疏劾魏忠賢，爲忠賢所陷，死獄中。

[63] 周起元，官至右僉都御史應天巡撫，忤魏忠賢，爲李實特疏所陷，死獄中。

鬧　詔

【解題】 這是《清忠譜》第十一齣,内容描寫蘇州市民羣衆反對魏閹集團緝拿周順昌,因而與差官衙役發生衝突的場面。其中雖包含着對統治階級的幻想,但卻突出地表現了顔佩韋等下層人民痛打毛一鷺和京官的英勇行爲,反映了人民羣衆對明代腐敗政治的痛恨。

(貼青衣、小帽上)苦差合縣有,惟我獨充當。自家吴縣青帶便是[1]。北京校尉來捉周鄉宦,該應吴縣承值。校尉坐在西察院,本縣老爺要撥人去聽差,這些大阿哥,都叮囑了書房裏,不開名字進去。竟拿我新着役、苦惱子公人[2],點去承值,關在西察院内。那些校尉動不動叫差人,叫差人要長要短,偶然遲了,輕則靴尖亂踢,重則皮鞭亂打。一個錢也没處去賺,倒受了無數的打罵!方才攮了一肚子燒酒[3],如今在裏邊吆吆喝喝,又走出來了。不免躲在厢房,聽他説些什麽。(暗下)

(付扮差官,丑、小生扮二校喝上)

【梨花兒】(付)駕上差來天也塌。推托窮官没錢刮,惱得咱家心性發,嗏!拿到京中活打殺。李老爺呢?

(小生)李老爺睡在那裏。(付)快請出來。(校向内介)張老爺請李老爺。(净内應介)來了!(净扮差官上)

【前腔】(净)久慣拿人手段滑,這番差使差了瞎[4]。自家乾兒不設法,嗏!一把松香便決撒[5]。

(付)李老爺,喒們奉了駕帖,差千差萬,到處拿人,不知賺了多少銀子。如今差到蘇州,又拿一個吏部[6]。自古道:上説天堂,下説蘇杭。豈不曉得蘇州是個富饒的所在,况且吏部是個美官,值不得拿萬把銀子,送與喒們?開口説是個窮官,一個錢也没有,你道惱也不惱!難道喒們三千七百里路來到這裏,白白回去了不成?(净)可笑那毛一鷺,做了喒家的官兒,喒們到來,他也該竭力設法,怎麽丢喒們住在冷屋裏邊,自己來也不來?哥阿!若是周順昌弄不出,喒們一定要倒毛鷺的包哩!(付)李老爺説的是!差人那裏?(連叫介)(丑)差人!差人!(貼走出,跪介)老爺有何分付?(付)差你在這裏伺候,臉面子也不見,不知躲在那裏?(净)連連叫唤,纔走出來,要你這裏做什麽!(付)李老爺不要與他説,只是打便了。(净)拿皮鞭來!(貼磕頭介)小的在這裏伺候,求老爺饒打。(付)你快去與毛一鷺説:俺老爺們,奉了皇爺的聖旨、廠爺的鈞旨,到此拿人,你做那一家的官兒,不值得在犯官身上弄萬把銀子送俺們!若有銀子,快快擡來,若没有銀子,喒們也不要周順昌了。喒們自上去,教他自己送周順昌到京便了。快去説!就來回覆。(貼)小的是個縣差,怎敢去見都老爺[7]?怎敢把許多言語去稟?(净、付大怒介)哇!你這狗頭,不走麽?(貼拜介)小的委實不敢説。(付)要你這狗頭何用?(將皮鞭亂打介)(净亂踢介)(貼在地亂滚,叫痛哀求介)(付)這樣狗攮的,不中用。(貼爬下)(付向丑介)你照方纔的言語,快去與毛一鷺説!俺們立等回話。(内衆聲喧喊介)(丑望介)呀!門外人山人海,想是來看開讀的。這般挨擠,如何走得?(付又與小生説介)你把皮鞭打開了路,送他出去便了。(向净介)喒家到裏邊喝盃涼酒。少不得毛一鷺定然自來回覆。(净)有理。(付)只等飛廉傳信去[8],(净)管教貫索就擒來[9]。(同下)(小生)咄!百姓們閃開,閃開!喒家奉旨來拿犯官,什麽好看!什麽好看!(丑)閃開,閃開!讓喒走路!(將皮鞭亂打下)(旦、貼扮二皂喝上。外黑三髯、冠帶,扮寇太守上)

【西地錦】(外)民憤雷呼轅下,淚飛血灑塵沙。(内衆亂喊介)周吏部第一清廉鄉官,地方仰賴,衆百姓專候太老爺做主，鼎言救援哩[10]！（大哭介）（末短鬍髯、冠帶、扮陳知縣急上）（向内摇手介）衆百姓休得啼哭，休得啼哭！上司自有公平話。且從容，莫用喧譁。

（内衆又喊介）陳老爺是周鄉宦第一門生，益發坐視不得的呢！爺爺嗄！（又哭介）（末見外介）老大人，衆百姓執香號泣者，塞巷填街，哀聲震地，這卻怎麽處？（外）足見周老先生平日深得人心，所以致此。貴縣且去分付士民中一二老成的上前講話。（末）是！（向内介）衆百姓聽着！寇太爺分付：士民中老成的，止唤一二人上前講話。（小生、老旦扮生員上）（作倉惶狀介）（小生）生、生、生員王節。（老旦）生、生員劉羽儀。（小生、老旦）老、老、老公祖，老、老、老父母在上。周、周、周銓部居官侃侃[11]，居鄉表表。如此品行，卓然千古。驀罹奇冤[12]，實實萬姓怨恫[13]。老公祖，老父母，在地方親炙高風[14]，若無一言主持公道，何以安慰民心？（净急上跪介）青天爺爺阿！周鄉宦若果得罪朝廷，小的們情願入京代死。（丑喊上）不是這樣講，不是這樣講！讓我來説。青天爺爺阿！今日若是真正聖旨來拿周鄉宦，就冤枉了周鄉宦，小的們也不敢説了。今日是魏太監假傳聖旨，殺害忠良，衆百姓其實不服。就殺盡了滿城百姓，再不放周鄉宦去的！（大哭介）（内齊聲號哭介）（外）衆百姓聽着！這樁事，非府縣所能主張。少刻都老爺到了，你百姓齊聲叩求，本府與吴縣自然極力周旋。（内齊聲應介）太爺是真正青天了。（内敲鑼、喝道聲介）（净、丑）都老爺來了！列位，大家上前號哭去！（喊介）（小生、老旦）全賴老公祖、老父母鼎力挽回[15]。（外、末）自然，自然！（小生、老下）（外、末在場角伺候，打恭迎接介）（内喊介）（付鬍髯、冠帶，扮毛撫臺，歪戴紗帽，脱帶撒袍，衆百姓亂擁上）（衆喊介）求憲天爺爺做主[16]，出疏保留周鄉宦呢！（外、末喝退衆下介）（付作大怒，亂喘亂喘大叫介）反了，反了！有這等事！皇上拿人，百姓抗拒，地方大變了，大變了！罷了，罷了！做官不成了！（外、末跪介）老大人請息怒。周宦深得民心，也是平日正氣所感。或者有一線可生之路，還望老大人挽回。（付大怒介）咳！逆黨聚衆，抗提欽犯[17]，叛逆顯然了，有什麽挽回？有什麽挽回？（作怒狀，冷笑介）

【風入松】 呼羣鼓噪鬧官衙，聖旨公然不怕。你府縣有地方干係，可曉得官旗是那一家差來的[18]？天家緹騎魂驚詫[19]，（作手勢介）若抗拒，一齊搭咤[20]。（外、末拱介）是！（付低説介）且住了！逆了朝廷，還好彌縫。今日逆了廠公，（皺眉介）咦！比着抗聖旨，題目倍加。頭顱上，怎好戴烏紗！

（内衆又亂喊介）憲天爺爺，若不題疏力救周鄉宦，衆百姓情願一個個死在憲天臺下。（外、末又跪介）老大人，卑職不敢多言，民情洶洶如此，還求老大人一言撫慰纔是。（付）撫慰些什麽來？撫慰些什麽來？拿幾個進來打罷了！（外、末又跪介）老大人息怒。衆百姓呵，

【前腔】 （外、末）哭聲震地慘嗟呀！卑職呵！不敢施威喝打。倘一言激變，難禁架，定弄出禍來天大。（末又跪介）老大人若無一言撫慰，就是周宦在外，卑職也不敢解進轅門。（付）爲何？（末）人兒擁，紛如亂麻，就有幾皂隸[21]，也難拿。（付沉思介）嗄，也罷！既如此，快去傳諭百姓且散。若要保留周宦，且具一公呈進來，或者另有商量。（外、末起介）是！領命！（即下）

（付）哈哈哈！好個騃官兒[22]，苦苦要本院保留，這本兒怎麽樣寫？怎麽樣寫？且待犯官進來，再作道理。（向内叫介）張爺那裏？李爺那裏？（叫下）（小生扮校尉上，扯住付立定介）毛老爺，不要亂叫。我們的心事，怎麽樣了？到京去，還要咱們在廠爺面前講些好話的哩！（付）知道了，知道了！自然從厚。（攜手下）（生青衣小帽，旦、貼扮皂押上）（生）平生盡忠孝，今日任風波。（净、丑、末擁上）周老爺且慢。我們衆百姓已稟過都爺，出疏保留了。（生拱謝介）列位素昧平生，多蒙過愛。我周順昌自矢無他[23]，料到京師，決不殞命。列位請回。（净、丑、末）當今魏太監弄權，有天無日，決不放周爺去的。（哭，唱）

【前腔】（净、丑、末）權璫勢燄把人擒，到口便成肉鮓[24]。周老爺呵，死生交界應非耍，怎容向鬼門占卦[25]？（老、小生急上）周老先生，好了，好了！晚生輩三學朋友[26]，已具公呈保留，臺駕且回尊府。晚生輩靜候撫公批允便了。（生）多謝諸兄盛情。咳！諸兄，小弟與兄俱讀聖書，君命召，駕且不俟[27]。今日奉旨來提，敢不趨赴？順昌此去，有日還蘇，再與諸兄相聚，萬分有幸了。（小生、老旦）老先生説出此言，晚生輩愈覺心痛了。（大哭介）（净、丑、末各抱生哭介）（小生、老旦）老先生，你看被逮諸君，那一個保全的？還是不去的是。投坑阱都成浪花，見那個得還家。（生）列位休得悲哀，我周順昌呵！

【前腔】（生）打成草稿在唇牙，指佞庭前拚罵[28]。疊成滿腹東林話[29]，苦掙着正人聲價。諸兄日後將我周順昌呵，姑蘇誌休教謬誇[30]。我只是完臣節，死非差。

（外扮中軍上）都老爺分付開讀且緩，傳請周爺快進商議。（净、丑、小生、老旦、末）有何商量？（外）列位且具公呈，自然要議妥出本的。（衆）出本保留，是士民公事，何消周爺自議？不要聽他！（生）列位還是放學生進去的是。（衆）不妨，料無後門走了。（外扶生入介）（内）分付掩門。（内、付掩門介）（衆）奇怪！爲何掩門起來？列位，大家守定大門，聽着裏邊聲息便了。（作互相窺聽介）（内念詔介）跪聽開讀。（衆驚介）列位，不是了！爲何開讀起來？（又聽介）（内高聲喊介）犯官上刑具。（衆怒介）益發不是了！列位，拚着性命，大家打進去！（打門介）（付扮差官執械上）咄！砍頭的，皇帝也不怕！敢來搶犯人麽？叫手下拿幾個來，一併解京去砍頭！

【前腔】（付）妖民結黨起波查[31]，倡亂蘇城獨霸。搶咱欽犯思逆駕，擒將去千刀萬剮。（衆）咳！你傳假旨，思量嚇咱！（拍胸介）我衆好漢，怎饒他！

（付）嗄！你這般狗頭，這等放肆，都拿來砍！都拿來砍！（作拔刀介）（净）你這狗頭，不知死活！可曉得蘇州第一個好漢顔佩韋麽？（末）可曉得真正楊家將楊念如麽？（丑、旦、貼）可曉得十三太保周老男、馬杰、沈揚麽？（付）真正是一班喘豬！殺！殺！殺！（將刀砍介）（净）衆兄弟，人家動手！（打倒付介）（付奔進介）（衆趕入打介）天花板上還有一個。（衆打進打出三次介）（二旦扛一死屍上）打得好快活！這樣不經打的，把屍骸抛在城脚下喂狗便了。（下）（外扮寇太守扶生上）（生）老公祖，此番大鬧，我周順昌倒無生路了。怎麽處？怎麽處？（外）老先生休慮。且到本府衙内，再有商量。（扶生下）（末扮陳知縣扶付上）（付）這等放肆！快走，快走！各執事不知那裏了，怎麽處？（末）執事都在前面，只得步行前去。知縣護送老大人。（付）走，走，走！（同末下）（净、丑、旦、貼内大喊。衆復上）還有幾個狗頭，再去打，再去打！（作趕入介）（即出介）一個人也不見了，官府也去了，連周鄉宦也不知那裏去了！怎麽處？快尋，快尋！（各奔介）

【前腔】（合）兇徒打得盡成柤[32]，倒地翻天無那[33]。逋逃没影真奇詫[34]，空察院止堪養馬。周鄉宦，深藏那家？細詳察，覓根芽。（共奔下）

《古本戲曲叢刊》影清順治刊本

【注釋】

[1] 青帶，青色腰帶是舊時衙役的用物，故借以稱衙役。

[2] 苦惱子，蘇州話，辛苦的意思。“子”乃語助辭，無義。

[3] 攮（nǎng 曩），灌、噇的意思。

[4] 差了瞎，落空的意思。

[5] 決撒，完蛋的意思。王實甫《西厢記》第三本第二本折：“呀，決撒了也！”

[6] 吏部，周順昌原任吏部員外郎。

[7] 都老爺,指毛一鷺。明代巡撫皆由都察院副都御史或僉都御史外放,故稱都老爺。

[8] 飛廉,風神,又是傳説中的神鳥,故借指急使。

[9] 貫索,星座名,一名天牢,見《晉書·天文志》。

[10] 鼎言,恭維之詞,謂寇太守説話有份量,和鼎一樣重。

[11] 銓部,吏部。侃侃,正直不阿。

[12] 驀罹,突然遭受的意思。驀,突然。

[13] 怨恫(tōng 通),怨痛。

[14] 親炙高風,意謂陳知縣自己就很瞭解周順昌高尚的品德和人格。

[15] 鼎力,大力。亦恭維之辭。

[16] 憲天爺爺,明代對都察院官員的尊稱。

[17] 欽犯,奉旨逮捕的犯人。

[18] 官旗,官方的武士。

[19] 天家緹騎,朝廷派來捕人的錦衣衛軍人。

[20] 搭咤,殺頭的聲音,此處用作殺頭的代語。

[21] 皂隸,喝道執刑杖的衙役。

[22] 騃,癡。

[23] 自矢,自誓。

[24] 肉鲊,肉醬。

[25] 鬼門占卦,在死路上占卜吉凶。極言死亡已定,不須懷疑。

[26] 三學朋友,指當時蘇州府學及吴縣、長洲二縣學的秀才們。

[27] 君命召,駕且不俟,《論語·鄉黨》:"君命召,不俟駕行矣。"意思説,國君召唤,等不及車子駕好馬,就立刻動身。

[28] 指佞,草名,又稱屈軼草。相傳黄帝時有屈軼草,奸臣入朝,草就指向他。這裏周順昌以屈軼草自比,要與魏忠賢進行堅決的鬭争。

[29] 東林,即東林黨。宋代楊時建東林書院於無錫,明代顧憲成、高攀龍等人又重新修葺,並在那裏講學,激烈地批評以魏忠賢爲首的大官僚、大地主集團,得到比較進步的知識分子和部分士大夫的支持,遂稱東林黨。

[30] 姑蘇誌,蘇州的地方志書。

[31] 波查,口舌糾紛。

[32] 柤(zhā 渣),果名,這裏是渣滓的意思。

[33] 無那,奈何不得。《通俗編·語辭》:"那與奈何一也。直言曰那,長言曰奈何。"

[34] 逋,即逃。

五、散　曲

王磐散曲

王磐,字鴻漸,號西樓,高郵(今江蘇省高郵縣)人。約生活於公元一四七〇年至一五三〇年之間(明成化至嘉靖初)。不樂仕進,雅好詞曲,精通音律,著有散曲集《西樓樂府》。集中有些作品反映了明代不合理的社會現象和悲慘的現實生活。

古調蟾宮

元宵

【解題】 這支散曲,以記敍元宵情景爲題,運用對比的手法,反映了當時每況愈下的社會現實。

聽元宵,往歲喧嘩,歌也千家,舞也千家。聽元宵,今歲嗟呀,愁也千家,怨也千家。那裏有鬧紅塵香車寶馬?衹不過送黄昏古木寒鴉。詩也消乏[1],酒也消乏,冷落了春風,憔悴了梅花[2]。

任訥輯《散曲叢刊·王西樓樂府》

【注釋】

[1] 消乏,没有興致,没有氣力。

[2] 春風、梅花都是元宵時節的景物。這兩句意指人們失去過節的興致,使春風與梅花都感到寂寞。

朝　天　子

詠喇叭

【解題】 蔣一葵《堯山堂外紀》:"正德間閹寺當權,往來河下無虚日,每到輒吹號頭,齊丁夫,民不堪命,西樓乃作《詠喇叭》以嘲之。"作者以幽默的語言,借喇叭爲題,對作威作福的宦官給了辛辣的諷刺,反映了明代宦官弄權給人民帶來深重的災難。

喇叭,鎖哪,曲兒小,腔兒大[1];官船來往亂如麻,全仗你擡聲價。軍聽了軍愁,民聽了民怕,那里去辨甚麽真共假?眼見的吹翻了這家,吹傷了那家,只吹的水盡鵝飛罷!

任訥輯《散曲叢刊·王西樓樂府》

【注釋】

[1] 曲兒小二句:諷刺宦官原屬宫廷中供使唤的奴才,地位本來低下,卻倚仗帝王的寵幸大擺威風。

陳鐸散曲

陳鐸,字大聲,號秋碧,下邳(今江蘇省邳縣)人。約生於公元一四八八年(明孝宗弘治元年),卒於公元一五二一年(明武宗正德十六年)。家居南京,世襲指揮。他能詩會畫,精通音律,擅長製曲,有"樂王"之稱。所著散曲集有《滑稽餘韻》、《月香亭稿》、《可雪齋稿》、《秋碧軒稿》和《梨雲寄傲》。另有戲曲多種。他的散曲,題材廣泛,描寫了當時社會上各行各業以及各種不同生活方式的人,對那些過着寄生生活的人們,進行了尖鋭的諷刺。

水仙子

瓦匠

【解題】 陳鐸的散曲裏有不少手工藝人的形象,作者對他們的勞動作了熱情贊揚。這首散曲,就對瓦匠的勤勞給予很高評價。

東家壁土恰塗交,西舍廳堂初宼了[1],南鄰屋宇重修造。弄泥漿直到老,數十年用盡勤勞。金張第遊麋鹿[2],王謝宅長野蒿[3],都不如手鏝堅牢[4]。

路工編《明代歌曲選》

【注釋】

[1] 宼(wǎ 瓦),修整的意思。

[2] 金張,漢宣帝時金日磾、張安世並爲顯宦,後世言貴族者,輒並舉金張。這句是説,像金、張那樣的豪門貴族,早就不存在了,他們的華麗府第都已倒塌,成爲麋鹿居遊之地。

[3] 王謝,六朝時代的王導、王湛和謝安,世代簪纓,並稱望族,舊因以"王謝"爲高門世族的代稱。這句意謂,王、謝早已衰敗,他們豪華的宅第也都長滿了野草。

[4] 手鏝(màn 曼),泥瓦匠塗泥的工具。

醉太平

挑擔

【解題】 這支散曲,作者以樸素的語言提出了一個深刻的社會問題:爲什麽勞動人民成年累月地辛勤勞動,卻仍然無法維持生活呢?從這裏可以看出作者對勞動人民的關心和同情。

麻繩是知己,匾擔是相識,一年三百六十回,不曾閑一日。擔頭上討了些兒利[1],酒房中買了一場醉[2],肩頭上去了幾層皮,常少柴没米。

路工編《明代歌曲選》

【注釋】

[1] 利,勞動報酬。

[2] 酒房,酒坊,酒店。

沉醉東風

閑情

【解題】 這支小曲以通俗的語言,生動地描繪了大自然的美,也表現了作者閑適、放逸的生活。

舖水面輝輝晚霞[1],點船頭細細蘆花[2]。缸中酒似繩[3],天外山如畫,占秋江一片鷗沙[4]。若問誰家是俺家,紅樹裏柴門那搭[5]。

《飲虹簃所刻曲·梨雲寄傲》

【注釋】

[1] 輝輝,光彩。

[2] 點,稍著即起。

[3] 酒似繩,繩當作澠。澠音繩,水名,在山東省臨淄縣西北。語出《左傳》"有酒如澠"。謂酒極多。

[4] 鷗沙,鷗鳥棲息的沙渚。

[5] 那搭(dā答),猶言那裏。

馮惟敏散曲

馮惟敏，字汝行，號海浮，臨朐（今山東省臨朐縣）人。約生於公元一五一一年（明武宗正德六年），卒於公元一五八〇年（明神宗萬曆八年）。嘉靖時舉人，官至保定府通判，後辭官歸田。是明代傑出的散曲家。著有散曲集《海浮山堂詞稿》，雜劇《梁狀元不伏老》和詩文集《石門集》。他的散曲，題材廣泛，風格爽朗，語言活潑自然，在一定程度上暴露了統治階級敲詐和掠奪農民的罪惡，對處於水深火熱中的農民寄予深切的同情。

胡十八

刈麥有感

【解題】 該題共有四首，這裏選了一首。它揭露了賦税的繁重和官府對勞動人民勒索的殘酷，反映了農民典兒賣女的悲慘情景。

穿和喫不索愁，愁的是遭官棒。五月半間便開倉[1]，里正哥過堂[2]。花户每比糧[3]，賣田宅無買的，典兒女陪不上。

任訥輯《散曲叢刊・海浮山堂詞稿》

【注釋】

[1] 開倉，這裏指開始徵收賦税。

[2] 里正，明代也稱里長，與後來的地保相似。過堂，在縣官公堂呈報催徵賦税情況。

[3] 花户，登録户口時，稱户爲花户。比糧，交納賦税，限期收足，稱爲比糧，不足時受杖責。

玉芙蓉

喜雨

【解題】 作者以樸素、形象的語言，寫出了久旱之後喜逢降雨的喜悦心情，表達了作者與農民息息相通的思想情感。

初添野水涯[1]，細滴茅簷下，喜芃芃徧地桑麻[2]。消災不數千金價，救苦重生八口家。都開罷：蕎花，豆花，眼見的葫蘆棚結了個赤金瓜。

任訥輯《散曲叢刊・海浮山堂詞稿》

【注釋】

[1] 野水，指地上的積水。

[2] 芃（péng 朋）芃，茂盛貌。

薛論道散曲

薛論道,字談德,號蓮溪居士,定興(今河北省易縣)人。約生於公元一五三一年(明世宗嘉靖十年),卒於公元一六〇〇年(明神宗萬曆二十八年)。少能文,喜談兵,輟學從軍三十年,官至神樞參將加副將。其散曲集《林石逸興》十卷,多描寫邊疆風光、抒發個人感慨及諷時嫉俗之作。作品風格較爲豪放,時也失於淺率。

黃鶯兒

塞上重陽

【解題】 這是一首反映邊塞軍旅生活的作品,表現了作者熱愛祖國山河的情懷。

荏苒又重陽[1],擁旌旄倚太行[2],登臨疑是青霄上[3]。天長地長,雲茫水茫,胡塵静掃山河壯。望遐荒,王庭何處[4]? 萬里盡秋霜。

路工編《明代歌曲選》

【注釋】

[1] 荏(rěn 忍)苒(rǎn 染),時間漸漸過去。

[2] 旌(jīng 京)旄(máo 毛),軍中的大旗。太行,山名,在山西省境內,主峯在晉城縣南。

[3] 青霄上,天上,極言其高。

[4] 王庭,指敵人的中央機構。

桂枝香

慳吝

【解題】 這是一首諷世小品,作者以風趣的筆觸鞭撻了守財奴卑污的靈魂。

錙銖毫末[1],一針不挫。雖有些夾細名聲[2],卻無那奢華罪過。説一聲客來,魂驚膽破。一身無主,兩脚如梭。慌忙躲入積錢囤,説與渾家蓋飯鍋[3]。

路工編《明代歌曲選》

【注釋】

[1] 錙(zī 咨)銖(zhū 朱),六兩爲錙,二十銖爲一兩,都是細微的意思。此處謂錢的數目極少。連同下句意思是,分毫必較,不讓有細微的損折。

[2] 夾細,猶言細小。

[3] 渾家,俗呼妻子爲渾家。

朝天子

不平

【解題】 這首散曲,作者以憤憤不平的心情,對鄙陋猥瑣之輩竊踞高位,作了辛辣的嘲笑,揭露了當時官僚機構的腐敗。

軟膿包氣豪[1],矮漢子位高,惡少年活神道[2]。爺羹娘飰小兒曹[3],廣有些鴉青鈔[4]。銀鑄冰山[5],金垂犗釣[6],今日車明朝轎。村頭腦紫貂[7],瘦身軀緑袍[8],説起來教人笑。

路工編《明代歌曲選》

【注釋】

[1] 軟膿包,懦弱無能的人。

[2] 活神道,非常神氣,含有趾高氣揚、横蠻無忌的意思。

[3] 飰(fàn犯),飯的俗字。曹,輩。

[4] 鴉青鈔,印得墨迹鮮明的紙幣。

[5] 銀鑄冰山,喻言銀子極多。

[6] 犗(jiè介)釣,《莊子·外物》:"任公子爲大鉤巨緇,五十犗以爲餌。"犗,犍牛。以犍牛垂釣,極言其大。

[7] 村,鄙陋粗俗的意思。

[8] 緑袍,明代六品以下官員着緑袍。

朱載堉小曲

朱載堉,字伯勤,號句曲山人,自號狂生,生於公元一五三六年(明世宗嘉靖十五年),卒年不詳。是宗室鄭恭王朱厚烷的長子。其父因王族内部傾軋,被禁錮鳳陽十九年。死後,朱載堉不願承襲王位,專心研究律學與曆學,發現了“十二平均音律”,並寫成了有相當參考價值的《樂律全書》和《律呂融通》等書。朱載堉的小曲,大多感嘆世情冷暖、榮辱無常,對他所屬的那個階級有所諷刺。而且語言通俗,風格清新,民間多有流傳。其作品見於清賀汝田收集的《醒世詞》中。

山坡羊

十不足

【解題】 這支小曲暴露了統治階級貪婪的本性,嘲笑他們對功名利祿的無恥追求。

逐日奔忙只爲饑,才得有食又思衣。置下綾羅身上穿,擡頭又嫌房屋低。蓋下高樓并大厦,床前缺少美貌妻。嬌妻美妾都娶下,又慮出門没馬騎。將錢買下高頭馬,馬前馬後少跟隨。家人招下十數個,有錢没勢被人欺。一銓銓到知縣位[1],又説官小勢位卑。一攀攀到閣老位[2],每日思想要登基[3]。一日南面坐天下,又想神仙下象棋。洞賓與他把棋下,又問那是上天梯? 上天梯子未做下,閻王發牌鬼來催。若非此人大限到[4],上到天上還嫌低!

路工編《明代歌曲選》

【注釋】

[1] 銓(quán 全),封建時代量才授官曰銓,明時吏部有銓選司。

[2] 閣老,明代以來有大學士,以其入閣辦事,尊稱閣老,職權相當於古代的丞相。

[3] 登基,做皇帝。

[4] 大限,壽數,亦指死期。

清代部份

一、詩歌

吴偉業詩

吴偉業,字駿公,號梅村,太倉(今江蘇省太倉縣)人。生於公元一六〇九年(明神宗萬曆三十七年),卒於公元一六七二年(清聖祖康熙十一年)。從張溥游,參加復社。崇禎四年(一六三一)進士,官至左庶子。弘光朝,任少詹事,因與馬士英、阮大鋮不合,辭官歸里。入清後,復出仕,爲國子監祭酒一年。作詩取法盛唐及元、白諸家,尤工七言歌行,號稱"婁東派"。其詩多寓身世之感,也有些作品揭露了統治者殘酷壓榨人民的現實。著有《梅村家藏稿》等。

捉船行

【解題】 順、康之際,清廷爲了鎮壓各地抗清運動,軍事調動頻繁,而地方官吏,往往藉口軍運,四處捉船,横加勒索。這首詩就是反映當時江南水鄉在這種暴虐統治下,民不聊生的實況。

官差捉船爲載兵,大船買脱中船行[1];中船蘆港且潛避,小船無知唱歌去。郡符昨下吏如虎[2],快槳追風摇急櫓[3];村人露肘捉頭來,背似土牛耐鞭苦[4]。苦辭船小要何用?爭執洶洶路人擁。前頭船見不敢行,曉事篙師斂錢送[5]。船户家家壞十千[6],官司查點候如年;發回仍索常行費[7],另派門攤云雇船[8]。君不見官舫嵬峩無用處,打鼓插旗馬頭住[9]。

四部叢刊本《梅村家藏稿》卷三

【註釋】

[1] 買脱,即得錢買放的意思。

[2] 郡符,府裏的公文。此處指徵用船隻的文書。

[3] 追風,喻船行之迅速。

[4] 土牛,古時迎春所用的土製春牛。《禮記·月令》:"季冬之月,出土牛以畢寒氣。"用鞭子捶打,號曰鞭春。《武林舊事》:"立春前一日,臨安府造進大春牛,設之福寧殿庭,内官皆用五色彩絲仗鞭牛。"《魏書·甄琛傳》:"趙修小人,背似土牛,殊耐鞭杖。"

[5] 斂,聚集。

[6] 壞,破費。

[7] 常行費,常例錢。

[8] 門攤,按户分派的一種額外捐税。

[9] 馬頭,同"碼頭"。

楚兩生行 并序

【解題】 兩生指蘇崑生和柳敬亭。因兩人都生於楚地,故稱楚兩生。柳敬亭善於説書,蘇崑生擅長唱曲,是明代末年兩位著名的藝人。這首詩是作者爲蘇崑生而作的。全詩緊扣左良玉的盛衰這一關鍵,敍寫了蘇、柳兩人前半生的風雲際遇和後半世的坎坷道路。字裏行間,流露出對兩位藝人的惋惜與同情。其中對左良玉頗有偏袒、誇張之處,但通過左兵潰散和兩位藝人身世變遷的描寫,也微辭譴責了明末跋扈的將領。全詩結構謹嚴,總起平收,首尾相應。雖隔段分寫兩生,但能環繞中心,使二者緊密結合。

蔡州蘇崑生[1],維揚柳敬亭[2],其地皆楚分也[3],而又客於楚。左寧南駐武昌[4],柳以談,蘇以歌,爲幸舍重客[5]。寧南没於九江舟中[6],百萬衆皆奔潰,柳已先期東下。蘇生痛哭,削髮入九華山[7]。久之,出從武林汪然明[8]。然明亡,之吴中[9]。吴中以善歌名海内,然不過嘽緩柔曼爲新聲[10]。蘇生則於陰陽抗墜[11],分刌比度[12],如崑刀之切玉[13],叩之栗然[14],非時世所爲工也。嘗遇虎邱廣場大集[15],生睨其旁笑曰[16]:"某郎以某字不合律。"有識之者曰:"彼傖楚乃竊言是非[17]!"思有以挫之。間請一發聲,不覺屈服。顧少年耳剽日久[18],終不肯輕自貶下,就蘇生問所長。生亦落落難合[19],到海濱,寓吾里蕭寺風雪中[20]。以余與柳生有雅故[21],爲立小傳,援之以請曰:"吾浪跡三十年,爲通侯所知[22]。今失路顑頷而來過此,惟願公一言,與柳生並傳足矣!"柳生近客於雲間帥[23],識其必敗,苦無以自脱;浮湛敖弄[24],在軍政一無所關[25],其禍也幸以免。蘇生將渡江,余作楚兩生行以送之。以之寓柳生,俾知余與蘇生游,且爲柳生危之也。

黄鵠磯頭楚兩生[26],征南上客擅縱横[27]。將軍已没時世换,絶調空隨流水聲。一生拄頰高談妙[28],君卿脣舌淳于笑[29];痛哭常因感舊恩,詼嘲尚足陪年少。塗窮重走伏波軍[30],短衣縛袴非吾好[31];抵掌聊分幕府金[32],褰裳自把江村釣[33]。一生嚼徵與含商[34],笑殺江南古調亡;洗出元音傾老輩[35],疊成妍唱待君王[36]。一絲縈曳珠盤轉[37],半黍分明玉尺量[38];最是大隄西去曲[39],累人腸斷杜當陽[40]。憶昔將軍正全盛,江樓高會誇名勝[41];生來索酒便長歌,中天明月軍聲静。將軍聽罷據胡牀[42],撫髀百戰今衰病[43];一朝身死豎降旛[44],貔貅散盡無横陣[45]。祁連高冢泣西風[46],射堂賓客嗟蓬鬢[47];羈棲孤館伴斜曛,野哭天邊幾處聞?草滿獨尋江令宅[48],花開閒弔杜秋墳[49]。鵾弦屢换尊前舞[50],鼉鼓誰開江上軍[51]?楚客衹憐歸未得,吴兒肯道不如君。我念邗江頭白叟[52],滑稽幸免君知否?失路徒貽妻子憂[53],脱身莫落諸侯手!坎壈繇來爲盛名[54],見君寥落思君友。老去年來消息稀,寄爾新詩同一首;隱語藏名代客嘲[55],姑蘇臺畔東風柳。

四部叢刊本《梅村家藏稿》卷十

【註釋】

[1] 蔡州,地名。本古蔡國地,隋、唐置蔡州,元爲汝寧府,即今河南省汝南縣境。蘇崑生是明固始縣人,明代固始縣屬汝寧府,故稱蔡州。

[2] 維揚,今江蘇省揚州市。《梁溪漫志》卷九:"古今稱揚州爲惟揚,蓋取《禹貢》:'淮海惟揚州'之語。"惟,通"維"。柳敬亭,明末揚州府泰州人,善於說書。先游左良玉軍中,爲上客。良玉兵敗,又入松江提督馬逢知幕,終不得志而死。

[3] 分(fèn 憤),分野。古代天文家以十二星辰之位置劃分地面的區域,如以鶉火當周,以鶉尾當楚等。蔡州,春秋時爲蔡國,蔡爲楚所滅,屬楚;而揚州府,戰國時屬楚,故云其地皆楚分也。

[4] 左寧南,左良玉,字昆山,明末臨清(今山東省臨清市)人。初在遼東與清軍作戰,以驍勇受知於東林黨人侯恂。後在鎮壓農民起義軍時,擴充部隊,封爲寧南伯,駐防武昌。公元一六四四年,福王立,進封寧南侯。馬士英執政,與復社諸人爲敵。次年,良玉以清君側爲名,發兵東下,中途病死。

[5] 幸舍,食客的館舍。《史記·孟嘗君列傳》索隱:"傳舍、幸舍及代舍,並當上中下三等之客所舍之名耳。"

[6] 九江,今江西省九江市。《明史·左良玉傳》:"傳檄討馬士英,自漢口達蘄州,列舟二百餘里。疾已劇,至九江……嘔血數升,是夜死。時順治二年四月也。"

[7] 削髮,剃髮爲僧。九華山,在安徽省青陽縣西南四十里,舊名九子山。因有九峯,形似蓮花,故名。

[8] 武林,指杭州市。杭州市西有武林山,故別稱武林。汪然明,名汝謙,歙縣人,移居武林。嘗招集名流,爲湖山詩酒之會。順治十二年(一六五五)卒,年七十九。

[9] 吴中,泛指春秋時吴地,包括今江蘇省東部及浙江省西部之地。

[10] 嘽(chǎn 闡)緩,亦作闡緩,舒緩。《禮記·樂記》:"其樂心感者,其聲嘽以緩。"柔曼,柔弱而靡曼。

[11] 陰陽,聲之濁者曰陰,聲之清者曰陽。江永《音學辨微》:"清濁本於陰陽。"抗墜,猶抑揚。《禮記·樂記》:"放歌者,上如抗,下如墜。"孫希旦《集解》引方氏慤曰:"抗,言聲之發揚;墜,言聲之重濁。"

[12] 刌(cùn 寸),通"寸"。《漢書·元帝紀》:"自度曲被歌聲,分刌節度。"言其音調節奏,不失分寸。

[13] 崑刀之切玉,《列子·湯問》:"西戎獻錕鋙之劍,其劍長尺有咫,練鋼赤刃,用之切玉如切泥焉。"

[14] 栗然,堅實的樣子。形容其歌聲極爲剛健,非靡麗之音所能比。

[15] 虎邱,在蘇州市西北閶門外,亦名海湧山。《吴越春秋》:"闔閭塚在閶門外,葬三日而有白虎踞其上,故曰虎丘。"

[16] 睨(nì 膩),斜視。

[17] 傖楚,過去對江淮一帶人的賤稱。《新方言·釋言》:"《一切經音義》引《晉陽秋》曰:'吴人謂中州人爲傖人。俗又謂江淮間雜楚爲傖人。'"

[18] 剽(piāo 飄),盜取。耳剽日久,謂少年長久以來聽慣學慣嘽緩柔曼之音。

[19] 落落難合,與人疏遠而不肯輕易相合。

[20] 蕭寺,蘇鶚《杜陽雜編》:"梁武帝好造浮屠,命蕭子雲飛白大書曰蕭寺。"後人因稱寺院爲蕭寺。

[21] 雅故,素交。

[22] 通侯,爵位名,本作徹侯,漢時因避武帝諱,改稱通侯。此指左良玉。

[23] 雲間,今上海市松江縣,古稱雲間。帥,指當時松江提督馬逢知。本名馬進寶,降清後改名逢知。

順治十二年,由浙江移鎮松江。恃恩驕恣,後論罪入獄。

[24] 湛,同“沉”。敖,同“傲”。浮湛,隨波逐流。敖弄,語言調謔。

[25] 闞,闞涉。

[26] 黄鵠磯,在今湖北省武漢市蛇山下,上有黄鶴樓舊址。

[27] 征南,晉羊祜拜征南大將軍,這裏指寧南侯左良玉。

[28] 拄頰,以手支頰。

[29] 君卿脣舌,《漢書·游俠傳》:“樓護,字君卿,齊人。……爲人短小精辯,論議常依名節,聽之者皆竦。與谷永俱爲五侯上客。長安號曰:‘谷子雲筆札,樓君卿脣舌。’言其見信用也。”淳于笑,《史記·滑稽列傳》:“淳于髡仰天大笑,冠纓索絶。”此句是寫柳敬亭以談笑風生的説書技藝,獲得左良玉的賞識。

[30] 伏波,東漢馬援封伏波將軍。此處指松江提督馬逢知。余懷《板橋雜記》:“寧南侯已歿,柳敬亭又遊松江馬提督軍中,鬱鬱不得志,年已八十餘矣。”

[31] 短衣,《史記·劉敬叔孫通列傳》:“叔孫通儒服,漢王憎之;迺變其服,服短衣,楚製,漢王喜。”縛袴,《南史·沈慶之傳》:“上開門召慶之,慶之戎衣履靺縛袴入。”此處指軍裝。此句言軍伍生活,非其所好。

[32] 抵掌,擊掌。《國策·秦策》:“見説趙王於華屋之下,抵掌而談。”鮑彪註:“抵,側擊也。”左思《蜀都賦》:“劇談戲論,扼腕抵掌。”此句是説,柳敬亭在馬逢知幕中,不過借説書以餬口而已。

[33] 褰(qiān 牽)裳,揭起衣裳。此句言其陶情漁釣,不問軍中事務。以上敍寫柳敬亭。

[34] 徵(zhǐ 止)、商,中國古代音樂分宫、商、角、徵、羽五音,又稱五聲。嚼徵含商,指度曲時辨析音調,細入毫芒。

[35] 洗出句:謂洗盡俗調,獨存正始之音,使老輩都爲之傾倒。

[36] 疊,反復歌唱。

[37] 一絲縈曳,狀其聲之輕細悠揚。珠盤轉,狀其聲之圓轉。

[38] 半黍句:《世説新語·術解》:“荀勗善解音聲,時論謂之闇解。遂調律吕,正雅樂。每至正會,殿庭作樂,自調宫商,無不諧韻。阮咸妙賞,時謂神解,每公會作樂,而心謂之不調。既無一言直勗意,忌之,遂出阮爲始平太守。後有一田父耕於野,得周時玉尺,便是天下正尺。荀試以校已所治鐘鼓金石絲竹,皆覺短一黍,於是伏阮神識。”此句言其音節之精。

[39] 大隄,即今湖北省宜城縣。釋智匠《古今樂録》:“清商西曲《襄陽樂》云:‘朝發襄陽城,暮至大隄宿;大隄諸女兒,花艷驚郎目。’梁簡文帝由是有《大隄曲》。”

[40] 杜當陽,晉杜預,以平吴功,封當陽侯。此處借喻左良玉。弘光立,馬士英、阮大鋮用事,慮東林倚借左良玉之力爲難,乃築板磯城爲西防。良玉嘆曰:“今西何所防,殆防我耳!”這兩句影射此事。

[41] 江樓,指黄鶴樓。

[42] 胡牀,坐具,即交椅。此句係借晉庾亮故事以喻左良玉。《世説新語·容止》:“庾太尉在武昌,秋夜氣佳景清,使吏殷浩、王胡之之徒,登南樓理詠。音調始遒,聞函道中有屐聲甚厲,定是庾公。俄而率左右十許人步來,諸賢欲起避之,公徐云:‘諸君少住,老子於此處興復不淺!’因便據胡牀與諸人詠謔。”

[43] 髀,大腿。此處用劉備髀肉復生故事。《三國志·蜀志·先主紀》註:“《九州春秋》曰:備住荆州

數年,嘗於劉表坐起如廁,見髀裏肉生,慨然流涕。還坐,表怪問備,備曰:'平常身不離鞍,髀肉皆消;今不復騎,髀裏肉生。日月如馳,老將至矣!而功業不建,是以悲耳!'"

[44] 一朝句:《明史·左良玉傳》:"(良玉死)諸將秘不發喪,共推其子夢庚爲留後。七日,軍東下。朝命黃得功渡江防勦。……時清兵已下泗州,逼儀真矣。夢庚遂偕(黃)澍以衆降於九江。"

[45] 貔貅,猛獸名,借指勇猛的軍士。

[46] 祁連,祁連山,在甘肅、青海兩省之間,河西走廊之南。祁連高冢,漢霍去病死,爲立高冢,象祁連山。此處言左良玉已死。

[47] 射堂,校射的場所。射堂賓客,謂蘇崑生。

[48] 江令,謂梁江總。因江總在陳時曾爲尚書令。江總宅,在江寧府上元縣(今南京市)東北。

[49] 杜秋,人名。杜牧《杜秋娘詩序》:"杜秋,金陵女也。年十五,爲李錡妾。後錡叛滅,籍之入宫,有寵於景陵(指唐憲宗)。穆宗即位,命秋爲皇子傅姆。皇子壯,封漳王。鄭注用事,誣丞相欲去己者,指王爲根。王被罪廢削,秋因賜歸故鄉。予過金陵,感其窮且老,爲之賦詩。"此兩句皆用金陵故事,即序中所謂"之吴中"也。

[50] 鵾弦,古琵琶用鵾鷄筋爲弦。亦泛指弦樂器。

[51] 鼉(tuó 駝)鼓,鼉皮堅韌,用以冒鼓,謂之鼉鼓。此處作戰鼓解。

[52] 邗(hán 寒)江,指邗溝,古運河名。其故道起點在今江蘇省揚州市南。此句指柳敬亭。

[53] 失路,失意。

[54] 坎(kǎn 侃)壈(lǎn 覽),窮困不得志。杜甫《丹青引》:"但看古來盛名下,終日坎壈纏其身。"

[55] 隱語藏名,指下句隱藏蘇、柳二人姓氏。

織婦詞

【解題】 這是一首揭露清初統治者掠奪人民財富的敍事詩。全詩突出地反映了清貴族的驕奢淫佚和貪得無饜,形象鮮明,語意含蓄,在敍事中透露出作者對明室的懷念和對清貴族的憤慨。

黃繭繅絲不成匹[1],停梭倚柱空太息[2]。少時織綺貢尚方[3],官家曾給千金直。孔雀蒲桃新樣改[4],異纈奇文不遑識[5]。桑枝漸枯蠶已老,中使南來催作早[6];齊紈魯縞車班班[7],西出玉關賤如草[8]。黃龍袱子紫橐駞[9],千箱萬疊奈爾何!

四部叢刊本《梅村家藏稿》卷十

【註釋】

[1] 匹,或作疋,數量詞。古以四丈爲一匹。

[2] 太息,長嘆息。

[3] 綺,細綾。按《六書故》:"織采爲文曰錦,織素爲文曰綺。"尚方,官名。秦置尚方令,漢末分爲左中右三尚方,歷代因之。掌管製作宫禁中玩好器物。

[4] 孔雀、蒲桃,均錦名。陸翽《鄴中記》:"織錦署有蒲桃文錦,又有鳳皇孔雀錦,韜文錦。"

[5] 纈(niè 聶),按《六書故》:"纈,絲接岐(同"歧")也。"此處當指織錦的紋采。遑,暇。不遑,不及。

[6] 中使,皇帝左右的使臣,後世多用宦官。

[7] 齊紈,齊地所出產的白紈。魯縞,魯國所出產的細絹。齊紈魯縞,此處是泛指向江南人民剥奪來的各種絲織品。

[8] 玉關,即玉門關。按此處實指山海關,謂財物運往清留都盛京(今遼寧省瀋陽市)。

[9] 橐駞(tuó 陀),即駱駝。

顧炎武詩

顧炎武,初名絳,字寧人,别號亭林,又嘗自署蔣山傭,崑山(今江蘇省崑山縣)人。生於公元一六一三年(明神宗萬曆四十一年),卒於公元一六八二年(清聖祖康熙二十一年)。早年入"復社"。清兵南下,曾參與崑山、嘉定一帶的抗清起義。失敗後,遍游華北各省,考察邊塞山川形勢,訪求各地風俗民情,並墾荒於雁門之北,一生不忘興復。晚歲卜居華陰,卒於曲沃。他學識淵博,於歷朝典制、郡邑掌故、河漕兵農,及經史百家、音韻訓詁之學,無不探究源委。晚年治經,側重考證,開有清一代樸學風氣。反對宋、明理學空談"心、理、性、命",提倡"經世致用"的實際學問。對文學則强調其社會教育作用,認爲"詩主性情,不貴奇巧"。其詩多寫興亡之事,託物寄興,弔古傷今,表現了力圖恢復明室、堅持抗清的決心。詩的風格蒼涼沉鬱、悲壯激昂。散文亦不事藻飾,純樸感人。其詩文善用典實,熨帖切當,無撏撦掇拾之弊。著有《亭林詩文集》、《日知録》、《天下郡國利病書》、《音學五書》等。

淄川行

【解題】 這首詩寫清初山東淄川(在今山東省淄博市及長山、萊蕪縣境内)人民殺死孫之獬(xiè 謝)之事。孫之獬,淄川人,明天啓間進士,以奉承魏忠賢得官侍講。入清以後,官禮部侍郎。順治二年(一六四五),升兵部尚書,總督軍務,招撫江西。後去官歸里。薙髮令下,之獬首先薙髮,全家男女皆服滿裝,因此引起淄川人民的普徧憤怒。起義軍丁可澤、謝遷等破淄川後,擒殺之。

張伯松,巧爲奏[1],大纛高牙擁前後[2]。罷將印,歸里中,東國有兵鼓逢逢[3]。鼓逢逢,旗獵獵[4],淄川城下圍三匝。圍三匝,開城門,取汝一頭謝元元[5]。

四部叢刊本《亭林詩文集》卷一

【註釋】

[1] 張伯松二句:漢張竦(字伯松)爲劉嘉作奏,請滅安衆侯劉崇。王莽封嘉爲師禮侯,嘉子七人皆賜爵關内侯。又封竦爲淑德侯。長安爲之語曰:"欲求封,過張伯松;力戰鬥,不如巧爲奏。"(見《漢書·王莽傳》)

[2] 纛(dú 毒),軍中大旗。牙,牙旗。猛獸以爪牙爲衛,故軍前大旗曰牙旗。以上三句是譏刺孫之獬降清以後,取得兵部尚書總督軍務的高官厚爵,正如張竦一樣。

[3] 逢(péng 蓬)逢,鼓聲。東國,指山東。這句寫丁可澤、謝遷等所領導的起義軍。

[4] 獵獵,風吹旌旗的聲音。

[5] 元元,庶民,百姓。《國策·秦策》:"制海内,子元元,臣諸侯。"註:"元,善也,民之類善,故稱元。"謝,謝罪。

精衛

【解題】 精衛,古代神話中的鳥名。相傳炎帝的少女,名女娃,溺死於東海,死後化爲鳥,名精衛,常銜西山木石以填東海。見《山海經·北山經》及《述異記》。詩中作者以精衛自喻,表示自己堅定不移、力圖復明的決心。

萬事有不平,爾何空自苦？長將一寸身,銜木到終古[1]。我願平東海,身沉心不改。大海無平期,我心無絶時。嗚呼！君不見西山銜木衆鳥多,鵲來燕去自成窠[2]！

四部叢刊本《亭林詩文集》卷一

【註釋】

[1] 長將二句：終古,久遠。《離騷》:"余焉能忍與此終古!"這兩句是借精衛銜木終古之志,隱喻自己以區區一介之士,抱着復明的志願,至死不變。

[2] 君不見二句：借燕鵲的各自成窠,比喻那些在明亡之後,貪圖富貴,甘心事清的人。

流　轉

【解題】 此題原鈔本作《翦髮》,後爲潘刻所改。"流轉"是流離轉徙的意思。清順治七年(一六五〇),顧炎武參加抗清義軍失敗後,因家鄉有讎家要想陷害他,不得已乃薙髮改裝爲商賈,奔走於吴越之間,繼續進行抗清活動。這首詩抒寫作者在這一年登覽鎮江北固山樓時所生的慨嘆。全詩充分體現了作者不拘守蓄髮小節,懷有遠大抱負,以及對復明前途的樂觀精神。

流轉吴會間[1],何地爲吾土？登高望九州,極目皆榛莽[2]。寒潮盪落日,雜遝魚蝦舞[3]。饑烏晚未棲,弦月陰猶吐[4]。晨上北固樓[5],慨然涕如雨！稍稍去鬢毛,改容作商賈。卻念五年來,守此良辛苦[6]。畏途窮水陸,仇讎在門户;故鄉不可宿,飄然去其宇。往往歷關梁[7],又不避城府。丈夫志四方,一節亦奚取[8]！毋爲小人資,委肉投餓虎[9]。浩然思中原,誓言向江滸[10]。功名會有時,杖策追光武[11]。

四部叢刊本《亭林詩文集》卷二

【註釋】

[1] 吴會(guì 劊),指吴郡和會稽郡,即今江蘇省南部及浙江省等地。

[2] 極目句：原鈔本作"憑陵盡戎虜"。虜,通"虜",指當時入關的清軍。刻本爲了避忌,改榛莽。榛莽,草木叢雜、荒蕪貌。

[3] 雜遝(tà 榻),衆多而又雜亂貌。此句是以魚蝦比喻清軍。

[4] 此兩句亦用象徵寫法。上句喻自己展轉於江浙之間,不遑棲處,猶同饑烏。下句喻正氣猶未盡滅,復明尚存一綫希望,如陰雲中微露弦月。

[5] 北固樓,在今江蘇省鎮江市北固山上,北臨大江。

[6] 此詩作於清順治七年(一六五〇),南京失陷至此已五年。"此"字指頭髮。清軍下江南以後,嚴令薙髮,蘇州松江地區,因不薙髮而死者,不可勝紀。

[7] 關梁,原鈔本作"山澤"。

[8] 一節,指堅持不薙髮。

[9] 委肉句：《史記·張耳陳餘列傳》:"陳餘曰：'吾度前終不能救趙,徒盡亡軍。且餘所以不俱死,欲爲趙王、張君報秦。今必俱死,如以肉委餓虎,何益？'"委,付,棄。

[10] 江滸,江邊。

[11] 光武,即東漢光武帝劉秀(前六——五七),東漢王朝的建立者,史稱漢室中興之主,在位三十三年(二五——五七)。《後漢書·鄧禹傳》:"及聞光武安集河北,即杖策北渡,追及於鄴。"此處以光武

比喻其所盼望的中興之主。"光武"兩字原缺,據四部備要本補。

又酬傅處士次韻

【解題】 這是顧炎武酬答其友人傅山所贈《晤言寧人先生還村途中嘆息有詩》的和韻之作。傅山(一六〇七——一六八四),字青主,初字青竹,太原人。明亡後,爲道士裝,隱居山中,以醫爲業。康熙中徵舉博學鴻詞,不應;授中書舍人,復不就。博通經史諸子,兼工詩文書畫、金石篆刻。著有《霜紅龕集》。

清切頻吹越石笳[1],窮愁猶駕阮生車[2]。時當漢臘遺臣祭[3],義激韓讎舊相家[4]。陵闕生哀回夕照,河山垂淚發春花[5]。相將便是天涯侣[6],不用虚乘犯斗槎[7]。

【註釋】

[1] 越石笳,晉劉琨(二七〇——三一八),字越石。魏昌(今山東省無極縣東)人。任并州刺史,與劉淵、石勒相對抗。《晉書·劉琨傳》:"琨在晉陽(今山西省太原市),嘗爲胡騎所圍數重,城中窘迫無計。琨乃乘月,登樓清嘯。賊聞之,皆悽然長嘆。中夜奏胡笳,賊又流涕歔欷,有懷土之切。向曉復吹之,賊並棄圍而走。"

[2] 阮生車句:阮生,指晉阮籍。阮籍(二一〇——二六三),字嗣宗,陳留尉氏(今河南省開封市)人。爲竹林七賢之一。《魏氏春秋》:"阮籍率意獨駕,不由徑路,車跡所窮,輒慟哭而去。"以上兩句是寫傅氏隱居清嘯,課子力學,能堅守氣節。《國朝先正事略》:"傅先生喜苦酒,自稱老蘗禪,子眉乃自稱小蘗禪。或時出遊,眉與子共挽車,暮宿逆旅,仍篝燈課讀經史騷選諸書,詰旦,必成誦乃行,否則予杖。故先生家學,大河以北,莫有窺其藩者。"

[3] 時當句:《後漢書·陳寵傳》:"寵曾祖父咸,成、哀間,以律令爲尚書。……及莽篡位,召咸以爲掌寇大夫,謝病不肯應,時三子參、豐、欽皆在位,乃悉令解官,父子相與歸鄉里,閉門不出入,猶用漢家祖臘。人問其故,咸曰:'我先人豈知王氏臘乎!'"臘,歲終祭神。

[4] 義激句:《史記·留侯世家》:"秦滅韓。良年少,未宦事韓。韓破,良家僮三百人,弟死不葬,悉以家財求客刺秦王,爲韓報仇,以大父、父五世相韓故。"以上兩句是以陳咸的不忘漢臘和張良的義報韓仇,比傅山的不忘明室。

[5] 上句用李白《憶秦娥》"西風殘照,漢家陵闕"詞意。下句用杜甫《春望》"感時花濺淚"詩意。

[6] 相將,共同。

[7] 犯斗槎,《博物志》:"舊説云:天河與海通。近世有人居海渚者,年年八月,有浮槎去來,不失期。人有奇志,立飛閣於槎上,多齎糧,乘槎而去。十餘日中,猶觀星月日辰,自後芒芒忽忽,亦不覺晝夜。去十餘日,奄至一處,有城郭狀,屋舍甚嚴。遥望宫中多織婦。見一丈夫,牽牛渚次飲之。牽牛人乃驚問曰:'何由至此?'此人見説來意,并問:'此是何處?'答曰:'君還至蜀郡,訪嚴君平則知之。'竟不上岸,因還如期。後至蜀,問君平,曰:'某年月日,有客星犯牽牛宿。'計年月,正是此人到天河時也。"此兩句是説,猶有同志者在,不必爲乘桴浮海之行。

其　二

愁聽關塞遍吹笳,不見中原有戰車[1]。三户已亡熊繹國[2],一成猶啓少康家[3]。蒼龍日暮還行雨，老樹春深更著花[4]。待得漢庭明詔近，五湖同覓釣魚槎[5]。

四部叢刊本《亭林詩文集》卷四

【註釋】

[1] 愁聽二句：意謂只聽到徧佈在邊關要塞的敵軍的笳吹聲，卻不見中原地區有抵禦强敵的武裝力量。

[2] 三户，《史記・項羽本紀》："楚南公曰：'楚雖三户，亡秦必楚也。'"三户指楚國的貴族屈、景、昭三大姓。熊繹國，指楚國，楚武王名熊繹。

[3] 一成，古代計算土地的單位，方十里。啓，開拓。少康，夏代中興之主，姓姒，相之子。寒浞（zhuó濁）之子澆（同奡）滅相，相妃緡逃歸有仍，生少康。後少康又奔有虞氏，爲庖正。有田一成，有衆一旅（五百人），終滅寒浞，恢復夏統。以上兩句，暗指當時明代諸王雖相繼敗亡，但遺民堅持抗清，不忘舊朝，恢復的希望並未斷絶。

[4] 蒼龍二句：言年老而復明的志氣不衰。

[5] 待得二句：是説待到争取復國以後，朝庭將徵用我們時，再一同退隱江湖。

寄次耕時被薦在燕中

【解題】 此詩作於康熙十八年（一六七九）。康熙十七年，朝議以纂修明史，開博學鴻儒科，藉以招攬文士，尤其注意一班夙負重望的遺老。這時，顧炎武的同鄉棄方藹欲推薦炎武，炎武竭力拒絶，始免。這首詩是寫給他的弟子潘耒（字次耕）的。詩中一面諷勸潘耒，不該像那些不辨是非清濁以博取新朝富貴的時俗文人一般，去應薦赴試，要他及早辭官歸養；另一面又希望通過潘耒向當時的京中舊識表露自己的志節，以死自誓，嚴峻拒絶薦舉。

昨接尺素書，言近在吴興[1]。洗耳苕水濱[2]，叩舷歌《采菱》[3]。何圖志不遂，策蹇還就徵[4]。辛苦路三千，裹糧復羸滕[5]。夜驅燕市月，曉踏盧溝冰[6]。京雒多文人，一貫同淄澠[7]。分題賦淫麗，角句争飛騰[8]。關西有二士，立志粗可稱。雖赴翹車招，猶知畏友朋[9]。儻及雨露濡[10]，相將上諸陵[11]。定有南冠思，悲哉不可勝[12]！轉盼復秋風，當隨張季鷹[13]。歸詠《白華》詩，膳羞與晨增[14]。嗟我性難馴，窮老彌剛棱。孤跡似鴻冥，心尚防弋矰[15]。或有金馬客[16]，問余可共登？爲言顧彦先，惟辦刀與繩[17]！

四部叢刊本《亭林詩文集》卷五

【註釋】

[1] 吴興，縣名，在浙江省北部，瀕臨太湖。

[2] 洗耳，表示厭聞其事。《高士傳》："堯聘許由爲九州長，由不欲聞，洗耳於潁水濱。"苕水，一名苕溪，源出天目山，至吴興縣入太湖。

[3] 叩舷句：原註："郭璞《江賦》：'詠采菱以叩舷。'"采菱，即《采菱曲》，樂府江南弄七曲之一，梁武帝製。以上四句言潘耒來書説自己避居於吴興苕水之上。按潘耒初亦力避徵召，奉母逃隱。《亭林餘集》中有《與潘次耕札》："都中書至，言次耕奉母遠行，不知所往，中孚（李顒）即作書相慶。"

[4] 蹇（jiǎn柬），跛足。《楚辭・七諫》："駕蹇驢而無策兮。"後世因以"蹇"代替"驢"字用。此句是説，潘耒還是騎着驢入京就薦了。

[5] 贏縢(téng 縢),擔負着糧袋。

[6] 盧溝,指蘆溝橋,在北京廣安門西十三里,跨越永定河上。爲北京名勝之一。

[7] 淄澠(shéng 繩),二水名,皆在山東。二水味異,合則難辨。古稱齊國易牙能辨别。《列子·説符》:"淄澠之合,易牙嘗而知之。"此言京師文人,不分清流濁流,盡爲清廷所網羅。

[8] 分題二句:寫應博學鴻儒試的文人。淫麗,極其華麗。《揚子法言》:"辭人之賦麗以淫。"飛騰,杜甫《偶題》:"前輩飛騰入,餘波綺麗爲。"

[9] 關西四句:指作者友人王弘撰、李因篤之應徵赴試,是出於被迫,且知其事之可恥。王弘撰,陝西華陰人,字無異,一號山史。精金石之學,善鑑别書畫。居華山下。著有《易圖象述》、《華山志》、《砥齋集》。李因篤(一六三三——?),陝西富平人,字天生,一字子德。工於詩,尤精音訓。著有《受祺堂集》、《漢詩音註》。顧炎武《與李星來書》:"關中三友,山史辭病,不獲而行;天生母病,涕泣言别。"翹車招,《左傳》莊公二十二年:"翹翹車乘,招我以弓(古代的聘禮,招士用弓);豈不欲往,畏我友朋。"杜預註:"翹翹,遠貌。言雖貪顯命,懼爲友朋所譏責。"

[10] 雨露濡,《禮記·祭義》:"雨露既濡,君子履之,必有怵惕之心。"註:"爲感時念親也。"

[11] 諸陵,指十三陵,在今北京市昌平縣天壽山南麓,爲明代自成祖至思宗凡十三帝所葬處。

[12] 以上四句言若逢感時思親之時,相邀去往十三陵,定有亡國羈囚之痛。

[13] 張季鷹,晉張翰,字季鷹。齊王司馬冏召爲東府掾,知天下將亂,因秋風起,思吴中蒓鱸,遂辭歸故鄉。此兩句諷勸潘耒及早辭官。

[14] 歸詠二句:白華,《詩經·小雅》篇名。《詩序》:"白華,孝子之潔白也。"羞,肴饌。此兩句説歸養老母。

[15] 孤跡二句:以鴻雁自喻,言其雖深自隱晦,尚且經常躭心被當事者所籠絡。《後漢書·逸民傳論》:"鴻飛冥冥(高空),弋人何纂(取也)焉?"弋,獵鳥。矰,有繩子的箭,用以射鳥。

[16] 金馬,漢宫門名。金馬客,指在朝的官僚。

[17] 顧彦先,晉顧榮,字彦先。《晉書·顧榮傳》:"(彦先)與州里楊彦明書曰:'吾爲齊王主簿,恆慮禍及,見刀與繩,每欲自殺。'"末四句是要潘耒轉告京中舊識,如果再來纏擾,則將如顧彦先一樣,以死自誓,決不相從。

吴嘉紀詩

吴嘉紀,字賓賢,號野人,東臺(今江蘇省東臺縣)人。生於公元一六一八年(明神宗萬曆四十六年),卒於公元一六八四年(清聖祖康熙二十三年)。隱居東淘,布衣終身。所爲詩真樸沉鬱,自成一家。其中寫鹽場生活的樂府詩,多反映濱海勞動人民的苦難生活,對清初社會矛盾,也有所揭露,具有較强的現實意義。著有《陋軒詩》。

臨場歌

【解題】 這是作者所作《鹽場新樂府》中的一首。它通過清初淮南産鹽地區階級壓迫的現實的描寫,對封建官吏魚肉鹽民的情況加以揭露,同時也反映了廣大鹽民遭受掠奪和迫害的悲慘生活。全詩採取四言的形式,音節短促,情緒激憤,具有較强的感染力。

雖曰窮竈户[1],往歲折價[2],何曾少逋[3]? 胥役謂其逋也[4],趣官長沿場徵比[5],春秋兩巡[6],邇來竟成額例[7]。兵荒之餘,嗚呼! 誰憐此窮竈户?

掾豺隸狼[8],新例臨場。十日東淘[9],五日南梁[10]。趨役少遲,場吏大怒。騎馬入草[11],鞭出竈户。東家貰醪[12],西家割彘[13]。殫力供給[14],負卻公稅[15]。後樂前鉦[16],鬼咤人驚。少年大賈,幣帛將迎。帛高者止,與笑月下。來日相過,歸比折價[17]。笞撻未歇[18],優人喧闐[19]。危笠次第[20],賓客登筵。堂上高會,門前賣子。鹽丁多言[21],箠折牙齒[22]。

康熙刊本《陋軒詩》卷一

【註釋】

[1] 竈户,煎鹽的民户。

[2] 往歲,往年,過去。折價,竈户將鹽賣給行商,官方向竈户依賣價折收稅額。

[3] 逋,逃欠。

[4] 胥役,衙門裏的公差。

[5] 趣,催促。場,即鹽場。沿海産鹽地區,凡較大的村鎮,皆稱場。徵比,徵收錢糧稅額而比較其多寡之數。《周禮·地官·縣正》:"各掌其縣之政令徵比。"疏:"謂徵發校比之等也。"此句是説,公差催促場吏挨户去徵收所欠的折價稅。

[6] 巡,巡查,視察。

[7] 邇來,近來。額例,制定的常例。

[8] 掾(yuàn 願),掾屬,佐治的下級官吏。隸,差役。

[9] 東淘,一名安豐,在今江蘇省東臺縣南二十五里。

[10] 南梁,一名梁垛場,在今東臺縣南十八里。

[11] 草,指草田。明清鹽法,竈户除在場煎鹽外,照例得按丁配給場外近内地的耕田,名曰草田。其用意是在於供給竈户煎鹽所需的柴薪,但因竈户窮困,此種草田,後來多爲地主以賤價買去,成爲私産。

[12] 貰(shì 世),賒欠。醪(láo 勞),醇酒。

[13] 割彘,殺豬。

[14] 殫(dān 單),盡。

[15] 負卻,拖欠下。

[16] 後樂前鉦(zhēng 征),鳴鑼開道,鼓吹後隨。寫官員來到鹽場時的排場。鉦,即鑼。

[17] 來日二句:言官吏明日相過鹽場,即將向竈户比較舊欠,折銀索償。

[18] 笞(chī 癡)撻,鞭打。笞,五刑(笞、杖、徒、流、死)之一,用竹板敲打腿和臀部。

[19] 喧闐(tián 田),喧鬧,嘈雜。

[20] 危笠,高聳的帽子。此處代指官吏。

[21] 鹽丁,即竈户。

[22] 箠(chuí 垂),"棰"的異體字,這裏指杖。

絶　句

【解題】 這是一首反映濱海鹽民艱苦的勞動生活的小詩。詩中通過一位煎鹽老人在烈日下偷閑片刻便算是乘涼的描寫,反襯出竈户暑天煎鹽時所遭受的窒悶薰熱的苦況。語言質樸清新,取材富有典型意義。

白頭竈户低草房,六月煎鹽烈火傍;走出門前炎日裏,偷閑一刻是乘涼。

康熙刊本《陋軒詩》卷一

海　潮　嘆

【解題】 清康熙四年(一六六五)七月三日,蘇北沿海地區颶風大作,海潮高漲,漂没亭場廬舍無數,男女竈丁死者數萬人。凡三晝夜,風始息;潮退後,草木盡枯死。這首詩着重反映了這次風潮給沿海居民所帶來的深重災難和封建統治階級的兇殘酷虐。

颶風激潮潮怒來[1],高如雲山聲似雷。沿海人家數千里,雞犬草木同時死。南場屍漂北場路[2],一半先隨落潮去[3]。產業蕩盡水烟深,陰雨颯颯鬼號呼[4]。隄邊幾人魂乍醒,只愁徵課促殘生[5]。斂錢墮淚送總催[6],代往運司陳此情[7]。總催醉飽入官舍,身作難民泣階下。述異告災誰見憐?體肥反遭官長駡。

康熙刊本《陋軒詩》卷一

【註釋】

[1] 颶(jù 具)風,即颱風。

[2] 場,參見前《臨場歌》註[5]。

[3] 一半句:指被海潮所淹死的屍體,一半已隨着退落的潮水漂入海裏。

[4] 颯(sà 薩)颯,風聲。

[5] 課,賦税。促,逼迫。

[6] 總催,催收糧税的總管。

[7] 運司,即鹽運司,管理鹽場事務的長官。

船中曲

【解題】 這組詩共十一首。題下原註:"繇東淘至邵埭作。"作者以民歌的形式,描寫了自家鄉東淘乘船去揚州時的途中所見。反映了運鹽船民的生活、願望和思想感情,具有濃鬱的鄉土氣息。此處選録三首。本篇原列第四,是描寫青年船民的純樸堅貞的愛情生活。

儂是船中生[1],郎是船中長;同心苦亦甘,弄篙復蕩槳。

【註釋】

[1] 儂,我。

其二

【解題】 本篇原列第七,寫一個奉了官差的船户在安慰自己船上的乘客。

旗子插船頭,客人坐安穩。儂聽提督差[1],官兵敢來近!

【註釋】

[1] 聽,受。提督,一稱提督軍務總兵官;統轄全省水陸諸軍,爲一省最高軍事長官。

其三

【解題】 本篇原列第九,寫船民對統治階級的詛咒和內心的憤怒。

斷梗不怨風,浮萍不思土[1]。鄉園拚棄絶[2],租吏餓殺汝!

康熙刊本《陋軒詩》卷一

【註釋】

[1] 斷梗二句:譬喻流亡的人民,寧願四處流浪而不眷戀本土。斷梗,折斷的萍梗。

[2] 拚棄絶,拚捨着拋棄掉。

隄上行

【解題】 這首詩反映清初蘇北濱海一帶,由於河道不治,隄壩失修,高低農田盡爲大水淹没,而地方官吏竟不肯減免租賦的情況。

高低田没盡,横流始歸海[1]。壞隄石出何磊磊[2]?官長見田不見湖,摇手不減今年租。未崩河隄餘幾丈,留與催租者。草枯風瑟瑟[3],往來走驛馬。

康熙刊本《陋軒詩》卷三

【註釋】

[1] 横流,大水泛濫。《孟子·滕文公上》:"洪水横流,氾濫於天下。"

[2] 磊(lěi累)磊,衆石貌;石塊重重疊疊地堆聚在一起。

[3] 瑟瑟,形容風聲淒厲。

屈大均詩

屈大均，初名紹隆，字翁山，又字介子，番禺（今廣東省番禺縣）人。生於公元一六三〇年（明思宗崇禎三年），卒於公元一六九六年（清聖祖康熙三十五年）。少爲諸生。清兵入粤時，曾參加抗清鬭争。兵敗後，削髮爲僧，法名今種。中年還俗，北遊關中、山西各地，與顧炎武、李因篤等交往。他生平踪跡遍歷南北各省，目睹社會動亂，每自慨嘆，故其詩多寫民生疾苦，慷慨突兀，寄託深遠，語言别具特色，五律尤勝，爲嶺南三大家（屈大均、陳恭尹、梁佩蘭）之一。著有《道援堂集》、《翁山詩外》、《翁山文外》、《廣東新語》等。

讀陳勝傳

【解題】 此詩是作者讀《史記・陳涉世家》後，對陳勝的贊嘆。在封建時代，陳勝、吴廣等農民起義領袖，一向是被封建統治階級謾駡和侮蔑的，作者不僅摒除了這種偏見，而且能對陳勝驅除暴秦的功績加以贊頌。作者能以一首五言律詩，綜述陳勝的業績，説明了他具有高度的藝術概括能力。

閭左稱雄日[1]，漁陽適戍人[2]。王侯寧有種[3]？竿木足亡秦[4]。大義呼豪傑，先聲仗鬼神[5]。驅除功第一，漢將可誰論[6]？

家刻本《翁山詩外》卷六

【註釋】

[1] 閭左，居住在閭里之左的貧民。《史記・陳涉世家》："發閭左適戍漁陽九百人。"索隱："閭左，謂居閭里之左也。秦時復除（免除徭役）者居閭左，今力役凡在閭左者盡發之也。又云，凡居以富强爲右，貧弱爲左，秦役戍多，富者役盡，兼取貧弱者也。"此處指陳勝。

[2] 漁陽，古郡名，治所在今北京市密雲縣西南。轄地跨長城内外，爲北部邊防要地。適（zhé 摘）戍，被發遣防守邊疆。此兩句是説，陳勝起兵的時候，只不過是個被發遣去漁陽守邊的閭左貧民。

[3] 寧，豈。此語出《史記・陳涉世家》："王侯將相寧有種乎？"

[4] 竿木句：賈誼《過秦論》："斬木爲兵，揭竿爲旗。"

[5] 先聲，行事之前，張揚於外的聲勢。仗鬼神，假託於鬼神。《史記・陳涉世家》："乃行卜。卜者知其指意，曰：'足下事皆成，有功。然足下卜之鬼乎？'陳勝、吴廣喜，念鬼（思念假託鬼神之事），曰：'此教我先威衆耳！'乃丹書帛曰：'陳勝王。'置人所罾魚腹中。卒買魚烹食，得魚腹中書，固以怪之矣。又間令吴廣之次近所旁叢祠中，夜篝火，狐鳴呼曰：'大楚興，陳勝王！'卒皆夜驚恐。旦日，卒中往往語，皆指目陳勝。"此句即指其事。

[6] 驅除二句：《史記・秦楚之際月表》序："然王跡之興，起於閭巷，合從討伐，軼於三代，鄉秦之禁，適足以資賢者，爲驅除難耳。"此處用其語，説陳勝起義，爲漢高祖掃清道路，其首事之功，漢朝將領中有誰能够和他相提並論！

壬戌清明作

【解題】 壬戌，清康熙二十一年（一六八二）。當時三藩已先後敗亡，臺灣鄭氏政權亦告傾覆,自清初以來全國大規模的抗清運動,在滿漢大地主的血腥鎮壓下,至此暫告結束,清王朝得以鞏固。作者眼看着復明無望,感到切膚的沉痛和一種無可奈何的悲哀。全詩因情寫景,音節低沉,情調比較消極,表現了當時一般志士遺民壯志難酬的苦悶。

朝作輕寒暮作陰[1],愁中不覺已春深。落花有淚因風雨,啼鳥無情自古今[2]。故國江山徒夢寐,中華人物又銷沉。龍蛇四海歸無所,寒食年年愴客心[3]。

家刻本《翁山詩外》卷九

【註釋】

[1] 作,此處指天氣變化。

[2] 落花二句:實即杜甫《春望》詩中"感時花濺淚,恨别鳥驚心"之意,作者偏從正面説出,以落花、啼鳥之無知,更進一步襯託出自己的深愁遠慮。

[3] 龍蛇二句:龍蛇,比喻隱伏草野,待時而起的志士。《易·繫辭》:"龍蛇之蟄,以存身也。"《漢書·揚雄傳》:"君子得時則大行,不得時則龍蛇。"寒食,舊節名,在農曆清明前一日。一説在清明前二日。《荆楚歲時記》:"冬至後一百五日,謂之寒食,禁火三日。"舊時寒食有禁火之俗,相傳春秋時晉國貴族,曾從晉公子重耳流亡國外。文公即位後,隨從諸臣均有賞賜,獨未及介之推。介遂作《龍蛇歌》,隱居綿上(在今山西省介休縣東南)。晉文公後來曾燒山希望他出來,結果他竟被燒死。後人爲了紀念他,這一天禁火寒食。愴,悲傷。龍蛇兩句,借寒食節紀念介子推的故事,慨嘆自己在明亡後連一個歸隱的處所也没有,因而感到極爲悽愴。

王士禛詩

王士禛,字子真,一字貽上,號阮亭,别號漁洋山人,新城(今山東省桓台縣)人。生於公元一六三四年(明思宗崇禎七年),卒於公元一七一一年(清聖祖康熙五十年)。順治時進士,官至刑部尚書。論詩推崇盛唐,創爲神韻一派,以神情韻味爲詩的最高境界。標舉所謂"不着一字,盡得風流"和"羚羊挂角,無跡可求"的意境,實際上就是要求詩歌必須境界清遠和語言含蓄。爲了實踐其詩歌理論,編有《唐賢三昧集》,以王維、孟浩然的作品爲主,作爲學詩的範本。他的詩比較缺乏真情實感,但也有少數反映現實的作品。其七言絶句,最能表現"神韻"的特色。著有《帶經堂全集》。

秦淮雜詩

【解題】 這組詩是作者在順治辛丑(一六六一)客居金陵,館於秦淮布衣丁繼之家中時所作。丁氏所居,距離秦淮之邀笛步甚近。丁少時曾習聲伎,經常出入南曲(即舊院,是明末南京歌妓聚居的地方)中,得見馬湘蘭、沙宛在、脱十娘等,故能縷縷道及當時曲中遺事。明亡以後,秦淮無復舊日的繁華,作者掇拾丁氏所述,及耳目所接,分别寫成這組傷時弔古的詩篇,題爲《秦淮雜詩》,共十四首,此處選録二首。本篇原列第一,感傷秦淮往事。

年來腸斷秣陵舟[1],夢繞秦淮水上樓。十日雨絲風片裏,濃春烟景似殘秋。

【註釋】

[1] 秣陵,古縣名,秦改金陵爲秣陵,晉復以建業爲秣陵,地皆在今江蘇省南京市。

其二

【解題】 本篇原列第八,寫福王爲阮大鋮等所誘惑,沉溺於聲色之樂。

新歌細字寫冰紈[1],小部君王帶笑看[2]。千載秦淮嗚咽水,不應仍恨孔都官[3]。

七略書堂校刊本《帶經堂集·漁洋詩》卷十

【註釋】

[1] 新歌,指明末阮大鋮所著的傳奇《燕子箋》、《春燈謎》等。福王時,阮大鋮用吴綾作朱絲闌,將《燕子箋》等劇本抄寫在上面,進呈宫中。冰紈,白潔如冰的絲織品。

[2] 小部,唐玄宗時,梨園法部所設置的樂隊,共三十人,年齡都在十五歲以下,在長生殿演奏新曲。此處是指福王沉溺於聲色之樂。《漁洋山人精華録訓纂》引《續幸存録》:"福王狎近匪人,巷談里唱,流入大内;梨園子弟,供奉後庭;教坊樂官,出入朝房。諸大老無以目之,共呼爲老神仙。"

[3] 孔都官,孔範,字法言,會稽山陰(今浙江省紹興市)人。陳後主時爲都官尚書,與江總並爲狎客。時孔貴人絶愛幸,範與孔氏結爲兄妹,寵遇優渥,言聽計從。隋師將渡江,範謂後主曰:"長江天塹,古來限隔,虜軍豈能飛渡!"後主以爲然,故不深備,陳遂亡。此兩句謂阮大鋮以聲色誘惑福王,與孔範之於陳後主,如出一轍。

真州絶句

【解題】 這是一組描寫真州景物的小詩。原詩共五首,這裏録三首。真州,即今江蘇省儀徵縣,位於長江北岸。明清之際,爲揚州去金陵(今江蘇省南京市)的交通要道,城南沿江一帶,風景幽美。這三首詩用事、寫景都很工緻,音節也自然、流利。本篇原列第三,寫揚子江中的帆影潮聲,借景抒情。

曉上江樓最上層,去帆婀娜意難勝[1]。白沙亭下潮千尺[2],直送離心到秣陵。

【註釋】

[1] 婀(ē 阿)娜(nuó 挪),或作阿那,形容體態輕盈柔弱的樣子。此處指江船帆影。

[2] 白沙亭,在儀徵縣白沙洲上。

其　二

【解題】 本篇原列第四,寫江岸上的景物和漁家的生活。

江干多是釣人居,柳陌菱塘一帶疏。好是日斜風定後,半江紅樹賣鱸魚。

其　三

【解題】 本篇原列第五,詩人即景生情地憑弔了宋代詞人柳永。

江鄉春事最堪憐,寒食清明欲禁烟[1]。殘月曉風仙掌路[2],何人爲弔柳屯田[3]?

七略書堂校刊本《帶經堂集·漁洋詩》卷十三

【註釋】

[1] 禁烟,停止舉火炊爨。參閱前屈大均《壬戌清明作》註[3]。

[2] 殘月曉風,柳永《雨霖鈴·秋別》詞云:"今宵酒醒何處?楊柳岸曉風殘月。"仙掌,即仙人掌,地名,在儀徵縣西。北宋詞人柳永葬於此。

[3] 柳屯田,謂柳永。宋仁宗時,官屯田員外郎,故世稱柳屯田。

南將軍廟行

【解題】 南霽雲,唐頓丘(在今河南省浚縣境)人。少時家貧,以操舟爲業。天寶十四載(七五五),安禄山反,隨鉅野(今山東省巨野縣)尉張沼起兵討伐。後被遣至睢陽(今河南省商丘市)與張巡計事,遂留睢陽。至德二載(七五七),睢陽被圍,張巡命南霽雲往臨淮(今安徽省盱眙縣西北)乞師於賀蘭進明,進明坐視不救,霽雲拔劍斷指,抽矢射塔,誓滅進明。睢陽陷後,與張巡等同時遇害。後人即其乞師之處建廟祀之。此詩是作者行經其廟時所作。它概述了孤城死守的經過,突出了南霽雲的英勇果敢和慷慨激昂的氣概。全詩熱情洋溢,氣勢突兀。

范陽戰鼓如轟雷[1],東都已破潼關開[2];山東大半爲賊守[3],常山平原安在哉[4]!睢陽獨遏江淮勢[5],義激諸軍動天地;時危戰苦陣雲深,裂眥不見官軍至[6]。誰歟健者南將軍,包胥一哭通風雲[7];抽矢誓仇氣慷慨,拔劍墮指何嶙峋[8]!賀蘭未滅將軍死[9],嗚呼南八真男子[10]!中丞侍郎同日亡[11],碧血斕斑照青史。淮山峨峨淮水深,廟門遥對青楓林;行人下馬拜秋色,一曲《淋鈴》萬古心[12]。

七略書堂校刊本《帶經堂集·漁洋詩》卷十六

【註釋】

[1] 范陽,唐方鎮名。玄宗先天二年(七一三),爲防禦奚、契丹置幽州節度使。天寶元年(七四二),改名范陽,爲邊防十節度使之一。轄境約當今河北永定河以北、長城以南地區。天寶三年(七四四),安禄山代裴寬爲范陽節度、河北採訪使,領平盧軍。天寶十四載(七五五)十一月九日,安禄山在范陽起兵。

[2] 東都,指洛陽。《資治通鑑》:"十二月丁卯,禄山陷東京。"潼關,在今陝西省東境,古爲桃林塞,東漢時設潼關,爲西入長安之孔道。姚汝能《安禄山事蹟》:"天寶十五載(公元七五六年,即肅宗至德元年)六月八日乙酉,哥舒翰出兵潼關,爲禄山將崔乾祐所敗。十四日辛卯,潼關失守。"

[3] 山東,指太行山以東地區。

[4] 常山,指顔杲卿。顔杲卿(六九二——七五六),字昕,唐京兆萬年(今陝西省西安市)人。初任范陽户曹参軍,後擢升爲常山(今河北省正定縣)太守。安禄山兵變,起兵抵抗。天寶十五載正月,常山破,被執送至洛陽,支解而死。平原,指顔真卿。顔真卿(七〇九——七八五),字清臣,京兆萬年人,顔杲卿的從弟。開元進士,累官至監察御史。因遭楊國忠排斥,出爲平原(今山東省德縣)太守。安禄山變起,約顔杲卿連兵斷禄山歸路,河朔諸郡,共推爲盟主。肅宗至德元年十月,以食盡援絶,棄城渡河。於是河北各地盡陷。

[5] 睢陽,郡名。唐天寶元年(七四二)改宋州置。故城在今河南省商丘縣南。唐至德二載(七五七),安慶緒(禄山子)遣將尹子奇攻睢陽,張巡、許遠死守十個月,江淮賴以保全。

[6] 時危二句:寫當年睢陽孤守無援情況。"戰苦陣雲深",張巡《睢陽聞笛詩》句。眥(zì 自),眼眶。裂眥,眼眶將要破裂,形容急切盼望官軍來到。

[7] 包胥,申包胥,春秋時楚國大夫,楚君蚡冒之後,亦名棼冒勃蘇。與伍員友善。公元前五〇六年,伍員以吴師伐楚,入郢。包胥去秦國求救,在秦廷痛哭七日夜,終於使秦國發兵救楚。此句指南霽雲乞救於賀蘭進明事。

[8] 抽矢二句:亦指南霽雲乞師時事。韓愈《張中丞傳後叙》:"南霽雲之乞救於賀蘭也,賀蘭嫉巡、遠之聲威功績出己上,不肯出師救;愛霽雲之勇且壯,不聽其語,彊留之。具食與樂,延霽雲坐,霽雲慷慨語曰:'雲來時,睢陽之人,不食月餘日矣!雲雖欲獨食,義不忍!雖食,且不下咽!'因拔所佩刀斷一指,血淋漓,以示賀蘭。一座大驚,皆感激爲雲泣下。雲知賀蘭終無爲雲出師意,即馳去;將出城,抽矢射佛寺浮圖,矢著其上甎半箭,曰:'吾歸破賊,必滅賀蘭,此矢所以志也!'"何嶙峋,《漁洋詩》作"忠輪囷",據《漁洋精華録》改。嶙峋,山厓突兀貌,此處形容南霽雲的意氣激昂。

[9] 賀蘭,謂賀蘭進明,唐肅宗時官河南節度使,屯臨淮(今安徽省盱眙縣西北)。

[10] 南八,南霽雲行八。《張中丞傳後敍》:"(睢陽)城陷,賊以刃脅降巡,巡不屈,即牽去,將斬之。又降霽雲,雲未應。巡呼雲曰:'南八!男兒死耳,不可爲不義屈!'雲笑曰:'欲將以有爲也!公有言,雲敢不死!'即不屈。"

[11] 中丞,指張巡。張巡(七〇九——七五七),唐南陽人,開元二十四年進士。至德二年,拜御史中丞。侍郎,指姚誾(yín 銀)。姚誾,陝州硤石(今河南省陝縣東南七十里)人,與張巡共守睢陽。至德二年春,加檢校尚書侍郎。

[12] 淋鈴,謂《雨淋鈴》曲。相傳唐玄宗入蜀,至斜谷口,淋雨彌旬。棧道中,聞鈴聲隔山相應,因採其聲爲《雨淋鈴》曲,以悼念貴妃。此處借作哀歌之義,指作者所作之詩。萬古心,表示懷古之情。

查慎行詩

查(zhā 渣)慎行,原名嗣璉,字夏重,一字悔余,號初白。海寧(今浙江省海寧縣)人。生於公元一六五〇年(清世祖順治七年),卒於公元一七二七年(清世宗雍正五年)。康熙時舉人,賜進士出身,官編修。其詩多紀行旅見聞,善於素描,通俗、形象。著有《敬業堂詩集》等。

村家四月詞

【解題】 《村家四月詞》一組,共十首。內容是寫作者夏曆四月在農村的見聞和感想。這裏選録三首。本篇原列第四,寫蠶農辛勤的勞動和蠶繭雖能豐收,蠶絲早已出賣的痛苦心情。

小滿初過上簇遲[1],落山肥繭白於脂。費他三幼占風色[2],二月前頭蚤賣絲。

【註釋】

[1] 小滿,二十四節氣之一。《懶真子録》:"小滿,四月中,謂麥之氣,至此方小滿而未熟也。"上簇,即"上山"。簇,即蠶簇,供蠶結繭的用具,一般用禾稈、草繩或竹片做成。

[2] 三幼,作者自註:"三幼,即三眠也。"按蠶由卵孵化到結繭,共經過四次蠶眠。蠶眠時處於不食不動狀態。

其　二

【解題】 本篇原列第五,寫獨居老人的簡樸生活。

野老籬邊獨一家,臥聞隔竹響繅車[1];開窗自起看風雨,日午牆東苦楝花[2]。

【註釋】

[1] 繅(sāo 騷)車,繅絲用的車子。

[2] 苦楝,即楝樹。

其　三

【解題】 本篇原列第十,寫海邊農民的艱辛:四月開始,蓬頭赤脚,一直忙到秋後。由於無錢買牛,土地全靠人力耕種。

山妻赤脚干蓬頭,從此勞勞直過秋。海角爲農知更苦[1],合家筋力替耕牛。

四部叢刊本《敬業堂詩集》卷四十三

【註釋】

[1] 海角,指荒僻的海邊。

自湘東驛遵陸至蘆溪

【解題】 這首詩寫作者自湘東驛(在今江西省萍鄉市)陸行至蘆溪的一路感受。良苗出水,細雨如絲,乳鵝新鴨,吠犬鳴雞。這些春天旅途的景物,詩人用白描的手法,歷歷如繪地寫了出來,使人有如臨其境之感。

黄花古渡接蘆溪[1],行過萍鄉路漸低。吠犬鳴雞村遠近,乳鵝新鴨岸東西[2]。絲繅細雨沾衣潤[3],刀剪良苗出水齊[4]。猶與湖南風土近[5],春深無處不耕犂。

四部叢刊本《敬業堂詩集》卷四十八

【註釋】

[1] 蘆溪,地名,在今萍鄉市東。

[2] 乳鵝新鴨,即小鵝小鴨。

[3] 絲繅細雨,如抽絲一般的細雨。潤,潮濕。

[4] 這句意謂,剛出水的新苗就像用剪刀剪過似的那樣整齊。

[5] 風土,地方風俗。

鄭 燮 詩

鄭燮,字克柔,號板橋,興化(今江蘇省興化縣)人。生於公元一六九三年(清聖祖康熙三十二年),卒於公元一七六五年(清高宗乾隆三十年)。乾隆元年中進士後,曾先後任范縣(今山東省范縣)、濰縣(今山東省濰縣)知縣十餘年,後因辦理賑濟等事得罪豪紳而罷官,寄居揚州,賣畫自給。燮能詩善畫,尤工書法,其詩不爲當時風氣所囿,能自成一格,散文亦頗具特色。著有《板橋集》。

私 刑 惡 并序

【解題】 這首詩揭露了胥吏用私刑逼"盜"追贓,並且牽連妻女老小及無辜百姓的殘酷行徑。作者對被逼爲"盜"者雖有所同情,但認爲胥吏的慘掠取錢,"官長或不知也"。這是不真實的反映,掩飾了封建制度的罪惡。

自魏忠賢拷掠羣賢[1],淫刑百出[2],其遺毒猶在人間。胥吏以慘掠取錢,官長或不知也。仁人君子,有至痛焉。

官刑不敵私刑惡,掾吏搏人如豕搏[3];斬筋抉髓剔毛髮,督盜蒐贜例苛虐。吼聲突地無人色,忽漫無聲四肢直;游魂蕩漾不得死,婉轉迴甦天地黑[4]。本因凍餒迫爲非,又值姦刁取自肥;一絲一粒盡蒐索,但憑皮骨當嚴威。纍纍妻女小兒童,拘囚繫械網一空;牽累無辜十七八,夜來鎖得鄰家翁。鄰家老翁年七十,白梃長椎敲更急[5]。雷霆收聲怯吏威,雲昏雨黑蒼天泣[6]。

中華書局本《鄭板橋集》

【註釋】

[1] 魏忠賢,明代宦官。肅寧(今河北省肅寧縣)人。萬曆時入宫,熹宗即位,任爲司禮秉筆太監,後又兼掌東廠。勾結熹宗乳母客氏,專斷國政,排斥異己,設置各種酷刑,殺害東林黨人楊漣等。思宗即位後被黜,懼罪自殺。

[2] 淫刑,酷刑。《左傳》僖公二十三年:"淫刑以逞,誰則無罪。"

[3] 掾(yuàn院)吏,屬官小吏。豕搏,搏豬。

[4] 迴甦,甦醒。

[5] 梃、椎,刑具。梃,杖。《孟子·梁惠王》:"殺人以梃與刃,有以異乎。"椎,木椎。

[6] 雷霆二句:猶言天公也懼怕吏役的威勢。

漁 家

【解題】 這首短詩,宛然是一幅漁家生活畫。通俗、形象的語言,把漁民賣魚、買糧、曬草、放船等清貧、簡樸的日常生活,描繪得歷歷如在眼前。

賣得鮮魚百二錢[1],糴糧炊飯放歸船[2]。拔來濕葦燒難着,曬在垂楊古岸邊[3]。

中華書局本《鄭板橋集》

【註釋】

[1] 百二錢,一百多文錢,意爲很少,並非確數。

[2] 糴(dí 狄),買進糧食。放歸船,駛船歸來。

[3] 垂楊古岸,長着垂楊的古老堤岸。

袁　枚　詩

袁枚，字子才，號簡齋，又號隨園老人。錢塘（今浙江省杭州市）人。生於公元一七一六年（清聖祖康熙五十五年），卒於公元一七九八年（清仁宗嘉慶三年）。乾隆間進士，曾任江寧等地知縣。辭官後，於江寧（今江蘇省南京市）小倉山購置花園，稱隨園。袁枚在此過了五十多年游樂生活。所著詩文頗多。論詩主張抒寫性情，創性靈説，對當時影響很大。著有《小倉山房詩文集》、《隨園詩話》等。

同金十一沛恩游棲霞寺望桂林諸山

【解題】 這首詩運用古代神話傳説中富於浪漫主義色彩的形象來描繪桂林羣山的千姿百態。語言新穎，想像豐富。表現了作者在創作上反對模擬古人和主張性靈的特點。

奇山不入中原界，走入窮邊才逞怪[1]。桂林天小青山大，山山都立青天外。我來六月游棲霞，天風拂面吹霜花。一輪白日忽不見，高空都被芙蓉遮[2]。山腰有洞五里許[3]，秉火直入衝烏鴉。怪石成形千百種，見人欲動争谽谺[4]。萬古不知風雨色，一羣仙鼠依爲家[5]。出穴登高望衆山，茫茫雲海墜眼前。疑是盤古死後不肯化，頭目手足骨節相鉤連[6]。又疑女媧氏，一日七十有二變，青紅隱現隨雲煙[7]。蚩尤噴妖霧[8]，屍羅袒右肩[9]，猛士植竿髮[10]，鬼母戲青蓮[11]。我知混沌以前乾坤毁，水沙激蕩風輪顛[12]。山川人物熔在一爐内，精靈騰踔有萬千[13]，彼此游戲相愛憐。忽然剛風一吹化爲石[14]，清氣既散濁氣堅[15]。至今欲活不得，欲去不能，只得奇形詭狀蹲人間。不然造化縱有千手眼[16]，亦難一一施雕鐫[17]。而況唐突真宰豈無罪[18]，何以耿耿羣飛欲刺天？金臺公子酌我酒[19]，聽我狂言呼否否。更指奇峯印證之，出入白雲亂招手。幾陣南風吹落日，騎馬同歸醉兀兀。我本天涯萬里人，愁心忽挂西斜月。

四部備要本《小倉山房詩集》卷一

【註釋】

[1] 窮邊，僻遠的邊地。此處指廣西。

[2] 芙蓉，蓮花。此指奇秀的山峯。李白《望九華山贈青陽韋仲堪》詩："天河挂緑水，秀山九芙蓉。"

[3] 山腰有洞，指七星岩中的棲霞洞。

[4] 谽（hān 憨）谺（xiā 蝦），谷空貌。《六書故》："谽谺，谷口張也。"此指猙獰怪石如張巨口。

[5] 仙鼠，蝙蝠。李白《答族侄僧中孚贈玉泉仙人掌茶》詩序云："余聞荆州玉泉寺近清溪諸山，山洞往往有乳窟，窟中多玉泉交流。其中有白蝙蝠，大如鴉。按仙經，蝙蝠一名仙鼠，千歲之後體白如雪。棲則倒懸，蓋飲乳水而長生也。"

[6] 疑是二句：懷疑羣山是盤古頭目手足骨節所化。按，任昉《述異記》卷上云："秦漢間俗説，盤古氏頭爲東岳，腹爲中岳，左臂爲南岳，右臂爲北岳，足爲西岳。"

[7] 又疑三句：懷疑羣山或爲女媧所化，隨着雲烟變幻，時隱時現，時青時紅。按，《楚辭·天問》："女媧有體，孰制匠之。"王逸註云："傳言女媧人頭蛇身，一日七十化。"

[8] 蚩尤句:《通鑑外紀》卷一:"軒轅徵師與蚩尤戰於涿鹿之野,蚩尤爲大霧,軍士昏迷,軒轅作指南車以示四方,遂禽蚩尤。"
[9] 屍羅,國名。酈道元《水經註·河水》:"釋法顯所謂糺屍羅國,漢言截頭也,佛爲菩薩時,以頭施人,故因名國。"
[10] 猛士句:張衡《西京賦》:"育獲之疇,朱鬘鬣髽,植髮如竿。"按,"育"指夏育,"獲"指烏獲,都是古代有名的猛士。
[11] 鬼母句:任昉《述異記》:"南海小虞山中有鬼母……今蒼梧有鬼姑神是也,虎頭龍足,蟒目蛟眉。"青蓮,僧肇《維摩詰經註》:"天竺有青蓮花,其葉修廣,青白分明。"
[12] 水沙句:意爲地的最深處都被翻轉上來。《樓炭經》云:"地深九億萬里,第四是地輪,第五水輪,第六風輪。"
[13] 騰踔,跳躍,凌空。
[14] 剛風,亦作罡風,道家語,指剛勁之風。《抱朴子·雜應》:"太清之中,其氣甚剛。"
[15] 清氣句:我國古代認爲輕清之氣上浮爲天,重濁之氣下沉爲地。
[16] 造化,指造化天地者。
[17] 雕鐫,雕刻。
[18] 真宰,此處指天。
[19] 金臺公子,貴公子,此處指金沛恩。

馬嵬

【解題】《馬嵬》共四首。本篇原列第四。唐天寶間安史亂起,玄宗與楊貴妃逃蜀,途經馬嵬驛(在今陝西省興平縣西),陳玄禮的部下不肯西行,迫使玄宗處死楊國忠和楊貴妃。白居易《長恨歌》寫及此事。作者認爲唐玄宗與楊貴妃的生離死別,並不值得特別同情。

莫唱當年長恨歌,人間亦自有銀河[1];石壕村裏夫妻別,淚比長生殿上多[2]。

四部備要本《小倉山房詩集》卷八

【註釋】

[1] 人間句:意謂人間的夫妻也有不少離別的,正像天上的銀河阻隔着牛郎、織女兩星不能相會一樣。
[2] 石壕村,杜甫《石壕吏》詩,寫縣吏强行拉伕,一個老婦被迫外出服役的情況。

渡江大風

【解題】 此詩寫作者乘船渡過長江的情狀,大風激浪,波濤如怒,描繪得很形象、生動。

水怒如山立[1],孤篷我獨行。身疑龍背坐,帆與浪花平。纜繫地無所[2],鼉鳴窗有聲[3]。金焦知客到[4],出郭遠相迎。

四部備要本《小倉山房詩集》卷二十二

【註釋】

[1] 水怒如山立,被大風激起的怒濤像山峯一般湧起。

[2] 無所，即無處。

[3] 鼉(tuó 駝)，也稱“揚子鱷”。其皮堅牢，可作鼓面，稱鼉鼓。又，鼉能鳴，聲如鼓。晉安《海物記》：“鼉者，鳴如桴鼓。”此處形容風濤相激之聲。

[4] 金焦，金指金山，在江蘇省鎮江市西北大江邊；焦指焦山，在鎮江市東北江心，兩山遥相對峙。

蔣士銓詩

蔣士銓,字心餘,一字苕生,號清容、藏園,晚號定甫,鉛山(今江西省鉛山縣)人。生於公元一七二五年(清世宗雍正三年),卒於公元一七八五年(清高宗乾隆五十年)。乾隆二十二年(一七五七)進士。官翰林院編修。曾主講蕺山、崇文、安定三書院。他是清代著名戲曲家、文學家。作有雜劇、傳奇十六種,其中《臨川夢》等九種合集,稱《藏園九種曲》。他的詩和袁枚、趙翼並稱爲"江右三大家"。著作有《忠雅堂全集》。

歲暮到家

【解題】 這首詩用樸素的語言,細膩地刻畫了久別回家後母子相見時真摯而複雜的感情。神情話語,如見如聞。

愛子心無盡,歸家喜及辰[1]。寒衣鍼綫密[2],家信墨痕新。見面憐清瘦,呼兒問苦辛[3]。低回愧人子[4],不敢嘆風塵[5]。

愚齋圖書館藏嘉慶刻本《忠雅堂詩集》卷一

【註釋】

[1] 及辰,及時。

[2] 寒衣句:意謂母親對自己十分關切、愛護,縫製的棉衣,鍼綫特别細密。

[3] 問苦辛,詢問在外的辛苦情況。

[4] 低回,同"低佪"、"低徊",紆回曲折的意思。這裏指回答母親問話時曲折的心情。愧人子,慚愧没有盡到兒子應照顧和安慰母親的責任。

[5] 這句是説,不敢訴説在外風塵之苦,以免母親聽了難受。

南池杜少陵祠堂

【解題】 這首詩是游杜甫祠堂時所作。詩中贊頌杜甫不僅是一位詩人,而且是一位憂時傷世、爲國爲君的忠臣。對杜甫顛沛流離的一生,寄予深切的同情。

先生不僅是詩人,薄宦沉淪稷契身[1]。獨向亂離憂社稷,直將歌哭老風塵。諸侯賓客猶相忌,信史文章自有真[2]。一飯何曾忘君父[3],可憐儒士作忠臣。

愚齋圖書館藏嘉慶刻本《忠雅堂詩集》卷二

【註釋】

[1] 薄宦,卑微的官職。沉淪,沉没、淪落。稷(jì 寂)契(xiè 屑),稷與契,傳説二人都是舜時的賢臣。稷管農業,契管教化。這裏作者借用杜甫《自京赴奉先縣詠懷五百字》中"許身一何愚,竊比稷與契"的詩意來贊頌杜甫。

[2] 信史,確實可信的歷史。

[3] 這句是"每飯不忘君"的化用。

趙翼詩

趙翼,字雲松,號甌北,陽湖(今江蘇省常州市)人。生於公元一七二七年(清世宗雍正五年),卒於公元一八一四年(清仁宗嘉慶十九年)。乾隆進士,官至貴西兵備道。他在史學方面頗有成就,詩作和詩論都接近袁枚。著有《二十二史劄記》、《陔餘叢考》、《甌北詩鈔》等。

後園居詩

【解題】 作者寫了《園居詩》四首之後,又寫了《後園居詩》六首。這些詩往往在明白如話中隱含深意,抨擊社會上的某些醜惡現象。這裏選的一首原列第三,它諷刺統治者弄虛作假,美化自己,同時也揭露了青史美名的欺騙性。

有客忽叩門,來送潤筆需[1]。乞我作墓誌[2],要我工爲諛[3]。言政必龔黄[4],言學必程朱[5]。吾聊以爲戲,如其意所須[6]。補綴成一篇[7],居然君子徒。核諸其素行[8],十鈞無一銖[9]。此文倘傳後,誰復知賢愚?或且引爲據,竟入史册摹[10],乃知青史上[11],大半亦屬誣。

同治紅杏山房本《甌北詩鈔》

【註釋】

[1] 潤筆需,即潤筆費,稿酬。

[2] 墓誌,放在墓中刻有死者姓名、籍貫、生平的石刻。大都是對死者贊揚、悼念之辭。

[3] 工,細致地。這句意謂要我在墓誌上吹捧死者。

[4] 龔黄,漢宣帝時政績優異的名臣龔遂、黄霸。

[5] 程朱,宋代著名理學家程顥、程頤和朱熹。

[6] 所須,所求。

[7] 補綴,拼凑的意思。

[8] 素行,平日的行爲。

[9] 鈞、銖,古代三十斤爲一鈞,二十四銖爲一兩。

[10] 摹,描寫。

[11] 青史,古代在竹簡上記事,故稱史書爲青史。杜甫《贈鄭十八賁》詩:“古人日以遠,青史字不泯。”

錢大昕詩

錢大昕,字曉徵,一字辛楣,號竹汀,嘉定(今上海市嘉定縣)人。生於公元一七二八年(清世宗雍正六年),卒於公元一八〇四年(清仁宗嘉慶九年)。乾隆進士。官至少詹事。乾隆四十年(一七七五)以後,主講鍾山、婁東、紫陽等書院。學識淵博,長詩文,於音韻、訓詁尤多創見,於史學精於校勘考訂。著有《潛研堂文集》等。

邨中記所見

【解題】 這首詩用竹籬、茅舍、煙葉、豆萁、香稻、殘荷等常見的景物來點染鄉村的秋色,並通過這些景物的描寫來表現農民辛勤、勞苦的生活。既具體,又真實。

小小茅簷曲曲籬,牆欹聊借石頭搘[1]。日高編箔烘煙葉[2],雨歇攜耞打豆萁[3]。香稻已催千頃割,殘荷猶見一枝垂。由來氣候山中别,試補豳風《七月》詩[4]。

四部叢刊本《潛研堂詩集》卷六

【註釋】

[1] 欹(qī 欺),通"攲",傾斜。搘(zhī 支),支撐。

[2] 箔(bó 泊),竹蓆。

[3] 耞(jiā 加),連耞,用以脱粒的農具。

[4]《七月》,《詩經·豳風》中的篇名。詩中按季節氣候的順序,敘述周代勞動人民終年辛苦勞動的悲慘生活。

漂母祠

【解題】 這是詩人游淮陰漂母祠時所作。詩中盛贊漂母對韓信的推食之恩和韓信知恩必報的品德,並對韓信的被殺表示同情。

一飯且知報,寧忘推食恩[1]。少年輕國士[2],老母識王孫[3]。惠比千金重,名將百代存。娥姁亦巾幗[4],鐘室淚空吞[5]。

四部叢刊本《潛研堂詩集》卷八

【註釋】

[1] 一飯二句:據《史記·淮陰侯列傳》載,韓信爲布衣時,貧無以食。"釣於城下,諸母漂,有一母見信飢,飯信,竟漂數十日。信喜,謂漂母曰:'吾必有以重報母。'"漢五年(前二〇二)正月,韓信爲楚王,"召所從食漂母,賜千金"。

[2] 少年句:據《史記·淮陰侯列傳》載,韓信貧賤時,"淮陰屠中少年有侮信者,曰:'若雖長大,好帶刀劍,中情怯耳。'衆辱之曰:'信能死,刺我;不能死,出我袴下。'於是信孰視之,俛出袴下,蒲伏。一市人皆笑信,以爲怯"。漢五年正月,韓信爲楚王,召辱己之少年以爲楚中尉,且告諸將曰:"此壯士也,方辱我時,我寧不能殺之邪?殺之無名,故忍而就於此。"國士,一國中傑出之人。這句意謂少年不識英雄。

[3] 老母,指漂母。王孫,猶公子,古代對貴族子弟的通稱。

[4] 娥姁(xū 虚),吕后字。巾幗,原爲古代婦女的頭巾和髮飾,後作爲婦女的代稱。

[5] 鐘室,長樂宫中的懸鐘之室。韓信最後被吕后和蕭何用計引進宫中,斬於長樂鐘室。淚空吞,意謂吕后見賢而不能用,韓信終於有口難言,空吞眼淚。

汪中詩

汪中,字容甫,江都(今江蘇省揚州市)人。生於公元一七四五年(清高宗乾隆十年),卒於公元一七九四年(清高宗乾隆五十九年)。少孤,家貧,無力就學,由其母教讀。因助書商販書,得以遍讀經史百家之書,在哲學、史學、文學等方面都有成就。三十四歲爲拔貢生,後不再應舉。他一生過着幕僚和賣文的清苦生活。爲人性格剛直,恃才傲物。能詩,尤精駢文,是清代駢文的代表作家。文章風格淒麗、哀婉,所作《哀鹽船文》、《漢上琴臺之銘》等曾傳誦一時。著作有《廣陵通典》、《述學》內外篇、《汪容甫遺詩》等。

梅花

【解題】 梅花初放,預示着寒盡春來。詩人借景抒情,表達了自己的鄉思。

孤館寒梅發,春風款款來[1]。故園花落盡,江上一枝開[2]。

四部叢刊本《汪容甫遺詩》卷四

【註釋】

[1] 款款,徐緩貌。

[2] 江上,一本作"江樹"。

白門感舊

【解題】 這首詩是作者路過白門(南京舊時的别稱)時所作。詩中抒發對舊友的懷念和自己不得志的感傷,情調悽惋。

秋來無處不銷魂,篋裏春衫半有痕。到眼雲山隨處好,傷心耆舊幾人存[1]。扁舟夜雨時聞笛[2],落葉西風獨掩門。十載江湖生白髮,華年如水不堪論[3]。

四部叢刊本《汪容甫遺詩》卷五

【註釋】

[1] 耆(qí其)舊,年高而有聲望之人。

[2] 聞笛,這裏語意雙關,寓有思舊之意。向秀的好友嵇康和吕安被司馬昭所殺,向秀很懷念他們。一次經過嵇康的舊居,聽到有人吹笛子,觸動了他對舊友遭遇的悲憤之情,於是寫了一篇《思舊賦》。

[3] 華年,謂青年時代,猶青春。

黄景仁詩

黄景仁，字漢鏞，一字仲則，武進(今江蘇省武進縣)人。生於公元一七四九年(清高宗乾隆十四年)，卒於公元一七八三年(乾隆四十八年)。他一生失意，貧病交加。所爲詩哀怨婉麗，多寫個人愁苦，缺乏廣闊的社會内容，但在一定程度上也透露了當時士大夫的苦悶。著有《兩當軒集》。

後觀潮行

【解題】 本詩大約是作者十九歲至二十一歲時作。在此以前作者已寫過一首“觀潮行”，故此首題作“後觀潮行”。全詩先寫潮勢之迅猛，再寫作者觀潮時之感慨，於洶湧澎湃中，逗引起一種孤獨愁悶的情緒。

海風捲盡江頭葉，沙岸千人萬人立。怪底山川忽變容[1]，又報天邊海潮入。鷗飛艇亂行雲停，江亦作勢如相迎。鵝毛一白尚天際[2]，傾耳已是風霆聲。江流不合幾回折，欲折濤頭如折鐵；一折平添百丈飛，浩浩長空舞晴雪。星馳電激望已遥，江塘十里隨低高。此時萬户同屏息，想見窗櫺齊動摇。潮頭障天天亦暮，蒼茫卻望潮來處；前陣纔平羅刹磯[3]，後來又没西興樹[4]。獨客弔影行自愁[5]，大地與身同一浮。乘槎未許到星闕[6]，採藥何年傍祖洲[7]。賦罷觀潮長太息，我尚輸潮歸即得。回首重城鼓角哀，半空純作魚龍色。

光緒重刊本《兩當軒全集》

【註釋】

[1] 怪底，驚怪。杜甫《奉先劉少府新畫山水障歌》：“堂上不合生楓樹，怪底江山起煙霧。”

[2] 鵝毛句：謂潮來時，遠處但見一綫白痕。

[3] 羅刹磯，羅刹石。在杭州西南。《嘉慶一統志》引《咸淳志》云：“(秦望山)近東南有羅刹石，横截江濤……每歲仲秋既望，必迎潮設祭，後改名鎮江石。”

[4] 西興，西興鎮。在浙江省蕭山縣西。

[5] 弔影，對着身影自我憐惜、哀嘆。陸游《鄞山縣道上作》詩：“客路一身真弔影，故園萬里欲招魂。”

[6] 乘槎，張華《博物志》卷三：“舊説云：天河與海通，近世有人居海渚者，年年八月有浮槎去來不失期。”槎，亦作楂，竹或木編成的筏。

[7] 祖洲，古代神話傳説中的仙島。《十洲記》云：“祖洲近在東海之中，地方五百里，去西岸七萬里，上有不死之草，草形如菰，苗長三四尺，人已死三日者，以草覆之，皆當時活也。服之令人長生。”

圈虎行

【解題】 此詩大約是乾隆四十三年至四十五年(一七七八至一七八〇)之間作者在京師時作。它通過馴虎的描寫，寄寓“任人頤使”的感慨。詩中人與虎的戲弄神態寫得細致入微。全詩一氣呵成，給人印象很深。孫星衍詩評説：“仲則《圈虎行》爲七古絶技。”

都門歲首陳百技，魚龍怪獸罕不備。何物市上游手兒，役使山君作兒戲[1]。初舁虎圈來廣場[2],傾城觀者如堵牆。四圍立栅牽虎出,毛拳耳戢氣不揚[3]。先撩虎鬚虎猶帖[4],以棓卓地虎人立[5]。人呼虎吼聲如雷,牙爪叢中奮身入。虎口呀開大如斗[6],人轉從容探以手,更脱頭顱抵虎口[7],以頭飼虎虎不受,虎舌舐人如舐㲉[8]。忽按虎脊叱使行,虎便逡巡繞闌走。翻身踞地蹴凍塵,渾身抖開花錦茵。盤回舞勢學胡旋[9],似張虎威實媚人。少焉仰臥若佯死,投之以肉霍然起。觀者一笑争醵錢[10],人既得錢虎摇尾。仍驅入圈負以趨,此間樂亦忘山居。依人虎任人頤使[11],伴虎人皆虎唾餘。我觀此狀氣消沮,嗟爾斑奴亦何苦[12]。不能決蹯爾不智[13],不能破檻爾不武[14]。此曹一生衣食汝,彼豈有力如中黄[15],復似梁鴦能喜怒[16]。汝得殘餐究奚補,倀鬼羞顔亦更主[17]。舊山同伴倘相逢,笑爾行藏不如鼠[18]。

光緒重刊本《兩當軒全集》

【註釋】

[1] 山君,老虎。《説文》:"虎,山獸之君。"

[2] 舁(yú 魚),抬。

[3] 毛拳耳戢(jí 輯),毛卷耳垂。此言虎從圈中被牽出時毛卷耳垂,一副萎靡不振的樣子。拳,卷曲。戢,收斂。

[4] 帖,帖服。

[5] 棓,音義均同"棒"。卓,植立。

[6] 呀,張口貌。

[7] 脱頭顱,脱帽露頂。

[8] 㲉(gòu 遘),乳。《左傳》宣公四年:"楚人謂乳穀。"阮元校勘記:"穀當作㲉。"引申爲童子,這裏指虎仔。

[9] 胡旋,指胡旋舞。按,胡旋舞乃唐代樂舞名。由西域米國、康國、史國(今中亞細亞一帶)傳入。因主要動作是急促的旋轉,故名。

[10] 醵錢,斂錢。

[11] 頤使,以下巴的動向示意來指揮。

[12] 斑奴,指老虎。

[13] 決蹯(fán 煩),斷足掌。決,猶絶。蹯,獸足掌。《戰國策・趙策》:"魏魀謂建信君曰:人有置係蹄者而得虎,虎怒,決蹯而去。虎之情,非不愛其蹯也,然而不以環寸之蹯,害七尺之軀。"

[14] 檻,圈。

[15] 中黄,古勇士。《屍子》:"中黄伯曰:余左執太行之獶,而右搏雕虎,惟象之未與試。"又張衡《西京賦》:"迺使中黄之士,育、獲之儔。"

[16] 梁鴦,周宣王之牧官,善馴養禽獸。《列子・黄帝》:"周宣王之牧正,有役人梁鴦者,能養野禽獸,委食於園庭之内,雖虎狼鵰鶚之類,無不柔者,雄雌在前,孳尾成羣,異類雜居,不相搏噬也。"

[17] 倀鬼,亦稱虎倀。迷信傳説,人被虎咬死後,鬼魂即爲虎服役,導虎躲避獵人及覓食。

[18] 行藏,指出處或行跡,此處則作行止解。語本《論語・述而》:"用之則行,舍之則藏。"

都門秋思

【解題】《都門秋思》共三首。這篇原列第二。詩中通過對自己窮愁孤苦生活的描述,表達了不滿現實之情,也揭露了所謂"乾隆盛世"社會生活的真相。

五劇車聲隱若雷[1],北邙惟見塚千堆[2]。夕陽勸客登樓去,山色將秋繞郭來。寒甚更無脩竹倚[3],愁多思買白楊栽[4]。全家都在風聲裏,九月衣裳未剪裁。

光緒重刊本《兩當軒全集》

【註釋】

[1] 五劇,指道路交錯、市聲煩囂。此處指京城的繁華街道。

[2] 北邙,指洛陽城北的北邙山。東漢及北魏的王侯公卿多葬於此。後人常用以泛指墓地。

[3] 寒甚句: 杜甫《佳人》詩:"天寒翠袖薄,日暮倚脩竹。"這句說,自己的孤苦更甚於杜甫所寫的佳人。

[4] 愁多句:《古詩十九首》:"白楊多悲風,蕭蕭愁殺人。"又,古代墓地多栽白楊,故住房前忌栽此樹。《宋書·蕭惠開傳》:"寺内所住齋前,有嚮種花草甚美,惠開悉剗除,列種白楊樹。每謂人曰:'人生不得行胸懷,雖壽百歲,猶爲夭也。'"

阮 元 詩

阮元，字伯元，號芸臺，儀徵（今江蘇省儀徵縣）人。生於公元一七六四年（清高宗乾隆二十九年），卒於公元一八四九年（清宣宗道光二十九年）。乾隆進士。官至湖廣、兩廣、雲貴總督，體仁閣大學士。平生精擘經籍，學識廣博。在史館倡修《儒林傳》，在廣州創立學海堂，在杭州設詁經精舍。曾校刊《十三經註疏》、彙刻《皇清經解》、主編《經籍籑詁》，是清代著名的學者。著有《揅經室集》。

蘇堤春曉

【解題】 這首詩善於捕捉形象，將杭州蘇堤破曉時明月西斜、曙光初透的景色，描摹如畫。

北高峯上月輪斜，十里湖光共一涯。破曉春天青白色，東風吹冷碧桃花。

四部叢刊本《揅經室四集》詩卷五

甬江夜泊

【解題】 這首詩描寫停舟於甬江（在今浙江省東北部）時的感受。夜色沉沉，風雨瀟瀟，人静風寒，頓覺衣單。就在這一剎那間，詩人想到了戍守孤島的士兵，應比自己更感到寒冷和寂寥。

風雨暮瀟瀟，荒江正起潮。遠颿連海氣[1]，短燭接寒宵。人静怯聞角[2]，衣輕欲試貂[3]。遥憐荷戈者，孤㠀夜蕭寥[4]。

四部叢刊本《揅經室四集》詩卷六

【註釋】

[1] 颿，“帆”的異體字。

[2] 角，號角。

[3] 貂，動物名，皮爲珍貴的禦寒皮料。這裏指貂裘。

[4] 㠀，“島”的異體字。

二、詞

陳維崧詞

陳維崧,字其年,號迦陵,宜興(今江蘇省宜興縣)人。生於公元一六二五年(明熹宗天啓五年),卒於公元一六八二年(清聖祖康熙二十一年)。他出生於官宦世家,早年能文,補諸生。明亡後,流寓四方。康熙十八年,舉博學鴻儒科,授檢討,與修《明史》。維崧古近體詩及駢文,皆有名,尤工詞。所著有《陳迦陵文集》、《湖海樓詩集》、《迦陵詞》等。《迦陵詞》三十卷,凡一千六百餘首,古今詞家篇什之富,無出其右。其詞才氣橫溢,近於稼軒,爲清初詞的代表作家。維崧少年時家門鼎盛,交遊多當代名流,所以寫的都是風流豪華的生活。明亡後,浪游南北,抑塞磊落的胸懷,發而爲詞,頗多家國之感,也有少數描寫民間疾苦的作品。

南鄉子

江南雜詠

【解題】 江南雜詠共六首,都是寫清人入關以後江南農村的苦難的。這裏選録三首。以現實的社會題材入詞,在此以前頗爲少見。本篇原列第一,寫澇災。

天水淪漣[1],穿籬一隻撅頭船[2]。萬竈炊烟都不起,芒屩[3],落日撈蝦水田裏。

【註釋】

[1] 天水淪漣,無邊的田野都淹在水裏,一眼望去水天相接。淪漣,風吹水面漾起的波紋。

[2] 撅頭船,一種尖頭向上翹起的小划子船,通常用以捕魚。漁船穿籬而過,説明田野村落盡成水鄉。

[3] 芒屩,草鞋。

其　二

【解題】 本篇原列第三,寫催科。

户派門攤,官催後保督前團[1]。毁屋得緡上州府[2],歸去,獨宿牛車滴秋雨[3]。

【註釋】

[1] 後保前團,清制,十户爲牌,立牌長;十牌爲甲,立甲長;十甲爲保,立保長。管催督捐税及向官吏報告居民行動等。團屯音近,村聚的意思。這裏保和團是同義詞,猶言前坊後巷。

[2] 緡,穿錢的繩子。一貫千錢,即用爲錢的代稱。這句是説,把屋子拆賣了,拿這筆錢去交税。

[3] 牛車,指田家用牛車水的水車棚,江南叫牛車棚。因爲房子拆賣了,所以只好宿在車棚下面。

其　三

【解題】 本篇原列第四,寫驗契。

雞狗騷然[1],朝驚北陌暮南阡[2]。印響西風猩作記[3],如鬼,老券排家驗鈐尾[4]。

患立堂本《迦陵詞全集》卷一

【註釋】

[1] 騷然,喧擾貌。這句意謂,驗契的人下鄉來,到處騷擾得雞飛狗叫。

[2] 陌、阡,田間小路,南北曰阡,東西曰陌。北陌南阡和後保前團同義。

[3] 響,指驗印時西風刮得簌簌地響。猩,鮮紅色,指印色。

[4] 老券,舊的田契。排家,逐户。驗鈐尾,文職佐雜官的木質印叫作鈐記。舊的田契都要經地方官吏驗過,重新加印,以完成登記的手續。

點絳脣

夜宿臨洺驛

【解題】 這是一首紀遊的詞,於寫景中寓身世之感,雖寥寥數語,而意境雄闊,有尺幅千里之勢。臨洺關在今河北省邯鄲縣北,京漢綫上。

晴髻離離[1],太行山勢如蝌蚪[2]。稗花盈畝[3],一寸霜皮厚[4]。　趙魏燕韓[5],歷歷堪回首。悲風吼,臨洺驛口,黄葉中原走[6]。

患立堂本《迦陵詞全集》卷一

【註釋】

[1] 晴髻,謂晴日下的山峯,一個個像佛頭上的螺髻。離離,猶歷歷,分明可數貌。

[2] 太行山,在山西高原與河北平原間,北起拒馬河谷,南至山西省陽城縣境。由臨洺關西望,適面對太行山脈。

[3] 稗(bài 敗)花,禾本科植物,實可作家畜飼料,花很小。是稻田裏的主要雜草。

[4] 霜皮,指田間稗花的顏色好像是地面的一層濃霜。

[5] 趙魏燕韓,指自己游踪所經。

[6] 黄葉句:以黄葉的隨風飛走,隱喻自己的漂泊無定。

醉落魄

詠鷹

【解題】 此詞借詠鷹以致其雖年華老去,而意氣未衰的感慨。並以狐兔比喻那種殘害人民的貪官蠹役,恨没有人出來除殘去暴,像獵鷹追逐狐兔一般。前半是一幅蒼凉的畫面,生動如見,結處措詞激烈,見出作者的憤慨。

寒山幾堵,風低削碎中原路[1],秋空一碧無今古。醉袒貂裘,略記尋呼處[2]。　男兒身手和誰賭?老來猛氣還軒舉[3]。人間多少閒狐兔,月黑沙黄,此際偏思汝[4]!

患立堂本《迦陵詞全集》卷五

【註釋】

[1] 削碎,形容風的尖利。

[2] 略記句:呼,指呼鷹。打獵多用鷹以追逐雉兔之類。寒山幾堵,秋空一碧,正是一片大好圍場。

因而觸起了少年時期走馬逐獵的回憶。

[3] 軒舉,飛揚。

[4] 汝,指鷹。

滿江紅

樊樓

【解題】 這是汴京懷古十首之一,爲明亡後作者游汴梁時所作。樊樓是北宋時汴京著名的酒樓,詞中借憑弔古跡以寄其興亡之感。作者透過對宣和時汴京的繁華生活的描繪,指出由於統治者沉迷在酣歌恆舞的生活之中,終於釀成靖康之禍。及至高宗南渡,仍舊寵用奸邪,宴安鴆毒,遂至中原淪陷,恢復無期。作者蓋借南北宋之事以影射南明的滅亡。《白雨齋詞話》:"後四語悲憤之詞,偏出以熱鬧之筆,反言以譏之也。"也可作爲全詞的評語。

北宋樊樓[1],縹緲見彤窗繡柱[2],有多少州橋夜市[3],汴河游女[4]!一統京華饒節物[5],兩班文武排簫鼓。又墮釵鬬起落花風,飄紅雨[6]。　西務裡,猩脣煮[7];南瓦內,鸞笙語[8]。數新粧炫服,師師舉舉[9]。風月不須愁變換,江山到處堪歌舞[10]。恰西湖甲第又連天,申王府[11]!

惠立堂本《迦陵詞全集》卷十二

【註釋】

[1] 樊樓,一名白礬樓。《東京夢華録·酒樓》:"白礬樓後改爲豐樂樓。宣和間更修,三層相高,五樓相向,各有飛橋欄檻,明暗相通。珠簾綉額,燈燭晃耀。初開數日,每先到者賞金旗,過一兩夜則已。元夜,則每一瓦隴中皆置蓮燈一盞。內西樓後來禁人登眺,以第一層下視禁中。"

[2] 彤窗繡柱,朱漆的窗和彩畫的柱。彤,朱紅色。

[3] 州橋夜市,《東京夢華録·河道》:"州橋,正名天漢橋,正對於大內御街。"又有《州橋夜市》一條,敘述自朱雀橋至龍津橋止各種熟食店、點心店、糖果店的夜市,云"直至三更"。

[4] 汴河,《東京夢華録·河道》:"穿城河道有四,中曰汴河。自西京洛口分水入京城,東去至泗州,入淮,運東南之糧。凡東南方物,自此入京城,公私仰給焉。"

[5] 京華,猶言京師。節物,歲時風物。

[6] 墮釵二句:回到樊樓本題,而以舞罷花殘,暗點北宋之亡,引起後片。

[7] 西務二句:務,本是宋代管理稅收的機關,當時也稱官酒庫爲酒務,官酒庫都設有酒樓賣酒,因又以酒務泛稱一般酒店。猩脣,《吕氏春秋·本味》:"肉之美者,猩猩之脣。"此處泛指山珍海味。

[8] 南瓦二句:瓦,是各種娛樂場所聚集的地方。《夢粱録·瓦舍》:"瓦舍者,謂其來時瓦合、去時瓦解之義,易聚易散也。不知起於何時,頃者京師甚爲士庶放蕩不羈之所,亦爲子弟流連破壞之門。"瓦舍有南瓦、北瓦、中瓦等。鸞笙,謂笙和婉如鸞鳴。此處泛指一般樂器。

[9] 師師舉舉,皆名妓名。《墨莊漫録》卷八:"政和間,汴都平康之盛,而李師師、崔念月二姬,名著一時。"鄭舉舉,唐時名妓。《北里志》:"鄭舉舉者,負流品,巧談諧,亦爲朝士所眷。"此處皆泛指。

[10] 風月二句:謂南渡君臣忘中原淪陷之恥,仍舊過着驕奢淫逸的生活。即宋人詩"山外青山樓外樓,西湖歌舞幾時休,暖風吹得遊人醉,卻把杭州作汴州"之意。

[11] 申王，秦檜死後贈申王。全篇感慨尤在末後四句，以秦檜比馬、阮輩，斥福王的信任奸邪，終至亡國。

賀新郎

贈蘇崑生

【解題】 此詞亦是借題贈以自寓其寥落之感和故國之思。作者在詞題下自註云："蘇固始人，南曲爲當今第一。曾與説書叟柳敬亭同客左寧南幕下，梅村先生爲賦《楚兩生行》。"吴偉業《楚兩生行》序言，蘇崑生自明亡後，從武林汪然明。然明亡，之吴中。蘇之遊吴，在汪然明死後，汪名汝謙，死於順治十二年（一六五五）。此詞大約作於康熙初年，故自稱野老，又有"我亦是中年後"的話。全篇蒼涼感慨，可與吴梅村的《楚兩生行》並讀。

吴苑春如繡[1]，笑野老花顛酒惱，百無不肯[2]。淪落半生知己少，除卻吹簫屠狗[3]，算此外誰歟吾友？忽聽一聲《河滿子》[4]，也非關雨濕青衫透，是鵑血，凝羅袖[5]。　武昌萬疊戈船吼[6]，記當日征帆一片，亂遮樊口[7]。隱隱柁樓歌吹響，月下六軍搔首，正烏鵲南飛時候[8]。今日華清風景换，剩淒涼鶴髮開元叟[9]！我亦是，中年後。

患立堂本《迦陵詞全集》卷二十六

【註釋】

[1] 吴苑，春秋時，吴有長洲苑，在今江蘇省蘇州市西南。後人因稱蘇州爲吴苑。

[2] 笑野老二句：野老，作者自稱。杜甫《哀江頭》："杜陵野老吞聲哭，春日潛行曲江曲。"亦自指。花顛酒惱，杜甫《江畔獨步尋花》詩："江上被花惱不徹，無處告訴只顛狂，走覓南鄰愛酒伴，經旬出飲獨空牀。"百無不肯，猶言百般放蕩，無所不有。

[3] 吹簫屠狗，《史記·范雎蔡澤列傳》："伍子胥橐載而出昭關，夜行晝伏，至於陵水，無以餬其口，膝行蒲伏，稽首肉袒，鼓腹吹箎，乞食於吴市。"徐廣曰："箎一作簫。"後因以吹簫爲乞丐的故事。又《刺客列傳》："荆軻既至燕，愛燕之狗屠及善擊筑者高漸離。"以上皆自寫其寥落不偶之感。

[4] 《河滿子》，歌曲名，本作"何滿子"。《古今詞話》："相傳〔唐〕文宗疾急，目孟才人。孟請歌畢，指笙囊就縊。爰歌何滿子一聲，腸斷而殁。張祜爲詩以弔之云：'一聲何滿子，雙淚落君前。'"按白居易《何滿子》云："一曲四詞歌八疊，從頭便是斷腸聲。"歌聲之哀怨可想。此處以比蘇崑生的歌聲。

[5] 也非關三句：雨濕青衫透，白居易《琵琶行》："坐中泣下誰最多？江州司馬青衫濕。"鵑血，杜鵑鳴聲淒厲，俗有杜鵑啼血之語。此言忽聞蘇崑生的歌聲而淚滿襟袖，並非由於天涯淪落之感，主要是觸起了亡國的哀痛。由此引起後片。

[6] 戈船，戰船。《漢書·武帝紀》："歸義越侯嚴爲戈船將軍，出零陵，下灕水。"宋祁曰："設干戈於船上以禦敵也。"

[7] 樊口，今湖北省鄂城縣西北五里，樊港入江處。

[8] 烏鵲南飛，曹操《短歌行》："月明星稀，烏鵲南飛，遶樹三匝，無枝可依。"蘇軾《赤壁賦》："'月明星稀，烏鵲南飛。'此非曹孟德之詩乎？……方其破荆州，下江陵，順流而東也，舳艫千里，旌旗蔽空，釃酒臨江，横槊賦詩，固一世之雄也。"以上敍蘇崑生在左良玉軍中；從良玉東下，月下高歌，六軍無不感動。左良玉，參見吴偉業詩《楚兩生行》註[4]。

[9] 今日二句：華清，唐華清宫在今陝西省臨潼縣南驪山上。地有温泉，貞觀間，建温泉宫，天寶間改

曰華清。唐玄宗每年十月幸驪山。安史亂後荒廢。鶴髮,髮白如鶴。唐李洞《繡嶺宫詞》云:"繡嶺宫前鶴髮翁,猶唱開元供奉曲。"驪山有繡嶺宫。鶴髮開元叟,比蘇崑生。此兩句謂,明亡以後,江山猶昔而風景全非,僅前朝老伶工如蘇崑生者,猶以哀歌表達其故國之思。

賀新郎

縴夫詞

【解題】 此詞當是順治十六年(一六五九),鄭成功與張煌言合兵北伐,下鎮江,圍攻南京,清廷急籌江防時作。它反映了沿江人民受到清軍騷擾的無數苦難。詞中以樸素的語言寫沉痛的情事,頗似杜甫的《新安吏》、《石壕吏》諸作。

戰艦排江口。正天邊真王拜印,蛟螭蟠鈕[1]。徵發櫂船郎十萬,列郡風馳雨驟[2]。嘆閭左騷然雞狗[3]。里正前團催後保,盡纍纍鎖繫空倉後。捽頭去[4],敢摇手。　稻花恰趁霜天秀[5],有丁男臨歧訣絶,草間病婦。此去三江牽百丈[6],雪浪排檣夜吼。背耐得土牛鞭否[7]?好倚後園楓樹下,向叢祠急倩巫澆酒[8]。神祐我,歸田畝!

患立堂本《迦陵詞全集》卷二十七

【註釋】

[1] 正天邊二句:真王,《史記·淮陰侯列傳》:"平齊,使人言漢王曰:'齊僞詐多變,反覆之國也,南邊楚,不爲假王以鎮之,其勢不定。願爲假王便。'當是時,楚方急圍漢王於滎陽,韓信使者至,發書,漢王大怒,罵曰:'吾困於此,旦暮望若來佐我,乃欲自立爲王!'張良、陳平躡漢王足,因附耳語曰:'漢方不利,寧能禁信之王乎?不如因而立,善遇之,使自爲守。不然,變生。'漢王亦悟。因復罵曰:'大丈夫定諸侯,即爲真王耳,何以假爲!'"這裏借指達素。《清史列傳》卷五《達素傳》:"十六年,鄭成功陷鎮江,犯江寧,上命達素爲安南將軍,同都統索渾、護軍統領賴塔等率師往剿。"達素時爲内大臣。鈕,印鈕。印鈕作蛟龍形,故曰"蛟螭蟠鈕"。

[2] 徵發二句:櫂船郎,船夫。《漢書·鄧通傳》:"鄧通以濯船爲黄頭郎。"註:"濯船,能持濯行船也。……刺船之郎,皆著黄帽,因號黄頭郎也。濯讀曰櫂。"風馳雨驟,猶言急如星火。

[3] 閭左,参見屈大均《讀陳勝傳》註[1]。

[4] 捽(zuó 昨),抓住頭髮。

[5] 秀,禾類吐花曰秀。

[6] 此去句:三江,《尚書·禹貢》:"三江既入。"《周禮·夏官·職方氏》:"揚州,其川三江。"三江之説不一。僞孔傳謂江從彭蠡分爲三,入震澤,從震澤復分爲三,入海。鄭玄謂三江分於彭蠡,東入海。程大昌謂三江爲江、漢、彭蠡會合之名,三江本不爲三,其實一江而三名耳。《國語》註以松江、錢塘江、浦陽江爲三江,《吴地記》以松江、婁江、東江爲三江。其他異説尚多。詞中所指,似以彭蠡以下長江下游爲近。百丈,縴繩。杜甫《秋風》詩:"吴檣楚柂牽百丈。"陸游《入蜀記》:"入峽惟用艣及百丈,不復張帆矣。百丈以巨竹四破爲之,大如人臂。"

[7] 土牛,即後世的春牛。《東京夢華録·立春》:"立春前一日,開封府進春牛入禁中鞭春。"参見吴偉業詩《捉船行》註[4]。此句謂縴夫也能像春牛一樣耐得住吏卒的鞭打麽?

[8] 叢祠,荒野叢林中的神祠。巫澆酒,李賀《神絃》:"女巫澆酒雲滿空。"謂澆酒以迎神。

朱彝尊詞

朱彝尊,字錫鬯,號竹垞,又號金風亭長、小長蘆釣魚師,秀水(今浙江省嘉興市)人。生於公元一六二九年(明思宗崇禎二年),卒於公元一七〇九年(清聖祖康熙四十八年)。康熙十八年,舉博學鴻詞,授檢討,尋入直南書房,出典江南省試。罷歸後,專心著述。他是一位經學家。但他的詩清新渾樸,與王士禎並稱爲南北兩大詩人。他的詞學姜夔和張炎,多在字句聲律上做功夫,是浙西詞派之祖。著有《曝書亭詩文集》等。

桂殿秋

【解題】 這首小詞寫得清秀婉麗,是朱彝尊的代表作。

思往事,渡江干,青蛾低映越山看[1]。共眠一舸聽秋雨,小簟輕衾各自寒。

四部叢刊本《曝書亭集》卷二十四

【註釋】

[1] 青蛾,古代女子用青黛畫的眉。李賀《夜坐吟》:"鉛華笑妾顰青蛾。"

解珮令

自題詞集

【解題】 這首詞表達了詞人不得用世的苦悶,也説明了他的詞學習張炎和有所寄託的特點。

十年磨劍,五陵結客[1],把平生涕淚都飄盡。老去填詞,一半是空中傳恨,幾曾圍燕釵蟬鬢。　不師秦七[2],不師黄九[3],倚新聲玉田差近[4]。落拓江湖,且吩咐歌筵紅粉。料封侯白頭無分。

四部叢刊本《曝書亭集》卷二十五

【註釋】

[1] 五陵,今陝西省咸陽市附近漢代高帝長陵、惠帝安陵、景帝陽陵、武帝茂陵、昭帝平陵,合稱五陵。漢時經營帝王陵墓,使富豪遷住其地。杜甫《秋興八首》:"五陵裘馬自輕肥。"

[2] 秦七,秦觀。

[3] 黄九,黄庭堅。

[4] 玉田,張炎。

顧貞觀詞

顧貞觀,字華峯,號梁汾,無錫(今江蘇省無錫市)人。生於公元一六三七年(明思宗崇禎十年),卒於公元一七一四年(清聖祖康熙五十三年)。康熙丙午(一六六六)舉人,擢秘書院典籍。後返里,讀書終老。善填詞,注重白描,不喜雕琢詞句和堆砌典故。著有《彈指詞》及《積書巖集》等。

金縷曲

寄吴漢槎寧古塔[1],以詞代書,丙辰冬寓京師千佛寺冰雪中作。

【解題】 順治十五年,吴漢槎因科場案流徙寧古塔。顧貞觀對於摯友的無辜受累,萬分悲戚。丙辰(康熙十五年)冬,他第二次入京時,寫了這兩首詞寄給吴漢槎。詞中設想朋友的辛酸,傾訴自己的思念,感情真摯。據袁枚《隨園詩話》卷三云:其時顧貞觀正館於納蘭太傅家,"太傅之子容若見之,泣曰:'河梁生别之詩,山陽死友之傳,得此而三。此事三千六百日中,我當以身任之。'華峯曰:'人壽幾何?公子乃以十載爲期耶?'太傅聞之,竟爲道地,而漢槎生入玉門關矣。"

季子平安否[2]?便歸來,平生萬事,那堪回首?行路悠悠誰慰藉[3]?母老家貧子幼。記不起從前杯酒。魑魅搏人應見慣[4],總輸他覆雨翻雲手[5]。冰與雪,周旋久[6]。　淚痕莫滴牛衣透[7],數天涯依然骨肉,幾家能彀[8]?比似紅顔多命薄,更不如今還有,只絶塞苦寒難受[9]。廿載包胥承一諾[10],盼烏頭馬角終相救[11],置此札,兄懷袖。

【註釋】

[1] 寄吴漢槎句:順治十四年(一六五七),吴漢槎參加江南鄉試,中舉。後因主考方猷等作弊被劾,次年三月於北京覆試江南舉人。覆試日,兵衛旁邏,漢槎戰慄恐懼不能下筆。十一月與其他七人各被責四十大板,家産籍没入官,父母兄弟妻子併流徙寧古塔。

[2] 季子,吴漢槎在兄弟中最幼,故稱之爲"季子"。按,侯元泓《秋笳集序》云:"季子伯兄宏人,以其文章器識,領袖羣彦;仲子聞夏,撰述英多,一時屈讋。"

[3] 慰藉,安慰。

[4] 魑魅,迷信傳説中的山澤鬼怪。張衡《西京賦》:"魑魅魍魎,莫能逢旃。"也用來比喻邪惡的人。杜甫《天末懷李白》詩:"文章憎命達,魑魅喜人過。"

[5] 覆雨翻雲,形容人情反覆無常。杜甫《貧交行》:"翻手作雲覆手雨,紛紛輕薄何須數。"漢槎謫戍寧古塔,或出於同輩的陷害,故有此言。

[6] 冰與雪二句:比喻自己與吴漢槎兩人的久交和友誼的純潔。

[7] 淚痕句:牛衣,亦稱牛被,給牛禦寒用的覆蓋物,一般均用草或麻編成。《漢書·王章傳》:"初,章爲諸生,學長安,獨與妻居。章疾病,無被,卧牛衣中,與妻決,涕泣。"此句與下兩句乃用以勸説吴漢槎不要太難受。雖然被謫戍邊荒,但依然全家團聚,這是很難得的。

[8] 彀,同"够"。

[9] 絶塞,極遠的邊塞。此處指寧古塔。

[10] 廿載包胥句:春秋楚大夫申包胥與伍子胥爲知交,子胥被迫出走時,謂包胥:"我必覆楚。"包胥

云:"我必存之。"後,吴國用子胥計,攻破楚國。包胥到秦國求救,在秦廷痛哭七日夜,使秦發兵救楚。此處是作者借以表明自己一定要實踐救漢槎的諾言。

[11] 烏頭馬角,《史記·刺客列傳》:"世言荆軻,其稱太子丹之命,天雨粟,馬生角也。"司馬貞索隱:"燕丹求歸,秦王曰:烏頭白,馬生角,乃許耳!"後乃以此比喻不可能實現之事。此句的意思是,即使是困難重重也要營救你。

其　二

我亦飄零久。十年來,深恩負盡,死生師友。宿昔齊名非忝竊[1],只看杜陵窮瘦[2],曾不減夜郎僝僽[3]。薄命長辭知己别,問人生到此淒涼否?千萬恨,爲兄剖。　兄生辛未吾丁丑[4],共些時冰霜摧折,早衰蒲柳[5]。詞賦從今須少作,留取心魂相守,但願得河清人壽[6]。歸日急繙行成稿[7],把空名料理傳身後。言不盡,觀頓首[8]。

四部備要本《彈指詞》卷下

【註釋】

[1] 宿昔,從前。阮籍《詠懷》詩:"攜手等歡愛,宿昔同衣裳。"

[2] 杜陵,指杜甫。此處是以杜甫的窮愁潦倒喻作者自身。

[3] 夜郎,指李白。白曾流放夜郎(今貴州省遵義市一帶),此處借以喻漢槎。僝(chán 孱)僽(zhòu 咒),煩惱苦悶。張輯《如夢令》詞:"僝僽,僝僽,比着梅花誰瘦。"以上三句的意思是,過去自己與吴漢槎齊名,現在的窮愁潦倒亦復相仿。

[4] 兄生句:吴漢槎生於辛未(明崇禎四年。公元一六三一年),作者生於丁丑(明崇禎十年。公元一六三七年)。

[5] 蒲柳,蒲和柳都是早凋植物,一般用以比喻衰弱的體質。《晉書·顧悦之傳》:"蒲柳常質,望秋先零。"

[6] 河清人壽,古時傳説黄河水千年一清,因以河清喻人壽難俟。《左傳》襄公八年:"周詩有之曰:'俟河之清,人壽幾何!'"此處謂希望吴漢槎康强壽考,能平安歸來。

[7] 繙,翻。

[8] 頓首,古代九拜之一。《周禮·春官·大祝》:"辨九拜,一曰稽首,二曰頓首。"後通用作同輩或下對上的敬禮。常用於書信的起頭或末尾。

納蘭性德詞

納蘭性德,原名成德,字容若,滿洲正黄旗人。生於公元一六五五年(清世祖順治十一年),卒於公元一六八五年(清聖祖康熙二十四年)。出身於貴族家庭。康熙十五年進士,曾任侍衛。他主張作詩須有才學,填詞須有比興,反對模仿。其詞長於小令,清淡樸素,不尚雕飾。内容則多寫離情别緒及個人的閑愁哀怨,含有濃厚的消極情緒。著有《通志堂集》、《納蘭詞》等。

長相思

【解題】 這首詞可能是康熙二十一年(一六八二)作者隨清聖祖(康熙)至關外時,途中所作。它直抒胸臆地寫出了眼前的景物和由此引起的思鄉之情。

山一程,水一程,身向榆關那畔行[1],夜深千帳鐙[2]。　風一更,雪一更,聒碎鄉心夢不成[3],故園無此聲。

四部備要本《納蘭詞》卷一

【註釋】

[1] 榆關,即山海關(在今河北省秦皇島市東北)。那畔,那邊。指關外。

[2] 鐙,燈。

[3] 聒,喧擾。這裏指風雪聲。

如夢令

【解題】 這首詞着重描寫作者遠行在外的孤寂無聊和深沉的思鄉之情。

萬帳穹廬人醉[1],星影摇摇欲墜。歸夢隔狼河,又被河聲攪碎[2]。還睡,還睡,解道醒來無味[3]。

四部備要本《納蘭詞》補遺

【注釋】

[1] 穹廬,圓形的毡帳。《漢書·蘇武傳》:"於靬王愛之,給其衣食。三歲餘,王病,賜武馬畜、服匿、穹廬。"顔師古註:"穹廬,旃帳也。"

[2] 歸夢二句:言家鄉遠隔狼河,但能夢中歸去,而河聲徹夜,攪得不能成眠,連歸夢也做不成。狼河,白狼河,即大凌河,發源遼寧省凌源縣努魯兒虎山,東流至錦縣入遼東灣。

[3] 解道,知道。

張惠言詞

張惠言,字皋文,武進(今江蘇省武進縣)人。生於公元一七六一年(清高宗乾隆二十六年),卒於公元一八〇二年(清仁宗嘉慶七年)。嘉慶四年進士,官編修。他精通《周易》,工散文,與惲敬同爲古文中陽湖派之首。其詞則沉鬱而意旨隱晦,爲常州詞派之創始人。所輯《詞選》,對常州詞派的形成和清詞風格的變化頗有影響。著有《茗柯文集》及《茗柯詞》。

木蘭花慢

楊花

【解題】 這首詞用白描手法,摹寫楊花的行踪、情態,形神俱現。"未忍無聲委地,將低重又飛還",尤爲生動、形象。全詞名爲詠物,實爲詠懷,借楊花寄託身世之感,但又無一句不切本題。

儘飄零盡了[1],何人解、當花看[2]? 正風避重簾,雨迴深幙[3],雲護輕幡[4]。尋他一春伴侣,只斷紅相識夕陽間[5]。未忍無聲委地,將低重又飛還。　　疏狂情性,算淒涼耐得到春闌[6]。便月地和梅,花天伴雪,合稱清寒。收得十分春恨,做一天愁影繞雲山。看取青青池畔,淚痕點點凝班[7]。

四部備要本《茗柯詞》

【註釋】

[1] 儘,任憑。

[2] 解,懂得。

[3] 幙,"幕"的異體字,這裏指帳幕。

[4] 幡(fān 番),同"旛",旗旛。

[5] 斷紅,指落花。

[6] 春闌,春殘,春盡。

[7] 班,通"斑",斑點。

水調歌頭

春日賦示楊生子掞

【解題】 《水調歌頭》共五首,這裏選的是第四首。這首詞從感嘆春光易老,歲月難留,聯想到自己讀書未成,功業未就。詞意淒婉,和作者在這組詞的第二首中説的"百年復幾許? 慷慨一何多! ……看到浮雲過了,又恐堂堂歲月,一擲去如梭。勸子且秉燭,爲駐好春過"是同樣的心情。

今日非昨日,明日復何如? 朅來真悔何事[1],不讀十年書。爲問東風吹老,幾度楓江蘭徑,千里轉平蕪。寂寞斜陽外,渺渺正愁予!　　千古意,君知否? 只斯須[2]。名山料理身後,也算古人愚。一夜庭前緑遍,三月雨中紅透[3],天地入吾廬。容易衆芳歇,莫聽子規呼[4]。

四部備要本《茗柯詞》

【註釋】

[1] 朅(qiè 怯)來,猶言邇來,近來。陸游《幽栖》詩:“朅來三十載,吾鬢固宜霜。”

[2] 斯須,猶言須臾、一會兒。

[3] 一夜二句:綠遍,指草。紅透,指花。這裏用以代指春色。

[4] 子規,鳥名,又稱杜鵑、杜宇。相傳子規的啼聲是“不如歸去”。

三、散文

黄宗羲文

黄宗羲，字太沖，號南雷，又號梨洲，餘姚（今浙江省餘姚縣）人。生於公元一六一〇年（明神宗萬曆三十八年），卒於公元一六九五年（清聖祖康熙三十四年）。父黄尊素，明末著名東林黨人，爲魏忠賢所殺害。宗羲早期即繼承東林餘緒，參與對閹黨的鬭争，並成爲復社的領導之一。明亡以後，曾糾合同志抗清，設世忠營，走四明山結寨防守。晚年隱居著書講學，清廷數次徵聘，均不就。在政治、軍事、經濟等方面，他曾提出不少新的見解，爲我國十七世紀重要的思想家和歷史學家。他的文章樸實無華，筆鋒鋭利，説理透徹。著有《南雷文定》、《明夷待訪録》、《宋元學案》、《明儒學案》等。

原君

【解題】 在這篇文章中，作者以流暢簡樸的語言，有力的論證，大膽地痛斥後世君主把天下當作私産，給天下帶來了無窮的禍害，并對小儒死守儒家教義的做法加以嘲笑。這在當時是有進步意義的。但他頌揚了古之人君，攻擊的只是暴君；把歷史上一切社會動亂和王朝興廢的原因，都歸結爲人類自私自利的本性；還説“好逸惡勞，亦猶夫人之情也”；這些都是錯誤的。

有生之初，人各自私也，人各自利也[1]；天下有公利而莫或興之，有公害而莫或除之。有人者出，不以一己之利爲利，而使天下受其利；不以一己之害爲害，而使天下釋其害；此其人之勤勞必千萬於天下之人。夫以千萬倍之勤勞，而己又不享其利，必非天下之人情所欲居也[2]。故古之人君，量而不欲入者[3]，許由、務光是也[4]；入而又去之者，堯、舜是也；初不欲入而不得去者，禹是也。豈古之人有所異哉？好逸惡勞，亦猶夫人之情也。

後之爲人君者不然。以爲天下利害之權皆出於我，我以天下之利盡歸於己，以天下之害盡歸於人，亦無不可；使天下之人不敢自私，不敢自利，以我之大私爲天下之公。始而慚焉，久而安焉，視天下爲莫大之産業，傳之子孫，受享無窮；漢高帝所謂“某業所就，孰與仲多”者[5]，其逐利之情，不覺溢之於辭矣。此無他，古者以天下爲主，君爲客，凡君之所畢世而經營者，爲天下也。今也以君爲主，天下爲客，凡天下之無地而得安寧者，爲君也。是以其未得之也，屠毒天下之肝腦[6]，離散天下之子女，以博我一人之産業，曾不慘然。曰：“我固爲子孫創業也。”其既得之也，敲剥天下之骨髓，離散天下之子女，以奉我一人之淫樂，視爲當然。曰：“此我産業之花息也。[7]”然則爲天下之大害者，君而已矣。向使無君，人各得自私也，人各得自利也。嗚呼！豈設君之道固如是乎？

古者天下之人愛戴其君，比之如父，擬之如天，誠不爲過也。今也天下之人，怨惡其君[8]，視之如寇讐[9]，名之爲獨夫[10]，固其所也[11]。而小儒規規焉以君臣之義無所逃於天地之間[12],至桀紂之暴,猶謂湯武不當誅之,而妄傳伯夷、叔齊無稽之事[13],乃兆人萬姓崩潰之血肉,曾不異夫腐鼠[14]。豈天地之大,於兆人萬姓之中,獨私其一人一姓乎！是故武王聖人也,孟子之言[15],聖人之言也;後世之君,欲以如父如天之空名,禁人之窺伺者,皆不便於其言,至廢孟子而不立[16],非導源於小儒乎！

雖然,使後之爲君者,果能保此産業,傳之無窮,亦無怪乎其私之也。既以産業視之,人之欲得産業,誰不如我？攝緘縢,固扃鐍[17],一人之智力,不能勝天下欲得之者之衆,遠者數世,近者及身,其血肉之崩潰在其子孫矣。昔人願世世無生帝王家[18],而毅宗之語公主,亦曰:"若何爲生我家![19]"痛哉斯言！回思創業時,其欲得天下之心,有不廢然摧沮者乎[20]！是故明乎爲君之職分,則唐虞之世[21],人人能讓,許由、務光非絶塵也[22];不明乎爲君之職分,則市井之間,人人可欲,許由、務光所以曠後世而不聞也[23]。然君之職分難明,以俄頃淫樂不易無窮之悲,雖愚者亦明之矣。

四部備要本《明夷待訪録》

【註釋】

[1] 有生之初三句:意謂自從有了人類,每個人就是自私自利的。按,自私自利是人類進入階級社會之後才産生的意識形態,在原始社會,人們並没有私有觀念。

[2] 居,處。

[3] 量,考慮。入,此處乃"就其位"的意思,指爲君。

[4] 許由、務光,傳説中的上古高士。《莊子·讓王》:"堯以天下讓許由,許由不受。"又云:"湯又讓瞀(同務)光……[瞀光]乃負石自沉於廬水。"

[5] 漢高帝二句:《史記·高祖本紀》:"高祖人朝諸侯、羣臣,置酒未央前殿。高祖奉玉卮,起爲太上皇壽,曰:'始,大人常以臣無賴,不能治産業,不如仲力。今某之業所就,孰與仲多?'"仲,漢高祖之兄。

[6] 屠毒句:意謂(爲了自己取得天下)使天下的人民肝腦塗地。屠,宰割。毒,毒害。

[7] 花息,利息。

[8] 惡(wù務),恨。

[9] 寇讎,強盜、仇敵。《孟子·離婁下》:"君之視臣如土芥,則臣視君如寇讎。"

[10] 獨夫,不受羣衆擁護的人。《尚書·泰誓下》:"獨夫受,洪惟作威,乃汝世讎。"亦作"一夫",《孟子·梁惠王下》:"殘賊之人,謂之一夫。"

[11] 所,宜。《左傳》文公二年:"吾以勇求右,無勇而黜,亦其所也。"注:"宜見退。"

[12] 而小儒句:意謂一般小儒死守儒家的教義,認爲君臣關係是無法變更,不能逃避的。規規焉,死板板地。無所逃於天地之間,《莊子·人間世》:"臣之事君,義也,無適而非君也。無所逃於天地之間。"這裏的小儒,指宋以後的一班理學家。

[13] 而妄傳句:《史記·伯夷列傳》云:伯夷、叔齊是殷孤竹君的兒子。武王伐紂,他們曾在馬前勸阻。殷亡後,恥食周粟,餓死首陽山。因漢以前没有伯夷、叔齊叩馬而諫的説法,故作者認爲是小儒編造的荒唐故事。

[14] 曾不異句:是説小儒把百姓的性命看得一錢不值。

[15] 孟子之言，指《孟子·梁惠王下》："齊宣王問曰：'湯放桀，武王伐紂，有諸？'孟子對曰：'於傳有之。'曰：'臣弒其君可乎？'曰：'賊仁者謂之賊，賊義者謂之殘，殘賊之人，謂之一夫。聞誅一夫紂矣，未聞弒君也。'"

[16] 至廢句：明太祖見到《孟子》"民爲貴，社稷次之，君爲輕"之説，便下詔罷孟子從祀孔廟；又在洪武二十三、二十七年下詔修訂《孟子》，凡書中含有"民貴君輕"思想的章節，都予删除。

[17] 攝緘縢二句：謂用繩捆緊，用鎖鎖牢。《莊子·胠篋》："將爲胠篋探囊發匱之盜，而爲守備，則必攝緘縢，固扃鐍，此世俗之所謂知也。然而巨盜至，則負匱揭篋擔囊而趨，唯恐緘縢扃鐍之不固也。"攝，緊收。緘，結。縢，繩子。扃，關鈕。鐍，鎖鑰。

[18] 昔人句：《南史·王敬則傳》記宋順帝被逼出宫時，"泣而彈指：'惟願後身生生世世不復天王作因緣。'"

[19] 而毅宗二句：《明史·公主列傳》記思宗在起義軍李自成進入北京後，揮劍砍他的女兒長平公主，説："汝奈何生我家？"毅宗，弘光元年改謚思宗曰毅宗。

[20] 廢然，灰心喪志貌。

[21] 唐虞，唐，堯的國號；虞，舜的國號。

[22] 絶塵，超塵絶俗之意。

[23] 曠，空，此處作"絶"解。

顧炎武文

作者介紹見前詩歌部份。

廣宋遺民録序

【解題】 本文作於清聖祖康熙十八年(一六七九)。顧炎武時定居於陝西華陰,其吴江友人朱明德著《廣宋遺民録》一書,請爲作序,故有此作。明末士大夫多侈談氣節,入清以後,紛紛改仕新朝。朱明德輯補明程敏政《宋遺民録》而廣之,編書目的在於表彰前代遺民,借以策勵士氣。序文作者畏觸時忌,故語多含蓄,將原書意圖歸結爲"以求友之難而託思於此"。然因對當時不能堅持氣節的士大夫深惡痛絶,故文中於朱氏著書主旨,仍約略可見,而作者憤激之情,溢於言表。

子曰:"有朋自遠方來,不亦樂乎?"[1]古之人學焉而有所得,未嘗不求同志之人,而况當滄海横流[2],風雨如晦之日乎[3]! 於此之時,其隨世以就功名者固不足道,而亦豈無一二少知自好之士,然且改行於中道,而失身於暮年[4],於是士之求其友也益難。而或一方不可得,則求之數千里之外;今人不可得,則慨想於千載以上之人。苟有一言一行之有合於吾者,從而追慕之,思爲之傳其姓氏而筆之書。嗚呼! 其心良亦苦矣!

吴江朱君明德[5],與僕同郡人[6],相去不過百餘里而未嘗一面,今朱君之年六十有二矣,而僕又過之五齡,一在寒江荒草之濱,一在絶障重關之外[7],而皆患乎無朋。朱君乃採輯舊聞,得程克勤所爲《宋遺民録》而廣之[8],至四百餘人,以書來問序於余,殆所謂一方不得其人,而求之數千里之外者也。其於宋之遺民,有一言一行或其姓氏之留於一二名人之集者,盡舉而筆之書,所謂今人不可得,而慨想於千載以上之人者也。余既尠聞[9],且耄矣[10],不能爲之訂正,然而竊有疑焉。

自生民以來[11],所尊莫如孔子,而《論語》、《禮記》皆出於孔氏之傳[12],然而互鄉之童子,不保其往也[13];伯高之赴,所知而已[14];孟懿子、葉公之徒,問答而已[15];食於少施氏而飽,取其一節而已[16]。今諸繫姓氏於一二名人之集者,豈無一日之交而不終其節者乎?或邂逅相遇而道不同者乎[17]? 固未必其人之皆可述也。然而朱君猶且眷眷於諸人[18],而并號之爲遺民,夫亦以求友之難而託思於此歟? 莊生有言[19]:"子不聞越之流人乎[20]?去國數日,見其所知而喜;去國旬月,見所嘗見於國中者喜;及期年也[21],見似人者而喜矣[22]。"余嘗遊覽於山之東西,河之南北二十餘年,而其人益以不似。及問之大江以南,昔時所稱魁梧丈夫者,亦且改形换骨,學爲不似之人,而朱君乃爲此書,以存人類於天下[23],若朱君者,將不得爲遺民矣乎? 因書以答之。吾老矣,將以訓後之人[24],冀人道之猶未絶也[25]。

四部叢刊本《亭林詩文集·亭林文集》卷二

【註釋】

[1] 有朋二句:見《論語·學而》。

[2] 滄海横流,比喻時世變亂。《穀梁傳序》:"孔子覩滄海之横流,乃喟然而嘆。"横流,水不由道而行。

[3] 風雨句:《詩經·鄭風·風雨》:"風雨如晦,雞鳴不已。"晦,昏暗。以上兩句,都是比喻當時社會的黑暗和動亂。

[4] 然且二句:指變節仕清者。中道,半途。

[5] 吴江,縣名,今屬江蘇省。朱明德,字不遠,明末吴江人。少時,治經義之學。明亡後,隱居爛溪之濱,作《廣宋遺民録》以見志。

[6] 同郡,顧炎武爲崑山人,崑山與吴江二縣,明、清時同屬江南蘇州府,故稱。

[7] 絶障重關,邊遠險阻的地區。時作者定居於陝西省華陰縣友人王宏撰山齋。

[8] 程克勤,名敏政,明河間(今河北省河間縣)人。成化進士,官終禮部右侍郎。著有《新安文獻志》、《宋遺民録》等。《宋遺民録》,共十五卷,内容主要是記録南宋遺民王炎午、謝翱、唐珏等的遺文和事跡,以及後人追輓他們的詩文。

[9] 尠(xiǎn 顯),很少。

[10] 耄(mào 貌),年紀很大。《禮記·曲禮》:"八十、九十曰耄。"

[11] 自生民以來,自有人類以來。

[12]《禮記》,儒家經典之一。又名《小戴記》,多係孔子弟子及後之學者所記有關古代禮制之言。《經典釋文敍録》引晉陳邵《周禮論序》:"戴德删古禮二百十四篇爲八十五篇,謂之大戴禮。戴聖删大戴禮爲四十九篇,是爲小戴禮。後漢馬融、盧植考諸家同異,附戴聖篇章,去其繁重,及所敍略,而行於世,即今之《禮記》是也。"

[13] 然而二句:《論語·述而》:"互鄉(鄉名)難與言,童子見,門人惑。子曰:'與(容許、接受)其進也,不與其退也,唯何甚?人潔己以進,與其潔也,不保其往(不能保證他過去的作爲)也。'"

[14] 伯高二句:《禮記·檀弓》:"伯高死於衛,赴(訃告)於孔子。孔子曰:'吾惡(同烏)乎哭諸?兄弟吾哭諸廟。父之友,吾哭諸廟門之外;師,吾哭諸寢;朋友,吾哭諸寢門之外;所知,吾哭諸野。於野則已(過分)疏,於寢則已重。'"鄭玄注:"以其交會尚新。"

[15] 孟懿子,春秋時魯國的大夫,姓仲孫,名何忌。曾問孝於孔子。《論語·爲政》:"孟懿子問孝,子曰:'無違!'……樊遲曰:'何謂也?'子曰:'生事之以禮;死葬之以禮,祭之以禮。'"葉(shè 涉)公,楚國葉縣尹,字子高,曾向子路問過孔子的爲人。《論語·述而》:"葉公問孔子於子路,子路不對。子曰:'女(汝)奚不曰:其爲人也,發憤忘食,樂以忘憂,不知老之將至也云爾!'"

[16] 食於二句:《禮記·雜記》:"孔子曰:'吾食於少施氏而飽,少施氏食我以禮。'"以上一節是説明《論語》、《禮記》對於這幾個人,都不過因爲孔子與之偶有交接而記之,未必其人之德業果有足稱,以見朱氏所集留名"於一二名人之集者",亦未必無類似這樣的人。

[17] 邂(xiè 懈)逅(hòu 后),不期而遇。

[18] 眷眷,同"睠睠",懷念不忘。

[19] 莊生有言,所引見《莊子·雜篇·徐無鬼》。

[20] 流人,流亡的人。

[21] 期(jī 基)年,一週年。

[22] 似人者,類似同鄉的人。作者於後文則借以譏刺那些投降變節者。

[23] 人類,人的遺類。

[24] 訓,教誨。
[25] 人道,爲人之道,實即封建社會的倫常之道,而忠君又是其中最重要的部分。

與友人論學書

【解題】 明末學風,承王陽明良知説的流弊,一般學者,多空談心性,鈔襲語録文字爲口頭禪,束書不觀,游談無根。甚者借結社講學爲名,標榜名聲,互争門户。而真正講求實學者,反而横遭擯斥。作者此書,以古今爲學態度之不同,力斥時弊。提倡"博學於文"、"行己有恥",號召學者以窮研經史爲務,以潛修躬行爲本,務使有用有守,這在當時是具有一定的積極意義的,但究其實質,仍不外乎服務於封建統治階級的禮樂刑政、倫常志節。

比往來南北[1],頗承女朋推一日之長[2],問道於盲。竊嘆夫百餘年以來之爲學者[3],往往言心言性[4],而茫乎不得其解也。

命與仁,夫子之所罕言也[5]。性與天道,子貢之所未得聞也[6]。性命之理,著之《易傳》[7],未嘗數以語人。其答問士也,則曰:"行己有恥。"[8]其爲學,則曰:"好古敏求。"[9]其與門弟子言,舉堯、舜相傳所謂"危微精一"之説[10],一切不道,而但曰:"允執其中,四海困窮,天禄永終[11]。"嗚呼!聖人之所以爲學者,何其平易而可循也[12]!故曰:"下學而上達[13]。"顔子之幾乎聖也,猶曰:"博我以文[14]。"其告哀公也,明善之功,先之以博學[15]。自曾子而下[16],篤實無若子夏[17];而其言仁也,則曰:"博學而篤志,切問而近思。"[18]

今之君子則不然。聚賓客門人之學者數十百人,譬諸草木,區以别矣[19],而一皆與之言心言性,舍多學而識[20],以求一貫之方[21];置四海之困窮不言,而終日講"危微精一"之説。是必其道之高於夫子,而其門弟子之賢於子貢,祧東魯而直接二帝之心傳者也[22]。我弗敢知也。

《孟子》一書,言心言性,亦諄諄矣[23]。乃至萬章、公孫丑、陳代、陳臻、周霄、彭更之所問[24],與孟子之所答者,常在乎出處、去就、辭受、取與之間[25]。以伊尹之元聖[26],堯、舜其君其民之盛德大功[27],而其本乃在乎千駟、一介之不視不取[28]。伯夷、伊尹之不同於孔子也;而其同者,則以行一不義,殺一不辜,而得天下不爲[29]。是故性也,命也,天也,夫子之所罕言,而今之君子之所恒言也;出處、去就、辭受、取與之辨,孔子、孟子之所恒言,而今之君子所罕言也。謂忠與清之未至於仁,而不知不忠與清而可以言仁者,未之有也[30]。謂不忮不求之不足以盡道[31],而不知終身於忮且求而可以言道者,未之有也。我弗敢知也。

愚所謂聖人之道者如之何?曰:"博學於文[32]。"曰:"行己有恥。"自一身以至於天下國家,皆學之事也;自子臣弟友以至出入、往來、辭受、取與之間,皆有恥之事也。恥之於人大矣[33]!不恥惡衣惡食[34],而恥匹夫匹婦之不被其澤[35]。故曰:"萬物皆備於我矣,反身而誠[36]。"嗚呼!士而不先言恥,則爲無本之人;非好古而多聞,則爲空虚之學;以無本之人,而講空虚之學,吾見其日從事於聖人而去之彌遠也。雖然,非愚之所敢言也。且以區區之見,私諸同志,而求起予[37]。

四部叢刊本《亭林詩文集·亭林文集》卷三

【註釋】

[1] 比,近來。

[2] 長(zhǎng 掌),年長。《論語·先進》:“以吾一日長乎爾,無吾以也。”

[3] 爲學者,指明代王畿、羅汝芳一派人物。

[4] 言心言性,指理學而言。宋、明學者,根據孟子性善説,闡明天理、人欲的界限,從“求放心”下工夫,作爲教育理論的基本原則,所以心與性是理學家最重要的討論課題。

[5] 罕,少。《論語·子罕》:“子罕言利與命與仁。”

[6] 子貢,姓端木,名賜,孔子弟子。《論語·公冶長》:“夫子之文章,可得而聞也;夫子之言性與天道,不可得而聞也。”

[7] 著,表明。《易傳》,《易經》的繫辭,孔子所作。《易繫辭傳》:“一陰一陽之謂道,繼之者善也;成之者性也。”注:“性,謂物之所受,言物生有性,而各具是道。”《説卦傳》:“窮理盡性,以至於命。”

[8] 行己,一己的立身行事。《論語·子路》:“子貢問曰:‘何如斯可謂之士矣?’子曰:‘行己有恥;使於四方,不辱君命。可謂士矣!’”

[9] 敏,勉力。《論語·述而》:“我非生而知之者,好古敏而求之者也。”疏:“愛好古道,敏疾求學而知之也。”

[10] 危微精一,《尚書·大禹謨》:“人心惟危,道心惟微,惟精惟一,允執厥中。”注:“人心易私而難公,故危;道心難明而易昧,故微。惟能精以察之,而不雜形氣之私;一以守之,自無過不及之差,而信能執其中。”

[11] 允執其中三句:見《論語·堯曰》。意思是説,爲政之道,在於確守不偏不倚的準則,否則國人就會因政治的混亂而困窮,執政者的命運也將同時告終。

[12] 循,遵守。

[13] 下學而上達,《論語·憲問》:“不怨天,不尤人,下學而上達。”注:“蓋凡下學人事,便是上達天理;然習而不察,則亦不能以上達矣!”

[14] 博我以文,《論語·子罕》:“博我以文,約我以禮。”文,指文章,詩書禮樂皆是。博我以文,使我知古今,達事變。

[15] 其告哀公三句:《禮記·儒行》:“魯哀公問孔子曰:‘夫子之服,其儒服歟?’孔子對曰:‘丘少居魯,衣逢掖之衣;長居宋,冠章甫之冠。丘聞之也,君子之學也博,其服也鄉,丘不知儒服。’”明善之功,説明行善的功效。

[16] 曾子,名參,孔子弟子。

[17] 子夏,姓卜名商,孔子弟子。

[18] 博學二句:《論語·子張》:“子夏曰:‘博學而篤志,切問而近思,仁在其中矣!’”博學而篤志,孔註:“廣學而厚識也。”切問而近思,注:“切問者,切問於己所學未悟之事;近思者,近思己所能及之事。汎問所未學,遠思所未達,則於所學者不精,所思者不解。”意思是教學者勿騖高遠,首先求其在己者。

[19] 譬諸草木二句:見《論語·子張》。是説學者程度有深淺,譬如草木一樣,分類各別,根本不能齊一。

[20] 識(zhì 志),記聞。

[21] 一貫,本末融會貫通。《論語·里仁》:"子曰:'參乎,吾道一以貫之!'"

[22] 祧(tiāo挑),遠祖之廟,見《禮記·祭法》疏:"祧之言超也,言其超然上去也。"此處作超越解。東魯,指孔子,因孔子是魯人。二帝,謂堯、舜。心傳,心法的傳授,即指上文"危微精一"之説。朱熹認爲自堯、舜以來,所傳聖人心法,無以易此。

[23] 諄諄,教誨不倦貌。

[24] 萬章,孟子弟子。曾與孟子論孔子在衛及百里奚自鬻於秦等事(見《孟子·萬章上》)。公孫丑,孟子弟子。孟子曾答以孔子的處世態度(見《孟子·公孫丑上》)。陳代,孟子弟子。曾欲孟子往見諸侯,孟子以孔子非禮招己則不往回答他(見《孟子·滕文公下》)。陳臻,齊國人,曾經詢問孟子接受宋、薛兩國的餽金而不願受齊王餽金的緣故。孟子回答他:"君子不可以貨取。"(見《孟子·公孫丑下》)周霄,魏國人。曾向孟子問仕進的方法,孟子答以仕不由道,譬如女子私奔,將爲父母國人所賤視(見《孟子·滕文公下》)。彭更,孟子弟子。曾問"後車數十乘,從者數百人,以傳食於諸侯,不以泰(即"太",過甚)乎?"孟子回答説:"非其道,則一簞食,不可受於人;如其道,則舜受堯之天下,不以爲泰。"(見《孟子·滕文公下》)

[25] 出處,出仕和隱居。去就,去職和就官。辭,不受。與,給與。此處都是指人生處世的行爲和態度。

[26] 伊尹,傳説是輔佐商湯建國的臣子。元,大。

[27] 以上兩句是説,伊尹這樣的大聖人,能使其國君如同堯、舜,能使其百姓如同堯、舜時的百姓。《孟子·萬章上》:"湯三使往聘之(伊尹),既而幡然改曰:'與我處畎畝之中,由是以樂堯舜之道。吾豈若使是君爲堯舜之君哉!吾豈若使是民爲堯舜之民哉!吾豈若於吾身親見之哉!'"

[28] 而其本句:《孟子·萬章上》:"伊尹耕於有莘之野,而樂堯舜之道焉。非其義也,非其道也,禄之以天下弗顧也;繫馬千駟弗視也。非其義也,非其道也,一介不以與人,一介不以取諸人。"駟,一車四馬。古人駕車,皆用四馬,兩服(居中夾轅者)兩驂(在兩旁者),故稱駟。一介,同"一芥",細微之物。

[29] 而其同者四句:《孟子·公孫丑上》:"曰:'伯夷伊尹何如?'曰'非其君不事,非其民不使,治則進,亂則退,伯夷也。何事非君,何使非民,治亦進,亂亦進,伊尹也。可以仕則仕,可以止則止,可以久則久,可以速則速,孔子也。皆古聖人也。吾未能有行焉,乃所願則學孔子也。''伯夷、伊尹於孔子若是班乎?'曰:'否,自有生民以來,未有孔子也。''然則有同與?'曰:'有,得百里之地而君之,皆能以朝諸侯、有天下;行一不義,殺一不辜,而得天下,皆不爲也,是則同。'"不辜,無罪的人。

[30] 謂忠與清三句:《論語·公冶長》:"子張問曰:'令尹子文三仕爲令尹,無喜色;三已之,無愠色。舊令尹之政,必以告新令尹,何如也?'子曰:'忠矣!'曰:'仁矣乎?'曰:'未知,焉得仁?''崔子弑齊君,陳文子有馬十乘,棄而違之。至於他邦,則又曰,猶吾大夫崔子也!違之。之一邦,則又曰:猶吾大夫崔子也!違之。何如?'子曰:'清矣!'曰:'仁矣乎?'曰:'未知,焉得仁!'"

[31] 不忮(zhì置)不求,《論語·子罕》:"'不忮不求,何用不臧?'子路終身誦之。子曰:'是道也,何足以臧!'"《詩經·邶風·雄雉》:"不忮不求,何用不臧?"忮,嫉害。求,貪得。忮求,忌刻而貪得。

[32] 博學於文,見《論語·顔淵》。

[33] 恥之於人句:見《孟子·盡心上》。意思是説,羞恥之心是人們所固有,存之則可爲聖賢,失之則入於禽獸,所以它對人的關係很大。

[34] 惡(è 萼)，不好的。《論語·里仁》："士志於道，而恥惡衣惡食者，未足與議也。"

[35] 被，受到。澤，恩惠。《孟子·萬章上》："思天下之民，匹夫匹婦有不被堯舜之澤者，若已推而内(納)之溝中。"

[36] 萬物二句：見《孟子·盡心上》。意思是説，大則君臣父子，小則事物細微，無一不具備於我，回頭省察自身，則所備之理皆如惡惡臭、好好色，而行之不待勉强。

[37] 起予，啓發我。《論語·八佾》："起予者商也！"

廉 恥

【解題】 本文節選自《日知録》卷十三《廉恥》中的一段。明清易代之際，士大夫多改仕清朝，所謂"薊門朝士多狐鼠，舊日鬚眉化兒女。生女須教出塞妝，生男要學鮮卑語。"(亭林詩：《薊門送子德歸關中》)士風敗壞到極點。針對這種情況，作者提出"行己有恥"的口號，認爲一切禍敗亂亡，皆由於"不廉"和"不恥"；而士大夫的無恥，則被稱做"國恥"。强調要做"獨醒之人"。這種對"禮義廉恥"的要求，雖在一定程度上諷刺了當時的官僚，但它基本上仍屬於舊的封建道德的範疇。

《五代史·馮道傳》論曰[1]："禮義廉恥，國之四維；四維不張，國乃滅亡[2]。善乎管生之能言也[3]。禮義治人之大法，廉恥立人之大節。蓋不廉則無所不取，不恥則無所不爲，人而如此，則禍敗亂亡亦無所不至。况爲大臣，而無所不取，無所不爲，則天下其有不亂，國家其有不亡者乎[4]！"然而四者之中[5]，恥尤爲要。故夫子之論士曰："行己有恥[6]"。孟子曰："人不可以無恥，無恥之恥，無恥矣[7]！"又曰："恥之於人大矣！爲機變之巧者，無所用恥焉[8]！"所以然者，人之不廉，而至於悖禮犯義[9]，其原皆生於無恥也。故士大夫之無恥，是謂國恥[10]。

吾觀三代以下[11]，世衰道微，棄禮義，捐廉恥[12]，非一朝一夕之故。然而松柏後彫於歲寒[13]，雞鳴不已於風雨[14]，彼昏之日，固未嘗無獨醒之人也[15]。頃讀《顔氏家訓》[16]，有云："齊朝一士夫[17]，嘗謂吾曰：'我有一兒，年已十七，頗曉書疏[18]，教其鮮卑語[19]，及彈琵琶，稍欲通解，以此伏事公卿[20]，無不寵愛。'吾時俯而不答。異哉此人之教子也！若由此業，自致卿相，亦不願汝曹爲之[21]！"嗟乎！之推不得已而仕於亂世[22]，猶爲此言，尚有《小宛》詩人之意[23]，彼閹然媚於世者[24]，能無媿哉[25]！

四部備要本《日知録集釋》卷十三

【註釋】

[1]《五代史》，書名。亦稱《五代史記》，即《新五代史》。宋歐陽修撰，共七十四卷。《馮道傳》列入該書第五十四卷雜傳第四十二中。馮道(八八二——九五四)五代景城(今河北省交河縣)人，字可道。歷事唐、晉、漢、周四朝，官皆將相，自號長樂老。

[2] 禮義四句：語見《管子·牧民》。四維，維，網罟之綱，用以繫網者。網之四角繫之，則網舉目張。故以禮義廉恥四者比喻維持國家之工具。

[3] 管生，管仲，春秋時齊國傑出的政治家。曾輔佐齊桓公進行政治改革，使齊首先稱霸於諸侯。《管

子》相傳就是他的著作。

[4] 其,同“豈”。

[5] 四者,謂禮義廉恥。

[6] 夫子,謂孔子。論士,見《論語·子路》:“子貢問曰:‘何如斯可謂之士矣?’子曰:‘行己有恥。使於四方,不辱君命,可謂士矣!’”行己有恥,言爲士者立身行事能知恥而有所不爲。

[7] 人不可以三句:語見《孟子·盡心上》。言人能以無恥爲可恥,自然不會有恥辱之事到他身上來。

[8] 恥之於人三句:語見《孟子·盡心上》。機變,巧僞變詐。無所用恥,把廉恥不放在心上的意思。

[9] 悖(bèi 背),違背。

[10] 國恥,國家所蒙受的恥辱。

[11] 三代,指夏、商、周。

[12] 捐,棄。

[13] 松柏句:見《論語·子罕》:“歲寒,然後知松柏之後彫也。”

[14] 雞鳴句:見《詩經·鄭風·風雨》:“風雨如晦,雞鳴不已。”已,止。歲寒、風雨並指衰亂之世。

[15] 獨醒,比喻不同於流俗。《史記·屈原傳》:“舉世混濁,而我獨清;衆人皆醉,而我獨醒。”

[16]《顏氏家訓》,書名,北朝顏之推作。共七卷,分二十篇。内容多敍述立身治家之法,兼及文字音訓之考辨與文學批評。其中對北朝士大夫之喪失民族氣節與南朝貴族之驕奢淫佚,時加抨擊。文筆平易樸實。

[17] 齊朝,謂北齊(五五〇——五七七)。

[18] 疏,記。

[19] 鮮卑語,北魏本鮮卑人,齊之先世雖爲渤海人,但因久處北方,亦從鮮卑俗,用鮮卑語。

[20] 伏,同“服”。

[21] 以上見《顏氏家訓·教子》。

[22] 之推,顔之推(五三一——五九五),《顏氏家訓》的作者。字介,琅邪臨沂(今山東省臨沂縣)人。歷仕梁、北齊、北周、隋諸朝。博覽羣書,長於文學。

[23]《小宛》,《詩經·小雅》篇名。《詩集傳》認爲是大夫遭時之亂,兄弟相戒以免禍的詩。

[24] 閹(yān 煙)然,昏暗閉塞貌。《孟子·盡心下》:“閹然媚於世也者,是鄉原也。”集注:“閹,如奄人之奄,閉藏之意也。”

[25] 媿,同“愧”。

侯方域文

侯方域，字朝宗，商丘（今河南省商丘縣）人。生於公元一六一八年（明神宗萬曆四十六年），卒於公元一六五五年（清世祖順治十二年）。二十二歲時至南京應試，與陳定生等復社人士結交，抨擊閹黨餘孽阮大鋮、馬士英等人。福王在南京稱帝後，阮大鋮等大興黨獄，殘酷迫害復社人士。他投奔史可法避禍。清兵南下，返河南故鄉。清順治八年應鄉試中副榜。早年以詩及時文名海内，後肆力古文。著有《四憶堂詩集》、《壯悔堂文集》。

癸未去金陵日與阮光禄書

【解題】 閹黨餘孽阮大鋮曾企圖拉攏侯方域，以洗刷自己的罪行，遭到拒絶。崇禎十六年（一六四三），左良玉自武昌移兵九江，聲稱"軍饑"，欲就食南京。阮誣侯爲内應，侯逃離南京時，寫了這封信，義正辭嚴地譴責了阮大鋮。崇禎元年，阮曾官光禄卿，故稱阮光禄。

僕竊聞君子處己，不欲自恕而苛責他人以非其道。今執事之於僕[1]，乃有不然者，願爲執事陳之。

執事，僕之父行也[2]，神宗之末[3]，與大人同朝[4]，相得甚歡[5]。其後乃有欲終事執事而不能者，執事當自追憶其故，不必僕言之也。大人削官歸[6]，僕時方少[7]，每侍，未嘗不念執事之才，而嗟惜者彌日[8]。及僕稍長，知讀書，求友金陵，將戒途[9]，而大人送之曰："金陵有御史成公勇者[10]，雖於我爲後進，我常心重之。汝至，當以爲師。又有老友方公孔炤[11]，汝當持刺拜於牀下[12]。"語不及執事。及至金陵，則成公已得罪去[13]，僅見方公，而其子以智者[14]，僕之夙交也，以此晨夕過從。執事與方公，同爲父行，理當謁。然而不敢者，執事當自追憶其故，不必僕言之也。今執事乃責僕與方公厚，而與執事薄。噫，亦過矣。

忽一日，有王將軍過僕甚恭。每一至，必邀僕爲詩歌，既得之，必喜。而爲僕貰酒奏伎[15]，招遊舫，攜山屐，殷殷積旬不倦。僕初不解，既而疑以問將軍。將軍乃屏人以告僕曰："是皆阮光禄所願納交於君者也，光禄方爲諸君所詬，願更以道之君之友陳君定生、吴君次尾[16]，庶稍湔乎[17]。"僕斂容謝之曰："光禄身爲貴卿，又不少佳賓客，足自娱，安用此二三書生爲哉。僕道之兩君，必重爲兩君所絶。若僕獨私從光禄遊，又竊恐無益光禄。辱相款八日，意良厚，然不得不絶矣。"凡此皆僕平心稱量，自以爲未甚太過，而執事顧含怒不已，僕誠無所逃罪矣。

昨夜方寢，而楊令君文驄叩門過僕曰[18]："左將軍兵且來[19]，都人洶洶，阮光禄颺言於清議堂，云子與有舊[20]，且應之於内，子盍行乎。"僕乃知執事不獨見怒，而且恨之，欲置之族滅而後快也。僕與左誠有舊，亦已奉熊尚書之教[21]，馳書止之，其心事尚不可知。若其犯順，則賊也；僕誠應之於内，亦賊也。士君子稍知禮義，何至甘心作賊。萬一有焉，此必日暮途窮，倒行而逆施[22]，若昔日乾兒義孫之徒[23]，計無復之，容出於此。而僕豈其人耶！何執事文織之深也[24]。

竊怪執事常願下交天下士，而展轉蹉跎，乃至嫁禍而滅人之族，亦甚違其本念。倘一旦追憶天下士所以相遠之故，未必不悔，悔未必不改。果悔且改，静待之數年，心事未必不暴白。心事果暴白，天下士未必不接踵而至執事之門。僕果見天下士接踵而至執事之門，亦必且隨屬其後，長揖謝過，豈爲晚乎？而奈何陰毒左計一至於此[25]！僕今已遭亂無家，扁舟短棹，措此身甚易。獨惜執事忮機一動[26]，長伏草莽則已，萬一復得志，必至殺盡天下以酬其宿所不快。則是使天下士終不復至執事之門，而後世操簡書以議執事者，不能如僕之詞微而義婉也。

僕且去，可以不言，然恐執事不察，終謂僕於長者傲，故敢述其區區，不宣[27]。

四部備要本《壯悔堂文集》卷三

【註釋】

[1] 執事，舊時指侍從左右供使令的人。書信中用以稱對方，謂不敢直陳，故向執事者陳述，表示尊敬。

[2] 父行，與父同輩行。

[3] 神宗，明神宗朱翊鈞。

[4] 大人，謂其父户部尚書侯恂。

[5] 相得甚歡，阮大鋮少有俊才，未投靠閹黨魏忠賢時，侯恂極愛重。

[6] 大人削官歸，熹宗天啓四年（一六二四），侯恂以反對閹黨魏忠賢，削官歸里。

[7] 僕時方少，侯方域時年七歲。

[8] 彌日，終日。

[9] 戒途，啓程。

[10] 成勇，字仁有，天啓進士，崇禎時官南京御史。

[11] 方孔炤，字潛夫，號仁植，安徽桐城人。萬曆進士，曾官湖廣巡撫。

[12] 刺，名片。

[13] 成公已得罪去，成勇上疏詆楊嗣昌，被削籍戍寧波衛。

[14] 方以智，字密之，號曼公，桐城人。明清之際思想家、科學家。崇禎進士，官檢討。曾參加復社活動。入清，出家爲僧，改名大智，字無可，别號弘智。

[15] 貰（shì 市）酒，賒酒。《史記・高祖本紀》："常從王媪武負（婦）貰酒。"

[16] 陳定生，陳貞慧，字定生，復社領導人之一，曾與吴應箕等抨擊閹黨餘孽阮大鋮。明亡，隱居不出。清順治十三年（一六五六）卒。吴次尾，吴應箕，字次尾，復社領導人之一。明亡，起兵抗清，兵敗被獲，不屈而死。

[17] 湔（jiān 煎），洗。

[18] 楊令君文驄，令君，漢末以來稱尚書令及郎中令爲"令君"。楊文驄，字龍友，貴陽人。崇禎時，官江寧知縣。弘光朝官兵備副使。南京陷，隆武帝立，任兵部右侍郎，在浙江衢州抵抗清兵，兵敗被執，不屈而死。

[19] 左將軍，即左良玉。時左良玉鎮荆襄，移兵沿江東下，"稱軍饑，欲道南京就食"（《壯悔堂文集五・寧南侯傳》）。

[20] 子與有舊，左良玉爲侯方域父侯恂所拔擢，左嘗三過商邱，拜伏如家人。有舊，猶言有關係。

[21] 熊尚書,兵部尚書熊明遇。

[22] 此必日暮途窮二句:《史記·伍子胥列傳》載:伍子胥引吴兵入楚,掘楚平王墓,鞭平王屍。申包胥使人責子胥,"伍子胥曰:'爲我謝申包胥曰:吾日暮塗遠,吾故倒行而逆施之。'"

[23] 乾兒義孫之徒,閹黨魏忠賢專政時,乾兒義孫甚多,有"十孩兒、四十孫"之號。按,阮大鋮曾依附魏忠賢,造《百官圖》,殘殺楊漣、左光斗等,閹黨敗後,被廢爲民,故侯方域以此詆之。

[24] 文織,謂舞文弄法,羅織人罪。

[25] 左計,不適當的策劃。

[26] 忮(zhì 至)機,忌恨之心。

[27] 不宣,猶言不盡。舊時書信末尾的常用語。

李 姬 傳

【解題】 本文着重刻劃李姬明辨是非、堅決勇敢、熱愛復社人士、反對閹黨餘孽的事蹟。文筆流暢,結構謹嚴,形象生動。是後來孔尚任《桃花扇》的藍本。

李姬者名香[1],母曰貞麗[2]。貞麗有俠氣,嘗一夜博[3],輸千金立盡。所交接皆當世豪傑尤與陽羨陳貞慧善也[4]。姬爲其養女,亦俠而慧,略知書,能辨别士大夫賢否,張學士溥[5]、夏吏部允彝急稱之[6]。少風調皎爽不羣[7]。十三歲,從吴人周如松受歌玉茗堂四傳奇[8],皆能盡其音節。尤工琵琶詞[9],然不輕發也。

雪苑侯生[10],己卯來金陵[11],與相識。姬嘗邀侯生爲詩,而自歌以償之。初,皖人阮大鋮者[12],以阿附魏忠賢論城旦[13],屏居金陵,爲清議所斥[14]。陽羨陳貞慧、貴池吴應箕實首其事[15],持之力,大鋮不得已,欲侯生爲解之,乃假所善王將軍[16],日載酒食與侯生游。姬曰:"王將軍貧,非結客者,公子盍叩之[17]?"侯生三問,將軍乃屏人述大鋮意。姬私語侯生曰:"妾少從假母識陽羨君,其人有高義,聞吴君尤錚錚[18],今皆與公子善,奈何以阮公負至交乎?且以公子之世望[19],安事阮公!公子讀萬卷書,所見豈後於賤妾耶?"侯生大呼稱善,醉而卧。王將軍者殊怏怏,因辭去,不復通。

未幾,侯生下第[20]。姬置酒桃葉渡[21],歌琵琶詞以送之,曰:"公子才名文藻,雅不減中郎[22]。中郎學不補行[23],今琵琶所傳詞固妄,然嘗昵董卓,不可掩也。公子豪邁不羈,又失意,此去相見未可期,願終自愛,無忘妾所歌琵琶詞也!妾亦不復歌矣!"

侯生去後,而故開府田仰者[24],以金三百鍰[25],邀姬一見。姬固卻之。開府慚且怒,且有以中傷姬。姬嘆曰:"田公豈異於阮公乎?吾向之所贊於侯公子者謂何?今乃利其金而赴之,是妾賣公子矣[26]!"卒不往。

四部備要本《壯悔堂文集》卷五

【註釋】

[1] 李姬者名香,李姬名香,又稱香君。

[2] 貞麗,明末秦淮名妓,字淡如。

[3] 博,賭博。

[4] 陽羨,故城在今江蘇省宜興縣南,此處乃指宜興。陳貞慧,即陳定生。參見前《癸未去金陵日與阮光禄書》注[16]。

[5] 張學士溥,張溥字天如,江蘇太倉人。復社發起人之一。因曾爲明朝進士,故稱其爲學士。

[6] 夏吏部允彝,夏允彝字彝仲,江蘇松江人,創立"幾社"與"復社"相應。明亡,投水自殺。因曾在吏部任過職,故稱其爲吏部。

[7] 風調皎爽,風韻格調,開朗豪邁。

[8] 周如松,即明末清初著名的崑曲家蘇崑生。玉茗堂,湯顯祖的室名。四傳奇,即湯顯祖的代表作:《紫釵記》、《還魂記》、《南柯記》、《邯鄲記》。

[9] 琵琶詞,明初高則誠的《琵琶記》。

[10] 雪苑侯生,侯方域自號雪苑,故稱"雪苑侯生"。

[11] 己卯,崇禎十二年(一六三九)。

[12] 阮大鋮,字圓海,懷寧(今安徽省安慶市)人,初依附閹黨魏忠賢,閹黨敗後,被廢爲民。崇禎末又依附奸臣馬士英,在南京擁立福王,任兵部尚書,後降清。

[13] 論城旦,指阮大鋮因閹黨逆案,被廢爲民。城旦,秦漢時勞役的一種,白日防寇,夜間築城。這種勞役一般以四年爲期。

[14] 清議,公正的評論。古代一般指鄉里或學校中對官吏的批評。《南史·宋武帝紀》:"其犯鄉論清議,贓污淫盜,一皆蕩滌。"

[15] 貴池,今安徽省貴池縣。吴應箕,即吴次尾。參見前《癸未去金陵日與阮光禄書》注[16]。

[16] 假,請託。

[17] 盍(hé 河),何不。

[18] 錚錚,爲人剛直的意思。《後漢書·劉盆子傳》:"卿所謂鐵中錚錚,傭中佼佼者也。"

[19] 世望,世家望族。此處包含侯方域父曾參加東林黨反對閹黨爲世人所敬仰事。

[20] 下第,考試未中。

[21] 桃葉渡,在南京城内秦淮河與清溪合流處。相傳東晉王獻之曾於此送其愛妾桃葉渡河,故名桃葉渡。王獻之有《桃葉歌》云:"桃葉復桃葉,渡江不用楫,但渡無所苦,我自迎接汝。"

[22] 中郎,指東漢蔡邕。邕曾官左中郎將,故稱中郎。

[23] 學不補行,學問雖好卻不能彌補其品行上的缺點。

[24] 開府,明清時各省巡撫稱開府。田仰,馬士英的親戚,弘光時爲淮陽巡撫。

[25] 鍰(huán 環),古代重量單位。《尚書·呂刑》:"其罰百鍰。"

[26] 負公子,負心於公子。

王夫之文

王夫之，字而農，號薑齋。衡陽（今湖南省衡陽縣）人。生於公元一六一九年（明神宗萬曆四十七年），卒於公元一六九二年（清聖祖康熙三十一年）。清兵南下，夫之在衡山舉兵抵抗，戰敗，退至肇慶，任桂王行人司行人，因反對王化澄，幾陷大獄。後到桂林依瞿式耜，不久桂林復陷，式耜殉難。夫之知事愈不可爲，遂決計隱遁。輾轉湘西各地，所至之處人士慕從，輒辭去。最後歸衡陽之石船山，築土室曰"觀生居"，刻苦研究、潛心著述達四十年，世稱船山先生。王夫之是明清之際一位重要的思想家和文學家。他學識廣博，著述甚多，後人編《船山遺書》三百五十八卷，散佚者猶不在内。

桑維翰論

【解題】 本文選自《讀通鑑論》。作者於《敘論二》中云："故編中於大美大惡，昭然耳目，前有定論者，皆略而不贅。推其所以然之繇，辨其不盡然之實，均於善而醇疵分，均於惡而輕重别。"《敘論四》又云："編中所論，推本得失之原，勉自竭以求合於聖治之本。"由此可見其著作主旨。《桑維翰論》係《讀通鑑論》卷二十九（據《船山遺書》）中之一篇。桑維翰，字國僑，五代後晉河南（今河南省洛陽市）人，舉進士，官至中書令兼樞密使。石敬瑭（後晉高祖）借契丹之力滅李從珂（後唐末帝），自稱帝，稱契丹主爲父皇帝，割幽薊十六州與之，皆出桑維翰之謀。本文鞭撻桑維翰的叛唐行爲，表現了作者的民族意識。

謀國而貽天下之大患，斯爲天下之罪人，而有差等焉[1]。禍在一時之天下，則一時之罪人，盧杞是也[2]；禍及一代，則一代之罪人，李林甫是也[3]；禍及萬世，則萬世之罪人，自生民以來，唯桑維翰當之。

劉知遠決策以勸石敬瑭之反[4]，倚河山之險，恃士馬之彊，而知李從珂之淺輭[5]，無難摧拉，其計定矣。而維翰急請屈節以事契丹。敬瑭智劣膽虚，遽從其策，稱臣割地，授予奪之權於夷狄，知遠争之而不勝。於是而生民之肝腦，五帝三王之衣冠禮樂[6]，驅以入於狂流。契丹弱[7]，而女直乘之[8]；女直弱，而蒙古乘之[9]；貽禍無窮[10]，人胥爲夷[11]。非敬瑭之始念也，維翰屍之也[12]。

夫維翰起家文墨，爲敬瑭書記，固唐教養之士人也，何讎於李氏，而必欲滅之？何德於敬瑭，而必欲戴之爲天子？敬瑭而死於從珂之手，維翰自有餘地以居。敬瑭之篡已成，己抑不能爲知遠而相因而起。其爲喜禍之姦人，姑不足責；即使必欲石氏之成乎？抑可委之劉知遠輩，而徐收必得之功。乃力拒羣言，決意以戴犬羊爲君父也[13]，吾不知其何心！終始重貴之廷[14]，唯以曲媚契丹爲一定不遷之策，使重貴糜天下以奉契丹。民財竭，民心解，帝昺厓山之禍[15]，勢所固然[16]。毁夷夏之大防，爲萬世患；不僅重貴縲繫[17]，客死穹廬而已也[18]。論者乃以亡國之罪歸景延廣[19]，不亦誣乎？延廣之不勝，特不幸耳；即其智小謀強，可用爲咎，亦僅傾臬捩雞徼幸之宗社[20]，非有損於堯封禹甸之中原也[21]。義問已昭[22]，雖敗猶榮。石氏之存亡，惡足論哉！

正名義於中夏者，延廣也；事雖逆而名正者，安重榮也[23]；存中國以授於宋者，劉知遠也；於當日之儔輩而有取焉，則此三人可録也。自有生民以來，覆載不容之罪[24]，維翰當之。胡文定傳《春秋》而亟稱其功[25]，殆爲秦檜之嚆矢與[26]？

中華書局本《讀通鑑論》卷二十九

【註釋】

[1] 差等，差次等級。《孟子·滕文公上》："之(人名，指夷子)則以爲愛無差等。"

[2] 盧杞，唐滑州(今河南省滑縣)人，字子良，性險貌陋，有口才。藉蔭爲兵曹參軍，德宗時擢爲相，專權恣肆，毒害忠良，敲剥斂財，怨聲載道，後貶死澧州(故治在今湖南省澧縣)。

[3] 李林甫，小字哥奴，唐宗室，性狡黠，有權術。玄宗時，官兵部尚書，兼中書令，爲相十九年，厚結宦官、嬪妃，專政自恣。

[4] 劉知遠，五代時沙陀(突厥族之一支)人，世居太原，初從晉高祖(即石敬瑭)起兵，以佐命功拜中書令，封太原王。契丹滅晉，中原無主，乃即帝位於晉陽，國號漢，後徙都汴，是爲後漢高祖。石敬瑭，五代晉高祖，其先西夷人，後唐末，以戰功除河東節度使。後唐末帝(李從珂)時，契丹南侵，敬瑭爲末帝所疑，懼誅，乃引契丹兵滅後唐，稱臣於契丹，並割幽薊十六州以賂之。稱帝，國號晉，史稱後晉。

[5] 李從珂，後唐末帝，原姓王，爲明宗養子，改姓李。初以功封潞王，後自立。石敬瑭借契丹兵滅之，從珂兵敗自焚死。淺輭，謂從珂淺薄軟弱，故下文謂無難摧拉，猶云其勢力不難推翻。

[6] 衣冠，《清文觀止》作"名教"。

[7] 契丹，國名，東胡種。建國於北魏時，五代初始強，唐宋時，常來侵擾。後改國號爲遼，被金所滅。

[8] 女直，一稱女真，種族名。北宋之季，完顔阿骨打稱帝，國號金，滅遼，滅北宋，後亡於蒙古。

[9] 蒙古，種族名。金時，合不勒始建大蒙古國。後滅金，滅南宋，統一中國，國號元。

[10] 貽，《清文觀止》作"虜"。

[11] 人胥爲夷，猶言人民皆淪爲夷狄。胥，《詩經·大雅·桑柔》："載胥及溺。"胥，相與也，皆也。

[12] 維翰屍之，桑維翰主使之。屍，主其事。《詩經·召南·采蘋》："誰其屍之。"

[13] 犬羊，《清文觀止》作"異族"。

[14] 重貴，石重貴，敬瑭之姪，敬瑭死，嗣位，是爲出帝。始終媚事契丹，最後仍爲契丹所虜。

[15] 帝昺，即南宋最末一個皇帝趙昺。端宗崩，昺嗣位，遷厓山。元將張弘範陷厓山，陸秀夫負帝昺投海，南宋亡。厓山，或作崖山，也稱崖門山，在廣東省新會縣南。

[16] 勢所固然，情勢發展的必然結果。"勢所"原作"習爲"，據《清文觀止》改。

[17] 縲繫，義同"縲紲"、"縲絏"。《論語·公冶長第五》："雖在縲紲之中，非其罪也。"孔安國注："縲，黑索；紲，攣也。所以拘罪人。"後以縲紲泛指囚繫。此處指石重貴爲契丹所虜。

[18] 穹廬，氈帳。

[19] 景延廣，字航川，五代晉陝州(治所在今河南省陝縣)人。後晉高祖(石敬瑭)時，累官至馬步軍都指揮使，總握兵權。高祖稱臣於契丹，奉契丹主爲父皇帝。出帝(石重貴)立，奉表告契丹，從延廣之議，表中稱孫而不稱臣。契丹怒，遣使責問，延廣對來使稱晉有強大武力，不懼契丹來戰。契丹愈怒，遂入侵。延廣閉壁不出，契丹返去，由此與晉結怨。出帝乃貶延廣爲河南尹，未幾，北騎突

至,執之北行,延廣乘間自扼其吭而死。

[20] 臬捩雞,西夷人,石敬瑭之父。

[21] 堯封禹甸之中原,意謂傳統之中華。杜甫《諸將》詩:“薊門何處盡堯封。”《詩經 · 小雅 · 信南山》:“信彼南山,維禹甸之。”毛注:“甸,治也。”

[22] 義問,或作“義聞”。義問已昭,謂正義之名聞已經昭著。

[23] 安重榮,石敬瑭拜爲承德軍節度使。敬瑭尊契丹主爲父皇帝,自稱兒皇帝。重榮極恥之,後反晉,兵敗被殺。

[24] 覆載不容之罪,謂罪至大,天地不容。覆,蓋,指天。載,指地。天覆地載,簡爲覆載。

[25] 胡文定,名安國,字康侯。宋崇安(今福建省崇安縣)人,紹聖(北宋哲宗趙煦年號)間進士。南宋高宗時,官至給事中,卒,謚文定。著《春秋傳》,屢稱桑維翰之功。

[26] 秦檜,宋代奸相。字會之,江寧(今江蘇省南京市)人。靖康(北宋欽宗趙桓年號)間,官御史中丞。從徽、欽二帝至金,後放歸;高宗時爲相,勾結金人,力主和議,誣害岳飛等忠臣良將甚多。嚆矢,響箭。箭未至而聲先至。嚆矢以喻事物之先聲或發端。

姜宸英文

姜宸英,字西溟,號湛園,慈溪(今浙江省慈溪縣)人,生於公元一六二八年(明思宗崇禎元年),卒於公元一六九九年(清聖祖康熙三十八年)。工詩文,精書畫,但屢試不第,七十歲時始中進士,授翰林院編修,後因科場案牽連死獄中。著有《湛園未定稿》等。

奇零草序

【解題】 本文是爲明末清初抗清英雄張煌言的詩集《奇零草》作的序。它對《奇零草》這部詩集的光輝價值予以熱烈贊揚,并大膽地肯定了張煌言的英雄業績。這在清朝初年,在《奇零草》被列爲禁毁書目時,是很難得的。

余得此於定海[1],命謝子大周抄别本以歸[2]。凡五七言近體若干首,今久失之矣,聊憶其大概,爲之序以藏之。

嗚呼!天地晦冥,風霾晝塞[3],山河失序[4],而沉星殞氣於窮荒絶島之間,猶能時出其光焰,以爲有目者之悲喜而幸睹,雖其揜抑於一時[5],然要以俟之百世,雖欲使之終晦焉,不可得也。客爲余言,公在行間[6],無日不讀書,所遺集近十餘種,爲邏卒取去[7],或有流落人間者。此集是其甲辰以後[8],將解散部伍,歸隱於落迦山所作也[9]。公自督師,未嘗受強藩節制[10],及九江遁還[11],漸有掣肘[12],始邑邑不樂[13]。而其歸隱於海南也[14],自制一椑[15],置寺中,實糧其中,俟糧且盡死。門有兩猿守之,有警,猿必跳躑哀鳴。而間之至也[16],從後門入。雖被羈會城[17],遠近人士,下及市井屠販賣餅之兒,無不持紙素至羈所争求翰墨[18]。守卒利其金錢,喜爲請乞。公隨手揮灑應之,皆正氣歌也,讀之鮮不泣下者,獨士大夫家或頗畏藏其書,以爲不祥。不知君臣父子之性,根於人心,而徵於事業[19],發於文章,雖歷變患,逾不可磨滅。歷觀前代,沈約撰《宋書》,疑立《袁粲傳》[20],齊武帝曰:"粲自是宋忠臣,何爲不可?"歐陽修不爲周韓通立傳[21],君子譏之。元聽湖南爲宋忠臣李芾建祠[22],明長陵不罪藏方孝孺書者[23],此帝王盛德事。爲人臣子處無諱之朝,宜思引君當道[24]。臣各爲其主,凡一切勝國語言[25],不足避忌。余欲稍掇拾公遺事,成傳略一卷,以備惇史之求[26],猶懼蒐訪未徧,將日就放失也。悲夫!

清刻本《湛園未定藁》卷二

【註釋】

[1] 定海,縣名,在浙江省舟山羣島中。

[2] 謝大周,生平不詳。

[3] 風霾(mái 埋),吹起塵土的大風。

[4] 山河失序,指明朝覆亡,國土淪喪。

[5] 揜(yǎn 掩)抑,被壓制埋没。

[6] 行間,行伍間,即軍中。

[7] 邏卒,清軍巡邏的兵卒。

[8] 甲辰,清康熙三年(一六六四)。按,張煌言《奇零草》自序謂是集編於壬寅年(一六六二),甲辰是張煌言就義之年。本文所記明顯有誤。

[9] 落迦山,舟山東南一小島。張煌言遣散軍隊後潛隱於此。

[10] 強藩,實力強大的藩鎮。指鄭成功。

[11] 九江遁還,清順治十六年(一六五九),鄭成功自金門率師北伐,張煌言爲前鋒,從長江口溯游而上,擬揮師直取九江。但因鄭成功在南京戰敗,撤軍入海,張煌言後路被截斷,部隊潰散,經化裝潛行二千餘里始返抵舟山。

[12] 漸有掣肘,指張煌言曾勸鄭成功暫緩收復台灣,先行恢復中原的意見未被採納。

[13] 邑邑,同"悒悒",郁悶。

[14] 海南,指落迦山。

[15] 椑(pì 僻),棺材。

[16] 間,間諜。

[17] 會城,省會,指杭州。

[18] 紙素,紙和絹帛。

[19] 徵於,表現於。

[20] 疑立《袁粲傳》,沈約在齊梁時著《宋書》,因袁粲忠於劉宋,曾謀殺齊高帝蕭道成,事不成而死,所以沈約不敢爲其立傳,故本文云"疑立"。

[21] 韓通,後周恭帝時爲侍衛副都指揮使,宋太祖趙匡胤廢周自立,韓通曾率軍抵抗,被殺害。

[22] 元聽句:謂元朝聽任湖南爲宋朝忠臣李芾建祠。李芾,宋朝湖南安撫使,元軍攻破潭州(今湖南省長沙市)時犧牲。

[23] 長陵,指明朝永樂帝。方孝孺,明朝建文帝時翰林學士,以文章名於時。永樂帝欲廢建文帝自立,令方孝孺草詔告天下,方孝孺抗命不爲,被殺。

[24] 當道,正當的道路。

[25] 勝國,後一朝代滅亡前一朝代後,稱前朝爲勝國或勝朝。

[26] 惇史,忠實公正的史書。

唐甄文

唐甄,初名大陶,字鑄萬,後更名甄,别號圃亭,達州(今四川省達縣)人。生於公元一六三〇年(明思宗崇禎三年),卒於公元一七〇四年(清聖祖康熙四十三年)。清順治丁酉(一六五七)舉人,曾任山西長子縣知縣,因與上司不合,任職十月即棄官家居。著有《潛書》。《潛書》初名《衡書》,署名唐大陶,後來的定本改名《潛書》,比《衡書》多八十四篇,因此,四庫全書總目提要誤認爲兩個人的著作。《潛書》分上下兩篇,上篇主要論學術,下篇主要論政治。作者在學術思想方面,反對只談心性不講事功。在政治思想方面,則對當時的君主專制制度有所抨擊,反映了當時人民的艱苦生活和剥削階級的奢侈殘暴。但由於封建地主階級的立場和理論上的唯心主義的局限,因此,書中也流露了濃厚的調和階級矛盾和人性論的觀點。唐甄的論文能獨抒己見,無所蹈襲,閎肆遒勁,條理通達。在當時的散文作家中别具特色。

大命

【解題】 本篇揭露了當時社會貧富懸殊的現象,着重提出平等的要求。但作者的社會平等的理論是以人性作爲出發點的。大命,猶命脈,即最根本的東西。《新書・無蓄》:"夫蓄積者,天下之大命。"

歲饑,唐子之妻曰:"食無粟矣,如之何?"唐子曰:"以粞[1]。"他日,不能具粞,曰:"三糠而七粞。"他日,猶不能具。其妻曰:"三糠七粞而猶不足,子則奚以爲生也?"曰:"然則七糠而三粞。"鄰有見之者,蹙頞而弔之曰[2]:"子非仕者與,何其貧若此也?意者其無資身之能乎[3]?"唐子曰:"不然。魚在江河,則忘其所爲生;其在涸澤之中,則不得其所爲生;以江河之水廣,涸澤之水淺也。今吾與子在涸澤之中,故無所資以爲生也;子曷以弔我者弔天下乎!"

唐子行於野,見婦人祭於墓而哭者。比其反也[4],猶哭。問:"何哭之哀也?"曰:"是吾夫之墓也。昔也吾舅織席[5],終身有餘帛;今也吾夫織帛,終身無完席。業過其父,命則不如,是以哭之哀也。"唐子慨然而嘆曰:"是天下之大命也。夫昔之時,人無寢敝席者也;今之時,人鮮衣新帛者也。"

唐子曰:"天地之道故平,平則萬物各得其所。及其不平也,此厚則彼薄,此樂則彼憂。爲高臺者,必有洿池[6];爲安乘者,必有繭足[7]。王公之家,一宴之味,費上農一歲之穫,猶食之而不甘。吴西之民,非凶歲爲麲粥[8],雜以荍稈之灰[9];無食者見之,以爲是天下之美味也。人之生也,無不同也,今若此,不平甚矣。提衡者權重於物則墜[10],負擔者前重於後則傾,不平故也。是以舜禹之有天下也,惡衣菲食[11],不敢自恣。豈所嗜之異於人哉?懼其不平以傾天下也。"

唐子之父死三十一年而不能葬,母死五年而不能葬,姊死三十年而不能葬,弟死二十九年而不能葬。乃遊於江西,乞於故人之宦者,家有一石一斗三升粟,懼妻及女子之餓死也。

至於繡谷之山而病眩[12],童子問疾,不答。登樓而望,慨然而嘆曰:“容容其山[13],旅旅其石[14],與地終也!吁嗟人乎!病之蝕氣也[15],如水浸火。吾聞老聃多壽,嘗讀其書曰:‘吾惟無身,是以無患[16]。’蓋欲竊之而未能也。”

中華書局排印本《潛書》上篇下

【註釋】

[1] 粞(xī西),碎米。

[2] 蹙(cù蹴)頞(è遏),猶蹙額,愁苦之狀。《孟子·梁惠王》:“今王鼓樂於此,百姓聞王鍾鼓之聲,管籥之音,舉疾首蹙頞而相告曰:吾王之好鼓樂,夫何使我至於此極也。”

[3] 資身之能,養活自己的本領。

[4] 比,及。

[5] 舅,指丈夫的父親。

[6] 洿(wū烏)池,同“汙池”。《孟子·滕文公》:“壞宫室以爲汙池。”汙,窪下。

[7] 繭足,脚因走路過多而生繭者稱繭足。

[8] 麲(xiàn莧),麥屑。

[9] 莜,蕎的異體字,即蕎麥。

[10] 衡,秤。權,秤錘。

[11] 惡衣菲食,穿吃都很粗劣。《論語·泰伯》:“子曰:‘禹,吾無間然矣。菲飲食而致孝乎鬼神,惡衣服而致美乎黻冕,卑宫室而盡力乎溝洫。禹,吾無間然矣。’”

[12] 眩,頭暈眼花。

[13] 容容,山峯高大貌。

[14] 旅旅,山石衆多貌。

[15] 病之蝕氣,指疾病損傷身體的元氣。

[16] 語見《老子》第十三章:“吾所以有大患者爲吾有身,及吾無身,吾有何患。”

室 語

【解題】 本篇通過作者自己與妻妾的對話,用淺顯的比喻,揭示了封建專制政治的罪惡,但最後還是寄希望於君主的“不失其本心”,這又表現了作者認識的局限性。

唐子居於内,夜飲酒。己西向坐,妻東向坐,女安北向坐,妾坐於西北隅。執壺以酌,相與笑語。唐子食魚而甘,問其妾曰:“是所市來者,必生魚也。”妾對曰:“非也。是魚死未久,即市以來;又天寒,是以味鮮若此。”於是飲酒樂甚。忽焉拊几而嘆。其妻曰:“子飲酒樂矣,忽焉拊几而嘆,其故何也?”唐子曰:“溺於俗者無遠見。吾欲有言,未嘗以語人,恐人之駭異吾言也。今食是魚而念及之,是以嘆也。”妻曰:“我,婦人也,不知大丈夫之事;然願子試以語我。”

曰:“大清有天下,仁矣。自秦以來,凡爲帝王者皆賊也。”妻笑曰:“何以謂之賊也?”曰:“今也有負數匹布,或擔數斗粟而行於塗者,或殺之而有其布粟,是賊乎,非賊乎?”曰:“是賊矣。”

唐子曰："殺一人而取其匹布斗粟，猶謂之賊；殺天下之人而盡有其布粟之富，而反不謂之賊乎！三代以後[1]，有天下之善者莫如漢。然高帝屠城陽，屠潁陽[2]；光武帝屠城三百[3]。使我而事高帝，當其屠城陽之時，必痛哭而去之矣；使我而事光武帝，當其屠一城之始，必痛哭而去之矣。吾不忍爲之臣也。"

妻曰："當大亂之時，豈能不殺一人而定天下？"唐子曰："定亂豈能不殺乎！古之王者，有不得已而殺者二：有罪，不得不殺；臨戰，不得不殺。有罪而殺，堯舜之所不能免也；臨戰而殺，湯武之所不能免也；非是，奚以殺爲！若過里而墟其里[4]，過市而竄其市[5]，入城而屠其城，此何爲者！大將殺人，非大將殺之，天子實殺之；偏將殺人，非偏將殺之，天子實殺之；卒伍殺人，非卒伍殺之，天子實殺之；官吏殺人，非官吏殺之，天子實殺之。殺人者衆手，實天子爲之大手。天下既定，非攻非戰，百姓死於兵與因兵而死者十五六。暴骨未收，哭聲未絕，目眥未乾[6]，於是乃服衮冕[7]，乘法駕[8]，坐前殿，受朝賀，高宫室，廣苑囿，以貴其妻妾，以肥其子孫。彼誠何心，而忍享之！若上帝使我治殺人之獄，我則有以處之矣。匹夫無故而殺人，以其一身抵一人之死，斯足矣；有天下者無故而殺人，雖百其身不足以抵其殺一人之罪。是何也？天子者，天下之慈母也，人所仰望以乳育者也。乃無故而殺之，其罪豈不重於匹夫！"

妻曰："堯舜之爲君何如者？"曰："堯舜豈遠於人哉！"乃舉一箸指盤中之餘魚曰："此味甘乎？"曰："甘。"曰："今使子釣於池而得魚，揚竿而脱，投地跳躍，乃按之椹上而割之[9]，刳其腹[10]，剮其甲[11]，其尾猶摇。於是煎烹以進，子能食之乎？"妻曰："吾不忍食也。"曰："人之於魚，不啻太山之於秋毫也[12]；甘天下之味，亦類於一魚之味耳。於魚則不忍，於人則忍之；殺一魚而甘一魚之味則不忍，殺天下之人而甘天下之味則忍之。是豈人之本心哉！堯舜之道，不失其本心而已矣。"

妾，微者也；女安，童而無知者也；聞唐子之言，亦皆悄然而悲，咨嗟欲泣，若不能自釋焉。

中華書局排印本《潛書》下篇下

【註釋】

[1] 三代，指夏、商、周。

[2] 然高帝二句：城陽，在今山東省鄄城縣境。潁陽，在今河南省登封縣西南。《史記·高祖本紀》："秦二世二年……沛公、項羽别攻城陽，屠之。……秦二世三年……（沛公）南攻潁陽，屠之。"

[3] 光武帝句：《後漢書·耿弇傳》："弇凡所平郡四十六，屠城三百。"按，耿弇爲東漢光武帝劉秀的大將。

[4] 墟其里，使鄉里變爲廢墟。

[5] 竄，猶遷。《尚書·舜典》："竄三苗於三危。"《史記·五帝本紀》作遷。

[6] 目眥（zī 漬），眼眶。眥或作眦。

[7] 衮（gǔn 滚）冕，皇帝禮服。衮，畫有卷龍之衣。冕，皇冠。

[8] 法駕，天子乘輿。《史記·吕后本紀》："乃奉天子法駕迎代王於邸。"集解引蔡邕曰："天子有大駕、

小駕、法駕。法駕上所乘,曰金根車,駕六馬。有五時副車,皆駕四馬,侍中參乘,屬車三十六乘。”

[9] 椹(zhēn 碪),砧板。

[10] 刳,破腹。

[11] 剻(xī 西),除去。

[12] 太山,即泰山。

鄭日奎文

鄭日奎,字次公,號静菴,貴谿(今江西省貴谿縣)人。生卒年不詳。清世祖順治十六年(一六五九)進士,官工部員外郎,升禮部主客司郎中。康熙間,曾與王士禛同典四川鄉試。縣志謂其"喜爲詩,得二李骨法。其古今文,排宕閎肆,驅策百氏"。著有《静菴集》十卷、《詩集》五卷、《格言録》。

遊釣臺記

【解題】 本文寫作者乘舟北上,道經七里灘觀賞釣臺的情況,反映了一個封建士大夫徜徉山水的心情。描繪七里灘一帶山水景物,形象生動,抒情寫景,緊密結合,在遊記中,是寫得頗有特色的一篇。

釣臺在浙東,漢嚴先生隱處也[1]。先生風節[2],輝映千古,予夙慕之。因憶富春桐江諸山水[3],得藉先生以傳,心奇甚,思得一遊爲快。顧是役也,奉檄北上[4],草草行道中耳,非遊也。然以爲遊,則亦遊矣。

舟發自常山[5],由衢抵嚴[6],凡三百餘里,山水皆有可觀。第目之所及[7],未暇問名,領之而已,惟誡舟子以過七里灘必予告[8]。越日,舟行萬山中,忽覩雲際雙峯,嶄然秀峙[9],覺有異,急呼舟子曰:"若非釣臺耶!"曰:"然矣!"舟稍近,迫視之,所謂兩臺,實兩峯也。臺稱之者,後人爲之也。臺東西跱[10],相距可數百步,石鐵色,陡起江干[11],數百仞不肯止[12]。巉巖傲睨,如高士並立,風致岸然[13]。崖際草木,亦作嚴冷狀。樹多松,疏疏羅植,偃仰離奇各有態;倒影水中,又有如游龍百餘,水流波動,勢欲飛起。峯之下,先生祠堂在焉。意當日垂綸[14],應在是地,固無登峯求魚之理也。故曰:"峯也,而臺稱之者,後人爲之也。"

山既奇秀,境復幽蒨[15],欲艤舟一登[16],而舟子固持不可,不能強[17],因致禮焉,遂行;於是足不及遊而目遊之。俯仰間,清風徐來,無名之香,四山颶至[18];則鼻遊之。舟子謂灘水甚佳,試之良然,蓋是即陸羽所品十九泉也[19];則舌遊之。頃之,帆行峯轉,瞻望不及矣。返坐舟中,細擇其峯巒起止[20],徑路出没之態。惝怳間,如舍舟登陸,如披草尋磴[21],如振衣最高處,下瞰羣山趨列,或秀静如文,或雄拔如武,大似雲臺諸將相[22],非不傑然卓立,覺視先生,悉在下風[23];蓋神遊之矣。思稍倦,隱几臥,而空濛滴瀝之狀[24],竟與魂魄往來;於是乎並以夢遊,覺而日之夕矣。舟泊前渚[25],人稍定,呼舟子,勞以酒。細詢之曰:"若嘗登釣臺乎?山中之景何若?其上更有異否?四際雲物[26],何如奇也?"舟子具能答之;於是乎並以耳遊。噫嘻!快矣哉,是遊乎!

客或笑謂:"鄭子足未出舟中一步,遊於何有?""嗟乎!客不聞乎!昔宗少文臥遊五嶽[27],孫興公遥賦天台[28],皆未嘗身歷其地。余今所得,較諸二子,不多乎哉?故曰:以爲遊,則亦遊矣!"客曰:"微子言,不及此[29];雖然,少文之畫,興公之文,盍處一焉以謝山靈[30]?"余竊媿未之逮也,遂爲之記。

上海三民圖書公司《清文觀止》甲冊

【註釋】

[1] 嚴先生,指漢代的嚴光。光字子陵,一名遵,會稽餘姚(今浙江省餘姚縣)人。少有高名,與光武同遊學。及光武即位,光乃變名姓,隱身不見。帝思其賢,令訪之。後齊國上言:有一男子,披羊裘釣澤中。帝疑其爲光,遣使聘之,三反而後至,帝欲以爲諫議大夫,光終不就。乃耕於富春山。(見《後漢書·嚴光傳》)按,嚴光本姓莊,史家避漢明帝諱,改作嚴。

[2] 風節,風度氣節。

[3] 富春,富春山前臨富春江,江側即爲嚴光遊釣處。桐江,即浙江上源,在桐君山下,桐廬縣南。

[4] 檄,檄文,古代官府文書。

[5] 常山,縣名,今屬浙江省。

[6] 由衢抵嚴,從衢州到嚴州。按,衢州、嚴州,均爲清時的府,常山縣屬衢州府,桐廬縣屬嚴州府,故云。

[7] 第,但。《史記·陳丞相世家》記陳平告漢王曰:"陛下第出僞游雲夢,會諸侯於陳。"司馬貞索隱:"小顔云:'第,但也。'"

[8] 七里灘,在釣臺西,亦稱七里瀨。《後漢書·嚴光傳》:"乃耕於富春山,後人名其釣處爲嚴陵瀨焉。"注引顧野王《輿地志》曰:"七里灘,在東陽江下,與嚴陵瀨相接,有嚴山,桐廬縣南有嚴子陵漁釣處,今山邊有石,上下可坐十人,臨水,名爲嚴陵釣壇也。"

[9] 嶄然秀峙,高峻挺秀地對立着。嶄然,高峻貌。

[10] 跱,同"峙"。

[11] 江干,江邊。干,厓。《詩經·魏風·伐檀》:"寘之河之干兮。"傳:"干,厓也。"

[12] 仞,古代以周尺八尺或七尺爲一仞。《説文》:"仞,伸臂一尋八尺。"《論語·子張》:"夫子之牆數仞",集解引包氏曰:"七尺曰仞也。"

[13] 岸然,高傲、莊嚴貌。

[14] 垂綸,猶言垂釣。綸,釣絲。

[15] 蒨,草盛貌。《文選》左思《吴都賦》:"夏曄冬蒨。"韓愈《庭楸》詩:"夜月來照之,蒨蒨自生煙。"幽蒨,謂幽深葱蒨。

[16] 艤(yǐ蟻),通"檥",整舟靠岸。《史記·項羽本紀》:"烏江亭長檥船待。"集解引如淳曰:"南方人謂整船向岸曰檥。"

[17] 不能強,意謂不能勉強舟子。強,勉強。

[18] 颸,《太平御覽》卷九引《南越志》:"颸者,具四方之風也。"此處謂自四方吹來。

[19] 陸羽,唐竟陵(今湖北省天門縣)人。字鴻漸,一名疾,字季疵。唐上元初,隱居苕溪,自稱桑苧翁,闔門著書,或獨行野中,誦詩擊木,徘徊不得意,慟哭而歸。後詔拜爲太子文學,徙太常寺太祝,不就職。貞元末卒。嗜茶,著《茶經》三篇(事見《新唐書·陸羽傳》)。

[20] 擇,疑當作"繹"。繹,尋究。

[21] 磴,石磴,山巖上的石級。

[22] 雲臺諸將相,東漢光武帝恢復漢室,功臣之著者有鄧禹、馬成等二十八人。明帝永平三年(六〇),皆圖其形像於雲臺,世稱雲臺二十八將。按,雲臺在南宫中,以臺高干雲,故稱。

[23] 非不三句:意謂羣山不是不高聳卓立,但覺得比之釣臺,就都在下風,亦如雲臺諸將之不及嚴光。

[24] 空濛,迷茫貌。滴瀝,水珠下滴。

[25] 渚(zhǔ 煮),小洲曰渚。

[26] 雲物,猶景物。劉長卿《送崔處士先適越》詩:“山陰好雲物。”

[27] 宗少文,名炳,南朝宋南陽人。宋高祖屢欲召爲官,皆不就。好琴書,善畫,尤好遊山水,每遊,往輒忘返。嘗遊衡嶽,結宇衡山,終因疾還江陵,嘆曰:“老疾俱至,名山恐難遍覩,唯當澄懷觀道,卧以遊之。”凡所遊履,皆圖之於室,謂人曰:“撫琴動操,欲令衆山皆響。”(事見《宋書·隱逸列傳·宗炳傳》)五嶽,指華山、泰山、嵩山、恆山、衡山。

[28] 孫興公,名綽,晉代太原人。博學善屬文,居會稽,遊放山水十餘年,嘗作《天台山賦》。按,昭明太子編《文選》收有孫綽《遊天台山賦》,自序有云:“……余所以馳神運思,晝詠宵興,俛仰之間,若已再升者也。方解纓絡,永託兹嶺,不任吟想之至,聊奮藻以散懷。”按,天台山,一名桐柏山,在浙江省天台縣北。

[29] 微子二句:意謂要不是您的敍述,我没想到這裏。微,無。

[30] 處一,意謂或爲圖、或作賦,二者居其一。

邵長蘅文

邵長蘅,字子湘,武進(今江蘇省武進縣)人。生於公元一六三七年(明思宗崇禎十年),卒於公元一七〇四年(清聖祖康熙四十三年)。明末諸生,工詩文。江蘇巡撫宋犖以禮聘致幕中,講藝論文,選王士禎及宋犖詩爲《二家詩鈔》。著有《青門集》。

閻典史傳

【解題】 本文詳細敍述了江陰縣典史閻應元和江陰人民堅決抵抗清兵,保衛江陰縣城的英雄事迹。充分表現了閻應元堅強不屈的鬥爭精神和英雄氣概。形象鮮明,情節生動,感人至深。

閻典史者[1],名應元,字麗亨,其先浙江紹興人也。四世祖某,爲錦衣校尉[2],始家北直隸之通州[3],爲通州人。應元起掾史[4],官京倉大使[5]。崇禎十四年,遷江陰縣典史。始至,有江盜百艘,張幟乘潮闌入内地[6],將薄城[7],而會縣令攝篆旁邑[8],丞簿選愞怖急[9],男女奔竄。應元帶刀鞬出[10],躍馬大呼於市曰:"好男子,從我殺賊護家室!"一時從者千人。然苦無械。應元又馳竹行呼曰[11]:"事急矣,人假一竿,值取諸我[12]。"千人者,布列江岸,矛若林立,士若堵牆。應元往來馳射,發一矢,輒殪一賊[13]。賊連艞者三,氣懾,揚帆去。巡撫狀聞[14],以欽依都司掌徼巡縣尉[15],得張黄蓋[16],擁纛[17],前驅清道而後行[18]。非故事[19],邑人以爲榮。久之,僅循資遷廣東英德縣主簿[20],而陳明選代爲尉[21]。應元以母病未行,亦會國變[22],挈家僑居邑東之砂山[23]。是歲乙酉五月也[24]。

當是時,本朝定鼎改元二年矣[25]。豫王大軍渡江[26],金陵降,君臣出走。弘光帝尋被執[27]。分遣貝勒及他將[28],略定東南郡縣。守土吏或降或走,或閉門旅拒[29],攻之輒拔;速者功在漏刻[30],遲不過旬日,自京口以南[31],一月間下名城大縣以百數;而江陰以彈丸下邑[32],死守八十餘日而後下,蓋應元之謀居多。

初,薙髮令下[33],諸生許用德者以閏六月朔[34],懸明太祖御容於明倫堂[35],率衆拜且哭,士民蛾聚者萬人[36],欲奉新尉陳明選主城守。明選曰:"吾智勇不如閻君,此大事,須閻君來。"乃夜馳騎往迎應元。應元投袂起[37],率家丁四十人,夜馳入城。是時城中兵不滿千,户裁及萬,又饟無所出[38]。應元至,則料尺籍[39],治樓櫓[40],令户出一男子乘城,餘丁傳餐。已乃發前兵備道曾化龍所制火藥火器貯堞樓[41];已乃勸輸巨室[42],令曰:"輸不必金,出粟、菽、帛、布及他物者聽[43]。"國子上舍程璧首捐二萬五千金[44]。捐者麇集[45]。於是圍城中有火藥三百罌[46],鉛丸、鐵子千石,大炮百,鳥機千張[47],錢千萬緡[48],粟、麥、豆萬石,他酒、酤、鹽、鐵、芻、藁稱是[49]。已乃分城而守:武舉黄略守東門[50],把總某守南門[51],陳明選守西門,應元自守北門,仍徼巡四門。部署甫定,而外圍合。

時大軍薄城下者已十萬,列營百數,四面圍數十重,引弓仰射,頗傷城上人。而城上礌炮[52]、機弩[53],乘高下,大軍殺傷甚衆。乃駕大炮擊城,城垣裂。應元命用鐵葉裹門板,貫鐵緪護之[54];取空棺實以土,障隤處。又攻北城,北城穿。下令人運一大石塊,於城内更築堅壘。一夜成。會城中矢少，應元乘月黑，束藁爲人，人竿一燈，立陴倪間[55]，匝城，兵士伏垣内，擊鼓叫噪，若將縋城斫營者[56]。大軍驚，矢發如雨；比曉，獲矢無算。又遣壯士夜縋城入營，順風縱火；軍亂，自蹂踐相殺死者數千。

大軍卻，離城三里止營，帥劉良佐擁騎至城下，呼曰："吾與閻君雅故[57]，爲我語閻君，欲相見。"應元立城上與語。劉良佐者，故弘光四鎮之一[58]，封廣昌伯，降本朝總兵者也。遥語應元："弘光已走，江南無主，君早降，可保富貴。"應元曰："某明朝一典史耳，尚知大義。將軍胙土分茅[59]，爲國重鎮，不能保障江淮，乃爲敵前驅，何面目見吾邑義士民乎？"良佐慚退。

應元偉軀幹，面蒼黑，微髭。性嚴毅，號令明肅，犯法者，鞭笞貫耳[60]，不稍貰[61]；然輕財，賞賜無所恡[62]。傷者手爲裹創，死者厚棺斂，酹醊而哭之[63]；與壯士語，必稱好兄弟，不呼名。陳明選寬厚嘔煦[64]，每巡城，拊循其士卒[65]，相勞苦，或至流涕。故兩人皆能得士心，樂爲之死。

先是貝勒統軍略地蘇、松者[66]，既連破大郡，濟師來攻[67]。面縛兩降將，跪城下説降，涕泗交頤[68]。應元駡曰："敗軍之將，被禽不速死，奚喋喋爲[69]！"又遣人諭令："斬四門首事各一人，即撤圍。"應元厲聲曰："寧斬吾頭，奈何殺百姓！"叱之去。會中秋，給軍民賞月錢，分曹攜具[70]，登城痛飲；而許用德制樂府《五更轉曲》[71]，令善謳者曼聲歌之[72]；歌聲與刁斗[73]、笳吹聲相應，竟三夜罷。

貝勒既覘知城中無降意，攻愈急；梯衝死士[74]，鎧冑皆鑌鐵，刀斧及之，聲鏗然，鋒口爲缺。炮聲徹晝夜，百里内，地爲之震。城中死傷日積，巷哭聲相聞。應元慷慨登陴，意氣自若。旦日，大雨如注。至日中，有紅光一縷起土橋[75]，直射城西。城俄陷，大軍從煙焰霧雨中，蜂擁而上。應元率死士百人，馳突巷戰者八，所當殺傷以千數[76]；再奪門，門閉不得出，應元度不免，踴身投前湖，水不没頂，而劉良佐令軍中，必欲生致應元，遂被縛。良佐箕踞乾明佛殿[77]，見應元至，躍起持之哭，應元笑曰："何哭？事至此，有一死耳。"見貝勒，挺立不屈。一卒持槍刺應元貫脛[78]，脛折踣地。日暮，擁至棲霞禪院。院僧夜聞大呼"速斫我！"不絶口。俄而寂然。應元死。

凡攻守八十一日，大軍圍城者二十四萬，死者六萬七千，巷戰死者又七千，凡損卒七萬五千有奇。城中死者，無慮五六萬[79]，屍骸枕藉，街巷皆滿，然竟無一人降者。

城破時，陳明選下騎搏戰，至兵備道前被殺。身負重創，手握刀，僵立倚壁上不仆。或曰：闔門投火死。

論曰：《尚書·序》曰[80]："成周既成[81]，遷殷頑民[82]。"而後之論者，謂於周則頑民，殷則義士。夫跖犬吠堯[83]，鄰女詈人[84]，彼固各爲其主。予童時，則聞人嘖嘖談閻典史事，未能記憶也。後五十年，從友人家見黄晞所爲死守孤城狀，乃摭其事而傳之。微夫應元，固明朝一典史也；顧其樹立，乃卓卓如是！嗚呼！可感也哉！

康熙青門草堂本《邵子湘全集·賸稿》卷六

【註釋】

[1] 典史.知縣的屬官,元始置,明清沿用。清代以典史主理縣獄和捕盜等事務。

[2] 錦衣校尉,錦衣,即錦衣尉,明代的禁衛軍;校尉,漢時軍職之稱,次於將軍,唐以後用爲低級武散官之號。明朝錦衣尉所屬奉輦擎蓋者,亦稱校尉,實是官役。

[3] 北直隸,明成祖遷都燕京後,名江南地區爲南直隸,今河北省地區爲北直隸。通州,即今河北省通縣。

[4] 掾史,地方長官手下的屬吏。

[5] 京倉大使,明代户部在京城所設倉場稱爲京倉,管理京倉的官稱爲京倉大使。

[6] 闌入,擅自闖入。

[7] 薄,迫近。

[8] 攝篆旁邑,兼管鄰縣縣令職務。

[9] 丞簿選(xùn 遜)愞,縣丞主簿怯弱没有決斷。選,通"巽",懦弱。

[10] 鞬,弓箭袋。

[11] 竹行,出售竹竿的商店。

[12] 值取諸我,竹竿的價錢向我取。諸,之於合音。

[13] 殪,殺死。

[14] 巡撫,清代省級軍政長官。

[15] 以欽句:這句意爲,以皇帝命令加閤典使都司職銜,執掌巡察縣屬境的縣尉職務。

[16] 黄蓋,黄傘。

[17] 纛(dú 毒),古時軍隊或儀仗隊的大旗。

[18] 清道,古時帝王或大官外出,清除道路,驅逐行人,謂之清道。

[19] 非故事,非過去所曾有的事。

[20] 僅循資遷,僅按照其資歷陞遷。

[21] 陳明選,《明史》作陳明遇。

[22] 國變,指一六四四年,李自成率領農民起義軍進入北京,明崇禎帝自縊於煤山,清兵入關。

[23] 砂山,在江陰縣城東南約三十里。

[24] 乙酉,南明弘光元年,清順治二年,即一六四五年。

[25] 定鼎,夏禹收九州金屬,鑄作九鼎,爲傳國寶器,後代稱得國爲定鼎。

[26] 豫王,名多鐸,封和碩豫親王。

[27] 弘光帝,一六四四年,明福王朱由崧即帝位於南京,建立南明王朝,次年改元弘光。

[28] 貝勒,清封爵名,原稱多羅貝勒,在郡王下,貝子上。當時貝勒勒克德渾爲平南大將軍,統兵攻江南,所述當指此人。

[29] 旅拒,聚衆協力抗拒。

[30] 漏刻,猶頃刻。

[31] 京口,今江蘇省鎮江市。

[32] 彈丸下邑,小而偏僻之縣城。

[33] 薙(tì 剃)髮令,清兵攻陷南京後,命令漢人皆依滿族習俗,剃掉頭四周短髮,將頭頂中央的長髮編

成髮辮。違者處死。實行“留髮不留頭,留頭不留髮”的殘酷鎮壓。

[34] 諸生,秀才。許用德,《明史·侯峒曾傳》作“許用”。朔,陰曆每月初一。

[35] 明倫堂,舊時各地學宫的正殿。

[36] 蛾聚,與“蟻聚”同,言其人數之衆。

[37] 投袂(mèi 妹),拂動衣袖。形容情緒激昂的狀態。《左傳》宣公十四年:“楚子聞之,投袂而起。”

[38] 餽,同“餉”,糧餉。

[39] 料尺籍,整理軍中的文書簿籍。尺籍,《漢書·馮唐傳》:“夫士卒盡家人子,起田中從軍,安知尺籍伍符。”注:“尺籍所以書軍令。”

[40] 治樓櫓,修理守城工事。樓櫓,猶瞭望臺。

[41] 兵備道,明制於各省重要地方設整飭兵備之道員,稱爲兵備道。

[42] 勸輸巨室,勸大户人家捐送。

[43] 聽,聽從。

[44] 國子上舍,即國子監生。舊時太學中班級較高的士人。

[45] 麇(qún 羣)集,羣集。

[46] 罌(yīng 嬰),一種口小腹大的陶器。

[47] 鳥機,即鳥嘴銃。

[48] 緡(mín 民),用以貫錢的繩子。當時以一千文爲一貫,一貫就稱一緡。

[49] 酤(gū 姑),一夜即製成的酒。

[50] 武舉,武舉人。

[51] 把總,明、清武官名。明初的千總、把總等武官,皆以有功勳臣充任,其後選用日寬。到清代,把總爲末級武官。

[52] 礧(léi 雷)炮,發射巨石的炮。

[53] 機弩,裝有機械的弓,可以連發數箭。

[54] 鐵緪(gēng 耕),大鐵索。

[55] 陴(pí 皮)陒(nǐ 尼),城上的女牆,又叫雉堞。

[56] 縋城斫營,意謂從城上用繩把士兵放下去偷襲敵人。

[57] 雅故,平時有交情。

[58] 弘光四鎮,南明弘光時,劉澤清駐淮北,轄淮海;高杰駐泗水,轄徐泗;劉良佐駐臨淮,轄鳳壽;黄得功駐廬州,轄滁和。稱爲“弘光四鎮”。

[59] 胙(zuò 作)土分茅,意即分封給土地。按,胙,此處作分賜解。古代分封諸侯時,按照封地泥土顔色,用白茅裹上顔色相同土塊分給諸侯,表示封以土地。這裏指劉良佐受命鎮守一方。

[60] 貫耳,古代軍中刑罰的一種。即用短箭插在犯法者耳朵上示衆。

[61] 貰(shì 世),寬免。

[62] 悋,同“吝”。

[63] 酹(lèi 類)醊(chuò 綽),灑酒於地以祭。

[64] 嘔煦,和悦。

[65] 拊循,撫慰。

[66] 蘇、松，指明代蘇州、松江兩府所屬各地。
[67] 濟師，增添軍隊。
[68] 頤，下巴。
[69] 喋喋，多言。
[70] 分曹，分頭結伴。
[71]《五更轉曲》，歌曲調名。
[72] 曼聲，引長聲調。
[73] 刁斗，古代軍士所持，用以煮飯，夜則倒懸擊之，以之警衛，故稱刁斗。
[74] 梯衝，攻城用的雲梯和衝車。
[75] 土橋，江陰城西門外小村名。
[76] 所當，猶言所遇。
[77] 箕踞，兩手据膝伸腿而坐，有若箕狀。這是對人很不恭敬的態度。
[78] 貫脛，穿通小腿。
[79] 無慮，意即無須計慮就可知道，即大約。
[80]《尚書·序》，指《尚書·多士》篇序。
[81] 成周，古地名，在今河南省洛陽市東北。西周成王時，周公旦築城於此。
[82] 遷殷頑民，西周滅殷後，於洛邑建東都，遷殷民於此，以防其反抗。
[83] 跖犬吠堯，《戰國策·齊策》："跖之狗吠堯，非貴跖而賤堯也，狗固吠其非主也。"
[84] 鄰女詈人，《戰國策·秦策》："楚人有兩妻者，人誂其長者，長者詈之；誂其少者，少者許之。居無幾何，有兩妻者死，客謂誂者曰：'汝取長者乎？少者乎？'曰：'取長者。'曰：'長者詈汝，少者和汝，汝何爲取長者？'曰：'居彼人之所，則欲許我也；今爲我妻，則欲其爲我詈人也。'"

方苞文

方苞,字鳳九,號靈皋,晚號望溪,桐城(今安徽省桐城縣)人。生於公元一六六八年(清聖祖康熙七年),卒於公元一七四九年(清高宗乾隆十四年)。康熙四十五年進士,累官禮部右侍郎。他是“桐城派”的創始人之一,論文以“義”“法”爲主。“義”就是要求文章闡發封建倫理觀念,而“法”也就是對詞語、章法定出種種限制,因此給“桐城派”的散文帶來很大的局限性。著有《望溪文集》等。

左忠毅公逸事

【解題】 本文敘述左光斗具有知人的卓識和不計較個人生死榮辱而以國事爲重的可貴品質。通篇以史可法作陪襯,敘事簡潔、生動。左忠毅公,左光斗字遺直,明萬曆進士,因彈劾閹黨魏忠賢,下獄,被害死於獄中,後追謚忠毅。

先君子嘗言[1],鄉先輩左忠毅公視學京畿[2],一日,風雪嚴寒,從數騎出微行,入古寺,廡下一生伏案臥[3],文方成草;公閱畢,即解貂覆生[4],爲掩户。叩之寺僧,則史公可法也[5]。及試,吏呼名至史公,公瞿然注視[6],呈卷,即面署第一[7]。召入,使拜夫人,曰:“吾諸兒碌碌[8],他日繼吾志者,惟此生耳。”

及左公下廠獄[9],史朝夕獄門外;逆閹防伺甚嚴,雖家僕不得近。久之,聞左公被炮烙[10],旦夕且死;持五十金,涕泣謀於禁卒,卒感焉。一日,使史更敝衣草屨[11],背筐,手長鑱[12],爲除不潔者,引入,微指左公處。則席地倚牆而坐,面額焦爛不可辨,左膝以下,筋骨盡脱矣。史前跪,抱公膝而嗚咽。公辨其聲而目不可開,乃奮臂以指撥眥[13],目光如炬,怒曰:“庸奴,此何地也?而汝來前!國家之事,糜爛至此。老夫已矣,汝復輕身而昧大義,天下事誰可支拄者!不速去,無俟姦人構陷[14],吾今即撲殺汝!”因摸地上刑械,作投擊勢。史噤不敢發聲,趨而出。後常流涕述其事以語人,曰:“吾師肺肝,皆鐵石所鑄造也!”

崇禎末,流賊張獻忠出没蘄、黄、潛、桐間[15]。史公以鳳廬道奉檄守禦[16]。每有警,輒數月不就寢,使壯士更休,而自坐幄幕外。擇健卒十人,令二人蹲踞而背倚之,漏鼓移,則番代[17]。每寒夜起立,振衣裳,甲上冰霜迸落,鏗然有聲。或勸以少休,公曰:“吾上恐負朝廷,下恐愧吾師也。”

史公治兵,往來桐城,必躬造左公第[18],候太公、太母起居[19],拜夫人於堂上。

余宗老塗山[20],左公甥也,與先君子善,謂獄中語,乃親得之於史公云。

四部叢刊本《方望溪先生全集》卷九

【註釋】

[1] 先君子,作者自稱其已去世的父親方仲舒。

[2] 京畿,國都及其附近的地方。

[3] 廡(wǔ 五),廊屋。

[4] 解貂,脱下貂皮裘。

[5] 史可法,字憲之,祥符(今河南省開封市)人。崇禎進士,南明時任兵部尚書大學士,鎮守揚州,公元一六四五年四月二十五日城破,殉難。
[6] 瞿然,驚視貌。
[7] 面署第一,當面批爲第一名。
[8] 碌碌,平庸無能。
[9] 廠獄,明代特務機關東廠所設的監獄。
[10] 炮烙,用燒紅的鐵炙燒犯人。
[11] 草屨,草鞋。
[12] 長鑱(chǎn 産),一種長柄的掘土工具。
[13] 眥(zì 自),眼眶。
[14] 構陷,製造流言蜚語加以陷害。
[15] 張獻忠,明末農民起義軍領袖之一。公元一六四四年在四川成都即帝位,建立大西政權,改元大順。一六四六年在四川西充鳳凰山戰死。蘄、黄、潛、桐,指今湖北省的蘄春縣、黄岡縣,安徽省的潛山縣、桐城縣。
[16] 以鳳廬道,以鳳陽、廬州道員身份。按,明清兩代分一省爲若干道,道的長官俗稱爲道員。
[17] 番代,輪换代替。
[18] 躬造左公第,親自到左光斗的家裏。
[19] 太公、太母,指左光斗的父母。
[20] 宗老塗山,宗老,同一宗族的老前輩;塗山,方苞族祖父的號。

獄中雜記(節録)

【解題】 作者於康熙五十年(一七一一)因戴名世《南山集》案,牽連入獄。本文就是記述其在獄中的見聞。通過這些見聞的敍述,揭露了當時官吏的貪贓枉法,對認識封建時代"司法"制度的罪惡和黑暗有一定意義。

康熙五十一年三月,余在刑部獄[1],見死而由竇出者[2],日四三人。有洪洞令杜君者[3],作而言曰[4]:"此疫作也。今天時順正,死者尚稀,往歲多至日十數人。"余叩所以[5],杜君曰:"是疾易傳染,遘者雖戚屬不敢同臥起[6]。而獄中爲老監者四,監五室。禁卒居中央,牖其前以通明,屋極有窗以達氣[7]。旁四室則無之,而繫囚常二百餘。每薄暮下管鍵[8],矢溺皆閉其中,與飲食之氣相薄[9];又,隆冬,貧者席地而臥,春氣動,鮮不疫矣[10]。獄中成法[11],質明啓鑰[12],方夜中,生人與死者並踵頂而臥,無可旋避[13],此所以染者衆也。又可怪者,大盗、積賊、殺人重囚,氣傑旺[14],染此者十不一二,或隨有瘳[15]。其駢死皆輕繫及牽連佐證[16],法所不及者。"余曰:"京師有京兆獄[17],有五城御史司坊[18],何故刑部繫囚之多至此?"杜君曰:"邇年獄訟,情稍重,京兆、五城即不敢專決;又九門提督所訪緝糾詰[19],皆歸刑部,而十四司正副郎好事者[20],及書吏[21]、獄官、禁卒,皆利繫者之多,少有連,必多方鉤致[22]。苟入獄,不問罪之有無,必械手足,置老監,俾困苦不可忍[23],然後導以取保,出居於外,量其家之所有以爲劑[24],而官與吏剖分焉。中家以上,皆竭資取保;其次,求脱械居監外板屋，費亦數十金；惟極貧無依，則械繫不稍寬，爲標準以警其餘。或同繫情罪重者，反出在外，而輕者無罪者罹其毒。積憂憤，寢食違節[25]，及病又無醫藥，故往往至死。"……余同繫朱翁、余生及在獄同官僧某[26]，遘疫死，皆不應重罰。又某氏以不孝訟其子，左右鄰械繫入老監，號呼達旦。余感焉，以杜君言汎訊之，衆言同，於是乎書。

凡死刑獄上[27]，行刑者先俟於門外，使其黨入索財物，名曰"斯羅"[28]。富者就其戚屬，貧則面語之。其極刑[29]，曰："順我，即先刺心；否則，四肢解盡，心猶不死。"其絞縊，曰："順我，始縊即氣絶；否則，三縊加别械[30]，然後得死。"惟大辟無可要[31]，然猶質其首[32]。用此，富者賂數十百金，貧亦罄衣裝；絶無有者，則治之如所言。主縛者亦然，不如所欲，縛時即先折筋骨。每歲大決[33]，勾者十四三，留者十六七[34]，皆縛至西市待命[35]。其傷於縛者，即幸留，病數月乃瘳，或竟成痼疾[36]。

余嘗就老胥而問焉："彼於刑者、縛者，非相仇也，期有得耳；果無有，終亦稍寬之，非仁術乎[37]？"曰："是立法以警其餘，且懲後也；不如此，則人有倖心。"主梏撲者亦然[38]。余同逮以木訊者三人[39]：一人予二十金，骨微傷，病間月；一人倍之，傷膚，兼旬愈；一人六倍，即夕行步如平常。或叩之曰："罪人有無不均，既各有得，何必更以多寡爲差？"曰："無差，誰爲多與者！"孟子曰："術不可不慎[40]。"信夫！

部中老胥，家藏僞章；文書下行直省[41]，多潛易之，增減要語，奉行者莫辨也。其上聞及移關諸部[42]，猶未敢然。功令[43]：大盗未殺人，及他犯同謀多人者，止主謀一二人立決[44]；餘經秋審，皆減等發配。獄辭上[45]，中有立決者，行刑人先俟於門外。命下，遂縛以出，不羈晷刻[46]。有某姓兄弟，以把持公倉，法應立決，獄具矣[47]。胥某謂曰："予我千金，吾生若。"叩其術，曰："是無難，别具本章，獄辭無易，取案末獨身無親戚者二人[48]，易汝名，俟封奏時潛易之而已[49]。"其同事者曰："是可欺死者，而不能欺主讞者[50]；倘復請之[51]，吾輩無生理矣。"胥某笑曰："復請之，吾輩無生理，而主讞者亦各罷去。彼不能以二人之命易其官，則吾輩終無死道也。"竟行之，案末二人立決。主者口呿舌撟[52]，終不敢詰。余在獄，猶見某姓，獄中人羣指曰："是以某某易其首者。"胥某一夕暴卒，衆皆以爲冥謫云[53]。

凡殺人，獄辭無謀、故者[54]，經秋審入矜疑[55]，即免死。吏因以巧法[56]。有郭四者，凡四殺人，復以矜疑減等，隨遇赦。將出，日與其徒置酒酣歌達曙。或叩以往事，一一詳述之，意色揚揚，若自矜詡[57]。噫！渫惡吏忍於鬻獄[58]，無責也；而道之不明[59]，良吏亦多以脱人於死爲功，而不求其情[60]。其枉民也[61]，亦甚矣哉！

奸民久於獄，與胥卒表裏[62]，頗有奇羨[63]。山陰李姓[64]，以殺人繫獄，每歲致數百金。康熙四十八年，以赦出，居數月，漠然無所事。其鄉人有殺人者，因代承之。蓋以律非故殺[65]，必久繫，終無死法也。五十一年，復援赦減等謫戍[66]。嘆曰："吾不得復入此矣！"故例，謫戍者移順天府羈候，時方冬停遣，李具狀求在獄，候春發遣，至再三，不得所請，悵然而出。

四部叢刊本《望溪先生集外文》卷六

【註釋】

[1] 康熙二句：康熙五十年(一七一一),方苞因收藏戴名世《南山集》的刻板(集中有諷刺清王朝的文字),株連被捕入獄。戴名世亦被殺。

[2] 竇,穿壁爲小户曰竇。

[3] 洪洞,今山西省洪洞縣。

[4] 作,起。《禮記·少儀》:“客作而辭。”

[5] 叩,詢問。

[6] 遘,遭受,遭遇。

[7] 屋極,屋頂。

[8] 下管鍵,鎖上門。管鍵,鎖。

[9] 相薄,相迫,相雜。

[10] 鮮不疫,極少不得病的。鮮,少。

[11] 成法,老制度。

[12] 質明啓鑰,天明了開鎖。質明,天正明之時。《儀禮·士冠禮》:“質明行事。”

[13] 無可旋避,無法迴避。

[14] 氣傑旺,謂精力旺盛。

[15] 或隨有瘳(chōu 抽),或者染病後隨即痊愈了。瘳,愈。

[16] 駢死,接連死去。駢,並列。

[17] 京兆獄,京城的監獄。京兆,指當時的順天府(治所在今北京市)。

[18] 五城御史司坊,《清朝通典·職官四》:“巡視五城科道,滿洲、漢人各一人,掌彈壓地方、釐剔奸弊。凡中、東、南、西、北五城,分莅而治之。中城轄中西、中東二坊;東城轄崇南、朝陽二坊;南城轄東南、正東二坊;西城轄宣南、關外二坊;北城轄日南、靈中二坊。皆布其禁令,而聽其獄訟,大事奏聞,小事則牒刑部結正,而月具事目上都察院堂官考覈焉。有缺則以六科給事中、十五道御史引見,簡用二年而代。初制以新資御史巡城,後改用滿洲漢軍、漢人御史,每城各一人。”

[19] 九門提督,清代都城(即今北京市)有九門(正陽、崇文、宣武、安定、得勝、東直、西直、朝陽、阜成),設提督九門步兵統領,負巡察、守衛之責。

[20] 十四司正副郎,清初刑部設十四司,司的主官稱郎中,副主官稱員外郎,統稱郎官。

[21] 書吏,管理公文的辦事員。

[22] 少有二句：意謂只要稍有關係,必定千方百計地牽連入案。

[23] 俾,使。

[24] 劑,分量的意思。

[25] 違節,失常,不合平時習慣。

[26] 同官僧某,同僚姓僧的。

[27] 凡死刑獄上,凡是判處死刑的案子已報上去的。獄,案件。

[28] 斯羅,同“撕攞”,料理的意思。

[29] 極刑,指封建專制時代最殘酷的刑罰淩遲(碎割全身)。

[30] 三緇加别械,絞了三次再用别的刑具。

[31] 大辟,斬首。要(yāo 邀),要挾。

[32] 質其首,留其頭作爲抵押以勒索錢財。

[33] 大決,古時行刑皆集中在秋季,故謂之大決或秋決。

[34] 勾者二句:每年八月,刑部將判處死刑的案件呈請皇帝決定,皇帝在名單上用朱筆勾上的,立即處決。未勾上的留待次年秋決,但必須縛至刑場觀刑,刑畢復入獄。

[35] 西市,當時京城内的刑場。

[36] 痼疾,經久不痊的病,殘廢。

[37] 仁術,好事。《孟子·梁惠王》:"無傷也,是乃仁術也。"

[38] 主梏(gù 故)撲者,掌管上刑具或打人的。梏,械。此處作動詞用。

[39] 木訊,出司馬遷《報任少卿書》:"魏其,大將也,衣赭衣,關三木。"三木指加在罪犯頸項和手足的刑具。此處指嚴刑拷打審問。

[40] 術不可不慎,《孟子·公孫丑》:"矢人惟恐不傷人,函人惟恐傷人,巫匠亦然。故術不可不慎也。"此處的意思是,書吏、禁卒不一定生來就壞,可是他選擇的職業使他多做壞事,故説明選擇職業不可不慎。

[41] 直省,直轄於中央政府的行省。

[42] 其上句:意謂那些奏上皇帝和送達中央各部的公文。移關,謂各部移文關白。

[43] 功令,指律例法令。

[44] 立決,立時處死。

[45] 獄辭,審判書。

[46] 不羈晷刻,片刻不得耽延。

[47] 獄具矣,案件已經判決了。

[48] 案末,列在名單後的同案從犯。

[49] 封奏,將審判書加封上奏。

[50] 主讞(yàn 驗)者,負責審判的官員。

[51] 倘復請之,假如再次向皇帝請示。意思是審判官發現不對,重上本章請示。

[52] 口呿(qù 去)舌撟(jiǎo 矯),張口結舌。

[53] 冥謫,陰間責罰。係迷信説法。

[54] 無謀、故者,不是預謀或故意(殺人)的。

[55] 入矜疑,當時審判犯人,分情實、緩急、可矜等項。矜疑,犯罪者情有可憐,罪在疑似之間。

[56] 因以巧法,意思是借此違法舞弊。

[57] 矜詡(xǔ 許),得意。矜,驕傲。詡,誇耀。

[58] 渫(xiè 屑)惡句:意謂貪官污吏貪贓賣法。渫,污。鬻,賣。

[59] 道之不明,指是非之道不明。

[60] 情,真實情況。

[61] 枉民,冤枉人民。

[62] 表裏,内外勾結。

[63] 奇羡,特别赢利。羡,赢餘。
[64] 山陰,即今浙江省紹興市。
[65] 以律,按照法律。
[66] 謫戍,充軍到邊地。

鄭　燮　文

作者介紹見前詩歌部份。

范縣署中寄舍弟墨第四書

【解題】 這是作者於清乾隆九年(一七四四)在山東范縣做知縣時,寫給他的弟弟鄭墨的第四封信。信中反映了作者蔑視權貴,尊重農民,勸勉家人勞動,反對土地兼併的思想,在當時有一定進步意義。當然,他教鄭墨的治家之道,也還是要做一個小地主。這是他的局限。此信直抒胸臆,如對面談心,話語神情,躍然紙上。

十月二十六日得家書,知新置田穫秋稼五百斛,甚喜。而今而後,堪爲農夫以没世矣[1]！要須製碓、製磨、製篩羅簸箕、製大小掃帚、製升斗斛。家中婦女,率諸婢妾,皆令習舂揄蹂簸之事,便是一種靠田園長子孫氣象。天寒冰凍時,窮親戚朋友到門,先泡一大椀炒米送手中,佐以醬薑一小碟,最是煖老温貧之具[2]。暇日咽碎米餅,煮糊塗粥,雙手捧椀,縮頸而啜之[3],霜晨雪早,得此週身俱煖。嗟乎！嗟乎！吾其長爲農夫以没世乎！

我想天地間第一等人,只有農夫,而士爲四民之末[4]。農夫上者種地百畝,其次七八十畝,其次五六十畝,皆苦其身,勤其力,耕種收穫,以養天下之人。使天下無農夫,舉世皆餓死矣。我輩讀書人,入則孝,出則弟[5],守先待後[6],得志澤加於民[7],不得志修身見於世[8],所以又高於農夫一等。今則不然,一捧書本,便想中舉、中進士、作官,如何攫取金錢、造大房屋、置多田產。起手便錯走了路頭,後來越做越壞,總没有箇好結果。其不能發達者,鄉里作惡,小頭鋭面[9],更不可當。夫束修自好者[10],豈無其人;經濟自期[11],抗懷千古者[12],亦所在多有。而好人爲壞人所累,遂令我輩開不得口;一開口,人便笑曰:"汝輩書生,總是會說,他日居官,便不如此說了。"所以忍氣吞聲,只得捱人笑駡。工人製器利用,賈人搬有運無,皆有便民之處。而士獨於民大不便,無怪乎居四民之末也！且求居四民之末,而亦不可得也！

愚兄平生最重農夫,新招佃地人[13],必須待之以禮。彼稱我爲主人,我稱彼爲客户,主客原是對待之義,我何貴而彼何賤乎？要禮貌他,要憐憫他;有所借貸,要周全他;不能償還,要寬讓他。嘗笑唐人七夕詩,詠牛郎織女,皆作會别可憐之語,殊失命名本旨。織女,衣之源也,牽牛,食之本也,在天星爲最貴;天顧重之,而人反不重乎！其務本勤民,呈象昭昭可鑑矣[14]。吾邑婦人,不能織紬織布[15],然而主中饋[16],習鍼綫,猶不失爲勤謹。近日頗有聽鼓兒詞,以鬥葉爲戲者[17],風俗蕩軼[18],亟宜戒之。

吾家業地雖有三百畝,總是典產[19],不可久恃。將來須買田二百畝,予兄弟二人,各得百畝足矣,亦古者一夫受田百畝之義也。若再求多,便是佔人產業,莫大罪過。天下無田無業者多矣,我獨何人,貪求無厭,窮民將何所措足乎[20]！或曰:"世上連阡越陌[21],數百頃有餘者,子將奈何？"應之曰:"他自做他家事,我自做我家事,世道盛則一德遵王,風俗偷則不同爲惡[22],亦板橋之家法也。”哥哥字。

中華書局本《鄭板橋集》

【註釋】

[1] 没世,終身。

[2] 煖老温貧,使老人、窮人温煖。

[3] 啜(chuò 輟),喝。

[4] 四民,舊時指士農工商。

[5] 入則孝二句:語出《論語·學而》。孝,指對父母、祖先盡孝道。弟,亦作“悌”,指順從兄長。

[6] 守先待後,守先王之道以待後世。

[7] 澤,恩澤,好處。

[8] 修身,獨善其身的意思。

[9] 小頭鋭面,指鑽營不已、無孔不入之人。

[10] 束修自好,即“束身自好”。約束、檢點自己的言行,愛惜自己聲名的人。

[11] 經濟自期,以經世濟民自負。經,治理。

[12] 抗懷千古,懷抱遠大,上比古人。抗,高。

[13] 佃地人,佃農。

[14] 呈象,這裏指牛郎織女星的呈形。呈象,一本作“星象”。

[15] 紬,此處同“綢”。

[16] 中饋(kuì 愧),舊社會裏以爲婦女的職務是主持饋食等事,後引申指妻室。

[17] 鬥葉,鬥牌。明清時稱紙牌爲葉子。

[18] 蕩軼,放蕩不守規矩。軼,通“逸”,逸出範圍之意。

[19] 典産,出資典有的田地,原主至時可以贖回。

[20] 措足,立足。

[21] 連阡越陌,同“田連阡陌”,意謂土地很多。阡陌,田間小路。

[22] 世道盛二句:意謂如果遇上太平盛世就和大家一起同心同德爲皇帝做事,如果風俗不好也決不和壞人一起去作惡。

全祖望文

全祖望,字紹衣,號謝山,鄞縣(今浙江省寧波市)人。生於公元一七〇五年(清聖祖康熙四十四年),卒於公元一七五五年(清高宗乾隆二十年)。乾隆元年進士,以知縣候選,辭歸里,不復出仕,貧病而終。他一生致力經史,也寫了不少碑傳,歌頌明清之際具有民族氣節的志士。著有《鮚埼亭集》。

張公神道碑銘

【解題】 這篇文章主要敍述了張煌言和清軍艱苦鬬争十九年,三渡閩海、四入長江、兩遭颶風,最後壯烈犧牲的經過。對張煌言的堅持抗清和頑強鬬争的精神,給予充分的讚揚。由於當時的處境和作者的封建士大夫階級的思想局限,所以對清統治者及其幫兇的一些罪惡陰謀未能直接揭露,甚至還加以粉飾;在敍事之中,也夾雜着不少神異怪誕之説。

世祖章皇帝之下江南也[1],浙東拒命,雖一歲遽定,而山海之間,告警者尚累年。吾寧之首事者[2],爲錢、沈二公[3],其間相繼殉節者四十餘人,而最後死者爲尚書張公[4]。方錢忠介公之集師也,移檄會諸鄉老,俱未到,獨公先至,忠介相見,且喜且泣。既舉事,即遣公迎監國魯王於天台[5],王授公爲行人。至會稽,賜進士,加翰林院編修,兼官如故。入典制誥,出籌軍旅,公雖與忠介共事,而持議頗不盡同。閩中頒詔之使至[6],議開讀禮[7],張公國維與熊公汝霖爲一議,朱公大典與忠介爲一議[8],公出揭[9],以爲當如張公之言,因請自充報使入閩,以釋二國之嫌,王從之。及自閩還,累有建白[10],不見用。

江干之破也[11],公泛海入翁洲[12],道逢富平將軍張名振扈王入閩[13],公從之。既至,招討使鄭成功以前頒詔之隙[14],修寓公之敬於王[15],而不爲用。公勸名振還石浦[16],招散亡,以謀再舉。乃偕還,王加公右僉都御史。

時,威鹵侯黄斌卿守翁洲[17],名振以石浦之軍,與爲犄角。

明年,松江提督吴勝兆請以所部來歸[18],斌卿心不欲往,而故都御史沈公廷揚[19]、御史馮公京第與公並勸名振應之[20],遂監其軍以行。至崇明,大風覆舟,沈公死之,公與名振等皆被執。有百夫長者識公[21],導之使走,乃得至公之故壬午房考知諸暨縣錢氏[22],七日間道復歸翁洲。

時,忠介已奉王出師於閩,浙東之山寨,亦羣起遥應之。公乃集義從於上虞之平岡[23]。山寨之起也,因糧於民[24],民始以其爲故國也,共餉之。而其後遂行抄掠,民苦之。其不以横暴累民者,祗李公長祥東山寨[25],王公翊大蘭山寨[26],與公而三。履畝輸賦,餘無及焉。庚寅[27],閩師潰[28],諸將以王保翁洲,名振當國,召公以所部入衛,加公兵部右侍郎,兼官如故。辛卯,浙之提督田雄、總兵張杰、海道王爾禄並以書招公,公峻辭拒之[29]。

是秋,大兵下翁洲,名振奉王親擣吴淞,以牽制舟山之師,拉公同行。翁洲陷,公扈王再入閩,次鷺門[30]。時,鄭成功軍甚盛,既不肯奉王,諸藩畏之,亦莫敢奉王。而公獨以名振之軍爲王衛,時時激發諸藩,使爲王致貢。然公極推成功之忠,嘗曰:招討始終爲唐[31],真純臣也。成功聞之,亦曰:侍郎始終爲魯,豈與吾異趨哉。故成功與公所奉不同,而其交甚睦。

癸巳冬,復間行入吴淞[32],尋招軍於天台,次於翁洲。明年,軍於吴淞,會名振之師,入長江,趨丹陽[33],掠丹徒[34]。登金山[35],望石頭城[36],遥祭孝陵[37],三軍慟哭失聲。烽火逮江寧[38],時上游故有宿約,而失期不至[39],左次崇明[40]。甲午,再入長江,掠瓜州[41],侵儀真[42],抵燕子磯[43],而所期終不至,復東下駐翁洲。是役也,故誠意伯劉孔昭亦以軍會[44]。或曰:"孔昭,南都之亂臣也,公何以不絶之?"公曰:"孔昭罪與馬、阮等[45],然馬、阮再賣浙東[46],而孔昭以操江親兵,栖遲海上者,蓋累年矣,則其心尚有可原。倘疾之已甚[47],使爲馬、阮浙東之續,將何補乎?"聞者服之。是年,名振卒,遺言以所部付公。自公平岡入衛之後,部下不滿三百,至是始盛。

乙未[48],成功貽書於公,謀大舉。丙申[49],公軍於天台。是冬,軍於閩之秦川[50]。丁酉[51],大兵遷翁洲之民,公還軍翁洲。時,王已去監國號,通表滇中[52]。戊戌[53],滇中遣使加公兵部左侍郎兼翰林院學士。江督郎廷佐以書招公[54],公峻詞拒之[55]。是年七月,成功以師會公北行,仍推公爲監軍。泊舟羊山[56],羊山多羊,見人馴擾不避,然不可殺,殺之則風濤立至。至是軍士不信,殺而烹之,方熟而禍作,碎船百餘[57],義陽王溺焉[58],復還軍翁洲治舟。明年五月,成功會公於天台,悉師以行,游軍至於鄞之東鄙。師次崇沙。公曰:"崇沙,江海之門户也,有懸洲可守,不若先定之,以爲老營,倘有疏虞,進退可依也。"不聽,而公請以所部爲前軍,向瓜洲。時,大兵於金、焦間以鐵鎖横江[59],所謂滚江龍者也。譚家洲岸皆西洋大礮雷鉤,而公孤軍出入其間。成功遣水師提督羅藴章以所部助公,又令善泅水者斷滚江龍,而支軍進奪譚家洲礮。相約滚江龍既斷,則公即進踞上流,奪其木城,以夾擊之。滚江龍雖斷,然舟多應礮而没,不得前。公登舵樓焚香祝天,飛火夾船而墮,遂以十七舟竟渡。公渡而譚家洲守礮者亦走,木城俱潰,操江都御史朱衣祚被禽。明日,成功始至。城中出戰不利,提督管效忠走,攻城克之。議師所向,成功欲直趨江寧,公請先取鎮江,成功恐江寧之來援也。公曰:"吾但以偏師水道薄觀音門[60],彼將自守不暇,何援之爲?"成功即請公行,未至儀真五十里,士民迎降。六月二十七日,成功來告鎮江之捷,公兼程晝夜進,次日抵觀音門,而致書成功,請以步卒陸行赴白下[61]。時,江督郎廷佐懼甚,不意成功卒以水道來,大兵之征黔者凱旋,聞信倍道而至,請同守城,於是嚴備已具[62]。七月朔,公哨卒七人,乘虚入江浦[63]。初四日,成功水師方至。次日,公所遣别將,以蕪湖降書至[64],成功謂蕪湖爲江楚所往來之道[65],請公往扼之。公頗以成功年少恃勇爲憂,欲留軍中,與之共下江寧而後發,辭之不得,乃至蕪湖。相度形勢,一軍出溧陽[66],以窺廣德[67];一軍鎮池州[68],以遏上流之援;一軍拔和州[69],以固采石[70];一軍入寧國[71],以逼東道休、歙諸城[72],大江南北相率來歸。其已下者,徽州[73]、寧國、太平、池州四府。廣德、和、無爲三州。當塗、蕪湖、繁昌、宣城、寧國、南寧、南陵、太平、旌德、貴池、銅陵、東流、建德、青陽、石埭、涇、巢、含山、舒城、廬江、高淳、溧水、溧陽、建平二十四縣。

初，公之至蕪也，軍不滿千，船不滿百，但以大義感召人心。而公師所至，禁止抄掠。父老争出持牛酒犒師，扶杖炷香[74]，望見衣冠，涕泗交下，以爲十五年來所未見。瀕江小艇，載果蔬來貿易者如織。公軍人以舡板援之而上，江濱因呼爲船板張公之軍。公所至城邑，入謁先聖[75]，遺臣故老赴見者，角巾抗禮[76]，撫慰懇至。守令則青衣待罪，考其政績而去留之。遠方豪傑，延問策畫，勉以同仇，多有訂師期而去者，日不暇給。於是徽州降使方上謁，而江寧之敗聞至。初，公貽成功書，以師老易生他變，宜遣諸將，分取句容、丹陽諸城邑[77]，如白下出援，則首尾夾擊之，如其自守，則堅壁以待，倘四面克服，收兵日至，白下在掌中矣。成功以累捷，又聞江北如破竹，謂城可旦夕下，雖有遣水師提督羅蘊章招撫吴會之命[78]，而未行，但命八十三營牽連立屯，安設雲梯地雷，并造木栅。而蘇松總兵梁化鳳等，以馬步兵相繼至，浙之駐防兵亦來援，長驅入城，莫之遏者。前鋒將余新鋭而輕[79]，士卒樵蘇四出[80]，營壘一空。化鳳諜知之，以輕騎襲破前屯，擒新以去，成功倉卒移帳。質明[81]，軍竈未就，大兵傾城而出，諸營瓦解。成功之良將甘輝亦以馬蹶被禽，死之，軍遂大潰。初議取崇沙，甘輝之言與公合，及議遏蘇常援兵，輝言亦與公合，而成功皆不聽，以致敗。公之聞信也，以爲雖敗，未必遽登舟，雖登舟，未必遽揚帆，雖揚帆，亦必入鎮江，以圖再舉，故彈壓列城，秘不使諸將知。而更貽成功書，以爲勝負兵家之常，乞益百艘以相助。不知成功並撤鎮江之師，竟入海。先是鎮江之捷，漕督以師援江寧[82]，中道溺死，松帥馬逢知密以書請降[83]，其自巡撫而下，皆欲出走，故公勸成功持久以觀變。既不得請，江督郎廷佐等復以書招公，公峻詞拒之[84]，廷佐乃發舟師以扼公歸路，期必得公而後已。公與諸將議，以下流已梗，而九江一帶[85]，尚未知我之敗，我麾下已萬餘，前此豪傑來見者，又多成約，不如直趨鄱陽[86]，招集故楊萬諸家子弟[87]，以號召江楚。八月七日次銅陵，與大兵之援白下者遇，公奮擊敗之，沈其四舟。是夕，大兵以不利，引而東下，礮聲轟然，而公軍誤以爲來劫營，遂潰。或勸公入焦湖[88]，慈谿義士魏耕遮道説公[89]，以爲焦湖入冬水涸，不可駐軍，而英、霍山寨諸營尚多[90]，耕皆識其魁，請入説之，使迎公。乃焚舟登陸，士卒願從者尚數百人。十七日入霍山，寨已受撫[91]，不納。乃次英山，甫度東溪嶺而追至，士卒紛竄，相依止一童一卒。迷失道，賂土人爲導，變服夜行，天明而蹤跡者多，導脱身去，又以賂解散諸蹤跡者，然而茫然不知所之。念有故人賣藥於安慶之高河[92]，復賂一土人導以往，至則故人適他出，而其友有識公者，蓋亦以觀變從江上來至安慶者也。遂導公由樅陽出江[93]，渡黄溢，抵東流之張灘[94]，陸行建德、祁門山中[95]。公方病瘧，力疾零丁[96]，至休寧，買棹入嚴陵[97]，又恐浙人之多識之也，改而山行，自東陽、義烏[98]，以出天台。公之在途中也，海上人未知所向，或曰抗節死安慶，或曰殞英、霍山寨中，或曰爲浮屠矣[99]，父老多北向泣下者。及聞公至，婦女皆加額，壺漿迎之[100]。人謂是役也，以視文丞相空阬之逃[101]，其險十倍過之，而其歸則郭令公之再至河中也[102]。遂駐節天台，樹纛鳴角，故部漸集。成功聞公還，亦喜，遣兵來助公。公巡視天台，海上有長亭鄉者[103]，多田而苦潮，乃募諸義民築塘以捍之[104]，至今猶蒙其利。乃遣人告敗於滇中，且引咎，滇中賜公專敕慰問，加官尚書，兼官如故。

明年，移師林門[105]，尋軍於桃渚[106]。時，大兵兩道入海討成功，皆失利[107]，而成功以喪敗之餘，雖有桑榆之捷[108]，不足自振，乃思取臺灣以休士[109]，公聞之不喜。辛丑[110]，引軍入閩，次於沙關[111]，成功已抵澎湖[112]。公遣幕客羅子木，以書挽成功[113]，謂軍有寸進，無退尺，今入臺，則將來兩島，恐并不可守，是孤天下之望也。成功不聽。成功雖東下，而大兵尚忌之，懼其招煽沿海之民，於是有遷界之役[114]。沿海之民不願遷，大兵以威脅之，猶遲延不發。公頓足嘆曰："棄此十萬生靈而争紅夷乎[115]？"乃復以書招成功，謂可乘此機，以取閩南，成功卒不能用。公遺書故侍郎王公忠孝[116]、都御史沈公荃期[117]、徐公孚遠[118]、監軍曹公從龍[119]，勸其力挽成功，而卒不克。公孤軍徘徊兩島，要其劉琨、祖逖之志[120]，未嘗一日忘也。而滇中事急[121]，公復遣子木入臺，苦口責成功以出師，成功方得臺，不能行。公乃遣職方郎中吴鉏挾帛書[122]，間道入鄖陽山中[123]，欲説十三家之軍[124]，使之撓楚以救滇[125]。十三家已衰敝，不敢出師。壬寅[126]，滇中遂陷[127]，成功亦卒於臺[128]。公哭曰："已矣，吾無望矣。"復還軍林門。會閩南諸遺老以成功卒，謀復奉魯王監國，貽書來商。公又喜，即以書約尚書盧公若騰而下[129]，勸以大舉；又擬上詔書一道；又以書約成功子經，勸以亟子錦囊三矢之業[130]。於是公厲兵束裝，以待閩中之問。是年浙督趙公廷臣與中朝所遣安撫使[131]，各以書招公，公復安撫書[132]，大略言：不佞所以百折不回者[133]，上則欲匡扶宗社[134]，下則欲保捍桑梓，乃因國事之靡寧，而致民生之愈蹙[135]。十餘年來，海上芻茭糗糒之供[136]，樓櫓舟航之費，敲骨吸髓，可爲惕然。況復重之以遷徙，訖以流離，哀我人斯，亦已勞止。今執事既以保兵息民爲言[137]，則莫若盡復濱海之民，即以濱海之賦畀我[138]。在貴朝既捐棄地，以收人心。在不佞亦暫息争端，以俟天命。當與執事從容羊陸之交[139]，别求生聚教訓之區於十洲三島間[140]。而沿海藉我外兵，以禦他盗，是珠厓雖棄，休息宜然[141]；朝鮮自存，艱貞如故。特恐執事之疑且畏耳，則請與幕府約[142]，但使殘黎朝還故土[143]，不佞即當夕挂高帆，不重困此一方也。又復督府書[144]：執事新朝佐命，僕明室孤臣，區區之誠，言盡於此。閩南消息既杳，鄭經偷安海外，公悒悒日甚[145]。壬寅冬十一月[146]，魯王薨於臺[147]，公哭曰："孤臣之栖栖有待[148]，徒苦部下相依不去者，以吾主上也，今更何所待乎。"癸卯[149]，遣使祭告於王。甲辰六月[150]，遂散軍居南田之懸嶴[151]。懸嶴在海中，荒瘠無人。山南有汊港，可通舟楫，而其北爲峭壁，公結茅焉[152]。從者惟故參軍羅子木、門生王居敬、侍者楊冠玉、將卒數人、舟子一人。

初，公之航海也，倉卒不得盡室以行，有司係累其家以入告。世祖以公有父，弗籍其家[153]，即令公父以書諭公。公復書曰："願大人有兒如李通[154]，弗爲徐庶[155]。兒他日不憚作趙苞以自贖[156]。"公父亦潛寄語曰："汝弗以我爲慮也。"壬辰[157]，公父以天年終，鄞人李鄴嗣任其後事[158]。大吏又強公之夫人及子以書招公，公不發書，焚之。己亥[159]，始籍公家，然猶令鎮江將軍善撫公夫人及子，而弗囚也。嗚呼，世祖之所以待公者如此，蓋亦自來亡國大夫所未有，而公百死不移，不遂其志不已，其亦悲夫。於是浙之提督張杰懼公終爲患，期必得公而後已。公之諸將孔元章、符瑞源等皆内附。已而募得公之故校，使居翁洲之普陀爲僧[160]，以伺公。會公告糴之舟至，以其爲故校，且已爲僧，不之忌也。故校出刀以脅之，其將赴水死，又擊殺數人，最後者乃告之曰："雖然，公不可得也。公畜雙猿以候動静，舟在十里之外，則猿鳴木杪，公得爲備矣。"故校乃以夜半出山之背，攀籐而入，暗中執公，并子木、冠玉、舟子三人。七月十七日也。十九日，公至寧，杰以轎迎之，方巾葛衣而入。至公署，嘆曰："此沈文恭故第也[161]，而今爲馬廐乎。"杰以客禮延之，舉酒屬曰："遲公久矣[162]。"公曰："父死不能葬，國亡不能救，今日之舉，速死而已。"數日，送公於杭，出寧城門，再拜嘆曰："某不肖，有孤故鄉父老二十年來之望。"杰遣官護行，有防守卒史丙者，坐公船首，中夜忽唱《蘇子卿牧羊曲》，以相感動。公披衣起曰："汝亦有心人哉，雖然，吾志已定，爾無慮也。"扣舷和之，聲朗朗然。歌罷，酌酒慰勞之[163]。而公之渡江也，得無名氏詩於船中。有云："此行莫作黄冠想，静聽先生正氣歌。"公笑曰："此王炎午之後身也[164]。"浙督趙公寄公獄中[165]，而供帳甚隆。許其故時部曲之内附者，皆得來慰問。有官吏願見者亦弗禁。公終日南面坐，拱手不起，見者以爲天神。杭人争賂守者入見，或求書，公亦應之。嗚呼，制府之賢良[166]，在張弘範之上[167]，然非聖祖如天之大度[168]，則褒忠之禮，亦莫敢施。非公之忠，亦無以邀聖祖之惓惓也[169]。九月初七日，公赴市，遥望鳳凰山一帶[170]，曰："好山色。"賦絶命辭[171]。挺立受刑。子木等三人殉焉。

公諱煌言，字玄箸，别號蒼水，浙之寧波府鄞縣西北厢人也。父刑部員外郎圭章[172]，祖應斗，曾祖尹忠。太夫人趙氏，感異夢而生公。公神骨清削勁挺，生而跅跑不羈[173]，喜呼盧[174]，無以償博進，則私斥賣其生産，刑部怒。先宗伯公之中孫穆翁雅有藻鑒[175]，曰："此異人也。"乃以己田售之，得金三百兩，爲清其逋[176]，而勸以折節讀書[177]。思陵以天下多故[178]，令諸生於試經義後試射，諸生從事者新，莫能中。公執弓抽矢，三發三中。舉崇禎壬午鄉試[179]，感憤國事，欲請纓者累矣[180]，而卒以此死。

公初以争頒詔事[181]，與同里楊侍御文瓚忤[182]，遂不復面，及戊子[183]，侍御一門死節，公哭之慟曰："負吾良友。"所親有失節者，公從海上貽之書曰："汝善自衛，勿謂鞭長不及汝，吾當以飛劍斬汝。"公之初入海也，嘗遭風失維，飄至荒島，絶食，夢一金甲神告之曰："贈君千年鹿，遲十九年還我。"次早果得一鹿，蒼色，人食一臠，積日不餓。及被執，又夢金甲神來招之，蓋十九年矣[184]。雅精工遁之學[185]，己亥之渡東溪也[186]，占得四課空陷[187]，方大驚，而兵至。糴舟未返，即以金甲之夢占之，大凶，方呼居敬告之，而兵至。生於萬曆庚申六月初九日[188]，得年四十有五。娶董氏，子萬祺，並先公三日戮於鎮江。女一，即歸予族祖穆翁爲子婦，予族母也。初，杭有舉人朱璧者，抗詞作保狀，以百口保萬祺母子不得，今以再從子鴻福爲公後。公之未死也，嘗賦詩欲葬湖上岳忠武王、于忠肅公二墓之間[189]。於是鄞人故御史紀五昌捐金，令公甥朱相玉購公首，而杭人張文嘉、沈横書等殮之。有朱錫九、錫蘭、錫旂、錫昌兄弟者，豫爲公買地經紀之，而鄞人萬斯大等葬之南屏之陰[190]，從公志也。姚江黄公宗羲爲之銘[191]，子木等三人附焉。至今七十餘年，每逢春秋佳日，游人多以炙雞絮酒，酹公墓下者，而吾鄉亦以公忌日祭之。

羅子木者,名綸,以字行。溧陽人也。己亥,公在江上,子木挾策上謁。公以其少年而負奇氣,有清河李萼之目[192],欲留之幕中,以父老辭。及公之蕪闕[193],子木之族父蘊章,故在成功軍中,引見成功。江寧之敗也,子木涕泣頓首,固請成功無遽去,而不能得。成功因強子木奉父泛海,子木至海上,不欲參成功軍事,旋奉父北行,將赴公營,卒與大兵遇,格鬥,子木墜水得救起,而其父被縛去。子木展轉閩南,思出奇計以救父,逾時不得音問,嘔血幾死。復赴公營,公勉以立功即爲報仇,遂相依不去以死。冠玉,鄞人,制府以其年少,將脱之,固請從死。王居敬者,字畏齋,一字采薇。黄巖人也。公被執,居敬以計得脱,其後爲僧,名超遁,頗能言公遺事,亦不負公者。而前此誘執公之故校,得以功授千户,奉大帥命巡海島,猝遇公之舊將,憤其害公,執而殺之。

予嘗謂公解軍而後,已將以懸嶴爲首陽[194],向非張杰生事徼功,公似可以無死。然是時公猶未五十,非甘心黄冠以老者也。若留公至十年以往,三藩之禍[195],公决非肯晏然坐視者[196]。而謂中土能忘情於公乎,此文山之所以不見保於夢炎也。且天下無惜死之忠臣,剖肝絶腹,正所以全歸也。

公丙戌以前文字皆無存者[197],今所存者有《奇零草》,甲辰六月以前之作也,《冰槎集》,其雜文也,《北征録》,已亥紀事之編也,《采薇吟》,則散軍以後之作,而蒙難諸詩附焉,共八卷。公既愛防守卒史丙之義,遂日呼與語,因得藏公之集。有宜興人徐堯章者,從丙購之,曰:“公之真跡,吾日夕焚香拜之,不可以付君。”堯章乃抄以歸。

嗚呼,吾鄉死事諸公,公爲最後,而所成亦最偉。然世人但知誇公之忠誠,而予更服公之經略[198],故涉歷山海之間,且耕且屯,而民樂輸賦。招撫江北三十餘城,而市不易肆。小住緱城[199],而陂塘之利傳之無窮。惟其深仁以成遺愛,斯在古人中,諸葛孔明渭南之師不過爾爾[200],諸葛有荆益之憑藉[201],所以得成三分之業,而公無所資,終於賫志以死[202],則天也。嘗有盜公之衣者,部下禽而獻之[203]。公曰:“衣在我爲我暖,在爾爲爾暖,其暖一也。”即以其衣賜之,其大度如此。

姚江黄公之誌,其敘公北征稍詳,而前後多所罣漏。至於公之官階,終尚書,浙督趙公曾以其印上之,而高氏《雪交亭集》以爲閣學[204],黄氏墓誌以爲侍郎,皆不合。《翁洲新志》則謂公於己丑已官尚書,亦不合。若杭人吴農祥所作公傳,尤誕妄不足取信。予乃考公集中諸事跡,合之野史所紀,并得之先族母之傳者,别爲碑銘一篇。或曰:公子萬祺在鎮江,故嘗有侍婢,舉一子,守者憐其忠嗣,私爲育之,然今無可考矣。其銘曰:

天柱不可一木撐[205],地維不可一絲擎[206]。豈不知不可,聊以抒丹誠。亦復支吾十九齡[207],啼鵑帶血歸南屏。他年補史者,其視我碑銘。

四部叢刊本《鮚埼亭集》卷九

【註釋】

[1] 世祖,清順治帝。

[2] 寧,今浙江省寧波市。

[3] 錢、沈二公,指錢希聲、沈宸荃。希聲名肅樂,一字虞孫,號止亭,崇禎丁丑進士,授太倉知州,遷刑部員外郎。杭州被清兵攻陷後,起兵抗清,清世祖順治五年(一六四八)卒於福建海上之琅琦山,賜謚忠介。宸荃,字友孩,慈谿人。崇禎庚辰進士,授行人。福王立,擢山西道御史,曾上疏直言馬士英十二大罪,出爲蘇州兵備道,後與錢肅樂等起兵抗清,至福建,遭風没於海。

[4] 尚書張公,即張煌言。

[5] 魯王,明太祖第十子荒王檀九世孫,名朱以海。福王命住天台(今浙江省天台縣)。

[6] 閩中句:與魯王監國於浙東同時,福建抗清義兵擁立唐王朱聿鍵爲帝,年號隆武。派兵科給事中劉中藻往浙東頒佈即位詔書。

[7] 議開讀禮,討論按照何種禮儀開讀唐王詔書。

[8] 張公二句:全祖望《明故兵部尚書兼東閣大學士贈太保吏部尚書謚忠介錢公神道第二碑銘》云:"時,唐王即位閩中,以詔來。張公國維、熊公汝霖以唐、魯皆係宗藩,非有親疏之分;同舉義兵,非有先後之分。今日之事,成功者帝,若一稱臣於唐,恐江上諸將皆須聽命於閩,則王之號令不行,因議卻之。朱公大典與公議以大敵在前,而同姓先争,豈能成中興之業,即權宜稱皇太姪以報命,未爲不可。"張國維,字其四,號玉笥,東陽(今浙江省東陽縣)人。天啓壬戌進士,官至兵部尚書,乞歸里省親。杭州破後,起兵抗清,兵敗自殺。熊汝霖,字雨殷,餘姚(今浙江省餘姚縣)人。崇禎辛未進士,官至户科給事中。弘光中,與權要不合,因奉使歸。後起兵抗清,隨魯王至福建,被鄭彩謀害死。朱大典,字延之,一字未孩,金華(今浙江省金華市)人。萬曆丙辰(一六一六)進士。官至兵部左侍郎。南京破後,率軍退守金華。方國安、阮大鋮降清,攻破金華,大典自焚死。

[9] 揭,啓事。

[10] 建白,陳其所見,謂有所倡議或有所論列。《新唐書·宦者傳下·田令孜傳》:"宰相盧攜素事令孜,每建白,必阿邑倡和。"

[11] 江干之破,指順治三年(一六四六)六月清貝勒博洛和浙江總督張存仁渡過錢塘江,直攻紹興,錢塘江守將方國安投降。

[12] 翁洲,今浙江省舟山島。亦作滃洲或翁山。

[13] 張名振,字侯服,江寧(今江蘇省南京市)人。崇禎末,以副將任台州石浦游擊,魯王時加富平將軍,封定西侯。杭州失守,潞王降清後,參加浙東抗清義軍,屢提師北伐。順治十一年(一六五四)卒於舟山。

[14] 鄭成功,本名森,字大木。南安(今福建省南安縣)人。隆武帝封爲忠孝伯,掛招討大將軍印。永曆帝封爲延平郡王。順治三年(一六四六),反對其父鄭芝龍降清,毅然率兵以金門、厦門爲根據地,連年出擊閩、粤、江、浙等地。順治十六年(一六五九)爲牽制清軍深入雲南,曾與張煌言合兵北伐。順治十八年(一六六一),率軍驅逐侵佔我國領土臺灣的荷蘭殖民者,收復全島,乃以臺灣爲根據地,積極聯絡抗清志士,繼續鬬争。

[15] 寓公,古稱諸侯失國寄住他國者爲寓公。《禮記·郊特牲》:"諸侯不臣寓公。"

[16] 石浦,今浙江省石浦縣。

[17] 黄斌卿,字明輔,號虎癡。莆田(今福建省莆田縣)人。崇禎末爲舟山參軍。唐王立,擢水陸官義兵馬招待總兵官,封肅虜伯,後晉爵威虜侯,仍屯舟山。順治六年(一六四九),魯王至舟山,斌卿拒不納,爲其部下所殺。

[18] 吴勝兆,遼東(今遼寧省遼陽縣一帶)人,明朝指揮,降清授参將,隨征至江南,任蘇、松、常、鎮(蘇州、松江、常州、鎮江)四府提督。後反正失敗,被殺。

[19] 沈廷揚,字季明,别號五梅。崇明(今上海市崇明縣)人。崇禎中,由國子生爲内閣中書舍人。後專督海運事宜,累加光禄寺少卿。清兵下江南,廷揚航海入浙,魯王監國,加户部侍郎兼右僉都御史。順治四年(一六四七),與張名振率軍入長江,接應松江提督吴勝兆舉事,至崇明,颶風大作,兵敗被俘,不屈死。

[20] 馮京第,字躋中,慈谿(今浙江省慈谿縣)諸生,南京失陷,起兵湖中,魯王監國授御史,戰敗,入舟山,曾乞師日本。後自湖州(今浙江省湖州市)間行入四明山(在今浙江省東部)與王翊合軍,兵敗,匿民舍,仍往來舟山,聯絡諸山寨。順治七年(一六五〇)被叛徒王昇殺害。

[21] 百夫長,下級軍官。楊炯《從軍行》:"寧爲百夫長,勝作一書生。"

[22] 故壬午房考知諸暨縣錢氏,指崇禎十五年(一六四二)鄉試房官知諸暨縣(今浙江省諸暨縣)錢世貴。世貴字聖霑,青浦(今上海市青浦縣)人,崇禎庚辰(一六四〇)進士。

[23] 上虞,今浙江省上虞縣。

[24] 因糧於民,糧食依靠人民供給。因,就。

[25] 李長祥,字研齋,達州(今四川省達縣)人,崇禎癸未進士。弘光時,任監察御史。魯王監國加右僉都御史。魯王去閩,長祥以餘衆結寨上虞之東山。至舟山,晉兵部侍郎。舟山破,復上大陸,奔走南北,謀再起,後還居毘陵(今江蘇省常州市),築讀易堂以老。

[26] 王翊,字完勳,餘姚(今浙江省餘姚縣)諸生。王正中薦之魯王,授職方主事。結寨於四明山西北境之大蘭山,屢次挫敗清軍,晉兵部右侍郎。順治八年(一六五一)由奉化(今浙江省奉化縣)出天台(今浙江省天台縣)招兵,爲團練兵所執,不屈,被害。

[27] 庚寅,順治七年(一六五〇)。

[28] 閩師潰,魯王至閩後,由錢肅樂、熊汝霖等率軍先後收復三府一州二十七縣。錢肅樂、熊汝霖等人死,閩中軍事情況驟然逆轉,原已克復之府縣,相繼爲清兵重新佔領,守軍多力戰犧牲。魯王乃移駐閩浙交界處之沙埕(今福建省福鼎縣東部海濱)。

[29] 辛卯三句:順治八年(一六五一),清兵攻舟山前,陰謀瓦解舟山防禦力量,曾致書煌言,威脅利誘,煌言堅決拒絶,其復書云:"今日之域中,存亡正未可必……況水陸自有長技,戰守早有定謀,縱執事以全力舉,勝敗亦未可知也。……不孝未便以文文山自況,執事正不必以留夢炎輩自居爾。"田雄,字明宇,靖南侯黄得功部將,南京陷,負福王降清。張杰,字鴻勳,降清後官至浙江提督。王爾禄,字天錫,號念尼,崇禎癸未進士。降清後,任海道副使,仕終刑部左侍郎。

[30] 鷺門,今福建省厦門市。

[31] 唐,指唐王(隆武帝)。

[32] 吴淞,今上海市吴淞區,在黄浦江口西岸。

[33] 丹陽,今江蘇省丹陽縣。

[34] 丹徒,今江蘇省鎮江市。

[35] 金山,在鎮江市西北。

[36] 石頭城,指今江蘇省南京市。詳見高啓《登金陵雨花臺望大江》註[4]。

[37] 孝陵,指明太祖朱元璋墓,在南京市紫金山南麓。

[38] 江寧,指今江蘇省南京市。

[39] 時上游二句:張煌言等曾與李定國率領的農民軍取得聯繫,約定定國順江東下,煌言等溯江西上,以收東西呼應之效。但李定國在攻克桂林,深入湖南,大敗清兵於衡州,斬清帥尼堪後,因内部發生分裂,不得已退往廣西。

[40] 左次,《易·師》:"六四,師左次,無咎。"程傳:"左次,退舍也。"左次崇明,謂退守崇明。

[41] 瓜州,又稱瓜埠洲,在今江蘇省邗江縣南、長江北岸,爲大運河入江處。

[42] 儀真,今江蘇省儀徵縣。

[43] 燕子磯,在今江蘇省南京市東北郊長江濱。

[44] 劉孔昭,字復陽,青田(今浙江省青田縣)人。襲誠意伯,爲操江提督,與馬士英、阮大鋮勾結爲奸。後不知所終。

[45] 馬、阮,馬士英、阮大鋮。

[46] 馬、阮再賣浙東,清兵渡錢塘江後,馬士英、阮大鋮、方國安等降清,并請破金華自効。

[47] 疾,憎惡。《論語·泰伯》:"人而不仁,疾之已甚,亂也。"

[48] 乙未,順治十二年(一六五五)。

[49] 丙申,順治十三年(一六五六)。

[50] 秦川,今福建北部之秦嶼。

[51] 丁酉,順治十四年(一六五七)。

[52] 滇中,指永曆政權。順治十三年(一六五六),李定國等奉桂王(永曆帝)撤退至雲南,改雲南府爲滇都。通表,上表稱臣。

[53] 戊戌,順治十五年(一六五八)。

[54] 郎廷佐,漢軍鑲黄旗人。順治二年(一六四五)擢侍讀,尋遷秘書院學士,已而出爲江西巡撫,晉江南江西總督。後以福建總督卒於任。

[55] 公峻詞拒之,張煌言《冰槎集·復郎廷佐書》云:"僕方當起而匡扶帝室,克復神州,此正忠臣義士得志之秋也,即或不然而謝良平竹帛,抗黄綺衣冠,亦之死靡佗,豈復煩詞曲説,足以動其心哉。"

[56] 羊山,今浙江北部玉盤洋中之大洋山、小洋山。

[57] 羊山八句:此處所述雖與《南疆繹史·張煌言列傳》、黄宗羲《蒼水張公墓誌銘》等相合,但顯係迷信傳説。按,煌言《北征録》云:"戊戌,追隨賜姓延平王北伐,抵羊山,復遇風碎舟,返旆。"

[58] 義陽王,名朝墠,弘光帝時命駐太倉州(今江蘇省太倉縣)。南京陷,總兵黄蜚、監軍道荆本澈等以舟師奉之,駐崇明沙。後黄蜚投降,本澈死,乃依鄭成功於厦門。

[59] 金、焦,今江蘇省鎮江市之金山、焦山。

[60] 觀音門,在南京市北面。

[61] 白下,即今江蘇省南京市。

[62] 江督六句:《順治實録》卷一二七載:"順治十六年八月己丑,江南總督郎廷佐奏報:海寇自陷鎮江,勢愈猖獗,於六月二十六日逼犯江寧。城大兵單,難於守禦。幸貴州凱旋梅勒章京噶褚哈、馬爾賽等,統滿兵從荆州乘船回京,聞賊犯江寧,星夜疾抵江寧。"

[63] 江浦,今江蘇省江浦縣。

[64] 蕪湖,今安徽省蕪湖市。

[65] 江楚,江指長江,楚泛指今湖南、湖北等地。
[66] 溧陽,今江蘇省溧陽縣。
[67] 廣德,今安徽省廣德縣。
[68] 池州,今安徽省貴池縣。
[69] 和州,今安徽省和縣。
[70] 采石,屬今安徽省馬鞍山市。
[71] 寧國,今安徽省寧國縣。
[72] 休、歙,今安徽省東南部的休寧縣、歙縣。
[73] 徽州以下各府、州、縣均在今安徽省東南部一帶。
[74] 炷香,焚香。
[75] 入謁先聖,煌言每至一城必先至學宫拜孔子,并召集生員勉以抗清復明。
[76] 角巾,方巾,古人平居之服。《晉書·王濬傳》:“返旆之日,角巾私第,口不言平吴之事。”《羊祜傳》亦云:“既定邊事,當角巾東路歸故里。”抗禮,亦作“亢禮”。謂彼此以平等之禮相待。《史記·劉敬叔孫通列傳》:“豈嘗聞外孫敢與大父抗禮者哉!”
[77] 句容,今江蘇省句容縣。
[78] 吴會,今江蘇省蘇州市。
[79] 鋭而輕,勇悍而輕敵。
[80] 樵蘇,樵,取柴;蘇,取草。《史記·淮陰侯列傳》:“樵蘇後爨。”
[81] 質明,天正明時。《儀禮·士冠禮》:“質明行事。”注云:“質,正也。旦日正明行冠事。”
[82] 漕督二句:《小腆紀年附考》卷十九云:“淮安漕督亢得時以援鎮江兵敗,投水死。”
[83] 松帥句:鄭成功至鎮江時,清蘇松常鎮提督馬逢知(原名進寶)曾表示願降。
[84] 江督郎廷佐二句:趙之謙《張忠烈公年譜》云:“按公是書集中編年戊戌,據《北征録》則在己亥入蕪湖後,《上魯監國啓》亦及此事。全氏神道碑銘,書戊戌江督郎廷佐以書招公,公峻詞拒之。己亥江督郎廷佐等復以書招公,公峻詞拒之。凡兩見。按《江南通志》:順治四年,設總督轄江南、江西、河南三省,六年以後,總督不轄河南。《會典》:九年,總督又移駐南昌,亦稱江西總督,未幾復歸江寧。郎公以十一年任江西巡撫,十三年授總督。戊戌爲順治十五年,公方與延平入東甌,舟覆,復退翁洲,未踰浙境,郎公爲江南江西總督,已越疆涉海,貽書勸降,疑非事實。集中編年,傳寫易譌,或係後人據書中逾一紀之文而改之,不知戊戌以後,皆得言逾也。”
[85] 九江,今江西省九江市。
[86] 鄱陽,今江西省鄱陽湖。
[87] 故楊萬諸家,指江西抗清犧牲的楊廷麟(字伯祥,號機部,江西清江人)、萬元吉(字吉人,江西南昌人)等諸家。
[88] 焦湖,即安徽省中部之巢湖。
[89] 慈谿,今浙江省慈溪縣。魏耕,原名璧,字楚白,號雪竇山人,別名甦。曾參加抗清義軍,後在杭州被執,不屈死。
[90] 英、霍山寨,在今安徽、湖北兩省交界處的大别山中。英、霍山寨是明末農民起義軍賀錦的根據地,清初則爲安徽抗清義軍根據地。

[91] 寨已受撫,霍山陽山寨首領褚良甫已變節降清。

[92] 高河,今安徽省安慶市高河埠。

[93] 樅陽,今安徽省樅陽縣。

[94] 渡黄湓二句：黄湓,即黄湓湖,在今安徽省東至縣北面。東流,今屬安徽省東至縣。

[95] 建德,今屬安徽省東至縣。祁門,今安徽省祁門縣。

[96] 力疾零丁,力疾,竭力支撑病體;零丁,孤危困頓。

[97] 嚴陵,今浙江省建德縣。

[98] 義烏,今浙江省義烏縣。

[99] 浮屠,梵語“佛陀”的另譯名,簡稱“佛”,此處指出家爲和尚。

[100] 及聞三句：張煌言《奇零草》有詩題:“濱海居民聞余生還,咸爲手額,且以壺漿相餉,余自慚無似,何以得此於輿情也。”

[101] 文丞相空阬之逃,元世祖至元十四年(一二七七),文天祥領兵至興國(今江西省興國縣),爲元江西宣慰使李恆所攻,退至空坑,軍士皆潰,天祥獨得脱險。

[102] 郭令公之再至河中,唐代宗永泰元年(七六五)五月,以郭子儀都統河南道節度行營,出鎮河中。八月,回紇、吐蕃等入侵,長安震動,召子儀屯兵涇陽,與回紇結好,共破吐蕃,還鎮河中。河中,唐府名,故治在今山西省永濟縣。

[103] 長亭鄉,《台州府志》卷首《台州府二十里方圖》:“在寧海縣城東約八十里處有長亭場。”

[104] 多田二句：張煌言《冰槎集·山頭重建海塘碑記》云:“山頭地勢污下,一遇洪濤噴薄,無論阡陌巨浸,即廬舍亦蕩漾波濤中,倘不急爲修繕,民爲魚鼈乎。迺出金五十爲倡,鳩工伊始,而義士馮某等爲醵金錢,聚土木,以庀其事。”

[105] 林門,在今浙江省臨海縣東海中。張煌言《奇零草·復屯林門》詩有“自笑經營何太拙,誤將島嶼作并州”之句。

[106] 桃渚,今浙江省臨海縣以東之桃渚所。尋,不久。

[107] 大兵二句：順治十七年(一六六〇)五月,清廷命將軍達素、總督李率泰分由漳州、同安出發攻厦門,結果清兵大敗,達素自殺。

[108] 桑榆之捷,晚來的勝利。桑榆,日落時,桑、榆樹上餘光猶在,故以之喻晚暮。

[109] 乃思句：臺灣自古以來是中國的領土,十七世紀初被荷蘭殖民者所霸佔。鄭成功自長江敗歸後,認爲短期内不宜與清朝再戰,宜渡海驅逐荷蘭殖民者,收復臺灣,作爲抗清根據地,休整士卒,再圖恢復。

[110] 辛丑,順治十八年(一六六一)。

[111] 沙關,即今福建省與浙江省交界處之沙埕。

[112] 澎湖,即今澎湖羣島。

[113] 見張煌言《冰槎集·上延平王書》。

[114] 遷界之役,清朝在攻厦失敗之後,將鄭芝龍及隨同他投降的全家老小斬首於北京,并勒令沿海居民一律遷入離海三十里之界限内,嚴禁漁舟商船出海,企圖隔絶陸上人民與鄭成功、張煌言等抗清力量的聯繫。

[115] 紅夷,指荷蘭殖民者。

[116] 王忠孝,字長孺,號媿兩,惠安(今福建省惠安縣)人。崇禎戊辰(一六二八)進士。授户部主事,隆武帝擢光禄寺少卿,遷左副都御史。清兵陷厦門,徙臺灣,卒。

[117] 沈荃期,字雲又,南安(今福建省南安縣)人。崇禎癸未(一六四三)進士,授吏部郎中,隆武帝擢爲右副都御史。後徙臺灣,卒。

[118] 徐孚遠,字闇公,號復齋,華亭(今上海市松江縣)人。崇禎壬午(一六四二)舉人。與陳子龍、夏允彝謀起兵抗清,失敗,入閩,死海上。

[119] 曹從龍,名雲霖,曾與荆本徹起兵抗清,兵敗,依黄斌卿,任監軍。後入福建。張煌言《冰槎集》有《曹雲霖中丞從龍詩集序》、《答曹雲霖監軍書》。

[120] 劉琨,字越石,魏昌(今山東省無極縣東)人。晉懷帝永嘉元年(三〇七)任并州刺史,招撫流亡,與劉淵、石勒對抗。後被鮮卑貴族段匹磾殺害。祖逖,字士稚,范陽遒(今河北省定興縣)人。晉元帝建武元年(三一七)要求北伐,受晉元帝任爲豫州刺史,率軍過江,收復黄河以南地區,而東晉内部迭起糾紛,對逖不加支持,終於憂憤病死。此處所言"劉琨祖逖之志"即恢復中原之志。

[121] 滇中事急,當李定國在滇西磨盤山奮勇殲敵時,桂王(永曆帝)與近臣馬吉翔等由騰越(今雲南省騰冲縣)入緬甸。降將吴三桂於順治十八年(一六六一)率軍十萬入緬,迫令緬甸王交出桂王。

[122] 吴鉏,原名祖錫,字佩遠,號稽田,晚年更名鉏。嘉興(今浙江省嘉興市)人。

[123] 鄖陽,今湖北省鄖縣。

[124] 十三家之軍,即夔東十三家(又稱川東十三家),明末堅守四川、湖北兩省邊區山地抗清的農民軍。

[125] 撓楚以救滇,出兵湖南,牽制清軍,以減輕雲南李定國抗清軍隊所受的壓力。

[126] 壬寅,康熙元年(一六六二)。

[127] 滇中遂陷,順治十八年(一六六一),在降將吴三桂的壓力下,緬甸王把桂王及其親屬等交出,次年四月桂王父子被吴三桂絞殺於昆明。六月,李定國死於滇緬邊境軍中。

[128] 成功亦卒於臺,五月鄭成功卒於臺灣,年三十九。張煌言《冰槎集》有《祭延平王文》,《奇零草》有《感懷兼悼延平王》詩。

[129] 盧若騰,字閑之,號牧舟,同安(今福建省同安縣)人。崇禎庚辰進士,唐王拜爲兵部尚書。後依鄭成功。

[130] 亞子錦囊三矢之業,亞子,後唐莊宗。《新五代史·伶官傳序》云:"世言晉王之將終也,以三矢賜莊宗而告之曰:'梁,吾仇也;燕王吾所立,契丹與吾約爲兄弟,而皆背晉以歸梁,此三者,吾遺恨也。與爾三矢,爾其無忘乃父之志。'莊宗受而藏之於廟,其後用兵則遣從事以一少牢告廟,請其矢,盛以錦囊,負而前驅,及凱旋而納之。"

[131] 趙廷臣,字君隣,漢軍鑲黄旗人。歷任巡撫、總督等職,康熙元年任浙江總督。

[132] 公復安撫書,見張煌言《冰槎集·答趙安撫書》。

[133] 不佞,自稱的謙詞。《戰國策·趙策》:"不佞寢疾,不能趨走。"

[134] 匡扶宗社,挽救危局,恢復明朝。宗社,宗廟與社稷,指國家。《舊五代史·漢書·隱帝紀下》:"宗社危而再安,紀綱壞而復振。"

[135] 蹙(cù 蹴),迫促。

[136] 芻茭,乾草。《尚書·費誓》:"峙乃芻茭。"糗(qiǔ 求上)糒(bèi 備),乾糧。

[137] 執事,參見前侯方域文《癸未去金陵日與阮光祿書》註[1]。

[138] 畀,與。

[139] 羊陸之交,《三國志・吳志・陸抗傳》注引《漢晉春秋》云:"(晉)羊祜既歸,增修德信以懷吳人。陸抗每告其邊戍曰:'彼專爲德,我專爲暴,是不戰而自服也,各保分界,無求細益而已'。於是吳晉之間,餘糧栖畝而不犯,牛馬逸而入境,可宣告而取也。沔上獵,吳獲晉人先傷者,皆送而相還。"

[140] 十洲三島,泛指東海島嶼。十洲,古代傳説中的地名。《海内十洲記》云:"漢武帝既聞王母説八方巨海之中有祖洲、瀛洲、玄洲、炎洲、長洲、元洲、流洲、生洲、鳳麟洲、聚窟洲。有此十洲乃人跡所稀絶處。"三島,古代傳説東海中蓬萊、方丈、瀛洲爲神仙所居之山,稱三島。亦稱三神山。

[141] 珠厓雖棄二句:《漢書・賈捐之傳》:"元帝初元元年,珠厓又反,發兵擊之,諸縣更叛,連年不定。上與有司議大發軍,捐之建議……願遂棄珠厓,專用恤關東爲憂。……上乃從之。"珠厓,亦作珠崖。即今海南島。此下數句希望清朝任其保持海外一隅,延明朝的宗社。

[142] 幕府,軍隊出征,常用帳幕,故將軍府亦稱幕府。《後漢書・班固傳》:"竊見幕府新聞,廣延羣俊。"此處指趙廷臣。

[143] 殘黎,指被迫遷離海濱地區的人民。

[144] 復督府書,見張煌言《冰槎集・答趙廷臣書》。

[145] 悒悒,憂悶不樂。

[146] 壬寅,康熙元年(一六六二)。

[147] 薨(hōng 轟),《禮記・曲禮下》:"天子死曰崩,諸侯曰薨。"此處因魯王僅爲監國,未稱帝,故稱其死爲薨。

[148] 栖(xī 西)栖,不安。《論語・憲問》:"丘何爲是栖栖者與?"

[149] 癸卯,康熙二年(一六六三)。

[150] 甲辰,康熙三年(一六六四)。

[151] 遂散軍句:按康熙二年十月,清朝統治者勾結荷蘭殖民者攻陷厦門和金門兩島,大肆破壞,鄭經被迫放棄沿海島嶼,把部隊全部撤到臺灣。因而東南沿海的抗清武裝,只剩下張煌言一支軍隊。但煌言並未動摇。康熙三年三月,煌言結集戰艦百艘與清軍戰於三都灣,大敗,退駐舟山。這時,煌言兵少食盡,而清軍凶焰正盛,爲了避免無謂犧牲,保存抗清力量,乃決定暫時把部卒化整爲零,散居民間,自己只帶領少數部屬隱居懸嶴,等待機會再行舉事。其《采微吟・聞孤鳥有作》詩云:"……予口卒瘏予尾翛,卻來山阿欲避弋。……横絶四海會有時,敢告羈雌還努力……。"可證。作者此處所云煌言散軍原因與歷史事實不符。南田,浙東南田島。懸嶴,島名。又名花嶴山,距南田島約數十里。

[152] 結茅,建造茅屋居住。

[153] 世祖二句,清世祖順治欲利用張煌言父招降煌言,故暫不抄没其家。

[154] 李通,字次元,南陽宛(今河南省南陽市)人。父守爲王莽宗親師,通爲五威將軍從事,出補巫丞,與光武共謀起事。事發,通得亡走。王莽乃繫其父守於獄及其家在長安者,盡殺之。通卒與光武共滅王莽(見《後漢書・李通傳》)。

[155] 徐庶,字元直,三國潁川(今河南省禹縣)人。少爲游俠,後始折節讀書,並與諸葛亮等爲友。始

從劉備,後以其母爲曹軍所獲,被迫歸曹操,官至右中郎將。

[156] 趙苞,字威豪,東漢武城(今山東省武城縣)人。任遼西太守時,其母妻爲鮮卑軍所劫,載以擊郡,並出母以示苞,苞謂母曰:"昔爲母子,今爲王臣,義不得顧私恩、毀忠節。"遂力戰破敵,母妻均被害,苞葬母妻訖,謂鄉人曰:"食禄而全難,非忠也;殺母以全義,非孝也。如是,有何面目立於天下?"遂嘔血而死。

[157] 壬辰,順治九年(一六五二)。

[158] 李鄴嗣,原名文允。明諸生。入清,被拘獄中。出獄後仍多次營救抗清義士。著有《果室文鈔》六卷、《詩鈔》七卷。

[159] 己亥,順治十六年(一六五九)。

[160] 普陀,在舟山羣島中。我國佛教四大名山之一。島上佛教寺廟甚多。

[161] 沈文恭,名一貫,字肩吾,鄞(今浙江寧波市)人。穆宗隆慶二年(一五六八)進士,累官至尚書兼東閣大學士,卒謚文恭。

[162] 遲(zhì稚),等待。

[163] 防守卒歌《蘇子卿牧羊曲》事,諸家所記時地不一,高允權《張蒼水集跋》云係被拘寧波時。本文作者所著之《張蒼水年譜》亦曾採該説。《南疆繹史·張煌言列傳》所記則與本文同。

[164] 有云五句:見《四明談助·西渡僧擲詩瓦》。按,文天祥被元兵所執,解送燕京,太學生王炎午作《生祭文丞相文》云:"丞相再執,就義未聞,慷慨之見,固難測識……遂作生祭丞相文,以速丞相之死……謄録數十本,自贛至洪,於驛途水步山牆店壁貼之,冀丞相經從一見。"(參閲《文山先生全集》卷二十)。

[165] 浙督趙公,浙江總督趙廷臣。

[166] 制府,清代對"總督"的稱呼。亦稱爲"制軍"或"制臺"。此指趙廷臣。

[167] 張弘範,字仲疇,元定興(今河北省定興縣)人。元世祖時爲都元帥,督兵南下,執文天祥,破張世傑,滅宋。

[168] 聖祖,康熙帝。

[169] 惓(quán權)惓,亦作"拳拳",懇切之意。自"浙督趙公寄公獄中"句至此句,由於作者認識的局限,論述顯然與事實不符。按,張煌言被押到杭州,趙廷臣又一次勸説其投降,並保證清廷能以兵部尚書原官起用(見《象山縣志》卷十《張煌言列傳》)。又授意原屬魯王朝廷的降官降將,借探望爲名去獄中游説。煌言不願與這些無恥之徒周旋,便大書《放歌》:"予生則中華兮死則大明,寸丹爲重兮七尺爲輕……予之浩氣兮化爲風霆,予之精魂兮變爲日星,尚足留綱常於萬祀兮,垂節義於千齡。"於獄壁,以表明態度。當趙廷臣的誘降失敗後,便上報清廷處理。廷議有主張解京斬首,以震懾天下者;有主張長期監禁於浙江,以免在人民中激起事端者;有主張盡量優待,以招徠其他未降者。衆議紛紜不決,乃移交刑部裁決。最後,刑部決定:"解北恐途中不測,拘留慮禍根不除,不如殺之。"(參閲計六奇《明季南略》卷十)

[170] 鳳凰山,在今杭州市南。

[171] 絶命辭,張煌言《采薇吟·絶命詩》:"我年適五九,偏逢九月七,大厦已不支,成仁萬事畢。"

[172] 圭章,張圭章,字兩如,甲子(明熹宗天啓四年)舉人。曾任山西鹽運司判官,隨後又至北京任刑部員外郎。不久即辭官歸鄉,任教於黄宗羲家。

[173] 跅(tuò 唾)跑,猶言跅弛,放縱不羈。《漢書·武帝紀》:"夫泛駕之馬,跅弛之士,亦在御之而已。"
[174] 呼盧,賭博。盧,古時樗蒲戲(一種博戲),五子皆黑白盧,爲最勝采。《晉書·劉毅傳》:"裕厲聲喝之,即成盧焉。"
[175] 穆翁,全美樟,字木千。雅有藻鑒,善於識人。杜甫《上韋左相》詩:"持衡留藻鑒。"
[176] 逋,拖欠。蘇轍《送毛君致仕》詩:"晚爲二千石,得不償所逋。"
[177] 折節,形容心志堅決。此指改變平日之行爲。
[178] 思陵,指明思宗。
[179] 壬午,崇禎十五年(一六四二)。
[180] 請纓,《漢書·終軍傳》:"軍自請願受長纓,必羈南越王而致之闕下。"纓,馬鞅。王勃《滕王閣序》:"無路請纓,等終軍之弱冠。"後遂謂從軍報國爲請纓。
[181] 争頒詔事,指唐王頒詔至浙,魯王部下争議以何種禮儀開讀事。詳註[8]。
[182] 楊侍御文瓚,文瓚字贊玉,鄞縣(今浙江省鄞縣)人。崇禎己卯(崇禎十二年)舉人。魯王授監察御史。唐王頒詔至浙,文瓚力主宜合不宜分。入閩,命掌貴州道。後返故里,參與鄞縣起義,事泄被執,不屈死。魯王贈右僉都御史,清朝謚烈愍。
[183] 戊子,順治五年(一六四八)。此即指鄞縣起義。
[184] 夢一金甲神以下數句,顯係迷信傳説。
[185] 壬遁之學,推算占卜的術數之學,即"六壬"與"遁甲"的合稱。
[186] 己亥之渡東溪,指順治十六年(一六五九),八月十八日煌言率軍從蕪湖突圍至英山東溪嶺。
[187] 四課空陷,四課課象不吉。四課,"六壬"中的課名。
[188] 萬曆庚申,明萬曆四十八年(一六二〇)。
[189] 嘗賦詩句:張煌言《奇零草·憶西湖》詩云:"夢裏相逢西子湖,誰知夢醒卻模糊,高墳武穆連忠肅,參得新墳一座無。"
[190] 萬斯大,字充宗,晚號跛翁,學者稱褐夫先生。不事科舉,以窮經爲己任,康熙中卒。
[191] 黄宗羲,見前《原君》作者介紹。
[192] 清河李萼,《新唐書·元德秀傳》:"(李萼,字伯高,趙人。)安禄山亂,萼客清河,爲乞師平原太守顔真卿,一郡獲全。"
[193] 蕪關,蕪湖。
[194] 已將句:意謂張煌言將要像伯夷、叔齊隱居首陽山一樣隱居於懸嶴。
[195] 三藩之禍,指清初三藩吴三桂、尚之信、耿精忠的叛亂。按,吴三桂等原爲明將,降清後以鎮壓農民軍和屠殺人民有功,分封吴三桂爲平西王,守雲南;尚可喜(之信父)爲平南王,守廣東;耿繼茂(精忠父)爲靖南王,守福建;稱爲"三藩"。康熙十二年(一六七三),清政府下令撤藩,三桂等遂相繼叛,但均被清兵陸續擊敗,或降或死。
[196] 晏然,安然。
[197] 丙戌,順治三年(一六四六)。
[198] 經略,策劃處理。《晉書·袁喬傳》:"夫經略大事,故非常情所具;智者了然於胸心,然後舉無遺算耳。"
[199] 緱城,此指浙江天台縣長亭鄉。張煌言《冰槎集·山頭重建海塘碑記》云:"台之緱城,枕山負海,

其東鄙即尾閭也,其鄉名長亭。"

[200] 諸葛孔明渭南之師,《三國志·蜀志·諸葛亮傳》:"十二年春,亮悉大衆由斜谷出,以流馬運,據武功五丈原與司馬宣王對於渭南。亮每患糧不繼,使己志不申,是以分兵屯田爲久駐之基,耕者雜於渭濱居民之間,而百姓安堵,軍無私焉。"

[201] 荆益,荆州(今湖北、湖南兩省及河南、貴州、廣東、廣西四省部分地區)、益州(今四川省及陝西、雲南兩省部分地區)。

[202] 賫(jī 基)志,謂壯志未遂而死去。賫,抱持之意。江淹《恨賦》:"賫志没地,長恨無已。"

[203] 禽,通"擒"。

[204] 高氏《雪交亭集》,明高宇泰撰《雪交亭正氣録》。

[205] 天柱,《神異經》:"崑崙之山有銅柱焉,其高入天,所謂天柱也。"

[206] 地維,地之四角。古人以爲天圓地方,天有九柱支持,地有四維繫綴。

[207] 十九齡,張煌言自順治二年(一六四五)起兵抗清至康熙三年(一六六四)就義止,共十九年。

陽曲傅先生事略

【解題】 這篇文章主要是敍述陽曲(今山西省陽曲縣)傅山一生的品行、學問,並歌頌他不肯隨俗浮沉和明亡後甘居貧賤,不仕清王朝的志節。文辭簡練而含蓄,能以一些突出的事例,概括出傅山的生平。

朱衣道人者,陽曲傅山先生也。初字青竹,尋改字青主,或别署曰公之它,亦曰石道人,又字嗇廬。家世以學行師表晉中[1]。先生六歲,啖黄精[2],不樂穀食,強之,乃復飯。少讀書,上口數過,即成誦。顧任俠,見天下且喪亂,諸號爲薦紳先生者[3],多腐惡不足道,憤之,乃堅苦持氣節,不肯少與時媕婀[4]。提學袁公繼咸[5],爲巡按張孫振所誣[6],孫振故奄黨也[7],先生約其同學曹公良直等,詣匭使三上書訟之[8],不得達,乃伏闕陳情。時撫軍吴公甡亦直袁[9],竟得雪,而先生以是名聞天下。馬文忠公世奇爲作傳[10],以爲裴瑜、魏劭復出[11]。已而曹公任在兵科[12],貽之書曰:"諫官當言天下第一等事,以不負故人之期。"曹公瞿然,即疏劾首輔宜興及駱錦衣養性[13],直聲大震。

先生少長晉中,得其山川雄深之氣,思以濟世自見,而不屑爲空言。於是蔡忠襄公撫晉[14],時寇已亟,講學於三立書院,亦及軍政、軍器之屬。先生往聽之,曰:"迂哉,蔡公之言,非可以起而行者也。"甲申[15],夢天帝賜之黄冠[16],乃衣朱衣,居土穴以養母。次年,袁公自九江羈於燕邸[17],以難中詩貽先生曰:"晉士,惟門下知我最深[18],蓋棺不遠,斷不敢負知己,使異日羞稱友生也[19]。"先生得書痛哭曰:"公乎,吾亦安敢負公哉!"甲午,以連染遭刑戮,抗詞不屈,絶粒九日,幾死。門人有以奇計救之者,得免。然先生深自咤恨,以爲不如速死之爲愈,而其仰視天、俛畫地者並未嘗一日止[20]。凡如是者二十年,天下大定,自是始以黄冠自放,稍稍出土穴與客接。然間有問學者,則告之曰:"老夫學莊、列者也[21],於此間諸仁義事實羞道之,即強言之亦不工。"又雅不喜歐公以後之文[22],曰:"是所謂江南之文也。"平定張際者[23],亦遺民也,以不謹得疾死。先生撫其屍哭之曰:"今世之醇酒婦人[24],以求必死者有幾人哉。嗚呼,張生!是與沙場之痛等也。"又自嘆曰:"彎強躍駿之骨[25],而以佔畢朽之[26],是則埋吾血千年而碧不可滅者矣[27]。"或強以宋諸儒之學問,則曰:"必不得已,吾取同甫[28]。"

先生工書,自大小篆隸以下,無不精。兼工畫。嘗自論其書曰:"弱冠學晉唐人楷法,皆不能肖,及得松雪香山墨跡[29],愛其員轉流麗,稍臨之,則遂亂真矣,已而乃媿之曰:是如學正人君子者,每覺其觚稜難近,降與匪人遊,不覺其日親者。松雪曷嘗不學右軍[30],而結果淺俗至類駒王之無骨[31],心術壞而手隨之也。於是復學顏太師[32]。"因語人學書之法:寧拙毋巧,寧醜毋媚,寧支離,毋輕滑,寧真率,毋安排。君子以爲先生非止言書也。

先生既絶世事,而家傳故有禁方[33],乃資以自活。其子曰眉,字壽髦,能養志,每日樵於山中,置書擔上,休擔則取書讀之。中州有吏部郎者[34],故名士。訪先生,既見,問曰:"郎君安往?"先生答曰:"少需之[35],且至矣。"俄而有負薪而歸者,先生呼曰:"孺子來前肅客[36]。"吏部頗驚。抵暮,先生令伴客寢,則與敍中州之文獻[37],滔滔不置,吏部或不能盡答也。詰朝[38],謝先生曰:"吾甚慚於郎君。"先生故喜苦酒,自稱老蘖禪[39],眉乃自稱曰小蘖禪。或出遊,眉與子共輓車,暮宿逆旅,仍篝燈課讀經、史、騷、選諸書[40],詰旦,必成誦始行,否則予杖。故先生之家學,大河以北,莫能窺其藩者。嘗批歐公《集古録》曰[41]:"吾今乃知此老真不讀書也。"

戊午,天子有大科之命[42],給事中李宗孔、劉沛先以先生薦。時,先生年七十有四,而眉以病先卒,固辭。有司不可。先生稱疾,有司乃令役夫舁其牀以行[43],二孫侍。既至京師三十里,以死拒,不入城。於是,益都馮公首過之[44],公卿畢至。先生卧床,不具迎送禮。蔚州魏公乃以其老病上聞[45],詔免試,許放還山。時,徵士中報罷而年老者恩賜以官[46]。益都密請以先生與杜徵君紫峯[47],雖皆未豫試,然人望也。於是亦特加中書舍人以寵之[48]。益都乃詣先生曰:"恩命出自格外,雖病,其爲我強入一謝。"先生不可。益都令其賓客百輩説之,遂稱疾篤,乃使人舁以入。望見午門[49],淚涔涔下。益都強掖之使謝,則僕於地。蔚州進曰:"止、止,是即謝矣。"次日遽歸。大學士以下,皆出城送之。先生嘆曰:"自今以還,其脱然無累哉。"既而又曰:"使後世或妄以劉因輩賢我[50],且死不瞑目矣。"聞者咋舌。及卒,以朱衣黄冠殮。著述之僅傳者,曰《霜紅龕集》十二卷,眉之詩亦附焉。眉詩名《我詩集》。同邑人張君刻之宜興。

先生嘗走平定山中,爲人視疾,失足墮崩崖,僕夫驚哭曰:"死矣。"先生旁皇四顧,見有風峪甚深,中通天光,一百二十六石柱林立,則高齊所書佛經也[51]。摩挲視之,終日而出,欣然忘食。蓋其嗜奇如此。惟顧亭林之稱先生曰[52]:"蕭然物外,自得天機。"予則以爲是特先生晚年之踪跡,而尚非其真性所在。卓爾堪曰[53]:"青主蓋時時懷翟義之志者[54]。"可謂知先生者矣。

吾友周君景柱守太原,以先生之行述請,乃作事略一篇致之,使上之史館。予固知先生之不以靜修自屈者[55]。其文當不爲先生之所唾,但所媿者,未免爲江南之文爾。

四部叢刊本《鮚埼亭集》卷二十六

【註釋】

[1] 晉,今山西省。

[2] 黄精,多年生草本,夏季開花,白色,如鐘狀而下垂。根莖用爲補益藥。古人認爲食之可延年益壽。

[3] 薦紳,同"搢紳"。搢,插。古時做官的人,插笏於紳,因稱仕宦者爲搢紳。《史記·五帝本紀》:"百家言黄帝,其文不雅馴,薦紳先生難言之。"

[4] 媕(ān 庵)娿,圓通應世。娿,婀的異體字。

[5] 提學,官名。明初設儒學提舉司,管理所屬州縣學校和教育行政,簡稱提學。袁繼咸,字季通,號臨侯,江西宜春人,崇禎七年擢山西提學僉事。官至右僉都御史、總督江西湖廣軍務。

[6] 巡按,官名。明朝於十三省各置巡按御史一人,負糾察官吏等責。

[7] 奄黨,指以太監魏忠賢爲首的集團。

[8] 匭(guǐ 軌)使,官名。唐垂拱二年(六八六),置四銅匭於朝堂,以受四方之書,并設理匭使管理。天寶九載(七五〇),改理匭使爲獻納使,後又改爲知匭使。宋景德中,改爲登聞檢院,别立登聞鼓院。進狀者先詣鼓院,若爲所抑,則詣檢院,明代屬通政司。匭,匣子,小箱子。

[9] 撫軍,即巡撫。吴甡,字鹿友,江蘇揚州人,崇禎七年(一六三四)爲僉都御史,巡撫山西,官至東閣大學士。明亡後,卒於家。

[10] 馬文忠公世奇,馬世奇字君常,江蘇無錫人。崇禎進士,官至左庶子。農民起義軍李自成破北京,世奇自縊死。諡文忠。

[11] 裴瑜、魏劭,《後漢書·史弼傳》:"遷河東太守,被一切詔書當舉孝廉,弼知多權貴請託,乃豫勑斷絶書屬。中常侍侯覽果遣諸生齎書請之,并求假鹽税,積日不得通。生乃説以它事謁弼,而因達覽書。弼大怒曰:'太守忝荷重任,當選士報國,爾何人而僞詐無狀!'命左右引出,楚捶數百,府丞、掾史十餘人皆諫於廷,弼不對。遂付安邑獄,即日考殺之。侯覽大怒,遂詐作飛章下司隸,誣弼誹謗,檻車徵。吏人莫敢近者,唯前孝廉裴瑜,送到崤澠之間。大言於道傍曰:'明府摧折虐臣,選德報國,如其獲罪,足以垂名竹帛,願不憂不懼。'弼曰:'誰謂荼苦,其甘如薺,昔人刎頸,九死不恨。'及下廷尉詔獄,平原吏人奔走詣闕訟之。又前孝廉魏劭毁變形服,詐爲家僮,瞻護於弼。"

[12] 曹公,指曹良直。兵科,明代設吏、户、禮、兵、刑、工六科給事中,掌侍從規諫,補闕拾遺,稽查六部百司之事。

[13] 首輔宜興,指周延儒。延儒字玉繩,江蘇宜興人,崇禎三年入閣爲首輔。駱養性,湖北嘉魚人,曾掌錦衣衛事。

[14] 蔡忠襄,名懋德,字維立,江蘇崑山人。官至右僉都御史,巡撫山西,農民起義軍李自成攻佔太原,懋德自縊死,謚忠襄。

[15] 甲申,崇禎十七年(一六四四)。是年李自成破北京,清兵入關。此處頗涉怪誕,也正説明了作者思想的局限。

[16] 黄冠,道士所戴之冠,其色尚黄,故稱。後亦指道士。唐求《題青城山范賢冠》:"數里緣山不厭難,爲尋真訣問黄冠。"

[17] 袁公自九江羈於燕邸,左良玉至九江,邀總督袁繼咸往談。會良玉卒,衆推其子夢庚爲帥。夢庚降清,遂執繼咸至北京,不屈被殺。

[18] 門下,謂門下弟子,即門生。

[19] 友生,舊時師長對門生自稱的謙詞。《稱謂録》卷八:"余在姚畫溪公家,見公座主王槐野名帖稱友生。"

[20] 仰視天、俛畫地,意思是有所籌劃。《史記·魏其武安侯列傳》:"蚡所愛,倡優巧匠之屬;不如魏其、灌夫日夜招聚天下豪傑壯士與議論,腹誹而心謗,不仰視天而俯畫地,辟倪兩宫間,幸天下有變而欲有大功。"

[21] 莊列,莊子、列子。

[22] 歐公,歐陽修。

[23] 平定,今山西省平定縣。

[24] 醇酒婦人,指沉迷於酒色。《史記·信陵君列傳》:"公子自知再以毁廢,乃謝病不朝,與賓客爲長夜飲。飲醇酒,多近婦女,日夜爲樂飲者四歲,竟病酒而卒。"

[25] 彎強躍駿,彎強弓,躍駿馬。

[26] 佔畢,謂誦讀。《禮記·學記》:"今之教者,呻其佔畢。"鄭注:"呻,吟也。佔,視也。簡謂之畢。……言今之師自不曉經之義,但吟誦其所視簡之文。"

[27] 碧不可滅,《莊子·外物》:"萇弘死於蜀,藏其血,三年而化爲碧。"成玄英疏:"萇弘遭譖,被放歸蜀。自恨忠而遭譖,遂刳腸而死。蜀人感之,以匱藏其血,三年而化爲碧玉,乃精誠之至也。"

[28] 同甫,宋陳亮,字同甫。

[29] 松雪,元趙孟頫,號松雪道人,工書法。香山,當爲"香光"之誤。明董其昌,號香光。據傅山《霜紅龕集》卷四《作字示兒孫》詩自註云:"貧道二十歲左右,於先世所傳晉唐楷書法無所不臨,而不能略肖。偶得趙子昂香光詩墨跡,愛其圓轉流麗,遂臨之,不數過而遂欲亂真,此無他,即如人學正人君子,只覺觚稜難近,降而與匪人遊,神情不覺其日親日密,而無爾我者然也。其行大薄,爲人痛惡;其書淺俗如徐偃王之無骨。始復宗先人四五世所學之魯公,而苦爲之,然腕雜矣,不能勁瘦挺拗如先人矣。比之匪人,不亦傷乎。不知董太史何所見,而遂稱孟頫爲五百年中所無,貧道乃今大解,乃今大不解。寫此詩仍用趙態,令兒孫輩知之,勿復犯此。"

[30] 右軍,王羲之,字逸少,官至右軍將軍,世稱"王右軍"。爲晉代著名書法家。

[31] 駒王之無骨,《尸子》:"徐偃王有筋無骨。"按,駒王,徐之先君,故以偃王當之。

[32] 顔太師,顔真卿,字清臣,官至太子太師。善正草書。

[33] 禁方,秘方。《史記·扁鵲倉公列傳》:"舍客長桑君過,扁鵲獨奇之,常謹遇之。長桑君亦知扁鵲非常人也,出入十餘年,乃呼扁鵲私坐,間與語曰:我有禁方,年老欲傳與公,公毋泄。"

[34] 中州,泛指今河南省一帶地方。

[35] 需,待。

[36] 肅客,拜客。《左傳》成公十六年:"敢肅使者。"杜預註:"肅,手至地,若今揸(揖)。"

[37] 文獻,指典籍與賢才。《論語·八佾》:"夏禮吾能言之,杞不足徵也;殷禮吾能言之,宋不足徵也;文獻不足故也。"朱熹注:"文,典籍也;獻,賢才也。"

[38] 詰朝,明晨。《左傳》僖公二十八年:"詰朝將見。"注:"詰朝,平旦。"

[39] 此句及下句的"檗"字,四部備要本《國朝先正事略》均作"蘗"。

[40] 篝燈,置燈燭於籠中。《宋史·陳彭年傳》:"彭年幼好學,母惟一子,愛之,禁其夜讀書。彭年篝燈

密室,不使母知。"

[41]《集古録》,即《集古録跋尾》。宋代歐陽修撰。十卷。收集歷代石刻跋尾四百餘篇,爲我國現存最早研究石刻文字的專書。

[42] 大科,清康熙十八年,開博學鴻儒科以網羅當世宿學,取彭孫遹等五十人。

[43] 舁,擡。《三國志·魏志·鍾繇傳》:"繇有膝疾,拜起不便。時華歆亦以高年疾病,朝見皆使載輿車,虎賁舁上殿。"

[44] 益都,今山東省益都縣。馮公,名溥,字孔博,一字益齋。順治進士,累官文華殿大學士兼吏部尚書。卒謚文毅。

[45] 蔚州,今河北省蔚縣。魏公,名象樞,字環極,一字庸齋,順治進士。官至刑部尚書。

[46] 徵士,舊稱曾經帝王徵聘而不肯受職的隱士爲徵士或徵君。這裏指被薦應博學鴻儒科的人。報罷,没有録取。

[47] 杜紫峯,名越,字君異,河北定興人,有《紫峯集》十四卷。

[48] 中書舍人,官名。掌書寫機密文書及撰擬、記載、翻譯等事務。

[49] 午門,紫禁城正門。

[50] 劉因,字夢吉,號静修,河北容城人。元至元間被徵召入朝,授右贊善大夫,不久即辭官還家。

[51] 高齊,北齊。

[52] 顧亭林,初名絳。明亡後,改名炎武,號寧人,别號亭林。二語見《亭林文集·廣師》。

[53] 卓爾堪,字子立,自號寶香山人。工詩,有《近青堂集》。

[54] 青主句:此句係卓爾堪《明末四百家遺民詩》中傅青主小傳中語。翟義,字文仲,漢汝南上蔡(今河南省上蔡縣)人。王莽稱帝,義時爲東郡太守,起兵討莽,兵敗而死。

[55] 不以静修自屈,不肯如劉因之被徵出仕。

袁枚文

作者介紹見前詩歌部份。

書魯亮儕

【解題】 作品主要歌頌了魯亮儕“奇男子”的作風;實際上也透露了封建統治階級内部的矛盾,封建官僚往往愈到上層就愈昏庸,上司隨時隨地都可以不經過什麽調查就可以把屬下官員摘印撤職。本文在細節描寫上相當成功,寫魯亮儕在李令處“且浴且思”、“擊盆水誓”,最後“擲印鏗然”、“怒馬馳去”之狀,頗爲形象生動。

己未冬[1],余謁孫文定公於保定制府[2]。坐甫定,閽啓[3]:“清河道魯之裕白事[4]。”余避東厢,窺偉丈夫年七十許,高眶,大顙[5],白鬚彪彪然[6];口析水利數萬言。心異之,不能忘。後二十年,魯公卒已久,予奠於白下沈氏[7],縱論至於魯,坐客葛聞橋先生曰:

魯字亮儕,奇男子也。田文鏡督河南,嚴,提、鎮、司、道以下[8],受署惟謹,無游目視者[9]。魯効力麾下。

一日,命摘中牟李令印[10],即攝中牟[11]。魯爲微行,大布之衣,草冠,騎驢入境。父老數百扶而道苦之,再拜問訊,曰:“聞有魯公來替吾令,客在開封知否?”魯謾曰:“若問云何?”曰:“吾令賢,不忍其去故也。”又數里,見儒衣冠簇簇然謀曰[12]:“好官去可惜,伺魯公來,盍訴之?”或摇手曰:“咄! 田督有令,雖十魯公奚能爲? 且魯方取其官而代之,寧肯捨己從人耶?”魯心敬之而無言。至縣,見李貌温温奇雅。揖魯入,曰:“印待公久矣!”魯拱手曰:“觀公狀貌、被服,非豪縱者,且賢稱噪於士民,甫下車而庫虧何耶[13]?”李曰:“某,滇南萬里外人也。别母,遊京師十年,得中牟,借俸迎母。母至,被劾,命也!”言未畢,泣。魯曰:“吾暍甚[14],具湯浴我!”徑詣别室,且浴且思,意不能無動。良久,擊盆水誓曰:“依凡而行者,非夫也[15]!”具衣冠辭李,李大驚曰:“公何之?”曰:“之省。”與之印,不受;强之曰:“毋累公!”魯擲印鏗然,厲聲曰:“君非知魯亮儕者!”竟怒馬馳去。合邑士民焚香送之。

至省,先謁兩司告之故。皆曰:“汝病喪心耶? 以若所爲,他督撫猶不可[16],况田公耶?”明早詣轅[17],則兩司先在。名紙未投,合轅傳呼魯令入。田公南向坐,面鐵色,盛氣迎之,旁列司、道下文武十餘人,睨魯曰:“汝不理縣事而來,何也?”曰:“有所啓。”曰:“印何在?”曰:“在中牟。”曰:“交何人?”曰:“李令。”田公乾笑,左右顧曰:“天下摘印者寧有是耶?”皆曰:“無之。”兩司起立謝曰:“某等教飭亡素[18],至有狂悖之員。請公並劾魯,付某等嚴訊朋黨情弊,以懲餘官!”魯免冠前叩首,大言曰:“固也。待裕言之:裕一寒士,以求官故,來河南。得官中牟,喜甚,恨不連夜排衙視事[19]。不意入境時,李令之民心如是,士心如是,見其人,知虧帑故又如是。若明公已知其然而令裕往,裕沽名譽,空手歸,裕之罪也。若明公未知其然而令裕往,裕歸陳明,請公意旨,庶不負大君子愛才之心與聖上以孝治天下之意。公若以爲無可哀憐,則裕再往取印未遲。不然,公轅外官數十,皆求印不得者也,裕何人,敢逆公意耶！”田公默然。兩司目之退。魯不謝，走出，至屋霤外[20]；田公變色下階，呼曰：“來！”魯入跪。又招曰：“前！”取所戴珊瑚冠覆魯頭，嘆曰：“奇男子！此冠宜汝戴也。微汝[21]，吾幾誤劾賢員。但疏去矣[22]，奈何！”魯曰：“幾日？”曰：“五日。快馬不能追也。”魯曰：“公有恩，裕能追之。裕少時能日行三百里；公果欲追疏，請賜契箭一枝以爲信[23]！”公許之，遂行。五日而疏還。中牟令竟無恙。以此魯名聞天下。

先是，亮儕父某爲廣東提督，與三藩要盟[24]。亮儕年七歲，爲質子於吴[25]。吴王坐朝，亮儕黄裌衫，戴貂蟬侍側[26]。年少豪甚，讀書畢，日與吴王帳下健兒學嬴越勾卒、擲塗賭跳之法[27]，故武藝尤絶人云。

四庫備要本《小倉山房文集》卷九

【註釋】

[1] 己未，乾隆四年（一七三九）。

[2] 孫文定，名嘉淦，字錫公，號懿齋，太原人。清康熙間進士。官至吏部尚書，協辦大學士。保定制府，即直隸總督衙門；舊稱總督爲制台，故稱總督衙門爲制府。保定，今河北省保定市，清直隸總督駐此。

[3] 閽（hūn 昏），閽人，即守門人。《左傳》襄二十九年：“吴人伐楚，獲俘焉，以爲閽。”

[4] 清河道，官名，管轄正定、保定等地，兼管河務。

[5] 顙（sǎng 嗓），額。大顙，即廣額。

[6] 彪彪然，光彩焕發貌。

[7] 白下，故城在今江蘇省南京市金川門外，本名白石陂。晉代咸和年間陶侃討蘇峻至石頭城（故址在今南京市清涼山），從部將李根言，於白石築壘。唐代武德時改金陵爲白下，移治於白下故城，故金陵也稱白下。唐置江寧郡，明代稱應天府，定爲南京，清代又改稱江寧府。故此處白下，實指江寧，也即現在的南京市。

[8] 田文鏡三句：田文鏡，曾任長樂縣丞，雍正間官至河南、山東總督，加太子太保，爲政嚴厲苛刻。提、鎮、司、道，都是地方長官。提，即提督，統轄全省水陸諸軍，爲地方最高級軍官。鎮，是鎮守一地的總兵官，軍階次於提督一級。司，省級官署名，一省設有布政司、按察司及提學司；布政司的長官是布政使，承宣朝廷的政令；按察司的長官是按察使，掌管一省的司法；提學司的長官是提學使，掌管一省的學政。下文“二司”指布政司和按察司。三司之下有分巡道，位在知府之上。

[9] 受署二句：受署，凡官文書皆由長官簽字，稱署字，受署即受命之意。游目視，眼睛隨便觀看。此兩句意謂，諸長官奉命守職，極其謹慎，謁見田文鏡時，小心謹慎，連眼睛都不敢隨便觀看。

[10] 中牟，河南省縣名。

[11] 攝，本有兼、代二義，此處用第二義。魯亮儕在省候差，並無官職，故攝中牟令是代理而非兼職。

[12] 簇簇然，聚攏貌。

[13] 下車，官吏到任。

[14] 暍（yē 椰），受暑熱。

[15] 依凡二句：凡，平凡，一般。夫，此處作大丈夫解。此兩句意謂，按照一般的辦法行事，算不得大丈夫。

[16] 督撫,指總督、巡撫。巡撫掌管全省民政、軍政,職權甚重。總督則爲朝廷派往外省的最高長官,位在巡撫之上。

[17] 轅,衙門。古代巡狩田獵時,以車爲門,稱轅門。後因稱衙署之外門爲轅門,其行館稱爲行轅。

[18] 飭,通“敕”,誡。亡,同“無”。素,向來,往常。《國語·吴語》:“夫謀,必素見成事焉而後履之。”此句意謂,我們平時没有教誡。

[19] 排衙,官員陳設儀仗,使僚屬依次謁見,稱排衙。

[20] 霤(liù 遛),屋簷。

[21] 微汝,没有你。微,此處作“無”解。《論語·憲問》:“微管仲,吾其被髮左衽矣。”

[22] 疏,條陳其事稱疏。

[23] 契箭,冷箭。

[24] 三藩,清初封明朝的降將吴三桂、耿精忠、尚可喜爲王,稱三藩。參見前全祖望文《張公神道碑銘》註[195]。要盟,以勢力脅迫爲盟誓。

[25] 質,押人物以取信。《左傳》襄九年:“且要盟無質,神弗臨也。”吴,即下文“吴王”,指平西王吴三桂。

[26] 貂蟬,冠飾。《後漢書·輿服志》:“武冠,一曰武弁大冠,諸武官冠之。侍中、中常侍,加黄金璫,附蟬爲文,貂尾爲飾,謂之趙惠文冠。”

[27] 嬴,秦國(秦國嬴姓)。越,越國。勾卒,古作“句卒”,軍陣之名。《左傳》哀十七年:“越子伐吴,吴子禦之笠澤,夾水而陣;越子爲左右句卒,使夜或左或右鼓譟而進。”註:“句卒,鉤伍相著,别爲左右屯。”擲塗賭跳,《資治通鑑·齊紀·明帝建武元年》記明帝好於隧中“擲塗、賭跳”。註:“塗,泥也。以塗泥相擲爲樂也。跳,躍也。賭跳者,以跳躍高出者爲勝。”此處泛指武技。

黄生借書説

【解題】 本文重在闡述借書而讀,讀之易專的道理。這個觀點當然不能絶對化,但與“姑俟異日觀”的事例作一對比,借以勉勵黄生專心讀書,這就具有較强的説服力。

黄生允修借書,隨園主人授以書而告之曰[1]

書非借不能讀也。子不聞藏書者乎?七略四庫[2],天子之書,然天子讀書者有幾?汗牛塞屋[3],富貴家之書,然富貴人讀書者有幾?其他祖父積、子孫棄者無論焉。非獨書爲然,天下物皆然。非夫人之物而强假焉,必慮人逼取而惴惴焉摩玩之不已[4],曰:“今日存,明日去,吾不得而見之矣。”若業爲吾所有[5],必高束焉,庋藏焉[6],曰:“姑俟異日觀”云爾。

余幼好書,家貧難致。有張氏,藏書甚富;往借不與,歸而形諸夢[7]。其切如是,故有所覽輒省記。通籍後[8],俸去書來[9],落落大滿[10],素蟫灰絲[11],時蒙卷軸[12],然後嘆借者之用心專而少時之歲月爲可惜也[13]!

今黄生貧類予[14],其借書亦類予,惟予之公書與張氏之吝書若不相類[15]。然則予固不幸而遇張乎?生固幸而遇予乎?知幸與不幸,則其讀書也必專,而其歸書也必速[16]。

爲一説,使與書俱。

四部備要本《小倉山房文集》卷二十二

【註釋】

[1] 隨園主人，作者辭官後居於江寧（今江蘇省南京市）小倉山隨園，因自稱"隨園主人"。

[2] 七略，西漢劉歆編輯宮廷藏書，分成輯略、六藝略、諸子略、詩賦略、兵書略、術數略、方技略等七類。四庫，經、史、子、集四部的代稱。唐玄宗開元年間收羅圖書，分藏長安、洛陽兩地，以甲、乙、丙、丁爲次，列經、史、子、集四庫。後因稱四部爲四庫。

[3] 汗牛塞屋，形容藏書極多。意謂運書時，牛要拉得出汗；堆放時，要塞滿屋子。

[4] 這兩句是說，不是自己的東西，而是勉強向人借來的，總怕物主逼着要還而憂慮不安地撫摩賞玩不止。夫（fú扶），那個，指示代詞。惴（zhuì贅）惴，恐懼的樣子。

[5] 業，已經。

[6] 庋（guǐ鬼）藏，收藏的意思。庋，擱置器物的木板或架子。

[7] 歸而形諸夢，回來後（借書之事）出現在夢中。諸，此處是"之於"的合音詞。

[8] 通籍，名字登記在國家的官名簿上，意謂開始做官。

[9] 俸去書來，意謂拿俸錢買書。

[10] 落落大滿，多得堆滿了。落落，喻多。

[11] 素蟫（tán潭），白魚，即蠹魚，蛀蝕衣服、書籍的小蟲。灰絲，灰色的蛛絲。

[12] 蒙，蓋。卷軸，指書籍。古時文章，皆裱成長卷，有軸可以舒卷。

[13] 惜，珍惜。

[14] 類，像。

[15] 公書，把書公開，謂肯借書與人。吝書，吝惜書，謂不肯借書與人。

[16] 歸書，還書。

錢大昕文

作者介紹見前詩歌部份。

弈喻

【解題】 本文以下棋作喻，生動地説明了生活中的一個哲理，即觀人之失易，見己之失難。作者認爲，只有易地以處，平心而度之，才能比較公允地評價一切事物。如果不管真理之所在，各是其所是，各非其所非，甚至彼此相嗤，就會永遠得不出正確的結論。文章言簡意明，耐人深思。

予觀弈於友人所[1]。一客數敗[2]。嗤其失算，輒欲易置之；以爲不逮己也[3]。頃之，客請與予對局，予頗易之。甫下數子，客已得先手[4]。局將半，予思益苦，而客之智尚有餘。竟局數之[5]，客勝予十三子。予赧甚[6]，不能出一言。後有招予觀弈者，終日默坐而已。

今之學者，讀古人書，多訾古人之失[7]；與今人居，亦樂稱人失。人固不能無失。然試易地以處，平心而度之[8]，吾果無一失乎？吾能知人之失，而不能見吾之失；吾能指人之小失，而不能見吾之大失。吾求吾失且不暇，何暇論人哉？

弈之優劣，有定也。一著之失[9]，人皆見之；雖護前者[10]，不能諱也。理之所在，各是其所是，各非其所非。世無孔子，誰能定是非之真？然則人之失者，未必非得也；吾之無失者，未必非大失也；而彼此相嗤，無有已時，曾觀弈者之不若已！

四部叢刊本《潛研堂文集》卷十七

【註釋】

[1] 弈(yì 亦)，下棋。

[2] 數，屢次。

[3] 逮，及。

[4] 得先手，一本作"先得手"。

[5] 竟局，猶終局。

[6] 赧(nǎn 腩)，因羞愧而臉紅。

[7] 訾(zǐ 紫)，詆毁。

[8] 度(duó 鐸)，推測，估計。

[9] 著，"着"的本字。這裏讀"着"(zhāo 招)，即下棋落子。

[10] 前，指前此之失。别本或改爲"短"。

姚鼐文

姚鼐,字姬傳,號惜抱。桐城(今安徽省桐城縣)人。生於公元一七三一年(清世宗雍正九年),卒於公元一八一五年(清仁宗嘉慶二十年)。乾隆間進士,官至刑部郎中,又曾任四庫全書館纂修官。辭官後,先後主講於梅花、鍾山、紫陽、敬敷等書院共四十餘年。姚鼐爲"桐城派"古文主要作家之一。其論學主張集義理、考據、詞章之長,不拘漢、宋門户;所著古文風格簡潔嚴整,在文學史上有一定地位;但所講求的神理氣味、格律聲色等,仍着重於形式與技巧。所編《古文辭類纂》當時流傳甚廣,對清代中葉以後的散文影響很大。著有《九經説》、《惜抱軒全集》等。

袁隨園君墓誌銘 并序

【解題】 本篇主要是贊揚袁枚的才學、品德及政績。墓誌銘,文體的一種。一般包括誌和銘兩部分。誌多用散文撰寫,以傳記,敍死者姓氏、生平等。銘是用韻文來統括全篇,是對死者的贊揚、悼念或安慰之詞。但也有只用誌或只用銘的。

君錢塘袁氏[1],諱枚,字子才。其仕在官,有名績矣。解官後,作園江甯西城居之[2],曰隨園[3]。世稱隨園先生,乃尤著云。祖諱錡,考諱濱,叔父鴻,皆以貧遊幕四方。君之少也,爲學自成。年二十一,自錢塘至廣西,省叔父於巡撫幕中。巡撫金公鉷一見異之[4],試以銅鼓賦[5],立就,甚瑰麗。會開博學鴻詞科[6],即舉君。時舉二百餘人,惟君最少。及試報罷,中乾隆戊午科順天鄉試[7],次年成進士[8],改庶吉士[9]。散館[10],又改發江南爲知縣;最後調江甯知縣。江甯故巨邑,難治。時尹文端公爲總督[11],最知君才;君亦遇事盡其能,無所迴避,事無不舉矣。既而去職家居,再起,發陝西;甫及陝,遭父喪歸,終居江甯。

君本以文章入翰林有聲,而忽擯外;及爲知縣,著才矣,而仕卒不進。自陝歸,年甫四十,遂絶意仕宦,盡其才以爲文辭歌詩。足跡造東南山水佳處皆徧。其瑰奇幽邈,一發於文章,以自喜其意。四方士至江南,必造隨園投詩文,幾無虚日。君園館花竹水石,幽深静麗,至欞檻器具[12],皆精好,所以待賓客者甚盛。與人留連不倦,見人善,稱之不容口。後進少年詩文一言之美,君必能舉其詞,爲人誦焉。

君古文、四六體[13],皆能自發其思,通乎古法。於爲詩,尤縱才力所至,世人心所欲出不能達者,悉爲達之;士多倣其體。故《隨園詩文集》,上自朝廷公卿,下至市井負販,皆知貴重之。海外琉球[14],有來求其書者。君仕雖不顯,而世謂百餘年來,極山林之樂,獲文章之名,蓋未有及君也。

君始出,試爲溧水令[15],其考自遠來縣治。疑子年少,無吏能,試匿名訪諸野。皆曰:"吾邑有少年袁知縣,乃大好官也。"考乃喜,入官舍。在江甯嘗朝治事,夜召士飲酒賦詩,而尤多名蹟。江甯市中以所判事,作歌曲,刻行四方,君以爲不足道,後絶不欲人述其吏治云。

君卒於嘉慶二年十一月十七日,年八十二。夫人王氏無子,撫從父弟樹子通爲子。既而側室鍾氏又生子遲。孫二:曰初,曰禧。始君葬父母於所居小倉山北,遺命以己祔[16]。

嘉慶三年十二月乙卯,祔葬小倉山墓左。桐城姚鼐以君與先世有交,而鼐居江甯,從君遊最久。君殁,遂爲之銘曰:"粤有耆龐[17],才博以豐。出不可窮,匪雕而工。文士是宗,名越海邦[18]。藹如其沖,其産越中[19]。載官倚江[20],以老以終。兩世阡同,銘是幽宫[21]。"

四部叢刊本《惜抱軒文集》卷十三

【註釋】

[1] 錢塘,今浙江省杭州市。

[2] 江甯,今江蘇省南京市。字本作寧,清人避宣宗諱,作甯。

[3] 隨園,在南京市清涼山東小倉山下。本隋氏之園,袁枚購得,乃改名隨園。

[4] 金鉷,字震方,一字得山。遼陽(今遼寧省遼陽縣)人。累官至廣西巡撫。

[5] 銅鼓,我國古代西南少數民族所用的一種鼓。據范成大《桂海虞衡志》云:"銅鼓,古蠻人所用,南邊土中時有掘得者。相傳爲馬伏波所遺。其製如坐墩而空其下,滿鼓皆細花紋,極工緻,四角有小蟾蜍。兩人舁行,以手拊之,聲全似鞞鼓。"

[6] 博學鴻詞,清代考試科目名。唐開元十九年開博學宏詞科,以考拔博學能文之士;宋南渡後也設有是科;清代有博學鴻儒科,後改博學鴻詞科。

[7] 乾隆句:戊午,清高宗三年(一七三八)。順天,府名,即今北京市一帶。鄉試,由生員應試,考中者稱舉人,得應會試。各省鄉試限本省人參加,只有順天,凡各省由貢監出身者都可以應試。

[8] 進士,由舉人應試,考中者稱貢士,得應殿試。由貢士應殿試及第者,有一甲、二甲、三甲之分。一甲三名:第一名稱狀元,第二名稱榜眼,第三名稱探花,賜進士及第。餘二甲若干人,賜進士出身。三甲若干人,賜同進士出身。

[9] 庶吉士,清制,翰林院設庶常館,選新進士之優於文學書法者,入館學習,稱爲翰林院庶吉士。

[10] 散館,清制,翰林院庶吉士學習期滿稱爲"散館"。考試後仍留翰林院,授編修等職者,叫"留館"。

[11] 尹文端,名繼善,字元長。滿洲鑲黄旗人。爲袁枚座師。

[12] 櫺(líng 靈),窗格。

[13] 四六體,駢文。

[14] 琉球,古國名,清光緒五年,爲日本所滅,改爲沖繩縣。

[15] 溧水,今江蘇省溧水縣。

[16] 祔(fù 附),合葬。子孫葬於先塋,亦稱祔葬。

[17] 粤,發語辭。耆龐,年高而有德望者。

[18] 海邦,指前文所説的琉球。

[19] 越中,浙江省。

[20] 倚江,緣江。袁枚官江甯縣,濱江,故云。

[21] 幽宫,墳墓。

登泰山記

【解題】 本文全篇僅數百字,但所記内容卻很豐富。作者扣緊深冬時令和泰山景物的特點來寫,給人印象很深。文字簡潔而又形象,很能寫出泰山的雄偉壯麗。

泰山之陽[1],汶水西流[2];其陰,濟水東流[3]。陽谷皆入汶,陰谷皆入濟。當其南北分者,古長城也[4]。最高日觀峯,在長城南十五里。余以乾隆三十九年十二月[5],自京師乘風雪,歷齊河、長清[6],穿泰山西北谷,越長城之限[7],至於泰安[8]。是月丁未,與知府朱孝純子潁由南麓登。四十五里,道皆砌石爲磴,其級七千有餘。泰山正南面有三谷,中谷遶泰安城下,酈道元所謂環水也[9]。余始循以入,道少半,越中嶺,復循西谷,遂至其巔。古時登山,循東谷入,道有天門。東谷者,古謂之天門谿水,余所不至也。今所經中嶺及山巔崖限當道者[10],世皆謂之天門云。道中迷霧冰滑,磴幾不可登。及既上,蒼山負雪,明燭天南[11],望晚日照城郭、汶水、徂徠如畫[12],而半山居霧若帶然[13]。戊申晦[14],五鼓,與子潁坐日觀亭[15],待日出,大風揚積雪擊面,亭東自足下皆雲漫,稍見雲中白若樗蒱數十立者[16],山也。極天雲一綫異色,須臾成五采,日上正赤如丹,下有紅光動摇承之。或曰,此東海也[17]。迴視日觀以西峯,或得日、或否,絳皜駁色[18],而皆若僂[19]。亭西有岱祠[20],又有碧霞元君祠[21]。皇帝行宫在碧霞元君祠東。是日,觀道中石刻,自唐顯慶以來[22],其遠古刻盡漫失;僻不當道者皆不及往。山多石,少土。石蒼黑色,多平方,少圜。少雜樹,多松;生石罅,皆平頂。冰雪,無瀑水,無鳥獸音跡。至日觀數里内,無樹,而雪與人膝齊。桐城姚鼐記。

四部叢刊本《惜抱軒文集》卷十四

【註釋】

[1] 泰山,我國五嶽之一,在今山東省泰安縣城北。陽,山的南面。下文"陰",山的北面。

[2] 汶水,此處指大汶河。發源於山東省萊蕪縣東北的原山,向西南流經泰安縣東。

[3] 濟水,也稱沇水。發源於河南省濟源縣西的王屋山,東流入山東。清中期,濟水在山東的河道爲黄河所奪,但發源處尚存。

[4] 古長城,指戰國時齊國所築的長城。按,春秋戰國時,諸國多築長城以資防守,不是指後來秦始皇所聯綴建成的長城。《管子·輕重第八十三》:"長城之陽,魯也;長城之陰,齊也。"蓋沿河因泰山爲之,至戰國時,齊國加以增築,古長城指此。

[5] 乾隆三十九年,即公元一七七四年。

[6] 齊河、長清,均山東省縣名。

[7] 限,户限(門下横木)。長城横過泰山,像一條門檻。

[8] 泰安,今山東省縣名,在泰山南面,清代爲泰安府治所。

[9] 酈道元,字善長,北魏范陽(今河北省涿縣)人。著有《水經注》四十卷。環水,指泰安的護城河。

[10] 崖限,像户限一樣的山崖。

[11] 燭,此處作動詞解,照。明燭天南,承上句而言,意謂高山上的雪光映照着南面的天空。

[12] 徂(cú 殂)徠(lái 來),山名,在泰安縣城東南四十里。

[13] 半山居霧若帶然,半山腰上停留着的雲霧像一條帶子似的。

[14] 戊申晦,戊申這一天正是月底。晦,陰曆每月的最後一天。

[15] 日觀亭,日觀峯(在泰山東巖高處)上的亭子,泰山頂上觀日出處。

[16] 樗(chū 初)蒱,古代賭博游戲的用具,共有五子,以木製成,故又稱"五木"。猶後來的骰子。

[17] 東海,泛指東方的海。

[18] 絳,紅色。皜,白色。駮,雜。此句承上句而言,意謂日觀峯以西諸峯,有的被日光照着,有的没有被照着,故或紅或白,顔色錯雜。

[19] 皆若僂,都像彎腰屈背的樣子。日觀峯以西諸山峯,都比日觀峯低,故有此景象。

[20] 岱祠,東嶽大帝的廟,即東嶽祠,也稱玉帝觀。

[21] 碧霞元君,女神,傳説係東嶽大帝之女。

[22] 顯慶,唐高宗年號(六五六——六六〇)。

汪中文

作者介紹見前詩歌部份。

狐父之盗頌 并序

【解題】 本文作意,小序已經指出。文末"吁嗟子盗,孰如其仁?用子之道,薄夫可敦"、"孰爲盗者,吾將託焉"數句,進一步透露出作者對當時醜惡現實的不滿。表面上是歌頌狐父之盗,實際上是對當時社會的批評。

《列子·説符篇》:"東方有人焉,曰爰旌目,將有適也,而餓於道。狐父之盗曰邱,見而下壺餐以餔之,三餔而後能視[1]。"有感其事,因作此頌。

狐父之盗,厥名曰邱。飽食而嬉,税於道周[2]。東方有人,惟爰旌目。貿貿然來[3],既餒而踣。於時子盗,盱睢審顧[4]。匪我昏媾,匪我舊故[5]。嗒然七尺[6],形在神奄。弱息裁屬[7],飢火方炎。致此非我,哀爾無辜。左挈懿筐[8],右執方壺[9]。得之則生,失之則死。藐爾一簞[10],倐焉人鬼。芒芒下土[11],曾無可依。惟盗餔我,慈母嬰兒。彼盗之食,於何乃得?外御國門[12],内意窟室[13]。勇夫寢戈,暴客是禦。國有常刑,在死不赦。惟得之艱,致忘其身[14]。既淅既炊[15],以濟路人。舍之何咎?救之何報?悲心内激[16],直行無撓[17]。吁嗟子盗,孰如其仁?用子之道,薄夫可敦[18]。悠悠溝壑[19],相遇以天[20]。孰爲盗者,吾將託焉!

四部叢刊本《述學·補遺》

【註釋】

[1]《列子·説符第八》云:"東方有人焉,曰爰旌目,將有適也,而餓於道。狐父之盗曰丘,見而下壺餐以餔之,爰旌目三餔而後能視,曰:'子何爲者也?'曰:'我狐父之人丘也!'爰旌目曰:'譆!汝非盗邪?胡爲而食我?吾義不食子之食也!'兩手據地而歐之,不出,喀喀然,遂伏而死。狐父之人則盗矣,而食非盗也。以人之盗,因謂食爲盗而不敢食,是失名實者也。"狐父(音甫),古地名。相傳在今安徽省碭山縣南三十里。譆,猶嘻,嘆詞,表示驚異。

[2]税於道周,猶言在路旁休息。税,《史記·李斯傳》:"吾未知所税駕也。"索隱:"税駕,猶解駕,言休息也。"道周,《詩經·唐風·有杕之杜》:"生於道周。"傳:"周,曲也。"正義:"言道周遶之故爲曲也。"

[3]貿貿然來,《禮記·檀弓下》:"齊大饑,黔敖爲食於路,以待餓者而食之。有餓者蒙袂緝屨,貿貿然來。"鄭注:"貿貿,目不明之貌。"

[4]盱睢,張衡《西京賦》:"睢盱拔扈。"薛綜注:"字林曰:'睢,仰目也;盱,張目也。'"

[5]匪我二句:匪,非。昏媾,亦作"婚媾",猶婚姻。此兩句意謂,狐父之盗跟爰旌目,既非親戚,也非朋友。

[6]嗒,或作"荅",解體貌。《莊子·齊物論》:"荅焉似喪其耦。"嗒然以下四句,極寫爰旌目飢餓困頓、

氣息奄奄之狀。

[7] 弱息,微弱的氣息。裁,通"纔"。屬,續。意謂僅能維持微弱的呼吸。《晉書·陸曄傳》:"士光(陸曄字士光)氣息裁屬,慮其性命。"

[8] 懿筐,《詩經·豳風·七月》:"女執懿筐。"毛傳:"懿筐,深筐也。"

[9] 方壺,指一種腹方口圓的壺。

[10] 藐,小。一簞,一簞食。《論語·雍也》:"賢哉回也,一簞食,一瓢飲,在陋巷。人不堪其憂,回也不改其樂。"簞,小筐,古代盛飯食的容器。

[11] 芒芒,廣闊遼遠貌。《詩經·商頌·玄鳥》:"宅殷土芒芒。"

[12] 外御句:御,同"禦"。《孟子·萬章下》:"今有禦人於國門之外者。"趙注:"禦人,以兵(兵器)禦人而奪之貨。"

[13] 内意句:《莊子·胠篋篇》:"跖之徒問於跖曰:'盗亦有道乎?'跖曰:'夫妄意室中之藏,聖也;入先,勇也;出後,義也;知可否,知也;分均,仁也。五者不備而能成大盗者,天下未之有也。'"窟室,地室。

[14] 惟得二句:意謂盗之食得來不易,惟其如此,所以能體會到爰旌目的急需,忘記了自己而去周濟别人。

[15] 淅(xī 析),淘米。炊,煮以爲飯。

[16] 悲心内激,内心激起悲憫的感情。

[17] 直行句:《論語·衛靈公》:"斯民也,三代之所以直道而行也。"正義:"堯舜以德化民,即是直道而行。"直行無撓句本此。按,斯民,指夏、殷、周三代之民。直行,猶直道。撓,曲。

[18] 薄夫可敦,刻薄的人可以變得敦厚。《孟子·萬章》:"故聞柳下惠之風者,鄙夫寬,薄夫敦。"

[19] 溝壑,聚水長而小者爲溝,聚水深而大者爲壑。《孟子·滕文公》:"使老稚轉乎溝壑。"

[20] 天,天性。相遇以天,意謂狐父之盗的同情於爰旌目,是出於一片真誠。

哀鹽船文 并序

【解題】 本文爲汪中二十七歲時作。文中對儀徵(今江蘇省儀徵縣)沙漫洲鹽船失火,人聲哀號,衣絮亂飛的慘狀和大火前後的環境、氣氛,作了具體、形象的描述,表現了作者對船民遭難的深切同情。當時杭世駿適主揚州安定書院,讀之深加禮敬,並爲作序,由是傳誦一時。

哀鹽船文者,江都汪中之所作也。中早學六義[1],又好深湛之思[2],故指事類情,申其雅志[3]。采遺制於《大招》,激哀音於變徵[4],可謂驚心動魄,一字千金者矣[5]。或疑中方學古之道,其言必期於有用;若此文將何用邪?答曰:中目擊異災,迫於其所不忍,而飾之以文藻。當人心肅然震動之時,爲之發其哀矜痛苦,而不忘天之降罰,且閔死者之無辜;而吁嗟噫歆[6],散其冤抑之氣,使人無逢其災害,是小雅之旨也,君子故有取焉。若夫汚爲故楮,識李華之精思[7];傳之都下,寫左思之賦本[8];文章遇合之事,又末而無足數也。仁和杭世駿序[9]。

乾隆三十五年十二月乙卯[10],儀徵鹽船火,壞船百有三十,焚及溺死者千有四百。是時鹽綱皆直達[11],東自泰州,西極於漢陽,轉運半天下焉。惟儀徵綰其口[12]。列檣蔽空,束江而立,望之隱若城郭。一夕併命[13],鬱爲枯腊[14],烈烈厄運[15],可不悲邪?

於時玄冥告成[16],萬物休息,窮陰涸凝[17],寒威凛慄[18],黑眚拔來,陽光西匿[19]。羣飽方嬉,歌咢宴食[20],死氣交纏,視面惟墨[21]。夜漏始下[22],驚飆勃發[23],萬竅怒號[24],地脈盪決[25],大聲發於空廓,而水波山立。

於斯時也,有火作焉。摩木自生,星星如血[26]。炎光一灼,百舫盡赤。青煙睒睒[27],熛若沃雪[28]。蒸雲氣以爲霞,炙陰崖而焦爇。始連檝以下碇[29],乃焚如以俱没。跳躑火中,明見毛髮。痛譽田田[30],狂呼氣竭。轉側張皇,生塗未絶[31]。倏陽燄之騰高,鼓腥風而一吷[32]。洎埃霧之重開,遂聲銷而形滅。齊千命於一瞬,指人世以長訣。發冤氣之焄蒿[33],合游氛而障日。行當午而迷方,揚沙礫之嫖疾。衣繒敗絮,墨查炭屑[34],浮江而下,至於海不絶。

亦有没者善游,操舟若神,死喪之威,從井有仁[35];旋入雷淵,并爲波臣[36]。又或擇音無門,投身急瀨[37],知蹈水之必濡,猶入險而思濟[38]。挾驚浪以雷奔,勢若隮而終墜[39],逃灼爛之須臾,乃同歸乎死地。積哀怨於靈臺[40],乘精爽而爲厲[41]。出寒流以浹辰,目睊睊而猶視[42]。知天屬之來撫[43],慭流血以盈眦[44],訴強死之悲心,口不言而以意[45]。

若其焚剥支離,漫漶莫別[46],圜者如圈,破者如玦[47]。積埃填竅,攦指失節[48],嗟貍首之殘形[49],聚誰何而同穴[50]。收然灰之一抔[51],辨焚餘之白骨。嗚呼,哀哉!

且夫衆生乘化,是云天常[52],妻孥環之,絶氣寢牀。以死衛上,用登明堂,離而不懲,祀爲國殤[53]。兹也無名,又非其命,天乎何辜,罹此冤横!游魂不歸,居人心絶。麥飯壺漿,臨江嗚咽。日墮天昏,悽悽鬼語。守哭迍邅,心期冥遇[54]。惟血嗣之相依[55],尚騰哀而屬路。或舉族之沈波,終狐祥而無主[56]。悲夫!叢冢有坎[57],泰厲有祀[58],強飲強食,馮其氣類。尚羣遊之樂,而無爲妖祟[59]!人逢其凶也邪?天降其酷也邪?夫何爲而至於此極哉!

四部叢刊本《述學·補遺》

【註釋】

[1] 六義,亦稱六詩,指風、賦、比、興、雅、頌。詳《毛詩序》。

[2] 深湛(chén 沉),同"深沉"。《漢書·揚雄傳》:"默而好深湛之思。"

[3] 故指事二句:指事類情,猶述事言情。《史記·老莊申韓列傳》謂莊子"善屬書離辭,指事類情"。申,明。雅志,素志。

[4] 采遺制二句:《大招》,《楚辭》篇名。王逸序:"屈原放流九年,憂思煩亂,精神越散,與形離別。恐命將終,所行不遂。故憤然大招其魂。"變徵(zhǐ 止),七音之一,比徵聲略低,變徵之聲最爲悲哀。《國策·燕策》:"高漸離擊筑,荆軻和而歌,爲變徵之聲。"

[5] 一字千金,吕不韋使門客著《吕氏春秋》,書成,懸之咸陽國門,號令曰:有能增損一字者,予以千金。後因稱寫作之佳者爲一字千金。詳《史記·吕不韋列傳》。

[6] 噫,嘆息之聲。歆,饗。噫歆,嘆息着説:鬼神來受饗罷。

[7] 若夫二句:故楮,故紙。李華作《弔古戰場文》,故意把它弄髒了,成爲廢紙,給蕭穎士看。問他:

如這樣的文章,誰做得出?蕭答:如你能多用些心思,就可以達到。李嘆服。詳《新唐書·李華傳》。

[8] 傳之都下二句:都下,指晉朝的都城洛陽。《晉書·左思傳》:"思賦三都,豪貴之家競相傳寫,洛陽爲之紙貴。"

[9] 杭世駿,字大宗,仁和(今浙江省杭州市)人。乾隆時舉博學鴻詞科。曾受命校勘《十三經》、《二十四史》。晚年主講粵東、揚州書院。著有《道古堂詩文集》等。

[10] 乾隆三十五年,按《嘉慶揚州府志》作乾隆三十六年十二月,《重修儀徵縣志》作乾隆三十六年十二月十九日,並與本文不同,未知孰是。乙卯日,即十九日。

[11] 鹽綱,猶鹽運。凡轉運大批貨物,分批啓行,每批計其車輛船隻,編立字號,名爲一綱。如鹽綱、茶綱、花石綱皆是。

[12] 綰(wǎn 碗)其口,統綰鹽運的水路要口。綰,控扼,聯結。

[13] 併命,猶同命,同時死亡。

[14] 鬱,積聚貌。腊(xī 惜),乾肉。《漢書·楊王孫傳》:"其屍塊然獨處,欲化不得,鬱爲枯腊。"

[15] 烈烈,火盛貌。《詩經·商頌·長發》:"如火烈烈。"

[16] 玄冥,主管冬令的神。《禮記·月令》:"季冬之月,其神玄冥。"告成,告終。此句意謂,時近冬末(十二月十九日),玄冥的工作即將告成。

[17] 窮陰,極陰,指歲末嚴冬時極其陰沉的天氣。涸凝,意謂像凝結起來一樣。鮑照《舞鶴賦》:"窮陰殺節。"

[18] 凜慄,寒冷得使人戰慄。

[19] 黑眚(shěng 省)二句:眚,目生翳曰眚。引申之,黑眚,指黑色雲霧。此處指黑色霧氣。拔來,突然而來。《後漢書·寇恂傳》注:"拔,卒(猝)也。"西匿,王粲《登樓賦》:"白日忽其西匿。"

[20] 羣飽二句:羣飽方嬉,大家吃飽了,正在遊戲。咢,徒手歌唱,不用樂器。

[21] 死氣二句:死氣,迷信者以爲人有凶兆,死氣出現。墨,晦色。《左傳》哀公十三年:"肉食者無墨,今吴王有墨,國勝乎!太子死乎!"

[22] 夜漏始下,計時的漏壺剛下滴。指天剛晚。

[23] 驚飈,暴風。勃發,突然發生。

[24] 萬竅,指千穴萬孔。《莊子·齊物論》:"是惟無作,作則萬竅怒號。"

[25] 地脈,地的脈絡,指江水。水行地中,像人的脈絡一樣。《硯北雜志》:"吴興人説久雨遇雷,地脈必開,山爲之發洪。"

[26] 摩木二句:摩木自生,《莊子·外物》:"木與木相摩則然(燃)。"星星,猶點點。

[27] 睒(shǎn 閃)睒,光燄閃爍貌。

[28] 熛(biāo 標),飛火。沃雪,用沸水澆雪。枚乘《七發》:"如湯沃雪。"此句謂,飛火燒船,如湯澆雪。極言其速。

[29] 連檣,船與船相連接。下碇,猶今之抛錨。碇,同"矴",船停泊時沉入水中用以繫船的石塊。

[30] 痛暑(bó 拍),痛楚的喊叫聲。田田,象聲詞,狀捶胸之聲。《禮記·問喪》:"婦人不宜袒,故發胸、擊心、爵(雀)踴,殷殷田田,如壞牆然,悲哀痛疾之至也。"

[31] 生塗,生路。

[32] 吷(xuè 穴),微小的聲音。《莊子·則陽》:“吹劍首者,吷而已矣。”司馬彪注:“吷然如風過。”

[33] 焄(xūn 熏)蒿,焄,指氣;蒿,指氣的蒸發。《禮記·祭義》:“衆生必死,死必歸土。……其氣發揚於上爲昭明,焄蒿悽愴,此百物之精也。”鄭注:“焄謂香臭也,蒿謂氣烝出貌也。”

[34] 衣繒二句:衣繒敗絮,指好衣服和破棉絮。繒,絲織品的總名。墨查,指被燒焦的浮在水面的木頭。查,同“楂”。

[35] 亦有没者四句:謂有些善於潛水(没者)的人冒着死亡的危險去拯救他人。死喪之威,《詩經·小雅·常棣》:“死喪之威。”鄭箋:“死喪可怖之事。”從井有仁,《論語·雍也》:“仁者雖告之曰:井有仁焉,其從之也?”孔注:“仁者必濟人於患難,故問有仁者墮井,將自投下從而出之不乎?欲極觀仁者憂樂之所至。”(見《諸子集成》注)

[36] 旋入雷淵二句:猶言墜入水中,同被溺死。《楚辭·招魂》:“旋入雷淵,爢散而不可止些。”雷淵,猶言水底。波臣,猶言水族。《莊子·外物》:“鮒魚曰:‘我東海之波臣也,君豈有升斗之水活我乎?’”

[37] 又或擇音無門二句:擇音無門,猶言逃生無路。《左傳》文公十七年:“鹿死不擇音。”音,蔭蔽之處。急瀨,急流。

[38] 知蹈水二句:蹈水,投入水中。濡,淹濕,此指淹没。思濟,指蹈水者冒着被淹死的危險而入水是希望得到救活。

[39] 隮(jī 基),同“躋”,上升。

[40] 靈臺,内心。《莊子·庚桑楚》:“不可内於靈臺。”

[41] 精爽,猶言魂魄。厲,惡鬼。爲厲,猶言作祟。《左傳》昭公七年:“是以有精爽至於神明,匹夫匹婦強死,其魂魄猶能馮依於人,以爲淫厲。”

[42] 出寒流二句:浹辰,十二天。古代以干支紀日,自子至亥一周十二日稱浹辰。《左傳》成公二年:“浹辰之間。”睊睊,側視貌。猶視,還没閉上眼睛。

[43] 天屬,天然的親屬,指至親。《莊子·山木》:“彼以利合,此以天屬也。夫以利合者,迫窮禍害相棄也;以天屬者,迫窮禍害相收也。”撫,撫視。

[44] 憖(yìn 印),傷。盈眦,滿眼眶。

[45] 訴強死二句:強死,猶言横死。不死於病,而死於水火刀兵之意。《左傳》昭公七年:“匹夫匹婦強死。”意,胸臆,心意。《漢書·賈誼傳》:“口不能言,請對以意。”“意”,《文選·鵩鳥賦》作“臆”。

[46] 若其二句:支離,不全貌。漫漶,一作曼漶,模糊不清。

[47] 圜者如圈二句:皆指屍體的形狀。玦,玉之如環而缺者,比喻破碎不完整。

[48] 積埃二句:埃,塵土。竅,七竅,指口、眼、耳、鼻。攦,折斷。節,骨節。

[49] 貍首,言形體不全。韓愈《殘形操》序:“曾子夢見一狸,不見其首作。”

[50] 誰何,猶言不知其人爲誰。

[51] 一抔(póu 掊),一把。《漢書·張釋之傳》:“假令愚民取長陵一抔土。”

[52] 且夫衆生乘化二句:指正常的老死或病死。乘化,順着自然規律而死去。天常,自然的常道。

[53] 以死衛上四句:指因戰争而死。明堂,古代策功序德之處。《左傳》文公二年:“勇則害上,不登於明堂。”不懲,猶言不悔。《楚辭·九歌·國殤》:“首身離兮心不懲。”王逸注:“懲,忞也。言己雖死,頭足分離而心終不懲忞也。”

[54] 守哭二句：迍邅，徘徊，進退無所的樣子。冥遇，冥漠中相見。

[55] 血嗣，嫡親子女。

[56] 狐祥，同“孤傷”，猶言無子無孫。《國策・楚策》：“鬼狐祥而無食。”《史記・春申君傳》作“孤傷”。無主，無人主管祭祀。

[57] 叢冢，許多人埋葬在一處的墳墓。坎，墓穴。

[58] 泰厲，祭祀死而無後者的祠宇。《禮記・祭法》：“王爲羣姓立七祀……曰泰厲。”正義：“泰厲者，謂古帝王無後者也。此鬼無依歸，好爲民作禍，故祀之也。”

[59] 無爲妖祟，不要作怪。

洪亮吉文

洪亮吉,字君直,一字稚存,號北江,陽湖(今江蘇省武進縣)人。生於公元一七四六年(清高宗乾隆十一年),卒於公元一八〇九年(清仁宗嘉慶十四年)。乾隆五十五年進士。以翰林院編修,出督貴州學政。嘉慶時,因批評朝政,充軍伊犂。不久放還,改號更生齋居士。長於駢文。有《洪北江詩文集》。

出關與畢侍郎牋

【解題】 作者的好友黄景仁死於運城(今山西省運城縣),他從西安趕往料理喪事,並將棺柩送回常州安葬。本文就是作者向當時陝西巡撫畢沅報告經過情况的一封信。畢沅,字纕蘅,一字秋帆,鎮洋(今江蘇省太倉縣)人,乾隆二十五年狀元,由侍郎出任陝西、河南、山東巡撫,湖廣總督。牋,古代上行的書牘。

自渡風陵[1],易車而騎,朝發蒲坂[2],夕宿鹽池[3]。陰雲蔽虧[4],時雨凌厲[5]。自河以東,與關内稍異[6],土逼若衖[7],塗危入棧[8]。原林黯慘[9],疑披谷口之霧[10];衢歌哀怨[11],恍聆山陽之笛[12]。

日在西隅[13],始展黄君仲則殯於運城西寺[14]。見其遺棺七尺,枕書滿篋。撫其吟案,則阿嬰之遺牋尚存[15];披其繐帷[16],則城東之小史既去[17]。蓋相如病肺[18],經月而難痊;昌谷嘔心[19],臨終而始悔者也。猶復丹鉛狼藉[20],几案紛披,手不能書,畫之以指。此則杜鵑欲化[21],猶振哀音,鷙鳥將亡[22],冀留勁羽;遺棄一世之務,留連身後之名者焉[23]。

伏念明公,生則爲營薄宦,死則爲卹衰親[24],復發德音,欲梓遺集[25]。一士之身,玉成終始,聞之者動容,受之者淪髓[26]。冀其遊岱之魂,感恩而西顧[27];返洛之旐,銜酸而東指[28]。又况龔生竟夭[29],尚有故人;元伯雖亡,不無死友[30],他日傳公風義[31],勉其遺孤,風兹來祺[32],亦盛事也。

今謹上其詩及樂府共四大册。此君生平與亮吉雅故[33],惟持論不同,嘗戲謂亮吉曰:"予不幸早死,集經君訂定,必乖余之指趣矣。"省其遺言,爲之墮淚。今不敢輒加朱墨[34],皆封送閣下,曁與述菴廉使[35]、東有侍讀[36],共删定之。即其所就,已有足傳,方乎古人,無愧作者。惟藁草皆其手寫,别無副本,梓後尚望付其遺孤,以爲手澤耳[37]。

亮吉十九日已抵潼關,馬上率啓,不宣。

四部叢刊本《洪北江詩文集·卷施閣文乙集》卷六

【註釋】

[1] 風陵,風陵渡,古稱風陵堆,在今山西省芮城縣西南角、同蒲鐵路綫上,與潼關隔河相望。

[2] 蒲坂,古地名,相傳是舜的都城。故址在今山西省永濟縣城東南。

[3] 鹽池,山西省運城縣南的一個鹹水湖。爲本省的産鹽之地。

[4] 蔽虧,指日色被掩蔽。虧,欠缺。司馬相如《子虛賦》:"日月蔽虧。"

[5] 凌厲,猛烈貌。

[6] 自河二句:河以東,黄河以東,指山西。關内,潼關之内,指陜西。

[7] 逼,逼仄,狹窄的意思。衖,同"巷"。此句謂山區谷道,窄而低下。

[8] 塗,同"途"。棧,棧道,鑿山施板爲閣道。此指道路艱險。

[9] 原林,原野森林。黯慘,暗淡。

[10] 披,遮被。谷口,相傳黄帝升仙處,在今陜西省禮泉縣東北。

[11] 衢歌,里巷間的歌謡。《説文》:"四達謂之衢。"

[12] 山陽之笛,向秀與嵇康同爲竹林之游,康被殺後,向秀曾過山陽,"經其舊廬,於時日薄虞淵,寒冰凄然,鄰人有吹笛者,發聲寥亮,追思曩昔遊宴之好,感音而嘆",遂作《思舊賦》(事見《文選·思舊賦序》,並見《晉書·向秀傳》)。後因用爲懷念舊友的典故。

[13] 日在西隅,傍晚太陽將落的時候。繁欽《與魏文帝牋》:"日在西隅,涼風拂衽。"

[14] 展,省視。殯,殯舍,停放棺柩之處。運城,亦稱司鹽城、鳳凰城。自元以來,爲鹽運要地,清時河東道鹽運使駐此。今爲山西省運城縣。乾隆四十八年黄景仁死於鹽運使沈業富的官署。

[15] 阿嬭,嬭,一作嬭,俗作奶。《廣韻》:"楚人呼母曰嬭。"《李長吉小傳》:"阿嬭老且病,賀不願去。"

[16] 繐帷,一稱繐帳,細而疏的布所作的靈帳。

[17] 城東,黄景仁故居所在。小史,侍僮。洪亮吉《城東酒樓記》:"城東酒樓者,余弱冠之時,與亡友黄君景仁、馬君鴻運、及知南陵縣左君輔、文學蔣君青曜諸人讌遊之所也。"此句謂無人守喪。

[18] 相如病肺,《史記·司馬相如列傳》:"常有消渴疾。"消渴疾,即糖尿病,患者身體羸瘠,又多口渴,故舊時誤以爲肺病。陸龜蒙《奉和襲美謝友人惠人參》詩:"殷勤潤取相如肺,封禪書成動帝心。"

[19] 昌谷嘔心,李賀家在福昌縣(今河南省宜陽縣)之昌谷,因亦稱昌谷。《新唐書·李賀傳》:"每旦日出,騎弱馬,從小奚奴,背古錦囊,遇所得,書投囊中……及暮歸,足成之。……母使婢探囊中,見得書多,即怒曰:'是兒要嘔出心乃已耳。'"

[20] 丹鉛,丹砂與鉛粉,古人校點書籍所用,因稱校點爲丹鉛。狼藉,散亂不整貌。

[21] 杜鵑欲化,蜀王杜宇,號望帝,死化爲鳥,名曰杜鵑,亦曰子規,見《寰宇記》。

[22] 鷙鳥,猛禽,鷹、鶚之類。

[23] 留連,此處猶留戀。

[24] 伏念三句:明公,古時對尊貴者之稱。爲營薄宦,幫助他捐納小官。洪亮吉所撰《黄君行狀》云:"亮吉游西安,君繼至。今陜西巡撫畢公沅奇君才,厚資之。遂以乾隆四十一年上東巡召試二等,在武英殿書簽,例得主簿,入資爲縣丞。"大約捐官的錢,即出於畢沅。卹,周濟。《黄君行狀》云:"巡撫畢公暨今陜西按察使王君昶等亦厚賻之,皆俾亮吉挾之歸,以奉君之親,以撫君之孤,以無貽君九泉之戚。"(據《洪北江詩文集·卷施閣文甲集卷十》)

[25] 復發二句:德音,有德者的語言。梓,治木器曰梓。古時刻書用木版,因稱上梓、付梓,或簡稱梓。洪亮吉《黄君行狀》云:"畢公又將梓君之詩以行。"

[26] 淪髓,感謝恩德,深入骨髓。

[27] 冀其二句:遊岱之魂,岱,泰山,一稱岱宗。《樂府解題》:"人死,精魂歸於泰山。"劉楨《贈五官中郎將詩》:"常恐遊岱宗,不復見故人。"則此説相沿已久。陸游《老學庵筆記》:"楊文公云:'尚期遊岱之魂,遂協生桑之夢。'"西顧,畢沅爲陜西巡撫,在西,故云。

[28] 返洛二句：返洛，劉孝標《廣絶交論》："瞑目東粵，歸骸洛浦。"旐，出喪時的銘旌。潘岳《寡婦賦》："飛旐翩以啓路。"東指，黄柩歸葬常州，在東，故云。

[29] 龔生竟夭，《漢書・龔勝傳》："死年七十九矣……有老父來弔，哭甚哀。既而曰：'嗟乎！薰以香自燒，膏以明自銷；龔生竟夭天年，非吾徒也。'遂趨而出，莫知其誰。"

[30] 元伯二句：范式字巨卿，與汝南張劭友善。劭字元伯，臨死嘆曰："恨不見吾死友。"尋卒。式忽夢見元伯呼曰："巨卿！吾以某日死，當以爾時葬，永歸黄泉，子未我忘，豈能相及！"式馳往赴之。未及到，喪已發，而柩不肯進。移時，見有素車白馬，號哭而來。元伯母曰："是必范巨卿也。"式因執紼而引，柩於是乃前。詳見《後漢書・范式傳》。

[31] 風義，高風厚誼。

[32] 風，同"諷"，教化。《毛詩序》："風，風也，教也。"禩，祀的異體字。

[33] 雅故，猶雅素，平素有交誼。

[34] 朱墨，猶評選。古人讀書，每以朱墨評點，因稱評選爲朱墨。

[35] 述菴廉使，王蘭泉，名昶，號述菴，乾隆十九年進士，官至刑部侍郎，這時爲陜西按察使。元朝置肅政廉訪使，分察各道，清朝的按察使官職與之相當，因稱廉使。

[36] 東有侍讀，嚴長明，字道甫，號東有，江寧人，乾隆二十七年，賜内閣中書，官至侍讀。

[37] 手澤，《禮記・玉藻》："父没而不能讀父之書，手澤存焉耳。"本謂先人手汗所潤澤，後用以稱先人的遺物。

梅曾亮文

梅曾亮,字伯言,上元(今江蘇省南京市)人。生於公元一七八六年(清高宗乾隆五十一年),卒於公元一八五六年(清文宗咸豐六年)。道光進士,官户部郎中。後乞歸,主講揚州書院。他早年喜駢儷文,後師事姚鼐,乃致力於古文,與管同齊名。著有《柏梘山房文集》等。

記棚民事

【解題】 本文主要是論述棚民開墾荒山的"利"與"害",以及作者對"利害之不能兩全"所生的感嘆。文章簡明扼要,論點比較集中。

余爲董文恪公作行狀[1],盡覽其奏議。其任安徽巡撫,奏準棚民開山事甚力[2],大旨言與棚民相告訐者[3],皆溺於龍脈風水之説[4],至有以數百畝之山,保一棺之土,棄典禮,荒地利,不可施行。而棚民能攻苦茹淡於叢山峻嶺[5],人跡不可通之地,開種旱穀,以佐稻粱[6]。人無閒民,地無遺利,於策至便,不可禁止,以啓事端。余覽其説而是之。

及余來宣城[7],問諸鄉人。皆言未開之山,土堅石固,草樹茂密,腐葉積數年,可二三寸,每天雨從樹至葉,從葉至土石,歷石罅滴瀝成泉,其下水也緩,又水下而土不隨其下。水緩,故低田受之不爲災;而半月不雨,高田猶受其浸溉。今以斤斧童其山[8],而以鋤犂疏其土,一雨未畢,沙石隨下,奔流注壑澗中,皆填汙不可貯水,畢至窪田中乃止;及窪田竭,而山田之水無繼者。是爲開不毛之土[9],而病有穀之田;利無税之傭,而瘠有税之户也[10]。余亦聞其説而是之。

嗟夫!利害之不能兩全也久矣。由前之説,可以息事;由後之説,可以保利。若無失其利,而又不至如董公之所憂,則吾蓋未得其術也。故記之以俟夫習民事者。

咸豐刻本《柏梘山房全集》卷十

【註釋】

[1] 董文恪,名教曾,字益甫,清上元人。嘉慶間官至浙閩總督。行狀,記述死者世系、籍貫、生卒年月和生平事蹟的文章。漢時稱狀,自六朝以後始稱之爲"行狀"。

[2] 棚民,失去土地,架草棚居住的農民。

[3] 告訐(jié 揭),告發他人陰私。《漢書·韓延壽傳》:"潁川多豪強難治……先是趙廣漢爲太守,患其俗多朋黨,故構會吏民,令相告訐。"

[4] 龍脈風水,舊時的一種迷信,指住宅基地或墳地的形勢。風水,也指相宅相墓之法,用來推斷住者或葬者一家的禍福。郭璞《葬書》云:"葬者,乘生氣也,經曰:氣乘風則散,界水則止,古人聚之使不散,行之使有止,故謂之風水。"

[5] 攻苦茹淡,擔任艱苦的工作,吃粗而無味的飲食。《史記·叔孫通傳》:"吕后與陛下攻苦食啖。"集解:"啖,一作淡。"茹,食。

[6] 粱,小米。

[7] 宣城,今安徽省宣城縣。

[8] 童,山上没有草木。此處作動詞用。童其山,把山上的草木砍伐乾净。

[9] 不毛之土,不長五穀的土地。凡地之所生草木五穀皆可以叫作“毛”。《公羊傳》宣十二年云:“錫之不毛之地。”

[10] 利無税之傭二句:傭,指貧雇農,因爲無地少地而入山開荒;有税之户,指地主,因爲有地而擔負賦税。

遊小盤谷記

【解題】 本文敍述尋小盤谷的經過,寫山、寫水、寫樹、寫竹、寫古跡,再以疑筆寫小盤谷,寫得極爲精美,是一篇文筆簡潔,意象鮮明的遊記文。

江寧府城[1],其西北包盧龍山而止[2]。余嘗求小盤谷,至其地,土人或曰無有。惟大竹蔽天,多歧路,曲折廣狹如一,探之不可窮。聞犬聲,乃急赴之,卒不見人。

熟五斗米頃[3],行抵寺,曰歸雲堂。土田寬舒,居民以桂爲業。寺傍有草徑甚微,南出之,乃墜大谷[4]。四山皆大桂樹,隨山陂陀[5]。其狀若仰大盂,空響内貯,謦欬不得他逸[6];寂寥無聲,而耳聽常滿。淵水積焉,盡山麓而止。

由寺北行,至盧龍山,其中阬谷窪隆[7],若井竈齗齶之狀[8]。或曰:“遺老所避兵者[9],三十六茅庵,七十二團瓢[10],皆當其地。”

日且暮,乃登山循城而歸。暝色下積,月光布其上。俯視萬影摩盪[11],若魚龍起伏波浪中。諸人皆曰:“此萬竹蔽天處也。所謂小盤谷,殆近之矣。”

同遊者:侯振廷舅氏,管君異之[12],馬君湘帆,歐生岳庵,弟念勤,凡六人。

咸豐刻本《柏梘山房全集》卷十

【註釋】

[1] 江寧府,清置,屬江蘇省。轄江寧、上元、句容、溧水、高淳、江浦、六合七縣。治江寧(今江蘇省南京市)。

[2] 盧龍山,一名獅子山。在南京市西北二十里。

[3] 熟五斗米頃,約略可以煮熟五斗米的時間。

[4] 墜,下垂。此指寺傍草徑下入大谷。

[5] 陂(pō 坡)陀(tuó 駝),傾斜不平貌。

[6] 謦(qǐng 請)欬(ké 刻),咳嗽。輕叫謦,重叫欬。欬,咳的異體字。

[7] 阬(gāng 岡)谷,阬,大土山,此處指高地;谷,兩山之間的夾道或流水道。此處指低地。

[8] 井竈齗(yín 銀)齶(è 餓),言山地窪者如井,隆者如竈,高低不平。齗齶,齒根肉謂齗,口腔的頂壁謂齶。此處喻高低不平貌。

[9] 遺老所避兵者,清兵南下時,明遺民逃避之處。

[10] 團瓢,小屋。

[11] 摩盪,動盪。

[12] 管異之,名同,上元人,亦姚鼐弟子,工古文,與梅曾亮齊名。

四、小 説

蒲松齡小説

蒲松齡，字留仙，一字劍臣，别號柳泉居士，世稱聊齋先生。淄川(今山東省淄博市)人。生於公元一六四〇年(明思宗崇禎十三年)，卒於公元一七一五年(清聖祖康熙五十四年)。早歲有文名，屢試不第，七十一歲始成貢生。中年時期，曾隨孫蕙在寶應作幕賓數年，從居鄉以授徒自給。工於詩文，善製俚曲。曾以二十年左右時間，寫成短篇小説集《聊齋誌異》十六卷，凡四百餘篇。托筆於虚幻想像，藉談狐説鬼以諷喻當時社會現實，影響很大。由於作者的思想局限，故小説中常有陳腐的封建説教和因果報應等迷信色彩。此外還著有《聊齋詩文集》、《日用俗字》、《農桑經》、《聊齋俚曲集》等數種。

青 鳳

【解題】 這是一個人狐相戀的故事。耿生是一位勇敢、狂放的豪士。他對狐女青鳳的感情是真摯的，自見青鳳之後，未嘗須臾忘懷；清明掃墓，歸途中無意救了青鳳，也未因“異類見憎”。青鳳雖是狐魅，但美麗、温柔，富有人情。她敢於越出“閨訓”，愛慕耿生。最後通過耿生的急難相助，終於得償宿愿。這一故事具有一定的反對封建禮教的意義。文中雖過分渲染了耿生的放蕩行爲，但尚無害於全文的主旨。本文人物形象，栩栩如生，故事情節，曲折變幻，扣人心弦。

太原耿氏，故大家[1]，第宅弘闊。後淩夷[2]，樓舍連亘[3]，半曠廢之。因生怪異，堂門輒自開掩，家人恆中夜駭譁。耿患之，移居别墅，留老翁門焉[4]。由此荒落益甚。或聞笑語歌吹聲。

耿有從子去病[5]，狂放不羈[6]。囑翁有所聞見，奔告之。至夜，見樓上燈光明滅，走報生。生欲入覘其異[7]。止之，不聽。門户素所習識，竟撥蒿蓬，曲折而入。登樓，殊無少異。穿樓而過，聞人語切切[8]。潛窺之，見巨燭雙燒，其明如晝。一叟儒冠南面坐，一媪相對，俱年四十餘。東向一少年，可二十許[9]；右一女郎，裁及笄耳[10]。酒胾滿案[11]，團坐笑語。生突入，笑呼曰：“有不速之客一人來[12]！”羣驚奔匿。獨叟出叱問：“誰何入人閨闥[13]？”生曰：“此我家閨闥，君占之。旨酒自飲，不一邀主人，毋乃太吝？”叟審睇曰[14]：“非主人也。”生曰：“我狂生耿去病，主人之從子耳。”叟致敬曰：“久仰山斗[15]！”乃揖生入，便呼家人易饌。生止之。叟乃酌客。生曰：“吾輩通家[16]，座客無庸見避，還祈招飲。”叟呼：“孝兒！”俄少年自外入。叟曰：“此豚兒也[17]。”揖而坐，略審門閥。叟自言：“義君姓胡[18]。”生素豪，談議風生，孝兒亦倜儻[19]；傾吐間，雅相愛悦。生二十一，長孝兒二歲，因弟之[20]。叟曰：“聞君祖纂《塗山外傳》[21]，知之乎？”答：“知之。”叟曰：“我塗山氏之苗裔也。唐以後，譜系猶能憶之；五代而上無傳焉[22]。幸公子一垂教也。”生略述塗山女佐禹之功，粉飾多詞，妙緒泉湧[23]。叟大喜,謂子曰:"今幸得聞所未聞。公子亦非他人,可請阿母及青鳳來共聽之,亦令知我祖德也[24]。"孝兒入幃中[25]。少時,媪偕女郎出。審顧之,弱態生嬌,秋波流慧,人間無其麗也。叟指婦云:"此爲老荆[26]。"又指女郎:"此青鳳,鄙人之猶女也[27]。頗惠,所聞見,輒記不忘,故喚令聽之。"生談竟而飲[28],瞻顧女郎,停睇不轉[29]。女覺之,輒俯其首。生隱躡蓮鉤[30],女急斂足,亦無愠怒。生神志飛揚,不能自主,拍案曰:"得婦如此,南面王不易也[31]!"媪見生漸醉,益狂,與女俱起,遽搴幃去[32]。生失望,乃辭叟出。而心縈縈,不能忘情於青鳳也。至夜,復往,則蘭麝猶芳[33],而凝待終宵,寂無聲欬。

歸與妻謀,欲攜家而居之,冀得一遇。妻不從,生乃自往,讀於樓下。夜方凭几,一鬼披髮入,面黑如漆,張目視生。生笑,染指研墨自塗,灼灼然相與對視[34]。鬼慚而去。次夜,更既深,滅燭欲寢,聞樓後發扃[35],闢之閛然[36]。生急起窺覘,則扉半啓。俄聞履聲細碎,有燭光自房中出。視之,則青鳳也。驟見生,駭而卻退,遽闔雙扉。生長跽而致詞曰:"小生不避險惡,實以卿故。幸無他人,得一握手爲笑,死不憾耳。"女遥語曰:"惓惓深情[37],妾豈不知,但叔閨訓嚴,不敢奉命。"生固哀之云:"亦不敢望肌膚之親,但一見顔色足矣。"女似肯可,啓關出[38],捉之臂而曳之。生狂喜,相將入樓下,擁而加諸膝。女曰:"幸有夙分[39];過此一夕,即相思無用矣。"問:"何故?"曰:"阿叔畏君狂,故化厲鬼以相嚇,而君不動也。今已卜居他所,一家皆移什物赴新居,而妾留守,明日即發。"言已,欲去,云:"恐叔歸。"生強止之,欲與爲歡。方持論間[40],叟掩入。女羞懼無以自容,俛首倚牀,拈帶不語。叟怒曰:"賤婢辱吾門户!不速去,鞭撻且從其後!"女低頭急去,叟亦出。尾而聽之,訶詬萬端[41]。聞青鳳嚶嚶啜泣[42]。生心意如割,大聲曰:"罪在小生,於青鳳何與?倘宥鳳也,刀鋸鈇鉞[43],小生願身受之!"良久寂然,生乃歸寢。自此第内絶不復聲息矣。

生叔聞而奇之,願售以居,不較直[44]。生喜,攜家口而遷焉。居逾年,甚適,而未嘗須臾忘鳳也。

會清明上墓歸,見小狐二,爲犬逼逐。其一投荒竄去,一則皇急道上。望見生,依依哀啼,葛耳輯首[45],似乞其援。生憐之,啓裳衿,提抱以歸。閉門,置牀上,則青鳳也。大喜,慰問。女曰:"適與婢子戲,遘此大厄[46]。脱非郎君[47],必葬犬腹。望無以非類見憎。"生曰:"日切懷思,繫於魂夢。見卿如獲異寶,何憎之云!"女曰:"此天數也[48],不因顛覆,何得相從?然幸矣,婢子必以妾爲已死,可與君堅永約耳。"生喜,另舍舍之[49]。

積二年餘,生方夜讀,孝兒忽入。生輟讀[50],訝詰所來。孝兒伏地,愴然曰:"家君有横難[51],非君莫拯。將自詣懇,恐不見納,故以某來。"問:"何事?"曰:"公子識莫三郎否?"曰:"此吾年家子也[52]。"孝兒曰:"明日將過,倘攜有獵狐,望君之留之也。"生曰:"樓下之羞,耿耿在念,他事不敢預聞[53]。必欲僕效綿薄[54],非青鳳來不可!"孝兒零涕曰:"鳳妹已野死三年矣!"生拂衣曰[55]:"既爾,則恨滋深耳[56]!"執卷高吟,殊不顧瞻。孝兒起,哭失聲,掩面而去。生如青鳳所,告以故。女失色曰:"果救之否?"曰:"救則救之,適不之諾者,亦聊以報前横耳。"女乃喜曰:"妾少孤,依叔成立。昔雖獲罪,乃家範應爾[57]。"生曰:"誠然,但使人不能無介介耳[58]。卿果死,定不相援。”女笑曰:“忍哉!”次日,莫三郎果至,鏤膺虎韔[59],僕從甚赫[60]。生門逆之[61]。見獲禽甚多,中一黑狐,血殷毛革[62];撫之,皮肉猶温。便託裘敝,乞得綴補[63]。莫慨然解贈。生即付青鳳,乃與客飲。客既去,女抱狐於懷,三日而甦,展轉復化爲叟[64]。舉目見鳳,疑非人間。女歷言其情。叟乃下拜,慚謝前愆[65]。喜顧女曰:“我固謂汝不死,今果然矣。”女謂生曰:“君如念妾,還乞以樓宅相假,使妾得以申返哺之私[66]。”生諾之。叟赧然謝别而去[67]。入夜,果舉家來。由此如家人父子,無復猜忌矣。生齋居[68],孝兒時共談讌。生嫡出子漸長[69],遂使傅之[70];蓋循循善教,有師範焉[71]。

上海古籍出版社會校會注會評本《聊齋誌異》卷一

【註釋】

[1] 故大家,原來是大户人家。

[2] 淩夷,當作“陵夷”。陵,丘陵,土山。夷,平。陵夷,謂凡事始盛終衰,其陵替如丘陵之漸平,引申爲衰落的意思。

[3] 連亘(gèn 根去),連接不斷。

[4] 門,作動詞,看門。

[5] 從子,姪兒。

[6] 狂放不羈,行爲疏狂放縱,不受拘束。羈,馬籠頭。不羈,不可控制。

[7] 覘(chān 攙),窺看。

[8] 切切,形容細小低微的聲音。

[9] 可,大約。

[10] 及笄(jī 基),古代稱女子十五歲爲及笄年,表示已成年。《禮記·内則》:“十有五年而笄。”笄,女子盤髮用的簪子。

[11] 胾(zì 自),大塊肉。

[12] 不速之客,不請自來的客人。速,邀請。

[13] 閨闥,這裏指女子住的内室。閨,女子的臥室。闥(tà 榻),門。

[14] 審睇,細看。

[15] 久仰山斗,意謂仰望人如仰望泰山北斗一樣,是敬慕之詞。《新唐書·韓愈傳贊》:“自愈没,其言大行,學者仰之,如泰山北斗。”久仰,仰慕已久。

[16] 通家,原指世代有交往的人家。此處意爲胡叟住在我家,早有交往。

[17] 豚兒,對人稱自己兒子蠢笨的謙詞。豚(tún 屯),小豬。

[18] 義君,指家長。此處是對其先世的敬稱。

[19] 倜(tì 惕)儻(tǎng 倘),豪爽而不拘束的樣子。

[20] 弟之,把他當作弟弟。弟,作動詞。

[21] 塗山外傳,古代傳説,禹在塗山娶九尾白狐爲妻,稱塗山氏。

[22] 五代,指宋、齊、梁、陳、隋。

[23] 妙緒泉湧,意謂奇妙的言詞如泉水湧出似的。

[24] 祖德,祖先的功德,指耿生所述塗山氏佐禹治水之功。

[25] 入幃中,指進入內室。幃,布幔。

[26] 老荆,對人稱自己妻子的謙詞。東漢梁鴻妻孟光,服飾儉樸,荆釵布裙。以荆條作釵,是贊婦女的儉樸美德,亦表示貧寒之意。

[27] 猶女,姪女。

[28] 談竟,談完。

[29] 停睇,目不轉睛地看着。

[30] 隱躡蓮鉤,意謂暗中輕踩青鳳的脚。蓮鉤,舊指女子纏過的小脚。

[31] 南面王,古代帝王坐位向南,故稱南面王。易,交换。

[32] 搴(qiān 千)幃,掀起幃幕。

[33] 蘭麝,蘭花、麝香。此處指女人的脂粉香。

[34] 灼(zhuó 酌)灼然,鮮明貌。此處指目光射人的樣子。

[35] 扃(jiōng 坰),門上的插關。

[36] 閛(pēng 烹)然,形容開關門的聲音。此處指開門。

[37] 惓(quán 權)惓,義同"拳拳",懇切的樣子。

[38] 闢,指門,也可指門閂。

[39] 夙(sù 素)分,前世緣分。

[40] 持論,相持爭論。

[41] 訶詬,責駡。

[42] 啜泣,哭泣時抽噎的樣子。

[43] 鉞(yuè 月),古代兵器,斧形,圓刃可砍劈。

[44] 不較直,不計較代價。直,通"值"。

[45] 蓇耳輯首,垂耳縮頭,蓇,當作"闒"。輯,一本作"戢"。

[46] 遘(gòu 構)此大厄,遇到這樣的大災難。

[47] 脱非,若不是。

[48] 天數,上天的定數。即"命中注定"的意思。

[49] 另舍舍之,另外安排房子給她住。後一"舍"字作"居"解。

[50] 輟讀,停止讀書。

[51] 家君,對人稱自己的父親。橫難,意外的災禍。

[52] 年家子,科舉時代,在同一年考中的舉人、進士,彼此稱爲同年。對彼此的後輩稱年家子。

[53] 不敢預聞,不願意聽。"不敢"是婉轉語氣。

[54] 綿薄,力薄如綿,意謂微薄的力量。

[55] 拂衣,即拂袖,表示憤慨。

[56] 滋深,更深。

[57] 家範,家規。

[58] 介介,不愉快地記在心中。

[59] 鏤(lòu 漏)膺,馬胸前鏤金飾帶。虎韔(chàng 唱),虎皮做的弓袋。

[60] 赫,顯赫。

[61] 逆,迎接。
[62] 血殷毛革,赤黑的血滲透皮毛。
[63] 便託二句:就假託自己的皮衣壞了,請求得到狐皮修補。
[64] 展轉,形容屈伸轉動的樣子。
[65] 愆(qiān 千),過失。
[66] 返哺之私,指孝養父母的愿望。傳説烏是孝鳥,烏雛長成後能銜食回巢喂養老烏,叫做"返哺"。
[67] 赧(nǎn 罱),因羞愧而臉紅。
[68] 齋居,住在書房裏。
[69] 嫡出子,正妻生的兒子。
[70] 遂使傅之,就請(孝兒)做他的師傅。
[71] 有師範焉,很有老師的樣子哩。

竇　氏

【解題】 這篇小説揭露了地主階級玩弄女性、始亂終棄的罪行。晉陽地主南三復引誘農家少女竇氏,初時允以媒娶,後竟背棄盟約,另自議姻於大家。竇氏懷孕臨産,爲其父所撻責,飽受刺激,冤憤以死。死後藉助於鬼魂的復仇,終於使南三復犯案處死。故事雖具有一定的積極意義,但篇中宣揚的因果報應等迷信思想,則是不足取的,應作具體的分析批判。

南三復,晉陽世家也[1]。有别墅,去所居十里餘,每馳騎日一詣之[2]。適遇雨,途中有小村,見一農人家,門内寬敞,因投止焉。近村人故皆威重南[3]。少頃,主人出邀,跼蹐甚恭[4],入其舍斗如。客既坐,主人始操篲[5],殷勤氾掃[6]。既而潑蜜爲茶。命之坐,始敢坐。問其姓名,自言:"廷章,姓竇。"未幾,進酒烹雛,給奉周至。有笄女行炙[7],時止户外,稍稍露其半體,年十五六,端妙無比。南心動。雨歇既歸,繫念綦切[8]。

越日,具粟帛往酬,借此階進[9]。是後常一過竇,時攜肴酒,相與留連。女漸稔[10],不甚忌避,輒奔走其前。睨之[11],則低鬟微笑。南益惑焉,無三日不往者。一日,值竇不在,坐良久,女出應客,南捉臂狎之。女慙急,峻拒曰:"奴雖貧,要嫁,何貴倨凌人也[12]!"時南失偶,便揖之曰:"倘獲憐眷,定不他娶!"女要誓[13],南指矢天日,以堅永約,女乃允之。自此爲始,瞰竇他出,即過繾綣[14]。女促之曰:"桑中之約[15],不可長也!日在帡幪之下[16],倘肯賜以姻好,父母必以爲榮,當無不諧。宜速爲計!"南諾之。轉念農家豈堪匹耦,姑假其詞以因循之[17]。

會媒來爲議姻於大家,初尚躊躇,既聞貌美財豐,志遂決。女以體孕,催併益急,南遂絶迹不往。無何,女臨蓐[18],産一男。父怒搒女,女以情告,且言:"南要我矣!"竇乃釋女,使人問南,南立卻不承[19]。竇乃棄兒,益扑女。女暗哀隣婦,告南以苦。南亦置之。女夜亡[20],視棄兒猶活,遂抱以奔南。款關而告閽者曰[21]:"但得主人一言,我可不死。彼即不念我,寧不念兒耶?"閽人具以達南,南戒勿内。女倚户悲啼,五更始不復聞。質明視之,女抱兒坐僵矣。竇忿,訟之上官,悉以南不義,欲罪南。南懼,以千金行賂得免。

大家夢女披髮抱子而告曰:“必勿許負心郎;若許,我必殺之!”大家貪南富,卒許之。既親迎,奩妝豐盛,新人亦娟好,然善悲,終日未嘗睹歡容,枕席之間,時復有涕洟。問之,亦不言。過數日,婦翁來,入門便淚。南未遑問故[22],相將入室。見女而駭曰:“適於後園,見吾女縊死桃樹上,今房中誰也?”女聞言,色暴變,仆然而死。視之,則竇女。急至後園,新婦果自經死。駭極,往報竇。竇發女冢,棺啓屍亡。前忿未蠲[23],倍益慘怒,復訟於官。官以其情幻,擬罪未決。南又厚餌竇,哀令休結;官亦受其賕囑[24],乃罷。而南家自此稍替[25]。又以異迹傳播,數年無敢字者。南不得已,遠於百里外聘曹進士女。未及成禮,會民間訛傳,朝廷將選良家女充掖庭[26],以故有女者,悉歸送夫家。一日,有嫗導一輿至,自稱曹家送女者,扶女入室,謂南曰:“選嬪之事已急,倉卒不能如禮,且送小娘子來。”問:“何無客?”曰:“薄有奩妝,相從在後耳!”嫗草草逕去。南視女亦風致,遂與諧笑。女俛頸引帶,神情酷類竇氏。心中作惡,第未敢言[27]。女登榻,引被幛首而眠,亦謂是新人常態,弗爲意。日斂昏,曹人不至,始疑。捋被問女[28],而女已奄然冰絶[29]。驚怪莫知其故。馳伻告曹[30],曹竟無送女之事,相傳爲異。時有姚孝廉女新葬,隔宿爲盗所發,破材失屍。聞其異,詣南所徵之[31],果其女。啓衾一視,四體裸然。姚怒,質狀於官[32],官以南屢無行,惡之,坐發冢見屍[33],論死。

異史氏曰:“始亂之而終成之,非德也;況誓於初而絶於後乎!撻於室,聽之;哭於門,仍聽之,抑何其忍!而所以報之者,亦比李十郎慘矣[34]!”

上海古籍出版社會校會注會評本《聊齋誌異》卷五

【註釋】

[1] 晉陽,古縣名,秦置。即今山西省太原市。

[2] 詣(yì亦),往。

[3] 威重,莊嚴威武。《三國志・魏志・崔琰傳》:“琰聲姿高暢,眉目疏朗,鬚長四尺,甚有威重。”此處是説附近村民因懾於其聲勢,都很敬重他。

[4] 跼蹐,意同“跼促”,不安貌。

[5] 篲(huì惠),掃帚。

[6] 氾(fàn范)掃,遍地打掃。《禮記・郊特牲》:“氾埽反道。”疏:“氾埽,廣埽也。”

[7] 笄(jī幾)女,見前《青鳳》註[10]。炙(zhì志),烤肉。行炙,此處泛指送菜。

[8] 綦(qí其),甚,極。

[9] 階進,進身之階。此處是説借此作爲進入竇家的途徑。

[10] 稔(rěn荏),熟悉。

[11] 睨(nì溺),目光斜視。

[12] 倨,倨傲,驕慢不遜。凌,欺凌。此句是説,爲什麽仗着有錢有勢就這等傲慢地欺侮人!

[13] 要(yāo邀),約。要誓,要求對方作盟誓。

[14] 繾(qiǎn淺)綣(quǎn犬),牢固地相結在一起。形容情意深厚,難解難分。

[15] 桑中之約,指男女密會。《詩經・鄘風・桑中》有“期我乎桑中”句,後人認爲是寫男女幽會,故通

作比喻引用。

[16] 帡(píng 屏)幪(méng 蒙),帳幕。《揚子法言·吾子》:"震風陵雨,然後知夏屋之爲帡幪也。"註:"在旁曰帡,在上曰幪,即今帳篷也。"此處借作覆庇、蔭護解。

[17] 姑假句:言姑且用虚僞的話來敷衍、搪塞她。因循,照舊不改。《漢書·循吏傳》:"光(霍光)因循守職,無所改作。"引申爲敷衍塞責,不自振作。

[18] 臨蓐(rǔ 辱),婦女分娩。蓐,草薦。

[19] 卻,推卻。此句是説,南三復立即推卻不承認。

[20] 亡,逃走。

[21] 闞,門。款闞,叩門。閽(hūn 昏)者,守門人。

[22] 遑,暇。

[23] 蠲(juān 捐),免除。

[24] 賕(qiú 求),賄賂。囑,囑託。賕囑,私行賄賂,買囑官吏枉法免罪。

[25] 替,衰。

[26] 掖庭,皇宫中旁舍,妃嬪所居。

[27] 第,但。

[28] 捋(lūo 羅陰平),取。此處有輕輕揭開的意思。

[29] 冰絶,死後屍體僵硬如冰。

[30] 伻(bēng 崩),使者。

[31] 徵,查驗。

[32] 質,請人判斷是非曲直。狀,情狀,書面陳述事情的經過。

[33] 坐,指判罪的因由。發冢見屍,掘墓盗屍。

[34] 李十郎,指唐人小説《霍小玉傳》中的男主人公李益。霍小玉,唐大曆間名妓,本霍王寵婢所生,後改姓鄭。與隴西李十郎益有盟約。後來李益竟負約不往,霍小玉積思成疾。一日,有黄衫客强挾李益至小玉所。小玉時已病篤,忿然對李益説:"我爲女子,薄命如斯!君是丈夫,負心若此!……李君李君,今當永訣!我死之後,必爲厲鬼,使君妻妾,終日不安!"最後傳説李益果然對自己的妻妾猜忌不已,婚娶三次,終不得安寧。

席方平

【解題】 本篇通過"冥間"一件冤獄的處理過程,深刻地揭露了當時現實社會中封建官府的暗無天日,和人民的含冤莫伸。誠樸的席廉,因得罪富豪羊某,爲羊某死後賄囑陰司搒掠而死。既死,羊又囑冥間獄吏不斷凌虐席廉。廉因託夢其子方平,方平憤極,魂赴冥府爲父鳴冤。但上自冥王,下至城隍,盡爲羊某買通,致使席方平備受酷刑,負屈莫伸。席方平卻百折不撓,毫無反悔,最後終於昭冤雪恨,體現了受壓迫者敢於鬬争的堅强意志和反抗精神。但作者將冤獄的平反,歸結爲二郎神的明斷,實際上是看不到改變現實的真正力量,對封建統治階級仍存在着幻想。而席氏父子終因"孝義"、"良懦",得以益壽延年,家日益豐,諸如此類的循環果報與封建倫理觀念,都是本文嚴重的局限。

席方平,東安人[1]。其父名廉,性戇拙[2]。因與里中富室羊姓有郤[3],羊先死;數年,廉病垂危,謂人曰:"羊某今賄囑冥使搒我矣[4]!"俄而身赤腫,號呼遂死。席慘怛不食[5],曰:"我父樸訥[6],今見陵於強鬼[7];我將赴地下,代伸冤氣耳!"自此不復言,時坐時立,狀類癡,蓋魂已離舍矣[8]。

席覺初出門,莫知所往,但見路有行人,便問城邑。少選[9],入城。其父已收獄中。至獄門,遥見父臥簷下,似甚狼狽;舉目見子,潸然涕流[10]。便謂:"獄吏悉受賕囑[11],日夜搒掠,脛股摧殘甚矣[12]!"席怒,大駡獄吏:"父如有罪,自有王章[13],豈汝等死魅所能操耶[14]!"遂出,抽筆爲詞。值城隍早衙[15],喊冤以投。羊懼,内外賄通,始出質理[16]。城隍以所告無據,頗不直席[17]。席忿氣無所復伸,冥行百餘里[18],至郡,以官役私狀[19],告之郡司[20]。遲之半月[21],始得質理。郡司扑席[22],仍批城隍覆案[23]。席至邑,備受械梏[24],慘冤不能自舒。城隍恐其再訟,遣役押送歸家,役至門辭去。席不肯入,遁赴冥府,訴郡邑之酷貪,冥王立拘質對。二官密遣腹心[25],與席關説[26],許以千金。席不聽。過數日,逆旅主人告曰[27]:"君負氣已甚,官府求和而執不從,今聞於王前各有函進,恐事殆矣[28]!"席以道路之口[29],猶未深信。俄有皂衣人唤入[30],升堂,見冥王有怒色,不容置詞,命笞二十。席厲聲問:"小人何罪?"冥王漠若不聞。席受笞,喊曰:"受笞允當[31],誰教我無錢耶!"冥王益怒,命置火牀。兩鬼捽席下[32],見東墀有鐵牀,熾火其下,牀面通赤。鬼脱席衣,掬置其上[33],反復揉捺之;痛極,骨肉焦黑,苦不得死。約一時許,鬼曰:"可矣!"遂扶起,促使下牀着衣,猶幸跛而能行。復至堂上,冥王問:"敢再訟乎?"席曰:"大冤未伸,寸心不死,若言不訟,是欺王也。必訟!"又問:"訟何詞?"席曰:"身所受者,皆言之耳!"冥王又怒,命以鋸解其體。二鬼拉去,見立木,高八九尺許,有木板二,仰置其下,上下凝血模糊。方將就縛,忽堂上大呼"席某",二鬼即復押回。冥王又問:"尚敢訟否?"答云:"必訟!"冥王命捉去速解。既下,鬼乃以二板夾席,縛木上。鋸方下。覺頂腦漸闢[34],痛不可禁,顧亦忍而不號[35]。聞鬼曰:"壯哉此漢!"鋸隆隆然尋至胸下[36]。又聞一鬼云:"此人大孝無辜,鋸令稍偏,勿損其心。"遂覺鋸鋒曲折而下,其痛倍苦。俄頃,半身闢矣。板解,兩身俱仆。鬼上堂大聲以報。堂上傳呼,令合身來見。二鬼即推令復合,曳使行。席覺鋸縫一道,痛欲復裂,半步而踣[37]。一鬼於腰間出絲帶一條授之,曰:"贈此以報汝孝。"受而束之,一身頓健,殊無少苦。遂升堂而伏。冥王復問如前;席恐再罹酷毒[38],便答:"不訟矣。"冥王立命送還陽界。隸率出北門,指示歸途,反身遂去。席念陰曹之暗昧尤甚於陽間[39],奈無路可達帝聽[40]。世傳灌口二郎爲帝勳戚[41],其神聰明正直,訴之當有靈異。竊喜兩隸已去,遂轉身南向。奔馳間,有二人追至,曰:"王疑汝不歸,今果然矣。"捽回復見冥王。竊意冥王益怒,禍必更慘;而王殊無厲容[42],謂席曰:"汝志誠孝。但汝父冤,我已爲若雪之矣[43]。今已往生富貴家[44],何用汝嗚呼爲[45]。今送汝歸,予以千金之産、期頤之壽[46],於願足乎?"乃注籍中,嵌以巨印[47],使親視之。席謝而下。鬼與俱出,至途,驅而駡曰:"奸猾賊!頻頻翻覆,使人奔波欲死!再犯,當捉入大磨中,細細研之[48]!"席張目叱曰:"鬼子胡爲者!我性耐刀鋸,不耐撻楚[49]。請反見王，王如令我自歸，亦復何勞相送！”乃返奔。二鬼懼，温語勸回[50]。席故蹇緩[51]，行數步，輒憩路側。鬼含怒不敢復言。約半日，至一村，一門半闢，鬼引與共坐；席便據門閾[52]。二鬼乘其不備，推入門中。驚定自視，身已生爲嬰兒。憤啼不乳[53]，三日遂殤[54]。魂搖搖不忘灌口[55]，約奔數十里，忽見羽葆來[56]，旛戟横路。越道避之[57]，因犯鹵簿[58]，爲前馬所執，縶送車前[59]。仰見車中一少年，丰儀瑰瑋[60]。問席：“何人？”席冤憤正無所出[61]，且意是必巨官，或當能作威福，因緬訴毒痛[62]。車中人命釋其縛，使隨車行。俄至一處，官府十餘員，迎謁道左，車中人各有問訊。已而指席謂一官曰：“此下方人，正欲往愬，宜即爲之剖决。”席詢之從者，始知車中即上帝殿下九王[63]，所囑即二郎也。席視二郎，修軀多髯[64]，不類世間所傳。九王既去，席從二郎至一官廨[65]，則其父與羊姓並衙隸俱在。少頃，檻車中有囚人出，則冥王及郡司、城隍也。當堂對勘，席所言皆不妄。三官戰慄，狀若伏鼠。二郎援筆立判[66]；頃之，傳下判語，令案中人共視之。

判云：“勘得冥王者：職膺王爵[67]，身受帝恩。自應貞潔以率臣僚[68]，不當貪墨以速官謗[69]。而乃繁纓棨戟[70]，徒誇品秩之尊；羊很狼貪，竟玷人臣之節[71]。斧敲斲[72]，斲入木，婦子之皮骨皆空；鯨吞魚，魚食蝦，螻蟻之微生可憫。當掬西江之水，爲爾湔腸[73]；即燒東壁之牀，請君入甕[74]。城隍、郡司，爲小民父母之官，司上帝牛羊之牧[75]。雖則職居下列，而盡瘁者不辭折腰[76]；即或勢逼大僚，而有志者亦應強項[77]。乃上下其鷹鷙之手，既罔念夫民貧；且飛揚其狙獪之奸[78]，更不嫌乎鬼瘦。惟受贓而枉法，真人面而獸心[79]！是宜剔髓伐毛，暫罰冥死[80]；所當脱皮换革，仍令胎生。隸役者：既在鬼曹，便非人類。祇宜公門修行[81]，庶還落蓐之身[82]；何得苦海生波，益造彌天之孽[83]？飛揚跋扈[84]，狗臉生六月之霜[85]；隳突叫號[86]，虎威斷九衢之路[87]。肆淫威於冥界，咸知獄吏爲尊；助酷虐於昏官，共以屠伯是懼[88]。當於法場之内，剁其四肢；更向湯鑊之中，撈其筋骨。羊某：富而不仁，狡而多詐，金光蓋地[89]，因使閻摩殿上，盡是陰霾；銅臭熏天[90]，遂教枉死城中，全無日月。餘腥猶能役鬼，大力直可通神[91]。宜籍羊氏之家，以賞席生之孝。即押赴東岳施行。”又謂席廉：“念汝子孝義，汝性良懦，可再賜陽壽三紀。”因使兩人送之歸里。席乃抄其判詞，途中父子共讀之。既至家，席先蘇；令家人啓棺視父，僵屍猶冰，俟之終日，漸温而活。及索抄詞，則已無矣。自此，家日益豐；三年間，良沃徧野[92]；而羊氏子孫微矣[93]，樓閣田産，盡爲席有。里人或有買其田者，夜夢神人叱之曰：“此席家物，汝烏得有之！”初未深信；既而種作，則終年升斗無所獲，於是復鬻歸席。席父九十餘歲而卒。

異史氏曰：“人人言净土[94]，而不知生死隔世，意念都迷，且不知其所以來，又烏知其所以去；而况死而又死，生而復生者乎？忠孝志定，萬劫不移[95]，異哉席生，何其偉也！”

上海古籍出版社會校會注會評本《聊齋誌異》卷十

【註釋】

[1] 東安，縣名，今河北省安次縣。漢置安次縣，明改東安縣。

[2] 戇(zhuàng壯)拙，剛直樸拙。

[3] 郤(xì 細)，亦作"隙"，仇隙。有郤，相互之間有嫌怨。

[4] 冥，舊時迷信説法，認爲人死之後所居的地方，俗稱冥間或陰間。冥使，陰差。搒(bàng 棒)，通"榜"，笞打。

[5] 慘怛(dá 笪)，憂傷，痛掉。《漢書·元帝紀》："歲比災害，民有菜色，慘怛於心。"

[6] 樸訥(nà 吶)，樸實而又口齒遲鈍。

[7] 陵，亦作"凌"，侵侮，欺淩。《禮記·中庸》："在上位，不陵下。"

[8] 舍，所居止的地方，此處引申爲人的軀體。舊時迷信説法謂人死之後，魂即離體而去，故曰魂已離舍。

[9] 少選，一會兒，不多久。《吕氏春秋·音初》："少選，發而視之。"

[10] 潸(shān 山)然，淚流貌。《詩經·小雅·大東》："潸焉出涕。"

[11] 赇(qiú 求)，賄賂。《漢書·刑法志》："吏坐受赇枉法。"

[12] 脛(jìng 徑)，小腿。股，大腿。

[13] 王章，王法。

[14] 魅，怪物。操，把持，掌握。

[15] 城隍，舊時迷信稱守護城邑的神。陸游《寧德縣重修城隍廟記》："故唐以來郡縣皆祭城隍。"早衙，亦作朝衙，舊時官府早晚兩次坐堂治事，受吏役參謁，故有早、晚衙之稱。

[16] 質理，審問。

[17] 不直，不以爲然。

[18] 冥行，摸黑走路。

[19] 官役句：指縣城隍及差役營私舞弊的情況。

[20] 郡司，指府城隍。

[21] 遲(zhì 至)，等待。《後漢書·章帝紀》："朕思遲直士，側席異聞。"王先謙集解引何若瑶曰："遲者待也；思遲直士，思待直士也。"

[22] 扑，拷打。

[23] 覆案，重審。

[24] 械(xiè 謝)梏(gù 固)，刑具。

[25] 腹心，猶言心腹，親近的人。

[26] 關説，通關節，説人情。《史記·佞幸列傳序》："公卿皆因關説。"索隱："關，通也，謂公卿因之而通其詞説。"

[27] 逆旅，客舍，旅館。《莊子·山木》："陽子之宋，宿於逆旅。"

[28] 殆，危險。《莊子·天地篇》："殆哉圾乎天下！"

[29] 道路之口，傳聞之辭。

[30] 皂衣人，着黑衣的人，指皂隸。皂，黑色。

[31] 允當，平允適當。此處猶言"合該"，爲憤激不平之反語。

[32] 捽(zuó 昨)，揪住頭髮。《國策·楚策》："吾將深入吴軍，若扑一人，若捽一人。"註："捽，持髮也。"

[33] 掬(jú 菊)，雙手捧取。

[34] 闢，開。

[35] 顧,但。號(háo 豪),叫喊。

[36] 隆隆然,雷鳴聲。此處形容鋸聲像雷鳴一般。尋,不久,旋即。

[37] 踣(bó 搏),向前扑倒。

[38] 罹(lí 犂),被,遭受。

[39] 暗昧,黑暗。

[40] 達帝聽,上達給玉皇知道。

[41] 灌口二郎,神名。灌口,即今四川省灌縣。舊時民間迷信,以二郎神爲楊戩,是玉皇之甥(見《封神演義》)。《朱子語録》:"蜀中灌口二郎,當時是李冰,因開離堆有功,立廟。今來現許多靈怪,乃是他第二兒子。"據此,二郎則爲秦將李冰之子。

[42] 殊無厲容,面色很温和。殊,絶。

[43] 雪,洗除,伸雪。

[44] 往生,即迷信所謂"投胎"。

[45] 嗚呼,指喊冤。

[46] 期(jī 基)頤(yí 夷),一百歲。《禮記・曲禮》:"百年曰期頤。"

[47] 嵌,疑當作"鈐",用印、蓋章稱鈐印。此處作蓋上的意思。

[48] 研,磨碎。

[49] 撻楚,棒打。楚,舊時扑責之具。《禮記・學記》:"夏楚二物,收其威也。"註:"夏,稻也;楚,荆也,二者所以撲撻犯禮者。"

[50] 温語,温和的話。

[51] 故,故意。蹇(jiān 艱),跛足。

[52] 門閾(yù 域),門限,門檻。

[53] 乳,吃奶。

[54] 殤(shāng 傷),未成人而夭折。

[55] 摇摇,不安定貌。謂心緒不寧,無所寄託。《詩經・王風・黍離》:"中心摇摇。"傳:"摇摇,憂無所愬。"

[56] 羽葆,以鳥羽連綴成的華蓋。《漢書・王莽傳》:"莽乃造華蓋九重,高八丈一尺,金瑵羽葆,載以祕機四輪車。"

[57] 越道,穿過大路。

[58] 鹵簿,封建時代帝王或王公大臣外出時的儀仗隊。

[59] 縶(zhí 職),囚拘。

[60] 丰儀,丰姿儀表。瑰瑋,奇偉。《三國志・蜀志・許靖傳》:"倜儻瑰瑋,有當世之具。"亦作"瓌瑋"或"傀偉"。

[61] 無所出,没處發洩。

[62] 緬,遥遠貌。緬訴,從頭訴説。

[63] 殿下,唐以後對太子、皇后及親王的尊稱。葉夢得《石林燕語》:"制獨天子稱陛下,至殿下則諸侯皆得通稱。至唐時制令,惟皇太子、皇后,百官上疏稱殿下,至今循用之。"

[64] 修,長,高。《國策・齊策》:"鄒忌修八尺有餘。"修軀,高個兒。

[65] 官廨(xiè 瀉),官署,衙門。
[66] 援筆,取筆,執筆。
[67] 膺,受。
[68] 率,表率。率臣僚,爲百官的表率。
[69] 貪墨,同“貪冒”,意猶貪污。《左傳》昭公十四年:“貪以敗官爲墨。”杜注:“墨,不潔之稱。”以速官謗,以招致人們對他的居官爲政進行指責。《左傳》莊公二十二年:“君之惠也,所獲多矣。敢辱高位,以速官謗!”謗,毀謗行政之非。速,促使,招致。
[70] 繁(pán 盤)纓棨戟,皆封建時代諸侯所用的儀仗。繁纓,《左傳》成公二年:“(仲叔于奚)請曲縣繁纓以朝。”注:“曲縣,軒縣;繁纓,馬飾,皆諸侯之服。”棨戟,《漢書·匈奴傳》:“有衣之戟曰棨。”崔豹《古今註》:“棨戟,殳之遺象也。……以木爲之;後世滋僞,無復典刑,以赤油韜之……亦謂之棨戟。王公以下,通用之以前驅。”
[71] 羊很二句:羊很狼貪,《史記·項羽本紀》:“(宋義)因下令軍中曰:‘猛如虎,很如羊,貪如狼,強不可使者,皆斬之。’”玷(diàn 店),白玉上的斑點,以喻人的缺點、過失。此處作玷污解。
[72] 斲(zhuó 作),同“斫”,砍削。此處借作“鑿”字。
[73] 當掬二句:西江水,《莊子·外物》:“周顧視車轍中有鮒魚焉……曰:‘我東海之波臣也,君豈有升斗之水而活我哉?’周曰:‘諾,我且南游吴越之王,激西江之水而迎子,可乎?’”謂西來之江水也。湔(jiān 間),洗滌。
[74] 即燒二句:東壁之牀,指“火牀”。前文曾提到“見東墀有鐵牀,熾火其下,牀面通赤。”請君入甕,《資治通鑑·唐紀》:“左金吾大將軍丘神勣以罪誅……或告文昌右丞周興與丘神勣通謀,太后命來俊臣鞫之。俊臣與興方推事對食,謂興曰:‘囚多不承,當爲何法?’興曰:‘此甚易耳! 取大甕,以炭四周炙之,令囚入中,何事不承!’俊臣乃索大甕,火圍如興法,因起謂興曰:‘有内狀推兄,請兄入此甕!’興惶恐叩頭服罪。”此兩句言,二郎處治冥王之刑,即以其治席方平之火牀治之。
[75] 爲小民二句:父母之官,封建時代,稱州縣官爲父母官。司上帝牛羊之牧,《左傳》襄公十四年:“天生民而立之君,使司牧之。”指州郡長官,一稱州牧。牛羊,比喻被統治的人民。此兩句謂,城隍、郡司,其職守相當於人間州縣長官。
[76] 盡瘁,盡心竭力,不辭勞瘁。《詩經·小雅·北山》:“或盡瘁事國。”折腰,《晉書·陶潛傳》:“爲彭澤令……郡遣督郵至縣,吏白,應束帶見之。潛嘆曰:‘吾不能爲五斗米折腰,拳拳事鄉里小人邪!’義熙三年,解印去。”不辭折腰,做小官不怕受委屈。
[77] 強項,剛直不屈。《後漢書·楊震傳》:“帝不悦曰:‘卿(楊奇)強項,真楊震子孫!’”
[78] 狙(jū 居),獮猴。狙獪之姦,乘人不防而施其陰謀。《漢書·敍傳》:“吴孫狙詐,申商酷烈。”
[79] 人面獸心,謂雖具人類面目,而居心卻如禽獸。《晉書·孔嚴傳》:“降附之徒,皆人面獸心,難以感義。”
[80] 剔髓伐毛,原注引《洞冥記》:“吾三千歲一反骨洗髓,三千歲一剥骨伐毛,自吾生已三洗髓五伐毛矣。”此處指受酷刑。冥死,受冥間的死刑。舊時迷信的説法,人死爲鬼,鬼死爲聻。
[81] 公門修行,即舊時俗語:“公門裏面好修行。”公門,官署。舊時認爲官府操人民生殺之權,故任職官署之中,可隨時行善救人。
[82] 落蓐(rù 褥),出生。落蓐之身,指人身。

[83] 彌天,滿天。極言其大。

[84] 飛揚跋扈,不受約束,任意妄爲。《北史·齊高祖紀》:“景(侯景)專制河南十四年矣,常有飛揚跋扈志。”

[85] 六月之霜,《太平御覽》引《淮南子》:“鄒衍事燕惠王盡忠,左右譖之王,王繫之獄,仰天哭,夏五月,天爲之下霜。”張説《獄箴》:“匹夫結憤,六月飛霜。”故世用指冤獄。此處形容隸役狠毒,翻臉無情,貪贓枉法,造成冤獄。

[86] 隳(huī 灰),毁壞。《吕氏春秋·順説》:“隳人之城郭。”高註:“隳,壞也。”隳突,破壞奔突,極言騷擾。

[87] 九衢,九條交叉大道。《楚辭·天問》:“靡蓱九衢,枲華安居。”通常指京城的道路。此句即前文“無路可達帝聽”之意。

[88] 屠伯,猶稱劊子手。《漢書·嚴延年傳》:“所欲誅殺,奏成於手中。……冬月,傳屬縣囚會論府上,流血數里,河南號曰屠伯。”

[89] 金光蓋地,此處喻錢神的氣燄。

[90] 銅臭,東漢崔寔從兄烈,有重名於北州,歷位郡守、九卿。靈帝時,開鴻都門榜,賣官鬻爵。後因傅母入錢五百萬,得爲司徒。久之不自安,問其子鈞曰:“吾居三公,於議者何如?”鈞曰:“論者嫌其銅臭。”見《後漢書·崔寔傳》。銅臭熏天,譏刺富者將錢賄買官吏,氣勢逼人。此處指羊姓。

[91] 大力句:謂錢可通神。張固《幽閒鼓吹》:“唐張延賞將判度支,知大獄頗有冤屈,每甚扼腕。及判,便召獄吏嚴誡之。明日視事,案上有一帖子曰:‘錢三萬貫,乞勿問此獄!’公大怒,更促之。明日,復見一帖子曰:‘錢五萬貫。’公益怒,令兩日須畢。明日,案上復見一帖子曰:‘錢十萬貫。’公遂止不問。子弟乘間偵之。公曰:‘錢至十萬,可通神矣!無不可回之事,吾恐禍及,不得不止也。’”

[92] 良沃,猶言良田沃土。

[93] 微,衰敗。《論語·季氏》:“故夫三桓之子孫微矣。”

[94] 浄土,《法苑珠林》:“西方常清浄自然,無一切雜穢,故名浄土。”

[95] 萬劫,劫爲梵語“劫波”之略,出佛教經典,意指“遠大時節”。萬劫,極言其歷時之久。

黄　英

【解題】 本文通過對黄英姊弟的描繪,塑造了現實生活中花農花販的形象。在封建社會裏,花農花販是被賤視的。但作者卻贊頌他們“自食其力不爲貪,販花爲業不爲俗”。把他們寫成菊花的化身,賦予他們以高潔的品質。相反,對馬生的扭捏作態和自命清高的言行,則作了含蓄而有力的諷刺。文中對黄英性格的刻劃,對陶弟醉後化菊的描寫,生動、形象,如在目前。

馬子才,順天人。世好菊,至才尤甚。聞有佳種,必購之,千里不憚[1]。一日,有金陵客寓其家,自言其中表親有一二種,爲北方所無。馬欣動,即刻治裝,從客至金陵。客多方爲之營求,得兩芽[2],裹藏如寶。歸至中途,遇一少年,跨蹇從油碧車[3],丰姿灑落。漸近與語。少年自言:“陶姓。”談言騷雅。因問馬所自來,實告之。少年曰:“種無不佳,培溉在人。”因與論藝菊之法。馬大悦,問:“將何往?”答云:“姊厭金陵,欲卜居於河朔耳[4]。”馬欣然曰:

"僕雖固貧,茅廬可以寄榻。不嫌荒陋,無煩他適。"陶趨車前,向姊咨稟。車中人推簾語,乃二十許絶世美人也。顧弟言:"屋不厭卑,而院宜得廣。"馬代諾之,遂與俱歸。

第南有荒圃,僅小室三四椽,陶喜,居之。日過北院,爲馬治菊。菊已枯,拔根再植之,無不活。然家清貧,陶日與馬共食飲,而察其家似不舉火。馬妻吕,亦愛陶姊,不時以升斗餽卹之[5]。陶姊小字黄英,雅善談,輒過吕所,與共紉績。

陶一日謂馬曰:"君家固不豐,僕日以口腹累知交,胡可爲常。爲今計,賣菊亦足謀生。"馬素介[6],聞陶言,甚鄙之,曰:"僕以君風流高士,當能安貧;今作是論,則以東籬爲市井,有辱黄花矣[7]。"陶笑曰:"自食其力不爲貪,販花爲業不爲俗。人固不可苟求富,然亦不必務求貧也。"馬不語,陶起而出。自是,馬所棄殘枝劣種,陶悉掇拾而去。由此不復就馬寢食,招之始一至。

未幾,菊將開,聞其門囂喧如市。怪之,過而窺焉,見市人買花者,車載肩負,道相屬也[8]。其花皆異種,目所未睹。心厭其貪,欲與絶;而又恨其私祕佳本[9],遂款其扉,將就誚讓。陶出,握手曳入。見荒庭半畝皆菊畦,數椽之外無曠土。劚去者[10],則折别枝插補之;其蓓蕾在畦者[11],罔不佳妙:而細認之,皆向所拔棄也。陶入屋,出酒饌,設席畦側,曰:"僕貧不能守清戒,連朝幸得微貲,頗足供醉。"少間,房中呼"三郎",陶諾而去。俄獻佳肴,烹飪良精。因問:"貴姊胡以不字?"答云:"時未至。"問:"何時?"曰:"四十三月。"又詰:"何説?"但笑不言。盡歡始散。過宿,又詣之,新插者已盈尺矣。大奇之,苦求其術。陶曰:"此固非可言傳;且君不以謀生,焉用此?"

又數日,門庭略寂,陶乃以蒲席包菊,捆載數車而去。踰歲,春將半,始載南中異卉而歸[12],於都中設花肆[13],十日盡售,復歸藝菊。問之去年買花者,留其根,次年盡變爲劣,乃復購於陶。陶由此日富:一年增舍,二年起夏屋[14]。興作從心,更不謀諸主人。漸而舊日花畦,盡爲廊舍。更於牆外買田一區,築墉四周[15],悉種菊。至秋,載花去,春盡不歸。而馬妻病卒。意屬黄英,微使人風示之。黄英微笑,意似允許,惟專候陶歸而已。年餘,陶竟不至。黄英課僕種菊[16],一如陶。得金益合商賈[17],村外治膏田二十頃,甲第益壯[18]。忽有客自東粤來,寄陶生函信,發之,則囑姊歸馬。考其寄書之日,即妻死之日;回憶園中之飲,適四十三月也,大奇之。以書示英,請問"致聘何所"。英辭不受采[19]。又以故居陋,欲使就南第居,若贅焉[20]。馬不可,擇日行親迎禮。

黄英既適馬,於間壁開扉通南第[21],日過課其僕。馬恥以妻富,恆囑黄英作南北籍[22],以防淆亂。而家所須,黄英輒取諸南第。不半歲,家中觸類皆陶家物。馬立遣人一一齎還之[23],戒勿復取。未浹旬[24],又雜之。凡數更,馬不勝煩。黄英笑曰:"陳仲子毋乃勞乎[25]?"馬慚,不復稽,一切聽諸黄英。鳩工庀料[26],土木大作,馬不能禁。經數月,樓舍連亘,兩第竟合爲一,不分疆界矣。然遵馬教,閉門不復業菊,而享用過於世家。馬不自安,曰:"僕三十年清德,爲卿所累。今視息人間[27],徒依裙帶而食[28],真無一毫丈夫氣矣。人皆祝富,我但祝窮耳!"黄英曰:"妾非貪鄙;但不少致豐盈,遂令千載下人,謂淵明貧賤骨,百世不能發迹，故聊爲我家彭澤解嘲耳[29]。然貧者願富，爲難；富者求貧，固亦甚易。牀頭金任君揮去之，妾不靳也。”馬曰：“捐他人之金，抑亦良醜。”黄英曰：“君不願富，妾亦不能貧也。無已，析君居：清者自清，濁者自濁，何害。”乃於園中築茅茨[30]，擇美婢往侍馬。馬安之。然過數日，苦念黄英。招之，不肯至；不得已，反就之。隔宿輒至，以爲常。黄英笑曰：“東食西宿[31]，廉者當不如是。”馬亦自笑，無以對，遂復合居如初。

會馬以事客金陵，適逢菊秋[32]。早過花肆，見肆中盆列甚煩，款朵佳勝，心動，疑類陶製。少間，主人出，果陶也。喜極，具道契闊，遂止宿焉。要之歸。陶曰：“金陵，吾故土，將婚於是。積有薄貲，煩寄吾姊。我歲杪當暫去。”馬不聽，請之益苦。且曰：“家幸充盈，但可坐享，無須復賈。”坐肆中，使僕代論價，廉其直[33]，數日盡售。逼促囊裝，賃舟遂北。入門，則姊已除舍，牀榻裀褥皆設，若預知弟也歸者。

陶自歸，解裝課役，大修亭園，惟日與馬共棋酒，更不復結一客。爲之擇婚，辭不願。姊遣兩婢侍其寢處，居三四年，生一女。陶飲素豪，從不見其沉醉。有友人曾生，量亦無對。適過馬，馬使與陶相較飲。二人縱飲甚歡，相得恨晚。自辰以訖四漏[34]，計各盡百壺。曾爛醉如泥，沉睡座間。陶起歸寢，出門踐菊畦，玉山傾倒[35]，委衣於側，即地化爲菊，高如人；花十餘朵，皆大於拳。馬駭絶，告黄英。英急往，拔置地上，曰：“胡醉至此！”覆以衣，要馬俱去，戒勿視。既明而往，則陶臥畦邊。馬乃悟姊弟菊精也，益愛敬之。而陶自露迹，飲益放，恆自折柬招曾，因與莫逆。值花朝[36]，曾來造訪，以兩僕舁藥浸白酒一罈，約與共盡。罈將竭，二人猶未甚醉。馬潛以一瓻續入之，二人又盡之。曾醉已憊，諸僕負之以去。陶臥地，又化爲菊。馬見慣不驚，如法拔之，守其旁以觀其變。久之，葉益憔悴。大懼，始告黄英。英聞駭曰：“殺吾弟矣！”奔視之，根株已枯。痛絶，掐其梗，埋盆中，攜入閨中，日灌溉之。馬悔恨欲絶，甚怨曾。越數日，聞曾已醉死矣。

盆中花漸萌[37]，九月既開，短幹粉朵，嗅之有酒香，名之“醉陶”，澆以酒則茂。後女長成，嫁於世家。黄英終老，亦無他異。

異史氏曰：“青山白雲人，遂以醉死[38]，世盡惜之，而未必不自以爲快也。植此種于庭中，如見良友，如對麗人，——不可不物色之也。”

上海古籍出版社會校會註會評本《聊齋誌異》卷十一

【註釋】

[1] 憚(dàn 旦)，怕。

[2] 芽，指幼苗。

[3] 蹇(jiǎn 剪)，跛足。《楚辭·七諫·謬諫》：“駕蹇驢而無策兮，又何路之能極？”引申即指蹇驢或駑馬。這裏指驢子。油碧車，指有青色帷幕的車子。一説疑是“油壁車”之誤，即以油塗飾車壁的車子，古代多爲婦女所乘。

[4] 河朔，泛指黄河以北地區。

[5] 卹(xù 敍)，周濟，體恤。

[6] 素介，素來耿介，含有“清高”的意思。

[7] 則以二句：意謂如果把菊花圃變做市場，把菊花當作商品來買賣，這是對菊花的侮辱。東籬，陶淵明有“採菊東籬下”的詩句，後人因以東籬作爲菊圃的代稱。黄花，即菊花，古代封建文人認爲菊花的品格高潔。

[8] 道相屬，路上相連不斷。

[9] 佳本，良種。

[10] 劚(zhú 竹)，同“斸”，大鋤，引伸爲挖掘。

[11] 蓓蕾，花蕊，含苞欲放的花。

[12] 這句是説，載着南方奇異的花卉回來。

[13] 花肆，花店。

[14] 夏屋，大屋。一本作“厦屋”。

[15] 墉(yōng 庸)，土牆。

[16] 課，督率，考核。

[17] 合商賈，與商人合伙。

[18] 甲第，古時貴族住宅分甲乙第，這裏是指大房子。

[19] 采，采禮，指訂婚的聘禮。

[20] 贅，入贅，即招女壻。

[21] 間壁，一本作“壁間”。

[22] 作南北籍，把南北兩第的財物分别登記在簿册上。

[23] 齎(jī 機)還，送還。

[24] 浹(jiā 夾)旬，古代以干支紀日，稱自甲至癸一周十日爲浹日或浹旬。

[25] 陳仲子，戰國時齊國的著名廉士。其兄陳戴是齊國的大官。據説，他因恥食“不義之食”，與兄分居。一次誤吃了人家送與其兄的鵝肉，知道以後，又吐了出來；由於餓得厲害，就爬到井上吃蟲蛀過的李子。孟子曾認爲陳仲子的行爲是矯揉造作。這裏黄英用來作比，含有譏諷之意。

[26] 鳩工句：鳩，聚集。庀(pǐ 痞)，儲備。這句是説，作好人工和物料的準備。

[27] 視息，眼睛看，鼻子呼吸。指生存。

[28] 依裙帶而食，依靠女人吃飯、生活。裙帶，指婦女。

[29] 謂淵明三句：淵明，晉詩人陶潛的號。陶潛曾爲彭澤縣令，後辭官歸隱，家貧，性愛菊，故云。

[30] 茅茨(cí 詞)，茅屋。茨，蘆葦、茅草蓋的屋頂。

[31] 東食西宿，《藝文類聚》卷四十引《風俗通》：“兩袒：俗説，齊人有女，二人求之。東家子醜而富，西家子好而貧。父母疑不能決，問其女，定所欲適，難指斥言者偏袒，令我知之。女便兩袒。怪問其故。云：欲東家食西家宿。此爲兩袒者也。”黄英借用這個故事，取笑馬生既要“廉潔”之名，又貪“享受”之實。

[32] 菊秋，菊花盛開的秋天。

[33] 直，通“值”，即價值。

[34] 自辰以訖四漏，從上午辰時直至夜裏四更。

[35] 玉山傾倒，《世説新語・容止》：“嵇叔夜之爲人也，岩岩若孤松之獨立；其醉也，傀俄若玉山之將崩。”後世遂以“玉山傾倒”形容醉倒。

[36] 花朝,古人以農曆二月十二日(一説十五日)爲百花生日,稱“花朝。”

[37] 萌(méng 蒙),發芽。

[38] 青山白雲二句:唐初學者傅奕,爲人曠達,崇尚自然。曾自爲墓誌銘説:“傅奕,青山白雲人也,因酒醉死。”此處借用這兩句是表示對陶生的贊嘆。

五、戲　曲

朱 㿥 傳 奇

朱㿥,字素臣,號苼庵,吴縣(今江蘇省吴縣)人。生卒年不詳,約清世祖順治前後在世。與李玉相友善,曾合作《埋輪亭》、《一品爵》,又助李玉校訂《北詞廣正譜》,所作傳奇達二十種左右,以《十五貫》、《翡翠園》最負盛名。高奕《新傳奇品》喻其風格爲"少女簪花,修容自愛"。

十　五　貫

一名《雙熊夢》,寫熊友蘭、熊友蕙兄弟,俱因十五貫錢蒙罹奇冤,收監問罪;幸遇太守况鍾,卒獲昭雪。劇中熊友蘭故事的部分情節,取材宋人話本《十五貫戲言成巧禍》,改編時又根據現實生活作了充實和發展。作品通過熊氏兄弟的冤案,揭露了封建法律制度的殘酷與腐敗,批判了官吏的貪婪、昏庸和武斷,同時也歌頌了清官况鍾注重調查研究、敢於爲民請命的正直行爲,具有一定的認識意義。但在情節的處理上,過多地運用了巧合,以致影響了合理性與真實感,是其不足之處。據此改編的《判斬》、《見都》、《訪鼠》、《測字》等齣,在昆劇舞臺上,長期受到觀衆的歡迎。

廉　　訪

【解題】 此係《十五貫》中第十八齣,寫况鍾爲判明熊氏兄弟的冤情,微服察訪,終因偶然的機會,偵獲真兇。本齣情節、人物均極簡單,但戲劇沖突卻尖鋭激烈。作者成功地運用對白與獨白,着力刻劃了婁阿鼠的奸詐驚慌,况鍾的機智沉着,陶復朱的仗義勇爲。通過人物的内心活動以及人物之間的連鎖反應構成了强烈的喜劇氣氛。

【步步入園林】(末上)浪逐蠅頭江湖上[1],挣不破英雄網。老夫陶復朱。自從在楓江買貨下船,指望到河南脱卸,不想遇着熊友蘭之事,老夫憐恤奇冤,助錢十五貫,教他回家。誰想同舟客伴,盡道出門吉日,遇此蹭蹬之事[2],改舟南往,老夫祇得隨衆到了閩南。一路且喜貨物俱有利息,又買了些南貨,依舊到蘇發賣。討完帳目,趕回家中,不覺又是仲冬了。嘆勞生空自忙,喜得故國雲山,歸來無恙。今日乃是望日,特來城隍廟去進香。辦炷心香瞻仰[3],願客况履嘉祥[4],祈晚景獲安康。(下)(外扮術士,臂懸招牌,上寫"天目山人觀枚拆字神數洩天機"[5]。小旦門子扮道童,背包裹隨上)

【園林過江兒】海中針,尋來渺茫,糊突事,没些主張。下官淮安事竣[6],返棹南回。打發各役先回滸墅關伺候,自己换過微服[7],假扮一個拆字先生,唤個小船,到這裏無錫地方,停泊上崖,探訪游二致死根由。一路行走,祇聽得那些人紛紛傳説,本府即日按臨本地,搜緝兇身。只是我想這宗公案,不比前邊的事體,有些牆壁,可據踏勘得[8];如今無影無踪,怎生是了?前面是城隍廟,不免到彼閑坐片時,再作道理。(向小旦)過來。我在廟中閑坐,你可遠遠伺候,不必前來。(小旦應下)(外)豈大案終無影響[9],那鏡影犀光[10],照不出山魈伎倆[11]?(下)

(丑上)日間不作虧心事,半夜敲門不吃驚。我婁阿鼠,一生好賭,半世貪財。只因一時動了貪心,殺了游葫蘆,把他十五貫銅錢偷回。凑巧得極,正撞着倒運的強遭瘟[12],恰好也背了十五貫銅錢,同了丫頭走路,竟被地方追着,捉到當官,替我打,替我夾,替我坐監鋪,替我問斬罪,真正是十足替死鬼。這一擲倒盆[13],十分得意。咳,只道打發過了鐵[14],再無人來發覺了;不道前日監斬官,竟委着了蘇州府太爺况青天,竟要正一擲起來,你道可是頑得的?萬一勮了底,怎麽處?因此這兩日心惶膽碎,肉跳心驚,躲在家裏,坐不安,睡不穩,竟像掉了魂的一般,心上狐疑不定。今日是月半,到城隍廟裏求一條簽[15],看吉凶如何?莫若遠去高飛,免得嘔氣[16]。一路行來,呀,來的是陶大公!(末上)慈悲勝念千聲佛,造惡徒燒萬炷香。原來婁鼠哥。(丑)陶大公,久違,久違。幾時歸來的?(末)昨日打從姑蘇回來。鼠哥,近日賭錢得彩麽[17]?(丑)不要説起,竟到了六部衙門了——尚書。(末)你每賭場上朋友,輸贏常事,爲何慌慌張張?(丑)你不曉得,我那敝鄰,有這場官司(低聲〔介〕):恐防帶累鄉鄰,所以有點着急;特來求一條簽,看看吉凶如何?(末)你地方上有何事體?老夫一些也不曉得,就請你講講。(丑)説起話長,就是我隔壁游二家的事。

【江兒犯】姦殺奇聞事,鄉閭到處揚。(末)甚麽姦殺事?(丑)就是那游葫蘆死入糊塗帳。(末)那游二被人殺死了?(丑)是。(末)爲甚事?(丑)游二有個拖油瓶女兒,那日游二替他姐姐借了些錢回來做生意,爲了這兩個牢錢,到送了性命。(末)多少錢鈔就送了性命?(丑)十五貫青蚨將身喪[18],女孩兒認罪誰稱枉?(末)不信是他的女兒殺死的!(丑)當夜殺了人;明朝地方曉得,追上去,正在高橋地方,只見女兒呵,和着孤男相傍,儼做出私情勾當。(末)私約漢子同走,有何證見?(丑)囊中十五貫是真贓,招成奸殺罪雙雙。

(外一面暗上)欲求明鳥語,不憚聽狐冰[19]。看門首有人講話,隱隱聽得十五貫三字,且走去聽他。(上前拱手介)二位要起數?作成作成。(末)用不着。(丑)起數?住了,替我起一數。(末)既如此,你且站一站,我每講完了話,就總成你。(外)當得奉候。(末)你且説那漢子甚麽樣人?是何名姓?(丑)那人不是本地方人,叫做甚麽熊友蘭。(末)熊友蘭?(背介)呀!前日那船上當梢那人叫做熊友蘭。(外暗聽)他是那裏人氏?(丑)聽得説是淮安人。(末)淮安人?這是幾時的事體?(丑)個是舊年秋裏個事體。(末)呀呸,這是那裏説起!(丑)奇,奇!爲甚麽跳將起來?(末)這熊友蘭,乃是淮安胯下橋人。這十五貫錢,是老夫助他回去救兄弟熊友蕙的,怎麽是游二家的起來?(頓足)哎!世上有這等樣屈事?(丑驚背介)不信有這樣。(轉介)你且將助錢一事,説與我知道。(末)我舊年在蘇州呵!

【五供養交枝】片帆北上,客伴閑談,話出端詳。(丑)也就説這件事了。(末)我每同舟朋友,偶然曉得淮安熊友蕙,被屈遭刑,不想舟尾有個當梢之人,就是這個熊友蘭了,他偶傾窗外耳,此際好驚惶。(丑)聽得兄弟有事,着急了?(末)便是。聽兄弟問成大辟[20],在獄追比十五貫寶鈔[21],痛哭幾亡。彼時老夫心懷惻隱,一力贈錢十五貫,教他回去代納寶鈔,以免追比。臨期遣歸慰雁行[22],早難道救冤反把奇冤釀!(外暗點頭介)(丑)就是你的錢,也無證據。(末)怎麽没有證據?現有客伴船家看見的。也罷,老夫竟到蘇州府况太爺處,與他辨明這宗冤獄去。(拜介)神明在上:弟子今日進香,爲因急往蘇州,辨人冤枉,不能從容瞻禮[23],改日再來了願罷。爲辨人冤,不辭路忙。(丑)你要到那裏去?(末)向黄堂申冤理枉[24]!

(丑作急狀,攔末介)呀呸!

【玉交海棠】伊休莽撞,怎出頭撩鋒撥鋩?(末)我爲人抱白明冤,也不算甚麽撩撥。(丑)你還不曉得,我每地方上,爲出這件事來,見上司,解六院,拖上拖下,不知吃了多少辛苦。况且况太爺有些兜搭[25],笑你負薪救火招無妄,豈不慮林木貽殃?(末怒)咳,此言差矣!當日指望救他的兄弟,不想反害了哥哥,我陶復朱的罪過也不小。若將他窮骨冤埋,枉卻我俠腸雄壯!(欲下)(丑扯住介)住了住了,熊友蘭又不是你的親故,甚麽要緊?無事討事做。常言道"是非只爲多開口,煩惱皆因強出頭"。倘然况太爺到來你個身上要起凶身,怎麽處?依我說,不要去!(末)咳,我怎肯良心喪?拚做救人從井,同溺何妨!

(下)(丑)不好了!不好了!這件事竟要做出來了。(急亂走介)(外)有這等事?

【海棠姐姐】我自忖量!(看丑介)看他情詞窘迫難堪狀。爲何那人欲去出首[26],他卻如此着忙?其中情弊,卻有蹺蹊[27]!看他心虛膽怯,露出乖張[28]。(向丑介)老兄,你方才說要起數,就請說來。(丑)我是來求籤的。也罷,就起數罷。怎麽樣起法?(外指招牌介)請看:觀枚拆字,聲名播四方。(丑)怎麽叫觀枚測字?(外)要問甚麽心事,隨手寫一字來,就可判吉凶了。(丑)區區不識字的,寫不出來。(外)隨口說一個也罷。(丑)就是學生賤名罷。老鼠的"鼠"字。(外)尊名叫"鼠"字麽?(丑)不敢。賤名叫婁阿鼠,賭錢場上有名的。(外背介)呀!且住,野人啣鼠,已應其一;他名唤阿鼠,莫非正是此人麽?我私追想,葫蘆已有前番樣,啞謎須教此際詳[29]。

(丑背介)他自言自語,想是拆不來:(外)你這個"鼠"字,是那裏用的麽?(丑)官司。(外作手寫介)一十四劃。數遇成雙,乃屬陰爻[30]。况鼠又屬陰,陰中之陰,乃幽晦之象,若占官司,急切不能明白哩。(丑)明白是不曾明白,看可有纏擾累及?(外)自己用,還是代占?(丑支吾介)代占。(外)依數看起來,只怕不是代占。這椿事體,是爲禍之首。(丑)何以見得?(外)"鼠"爲十二生宿之首,豈非你是造禍之端?(丑驚呆介)(外)况且竟象在裏頭竊取了東西,搆起這椿事的。(丑)有些古怪,偷東西你那裏看得出來?(外)鼠性善於偷竊,所以如此斷。(丑呆介)(外)還有一說:這個人家可是姓游麽?(丑)你是那裏曉得?(外)老鼠最喜偷油,故爾曉得。(丑背介)這不是拆字的先生,竟是仙人了!(外點頭介)已先不要管他,只看目下,可有是非口舌連累得着?(外)怎麽連累不着?如今正是敗露之時了。(丑)怎見得?(外)你是鼠字,目下正交子月[31],當令之時,自然要明白了。(丑)先生,意欲躲避,外面度度,可避得過?(外)你只要實對我說,果然是代占,還是自家占?說得明白,我好指引你。(丑)實不相瞞,其實是自家用的。(外)這個好,避得脱的。(丑)避得脱!何以見得?(外)你若自占,本身不落空了。"空"字頭着一個"鼠"字,豈不是個"竄"字,就是逃竄之"竄"。(又思介)咦,逃竄是逃竄得的,只是那老鼠多畏多疑,怕做了首鼠兩端[32],不能出去。(丑)先生妙數,效驗非常,其實我疑惑不定,所以起數。今承指點,竟依了先生,外面躲避躲避何如?(外)若能走避,萬無一失的。只是今日就走好,若到明日,就走不脱了。(丑)今日天色漸晚,有些不便。(外)又來了,鼠乃晝伏夜動之物,連夜逃最妙的。(丑)有理。還要請教,走到那一方去便好?(外)鼠屬巽,巽屬南[33];東南方去好!(丑)還是水路走,旱路走?(外)鼠屬子,子屬水,是水路去好。(丑)水路東南方去,只是一時那有便船?(外)你若要去,老夫到有便船在此,正要今晚下船,到蘇、杭一路去趕趁新年。若不棄嫌,同舟如何?(丑)如此極妙,若能逃脱,先生是小子大恩人了!請上,容小子一拜。

【姐姐撥棹】仗伊姑容漏網,那怕他潑天風浪。(外)管前途穩步康莊,管前途穩步康莊,向天涯高飛遠翔。(丑)你的船在那裏?(外)就在河下。(丑)如此說,待我去拿了行李來。些些薄意相送。(外)這也罷了。快去快來。(丑)我欲歸家,膽又慌;待離家,意轉忙。

(急下)(外)門子快來!(小旦)老爺怎麽說?(外)少停那人下船,只可稱我師父,不可洩露風聲。(丑背包裹上)

【尾】逃災陌路權依傍。(外)來了麼?(丑)這是甚麼人?(外)是小徒。(丑)好個標緻小官。江湖上人,專會受用此道。(外)就此下船去罷。匆匆行色送斜陽,(合)遠望吴山路正長。

古本戲曲叢刊本

【註釋】

[1] 浪逐,漫逐。蠅頭,細微之喻。蘇軾《滿庭芳》詞"蝸角虚名,蠅頭微利",言利之薄。此處"浪逐蠅頭"句,係商人陶復朱對自己不得不爲牟取微薄的利潤奔波不定的感嘆。

[2] 蹭蹬,倒霉,不順利。韓駒詩:"諸公蹭蹬未遇日,座中知是非常人。"

[3] 炷,燃物一束曰"炷"。《北史·李洪之傳》:"瘤病,灸燎艾炷,圍將二寸。"辦炷心香,置辦一束心香。

[4] 履嘉祥,謂走運。

[5] 覩枚,一作猜枚,原係猜測手中所藏物件的品種或數目的游戲,此處指迷信活動。拆字,從漢字的結構推斷凶吉的迷信活動。數,即筮,占卜。《史記·日者傳》:"試之卜數。"

[6] 淮安事竣,指况鍾疑熊友蕙案件冤屈,曾稟請右僉都御史周忱,專程去淮安府調查。

[7] 微服,爲隱蔽身份而改穿民服。

[8] 踏勘,即調查、偵察之意。

[9] 影響,此處作踪迹、綫索解。

[10] 犀光,喻明察事理。《晉書·温嶠傳》:"(嶠)旋於武昌至牛渚磯,水深不可測。世云,其下多怪物。嶠遂燬犀角而照之。須臾,見水族覆火,奇形異狀。或乘馬車者,著赤衣者。嶠其夜夢人謂己曰:'與君幽明道别,何意相照也?'"

[11] 山魈,猴科動物,狀貌醜惡,古人目爲山中精怪。此處指兇手。

[12] 強遭瘟,駡人的話。強,十足、頑劣的意思。

[13] 倒盆,賭場流行的術語,意謂全贏結束。

[14] 過了鐵,謂已經殺掉。

[15] 簽,一作籤,寺廟裏供迷信者求卜吉凶編號的竹片。

[16] 啕氣,即嘔氣。

[17] 得彩,指贏錢。

[18] 青蚨,原係蟲名。《淮南子·萬畢術》:"青蚨還錢。"註云:"以其子母各等,置瓮中,埋東行陰垣下,三日復開之,即相從,以母血塗八十錢,亦以子血塗八十一錢,以錢更互市,置子用母,置母用子,錢皆自還也。"世以錢爲青蚨,本此。

[19] 狐冰,《述征記》云,河津冰始合,車馬不敢過,要須狐先行。因狐善聽冰下之水,無水則過。

[20] 大辟,死刑,爲古代五刑之一。

[21] 追比,舊時官府限期交納錢物,逾期則杖責之,謂之追比。

[22] 雁行,因雁之飛行先後有序,引申比喻兄弟。

[23] 瞻禮,瞻望朝拜。

[24] 黄堂,范成大《吴郡志》卷六據《郡國志》云:"黄堂在雞陂之側(今蘇州市東),春申君子假君之殿也,後太守居之。以數失火,塗以雌黄,遂名黄堂,即今太守之正廳是也。今天下郡治,皆名黄堂,

昉此。”後世因稱太守爲“黄堂”。

[25] 兜搭，原意爲黏附，引申爲招來麻煩。

[26] 出首，俗稱告發爲“出首”，此處含赴官府説明之意

[27] 蹺蹊，奇怪，可疑。

[28] 乘張，此處作怪異，不正常解。

[29] 詳，調查瞭解清楚。

[30] 陰爻（yáo 摇），《易卦》的基本符號有陽爻“—”，陰爻“--”，逢雙爲陰，故有此説。

[31] 子月，正月，因“子”爲地支之首，故有此稱。

[32] 首鼠兩端，瞻前顧後、遲疑不決之意。劉大白以爲“首鼠”即“躊躇”之迭韻轉變字（見《辭通序》）。

[33] 巽（xùn 迅），八卦之一。《易・説卦》：“巽，東南也。”

洪昇傳奇

洪昇,字昉思,號稗畦,錢塘(今浙江省杭州市)人。生於公元一六四五年(清世祖順治二年),卒於公元一七〇四年(清聖祖康熙四十三年)。洪昇出身没落士大夫家庭,流寓北京,在文學上曾得毛先舒、陸繁弨、王士禛等名家指點,與趙執信等交往頗密切;政治上卻很不得意,作國子監生二十餘年;加之其父"被誣遣戍",因而對現實、對滿族統治集團,越來越有所不滿。康熙二十七年(一六八八),傳奇《長生殿》脱稿,曾轟動一時;次年因在佟皇后喪期演唱,爲御史彈劾,革去監生,乃回鄉過着鬱鬱寡歡的生活。康熙四十三年(一七〇四)在浙江吴興(今湖州市)因醉酒落水而死。所作除《長生殿》外,有雜劇《四嬋娟》,詩集《稗畦集》等。

長生殿

《長生殿》是清代傳奇的代表作之一,本白居易《長恨歌》及陳鴻《長恨歌傳》,参以白樸的雜劇《梧桐雨》和有關傳説,經十餘年苦心磨琢,三易其稿,始告完成。

作品寫唐明皇與楊貴妃的愛情悲劇,情節與《長恨歌》等大體相近。敘明皇寵幸貴妃,政事日益荒怠,而蕃將安禄山遂乘機率部直逼京師長安。唐明皇倉皇幸蜀,將士憤恨丞相楊國忠等給國家人民造成的危難,逼迫統治者授權殺死楊國忠,並賜貴妃自縊。後半部寫唐明皇於亂事平定後回京,思念貴妃不置,並虚構"至誠感天"的情景,終得於天上重新聚首。作品從多方面反映了當時的社會矛盾,在一定程度上揭露了封建政治的腐敗。作者把宫廷的豪奢與下層人民貧困的生活作了尖鋭的對比,又通過對藝人雷海青崇高民族氣節的歌頌,批判了權貴們屈辱求榮的無恥行徑,因而具有積極的社會意義。但在另一方面,作者受時代與階級的局限,對悲劇産生的社會根源認識不足,因而在唐明皇與楊貴妃身上寄托了過多的同情,削弱了作品的價值。

《長生殿》共五十齣,前半部着重寫實,後半部多用想像,浪漫主義色彩濃郁。但是前半部的豪華熱鬧,又烘托了後半部的冷落凄凉,使悲劇的氣氛更形突出。全劇人物性格鮮明,音律和諧,關目與角色的處理,適合舞台演出的要求。這些均屬作品在藝術上的成功之處。

驚變

【解題】 此係《長生殿》第二十四齣,演唱時,例分《小宴》、《驚變》兩部分,氣氛亦由熱鬧、歡樂轉爲緊張與凄涼;兩相映襯,正足以説明政治的危機乃是封建統治階級荒淫享樂造成的惡果。

(丑上)玉樓天半起笙歌,風送宫嬪笑語和。月殿影開聞夜漏[1],水晶簾捲近秋河[2]。咱家高力士,奉萬歲爺之命,着喒在御花園中,安排小宴,要與貴妃娘娘同來遊賞,只得在此伺候。(生、旦乘輦[3],老旦、貼隨後,二内侍引,行上)

【北中吕粉蝶兒】[4]天淡雲閒,列長空數行新雁。御園中秋色斕斑[5],柳添黄,蘋減緑,紅蓮脱瓣。一抹雕闌,噴清香桂花初綻。

（到介）（丑）請萬歲爺娘娘下輦。（生、旦下輦介）（丑同内侍暗下）（生）妃子，朕與你散步一回者。（旦）陛下請。（生攜旦手介）（旦）

【南泣顏回】攜手向花間，暫把幽懷同散。涼生亭下，風荷映水翩翻。愛桐陰靜悄，碧沉沉並遶迴廊看。戀香巢秋燕依人，睡銀塘鴛鴦蘸眼[6]。

（生）高力士，將酒過來[7]，朕與娘娘小飲數盃。（丑）宴已排在亭上，請萬歲爺娘娘上宴。（旦作把盞，生止住介）妃子，坐了。

【北石榴花】不勞你玉纖纖，高捧禮儀煩。子待借小飲對眉山[8]。俺與你淺斟低唱，互更番，三杯兩盞，遣興消閒。妃子，今日雖是小宴，倒也清雅。迴避了御廚中，迴避了御廚中，烹龍炰鳳堆盤案[9]，咿咿啞啞，樂聲催趲[10]。只幾味脆生生[11]，只幾味脆生生，蔬和果清肴饌，雅稱你仙肌玉骨美人餐[12]。

妃子，朕與你清遊小飲，那些梨園舊曲[13]，都不耐煩聽他。記得那年在沉香亭上賞牡丹，召翰林李白，草《清平調》三章[14]，令李龜年度成新譜[15]，其詞甚佳，不知妃子還記得麽？（旦）妾還記得。（生）妃子可爲朕歌之，朕當親倚玉笛以和。（旦）領旨。（老旦進玉笛，生吹介，旦按板介[16]。）

【南泣顏回】[17]花繁，穠艷想容顏，雲想衣裳光璨；新粧誰似，可憐飛燕嬌懶[18]。名花國色[19]，笑微微常得君王看。向春風解釋春愁，沉香亭同倚闌干。

（生）妙哉！李白錦心，妃子繡口，真雙絶矣！宫娥，取巨觴來，朕與妃子對飲。（老旦、貼送酒介）（生）

【北鬭鵪鶉】暢好是喜孜孜駐拍停歌，喜孜孜駐拍停歌，笑吟吟傳杯送盞。妃子乾一杯。（作照乾介）不須他絮煩煩射覆藏鈎[20]，鬧紛紛彈絲弄板。（又作照杯介）妃子再乾一杯。（旦）妾不能飲了。（生）宫娥每跪勸。（老旦、貼）領旨。（跪旦介）娘娘請上這一杯。（旦勉飲介）（老旦、貼作連勸介）（生）我這裏無語持觴仔細看，早子見花一朵上腮間。（旦作醉介）妾真醉矣！（生）一會價軟咍咍柳嚲花欹[21]，軟咍咍柳嚲花欹，困騰騰鶯嬌燕懶。

妃子醉了。宫娥每，扶娘娘上輦進宫去者。（老旦、貼）領旨。（作扶旦起介）（旦作醉態呼介）萬歲。（老旦、貼扶旦行。旦作醉態介）

【南撲燈蛾】態懨懨輕雲軟四肢，影濛濛空花亂雙眼；嬌怯怯柳腰扶難起，困沉沉強擡嬌腕，軟設設金蓮倒褪，亂鬆鬆香肩嚲雲鬟；美甘甘思尋鳳枕，步遲遲倩宫娥攙入繡幃間。

（老旦、貼扶旦下）（丑同内侍暗上）（内擊鼓介）（生驚介）何處鼓聲驟發？（副浄急上）漁陽鼙鼓動地來，驚破霓裳羽衣曲。（問丑介）萬歲爺在那裏？（丑）在御花園内。（副浄）軍情緊急，不免逕入。（進見介）陛下，不好了！安禄山起兵造反，殺過潼關，不日就到長安了！（生大驚介）守關將士何在？（副浄）哥舒翰兵敗已降賊了[22]。（生）

【北上小樓】呀，你道失機的哥舒翰，稱兵的安禄山，赤緊的離了漁陽，陷了東京，破了潼關[23]。唬得人膽戰心摇，唬得人膽戰心摇，腸慌腹熱，魂飛魄散，早驚破月明花粲[24]。

卿有何策，可退賊兵？（副浄）當日臣曾再三啓奏禄山必反，陛下不聽，今日果應臣言。事起倉卒，怎生抵敵？不若權時幸蜀，以待天下勤王。（生）依卿所奏。快傳旨：諸王百官，即時隨駕幸蜀便了。（副浄）領旨。（急下）（生）高力士，快些整備軍馬，傳旨令右龍武將軍陳元禮統領羽林軍士三千乘駕前行[25]。(丑)領旨。(下)(内侍)請萬歲爺回宫。(生轉行嘆介)唉！正爾歡娱,不想忽有此變,怎生是了也!

【南撲燈蛾】穩穩的宫庭宴安,擾擾的邊廷造反,鼕鼕的鼙鼓喧,騰騰的烽火黫[26]。的溜撲碌臣民兒逃散[27],黑漫漫乾坤覆翻,磣磕磕社稷摧殘[28],磣磕磕社稷摧殘,當不得蕭蕭颯颯西風送晚,黯黯的一輪落日冷長安。

(向内問介)宫娥每,楊娘娘可曾安寢?(老旦、貼内應介)已睡熟了。

(生)不要驚他,且待明早五鼓同行。(泣介)天那！寡人不幸,遭此播遷,累他玉貌花容,驅馳道路,好不痛心也!

【南尾聲】在深宫兀自嬌慵慣,怎樣支吾蜀道難?(哭介)我那妃子呵!愁殺你玉軟花柔要將途路趲。

宫殿参差落照間(盧綸),漁陽烽火照函關(吴融)。

遏雲聲絶悲風起(胡曾)[29],何處黄雲是隴山(武元衡)。

【註釋】

[1] 夜漏,古代以銅壺作計時器,底穿一孔,壺中立箭,上刻度數。水漏則度數得現,以此知時間的變化。"聞夜漏",言夜間静寂,得聞受水器具承漏之聲。

[2] 秋河,銀河的别稱。謝朓《暫使下都夜發新林至京邑贈西府同僚》詩:"秋河曙耿耿。"近秋河,狀樓之高。

[3] 輦(niǎn 捻),帝王所乘之車。

[4] 此齣係南北合套,凡生所唱,多係北曲,旦角則唱南曲,間有變異。

[5] 斕斑,顔色雜亂。

[6] 蘸(zhàn 湛),以物沾水或沾取他物曰蘸。蘸眼,謂招眼,引人注目。

[7] 將,拿。將酒,即拿酒。

[8] 子待,同"只待"。眉山,用青色畫過的眉毛,與遠山顔色相似。對眉山,云對楊貴妃。

[9] 烹龍炰鳳句:意謂燒煮各種山珍海味。龍鳳喻珍饈。盤案,放菜的器具。

[10] 趲(zǎn 攢),催促。

[11] 脆生生,很脆,"生生"是形容詞的後綴。

[12] 雅稱,非常適合,配稱。

[13] 梨園,唐玄宗時,教練宫廷歌舞藝人的場所。《舊唐書・音樂一》:"玄宗又於聽政之暇,教太常樂工子弟三百人爲絲竹之戲,音響齊發,有一聲誤,玄宗必覺而正之,號爲皇帝弟子,又云梨園弟子,以置院近於禁苑之梨園。"

[14] 記得那年三句:《楊太真外傳》:時禁中重木芍藥(即牡丹),"上因移植於興慶池東沉香亭前。會花方繁開,上乘照夜白,妃以步輦從。詔選梨園弟子中尤者,得樂十六色。李龜年以樂擅一時之名,手捧檀板,押衆樂前,將欲歌之,上曰:'賞名花,對妃子,焉用舊樂詞爲?'遽命龜年持金花牋,宣賜翰林學士李白立進《清平樂》詞三篇。"

[15] 李龜年,李隆基寵幸的樂人,諳音律,嘗至岐王宅聞琴,曰:此秦聲;繼聞另一人奏,曰:此楚聲。主人入問,則前奏者隴西沈研,繼奏者揚州薛滿。由是名益彰。

[16] 此處表明作者原欲角色自己奏樂,與今之演出不同。

[17]【南泣顔回】曲係據李白《清平調》改編，與原作有出入。

[18] 飛燕，指漢成帝的皇后趙飛燕，以美色稱。

[19] 名花，指牡丹。國色，指楊貴妃。

[20] 射覆藏鈎，古代的兩種遊戲。覆，謎。射覆，即猜謎。藏鈎，指猜測物件（鈎）藏匿之處。

[21] 嚲（duǒ 躲），垂下。攲，同“倚”。柳嚲花攲，狀貴妃飲醉無力貌。自“軟咍咍”以下，多有使用疊字修飾步履體態者，如“困騰騰”、“嬌怯怯”、“亂鬆鬆”之類，均着意於表明“軟”、“困”、“嬌”諸態。

[22] 哥舒翰，李隆基委命駐守潼關的大將。

[23] 赤緊的三句：赤緊，一作“吃緊”，謂緊要關頭，此處形容速度之快。漁陽，唐郡名，在今河北省薊縣一帶，安禄山部駐所。東京，洛陽。漢高祖都長安，光武都洛陽，故漢時即有西京、東京之稱。唐沿用不變。潼關，後漢建安時所建關名，在今陝西省潼關縣北，其地西薄華山，南臨商嶺，北距黄河，東接桃林，形勢險要，歷來爲兵家必争之地。

[24] 月明花粲，比喻環境安樂。

[25] 扈駕，隨駕而兼保衛之意。

[26] 黫（yān 煙），黑色，狀戰時烽火。

[27] 的溜撲碌，形容人們逃難時的倉皇狼狽。

[28] 磣（cǎn 慘）磕磕，言悲慘之極。磣，同“慘”。磕磕又作“可可”，無義。

[29] 遏雲，即響遏行雲，謂樂聲高入雲霄，把行雲也阻止了。遏，阻止。《列子·湯問》：“秦青善歌，能使聲振林木，響遏行雲。”

駡　　賊

【解題】 本折係《長生殿》第二十八齣，寫明皇入蜀後，安禄山入據長安，朝臣多迎降以求富貴，獨藝人雷海青激於義憤，厲聲痛斥，終爲所害。作者歌頌了下層人民的崇高氣節，並以之爲對照，鞭撻了朝臣們貪生怕死的變節行爲。

（外扮雷海青抱琵琶上）武將文官總舊僚，恨他反面事新朝。綱常留在梨園内，那惜伶工命一條。自家雷海青是也。蒙天寶皇帝隆恩，在梨園部内做一個供奉[1]。不料禄山作亂，破了長安，皇帝駕幸西川去了。那滿朝文武，平日裏高官厚禄，蔭子封妻，享榮華，受富貴，那一件不是朝廷恩典？如今卻一個個貪生怕死，背義忘恩，争去投降不迭，只圖安樂一時，那顧罵名千古！唉，豈不可羞？豈不可恨？我雷海青雖是一個樂工，那些没廉恥的勾當，委實做不出來。今日禄山與這一班逆黨，大宴凝碧池頭，傳集梨園奏樂；俺不免乘此到那廝跟前，痛駡一場，出了這口憤氣，便粉骨碎身，也説不得了。且抱着琵琶，去走一遭也呵。

【仙吕村裏迓鼓】雖則俺樂工卑濫[2]，硜硜愚暗[3]。也不曾讀書獻策，登科及第，向鵷班高站[4]，只這血性中，胸脯内，倒有些忠肝義膽。今日個覩了喪亡，遭了危難，值了變慘，不由人痛切齒，聲吞恨銜。

【元和令】恨仔恨潑腥羶莽將龍座渰[5]，癩蝦蟆妄想天鵝啖，生克擦直逼的箇官家下殿走天南[6]。你道恁胡行堪不堪？縱將他寢皮食肉也恨難劖[7]。誰想那一班兒没掂三[8]！歹心腸，賊狗男。

【上馬嬌】平日家張着口將忠孝談，到臨危翻着臉把富貴貪，早一齊兒摇尾受新銜[9]，把一箇君親仇敵當作恩人感。咱,只問你蒙面可羞慚?

【勝葫蘆】眼見的去做忠臣没個敢。雷海青呵,若不把一肩擔,可不枉了戴髮含牙人是俺[10]!但得綱常無缺,鬚眉無愧[11],便九死也心甘。(下)(浄引二軍士上)

【中吕引子】【遶紅樓】搶占山河號大燕,袍染赭,冠戴衝天[12]。凝碧清秋[13],梨園小部,歌舞列瓊筵。

孤家安禄山,自從范陽起兵,所向無敵。長驅西入,直抵長安。唐家皇帝,逃入蜀中去了。錦繡江山,歸吾掌握。(笑介)好不快活,今日聚集百官,在凝碧池上,做箇太平筵宴,灑樂一回。内侍每!衆官可曾齊到?(雜)都在外殿伺候。(浄)宣過來。(軍)領旨。(宣介)主上宣百官進見。(四僞官上)今日新天子,當時舊宰臣。同爲識時者,不是負恩人。(見介)臣等朝見,願主上萬歲萬萬歲。(浄)衆卿平身,孤家今日政務稍閒,特設宴在凝碧池上,與卿等共樂太平。(四僞官)萬歲。(軍)筵宴完備,請主上升宴。(内奏樂,四僞官跪送酒介)(浄)

【中吕過曲】【尾犯序】龍戲碧池邊,正五色雲開,秋氣澄鮮。紫殿逍遥,暫停吾玉鞭。開宴,走緋衣,鸞刀細割;揎錦袖,犀盤滿獻。(四僞官獻酒再拜介)瑶池下,熊羆鵷鷺[14],拜送酒如泉。

(浄)内侍每,傳旨唤梨園子弟奏樂。(軍)領旨。(向内介)主上有旨,着梨園子弟奏樂。(内應奏樂介)(軍送浄酒介)(合)

【前腔】【换頭】當筵,衆樂奏鈞天[15]。舊日霓裳,重按歌遍[16],半入雲中,半吹落風前。希見,除卻了清虚洞府[17],只有那沉香亭院。今日個仙音法曲,不數大唐年。

(浄)奏得好。(四僞官)臣想天寶皇帝[18],不知費了多少心力,教成此曲。今日卻留與主上受用,真乃齊天之福也。(浄笑介)衆卿言之有理,再上酒來。(軍送酒介)(外在内泣唱介)

【前腔】【换頭】幽州鼙皷喧,萬户蓬蒿,四野烽煙。葉墮空宫,忽驚聞歌絃。奇變!真個是天翻地覆,真個是人愁鬼怨。(大哭介)我那天寶皇帝呵!金鑾上百官拜舞,何日再朝天。

(浄)呀!什麽人啼哭?好奇怪!(軍)是樂工雷海青。(浄)拏上來!(軍拉外上見介)(浄)雷海青,孤家在此飲太平筵宴,你敢擅自啼哭,好生可惡!(外駡介)唉,安禄山!你本是失機邊將,罪應斬首,倖蒙聖恩不殺,拜將封王。你不思報効朝廷,反敢稱兵作亂,穢污神京,逼遷聖駕,這罪惡貫盈[19]。指日天兵到來誅戮,還説什麽太平筵宴!(浄大怒介)唉,有這等事!孤家入登大位,臣下無不順從,量你這一個樂工,怎敢如此無禮!軍士,看刀伺候!(二軍作應拔刀介)(外一面指浄駡介)

【撲燈蛾】怪伊忒負恩,獸心假人面,怒髮上衝冠。我雖是伶工微賤也,不似他朝臣靦覥[20]。安禄山,你竊神器[21],上逆皇天,少不得頃刻間屍横血濺。(將琵琶擲浄介)我擲琵琶將賊臣碎首報開元[22]。

(軍奪琵琶介)(浄)快把這廝拏去砍了!(軍應拏外砍下)(浄)好惱好惱!(四僞官)主上息怒,無知樂工,何足介意。(浄)孤家心上不快,衆卿且退。(四僞官)領旨。臣等恭送主上回宫。(跪送介)(浄)酒逢知己千鍾少,話不投機半句多。(怒下)(四僞官起介)殺得好!殺得好!一個樂工,思量做起忠臣來。難道我每喫太平宴的倒差了不成?

【尾聲】大家都是花花面,一個忠臣值甚錢!(笑介)雷海青,雷海青!畢竟你未戴烏紗識見淺[23]!

三秦流血已成川(羅隱)[24],爲虜爲王事偶然(李山甫)[25]。

世上何人憐苦節(陸希聲),直須行樂不言旋(薛稷)。

據影印稗畦草堂家刻本

【註釋】

[1] 供奉,封建社會中,帝王常將有才能的文人和藝術家羅致到宫廷,以供使唤,謂之"供奉"。

[2] 卑濫,言樂工社會地位低下。

[3] 硜(kēng 坑)硜,識淺而固執貌。《論語·子路》:"硜硜然小人哉。"

[4] 鵷班,鵷係鳳的一種,飛行時行列整齊。此處用以比喻官員們上朝時排列的行次。

[5] 潑腥羶(shān 山),指安禄山。因安禄山系胡人,這裏帶有譏刺的意思。羶,羊肉的氣味。莽,横蠻無理的意思。龍座,即皇帝的寶座。渰(yān 淹),通"淹"。此句係責斥叛將安禄山不應該竊據天子的寶座。

[6] 生克擦,謂活生生。官家,即皇帝,唐宋時人對皇帝的一種稱呼。宋釋文瑩《湘山野録》:"三王官天下,五帝家天下,故稱官家。"

[7] 剗(chǎn 産),割斷。

[8] 没掂三,没輕重,没頭腦。《西厢記》:"我從來斬釘截鐵常居一,不似恁惹草黏花没掂三。"

[9] 受新銜,指降順安禄山的官員們接受禄山封賞的官銜職位。

[10] 戴髮含牙,用以强調"人"的尊嚴。

[11] 鬚眉,男子漢,大丈夫。

[12] 袍染赭二句:指帝王服飾。古之帝王,着黄袍,戴衝天冠。

[13] 凝碧,池名。在河南洛陽禁苑中,安禄山設宴之所。

[14] 熊羆,猛獸,此處用比武將;鵷鷺,鳥名,用喻文臣。

[15] 鈞天,原意指天上的音樂。《吕氏春秋·有始》:"中央曰鈞天。"此處狀梨園子弟演奏的美妙。

[16] 歌遍,此處意爲重新唱一遍。

[17] 清虚洞府,意謂神仙所居之處。

[18] 天寶皇帝,指玄宗李隆基。天寶係玄宗年號(七四二——七五六)。本道家語。道教分初中上三境:初教名洞神神寶,中教名洞玄靈寶,上教名洞真天寶。又有天寶君、靈寶君、神寶君,分治玉清、上清、太清三境。

[19] 貫盈,古代以繩索串錢,一串謂之一貫;貫盈即串滿之意。此處猶言罪大惡極。

[20] 靦(miǎn 緬)覥(tiǎn 腆),《容齋四筆》:"世謂中心有愧,見諸顔面爲緬靦。"戲曲中多作"靦覥",《西厢記》:"未語人前先靦覥。"此處劇中雷海青謂自己内心無愧,不比降順諸臣賣國求榮,亦不比禄山僭位稱帝。

[21] 神器,指帝位。

[22] 開元,玄宗年號(七一三——七四一)。此處用以指代玄宗。

[23] 未戴烏紗,不曾做官。

[24] 三秦,項羽破滅秦後,三分關中以封秦之降將章邯、董翳等,謂之三秦。地在今陝西境内。

[25] 爲虜爲王句:猶言"成則爲王,敗則爲寇"。此處係降臣自我解嘲之語。

孔尚任傳奇

孔尚任,字聘之,一字季重,號東塘,又號岸堂,嘗自稱雲亭山人,曲阜(今山東省曲阜縣)人,孔子六十四代孫。生於公元一六四八年(清世祖順治五年),卒於公元一七一八年(清聖祖康熙五十七年)。少時讀書石門山中,康熙二十三年(一六八四)因御前講經而蒙受康熙賞識,"特簡爲國子監博士"。康熙二十五年(一六八六)被派隨工部侍郎孫在豐往淮揚治河,得以瞭解官場的黑暗與人民生活的貧困。與此同時,孔尚任結識了一批故老遺民,並憑弔了若干南明遺迹,民族意識有所增強。康熙三十八年(一六九九),經營十載、三易其稿的傳奇《桃花扇》脱稿,旋即罷職,晚年益加貧困。《桃花扇》的成功,使孔氏譽滿文壇,時人以之與《長生殿》作者洪昇並論,稱"南洪北孔"。所作除《桃花扇》外,尚有傳奇《小忽雷》(與顧彩合撰)及《湖海集》等。

桃花扇

《桃花扇》是清代傳奇的代表作品。劇本以復社文人侯方域與秦淮歌妓李香君悲歡離合的愛情故事爲綫索,描寫了南明亡國的歷史悲劇,展示了明清之際廣闊的社會生活。作品歌頌了堅持民族氣節的主戰派史可法和下層人民,對馬士英、阮大鋮一夥禍國殃民的敗類,作了無情的揭露和鞭撻,具有明顯的進步傾向。但是,由於作者未能擺脱地主階級立場的局限,劇本對清朝統治者有一定程度的美化,對李自成領導的農民起義,採取了敵視的錯誤態度,這是應該批判的。

卻奩

【解題】 這一齣寫秦淮名妓李香君,堅決拒絶權奸阮大鋮爲收買侯方域而送給她的妝奩。作者極寫李香君深明大義、堅定正直,雖然社會地位卑下,卻具有不向權貴低頭、不受金錢引誘的高尚情操與氣節,適與軟弱、動摇的侯方域構成鮮明的對比。〔夜行船〕前面保兒的一段説白,有所删節。

【夜行船】(末)人宿平康深柳巷[1],驚好夢門外花郎[2]。繡户未開,簾鈎纔響,春阻十層紗帳。下官楊文驄[3],早來與侯兄道喜[4]。你看院門深閉,侍婢無聲,想是高眠未起。(唤介)保兒,你到新人窗外,説我早來道喜。(雜)昨日睡遲了,今日未必起來哩。老爺請回,明日再來罷。(末笑介)胡説!快快去問。(小旦内問介[5])保兒,來的是那一個?(雜)是楊老爺道喜來了。(小旦忙上)倚枕春宵短,敲門好事多。(見介)多謝老爺,成了孩兒一世姻緣。(末)好説。(問介)新人起來不曾?(小旦)昨晚睡遲,都還未起哩。(讓坐介)老爺請坐,待我去催他。(末)不必,不必。(小旦下)

【步步嬌】(末)兒女濃情如花釀,美滿無他想,黑甜共一鄉[6]。可也虧了俺幫襯,珠翠輝煌,羅綺飄蕩,件件助新妝,懸出風流榜。

(小旦上)好笑,好笑!兩個在那裏交扣丁香[7],並照菱花[8],梳洗纔完,穿戴未畢。請老爺同到

洞房，唤他出來，好飲扶頭卯酒[9]。（末）驚卻好夢，得罪不淺。（同下）（生、旦艷妝上）

【沈醉東風】（生）這雲情接着雨況，剛搔了心窩奇癢，誰攬起睡鴛鴦。被翻紅浪，喜匆匆滿懷歡暢。（合）枕上餘香，帕上餘香，消魂滋味，纔從夢裏嘗。

（末、小旦上）（末）果然起來了，恭喜，恭喜！（一揖，坐介）（末）昨晚催妝詩句，可還説的入情麽？（生揖介）多謝！（笑介）妙是妙極了，只有一件。（末）那一件？（生）香君雖小，還該藏之金屋[10]。（看袖介）小生衫袖，如何着得下？（俱笑介）（末）夜來定情，必有佳作。（生）草草塞責，不敢請教。（末）詩在那裏？（旦）詩在扇頭。（旦向袖中取出扇介）（末接看介）是一柄白紗宫扇。（嗅介）香的有趣。（吟詩介）妙，妙！只有香君不愧此詩。（付旦介）還收好了。（旦收扇介）

【園林好】（末）正芬芳桃香李香，都題在宫紗扇上；怕遇着狂風吹蕩，須緊緊袖中藏，須緊緊袖中藏。

（末看旦介）你看香君上頭之後[11]，更絶艷麗了。（向生介）世兄有福，消此尤物[12]。（生）香君天姿國色，今日插了幾朵珠翠，穿了一套綺羅，十分花貌，又添二分，果然可愛。（小旦）這都虧了楊老爺幫襯哩。

【江兒水】送到纏頭錦，百寶箱，珠圍翠繞流蘇帳[13]，銀燭籠紗通宵亮，金杯勸酒合席唱。今日又早早來看，恰似親生自養，賠了妝奩，又早敲門來望。

（旦）俺看楊老爺，雖是馬督撫至親[14]，卻也拮据作客，爲何輕擲金錢，來填煙花之窟[15]？在奴家受之有愧，在老爺施之無名；今日問個明白，以便圖報。（生）香君問得有理。小弟與楊兄萍水相交[16]，昨日承情太厚，也覺不安。（末）既蒙問及，小弟只得實告了。這些妝奩酒席，約費三百餘金，皆出懷寧之手[17]。（生）那個懷寧？（末）曾做過光禄的阮圓海。（生）是那皖人阮大鋮麽？（末）正是。（生）他爲何這樣周旋？（末）不過欲納交足下之意。

【五供養】（末）羡你風流雅望，東洛才名[18]，西漢文章。逢迎隨處有，争看坐車郎[19]。秦淮妙處[20]，暫尋個佳人相傍，也要些鴛鴦被、芙蓉妝；你道是誰的，是那南鄰大阮[21]，嫁衣全忙。

（生）阮圓老原是敝年伯[22]。小弟鄙其爲人，絶之已久。他今日無故用情，令人不解。（末）圓老有一段苦衷，欲見白於足下。（生）請教。（末）圓老當日曾遊趙夢白之門[23]，原是吾輩。後來結交魏黨[24]，只爲救護東林[25]。不料魏黨一敗，東林反與之水火[26]。近日復社諸生[27]，倡論攻擊，大肆毆辱，豈非操同室之戈乎[28]？圓老故交雖多，因其形跡可疑，亦無人代爲分辯。每日向天大哭，説道："同類相殘，傷心慘目，非河南侯君，不能救我。"所以今日諄諄納交[29]。（生）原來如此。俺看圓海情辭迫切，不覺可憐。就便真是魏黨，悔過來歸，亦不可絶之太甚，况罪有可原乎！定生、次尾[30]，皆我至交，明日相見，即爲分解。（末）果然如此，吾黨之幸也。（旦怒介）官人是何説話，阮大鋮趨附權奸，廉耻喪盡；婦人女子，無不唾駡。他人攻之，官人救之，官人自處於何等也？

【川撥棹】不思想，把話兒輕易講。要與他消釋災殃，要與他消釋災殃，也隄防旁人短長[31]。官人之意，不過因他助我妝奩，便要狗私廢公；那知道這幾件釵釧衣裙，原放不到我香君眼裏。（拔簪脱衣介）脱裙衫，窮不妨；布荆人[32]，名自香。

（末）阿呀！香君氣性，忒也剛烈[33]。（小旦）把好好東西，都丢一地，可惜，可惜！（拾介）（生）好，好，好！這等見識，我倒不如，真乃侯生畏友也[34]。（向末介）老兄休怪。弟非不領教，但恐爲女子所笑耳。

【前腔】(生)平康巷,他能將名節講;偏是咱學校朝堂,偏是咱學校朝堂,混賢奸不問青黄[35]。那些社友平日重俺侯生者,也只爲這點義氣;我若依附奸邪,那時羣起來攻,自救不暇,焉能救人乎。節和名,非泛常;重和輕,須審詳。

(末)圓老一段好意,也還不可激烈。(生)我雖至愚,亦不肯從井救人[36]。(末)既然如此,小弟告辭了。(生)這些箱籠,原是阮家之物,香君不用,留之無益,還求取去罷。(末)正是"多情反被無情惱[37],""乘興而來興盡還[38]。"(下)(旦惱介)(生看旦介)俺看香君天姿國色,摘了幾朵珠翠,脱去一套綺羅,十分容貌,又添十分,更覺可愛。(小旦)雖如此説,捨了許多東西,倒底可惜。

【尾聲】金珠到手輕輕放,慣成了嬌癡模樣,孤負俺辛勤做老娘。

(生)些須東西,何足挂念,小生照樣賠來。(小旦)這等纔好。

(小旦)花錢粉鈔費商量[39],

(旦)裙布釵荆也不妨。

(生)只有香君能解佩[40],

(旦)風標不學世時妝。

【註釋】

[1] 平康,唐代長安里名,妓女聚居之處,新科進士往往游樂其中。後多泛指妓院。

[2] 花郎,此處指賣花人。

[3] 楊文驄,即楊龍友,貴陽人。弘光朝官常、鎮二府巡撫,後從唐王聿鍵抗清,兵敗被殺。

[4] 侯兄,侯方域(一六一八——一六五〇),河南商邱人,晚明復社重要人物,與冒辟疆、陳貞慧、吴應箕合稱"四公子",以文名有聲當世。

[5] 小旦,傳奇脚色名。本劇中係李香君之假母李貞麗。

[6] 黑甜共一鄉,謂熟睡。俗以熟睡爲黑甜鄉。

[7] 丁香,花名。此處借指形似丁香花蕾的衣紐,通常又稱丁香結。

[8] 菱花,指鏡子。古時多用銅製鏡磨光,背面鏤鑄圖案,以菱花爲最普徧,故常用"菱花"指代。《趙飛燕外傳》云:"婕好上七尺菱花鏡一匳",可爲佐證。

[9] 扶頭,一作清醒頭腦,振奮精神解;一作酒名。此處取第一種解釋。卯酒,早晨卯時前後飲的酒。

[10] 金屋,言精緻華麗的房屋。典出漢武帝"金屋藏嬌"故事。

[11] 上頭,女子婚後髮飾須作成人裝束。

[12] 尤物,絶色美人。

[13] 流蘇,彩色絲綫或羽毛所作垂飾。流蘇帳,以流蘇爲垂飾的帳子。

[14] 馬督撫,即馬士英,時任鳳陽總督,弘光朝總攬朝政,以貪邪稱。

[15] 煙花,宋元以來妓女之通稱。

[16] 萍水相交,謂偶然結識無深厚交情的朋友。

[17] 懷寧,指馬黨另一主要人物安徽懷寧人阮大鋮。

[18] 東洛才名,晉左思磨琢十年,寫成《三都賦》,當時人競傳抄,洛陽於是紙貴,其名遂顯。此處借表侯方域文學才名。

[19] 争看坐車郎,係引晉潘安故事。傳謂潘安才高貌美,每坐車出游,婦女咸相争看,投以果餌。

[20] 秦淮，即秦淮河，源出溧水，流經南京。城南兩側河房，古代多爲妓女聚居地，笙歌畫舫，頗稱繁華。
[21] 南鄰大阮，晉阮籍、阮咸叔姪，並有文名，時以大小阮稱之。此處借指阮大鋮。
[22] 年伯，父之同年，謂之年伯。阮大鋮與侯方域父侯恂爲同年，故方域呼阮爲“年伯”。
[23] 趙夢白，即趙南星，明末高邑（今河北省高邑縣）人。熹宗時官吏部尚書，爲魏忠賢所忌，矯旨削籍，貶戍代州（今山西省代縣）而死。
[24] 魏黨，即明末宦官魏忠賢爲首的閹黨。魏於熹宗朝專擅朝政，遍植黨羽，並極力搜刮財富，縱其爪牙虐害人民，排斥代表中小地主階級利益的東林黨人。馬、阮之流，皆其餘孽。
[25] 東林，即東林黨。參看《清忠譜·鬧詔》注[18]。
[26] 水火，喻彼此不相容。
[27] 復社，明天啓年間代表中小地主利益的政治、文化團體。由張溥等倡結，實東林黨裔脈。該社除講學之外，對閹黨禍國殃民的罪行，屢加抨擊，故亦爲閹黨所忌。
[28] 操同室之戈，即同室操戈，指兄弟間不和，自相殘殺。此處謂一家人自相傾軋。
[29] 諄諄，殷勤。納交，獻財物禮品以相交結。
[30] 定生，陳貞慧字，江蘇省宜興縣人，明亡隱居不仕。次尾，吳應箕字，安徽省貴池縣人，明亡後曾在家鄉率衆抗清，兵敗被執，不屈而死。二人均復社後期著名人物。
[31] 旁人短長，指他人道長論短的評論。
[32] 布荆，即布裙、荆釵，古代貧窮婦女的服飾。
[33] 忒，“太”的同義詞，猶言“過於”。
[34] 畏友，剛直的朋友，多能嚴於律己，正言規勸於人，不阿諛取容，令人畏敬，故稱畏友。
[35] 不問青黄，即不管是非黑白。
[36] 從井救人，意謂無濟於人而有損於己，此處指不顧自己的名節去救助别人。
[37] 多情反被無情惱，原係蘇軾《蝶戀花》詞句子。
[38] 乘興而來興盡還，本東晉王子猷語，王於雪夜乘舟訪戴安道，中途折返。人問其故，答曰：“乘興而來，興盡而返，何必見戴。”
[39] 花錢粉鈔，婦女用於花粉裝飾之費，此處借作妝奩之資。
[40] 解佩，即卻奩。屈原《九歌·湘君》有“遺余佩兮澧浦”之句。佩，衣帶之裝飾物。

餘　韻

【解題】 這齣戲裏，作者通過藝人蘇崑生、柳敬亭和老贊禮等懷念故國的感慨悲歌，揭示南明亡國的原因在於政治腐敗和閹黨擅權；同時也抒發了深沉的故國哀思，表達了一定的民族情感。

【西江月】（净扮樵子挑擔上）放目蒼崖萬丈，拂頭紅樹千枝；雲深猛虎出無時，也避人間弓矢。建業城啼夜鬼[1]，維揚井貯秋屍[2]；樵夫賸得命如絲，滿肚南朝野史[3]。在下蘇崑生[4]，自從乙酉年同香君到山[5]，一住三載，俺就不曾回家，往來牛首、棲霞[6]，採樵度日。誰想柳敬亭與俺同志[7]，買隻小船，也在此捕魚爲業。且喜山深樹老，江闊人稀，每日相逢，便把斧頭敲着船頭,浩浩落落[8],儘俺歌唱,好不快活。今日柴擔早歇,專等他來促膝閒談,怎的還不見到?(歇擔盹睡介)(丑扮漁翁摇船上)年年垂釣鬢如銀,愛此江山勝富春[9];歌舞叢中征戰裏,漁翁都是過來人。俺柳敬亭送侯朝宗修道之後,就在這龍潭江畔,捕魚三載,把些興亡舊事,付之風月閒談。今值秋雨新晴,江光似練,正好尋蘇崑生飲酒談心。(指介)你看,他早已醉倒在地。待我上岸,唤他醒來。(作上岸介)(呼介)蘇崑生。(净醒介)大哥果然來了。(丑拱介)賢弟偏杯呀[10]!(净)柴不曾賣,那得酒來?(丑)愚兄也没賣魚,都是空囊,怎麽處?(净)有了,有了!你輸水,我輸柴,大家煮茗清談罷。(副末扮老贊禮[11],提絃携壺上)江山江山,一忙一閑。誰赢誰輸,兩鬢皆斑。(見介)原來是柳、蘇兩位老哥。(净、丑拱介)老相公怎得到此?(副末)老夫住在燕子磯邊[12],今乃戊子年九月十七日[13],是福德星君降生之辰[14];我同些山中社友,到福德神祠祭賽已畢[15],路過此間。(净)爲何挾着絃子[16],提着酒壺?(副末)見笑見笑!老夫編了幾句神絃歌[17],名曰《問蒼天》[18]。今日彈唱樂神,社散之時,分得這瓶福酒。恰好遇着二位,就同飲三杯罷。(丑)怎好取擾。(副末)這叫就"有福同享"[19]。(净、丑)好,好!(同坐飲介)(净)何不把神絃歌領略一回?(副末)使得!老夫的心事,正要請教二位哩。(彈絃唱巫腔)(净、丑拍手襯介)

【問蒼天】新曆數,順治朝,五年戊子;九月秋,十七日,嘉會良時。擊神鼓,揚靈旗,鄉鄰賽社;老逸民,剃白髮,也到叢祠。椒作棟,桂爲楣,唐修晉建;碧和金,丹間粉,畫壁精奇。貌赫赫,氣揚揚,福德名位;山之珍,海之寶,總掌無遺。超祖禰[20],邁君師,千人上壽;焚郁蘭[21],奠清醑[22],奪户争墀[23]。草笠底,有一人,掀鬚長嘆:貧者貧,富者富,造命奚爲[24]?我與爾,較生辰,同月同日;囊無錢,竈斷火,不啻乞兒[25]。六十歲,花甲週,桑榆暮矣[26];亂離人,太平犬[27],未有亨期[28]。稱玉斝[29],坐瓊筵,爾餐我看;誰爲靈,誰爲蠢,貴賤失宜。臣稽首[30],叫九閽[31],開聾啓瞶[32];宣命司,檢禄籍[33],何故差池[34]?金闕遠,紫宸高[35],蒼天夢夢[36];迎神來,送神去,輿馬風馳。歌舞罷,雞豚收,須臾社散;倚枯槐,對斜日,獨自凝思。濁享富,清享名,或分兩例;内才多,外財少,應不同規。熱似火,福德君,庸人父母;冷如冰,文昌帝[37],秀士宗師[38]。神有短,聖有虧,誰能足願?地難填,天難補,造化如斯[39]。釋盡了,胸中愁,欣欣微笑;江自流,雲自卷,我又何疑。

(唱完放絃介)去醜之極。(净)妙絶!逼真《離騷》、《九歌》了[40]。(丑)失敬,失敬!不知老相公竟是財神一轉哩。(副末讓介)請乾此酒。(净咂舌介)這寡酒好難吃也[41]。(丑)愚兄倒有些下酒之物。(净)是什麽東西?(丑)請猜一猜。(净)你的東西,不過是些魚鱉蝦蟹。(丑摇頭介)猜不着,猜不着。(净)還有什麽異味?(丑指口介)是我的舌頭。(副末)你的舌頭,你自下酒,如何讓客?(丑笑介)你不曉得,古人以《漢書》下酒[42]這舌頭會説《漢書》,豈非下酒之物。(净取酒斟介)我替老哥斟酒,老哥就把《漢書》説來。(副末)妙妙!只恐菜多酒少了。(丑)既然《漢書》太長,有我新編的一首彈詞,叫做《秣陵秋》[43],唱來下酒罷。(副末)就是俺南京的近事麽?(丑)便是!(净)這都是俺們耳聞眼見的,你若説差了,我要罰的。(丑)包管你不差。(丑彈絃介)六代興亡,幾點清彈千古慨;半生湖海,一聲高唱萬山驚。(照盲女彈詞唱介)

【秣陵秋】陳隋煙月恨茫茫,井帶胭脂土帶香[44];駘蕩柳綿沾客鬢[45],叮嚀鶯舌惱人腸。中興朝市繁華續[46],遺孽兒孫氣焰張[47];只勸樓臺追後主[48],不愁弓矢下殘唐[49]。蛾眉越女纔承選,燕子吴歈早擅場[50];力士僉名搜笛步[51],龜年協律奉椒房[52]。西崑詞賦新温李[53],烏巷冠裳舊謝王[54]。院院宫妝金翠鏡[55],朝朝楚夢雨雲牀[56]。五侯閫外空狼燧[57],二水洲邊自雀舫[58],指馬誰攻秦相詐[59]?入林都畏阮生狂[60]。春鐙已錯從頭認[61],社黨重鉤無縫藏[62];借手殺讐長樂老[63],脅肩媚貴半閒堂[64]。龍鍾閣部啼梅嶺[65],跋扈將軍譟武昌[66];九曲河流晴唤渡,千尋江岸夜移防[67]。瓊花劫到雕欄損,玉樹歌終畫殿涼[68];滄海迷家龍寂寞,風塵失伴鳳徬徨[69]。青衣啣璧何年返[70]?碧血濺沙此地亡[71]!南内湯池仍蔓草[72],東陵輦路又斜陽[73]。全開鎖鑰淮揚泗[74],難整乾坤左史黄[75]。建帝飄零烈帝慘[76],英宗困頓武宗荒[77];那知還有福王一[78],臨去秋波淚數行。

(浄)妙妙!果然一些不差。(副末)雖是幾句彈詞,竟似吴梅村一首長歌[79]。(浄)老哥學問大進,該敬一杯。(斟酒介)(丑)倒叫我吃寡酒了。(浄)愚弟也有些須下酒之物。(丑)你的東西,一定是山殽野蔌了。(浄)不是,不是!昨日南京賣柴,特地帶來的。(丑)取來共享罷。(浄指口介)也是舌頭。(副末)怎的也是舌頭?(浄)不瞞二位説,我三年没到南京,忽然高興,進城賣柴。路過孝陵,見那寶城享殿,成了芻牧之場。(丑)呵呀呀!那皇城如何?(浄)那皇城牆倒宫塌,滿地蒿萊了。(副末掩淚介)不料光景至此。(浄)俺又一直走到秦淮,立了半晌,竟没一個人影兒。(丑)那長橋舊院[80],是咱們熟遊之地,你也該去瞧瞧。(浄)怎的没瞧,長橋已無片板,舊院賸了一堆瓦礫。(丑搥胸介)咳!慟死俺也。(浄)那時疾忙回首,一路傷心,編成一套北曲,名爲《哀江南》,待我唱來!(敲板唱弋陽腔介[81])俺樵夫呵!

【哀江南】【北新水令】山松野草帶花挑,猛抬頭秣陵重到。殘軍留廢壘,瘦馬臥空壕;村郭蕭條,城對着夕陽道。

【駐馬聽】野火頻燒,護墓長楸多半焦[82]。山羊羣跑,守陵阿監幾時逃[83]。鴿翎蝠糞滿堂抛,枯枝敗葉當階罩;誰祭掃,牧兒打碎龍碑帽。

【沈醉東風】横白玉八根柱倒,墮紅泥半堵牆高,碎琉璃瓦片多,爛翡翠窗櫺少,舞丹墀燕雀常朝[84],直入宫門一路蒿,住幾個乞兒餓殍。

【折桂令】問秦淮舊日窗寮,破紙迎風,壞檻當潮,目斷魂消。當年粉黛,何處笙簫[85]。罷鐙船端陽不鬧,收酒旗重九無聊。白鳥飄飄,緑水滔滔,嫩黄花有些蝶飛,新紅葉無個人瞧。

【沽美酒】你記得跨青谿半里橋,舊紅板没一條。秋水長天人過少,冷清清的落照,賸一樹柳彎腰。

【太平令】行到那舊院門,何用輕敲,也不怕小犬哰哰[86]。無非是枯井頹巢,不過些磚苔砌草。手種的花條柳梢,儘意兒採樵;這黑灰是誰家廚竈?

【離亭宴帶歇拍煞】俺曾見金陵玉殿鶯啼曉,秦淮水榭花開早,誰知道容易冰消。眼看他起朱樓,眼看他讌賓客,眼看他樓塌了。這青苔碧瓦堆,俺曾睡風流覺,將五十年興亡看飽。那烏衣巷不姓王,莫愁湖鬼夜哭,鳳凰臺棲梟鳥[87]。殘山夢最真,舊境丢難掉,不信這輿圖换稿[88]。謅一套《哀江南》,放悲聲唱到老。

(副末掩淚介)妙是絶妙,惹出我多少眼淚。(丑)這酒也不忍入唇了,大家談談罷。(副浄時服,扮皂隸暗上)朝陪天子輦,暮把縣官門;皂隸原無種,通侯豈有根[89]。自家魏國公嫡親公子徐青君的便是[90],生來富貴,享盡繁華。不料國破家亡,賸了區區一口。没奈何在上元縣當了一名皂隸[91],將就度日。今奉本官籤票,訪拿山林隱逸,只得下鄉走走。(望介)那江岸之上,有幾個老兒閒坐,不免上前討火,就便訪問。正是:開國元勳留狗尾,换朝逸老縮龜頭。(前行見介)老哥們,有火借一箇。(丑)請坐!(副凈坐介)(副末問介)看你打扮,像一位公差大哥。(副凈)便是!(凈問介)要火喫煙麽?小弟帶有高煙,取出奉敬罷。(敲火吸煙奉副凈介)(副凈喫煙介)好高煙,好高煙!(作暈醉臥倒介)(凈扶介)(副凈)不要拉我,讓我歇一歇,就好了。(閉目臥介)(丑問副末介)記得三年之前,老相公捧着史閣部衣冠,要葬在梅花嶺下,後來怎樣?(副末)後來約了許多忠義之士,齊集梅花嶺,招魂薶葬[92],倒也算千秋盛事,但不曾立得碑碣。(凈)好事,好事!只可惜黄將軍刎頸報主,抛屍路旁,竟無人薶葬。(副末)如今好了,也是我老漢同些村中父老,撿骨殯殮,起了一座大大的墳塋,好不體面。(丑)你這兩件功德,卻也不小哩。(凈)二位不知,那左寧南氣死戰船時,親朋盡散,卻是我老蘇殯殮了他。(副末)難得,難得!聞他兒子左夢庚襲了前程,昨日搬柩回去了。(丑掩淚介)左寧南是我老柳知己,我曾託藍田叔畫他一幅影像[93],又求錢牧齋題贊了幾句[94];逢時遇節,展開祭拜,也盡俺一點報答之意。(副凈醒,作悄語介)聽他説話,像幾個山林隱逸。(起身問介)三位是山林隱逸麽?(衆起拱介)不敢,不敢,爲何問及山林隱逸?(副凈)三位不知麽?現今禮部上本,搜尋山林隱逸。撫按大老爺張掛告示,布政司行文已經月餘,並不見一人報名。府縣着忙,差俺們各處訪拏,三位一定是了,快快跟我回話去。(副末)老哥差矣。山林隱逸乃文人名士,不肯出山的。老夫原是假斯文的一個老贊禮,那裹去得?(丑、凈)我兩個是説書唱曲的朋友,而今做了漁翁樵子,益發不中了。(副凈)你們不曉得,那些文人名士,都是識時務的俊傑,從三年前俱已出山了。目下正要訪拏你輩哩。(副末)啐,徵求隱逸,乃國家盛典,公祖父母俱當以禮相聘[95],怎麽要拏起來。定是你這衙役們奉行不善。(副凈)不干我事,有本縣籤票在此,取出你看。(取看籤票欲拏介)(凈)果然這事哩。(丑)我們竟走開何如?(副末)有理。避禍今何晚,入山昔未深。(各分走下)(副凈趕不上介)你看他登崖涉澗,竟各逃走無踪。

【清江引】大澤深山隨處找,頂備官家要。抽出緑頭籤[96],取開紅圈票[97],把幾個白衣山人諕走了。

(立聽介)遠遠聞得吟詩之聲,不在水邊,定在林下,待我信步找去便了。(急下)(内吟詩曰)

漁樵同話舊繁華,短夢寥寥記不差。

曾恨紅箋啣燕子,偏憐素扇染桃花。

笙歌西第留何客?煙雨南朝换幾家。

傳得傷心臨去語,年年寒食哭天涯[98]。

據暖紅室刻本

【註釋】

[1] 建業,今江蘇省南京市。城啼夜鬼,言清兵洗劫之後,滿目凄涼。

[2] 維揚,今江蘇省揚州市。井貯秋屍,指清兵屠城後,屍體縱横,無人收葬。

[3] 南朝,即南明弘光朝。

[4] 蘇崑生,明末名藝人,擅長唱曲。參見吴偉業詩《楚兩生行》。

[5] 乙酉年,即清兵攻陷南京之順治二年(一六四五)。

[6] 牛首、棲霞,俱南京近郊山名。

[7] 柳敬亭,泰州(今江蘇省泰縣)人,明末清初著名的説書藝人。

[8] 浩浩落落,坦蕩疏闊。此處指爲人正派,不與世俗苟合。

[9] 富春,浙江省富春江沿岸,山巒重疊,風景秀麗,爲東漢嚴光隱居之處。

[10] 偏杯,猶言不待奉敬客人而獨自飲酒。

[11] 贊禮,祭祀時的司儀官,屬太常寺。

[12] 燕子磯(jī 機),南京名勝,在其東北觀音山上,磯頭屹立於長江邊。

[13] 戊子,此處指清順治五年(一六四八)。

[14] 福德星君,舊指財神。

[15] 祭賽,爲報神舉行的祭祀。

[16] 絃子,樂器,即三絃。

[17] 神絃歌,娱神的歌曲。名稱源出樂府《神絃曲》。

[18]《問蒼天》,新編曲牌名。

[19] 這叫就,一本作"這叫做"。

[20] 禰(nǐ 你),父死廟祭曰禰。

[21] 郁蘭,氣味濃烈的香料。

[22] 清醑(xǔ 許),美酒。

[23] 奪户争墀,言祭賽人多擁擠。墀,階沿。

[24] 造命,即造物主,一般指天。奚爲,爲何之意。

[25] 不啻(chì 赤),不但,如同。

[26] 桑榆,此處用喻人之暮年。日落時,斜輝隱現桑榆之間,一般用作晚暮代稱。

[27] 亂離人、太平犬,本自諺語"寧作太平犬,莫作亂離人"。言災亂年頭,人多飄泊無依,尚不若太平時之犬。

[28] 亨期,幸運的日子。

[29] 稱玉斝(jiǎ 甲),高舉玉製的酒杯。

[30] 稽首,至爲恭敬的禮,以頭叩地頓首拜。

[31] 九閽(hūn 昏),天帝的宫門。

[32] 瞶,有目無光曰瞶。

[33] 禄籍,迷信所云天命所定之福禄簿册。

[34] 差池,即參差不齊。或以爲差錯,亦通。

[35] 金闕二句:金闕、紫宸(chén 辰),均指天帝的宫殿。

[36] 夢夢,不明。

[37] 文昌帝,一稱梓潼帝君,傳説中主管人世科舉功名的神。

[38] 秀士,秀才。

[39] 造化,謂造物主。此處作創造化育解。

[40]《離騷》、《九歌》,屈原作品篇名。

[41] 寡酒,飲酒而無佐酒的菜饌。

[42]《漢書》下酒,本北宋詩人蘇舜欽故事。蘇居岳父杜衍家,讀《漢書張良傳》,贊嘆者再,舉杯痛飲。杜衍稱之,謂以《漢書》下酒,雖飲一斗不爲多。

[43]《秣陵秋》,新編彈詞曲牌。

[44] 井帶胭脂,即胭脂井。隋兵破金陵城,陳後主叔寶攜其所寵張、孔二貴妃匿景陽宫井中,由是得名。

[45] 駘(dài 帶)蕩,舒緩蕩颺。

[46] 中興朝市,指南明福王。

[47] 遺孽兒孫,謂阮大鋮等閹黨餘孽。

[48] 只勸樓臺追後主,後主即陳叔寶,因縱情聲色、不理朝政致作亡國之君。此處係指馬、阮之流,一味勸誘福王陶情享樂,荒怠政事,致步陳叔寶後塵。

[49] 不愁弓矢下殘唐,借宋太祖滅南唐故事,諷刺福王沉溺歡娱,置南下清兵於不顧。

[50] 燕子,指阮大鋮所作傳奇《燕子箋》,因屬崑曲演唱,故稱吴歈。

[51] 力士,即唐玄宗時太監高力士,此處用之泛指太監。笛步,南京地名,教坊所在地。這句意謂,阮大鋮等爲阿諛取容,徵選舊院歌妓與曲師排演《燕子箋》,供福王觀賞。

[52] 龜年,唐開元時著名曲師,姓李。此處泛指内廷教習。

[53] 西崑詞賦新温李,北宋初,西崑派首領楊億、劉筠等,極力模仿晚唐李商隱、温庭筠的詩風,靡麗空泛,流行文壇數十年。此處用喻弘光朝文化的墮落。

[54] 烏巷冠裳舊謝王,王、謝皆晉時大貴族,自東晉偏安江左,皆聚居南京烏衣巷等處。此處借指弘光朝權貴專擅,官場腐敗。

[55] 院院宫妝金翠鏡,形容後宫美人注心裝束,以邀皇帝的寵幸。

[56] 朝朝楚夢雨雲牀,本宋玉《高唐賦序》,謂楚襄王嘗遊高唐,夢與巫山神女歡會。此處諷刺弘光荒淫。

[57] 五侯,指寧南侯左良玉等五將,時皆跋扈不受節制,争權奪地。南明之亡,與此亦有關係。

[58] 二水洲,即南京白鷺洲。李白詩云:“二水中分白鷺洲。”雀舫,指朱雀舫,華美的遊船。

[59] 指馬誰攻秦相詐,係借秦趙高指鹿爲馬故事,指斥馬士英專擅朝政,而羣臣一味阿附,無敢反對者。

[60] 入林都畏阮生狂,晉之名士阮籍與嵇康等七人友善,時人以“竹林七賢”稱之。阮復恃才傲物,放蕩不羈,人多畏其狂。此處借來暗指阮大鋮的猖狂。

[61] 春鐙已錯從頭認,阮大鋮曾撰傳奇《春燈謎》(即《十錯認》)。

[62] 社黨,指東林與後起的復社。鉤,株連之意。此云阮大鋮依附馬士英重新得勢後,再度拘覊東林復社人士,意欲一網打盡。

[63] 長樂老,五代時馮道爲宰相,歷仕唐、晉、漢、周諸朝而不自恥,復自號長樂老。

[64] 脅肩媚貴半閒堂,南宋奸相賈似道曾建半閒堂於西湖葛嶺。此句與上句均諷阮大鋮諂事馬士英,爲非作歹。

[65] 龍鍾閣部啼梅嶺,指史可法。史以兵部尚書督師揚州,舉三千之衆奮抗清兵十萬之師,兵敗殉國,死後葬於梅花嶺。

[66] 跋扈將軍譟武昌,指左良玉。左憤馬之專擅,曾傳檄自武昌東下討伐馬士英。

[67] 九曲河流二句:係指馬、阮爲堵截左良玉東下的軍隊,竟將駐防黄河的黄得功等諸鎮兵馬盡行撤移,致使黄河一綫空虚,而清兵遂得以揮戈南下。九曲,指黄河迂迴之勢。尋,八尺爲一尋。

[68] 瓊花二句:係借用隋煬帝到揚州看瓊花和陳後主製《玉樹後庭花》故事,比之於南明福王荒淫亡國。

[69] 滄海迷家二句:封建士大夫從"正統"觀念出發,謂帝王苗裔俱鳳子龍孫。此處謂南明覆亡之際,帝王子孫倉皇奔竄,流離失所之狼狽處境。

[70] 青衣啣璧,典出晉懷帝故事。古時亡國之君,當啣璧玉自縛以請降;懷帝被擄時,敵方令改着青衣斟酒侍宴以辱之。此處借指福王的被擄。

[71] 碧血濺沙,南明靖南侯黄得功,因南京失守、福王出走而自殺殉節。

[72] 南内,南京明故宫。湯池,指温泉。

[73] 東陵,南京城東之明孝陵。輦路,天子車駕所經之路。

[74] 淮揚泗,指淮陰、揚州及泗陽。此句言江北諸地,次第失守。

[75] 左史黄,即左良玉、史可法、黄得功。此三人忠於明室而無力挽回頹局。

[76] 建帝,即建文帝朱允炆。成祖破南京時,朱允炆逃出而下落不明。烈帝,指明思宗朱由檢,李自成所部農民起義軍攻佔北京時,朱由檢自經於北京之煤山。

[77] 英宗,即朱祁鎮。正統十四年,他親征瓦剌,兵敗被俘。武宗,即朱厚照,係明代最荒淫的統治者。

[78] 福王一,云福王朱由崧在位僅一年。應喜臣《青燐屑》載:"思宗御極之元年,五鳳樓前獲一黄袱,内襲小畫一卷,題云:'天啓七,崇禎十七,還有福王一。'"

[79] 吴梅村,名偉業,字駿公,江蘇省太倉縣人。明末清初以詩名於當世。

[80] 長橋舊院,明末南京歌妓聚居之所。

[81] 弋陽腔,明代戲曲四大聲腔之一,盛行民間,源出江西弋陽,至嘉靖間流傳南北。

[82] 長楸,莖幹高聳的喬木。

[83] 阿監,太監。

[84] 丹墀(chí 池),羣臣朝見天子之處,以紅漆塗階,故謂丹墀。

[85] 當年粉黛二句:指昔時歌妓蹤影難尋。

[86] 哰(láo 勞)哰,犬吠聲。

[87] 莫愁湖、鳳凰臺,均南京名勝。

[88] 輿圖,地圖。輿圖换稿,即江山易主之意。

[89] 皂隸二句:言貧富貴賤不是天生的。皂隸,穿黑衣的衙役,官府中地位至賤者。通侯,爵位名,本作徹侯,漢時因避武帝諱,改稱通侯。後亦稱列侯。

[90] 魏國公,指明之開國功臣徐達。

[91] 上元縣,清代分南京爲江寧、上元兩縣,其地今均屬江蘇省南京市。

[92] 薶(mái 埋),同"埋"。

[93] 藍田叔,名瑛,錢塘(今浙江省杭州市)人。明末畫家。

[94] 錢牧齋,名謙益,常熟(今江蘇省常熟縣)人。明末變節仕清的官僚,有文名。

[95] 公祖父母,百姓對地方官的尊稱。

[96] 緑頭籤,官府捕人用的傳籤,以緑漆籤頭。

[97] 紅圈票,官府捕人用的文據,上載被捕人的姓名,且用朱筆圈明。

[98] 寒食,参見前屈大均《壬戌清明作》注[3]。

蔣士銓傳奇

作者介紹見前面詩歌部份。

冬青樹

《冬青樹》係蔣士銓晚年的傳奇作品,劇本以南宋覆亡爲背景,描寫民族危難關頭各種人物的面貌,着重褒揚了文天祥、謝枋得的民族氣節,也鞭撻了投降派的無耻行徑。據歷史上有關記載,元兵攻陷杭州後,掘取宋諸帝妃陵墓寶物,而棄殘骸於草莽之中。林景熙曾收棄骨葬於越山,並植冬青樹以爲標誌。蔣士銓有感於"歲寒而知松柏之後凋",特用"冬青樹"爲劇名,示激勵後人之意。這部傳奇的思想内容還是可取的,但結構方面,因人物過多,剪裁不當而顯得雜亂,是其缺點。

柴市

【解題】 這是《冬青樹》中的第二十九齣。此齣寫宋丞相文天祥兵敗被俘後,寧死不屈、慷慨就義的情景,作者通過監斬官員對文天祥人格的欽佩,與文天祥斷然拒絶降臣留夢炎、趙孟頫送到刑場的筵席,分别從側面和正面刻畫了主人公忠於故國、視死如歸的精神面貌。結尾部分雖然未能擺脱神靈護引忠魂升天的俗套,目的仍在於表現主人公思想境界的崇高。全齣有濃厚的悲劇氣氛。

(浄引刀斧手上)白日暗幽州,山崩海倒流。孤臣扶氣運,千古有春秋[1]。俺元朝總管。奉旨今日處決文丞相。咳!看他平居百折不回,今日一塵不染,若論主持風教,正該成全他忠義之心,以勵我國臣寮之節;惜朝内無人匡諫,以致成彼高名,玷俺君德。俺一個武臣,也不敢多口了。(雜)稟爺,午時三刻了。(浄)快請文丞相到來。(雜)是。(分下)(劊子押生上)

【北黄鐘醉花陰】三載淹留事才了[2],展愁眉仰天而笑。眼睁睁天柱折,地維摇[3],舊江山瓦解冰銷。問安身那家好?急煎煎盼到今朝,剛得向轉輪邊頭一掉[4]。(雜)丞相爺,前面就是柴市了。(生)

【喜遷鶯】都認做鬼門關程途幽渺,那知是俺上青雲梯磴逍遥[5]。休也波焦[6],不能勾沙場自了,累伊們舉手爲俺勞。只因他天不饒,差派俺邯鄲一覺[7],向血光中尋個收梢[8]。

(雜)這是留丞相送來筵席[9],請爺用些。(生)那個留丞相?(雜)就是留夢炎,也是南朝來的。(生)留夢炎那賊子的酒食,怎敢排在這裏。(踢翻介)

【刮地風】嗳呀,見了這狼藉杯盤和濁醪,枉鋪陳旨酒嘉肴。可知是陰爲惡木,泉爲盜[10],這其間多少脂膏!(雜)這是趙學士筵席,請爺用些。(生)那個趙學士?(雜)也是南朝來的,叫做趙孟頫[11]。(生)咳,子昂也是一代文人,又爲宗室,因何失足至此?可惜,可惜。俊王孫一代風騷,枉了他墨妙揮毫,爲甚麽棄先塋、忘舊族,也修降表?圖一個美官銜、學士高,全不管萬千年遺臭名標。

(各神暗上)(浄引仗上)來此已是法場。頃刻間爲何天昏地黑起來?(作風雨聲介)(生)蒼天蒼天,這風雷來遲了。

【四門子】呀,倘若你真心幫助人家趙,可憐他基業飄颻。也不合厓山雷電將他鬧[12],做海底月空撈。打殺他元帥驕,殗死他將士梟,卻不保全了宫闈命幾條? 到今日鼓亂敲,鐃四招,怒轟轟何關緊要?

(浄)丞相有甚麽遺言,告訴下官,少刻代你奏上。(生大笑介)你怎知俺的就裏來[13]。

【水仙子】呀呀呀,呀你舌苦饒,俺俺俺,俺與你那皇爺有甚瓜和葛? 囑囑囑,囑付他宵旰勤勞,切切切,切莫要荒淫無道,休休休,休似那前車覆轍撬[14],庶庶庶,庶不致依然送掉。那那那,那裏有萬歲千秋神器牢[15]? 算算算,算唐虞到此多移調,但但但,但能勾承天眷便永宗祧!

(雜)時刻已到,請丞相爺歸天罷。(生大笑介)俺文天祥死得好明白也。

【尾煞】幸不到灰囊撲面排牆倒,須知俺萬苦千辛才領這一刀。休笑俺個送頭顱的文少保。

(押下斬介)(扮一龍衝上,龍神護引下)(雷電風雨繞不止[16],浄伏几下顫介)(内官騎馬上)奉旨擺設御筵,將此新封官職的神牌供起來。(設祭介)(生靈上,立高處,風伯撤神牌送生,碎裂擲下介)(浄)不好了,神牌掣上天去扯碎了。(官)待我啓奏去。(馳下)(神遶場不散介)(内官上)奉旨將此神牌供奉。(浄)這上面寫着什麽? (官)哪是宋少保信國公大丞相文山先生位。(供介)(生領神下)(浄)呵呀,一刻天清氣朗了,嚇殺人也。正是: 新朝爵秩忠臣賤,異代芳名後世傳。(下)

紅雪樓本

【註釋】

[1] 春秋,原意指孔子所作《春秋》。因後世學者多以爲該書含"微言大義","以一字爲褒貶",故稱"春秋筆法"。這裏指文筆曲折而含是非褒貶的歷史記載。

[2] 三載淹留,文天祥自祥興二年(一二七九)十月被執至燕,至元十九年(一二八二)十二月被害,前後囚禁三年有餘。事才了,宋鄧光薦《文丞相傳》云: 公臨刑日,"宣使以金鼓迎詣市,公欣然曰: '吾事了矣!'"

[3] 地維,地之四角。古人認爲天圓地方,天有九柱支持,地有四維繫綴。

[4] 轉輪邊頭一掉,死亡的意思。佛家以爲人死後必須經過輪迴轉世,才得以投生,故轉輪邊掉頭即走向死亡。

[5] 磴,同"登",上昇的意思。

[6] 也波,語助辭,無義。

[7] 邯鄲一覺,係借盧生邯鄲一夢故事,喻人生之無常。故事見唐沈既濟《枕中記》。

[8] 收梢,結束。

[9] 留丞相,即留夢炎。據萬斯同《宋大臣年表》,留於"德祐元年四月被命爲右丞相,十月遷左,十一月潛遁。"

[10] 可知是二句: 陸機《猛虎行》:"渴不飲盜泉水,熱不息惡木陰。"盜泉,古泉名,故址在山東泗水縣東北。此兩句喻耿介廉潔之士,居不苟處,食不苟取,以示對降臣賊子之痛惡。

[11] 趙孟頫,字子昂,湖州人。生於宋寶祐二年(一二五四),卒於元至治二年(一三二二)。宋宗室,善書畫,入元官刑部主事,累官至翰林學士承旨,封魏國公。

[12] 厓山,在廣東省新會縣。張世傑以爲天險,於祥興元年六月遷帝居之。次年二月元人犯厓山,陸

秀夫負幼帝投海,宋亡。

[13] 就裏,底細。

[14] 撬,被拖着行走的車具。

[15] 神器,此處指帝位、政權。《老子》曰:“天下神器不可爲也,爲者敗之,執者失之。”

[16] 雷電句:元無名氏《昭忠録》:“天祥死後,大風忽起揚沙石,晝晦咫尺不見人,守衛者皆驚。”又明趙弼《文信公傳》云,天祥死後,世祖特贈爲金紫光禄大夫,開府儀同三司,檢校太保,中書平章政事,廬陵郡公,謚忠武,令丞相孛羅祭奠。初狂飆旋地起,卷神主入雲中,孛羅等改書前宋少保右丞相信國公,天始霽。此皆因其忠烈而引起的附會之辭,該劇亦沿用之。

近代部份

一、詩歌

張維屏詩

張維屏，字子樹，號南山，番禺（今廣東省番禺縣）人。生於公元一七八〇年（清高宗乾隆四十五年），卒於公元一八五九年（清文宗咸豐九年）。道光二年（一八二二）進士。官湖北廣濟縣知縣，江西候補同知，署南康府知府。少有詩名，一八三〇年，曾與林則徐、黄爵滋、龔自珍、魏源等在北京結"宣南詩社"。他寫了不少反映鴉片戰爭的詩歌，激昂憤慨，富有愛國精神。當時與黄培芳、譚敬昭並稱爲嶺南三大家。性愛松，故又號松心子。著有《張南山全集》。

三元里

【解題】 一八四〇年，英國侵略者對中國發動了罪惡的鴉片戰争。次年，又向廣東大舉進攻，清靖逆將軍奕山與英國侵略者簽訂屈辱的《廣州和約》，激起了人民的義憤。當英國侵略軍外出擄掠之時，廣州近郊鄉民遂組織"平英團"，在三元里附近與侵略者展開了英勇的戰鬥，前後持續三天，圍殲英軍甚多。但奕山不僅不支持人民的抗敵鬥争，反而應敵人的要求，用欺騙、威脅的手段強迫人民解散，爲侵略者解圍。三元里的抗英鬥争，揭開了近代史上中國人民大規模的反帝鬥争的序幕。這首詩以愛國的激情，高昂的格調，歌頌了廣州人民這次英勇抗敵的鬥争精神，刻劃了侵略者外強中乾的醜態，同時也憤怒地譴責了腐敗無能的清朝統治者對外妥協投降的罪行。

三元里前聲若雷，千衆萬衆同時來，因義生憤憤生勇，鄉民合力強徒摧。家家田廬須保衛，不待鼓聲羣作氣，婦女齊心亦健兒，犁鋤在手皆兵器[1]。鄉分遠近旗斑斕，什隊百隊沿谿山[2]。衆夷相視忽變色：黑旗死仗難生還[3]。夷兵所恃惟槍砲，人心合處天心到，晴空驟雨忽傾盆，兇夷無所施其暴。豈特火器無所施，夷足不慣行滑泥[4]，下者田塍苦躑躅[5]，高者岡阜愁顛擠[6]。中有夷酋貌尤醜[7]，象皮作甲裹身厚；一戈已揕長狄喉，十日猶懸郅支首[8]。紛然欲遁無雙翅，殲厥渠魁真易事；不解何由巨網開，枯魚竟得悠然逝[9]。魏絳和戎且解憂[10]，風人慷慨賦同仇[11]，如何全盛金甌日[12]，卻類金繒歲幣謀[13]？

上海古籍出版社排印本《鴉片戰爭文學集》

【註釋】

[1] 婦女二句：據《三元里打仗日記》載，英軍數百人到三元里時，人民鳴鑼會集各鄉，"不轉眼間，來

會者衆數萬,刀斧犁鋤,在手即成軍器,兒童婦女,喊聲亦助兵威。斯時也,重重疊疊,徧野漫山,已將夷兵困在垓心矣。"(見《鴉片戰争》第四册)。在戰鬥過程中,婦女們自動從遠方送飯到前綫,"凡殺敵者,不論何人,肚飢皆可取食"(《三元里平英團史實調查會記録》,見《近代史資料》一九五四年第一期)。這兩句詩,就是概括地反映了人民這種抗敵的激昂情緒。

[2] 鄉分二句:參加三元里戰鬥的羣衆,都高舉"義兵"或"義民"的旗幟,各鄉都有鄉旗,後來又以三元古廟的北帝三星旗爲指揮旗,約定"旗進人進,旗退人退"(《三元里平英團史實調查會記録》,見《近代史資料》一九五四年第一期)。這兩句就是對當時雄偉場面的描繪。

[3] 原註:"夷打死仗則用黑旗,適有執神廟七星旗者,夷驚曰:'打死仗者至矣。'"

[4] 夷兵以下六句:據《三元里打仗日記》載,英軍被圍後,"時天色晴明,忽而陰雲四起,午刻迅雷烈風,大雨如注,日夜不息。未刻後,逆夷之鳥槍火砲,俱被雨水濕透,施放不響。且夷兵俱穿皮鞋,三元里四面皆田,雨後泥濘土滑,夷兵寸步難行,水勇及鄉民,遂分頭截殺"(見《鴉片戰争》第四册)。

[5] 田塍(chéng乘),田畦。塍,或作堘。躑躅,徘徊不進貌。

[6] 顛擠,擠,"隮"字之誤。顛隮,墜落。《尚書·微子》:"今爾無指,告予顛隮。"

[7] 夷酋,指英軍軍官伯麥、畢霞等。貌尤醜,據《夷氛聞記》説:"伯麥身肥體健,首大如斗。"(見《鴉片戰争》第六册)此處是對伯麥等的諷刺的描述。

[8] 一戈二句:長狄,古時北狄的一種。《左傳》文公十一年:"獲長狄僑如,富父終甥摏其喉以戈,殺之。"郅支,漢時匈奴呼韓邪之兄,名呼屠吾斯,自立爲郅支骨都侯單于。其後,西入康居。漢元帝時,西域都護甘延壽及副校尉陳湯等,擊殺郅支,懸其首於蠻夷邸門。車騎將軍許嘉、右將軍王商以爲"宜懸十日"(見《漢書·陳湯傳》)。這兩句借指伯麥、畢霞被擊斃事。摏(chōng舂),擣。原作"椿",誤。

[9] 紛然四句:三元里附近鄉民圍住英軍後,英軍一再突圍,"無奈人如山積,圍開復合,各棄其鳥槍,從手延頸待戮,乞命之聲震山谷"(《夷氛聞記》,見《鴉片戰争》第六册)。敵人正處在垂死關頭,義律秘密遣人向奕山求救,奕山竟可恥地答應義律的請求,派廣州知府俞保純、南海知縣梁星源、番禺知縣張熙宇到三元里恐嚇鄉民,替英軍解圍。結果俞保純等保護首義律出圍,英軍也隨着逃回營中。四句即是指的這一情況。渠魁,舊時對敵軍首腦的通稱。枯魚,乾魚。語出《莊子·外物》。此處用來比喻被圍的英方官兵,有如即將乾死之魚。

[10] 魏絳,春秋時晉國大夫。晉悼公時,山戎無終子請和,魏絳力主和戎(見《左傳》襄公四年)。此處指與英人議和的事,並指出清廷的和議只是暫解目前之憂而已。

[11] 風人,詩人。古時太史陳詩以觀民風,因此後人稱詩人爲風人。同仇,《詩經·秦風·無衣》:"與子同仇。"原來是指共同的仇敵,這裏是同心禦敵的意思。

[12] 金甌,比喻國土完整鞏固。《南史·朱异傳》:"我國家猶若金甌,無一傷缺。"甌,小盆。

[13] 金繒歲幣句:繒,絹帛。幣,錢。北宋時,契丹、西夏、女真等不斷入侵,宋室一再忍辱退讓,約定每歲輸送大量絹、銀以求和。此處是指一八四一年五月二十六日,奕山與英人訂立的賣國投降的休戰條約。

龔自珍詩

龔自珍,又名鞏祚,字璱人,號定盦,仁和(今浙江省杭州市)人。生於公元一七九二年(清高宗乾隆五十七年),卒於公元一八四一年(清宣宗道光二十一年)。清代進步的思想家和文學家。二十七歲(一八一八)中舉,三十八歲(一八二九)中進士;官禮部主事。後辭官南歸,卒於丹陽雲陽書院。自珍深於經學、小學和史地之學,爲今文學派的主要人物。曾與林則徐、魏源等結"宣南詩社",講求經世之學。主張改革内政、抵制外國侵略,爲近代改良主義運動的先驅者。其詩反映了鴉片戰爭前夕黑暗的社會現實,具有渴望變革、追求理想的精神。文辭瑰麗清奇,别開生面。散文亦多抒發其對社會、政治問題的見解,縱横奇詭,頗有特色。但由於看不到變革現實的力量,詩文中經常流露出感傷情緒和出世思想。其作品對近代文學影響很大。著有《定盦全集》。

詠史

【解題】 此詩於道光五年十二月(一八二六年一月)寫於崑山。詩中揭露了當時的政治黑暗,並對東南地區一批流連聲色、醉心功名利禄的所謂名流人物加以諷勸。古典詩歌中的"詠史",常是借題發揮,或抒寫懷抱,或諷喻現實。

金粉東南十五州[1],萬重恩怨屬名流[2]。牢盆狎客操全算[3],團扇才人踞上游[4]。避席畏聞文字獄[5],箸書都爲稻粱謀。田横五百人安在,難道歸來盡列侯[6]?

四部叢刊本《定盦文集補·破戒草》上卷

【註釋】

[1] 金粉,鉛粉,婦女妝飾所用。舊時多用以形容繁華綺麗的生活。東南十五州,泛指江南地區。

[2] 恩怨,韓愈《聽穎師彈琴》:"昵昵兒女語,恩怨相爾汝。"名流,知名之士。《北史·高道穆傳》:"(道穆)學涉經史,所交皆名流俊士。"以上兩句是説,東南名士皆醉心聲色,沉溺於兒女恩怨之中,忘懷國事,只作個人打算。

[3] 牢盆,煮鹽的器具。牢盆狎客,指鹽商家的幫閑清客。操全算,最爲有利。

[4] 團扇句:團扇,謂《團扇郎歌》。《古今樂録》:"團扇郎歌者,中書令王珉捉白團扇,與嫂婢謝芳姿有愛,情好甚篤。嫂捶撻婢過苦,王東亭聞而止之,芳姿素善歌,嫂令歌一曲,當赦之;應聲歌曰:'白團扇,辛苦五流連,是郎眼所見。'珉聞,更問之:'汝歌何遺?'芳姿即改云:'白團扇,顦顇非昔容,羞與郎相見!'後人因而歌之。"此處以團扇才人泛指流連聲色的文人。操全算、踞上游,言其得意。

[5] 避席,古人席地而坐,離席而起,表示敬意,謂之避席。此句是説,士大夫聽到文字獄之事,無不畏懼,離席而起。

[6] 田横二句:田横,秦末狄人。楚漢相爭時,自立爲齊王,後爲漢軍所破,投歸彭越。漢朝建立,率其徒屬五百餘人入海島。劉邦恐其爲亂,召之曰:"田横來,大者王,小者乃侯耳!不來,且舉兵加誅焉。"田横被迫率二客前往洛陽。至洛陽外三十里處,因恥於事劉邦,遂自剄。二客後亦自剄。海島中五百餘人聞横死,亦皆自殺。見《史記·田儋列傳》。兩句反激上文,意謂像田横的五百壯

士那樣的人爲什麼如今看不見了,難道投歸漢朝的都能得到封侯嗎?表達了作者對堅持氣節者的贊賞和對醉心於功名利禄者的諷勸。

自春徂秋偶有所觸拉雜書之漫不詮次得十五首

【解題】 這組詩作於道光七年丁亥(一八二七)。這裏選録一首,原列第十。本年十一月,作者把一八二一年以來所作的詩編爲《破戒草》一卷和《餘集》一卷,並發誓戒詩。此詩是對當時所謂儒者的諷刺和譴責。這班人除八股之外,一無所知,然而卻喜高談性理之學,假講學之名,營私植黨,蠅營狗苟,充斥於朝野之間。詩中表現了作者對那些供封建統治者驅使的所謂儒者的蔑視和憤慨。

蘭臺序九流,儒家但居一[1]。諸師自有真[2],未肯附儒術。後代儒益尊[3],儒者顔益厚[4]。洋洋朝野間,流亦不止九[5]。不知古九流,存亡今孰多?或言儒先亡[6],此語又如何?

四部叢刊本《定盦文集補·破戒草》卷上

【註釋】

[1] 蘭臺二句:蘭臺,漢代宫内藏圖書之處。東漢班固曾爲蘭臺令史,故後世稱班固爲蘭臺。此處指班固的《漢書·藝文志》。九流,周秦時代的九種不同的學術流派。《穀梁傳序》疏:"《漢書·藝文志》云:孔子既没,諸弟子各編成一家之言,凡爲九:一曰儒家流,二曰道家流,三曰陰陽家流,四曰法家流,五曰名家流,六曰墨家流,七曰縱横家流,八曰雜家流,九曰農家流。"這兩句是説,《漢書·藝文志》中所序列的九個流派,儒家只不過是其中之一。

[2] 諸師,指儒家以外各派的大師。真,真實的面目,獨到的見解。

[3] 後代句:漢武帝時,爲了適應封建專制統治的需要,儒家學者董仲舒(前一八〇——前一一五)建議"罷黜百家,獨尊儒術",禁止其他學派活動。武帝採納了他的建議,於是就在中國兩千年來的封建社會中,奠定了儒術獨尊的局面。

[4] 顔益厚,即臉皮越來越厚,愈益不知羞恥的意思。

[5] 洋洋,衆多貌。這句是説,在朝或在野的衆多士大夫中,以儒者自居的,其流品之雜,無所不有,已遠遠越出九流之外了。

[6] 儒先亡,《韓非子·顯學》:"自孔子之死也,有子張之儒,有子思之儒,有顔氏之儒,有孟氏之儒,有漆雕氏之儒,有仲良氏之儒,有孫氏之儒,有樂正氏之儒。自墨子之死也,有相里氏之墨,有相夫氏之墨,有鄧陵氏之墨。故孔墨之後,儒分爲八,墨離爲三,取捨相反不同,而皆自謂真孔墨,孔墨不可復生,將誰使定世之學乎?"此處作反語,蓋諷刺時輩阿世取容,久失儒家本真。

己亥雜詩

【解題】 己亥,清道光十九年(一八三九)。這年龔自珍辭官南歸,後又北上迎取眷屬,於南北往返途中,寫成了短詩三百十五首,題爲《己亥雜詩》。内容或直抒胸臆,或回憶往事,或敘述見聞,或友朋贈答,等等。讀了這一組詩,作者的生平、思想約略可見。這裏選録五首。本篇原列第八十三,寫夜聞縴夫勞動呼聲後内心的感受。作者詩末自註云:"五月十二日抵淮浦作。"淮浦,今江蘇省清江市，舊稱清江浦，自古爲淮、揚、徐、海間的重鎮。

只籌一纜十夫多[1]，細算千艘渡此河。我亦曾糜太倉粟[2]，夜聞邪許淚滂沱[3]。

【註釋】

[1] 籌，記數或計算用的小竹牌子。此處用作動詞，計算的意思。纜，繫船的繩索，此處指縴繩。夫，指運糧船的縴夫。

[2] 糜，糜費，耗費。太倉，京都積穀的倉庫。這句是說，自己也曾經在京中做官，耗費、享用過朝廷的俸米。

[3] 邪(yé 爺)許(hǔ 虎)，象聲詞。指縴夫口中唱的號子。《淮南子·道應訓》："今夫舉大木者，前呼邪許，後亦應之，此舉重勸力之歌也。"滂沱，大雨貌。這裏形容眼淚流得很多。

其　二

【解題】 本篇原列第一百二十五。詩末自註云："過鎮江，見賽玉皇及風神、雷神者，禱祠萬數，道士乞撰青詞。"禱祠，祈求神祇，這裏指求神的人。青詞，道士齋醮用的一種文體，以朱筆寫於青藤紙上，亦稱"綠章"。這首詩借用"萬馬齊瘖"比喻清王朝政治腐朽，扼殺人材，到處死氣沉沉的情況，反映了作者要求改變現狀的思想。

九州生氣恃風雷[1]，萬馬齊瘖究可哀[2]！我勸天公重抖擻[3]，不拘一格降人材[4]。

【註釋】

[1] 九州，相傳古代中國分爲九州，後來亦泛指全中國。這句是說，要使得全中國能够生氣勃勃，就得倚恃一場急風驚雷來震撼一下。

[2] 瘖(yīn 音)，啞。萬馬齊瘖，語出蘇軾《三馬圖贊引》："時(宋元祐初)西域貢馬，首高八尺，龍顱而鳳膺，虎脊而豹章，出東華門，入天駟監，振鬣長鳴，萬馬齊瘖。父老縱觀，以爲未始見也。"此處是借喻清王朝統治下一種令人窒息的沉悶局面。究，畢竟。

[3] 抖擻，振作精神。

[4] 不拘一格，不拘守一定的規格，意即不必依照舊規格。

其　三

【解題】 本篇原列第一百二十九。作者借陶潛《停雲》浩歌之意，抒發自己感時傷世之情。

陶潛詩喜説荆軻[1]，想見《停雲》發浩歌[2]。吟到恩仇心事湧，江湖俠骨恐無多！

【註釋】

[1] 陶潛，即陶淵明，有《詠荆軻》詩。荆軻，戰國末年人，曾爲燕太子丹謀刺秦王政，未成被殺。陶潛在詩中表示了對荆軻的景慕與同情。

[2]《停雲》，陶潛詩題名，共四章，是詠思親友而不得見的。首章曰："靄靄停雲，濛濛時雨，八表同昏，平路伊阻。静寄東軒，春醪獨撫。良朋悠邈，搔首延佇。"首四句即風雨如晦之意。停雲發浩歌，謂居亂世而思古之豪士。

其　四

【解題】 本篇原列第一百三十，贊頌陶潛的爲人和陶詩的風格。

陶潛酷似臥龍豪[1]，萬古潯陽松菊高[2]。莫信詩人竟平澹，二分梁甫一分騷[3]。

【註釋】

[1] 臥龍，指諸葛亮。此句自註云："語意本辛棄疾。"按辛棄疾詞《賀新涼》"把酒長亭説"云："看淵明、風流酷似，臥龍諸葛。"

[2] 萬古句：陶潛喜詠松菊，詩中屢見，此處以比喻陶潛孤高的性格。潯陽，即今江西省九江市，陶潛爲潯陽柴桑人。

[3] 梁甫，即《梁甫吟》，古樂府曲名。《三國志·蜀書·諸葛亮傳》："亮躬畊隴畝，好爲《梁甫吟》。"騷，指屈原的《離騷》。這兩句是説，陶潛的詩並非"平澹"，而是具有《梁甫吟》與《離騷》一般的豪邁氣概和憤鬱不平之情。

其　五

【解題】 本篇原列第二百九十八。作者南歸途中，停滯於東平旅邸，晚燈下偶有所觸，感慨自己虛抱經世之學，徒存健兒身手，遠大志向，到頭來完全不能實現，如今只落得辭官南下，雪阻山東。

九邊爛熟等雕蟲[1]，遠志真看小草同[2]。枉説健兒身手在，青燈夜雪阻山東[3]。

四部叢刊本《定盦文集補·雜詩》

【註釋】

[1] 九邊，明代分北方的邊防爲九區，命大將統兵鎮守，號九邊。即遼東、薊州、宣府、大同、山西、延綏、寧夏、固原、甘肅等九鎮。此處是指邊防和禦敵的學問。雕蟲，《法言》："或問：'吾子少而好賦？'曰：'然，童子彫蟲篆刻。'俄而曰：'壯夫不爲也。'"雕蟲，末技，以比詞章之事。《北史·李渾傳》："嘗謂魏收曰：'雕蟲小技，我不如卿；國典朝章，卿不如我。'"

[2] 遠志，植物名，根可供藥用。一名小草。《世説新語》："謝公始有東山之志，後嚴命屢臻，勢不獲已，始就桓公司馬。于時人有餉桓公藥草，中有遠志。公取以問謝：'此藥又名小草，何一物而有二稱？'謝未即答。時郝隆在坐，應聲答曰：'此甚易解，處則爲遠志，出則爲小草。'"此處説自己的遠大抱負不能見諸設施，徒成其爲小草而已。

[3] 青燈，指燈光。因舊時多用油燈，火光青熒。

魏 源 詩

魏源,字默深,邵陽(今湖南省邵陽市)人。生於公元一七九四年(清高宗乾隆五十九年),卒於公元一八五七年(清文宗咸豐七年)。道光二十四年(一八四四)進士,官至江蘇高郵州知州。他講求經世之學,主張改革内政,抵制外國侵略。他的詩風格雄渾,頗多反映鴉片戰争前後的社會現實,及少數愛國志士與廣大人民英勇抗英的鬥争,揭露了清統治者的昏聵腐朽。但因用典過多,故不免艱深晦澀,而大部分吟詠山水之作,則更缺乏内容。著有《聖武記》、《海國圖志》、《古微堂詩集》、《清夜齋詩稿》。

寰 海 十 章

【解題】 這一組詩作者自註作於"道光二十年"(一八四〇),但從這組詩的内容來看,大部分當作於道光二十一年。這一年,作者在兩江總督裕謙的幕府中,曾參與浙東抗英戰役,對鴉片戰争時期内外情況有較多的瞭解。這裏選録三首。第一首原列第四。它對朝廷政策變化無常以及只信任權佞、不信任林則徐等愛國大臣的作法,表示極大的憤慨。

誰奏中宵秘密章,不成榮虢不汪黄[1]。已聞狐鼠神叢託[2],那望鯨鯢澥渤攘[3]。功罪三朝雲變幻[4],戰和兩議鑊冰湯[5]。安邦自是諸劉事,絳灌何能贊塞防[6]。

【註釋】

[1] 榮,榮夷公。《國語·周語》:"厲王説榮夷公。芮良夫曰:'王室其將卑乎,夫榮公好專利而不知大難……榮公若用,周必敗。'既,榮公爲卿士。諸侯不享,王流於彘。"虢,虢石父。《史記·周本紀》:"幽王以虢石父爲卿,用事,國人皆怨。石父爲人佞巧,善諛好利。"汪,汪伯彦,宋高宗時拜右僕射兼知樞密院事。黄,黄潛善。宋高宗時拜左僕射,兼門下侍郎。汪、黄二人互相勾結,狼狽爲奸,爲正人所切齒。此處喻指穆彰阿、琦善等人。

[2] 狐鼠,猶言城狐社鼠,喻朝廷上那些結黨營私,置國家民族利益於腦後的大臣。神叢,古人常把比較奇異的林木認爲是神靈,稱之爲神叢。此處喻朝廷。

[3] 那望句:這句承上句言,朝廷上當權的既是一些奸臣,那麽怎能希望他們去擊退英國侵略軍呢。鯨鯢,《左傳》宣公十二年:"古者明王伐不敬,取其鯨鯢而封之,以爲大戮。"註云:"鯨鯢,大魚名。以喻不義之人,吞食小國。"此處借指英國侵略者。澥渤,即渤澥,海。司馬相如《子虛賦》:"浮渤澥。"註云:"海别枝也。"

[4] 功罪句:言清朝最高統治者的主張變化很快。按,一八三八年(道光十八年)十二月三十一日,清宣宗在接連召見林則徐十九次後,任命林爲欽差大臣赴廣東查禁鴉片;并命兩廣總督鄧廷楨與林通力合作。一八四〇年(道光二十年)一月,任命林爲兩廣總督,鄧廷楨爲閩浙總督。九月以"辦理不善"的罪名將林則徐、鄧廷楨交部嚴加議處。十月,革林則徐、鄧廷楨職。

[5] 戰和句:言清朝最高統治者時而主戰,時而主和,忽冷忽熱,不可捉摸。按,英國侵略軍北上至白河口後,清宣宗即主張撫(投降),但因迫於英國侵略軍的條件過苛,從統治階級利益考慮,宣宗不得不改變主張,因此,一八四一年(道光二十一年)一月二十七日,英軍攻陷沙角、大角兩砲臺後,

又下詔宣戰。

［6］安邦二句：意謂清廷信任的是滿洲貴族，林則徐等人的主張是不會起什麼作用的。諸劉，漢朝宗室。此處借指以文華殿大學士穆彰阿爲首的、在朝廷内佔着領導地位的滿洲貴族。絳灌，絳指漢朝大臣絳侯周勃，灌指潁陰侯灌嬰。此處借指林則徐等人。

其　二

【解題】 本篇原列第五。它揭露并嚴厲地斥責了琦善等人腐朽無能、哄騙人民、出賣國家民族利益的種種罪行。

揖寇原期寢寇氛，力翻邊案撤邊軍[1]。但師賣塞牛僧孺[2]，新换登壇馬服君[3]。化雪盡悲猿鶴骨[4]，檄潮猶草鱷魚文[5]。若非鮑老當場日[6]，肯信巾貽仲達羣[7]。

【註釋】

［1］力翻句：一八四〇年（道光二十年）二月，英國發動了對中國的侵略戰争，但是，廣州在林則徐謀劃之下，防衛嚴密，侵略者無隙可乘，乃北上侵佔定海并進迫北京門户白河口，清宣宗決定投降，派琦善赴廣州查辦。琦善到廣州後，爲了討好英國侵略者，在軍事上實行撤防，裁減水師船三分之二，遣散全部招募的水勇丁壯。把林則徐、鄧廷楨在過去兩年中的防禦工作破壞殆盡。這句即指此事。

［2］但師句：指琦善對敵人採取姑息、妥協的投降政策，像唐朝的牛僧孺一樣。《唐書·牛僧孺傳》："西川節度使李德裕奏：吐蕃維州守將悉怛謀以城降。德裕又上利害云：'若以生羌三千，出戎不意，燒十三橋，擣戎之腹心，可以得志矣。'上惑其事，下尚書省議。衆狀請如德裕之策。僧孺奏曰：'此議非也……中國禦戎，守信爲上，應敵次之，今一朝失信，戎醜得以爲詞，聞贊普牧馬茹川，俯於秦隴。若東襲隴坂，徑走回中，不三日抵咸陽橋，而發兵枝梧，駭動京國。事或及此，雖得百維州亦何補也。'上曰'然'。遂詔西川不内維州降將。"

［3］新换句：指琦善到廣州後變更了林則徐等的抗敵措施，結果敵人乘機步步進逼。《史記·廉藺列傳》："孝成王立。七年，秦與趙兵相距長平……趙使廉頗將攻秦，秦數敗趙軍，趙軍固壁不戰。秦數挑戰，廉頗不肯。趙王信秦之間。秦之間言曰：'秦之所惡，獨畏馬服君趙奢之子趙括爲將耳。'趙王因以括爲將，代廉頗。……趙括既代廉頗，悉更約束，易置軍吏。秦將白起聞之，縱奇兵，佯敗走，而絶其糧道，分斷其軍爲二，士卒離心。四十餘日，軍餓，趙括出鋭卒自搏戰，秦軍射殺趙括。括軍敗，數十萬之衆遂降秦，秦悉坑之。"

［4］猿鶴骨，《太平御覽》卷九百一十六引《抱朴子》云："周穆王南征，一軍皆化，君子爲猿爲鶴，小人爲蟲爲沙。"後人因以猿鶴蟲沙比喻從軍戰死。此處指抗英犧牲的將士。

［5］鱷魚文，《新唐書·韓愈傳》云：愈至潮州，有鱷魚爲患，乃草鱷魚文祭之。文中有"今與鱷魚約：'盡三日，其率醜類南徙於海，以避天子之命吏。三日不能，至五日；五日不能，至七日；七日不能，是終不肯徙也，是不有刺史，聽從其言也。不然，則是鱷魚冥頑不靈，刺史雖有言，不聞不知也。夫傲天子之命吏，不聽其言，不徙以避之，與冥頑不靈而爲民物害者，皆可殺。刺史則選材技民，操強弓毒矢，以與鱷魚從事，必盡殺乃止，其無悔！'"一段。此處借以喻清朝大吏猶大言不慚，哄騙人民。

［6］鮑老，古劇脚色名。唐時稱婆羅、宋時轉稱鮑老或抱鑼。是宋元戲曲中經常出現的引人笑樂的人

物。《后山詩話》云:"楊大年《傀儡詩》云:'鮑老當筵笑郭郎,笑他舞袖太郎當,若教鮑老當筵舞,轉更郎當舞袖長。'"

[7] 肯信巾貽句:《晉書·宣帝紀》:"時,朝廷以亮僑軍遠寇,利在急戰,每命帝持重以候其變。亮數挑戰,帝不出,因遺帝巾幗婦人之飾。"仲達,司馬懿字。以上兩句的意思是,若非當時看到官場如戲場,誰也不會相信清廷疆吏如此顢頇無用。

其　三

【解題】 本篇原列第九。它沉痛地指出敵人并不可怕,最危險和最可恨的是投降派的賣國資敵。

城上旌旗城下盟[1],怒潮已作落潮聲[2]。陰疑陽戰玄黄血[3],電夾雷攻水火并。鼓角豈真天上降[4],琛珠合向海王傾[5]。全憑寶氣銷兵氣[6],此夕蛟宫萬丈明[7]。

同治刻本《古微堂詩集》卷九

【註釋】

[1] 城下盟,敵人兵臨城下時脅迫而成的盟約。《左傳》桓公十二年:"楚伐絞,軍其南門。……大敗之,爲城下之盟而還。"註:"城下盟,諸侯所深恥。"一八四一年(道光二十一年)五月二十一日,英國侵略軍包圍廣州,五天之後,城外砲臺全被英軍佔領,奕山戰敗,派廣州知府余保純向英國侵略軍求降。二十七日,訂立了屈辱投降的《廣州和約》。奕山等答應向英軍繳納贖城費六百萬元和賠償英商館損失三十萬元。

[2] 怒潮句:意謂清王朝此次抵抗侵略的怒潮到此已近尾聲了。

[3] 陰疑句:意謂英帝國主義者侵略中國,逼得中國非抵抗不可。《周易》坤卦上六爻辭:"龍戰於野,其血玄黄。"文言:"陰疑於陽必戰。"正義:"陰疑於陽必戰者,陰盛爲陽所疑,陽乃發動,欲除去此陰,陰既强盛,不肯退避,故必戰也。"玄黄,雜色。

[4] 鼓角句:意謂英國侵略軍并非"天兵",清軍的失敗,主要是由于統治者的腐敗無能。天上降,《漢書·周勃傳》:"亞夫既發,至霸上,趙涉遮説亞夫曰:……兵事上神密,將軍何不從此右去,走藍田,出武關,抵洛陽,間不過差一二日。直入武庫,擊鳴鼓,諸侯聞之,以爲將軍從天而下也。"

[5] 合,應當。此處乃譏刺語。海王,《管子·海王》:"海王之國,謹正鹽筴。"此處指當時掌握了海上霸權的英國侵略者。此下三句並謂以金錢賄侵略軍。

[6] 全憑句:指奕山以金錢贖城求和。

[7] 蛟宫萬丈明,杜光庭《録異記》卷五:"海龍王宅在蘇州東,入海五六日程,小島之前,闊百餘里……夜中遠望,見此水上紅光如日,方百餘里,上與天連,船人相傳龍王宫在其下矣。"

朱琦詩

朱琦，字伯韓，臨桂（今廣西壯族自治區桂林市）人。生於公元一八〇三年（清仁宗嘉慶八年），卒於公元一八六一年（清文宗咸豐十一年）。道光十五年（一八三五）進士，初官編修，遷御史。鴉片戰争期間，曾堅決反對帝國主義侵略，歌頌抗敵，指斥投降。但後來又積極參加鎮壓太平天國革命的活動，充分暴露出他的封建地主階級的反動本質。著有《怡志堂集》、《倚雲樓詩》。

關將軍輓歌

【解題】 這首詩選自林昌彝《射鷹樓詩話》卷一，本集未載。可能作於道光二十一年（一八四一）或道光二十二年（一八四二）。它指責了執行妥協投降政策的琦善等人的怯懦；歌頌了堅決抗敵，爲抗英犧牲的關天培和陳連陞等愛國將士。表現了詩人的愛國思想。關將軍指廣東水師提督關天培。天培字仲因，號滋圃，山陽（今江蘇省淮安縣）人。道光二十一年一月，英國侵略軍進攻虎門砲臺，關天培奮力苦戰，由于兩廣總督琦善與英國侵略者早已暗中勾結，訂立了喪權辱國的"川鼻草約"，拒絶派兵增援。關天培及守軍數百人均以身殉國。

颶風晝捲陰雲昏，巨舶如山驅火輪。番兒船頭擂大鼓[1]，碧眼鬼奴出殺人。粤關守吏走相告，防海夜遣關將軍。將軍料敵有膽略，樓櫓萬艘屯虎門[2]。虎門粤咽喉，險要無比倫。峭壁東兩峽[3]，下臨不測淵。濤瀧阻絶八萬里[4]，彼虜深入孤無援。鹿角相犄斷歸路，漏網欲脱愁鯨鯤[5]。惜哉大府畏懦坐失策[6]，犬羊自古終難馴[7]。海波沸湧黯落日，羣鬼叫嘯氣益振。我軍雖衆無鬭志，荷戈卻立不敢前。贛兵昔時號驍勇，今胡望風同潰奔！將軍徒手猶搏戰，自言力竭孤國恩。可憐裹尸無馬革[8]，巨砲一震成烟塵。臣有老母年九十，眼下一孫未成立，詔書哀痛爲雨泣。吾聞父子死賊更有陳連陞[9]，炳炳大節同崚嶒[10]。猿鶴幻化那忍論[11]，我爲剪紙招忠魂[12]。

《射鷹樓詩話》卷一

【註釋】

[1] 番兒，此句的"番兒"及下句中的"碧眼鬼奴"均指英國侵略軍。

[2] 樓櫓，亦作樓樐，古時軍中設置用以瞭望或攻城的高臺。《後漢書·南匈奴傳》："初，帝造戰車，可駕數牛，上作樓櫓，置於塞上，以拒匈奴。"《三國志·吴志·朱然傳》："（曹真等）起土山，鑿地道，立樓櫓臨城，弓矢雨注。"此處指設有瞭望臺的軍艦。虎門，在珠江三角洲東南側，爲珠江主要出海口之一。

[3] 峭壁句：虎門東西有大虎、小虎二山對峙。

[4] 濤瀧，水湍急者爲瀧；濤瀧指汹湧的波濤。

[5] 鯤，傳説中的大魚。《莊子·逍遥遊》："北冥有魚，其名爲鯤。"此處借指英國侵略軍。以上四句言，英國侵略軍遠涉重洋，孤軍深入，後援阻絶，如能給予迎頭痛擊，並斷其退路，他們是難以逃脱被殲滅的下場的。

[6] 大府，上級官府。《史記·酷吏列傳》："（郅都爲濟南太守）旁十餘郡守，畏都如大府。"明清之際亦

稱總督、巡撫爲“大府”。此處指琦善。

[7] 犬羊，此處指英國侵略者。以上兩句謂琦善的投降政策，無非想換取敵人的好感，而不知帝國主義者是侵略成性的。

[8] 裹尸無馬革，無馬革包裹屍體。語本《後漢書·馬援傳》：“援曰：方今匈奴烏桓，尚擾北邊，欲自請擊之，男兒要當死於邊野，以馬革裹屍還葬耳。”

[9] 吾聞句：三江口副將陳連陞，負責守衛廣東沙角砲臺。一八四一年一月(道光二十年十二月)，英侵略軍數千進攻沙角砲臺，他率領兒子陳長鵬及士兵六百英勇抵抗，最後彈盡援絶，連陞殁於陣，陳長鵬投水死。

[10] 崚嶒(céng 層)，高峻突兀貌。此處借以喻節操的高尚。

[11] 猿鶴幻化，《太平御覽》卷九百一十六引《抱朴子》云：“周穆王南征，一軍盡化，君子爲猿爲鶴，小人爲蟲爲沙。”後人因以“猿鶴幻化”或“猿鶴蟲沙”比喻戰死沙場。

[12] 剪紙招忠魂，我國古代民間的一種迷信風俗，剪紙爲衣，以招取客死遠方的鬼魂。

吴淞老將歌

【解題】 這首詩作於道光二十二年(一八四二)至道光二十五年(一八四五)之間。它記載了吴淞口之戰的情況，贊揚了吴淞老將的英勇，對牛鑑的臨陣脱逃，動摇軍心，致使守將戰死，敵人長驅直入，終于訂立喪權辱國的“南京條約”，透露了不滿的感情。吴淞老將指江南提督陳化成。化成字蓮峯，福建同安人。一八四二年六月，英國侵略軍進攻吴淞口，陳化成堅守吴淞西砲臺，曾重創敵人。後因兩江總督牛鑑逃跑，勢孤力竭，奮戰而死。

吴淞江口環列屯[1]，吴淞老將勇絶倫[2]。連日鏖戰幾大捷[3]，沙背忽走水上軍[4]。援軍隔江僅尺咫，眼見陳侯新戰死[5]。大府擁兵救不得[6]，金繒日夜輸鬼國[7]。

咸豐《怡志堂詩初編》卷四

【註釋】

[1] 吴淞句：吴淞位於長江、黄浦江合流入海處，扼江海咽喉，爲江防險要。當時吴淞口以東、西兩砲臺爲犄角，陳化成率參將周世榮守西砲臺，參將周吉瑞、遊擊董永清守東砲臺，徐州鎮總兵王志元守小沙背，以防繞襲。水面並有水師兵船呼應。

[2] 絶倫，特異，超過同輩的人。此處言陳化成的英勇冠於全軍。

[3] 連日句：英國侵略軍艦隊進攻吴淞砲臺，被陳化成擊毁兩艘，殺傷英軍頗多，使侵略軍不敢突進。鏖戰，激戰。

[4] 沙背句：英國侵略軍被陳化成擊退後，不敢再從正面進攻，乃以小舟繞道襲擊小沙背，總兵王志元望風潰退，英國侵略軍遂由小沙背登岸。

[5] 援軍二句：兩江總督牛鑑，聞陳化成獲勝，乃率領大隊兵士增援砲臺，在敵人砲火前面，他還要排儀仗，招摇自若。被英艦發現，開砲轟擊，牛鑑大駭，抛棄轎子靴帽而逃，全軍大潰，英國侵略軍陷東砲臺。陳化成腹背受敵，力戰陣亡。陳侯，陳化成。

[6] 大府，見《關將軍輓歌》註[6]。此處指牛鑑。

[7] 金繒句：英國侵略軍佔領吴淞後，乘勝入寶山、進上海。繼又遡江西上，直達南京。逼使清朝統

治集團簽訂了喪權辱國的“南京條約”。條約的主要條款是中國賠款二千一百萬圓；割讓香港；開放上海等五地爲通商口岸。這是帝國主義侵略者加在中國身上的第一個奴役枷鎖。金繒，金錢、布帛。此處指賠款及其他被掠奪的經濟利益。鬼國，指英帝國主義。

鄭 珍 詩

鄭珍,字子尹,遵義(今貴州省遵義市)人,生於公元一八〇六年(清仁宗嘉慶十一年),卒於公元一八六四年(清穆宗同治三年)。道光十七年舉人,官荔波、鎮遠等縣訓導,通聲韻訓詁之學,尤精三禮,是晚清的一個著名樸學家。他的詩從蘇、黄以追杜、韓,好以考據入詩,多用古字。晚年經歷太平天國起義,寫了不少關於這一歷史事件的詩。由於作者存在着地主階級的偏見,詩中對農民革命事業頗多歪曲。著有《巢經巢詩文集》。

江邊老叟詩

【解題】 這首詩是作者在道光二十三年(一八四三)北上應試,路過江陵、公安一帶,看到人煙蕭條,和舊時繁盛的情況對比起來,不勝今昔之感;因假託與江邊老叟的問答,反映當時的政治腐敗,水利不修和租税繁重的情況。

甲午騎贏宿公安[1],老茭縛壁蘆作椽[2];今來不復一家在,城門出入惟烏鳶[3]。戊戌馳傳經孱陵[4],魚鰕爲穀罛網耕[5];今來驛徙李家口[6],舊道斷没無人行。下馬荒塍問田叟[7],"此邦當年翁記否?道光丙戌八月秋[8],我渡江陵趨鼎州[9],公安南北二百里,平田若席人煙稠。紅菱雙冠稻兩熟,棗赤梨甘隨事足。路旁偶憇憶當時,主人饌我不受貲[10],鞠躬但道客難得,室後呱呱方洗兒[11]。一變蕭條遂如此,羨翁稼好爲翁喜。"太息言"從辛卯來,長江無年不爲災[12],前潦未收後已溢,天意不許人力回。君不見壬寅松滋決七口[13],閶殫爲江大波吼[14],北風三日更不休,十室登船九翻覆。老夫無船上樹末,稚子衰妻復何有!可憐四日飢眼黑,幸有來舟能活得。他方難去守壞基,田土雖多歉人力[15]。無牛代耕還自鉏[16],無錢買種多植蔬。今春宿麥固云好,未省收前隄決無。縱得豐成利能幾,官吏又索連年租。租去老夫復不飽,坐看此地成荒蕪。君自貴州入湖北,貴州多山誠福國。任爾長江漲上天,不似吾人生理窄。官家歲歲程隄功[17],而今江身與河同,外高内下潰尤易,善防或未稽考工[18]。君看壁立兩丈土,可敵萬雷朝暮舂!洪波爲患尚未已,老骨究恐埋鮫宫[19]。"聽翁此語良太苦,請翁遂止莫復語。太平不假腐儒術[20],吾亦盱衡奈何許[21]。細雨蒼茫生遠悲,廿年歡悴同一時。誰歟職恤此方者[22]?試聽江邊老叟詩。

四部備要《巢經巢集·詩集》卷六

【註釋】

[1] 甲午,道光十四年(一八三四)。據《巢經巢詩集》編年,作者這年曾經過公安、松滋一帶,前往北京。《公安詩》説:"可哭公安縣,沉災竟四年。"《松滋詩》説:"松滋前决口,聞尚駐工官。四載已云久,一隄如此難。"可證。贏,騾的異體字。

[2] 茭(jiāo 交),筊纜,即用薄竹片或蘆葦編成的繩索。蘆,蘆葦。

[3] 鳶,猛禽,亦稱老鷹。

[4] 戊戌,道光十八年(一八三八)。作者先一年中舉,這年赴北京會試。騎傳(zhuàn 瑑),乘傳車。

傳指驛站的房舍,亦指驛站上所備的車馬。孱陵,即今湖北省公安縣。漢置孱陵縣,屬武陵郡,三國時析置公安縣。

[5] 魚鰕爲觳罛網耕,謂大水之後,無田可耕,以捕捉魚蝦爲生。鰕,同"蝦"。罛(gū 姑),魚網。

[6] 驛,驛站,驛道。李家口,公安縣的一個江口。

[7] 塍(chéng 成),田畦,田間的界路。田叟,老農民。

[8] 道光丙戌,道光六年(一八二六)。

[9] 鼎州,宋後改稱常德府,故治在今湖南省常德市。

[10] 饌我,給我飯吃。不受貲,不要錢。

[11] 呱呱,小孩啼叫聲。洗兒,一稱洗三,嬰兒初生,于第三日洗浴的特稱。

[12] 太息二句:辛卯,道光十一年(一八三一)。自道光十一年以來,公安、松滋等縣沿江大隄時常潰決,詳《光緒六年重修荆州府志·祥異志二》及各該縣志。

[13] 壬寅,道光二十二年(一八四二)。決七口,亦詳《荆州府志》及《松滋縣志》。

[14] 閭,里門,鄉里。殫(dān 單),盡,完全。

[15] 歉人力,人力不足。

[16] 鉏,同"鋤"。

[17] 程隄功,猶言限期修隄。程,規定指標、限期完成的意思。陳琳《飲馬長城窟行》:"官作自有程。"這裏作動詞用。功,通作"工"。

[18] 未稽考工,猶言不考究水利工程。稽,考校,計議。考工,《考工記》,今《周禮》六篇之一,是專記器械製作的書。這裏泛指工事。

[19] 鮫宫,鮫人的宫室。《搜神記》:"南海之外有鮫人,水居如魚。"木華《海賦》:"天琛水怪,鮫人之室。"埋鮫宫,猶言溺死水中。

[20] 不假腐儒術,猶言不採納讀書人的意見。

[21] 盱(xū 吁)衡,眉上曰衡,本指舉眉揚目,此作曠觀遠覽解。奈何許,猶言無可奈何。許,語末助詞。

[22] 職恤此方者,負職這一帶地方的人,指地方官。恤,憂,操心的意思。

金和詩

金和字弓叔，號亞匏，上元（今江蘇省南京市）人。生於公元一八一八年（清仁宗嘉慶二十三年），卒於公元一八八五年（清德宗光緒十一年）。他親身經歷了鴉片戰爭和太平天國起義，作品中也反映了這些歷史事件。在有關鴉片戰爭的詩歌裏，表現了他的反侵略的愛國主義思想，揭露了清政府的腐敗無能，斥責了它的投降政策。但由於他出身於封建剥削階級，所以在太平天國起義時期，他完全站在統治階級方面，竭力醜化人民的革命運動，這時期他所寫的關於太平天國的詩，內容完全是反動的。但也有一部分詩，鞭撻清官僚和軍隊的腐朽，同情人民的苦難。這裏所選的《蘭陵女兒行》，便是這一類詩中的一首。他的詩善於敍述，酣暢淋漓，但過於直率，缺少剪裁。著有《秋蟪吟館詩鈔》。

蘭陵女兒行[1]

【解題】 這是一首敍述蘭陵女兒抗拒清將劫婚的敍事詩。除首尾兩段記事外，對話佔了全詩的主要部分。女子的勇敢機智，義正詞嚴，與將軍的情虛膽怯，噤若寒蟬，以及賓客的甘言斡旋，形成了鮮明的對照。詩中描寫女主角的行動兔起鶻落，富有傳奇色彩，未必全屬實事。但當時官軍的横行不法，所謂"慨從軍興來，處處兵殺民"的事實，卻具有典型的意義。全詩表達了當時人民對官吏的強暴行爲的憤慨與鄙視。作者把伸冤理枉的希望，寄託於中丞和朝廷，是其局限。詩雜用五七言和長句，音調激昂頓挫，與情節的發展、感情的起伏相應，表現了作詩如作文的長處。

將軍既解宣州圍[2]，鐃歌一路行如飛，行行東至瀨水上[3]，乃營金屋安玉扉[4]。步障十重列紈綺[5]，流蘇百結垂珠璣，天吳紫鳳貼地滿[6]，珊瑚玉樹燈相輝，靈蠵之柈大鵞䍶[7]，椒花釀熟羊羔肥[8]。坐中貂錦半時貴[9]，眼下繁華當世稀。道是將軍畢婚禮，姬姜舊聘今於歸[10]。蘭陵道遠蹇修往[11]，春水吳船憑指揮。良辰風日最明媚，雪消沙暖晴波翠，雙橋兒女競歡聲，新年梅柳酣春意。卓午遥聞鼓吹喧[12]，前津已報夫人至[13]。將軍含笑下階行，衆客無聲環堵侍[14]。綵船剛艤將軍門[15]，船中之女隼入而猱奔[16]，結束雅素謝雕飾，神光綽約天人尊[17]，若非瑶池陪輦之貴主[18]，定是璇宫霄織之帝孫[19]。頎身屹以立[20]，玉貌慘不温。斂袖向衆客[21]："來此堂者皆高軒[22]，我亦非化外[23]，從頭聽我分明言。我是蘭陵宦家女，世亂人情多險阻，一母而兩兄，村舍聊僻處。前者冰畦自灌蔬，將軍過之屢延佇[24]。提甕還家急閉門，曾無一字相爾汝[25]。昨來兩材官[26]，金幣溢筐筥[27]。謂有赤繩繫[28]，我母昔口許，兹用打槳迎，期近慎勿拒。我兄稍詰何[29]，大聲震柱礎。露刃數十輩，狼虎紛伴侶。一呼遽坌集[30]，户外駭行旅，其勢殊訌訌[31]，奮飛難遠舉[32]。我如不偕來，盡室驚魂無死所。我今已偕來，要問將軍此何語?"女言縷縷中腸焚[33]，突前一手掑將軍[34]，一手有劍欲出且未出，"我言是真是假，汝耳聞不聞? 我惟捉汝姑蘇去，中丞臺下陳訴所云云[35]，請爲庶人上達堯舜君。古來多少名將鐘鼎留奇芬[36]，一切封侯食邑賜錢賜絹種種國恩外，是否聽其劫掠良閨弱息爲策勳[37]? 詔書咫尺下五雲[38]。萬一我嫁汝，汝意豈不欣! 不有天子命，斷斷不能解此紛。汝如怒我則殺我，譬諸幺麽細瑣撲落糞土一蚤蝨[39]。不則我以我劍奪汝命，五步之内頸血立濺青絁裙[40]。門外長隄無數野棠樹，樹下餘地明日與築好色將軍墳。一生一死速作計，奚用俯首不語局促同斯文！”將軍平日叱咤雷車殷，兩臂發石無慮千百斤，此時面目灰死紋，頳如中酒顔熏熏[41]。帳中健兒騰惡氛，握拳透爪齒齘齗。將軍在人手，倉猝不得分，投鼠斯忌器[42]，無計施戈殳[43]。將軍左右摇手揮其羣，目視衆客似乞片言通殷勤。衆客驚甫定，前揖女公子："聆女公子言，怒髮各上指。要之將軍心，始願不到此[44]。求婚固有之，篡取敢非理[45]！鹵莽不解事，罪在使人耳。若兩材官者，矯命必重箠[46]。如今無他言，仍送還鄉里。將軍親造門，肉袒謝萬死[47]。敬奉不腆儀[48]，堂上佐甘旨[49]。事過如煙雲，太空本無滓。請即回舟行，食言如白水[50]！”女視衆客笑且顰："諸君視我黄口佷[51]。彼今大失望，野性詎肯馴？山魈尋仇讎[52]，蓄念愈不仁。慨從軍興來[53]，處處兵殺民，殺民當殺賊，流毒滋垓垠[54]。蘭陵官道上，若輩來往頻。不在霜之夕，則在雨之晨，我家數間屋，獵獵原上薪；我家數口命，慘慘釜内鱗，彈指起風波[55]，轉眼成灰塵。與其種後禍，終作銜哀燐，閻羅知有無，夜臺冤誰伸[56]？何如詘九重[57]，天必無私綸[58]，或竟辣手作，公論自有真。明知我此來，螳斧當巨輪[59]，寧猶計瓦全，惜此區區身！諸君調停詞，蔓甚我弗遵[60]。”衆客更前揖："請勿變色嗔！將軍負賢名，毛羽夙所珍[61]，壹意希儒風，裘帶殊恂恂[62]。此舉大不韙[63]，一旦傳聞新，萬口鳴不平，可知詈申申[64]。惡聲來有由，欲辨難鼓脣，白璧自污之，罔值錢一緡[65]。悔過方不遑，恨無障面巾，江東諸父老，相見慙相親。況敢犯衆怒，興戎自婚姻[66]，得罪名教盡[67]，不復能爲人？斯人非尋常，四方戰賊多苦辛，大才雖非管樂匹[68]，英風猶自奢頗倫[69]。女公子既世家裔，幸爲朝廷寬假熊羆臣[70]！他日之事願以百口保，某也官府，某也鄉縉紳[71]。”翕然長跪代請命[72]，“惟女公子爲仙爲佛爲天神！”女知衆客意難拂[73]，乃曰："我爲諸君屈。諸君前説姑置之，我與諸君借一物。我聞彼有善馬名白魚，日行千里猶徐徐。我之發蘭陵，辭家計已四日餘，老母痛哭常倚閭[74]，兩兄中庭握手空唏噓。若乘此馬歸，到家可及今日日落初。自今我亦棄敝廬，卜鄰别有秦人墟[75]，桃花林中奉板輿[76]，從兄去讀黄石書[77]，武陵隔絶癡兒漁[78]。三日五日間，我既遷所居，秣陵蔣尉祠[79]，歸馬其何如？”將軍此馬不數馭，至此惟恐女不去，急呼從者牽馬前，四足霏霜耳披絮。女一顧此馬，眉宇色差豫[80]。撒手始釋將軍衣，身未及騰鞍已據。一聲長謝破空行，電掣星流不知處。女行數日軍無騷，將軍振旅膽氣豪[81]。鍾山之旁營周遭[82]，賓僚迎拜將軍勞，斗酒勸釂新蒲萄[83]，鉦笳雜奏聲讙呶[84]。雲中匹馬塵甚囂[85]，清光無恙來滔滔。千金一諾券果操[86]，將軍迎繫歸其曹[87]。馬汗如血長嘶號，背上有物、臃腫拳曲、縱横束縛三尺高，乃是材官當日將去之聘禮，封還不失分釐毫。聘禮脱盡處，薙葉多一刀[88]，刀光摇摇其鋒能吹毛[89]。將軍坐此幾日夜睡睡不牢[90]。

《秋蟪吟館詩鈔》卷七

【註釋】

[1] 蘭陵，西晉分東海郡置蘭陵郡，治丞縣（今山東省棗莊市嶧城鎮）。東晉南渡，僑置南蘭陵郡，治蘭

陵,今江蘇省常州市西北。後世因稱常州爲蘭陵。

[2] 宣州,今安徽省宣城縣。

[3] 瀨水,今江蘇省溧水縣之溧水。

[4] 金屋,《漢武故事》:"年四歲,立爲膠東王。數歲,長公主嫖抱置膝上,問曰'兒欲得婦否?'膠東王曰:'欲得婦。'長公主指左右長御百餘人。皆云不用。末指其女問曰:'阿嬌好否?'於是乃笑對曰:'好,若得阿嬌,當作金屋貯之。'"後多以"金屋藏嬌"指納妾。

[5] 步障,屏蔽風雨的行幕。

[6] 天吴紫鳳,杜甫《北征詩》:"海圖拆波濤,舊繡移曲折,天吴及紫鳳,顛倒在裋褐。"天吴,水神。虎身人面,八首,八足,八尾,背青黑色。天吴、紫鳳,都是刺繡的圖案。

[7] 蠵,大龜。柈,同"盤"。以龜甲爲柈,猶言玳瑁之盤。蠡,通"螺"。大蠡琖,用海螺製的酒杯。

[8] 椒花釀熟,指椒酒。《後漢書·邊讓傳》:"椒酒淵流。"註:"椒酒,置椒酒中也。"

[9] 貂錦,指穿貂裘錦衣的人。

[10] 姬姜,姬,周代的姓;姜,齊國的姓。指貴家的女子。《左傳》成公九年:"雖有姬姜,無棄蕉萃。"於歸,女子出嫁曰於歸。《詩經·周南·桃夭》:"之子於歸,宜其家人。"

[11] 蹇修,《離騷》:"吾令蹇修以爲理。"朱熹集註:"蹇修,人名。理,爲媒以通詞理也。"因以蹇修爲媒人的代稱。

[12] 卓午,正午。

[13] 津,渡口。

[14] 環堵,《禮記·儒行》:"儒有一畝之宫,環堵之室。"疏:"環,周迴也。東西南北惟一堵。"《公羊傳》何休註以爲一堵四十尺。此處謂環立如堵牆。

[15] 艤,船靠岸。

[16] 隼(sǔn 筍),鷙鷹的一種。猱(náo 撓),猿類。隼入猱奔,言疾馳而入。

[17] 綽約,《莊子·逍遥遊》:"肌膚若冰雪,綽約若處子。"司馬彪曰:"綽約,好貌。"

[18] 瑶池陪輦之貴主,指神話裏西王母之女。瑶池,傳説西王母所居的地方,在崑崙山上。《穆天子傳》:"觴西王母於瑶池之上。"輦(niǎn 捻),王者所乘之車。貴主,公主。

[19] 璇宫宵織之帝孫,指織女。璇,玉石。帝孫,《漢書·天文志》:"織女,天帝孫也。"以上四句形容女子之美如天仙化人。

[20] 頎(qí 其),長。《詩經·衛風·碩人》:"碩人其頎。"屹,聳立貌。

[21] 斂袖,整斂衣袖,表示肅敬。舊時婦女行禮稱斂衽。斂袖,猶斂衽。

[22] 軒,貴者所乘的車子。

[23] 化外,王化以外的人,不受朝廷教化的人。

[24] 延佇,久立。

[25] 曾無一字句:謂没有交談過一句話。爾汝,親近的稱呼。

[26] 材官,本漢代的兵種之一,係材力武猛之士。此處指武弁。

[27] 金幣,金謂金銀,幣謂絹帛。筐、筥,皆竹器。方曰筐,圓曰筥。

[28] 赤繩繫,《續幽怪録》載,唐韋固旅次宋城,遇異人倚囊坐,向月下檢書。固問。答曰:"此天下之婚牘耳。"又問囊中何物。曰:"赤繩子,以繫夫婦之足。雖仇敵之家,貴賤懸隔,天涯從宦,吴越異

鄉，此繩一繫，終不可逭。”後因稱定婚爲赤繩繫足。

[29] 誰何，呵問。

[30] 坌（bèn 笨）集，聚集。

[31] 訌（hóng 洪）訌，猶洶洶。

[32] 奮飛難遠舉，《詩經·邶風·柏舟》：“静言思之，不能奮飛。”毛傳：“不能如鳥奮翼而飛去。”此處言欲逃無路。

[33] 縷縷，一一數説。

[34] 揕（zhèn 振），《史記·刺客列傳》：“臣左手把其袖，右手揕其胸。”揕，刺。此處義不可通，似是抓住的意思。

[35] 我惟二句：姑蘇，今江蘇省蘇州市。中丞，官名，本謂御史中丞。明初承漢以來舊制，以左右中丞爲御史臺長。洪武十六年改御史臺爲都察院，設左右副都御史與僉都御史，職與中丞同。明代以副、僉都御史任巡撫。清代又以右副都御史爲巡撫的兼銜，故俗稱巡撫爲中丞。清代兩江總督駐南京，江蘇巡撫駐蘇州。

[36] 鐘鼎，古人常刻銘於鐘鼎以表彰功德。《文選·廣絶交論》註引《墨子》曰：“銘於鐘鼎，傳於後世。”《舊唐書·長孫無忌傳》：“自古皇王褒崇勳德，既勒銘於鐘鼎，又圖形於丹青。”

[37] 弱息，本義是幼子，男女通稱。此處猶言少女。策勳，紀功，書其功勳於簡策之上。

[38] 五雲，五色雲。下五雲，猶言從天上（朝廷）下來。咫尺，極言其近，此處作不久解。

[39] 幺（yāo 夭）麽（mó 磨），細小。蟁，同“蚊”。

[40] 絁（shī 施），粗綢。

[41] 赬（chēng 稱），赤色。熏熏，同“醺醺”。

[42] 投鼠斯忌器，《漢書·賈誼傳》：“里諺曰：‘欲投鼠而忌器’，此善諭也。鼠近於器，尚憚於投，恐傷其器，況於貴臣之近主乎？”

[43] 殣（qín 琴），矛柄。戈殣，即戈矛。施，用。

[44] 始願不到此，本心並不至此。

[45] 篡取，奪取。

[46] 矯命，假託將軍的命令。

[47] 肉袒，《史記·廉頗藺相如列傳》：“肉袒負荆，因賓客至藺相如門謝罪。”肉袒，袒衣露體，請受鞭責。

[48] 腆（tiǎn 舔），厚。

[49] 堂上佐甘旨，謂以助養母之費。堂上，指老母。甘旨，飲食甘美之物。

[50] 食言如白水，意謂決不失約，有白水爲證。《左傳》僖公二十四年：“所不與舅氏同心者，有如白水！”有如白水，謂請以白水爲證，古人設誓常用類此的話。

[51] 黄口，幼兒。侲，當作侲（zhèn 振），童子。

[52] 魖（xū 虚），鬼。山魖，猶山鬼。

[53] 軍興，漢代有軍興法，指徵發財物以供軍用。後常用作用兵的意思。

[54] 垓（gāi 該）垠（yín 銀），垓，兼該八極之地；垠，厓。滋垓垠，謂徧於天下。

[55] 彈指，一彈指頃，轉瞬之間。

[56] 夜臺,《文選·陸機挽歌詩》:"送子長夜臺。"李周翰註:"墳墓一閉,無復見明,故云長夜臺。"
[57] 嘂(jiào 叫),呼號。九重,指朝廷。天子有九門。《楚辭·九辨》:"君之門以九重。"
[58] 無私綸,謂皇帝的詔書必無偏私一方的話。《禮記·緇衣》:"王言如絲,其出如綸。"疏:"王言初出,微細如絲,及其出行於外,言更漸大,如似綸也。"綸,古代官吏繫印的青絲綬。後世因稱詔旨爲綸音。
[59] 螳斧當巨輪,《莊子·天地》:"猶螳螂之怒臂以當車軼,則必不勝任矣!"軼,通"轍"。螳斧,猶螳臂。《爾雅·釋蟲》疏:"螳蜋捕蟬而食,有臂若斧,奮之當軼不避。"《後漢書·袁紹傳》:"運螳蜋之斧,當隆車之隧。"
[60] 蔓,謂枝蔓而不當於理。
[61] 毛羽,比喻名聲。梁元帝《懷舊賦序》:"長安郡公爲其延譽,扶風長者刷其羽毛。"
[62] 裘帶,《晉書·羊祜傳》:"在軍常輕裘緩帶,身不披甲。"後因以輕裘緩帶稱儒將風度。恂恂,謹厚之貌。
[63] 大不韙(wěi 偉),大爲世人所非議的事情。《左傳》隱公十一年:"犯五不韙。"韙,是。
[64] 詈申申,言再三再四,詈之不已。《離騷》:"女嬃之嬋媛兮,申申其詈余。"王逸註:"申申,重也。"
[65] 緡(mín 民),穿錢的繩。一串錢也叫緡。
[66] 興戎自婚姻,因爲婚姻而引起争端。
[67] 名教,古代封建社會以正名定分爲中心的禮教。《世説新語·德行》:"李元禮欲以天下名教是非爲己任。"
[68] 管樂,管仲、樂毅,春秋、戰國時的政治家。
[69] 奢頗,趙奢、廉頗,戰國時趙國的名將。
[70] 熊羆(pí 皮),《尚書·康王之誥》:"則亦有熊羆之士,不二心之臣。"孔傳:"勇猛如熊羆之士。"
[71] 縉紳,指士大夫。縉,通"搢";紳,大帶。搢紳,謂插笏於紳。後世指曾經出仕而罷職家居的紳士,也指地方上有功名有聲望的人。
[72] 翕(xì 係),合。翕然,齊同貌。
[73] 拂,違。
[74] 倚閭,形容老母望子之切。《戰國策·齊策》:"王孫賈年十五,事閔王。王出走,失王之處。其母曰:'女朝出而不歸,則吾倚門而望;女暮出而不歸,則吾倚閭而望。女今事王,王出走,女不知其處,女尚何歸!'"閭,里門。
[75] 秦人墟,陶潛《桃花源記》:"自云先世避秦時亂,率妻子邑人,來此絶境,不復出焉。"因稱桃花源爲秦人墟。墟,人聚居的地方,村落亦稱墟里,墟落。
[76] 板輿,由人扛抬的木板車,古代老人常用以代步。潘岳《閑居賦》:"太夫人乃御板輿。"後人因用作奉母的典故。
[77] 黄石書,兵書。《史記·留侯世家》:"出一編書,曰:'讀此,則爲王者師矣。後十年興。十三年,孺子見我濟北,穀城山下黄石即我矣。'旦日視其書,乃太公兵法也。"
[78] 武陵,桃花源所在。隔絶癡兒漁,意謂與世隔絶,漁父無從問津。
[79] 秣陵蔣尉祠,秦改金陵爲秣陵,即今江蘇省南京市。《搜神記》載:蔣子文,東漢廣陵人,爲秣陵尉,逐盜鍾山下,傷額而死。及孫權都建業,子文乘白馬,執白羽扇,顯形於道,謂當爲此土地神。

權乃封爲中都侯,改鍾山爲蔣山。

[80] 眉宇,本指眉上額心的部分,通常作容顔或面色解。豫,悦。

[81] 振旅,《左傳》隱公五年:"三年而治兵,入而振旅。"註:"振,整也;旅,衆也。"

[82] 鍾山,在南京市中山門外,亦名紫金山。

[83] 釂(jiào 叫),喝乾杯中的酒。蒲萄,指美酒。

[84] 鉦(zhēng 征),軍中用的樂器,似鈴而無舌。笳,指號角。讙,通"喧"。呶(náo 撓),喧譁。

[85] 雲中,言從遠處而來。塵甚囂,塵土飛揚之意。囂,喧擾。

[86] 千金一諾,《史記·季布欒布列傳》:"楚人諺曰:'得黄金百斤,不如得季布一諾。'"言其重信義。券,契約,可憑以索債。《史記·平原君列傳》:"事成,操右券以責。"

[87] 縶(zhí 執),用繩索拴住馬脚。曹,羣。其曹,指馬羣。

[88] 薤(xiè 懈)葉,薤,植物名。氣如葱,根如小蒜,葉如韭。因以薤葉比刀劍。

[89] 吹毛,相傳利劍於鋒刃上吹毛試之,其毛自斷。盧綸《難綰刀子歌》:"吹毛可試不可觸。"

[90] 坐此,因此,爲此。

洪秀全詩

洪秀全,原名仁坤,花縣(今廣東省花縣)人,太平天國的革命領袖。生於公元一八一四年(清仁宗嘉慶十九年),卒於公元一八六四年(清穆宗同治三年)。貧苦知識分子出身。當時尖鋭的階級矛盾和民族矛盾,特别是鴉片戰争中清政府的腐敗無能和廣東人民的英勇鬥争,使他看清了國家的内憂外患,同時也使他的革命思想逐步形成。一八四三年,他把中國農民革命的要求和基督教義結合起來,創立了“拜上帝會”。一八五一年一月在廣西桂平金田村舉行起義,建立太平天國。八月,攻克永州,被推爲天王。一八五三年攻克南京後,定都於此,改稱天京。一八六四年六月,清軍攻破天京時,服毒自殺。洪秀全的詩,主要是直接宣傳革命思想的,但也往往帶有比較濃厚的宗教色彩。

述　志

【解題】 這首詩選自《干王洪仁玕自述》。原詩無題,此題選者代擬。據《干王洪仁玕自述》稱,洪秀全的這首詩作於道光十七年(一八三七)落第還鄉之時。詩中表現了作者革命的壯志和革命必獲勝利的信心。

手握乾坤殺伐權,斬邪留正解民懸[1]。眼通西北江山外,聲振東南日月邊。展爪似嫌雲路小[2],騰身何怕漢程偏[3]! 風雷鼓舞三千浪,易象飛龍定在天[4]。

中華書局本《太平天國詩文選》

【註釋】

[1] 解民懸,解除人民的倒懸之苦。《孟子·公孫丑上》:“當今之時,萬乘之國,行仁政,民之悦之,猶解倒懸也。”倒懸,比喻困苦。

[2] 展爪句:此句作者以龍自喻,謂天空狹小,不够展其身手。

[3] 漢,天漢,即銀河。漢程,銀河的河道。漢代讖緯迷信盛行,有“王者有道,則河直如繩”之説。“漢程偏”,即王者無道的意思。

[4] 易象,指《易經》象辭。飛龍定在天,《周易》乾卦九五爻辭:“飛龍在天,利見大人。”比喻“聖人”有德而登王位。作者借以表示領導革命必獲勝利的信心。

吟　劍

【解題】 這首詩選自《干王洪仁玕自述》。它的寫作時間和上一首《述志》相同。作者在詩中表現了一個農民革命領袖的英雄氣概和“太平一統”的革命理想。

手持三尺定山河[1],四海爲家共飲和[2]。擒盡妖邪歸地網,收殘奸宄落天羅[3]。東南西北敦皇極[4],日月星辰奏凱歌。虎嘯龍吟光世界,太平一統樂如何!

中華書局本《太平天國詩文選》

【註釋】

[1] 三尺,指劍,是三尺劍的省稱。

[2] 飲和,《莊子·則陽》:“故聖人,其窮也,使家人忘其貧;其達也,使王公忘其爵禄而化卑;其於物

也,與之爲娛矣;其於人也,樂物之通而保己焉;故或不言,而飲人以和;與人並立,而使人化。"原意是説聖人不待教誨,而其和氣感召,使人如飲醇酒;和人並立在一起,就能感化人。這裏是借以説明四海一家,共同過着安樂幸福的生活。

[3] 姦宄(guǐ 軌),原義指犯法作亂者。《尚書·舜典》:"寇賊姦宄。"傳:"在内曰姦,在外曰宄。"此處泛指姦惡之人。

[4] 東南句:敦,厚。皇極,《尚書·洪範》:"五,皇極,皇建其有極。"孔傳:"大中之道,大立其有中。"孔穎達正義:"皇,大也。極,中也。施政教治下民,當使大得其中,無有邪僻。"此句是説,政治清明,東南西北共享太平之樂。

洪仁玕詩

洪仁玕,花縣(今廣東省花縣)人,洪秀全的族弟。生於公元一八二二年(清宣宗道光二年),卒於公元一八六四年(清穆宗同治三年)。他是太平天國的傑出政治家。一八四三年與洪秀全組織"拜上帝會"。後因清政府緝捕洪氏家族,於一八五三年往香港避難,並在外國牧師處教書。此時接受了資本主義思想。一八五九年到天京,封爲干王,總理政事。發佈《資政新篇》,主張學習資本主義的文化科學技術,但未能實行。一八六四年十月二十五日在石城戰敗被俘,就義於南昌。洪仁玕的詩文富有革命思想,雄渾豪放,頗有氣勢。在文學主張上,他和蒙時雍、李春發在《戒浮文巧言諭》中提倡"文以紀實","總須切實明透,使人一目瞭然",反對"舞文弄墨"、"嬌艷"、"浮詞"以及"古典之言"。

回港舟中

【解題】 這首詩選自《干王洪仁玕自述》。作者於一八五四年由香港到上海,想由上海直赴天京,但因受到"洋人"及其他種種阻撓,只得折回香港。此詩即作於回港舟中。詩中表現了作者對革命事業的熱情和對戰鬥生活的嚮往。全詩氣勢奔放,想像豐富。

船帆如箭鬥狂濤,風力相隨志更豪;海作疆場波列陣,浪翻星月影麾旄[1]。雄驅島嶼飛千里,怒戰貔貅走六鰲[2];四日凱旋欣奏績[3],軍聲十萬尚嘈嘈[4]。

中華書局本《太平天國詩文選》

【註釋】

[1] 麾旄(máo 毛),揮舞旌旗。麾,本指古代用以指揮軍隊的旗幟,此處同"揮"。旄,古時旗杆頭上用旄牛尾作的裝飾,後世因指有這種裝飾的旗爲旄,此處即指旌旗。

[2] 貔(pí 皮)貅(xiū 休),猛獸名。《史記·五帝本紀》:黄帝曾教練熊羆(pí 皮)、貔貅等猛獸,以與炎帝戰於阪泉之野。後世遂以貔貅比喻勇猛的軍隊。走,奔逃。鰲,同"鼇",傳説中的海中大龜。六鼇,神話傳説:渤海東面有一無底深谷,名叫歸墟。谷中有五座山:岱輿、員嶠、方壺、瀛洲、蓬萊。山上居住着神仙。但是,五座山的根無所連著,常隨潮波上下浮動。天帝擔心這些山飄流到西極去,使衆神仙無居住之所。於是命北極之神禺彊使巨鼇十五隻分三批舉頭頂住五座山,六萬年一换班。後來,龍伯國的大人到渤海垂釣,一次就釣去六隻巨鼇,因而岱輿、員嶠二山,流於北極,沉於大海,神仙遷居者幾億萬人(詳見《列子·湯問》)。按此句是借用貔貅、六鼇的事,比喻和想像戰鬥的猛烈。

[3] 四日句:《干王洪仁玕自述》云:"坐火輪船四日到港。"按"凱旋"的原意是得勝班師,此處爲借用。

[4] 嘈(cáo 曹)嘈,喧鬧之聲。

黄遵憲詩

黄遵憲,字公度,嘉應州(今廣東省梅州市)人。生於公元一八四八年(清宣宗道光二十八年),卒於公元一九〇五年(清德宗光緒三十一年)。光緒二年順天鄉試舉人。歷任日本使館參贊、美國舊金山總領事、英國使館參贊、新加坡總領事等。回國後積極參加資産階級改良派的政治活動,與梁啓超同辦《時務報》。一八九七年任湖南按察使,爲變法維新活動的重要人物之一;次年,戊戌政變失敗,被清廷放歸鄉里。晚年,當革命派已經開始政治活動後,他仍堅持改良主義立場,有濃厚的保皇黨色彩。他的詩廣泛地描寫了重大的歷史事件,是當時"詩界革命"中成就較高的詩人。著有《人境廬詩草》、《日本雜事詩》等。

下水船歌

【解題】 此詩寫順水行舟之迅速,譬喻多端,又常以周圍景物變幻之狀作襯托,十分形象、生動。羣鷗亂飛,浪花飛濺,江隨山轉,風推船移,江風刁刁拍耳,不僅寫出舟行的無比迅速,而且也寫出詩人乘風破浪的豪快心情。

電光一掣光閃天,洪波直瀉無迴旋。飢鷹脱韝兔走穴[1],馳輪下阪箭離弦。君看我舟疾如駛,世間快事那有此。潮頭拍拍鷗亂飛,舟人叫絶篙師喜。一山當頭一對面,倏忽兩山都不見。羣山轉瞬眼欲花,況又山頭雲萬變。江隨山轉氣益驕,蹴沙嚙石波横跳。山雖百折舟一直,拍耳惟覺風刁刁[2]。風聲水聲相鼓盪,舷傾桅側終無恙。風乘我耶我乘風[3],便淩霄漢遊天上。年來足跡徧五洲,浮槎曾到天盡頭[4]。長風破浪奚足道,平生奇絶輸此遊。忽聞隔岸唱邪許[5],縴夫努力力如虎。百丈横牽上瀨舟,三朝三暮見黄牛[6]。

古典文學出版社《人境廬詩草箋註》卷五

【註釋】

[1] 飢鷹,指獵鷹。獵人出獵時皆臂鷹而出。鮑照《代東武吟》:"昔爲韝上鷹,今爲檻中猿。"韝(gōu 鈎),同"鞲",臂衣。此處飢鷹脱韝、兔走穴,及下句馳輪下阪、箭離弦,均用以形容船行之迅速。蘇軾《百步洪》詩云:"有如兔走鷹隼落,駿馬下注千丈坡。斷弦離柱箭脱手,飛電過隙珠翻荷。"

[2] 刁刁,動摇貌。《莊子·齊物論》:"厲風濟則衆竅爲虚,而獨不見之調調之刁刁乎。"註:"調調、刁刁,動摇貌也。"此處寫舟行極快、疾風掠耳之狀。

[3] 風乘句:《列子·黄帝第二》:"心凝形釋,骨肉都融,不覺形之所倚,足之所履,隨風東西,猶木葉幹殼,竟不知風乘我邪,我乘風乎?"原寫物我兩忘的境界。此處寫詩人於舟上乘風破浪而進時身心的快感。

[4] 浮槎,水中浮木。參見顧炎武《又酬傅處士次韻》詩註[7]。

[5] 邪(yé 爺)許(hǔ 虎),指縴夫拉縴時發出的勞動呼聲。參見龔自珍《己亥雜詩》註[3]。

[6] 三朝句:酈道元《水經註·江水》:黄牛灘"南岸重嶺疊起,最外高崖間,有石色如人負刀牽牛,人黑牛黄,成就分明。既人跡所絶,莫得究焉。此巖既高,加以江湍紆迴,雖途逕信宿,猶望見此物。

故行者謡曰:‘朝發黄牛,暮宿黄牛;三朝三暮,黄牛如故。’言水路紆深,迴望如一矣。”

哀旅順

【解題】 旅順,又稱旅順口,在遼寧省遼東半島最南端,當時爲我國重要的軍港。光緒二十年(一八九四)冬,日本侵略軍向旅順口進兵,守軍相繼潰敗,旅順終被日軍佔領。本詩極寫旅順口形勢之壯險,充滿威武自豪的激情,詩末驟然轉折,蘊含着無限的悲憤。

海水一泓烟九點[1],壯哉此地實天險。砲臺屹立如虎闞[2],紅衣大將威望儼[3]。下有窪池列巨艦[4],晴天雷轟夜電閃。最高峯頭縱遠覽,龍旗百丈迎風颭[5]。長城萬里此爲塹,鯨鵬相摩圖一啖[6]。昂頭側睨何眈眈[7],伸手欲攫終不敢;謂海可填山易撼,萬鬼聚謀無此膽。一朝瓦解成劫灰[8],聞道敵軍蹈背來[9]。

古典文學出版社《人境廬詩草箋註》卷八

【註釋】

[1] 海水句:李賀《夢天》:“遥望齊州九點烟,一泓海水杯中瀉。”意謂九州雖然遼闊,四海雖然廣大,然自天上視之,不過點烟、杯水而已。齊州,猶言中州,指中國。九點烟,指中國國土,中國古代分九州。

[2] 闞(hǎn 喊),虎怒貌。《詩經・大雅・常武》:“進厥虎臣,闞如虓虎。”砲臺,指設在旅順口的砲臺。據范文瀾《中國近代史》説,甲午戰争時,旅順軍港設有海岸砲臺和陸路砲臺共二十二座。

[3] 紅衣大將,大砲名。《清朝文獻通考》卷一百九十四:“太宗文皇帝天聰五年,紅衣大砲成,欽定名鐫曰‘天祐助威大將軍’。”

[4] 窪池,指船塢。據范文瀾《中國近代史》:光緒六年,李鴻章開始經營旅順軍港。十一年,造大船塢。

[5] 龍旗,清朝的國旗,上繡有龍,故稱龍旗。

[6] 鯨鵬句:形容虎視中國的帝國主義列强圖謀併吞中國。鯨、鵬,喻帝國主義國家。啖,吃。

[7] 眈眈,垂目注視貌。《易・頤》:“虎視眈眈。”

[8] 劫灰,劫火餘灰。劫火,佛家語,新譯《仁王經》:“劫火洞然,大千俱壞。”又,《初學記》卷七《昆明池》條引曹毗《志怪》云:“漢武鑿昆明池極深,悉是灰墨,無復土。舉朝不解,以問東方朔。朔曰:‘臣愚不足以知之,可試問西域胡人。’帝以朔不知,難以移問。至後漢明帝時,外國道人入來洛陽,時有憶方朔言者,乃試以武帝時灰墨問之。胡人云:‘經云:天地大劫將盡,則劫燒,此劫燒之餘。’乃知朔言有旨。”

[9] 聞道敵軍蹈背來,此句寫旅順陷落經過。從光緒六年起,李鴻章開始經營旅順軍港,歷十餘年,耗資無數,甲午戰争時旅順軍港設海岸砲臺、陸路砲臺二十二座,有大砲七八十尊;旅順港後路大連灣設砲臺六座,有最新式大砲二十四尊。旅順駐張光前、徐邦道等六軍共三十餘營,李鴻章令貪鄙庸劣的龔聖璵統率,但事實上各不相統;大連駐趙懷益軍六營。日軍估計正面攻打旅順比較困難,遂從花園港口登陸,抵貔子窩,旅順震動;徐邦道提議出兵迎戰,保護後路,張光前等不聽。趙懷益聞日軍登陸,準備逃走,部下將士要求出擊,懷益不允。徐邦道率本部兵士往守金州城,與日軍大戰,死傷極重,向趙請援,趙不理,城破,邦道退回旅順。日軍佔領金州城後,立即進攻大連灣

砲臺，時趙懷益已逃入旅順，兵勇潰散，日軍不損一兵一卒，佔領了大連灣；十天後向旅順進兵，龔聖璵早已逃歸天津，徐邦道率殘兵抵禦，後因乏援，敗退。不久，旅順失陷（據范文瀾《中國近代史》上册，參見姚錫光《東方兵事紀略·金旅篇第四》）。

丘逢甲詩

丘逢甲,字仙根,號倉海,苗栗(今臺灣省苗栗縣)人。生於公元一八六四年(清穆宗同治三年),卒於公元一九一二年。光緒十五年(一八八八)進士,曾任兵部主事等職。中日戰爭後,臺灣被日本侵佔,他在臺灣組織義軍抗日,後失敗去廣東,但仍以收復臺灣自勵。辛亥革命後,被推爲廣東代表赴南京組織臨時政府,任參議員等職。著有《嶺雲海日樓詩鈔》等。

歲暮雜感

【解題】 這首詩作於清光緒二十三年(一八九七)。它對清王朝統治集團的醉生夢死,對外屈膝投降,給予無情的鞭撻,並特別指出沙俄是中國最危險的敵人,表現了詩人的卓見和愛國激情。

一曲昇平淚萬行[1],風塵戎馬厄潛郎[2]。民愁竟造黄天説[3],歲熟如逢赤地荒。七貴五侯金穴富[4],白山黑水鐵車忙[5]。老生苦記文忠語[6],多恐中原見鷙章[7]。

粤東編譯公司印《嶺雲海日樓詩鈔》卷三

【註釋】

[1] 一曲昇平,指清朝統治者不顧外患頻仍,在夏曆年終仍然演劇歡慶太平。昇平,太平之意。清代宫内有專管演戲的官署名"昇平署"。

[2] 風塵句:意謂自己在臺灣組織義軍抗日,得不到朝廷支持,以致老於風塵戎馬之中,未能實現理想。潛郎,張衡《思玄賦》:"尉厖眉而郎潛兮,逮三葉而遘武。"李善註引《漢武故事》云:西漢顏駟在文帝、景帝、武帝時一直爲郎官,得不到重用,很失意。

[3] 黄天説,東漢末年暴發了規模巨大的黄巾起義,起義軍首領張角曾提出"蒼天已死,黄天當立。歲在甲子,天下大吉"的口號。這句意思説,由於人民生活困苦,要紛紛起來造反。

[4] 七貴,西漢時七個皇帝后妃的家族吕、霍、上官、丁、趙、傅、王都很顯貴。五侯,東漢順帝皇后梁家一門有五人皆封侯(見《後漢書·陳蕃傳》)。金穴,比喻極富貴的人家。東漢光武帝郭皇后之弟郭況家多金帛,當時人稱郭家爲"金穴"。

[5] 白山句:光緒二十二年(一八九六),沙皇俄國以中俄共同防止日本侵略爲名,誘使清政府簽訂了賣國的《中俄密約》,其内容包括允許俄國在黑龍江、吉林兩省修築鐵路等,共六款。白山,長白山。在遼寧、吉林、黑龍江三省東部及中朝邊境東北部。黑水,黑龍江。

[6] 文忠語,《清史稿·林則徐傳》:"海疆事起,時以英吉利最強爲憂,則徐獨曰:'爲中國患者,其俄羅斯乎!'"文忠,林則徐的謚號。

[7] 鷙章,指沙皇俄國。因沙皇俄國國徽上有雕鳥圖案,故云。

梁啓超詩

梁啓超,字卓如,號任公,别署飲冰室主人。新會(今廣東省新會縣)人。生於公元一八七三年(清穆宗同治十二年),卒於一九二九年。清末舉人,康有爲弟子,維新變法運動主要人物之一,與康有爲並稱"康梁"。曾主編《時務報》,編輯《西政叢書》,積極宣傳資産階級改良主義。戊戌變法失敗後,逃往日本,先後編輯《清議報》、《新民叢報》,宣揚君主立憲,反對孫中山所領導的民主主義革命。辛亥革命後回國,參加袁世凱政府,任司法總長,後又與蔡鍔組織護國軍反袁。晚年在清華大學講學,並從事著作。他的詩、詞、散文,都有一定成就。特别是早期的散文,熱情奔放,直抒胸臆,流利暢達,自成一體,對當時有很大影響。其著作編爲《飲冰室合集》。

太平洋遇雨

【解題】 這首詩作於一八九九年往遊美洲的旅途中。前兩句氣勢雄渾,意境開闊。後兩句借景抒懷,既感嘆自己是戊戌政變後的劫餘人物,又不願意從此消沉,而仍要做一個立志改良的胸有風雷之士。

一雨縱横亙二洲[1],浪淘天地入東流[2];卻餘人物淘難盡[3],又挾風雷作遠遊[4]。

中華書局本《飲冰室合集》文集第十六册

【註釋】

[1] 亙(gèn 根去),横貫,從此端直達彼端。二洲,指亞洲、美洲。太平洋東接美洲,西接亞洲。作者在太平洋舟中,看出去雨霧迷茫,無邊無際,所以説一雨亙二洲。

[2] 浪淘天地,船中向遠處望去,水天相連,浪濤好像在蕩滌天地。

[3] 卻餘句:蘇東坡《念奴嬌·赤壁懷古》:"大江東去,浪淘盡千古風流人物。"此處反用其意,謂自己是戊戌政變後的劫餘人物。

[4] 風雷,龔自珍《己亥雜詩》:"九州生氣恃風雷。"原指震撼大地的急風驚雷,這裏作者隱喻自己具有改良社會之志。

志未酬

【解題】 這首詩作於戊戌變法失敗後的第三年。作者當時的心情是徬徨、苦悶的。他在這一年(即一九〇一年)的《澳亞歸舟雜興》詩中也寫道:"大願未酬時易逝,撫膺危坐涕縱横。"作者這時仍被迫逃亡在外。面對帝國主義不斷侵略和祖國領土主權日益淪喪的現實,他提倡"男兒志兮天下事,但有進兮不有止"的精神,具有振奮人心的積極意義。但他所言之志,仍是改良主義之志。詩中自設問答,首尾呼應,思潮起伏,讀之使人蕩氣回腸。

志未酬[1],志未酬,問君之志幾時酬? 志亦無盡量,酬亦無盡時。世界進步靡有止期,吾之希望亦靡有止期。衆生苦惱不斷如亂絲,吾之悲憫亦不斷如亂絲。登高山復有高山,出瀛海更有瀛海[2]。任能騰虎躍以度此百年兮,所成就其能幾許! 雖成少許,不敢自輕。不有少許兮,多許奚自生? 但望前途之宏廓而寥遠兮,其孰能無感於余情? 吁嗟乎,男兒志兮天下事，但有進兮不有止，言志已酬便無志。

中華書局本《飲冰室合集》文集第十六册

【註釋】

[1] 酬(chóu 愁)，指實現願望、理想。李頻《春日思歸》詩："壯志未酬三尺劍，故鄉空隔萬重山。"

[2] 瀛海，大海。《論衡·談天》："九州之外，更有瀛海。"

秋瑾詩

秋瑾，字璿卿，號競雄，别署鑑湖女俠。會稽（今浙江省紹興市）人。生於公元一八七五年（清德宗光緒元年），卒於公元一九〇七年（光緒三十三年）。徐自華《鑑湖女俠秋君墓表》謂其“平生忼爽明決，意氣自雄；讀書敏悟，爲文章，奇警雄健如其人；尤好劍俠傳，慕朱家、郭解爲人”。庚子事變以後，目睹清廷腐敗，國家危機深重，爲尋革命道路，於一九〇四年東渡日本留學，次年参加孫中山領導的同盟會。一九〇六年返國後，奔走各地，創辦《中國女報》，主辦女學，提倡女權，積極参加革命活動。其後與徐錫麟等在紹興辦學，並謀起義，事洩被捕，一九〇七年六月就義於紹興，年僅三十三。作有詩、詞、文等，以近年中華書局編刊的《秋瑾集》較爲完備。

黄海舟中日人索句並見日俄戰争地圖

【解題】《秋瑾史跡》（中華書局編）此詩題作“日人銀瀾使者索題，並見日俄戰地，早見地圖，有感”。一九〇四年，日、俄帝國主義者爲重新分割朝鮮和我國東北而進行了一場戰争，戰場主要在我國東北境内，而腐敗透頂的清王朝卻宣佈“中立”，聽任帝國主義的宰割。此詩係作者再次東渡日本時舟中所作，表現了作者憂國救時的思想感情和抱負。

萬里乘風去復來[1]，隻身東海挾春雷。忍看圖畫移顔色[2]？肯使江山付劫灰[3]！濁酒不銷憂國淚，救時應仗出羣才。拚將十萬頭顱血，須把乾坤力挽回。

中華書局上海編輯所《秋瑾集》

【註釋】

[1] 秋瑾於一九〇四年夏（徐自華《鑑湖女俠秋君墓表》作“甲辰夏”，陶成章《秋瑾傳》作“甲辰三月”。）東渡日本，同年冬因事返國，一九〇五年春再赴日本，所以説“去復來”。又，吴芝瑛《記秋女俠遺事》記秋瑾自東歸過滬時，曾出示其倭刀並語芝瑛曰：“吾以弱女子隻身走萬里求學，往返者數……”此詩首聯即寫作者隻身往返日本和祖國之狀。

[2] 圖畫，地圖。圖畫移顔色，指我國領土被帝國主義者侵佔。在日俄戰争中，沙俄的軍隊遭到慘重的失敗。後經美國的斡旋，兩國於一九〇五年九月五日簽訂了重新瓜分我國東北和朝鮮的《朴次茅斯和約》，内容包括沙俄將在中國遼東半島（包括旅順口和大連）的租借權轉讓給日本等。

[3] 劫灰，見黄遵憲詩《哀旅順》註[8]。

二、詞

蔣春霖詞

蔣春霖,字鹿潭,江陰(今江蘇省江陰縣)人。生於公元一八一八年(清仁宗嘉慶二十三年),卒於公元一八六八年(清穆宗同治七年)。曾爲兩淮鹽官,權富安場大使。一生落拓。早歲工詩,中年以後,專力於詞。作品抑鬱悲涼,多抒寫身世之感,是近代著名詞家,時人稱爲"倚聲家之老杜"。著有《水雲樓詞》。

卜算子

【解題】 這首詞借景抒懷,感嘆春光易逝,自己功業未成。情調抑鬱、悲涼。陳廷焯《白雨齋詞話》説:"鹿潭窮愁潦倒,抑鬱以終,悲憤慷慨,一發於詞。如《卜算子》云:'……化了浮萍也是愁,莫向天涯去!'何其淒怨若此!"

燕子不曾來,小院陰陰雨。一角闌干聚落花,此是春歸處。　彈淚别東風,把酒澆飛絮:化了浮萍也是愁[1],莫向天涯去!

開明書店《清名家詞》本《水雲樓詞》

【註釋】

[1] 化了句:古人傳説,柳絮入水化爲萍。

蝶戀花

北遊道上

【解題】 這首詞寫北遊路上的感受。"沙外斜陽車影淡","陌上馬塵吹又暗",逼真地描繪了遼闊蒼茫的旅途景色。最後兩句更具體地點出了曉行夜宿的旅途生活。全詞意境雄渾,感情沉鬱。

沙外斜陽車影淡。紅杏深深,人語黄茅店。陌上馬塵吹又暗,柳花風裏征衣減。　屋後箏弦鶯語艷[1]。濁酒孤琴,門對春寒掩[2]。鴉背殘霜侵短劍,紙窗夢破疏燈颭[3]。

開明書店《清名家詞》本《水雲樓詞》

【註釋】

[1] 箏,撥弦樂器。箏弦,意謂箏弦上發出的聲音。

[2] 掩(yǎn 掩),掩閉。

[3] 颭(zhǎn 展),受風吹而顫動。

況周頤詞

況周頤,原名周儀(因避清宣統溥儀名,改爲周頤),字夔笙,號蕙風,臨桂(今廣西壯族自治區臨桂縣)人。生於公元一八五九年(清文宗咸豐九年),卒於公元一九二六年。光緒舉人。官内閣中書。論詞主"重、拙、大",要求"情真、景真",認爲"真字是詞骨"。所作詞音律和諧,情調沉鬱。與王鵬運、朱孝臧、鄭文焯並稱爲清末四大家。著有《蕙風詞》、《蕙風詞話》。

蘇武慢

寒夜聞角

【解題】 這首詞描寫寒夜角聲的淒涼及其感人的力量。聲情悽楚,蕩氣迴腸。王國維《人間詞話》説:"蕙風《洞仙歌·秋日遊某氏園》及《蘇武慢·寒夜聞角》二闋,境似清真,集中他作,不能過之。"

愁入雲遥,寒禁霜重,紅燭淚深人倦[1]。情高轉抑,思往難回,淒咽不成清變[2]。風際斷時,迢遞天街[3],但聞更點[4]。枉教人回首[5],少年絲竹,玉容歌管[6]。　憑作出、百緒淒涼,淒涼惟有,花冷月閒庭院。珠簾繡幕[7],可有人聽?聽也可曾腸斷?除卻塞鴻,遮莫城烏[8],替人驚慣。料南枝明日,應減紅香一半。

開明書店《清名家詞》本《蕙風詞》

【註釋】

[1] 這句意謂時已深夜。

[2] 這句指角聲悽楚。

[3] 迢遞,遠貌。天街,舊時稱都城的街市。

[4] 更點,指報更報點。古代用銅壺滴漏計時,把一夜分爲五更,一更分爲五點,每次擊點或擊鐘鼓以報時。

[5] 枉教人回首,意謂徒然教人回想。

[6] 少年二句:泛指年輕時歌舞之樂。絲竹,原指琴瑟笙簫之類的樂器,這裏泛指音樂。玉容,指女子的容貌。歌管,歌指歌曲,管指笙簫之類管樂。這裏泛指唱歌奏樂。

[7] 珠簾繡幕,原指飾有珍珠的簾子和錦繡的幃幕,這裏借指女子的住處。

[8] 遮莫,任憑,儘教。

江南好

詠梅

【解題】 這首詞借物詠志,通過描繪梅花的神態和香味,贊美梅花"不受點塵侵"的高潔品格。

娉婷甚[1],不受點塵侵。隨意影斜都入畫,自來香好不須尋[2]。人在綺窗深[3]。

開明書店《清名家詞》本《蕙風詞》

【註釋】

[1] 娉婷,美好貌。

[2] 隨意二句: 指梅花的姿態和香味。宋代林逋《梅花》詩有“疏影横斜水清淺,暗香浮動月黄昏”之句。這裏化用其意。

[3] 綺窗,指美麗的鏤花窗户。

梁啓超詞

作者介紹見前詩歌部份。

金縷曲

丁未五月歸國,旋復東渡,卻寄滬上諸子。

【解題】 這首詞作於一九〇七年。看來句句是寫歸燕,實則句句在寫自己。作者以歸燕自比,抒發對祖國的依戀之情。由於政治上的不得意,所以詞中充滿了悲涼憤慨、抑塞不舒之感。

瀚海飄流燕[1],乍歸來、依依難認,舊家庭院。唯有年時芳儔在[2],一例差池雙剪[3]。相對向、斜陽淒怨。欲訴奇愁無可訴[4],算興亡、已慣司空見[5]。忍抛得,淚如綫。　故巢似與人留戀。最多情、欲黏還墜,落泥片片。我自殷勤銜來補,珍重斷紅猶軟。又生恐、重簾不卷[6]。十二曲闌春寂寂,隔蓬山、何處窺人面[7]? 休更問,恨深淺。

《飲冰室合集》文集第十六册

【註釋】

[1] 瀚(hàn 汗)海,大海。

[2] 芳儔,指舊時的花間伴侶。

[3] 差(cī 雌)池,形容燕子起飛時毛羽參差不齊的樣子。《詩經·燕燕》:"燕燕于飛,差池其羽。"雙剪,指燕尾。燕尾分開,形似剪刀。

[4] 這句明寫燕子的呢喃對語,暗喻作者的悲憤之情。

[5] 已慣司空見,即"司空見慣"。孟棨《本事詩·情感》:"劉尚書禹錫罷和州,爲主客郎中,集賢學士。李司空罷鎮在京,慕劉名,嘗邀至第中,厚設飲饌。酒酣,命妙妓歌以送之。劉於席上賦詩,曰:'鬖髻梳頭宫樣妝,春風一曲《杜韋娘》。司空見慣渾閑事,斷盡江南刺史腸。'"後世因稱事之常見者爲"司空見慣"。

[6] 又生恐、重簾不卷,簾所以遮隔内外者,重簾不卷則遮隔更深。作者以此自喻爲被人遮隔,無從表見。

[7] 蓬山,即蓬萊山,古代傳説中的三神山之一。

秋瑾詞

作者介紹見前詩歌部份。

滿江紅

【解題】 這首詞表現了作者革命救國的思想。詞中號召推翻清朝統治，提倡婦女解放。感情激昂慷慨，詞意也甚動人。

骯髒塵寰[1]，問幾個男兒英哲？算只有蛾眉隊裏[2]，時聞傑出。良玉勛名襟上淚[3]，雲英事業心頭血[4]。醉摩挲長劍作龍吟，聲悲咽。　自由香，常思爇[5]。家國恨，何時雪？勸吾儕今日，各宜努力。振拔須思安種類，繁華莫但誇衣玦[6]。算弓鞋三寸太無爲[7]，宜改革。

中華書局上海編輯所《秋瑾集》

【註釋】

[1] 骯(kǎng 慷)髒(zǎng 葬上)，同"抗髒"，高亢剛直之貌。《後漢書・趙壹傳》："伊優北堂上，抗髒倚門邊。"註："伊優，屈曲佞媚之貌。抗髒，高亢婞直之貌也。佞媚者見親，故昇堂；婞直者見棄，故倚門。"抗髒，也引申爲不合時宜之貌。此處骯髒如作齷齪解，亦通。

[2] 蛾眉隊裏，女子隊裏。蛾眉，《詩經・衛風・碩人》："螓首蛾眉。"蛾眉，言美人之眉，細長而曲。後世遂以蛾眉爲美人的代稱，此處泛指婦女。

[3] 良玉，秦良玉。明代忠州（今四川省忠縣）人。石砫宣撫使馬千乘之妻。長於騎射，兼通詞翰。萬曆間，馬千乘出征播州（今貴州省遵義市），秦良玉别統精卒五百，裹糧自隨，參加作戰。其後千乘爲部民所訟，瘐死獄中，良玉代領其職，朝廷任爲總兵官。後曾率所部與張獻忠領導的農民軍對抗。最後病死。事見《明史》卷二百七十《秦良玉傳》。

[4] 雲英，沈雲英。明代蕭山（在今河南省内鄉縣東）人。道州（在今河南省郾城縣西南）守備沈至緒之女，荆州督師中軍賈萬策之妻，能征戰，工書法，通經史。至緒守道州，與張獻忠戰，没陣，雲英率其父所部守道州，朝廷授爲遊擊將軍，代父職，領兵守城。萬策死後，雲英遂辭職，扶其父與夫兩櫬歸蕭山。明亡，蠲棄服飾，隱居里門教書。事見《小腆紀傳》卷六十《沈雲英傳》。襟上淚、心頭血，表示作者有志報國而未能實現的悲憤。按，秦良玉、沈雲英都參加過抗拒、鎮壓農民起義的戰爭，秋瑾對她們只歌頌不批判，反映了作者思想的局限性。

[5] 爇，燒。

[6] 玦，佩玉，舊時飾物。衣玦，泛指衣飾。

[7] 弓鞋三寸，舊時婦女纏足，所穿鞋甚小，形狀似弓，故稱。無爲，無謂，没有意思。

三、散　文

龔自珍文

作者介紹見前詩歌部份。

海門先嗇陳君祠堂碑文

【解題】 海門,今江蘇省縣名,位於長江北岸濱海處。自元明以來,屢圮於海。清代初年,又漲成沙洲,崇明人陳朝玉率領妻子來此開墾,卓有成效,遠近之民,紛紛來歸,墾田至十五萬畝。乾隆十三年(一七四八),復置海門直隸廳。本文是龔自珍應陳氏子孫之請,爲陳朝玉祠堂所撰之碑文。文中敍寫了陳朝玉的性格、才能,及其草創沙洲堅苦卓絶的情狀,贊頌了陳朝玉開墾的功績。文字亦簡練流暢,惟其中對陳的形貌描述,頗涉怪誕,雖無一般阿諛文字的習套,然封建觀念仍不時流露於字裏行間。

開國以降[1],奇傑之士,達節之民[2],挺瓌怪之姿[3],躬淳古之行[4],生而魁於凡民,没而當祭於社者[5],不有文事,其無稱乎[6]? 先嗇陳君[7],厥諱朝玉[8],字曰璞完,江南某縣人也[9]。幼有異稟[10],膚色黝漆,臍窪若臼,環腰有白文,其圜中規[11],相人者言,是爲玉帶圍,當奇異。稍長,衎然魁傾[12]。故其鄉之人,嘗已疑其神。年十三,讓産伯兄,鴻騫鳳逝[13],去之無迹。

是時皇政熙清[14],后祇効靈[15],海之君王,來獻土壤,以福吾黎元[16]。通州常孰間東地,望洋無極[17],潮退沙見,豁然劃然亙二百里[18],君履其側,四無居人,蒼芒獨覽曰:"吾當屋於是[19]!"率妻來遷,創草屋,斲木爲耜[20],冶釜爲犂,夫任半耦[21],婦任半耦,一耦之力,旬有五日,水鹹者立甘,沙疏者立堅,沙膚窳者立厚[22]。秸苗既成[23],鼃魚大上,不封不爵,樂衎自保[24]。於是遠近之民聞之,僉曰[25]:"神哉!"稚請於長,長請於老,莫不削薪以爲之耜,投刀以爲之犂,賣驟以求牛[26],懷穜稑[27],儲瓶缶[28],挈大男[29],袒幼女[30],效君而歸君,願爲海農,洋洋載道。於是稚請於長,長請於老,老謁於正[31],正謁於吏,吏白於大吏,天子籍其地以爲海門廳[32]。不十年,羣姓益衆,皆造瓦屋,炊煙起如海雲。國家歲入地丁漕米[33],累千近萬,爲江海大聚[34]。

君生康熙某年,卒乾隆某年,年七十四。婦劉,年九十。君之屋於海也,幾六十年,不蓄墨楮,結繩而治。歲終,夫婦解繩之紒以計事[35],事纖芥無忘失,壽考以爲常[36]。君卒將百年,君之曾孫貢生奐[37],以經明聞於時[38];玄孫翰林院編修兆熊[39],餔禄於朝[40],乃召其鄉之人而謀之曰:"古者伊耆氏始爲蜡[41],饗農,先農也[42];先嗇司嗇,皆農之配也[43]。今法,凡城郭大聚[44],皆得立蜡祠,吾祖宜爲先嗇。始吾祖刈殺此土[45],以利後之人,生有奇異,如天之公侯。今海門廳士姓，無吾陳氏舊且大，宜爲祠祠吾祖[46]。”皆曰：“田父老之志也！”於是既爲祠，奐、兆熊以狀謁内閣中書龔自珍[47]，請書於其祠之榜，又因以爲樂石之文[48]。龔自珍則大書之如是[49]。狀又稱君不知書[50]，乃能作書，點畫英碩[51]，神明所流，匪道匪藝[52]，不可得而詳也。

頌曰[53]：生爲功民，衆疑以爲神；没爲功神，尚其福吾民。琴瑟士女，以招君兮；豆觥明粢[54]，以報君兮；文此樂石，以震耀君兮。以大旌於海濱，且以勸田[55]。

四部叢刊本《定盦文集》卷上

【註釋】

[1] 開國以降，自建國以來。國，指清王朝。降，下，自上而下之謂。

[2] 達節，《左傳》成公十五年：“聖達節，次守節，次失節。”杜預註：“聖人應天命，不拘常禮。”

[3] 挺，特出。瓌(guī 圭)怪，珍貴奇特。

[4] 淳古，淳厚古樸。

[5] 没，同“歿”，死。社，土地神。古代自天子以至庶民，皆得封土立社，以祈福報功；其所祀之神曰社，其祀神之所亦曰社。韓愈《送楊少尹序》：“古之所謂鄉先生没而可祭於社者，其在斯人歟？”

[6] 無稱，無聞於後，後人將無所稱述。

[7] 先嗇(sè 色)，一稱田祖或先農，我國古代傳説中的農業和醫藥的發明者。此處用以稱頌陳朝玉，因他是開墾海門的創始者，故稱。

[8] 厥，其，指示代詞。諱(huì 會)，死者之名曰諱。《禮記・曲禮》：“入門而問諱。”疏：“諱，主人祖先君名。”

[9] 某縣，指崇明縣，在長江口崇明島上，明立爲縣。原屬江蘇省，一九五八年劃歸上海市。

[10] 稟，稟賦，先天的體性或氣質。異稟，天賦不同於常人。

[11] 圜，同“圓”。中(zhòng 衆)，合。規，圓規。

[12] 衎(kàn 看)然，《方言》註：“安定貌。”一説剛直貌。魁頎，身材高大魁梧。

[13] 騫(xiān 掀)，飛舉。曹植《與楊德祖書》：“昔仲宣獨步於漢南，孔璋鷹揚於河朔，偉長擅名於青土，公幹振藻於海隅，德璉發迹於此魏，足下高視於上京。然此數子，猶復不能飛騫絶迹，一舉千里也。”此言其讓産於兄，離家遠逝。

[14] 熙清，清明。

[15] 后衹，或稱后土、地衹，即土地之神。

[16] 福，此處作動詞用，有降福的意思。以上三句，言沙漲成灘。

[17] 通州二句：通州，即今江蘇省南通市和南通縣所轄地區。案海門在通州之東，五代周置，元明以來，縣城屢圮於海，清康熙間併入通州。望洋，《莊子・秋水》：“於是河伯始旋其面目望洋向若而嘆。”釋文作“盳洋”，此處狀江水遼闊。

[18] 豁然，開闊貌。劃然，整齊畫一貌。此句是説，海潮退去以後露出來的沙灘，寬廣整齊，綿亙有二百里。

[19] 屋，作動詞用，居住的意思。

[20] 斲(zhuó 琢)，斫削。耜(sì 似)，臿，犂頭。《六書故》：“耜，耒下剌土臿也，古以木爲之，後世

以金。”

[21] 耦，兩人各持一耜駢肩而耕。《論語·微子》：“長沮、桀溺耦而耕。”

[22] 膚，浮淺。窳（yú 庾），不堅實。以上數句是説，經過他們夫婦開墾以後，阻遏了海潮的入浸，鹹水變成了淡水，原來鬆散的沙地，很快就堅實、深厚起來。

[23] 秸（jiē 皆），或作“稭”，穀物的莖幹。

[24] 樂衎，快樂而安定。衎，和樂。此兩句是説，陳朝玉夫婦用不着受朝廷的封土賜爵，過着安定快樂的生活以自全其生。

[25] 僉（qiān 籤），皆。僉曰，大家都説。

[26] 䑃（měng 蒙），或作“䝉”，驢。

[27] 穜（tóng 童）稑（lù 六），禾名。先種後熟曰穜，後種先熟曰稑。

[28] 缶（fǒu 否），瓦器。儲瓶缶，積蓄油鹽糧食等生活日用品。

[29] 絜（jiē 結），同“挈”，帶領。

[30] 衽（rèn 任），同“衽”，衣襟。此處作動詞用，懷抱着的意思。

[31] 正，里正，古代編八十户爲一里（後編制有所更動），里之長曰里正，相當於後世的地保。

[32] 籍，登入版圖。海門廳，即今江蘇省海門縣。乾隆三十三年（一七六八），割通州十九沙，崇明縣十一沙，復置海門直隸廳。

[33] 地丁，賦税名。清康熙以前，歲賦有地賦、丁賦二種：地賦爲夏税、秋糧等；丁賦爲富民、佃民、客民、市民、鄉民等。自康熙時，定滋生人丁，永不加賦之制；雍正時，復攤併丁賦於地賦，不復存丁賦之名。漕米，或稱漕糧，田賦之一種。明清時，常向江南各省徵納白米，以水運轉輸入京，謂之漕米。

[34] 聚，聚落，人煙所聚。《史記·五帝紀》：“一年而所居成聚。”

[35] 紒（jì 計），束髮。《儀禮·士冠禮》：“將冠者采衣紒，在房中南面。”註：“紒，結髮。古文紒爲結。”此處指繩結。

[36] 壽考，年高。《詩經·秦風·終南》：“壽考不忘。”

[37] 貢生，科舉時代，選府州縣學生員中學行俱優者，貢諸京師，升入太學。有副貢、拔貢、優貢、歲貢、恩貢等名目，統謂之貢生。奂，陳奂，字碩甫，朝玉第三子浩之孫，長洲縣附貢生。

[38] 經，指六經之學。陳奂通經學，著述甚多，《詩毛氏傳疏》三十卷最有名。

[39] 兆熊，陳兆熊，字伯元，嘉慶二十四年（一八一九）進士，選庶吉士（隸屬於翰林院，選進士之優於文學書法者任之），授編修（掌修國史，位次於修撰）。爲陳奂從子。

[40] 餔（bǔ 補），食。此句是説，兆熊在朝爲官。

[41] 伊耆氏，傳説中的古帝王之號。或謂即神農，或謂即帝堯。《禮記·郊特牲》：“伊耆氏始爲蜡。”此處意指神農。蜡（zhà 乍），或作䄍，古代祭祀名。《周禮·夏官·羅氏》：“蜡，則作羅襦。”註：“鄭司農云：‘蜡，謂十二月大祭萬物也。’”

[42] 饗農二句：饗，“享”之假借字，用酒食祭神。此兩句是説，用酒食祭祀農神，即祭農業始祖神農氏。

[43] 先嗇二句：先嗇、司嗇，指對農業有發明創造的人。《禮記·郊特牲》：“蜡之祭也，主先嗇而祭司嗇也。”註：“先嗇，若神農者；司嗇，后稷是也。”配，配享，指祭祀時兼帶配祀其他的神。

[44] 鄣(zhàng 障),邊塞險要之處,爲障蔽外來侵略所築的城。

[45] 刈殺,芟除惡草的意思。刈殺此土,開闢這個地方。

[46] 祠,上字作名詞解:祠宇。下字作動詞解:祭祀的意思。

[47] 内閣中書,官名,明清兩代,凡内閣敕房、制敕房,俱設中書舍人,掌書寫機密文書及記載、翻譯、繕寫等事務。按龔自珍始任内閣中書爲嘉慶二十五年(一八二〇),至道光十五年(一八三五)擢宗人府主事,先後凡十餘年。

[48] 樂石,可用爲樂器之石。《古文苑·秦始皇嶧山刻石銘》:"刻此樂石,以著經紀。"章樵註:"石之精堅,堪爲樂器者,如泗濱浮磬之類。"後世襲用,稱誌銘之文爲樂石之文。

[49] 則,即。

[50] 狀,行狀,記述死者生平事蹟、籍貫、生卒年月等的一種文體。不知書,不識字;没有讀過書。

[51] 英碩,很雄偉。此句是説,陳朝玉寫的字很雄偉。

[52] 匪,非,不是。道、藝,《周禮·天官·宫正》:"會其什伍,而教之道藝。"註:"鄭司農云:'道,謂先王所以教道民者;藝,謂禮、樂、射、御、書、數。'"此兩句是説,陳朝玉能作書,既非師道傳授,又非出於素習,而是出於天資之流露,作者不詳其故,故曰:"不可得而詳也。"

[53] 頌,頌揚功德之辭。凡碑版的體裁,敍事用散文,其銘辭用韻文,通常用"其辭曰",或用"銘曰",亦用"頌曰",如北魏鄭羲碑末云:"乃作頌曰。"

[54] 豆,古代盛食物的器具。後世專作祭祀用具。觥(gōng 宫),一作觵,用兕牛角製成的酒器。《詩經·周南·卷耳》:"我姑酌彼兕觥。"疏:"禮圖云:'觥大七升,以兕角爲之。'"後世亦用作祭器。明粢,凡祭祀所用的稷(即小米),專稱明粢。

[55] 勸田,勸勉人勤於農事。

尊史

【解題】 龔自珍的尊史論,實際上就是要求史家闡發今文經學中公羊家的微言大義,以表達其改革政治的主張。正如他在《上大學士書》中所説:"夫有人必有胸肝,有胸肝則必有耳目,有耳目則必有上下百年之見聞,有見聞則必有考訂同異之事,有考訂同異之事,則或胸以爲是、胸以爲非,有是非則必有感慨激奮。感慨激奮而居上位,有其力,則所是者依,所非者去。感慨激奮而居下位,無其力,則探吾之是非而昌昌大言之。如此,法改胡所弊,勢積胡所重,風氣移易胡所懲,事例變遷胡所懼!"作者認爲"尊史"必先"尊心",而"尊心"又在於"善出入"。意思是説從事歷史研究的人,既要能掌握、識辨資料,又得於探索之中提出論斷,"倡言是非"。而最終的目的是在於"入乎道"。所謂道,即治道。這種"善出入"的治史方法,在當時考據之風盛行的情况下,顯示了一定的進步性。但其史學觀點,仍然是站在封建統治階級立場之上,而"尊史"必先"尊心"的主張,又完全是從唯心主義立場出發,是缺乏階級分析的,這正反映了作者思想的局限性。

史之尊,非其職語言[1]、司謗譽之謂[2],尊其心也。心何如而尊?善入。何者善入?天下山川形勢,人心風氣,土所宜[3],姓所貴[4],皆知之;國之祖宗之令,下逮吏胥之所守[5],皆知之。其於言禮[6]、言兵、言政、言獄、言掌故、言文體、言人賢否[7],如其言家事,可謂入矣。又如何而尊?善出。何者善出?天下山川形勢,人心風氣,土所宜,姓所貴,國之祖宗之令,下逮吏胥之所守,皆有聯事焉[8],皆非所專官[9]。其於言禮、言兵、言政、言獄、言掌故、言文體、言人賢否,如優人在堂下[10],號咷舞歌[11],哀樂萬千,堂上觀者,肅然踞坐[12],眄睞而指點焉[13],可謂出矣!不善入者,非實録[14],垣外之耳,烏能治堂中之優也耶[15]?則史之言,必有餘竊[16]。不善出者,必無高情至論,優人哀樂萬千,手口沸羹[17],彼豈復能自言其哀樂也耶?則史之言,必有餘喘[18]。

是故欲爲史,及爲史之別子也者[19],毋竊毋喘,自尊其心。心尊,則其官尊矣;心尊,則其言尊矣。官尊言尊,則其人亦尊矣!尊之之所歸宿如何[20]?曰:乃又有所大出入焉。何者大出入?曰:出乎史,入乎道,欲知大道,必先爲史。此非我所聞,乃劉向、班固之所聞[21]。向、固有徵乎[22]?我徵之曰:古有柱下史老聃,卒爲道家大宗[23],我無徵也歟哉?

四部叢刊本《定盦續集》卷一

【註釋】

[1] 職,執掌。

[2] 司,主管。謗,道人之過惡。譽,稱揚人之善。以上數句是説,史職之所以受尊敬,並不是因爲他們掌握着記録言行、褒貶人物的大權的緣故。

[3] 土所宜,土地的性質不同,對於民居及種植的穀物也應因地制宜。《周禮·地官·大司徒》:"以土宜之法,辨十有二土之名物,以相民宅而知其利害;以阜(興盛)人民,以蕃鳥獸,以毓草木,以任土事。"

[4] 姓所貴,根據各地姓族、門閥的不同,統其祖考源流,區分貴賤。

[5] 守,職守。"守"上原有一墨丁,準下文,當非缺字。

[6] 言,議論。

[7] 賢否(pǐ 痞),善惡,好壞。

[8] 聯事,相聯的關係。

[9] 皆非句:謂都不是史職所專管的工作。

[10] 優人,舊時對以樂舞戲謔爲業的藝人的統稱。

[11] 號咷,大聲哭泣。《易·同人》:"先號咷而後笑。"

[12] 踞坐,垂足而坐。《一切經音義》引《字林》:"踞,謂垂足實坐也。"

[13] 眄睞,顧盼貌。以上數句是説,歷史學家在論述禮制、軍事、政事、刑法、掌故、文體,以及品評人物好壞時,所有的史料如同演員在堂下歌舞,嬉笑怒罵,各各不同,而史家作爲一個居高臨下的觀衆來説,要能够嚴肅地對待這些史料,仔細檢閱,並進行辨析。

[14] 實録,據實記録,事無虛構。《漢書·司馬遷傳贊》:"皆稱遷有良史之材,服其善序事理,辨而不華,質而不俚,其文直,其事核,不虛美,不隱善,故謂之實録。"

[15] 烏能,何能。

[16] 竊(yì 劓),一作"囈",説夢話。《説文·㝱部》鍇註:"今人謂夢中言爲竊語。"此句是説,史官如果不掌握並深入鑽研史料,則所寫的歷史,一定會有很多不切實際的地方。

[17] 沸羹,言語嘈雜貌。《詩經·大雅·蕩》:"如蜩如螗,如沸如羹。"鄭箋:"飲酒號呼之聲,如蜩螗之鳴,其笑語沓沓,又如湯之沸,羹之方熟。"

[18] 喘,喘息,呼吸急促。《説文》:"喘,疾息也。"以上數句是説,史家如果只是堆砌史料,而不能居高

臨下,眄睞指點,提出論斷,勢必如優人之隨人哀樂,手口沸羹,心迷目眩,喘息不暇,焉能自達。

[19] 史之別子,即别史,有别於正史的史籍。張之洞《書目答問》:"别史、雜史,頗難分析。今以官撰及原本正史,重爲整齊,關係一朝大政者,入别史。私家記録,中多碎事者,入雜史。"

[20] 歸宿,指宗旨和意趣所在。

[21] 一本句下自註"見《藝文志》"。《漢書·藝文志》:"至成帝時,以書頗散亡,使謁者陳農求遺書於天下。詔光禄大夫劉向校經傳諸子詩賦,步兵校尉任宏校兵書,太史令尹咸校術數,侍醫李柱國校方技。每一書已,向輒條其篇目,撮其指意,録而奏之。會向卒,哀帝復使向子侍中奉車都尉歆卒父業。歆於是總羣書而奏其《七略》。故有《輯略》,有《六藝略》,有《諸子略》,有《詩賦略》,有《兵書略》,有《術數略》,有《方技略》。今删其要以備篇籍。"班固《漢書·藝文志》,即根據劉氏之《七略》。劉向、班固之所聞,即《諸子略》所云:"道家者流,蓋出於史官,歷記成敗存亡禍福古今之道,然後知秉要執本,清虚以自守,卑弱以自持,此君人南面之術也。"此即上文所謂"欲知大道,必先爲史"之意。

[22] 徵,驗證。

[23] 古有二句:柱下史,《史記·老子列傳》:"老子者,周守藏室之史也。"索隱:"按藏室史,乃周藏書室之史也。"又《張丞相傳》索隱:"周秦皆有柱下史,謂御史也。所掌及侍立,恒在殿柱之下,故老聃爲周柱下史。今蒼在秦,亦居斯職。""老聃",一本作"李聃"。此兩句是作者以老子爲周室史官,職掌典籍,熟知古今成敗治亂,卒爲道家宗主,作爲出史入道之證。

病梅館記

【解題】 本文寫於公元一八二九年作者被迫辭官南歸以後,文中借梅以喻人,揭露了封建傳統思想和社會病態對人的束縛與迫害,迫切向往自由解放,并表示將以此爲畢生追求的目標。文章寫得簡潔生動,引人入勝。梅,原作古文"楳",但文中"梅""楳"混用,今統一爲"梅"。

江甯之龍蟠[1],蘇州之鄧尉[2],杭州之西谿[3],皆產梅。或曰:梅以曲爲美,直則無姿;以欹爲美[4],正則無景;梅以疏爲美,密則無態。固也[5]。此文人畫士,心知其意,未可明詔大號,以繩天下之梅也[6];又不可以使天下之民,斫直、删密、鋤正,以殀梅[7]、病梅爲業以求錢也。梅之欹、之疏、之曲,又非蠢蠢求錢之民,能以其智力爲也。有以文人畫士孤癖之隱,明告鬻梅者:斫其正,養其旁條;删其密,夭其稺枝;鋤其直,遏其生氣[8],以求重價,而江、浙之梅皆病。文人畫士之禍之烈至此哉!

予購三百瓮,皆病者,無一完者。既泣之三日,乃誓療之,縱之,順之。毁其瓮,悉埋於地,解其椶縛。以五年爲期,必復之,全之。予本非文人畫士,甘受詬厲[9]。闢病梅之館以貯之。烏乎,安得使予多暇日,又多閑田以廣貯江甯、杭州、蘇州之病梅,窮余生之光陰以療梅也哉。

四部叢刊本《定盦續集》卷三

【註釋】

[1] 江甯,今江蘇省南京市。甯,當作寧,係避清宣宗旻寧諱改。龍蟠,即龍蟠里,在今南京市清涼山下。

[2] 鄧尉,山名,在今江蘇省蘇州市西南。漢時鄧尉曾隱居此處,故名。鄧尉山多梅樹,每到開花時,一望如雪,號稱"香雪海"。

[3] 西谿,地名,在今浙江省杭州市靈隱山西北。
[4] 欹,歪斜不正。
[5] 固也,向來如此。
[6] 繩,此處作動詞用,衡量之意。
[7] 殀梅,使梅早死。殀,同"夭"。
[8] 遏其生氣,阻抑它的生機。
[9] 詬厲,辱駡,憎惡。

記王隱君

【解題】 本文記敍一位姓王的隱君子的事蹟。初從簏中詩與寫本《心經》引起,歷述轎夫戚貓所語、自己親身所遇,及何布衣、馬太常等諸人之言,由不同側面烘托出隱君的形象。結尾寫隱君所居之處,亦頗簡潔,表現了作者散文的特色。

於外王父段先生廢簏中[1],見一詩,不能忘。於西湖僧經箱中,見書《心經》[2],蠹且半[3],如遇簏中詩也,益不能忘。

春日,出螺師門[4],與轎夫戚貓語。貓指荒冢外曰:"此中有人家。段翁來杭州,必出城訪其處,歸不向人言。段不能步,我舁往[5]。獨我與吴轎夫知之。"循冢得木橋,遇九十許人[6],短褐曝日中[7]。問路焉[8],告聾[9]。予心動,揖而徐言:"先生真隱者!"答曰:"我無印章。"蓋隱者與印章聲相近。日晡矣[10],貓促之,悵然歸。

明年冬,何布衣來[11],談古刻。言:"吾有宋拓李斯郎邪石[12]。吾得心疾,醫不救。城外一翁至,言能活之。兩劑而愈[13]。曰:'爲此拓本來也!'入室,徑攜去。"他日,見馬太常[14],述布衣言,太常俯而思,仰而掀髯曰:"是矣!是矣!吾甥鎖成[15],嘗失步入一人家[16],從竈後降户出[17],忽有院宇,滿地皆松化石[18]。循讀書聲,速入室,四壁古錦囊,囊中貯金石文字。案有《謝朓集》[19],借之,不可,曰:'寫一本贈汝!'越月往視,其書類虞世南[20]。曰:'蓄書生乎[21]?'曰:'無之。'指牆下耡地者:'是爲我書[22]。'出門,遇梅一株,方作華[23],竊負松花石一塊歸。若兩人所遇其皆是歟[24]?"

予不識鎖君,太常、布衣皆不言其姓,吴轎夫言:"鬍鬅姓王也。"西湖僧之徒取《心經》來,言是王老者寫,參互求之[25],姓王何疑焉!惜不得耡地能書者姓。

橋外大小兩樹,依倚立,一杏,一烏桕。

四部叢刊本《定盦續集》卷四

【註釋】

[1] 外王父,外祖父。段先生,段玉裁(一七三五——一八一五),字若膺,一字懋堂,江蘇金壇人。乾隆時舉人,官巫山知縣。精於小學,爲清代著名的文字訓詁學家和經學家。是作者龔自珍的祖祖父。簏,竹製的書箱。
[2]《心經》,佛經名,爲《般若波羅蜜多心經》的簡稱。
[3] 蠹(dù 妒),蠹魚,衣書中的蛀蟲。此處作動詞蛀蝕解。且,將近。

[4] 螺師門,杭州舊時的東門,一名清泰門。

[5] 舁(yú 余),共舉,扛抬。

[6] 許,約計數量之辭。九十許,大約九十歲左右。

[7] 褐,粗布衣服。

[8] 問路焉,向他問路。焉,指示代詞,此處代九十許之老人。

[9] 告聾,(老人)對我說,他耳聾,聽不見。

[10] 晡(bū 逋),申時,黄昏時。

[11] 何布衣,何元錫,字夢華,清錢塘(即今浙江省杭州市)人。著有《秋神閣詩鈔》、《蝶隱庵丙辰稿》。布衣,指没有應舉過、没有功名的人。《鹽鐵論·散不足》:“古者庶人耋老而後衣絲,其餘則僅麻枲而已,故命曰布衣。”

[12] 宋拓,宋朝的拓本。拓本,一稱搨本,摹搨古器碑帖之本。李斯郎邪石,秦始皇二十八年(前二一九),始皇東行郡縣,行封禪。登郎邪(一作琅琊,山名。在今山東省諸城縣東南濱海處),大樂之,留三月。徙民三萬户作郎邪臺。立石刻頌秦德。石刻文見《史記·始皇本紀》。相傳石刻爲丞相李斯所書,故云。

[13] 劑,藥劑。這句是説,喫了兩劑藥以後,病就好了。

[14] 馬太常,馬履泰,字秋藥,清錢塘人。官太常寺少卿(掌宗廟禮儀)。

[15] 鎖成,號吟竹,回族人,占籍錢塘。工於詩,著有《蛇略》、《然糠録》。

[16] 失步,迷路。

[17] 湫(jiǎo 湫)户,小門。湫,狹仄。

[18] 松化石,石質之成松理者。

[19]《謝朓集》,即《謝宣城集》,今存五卷,南齊謝朓作。

[20] 虞世南,唐代著名書法家。字伯施,越州餘姚(今浙江省餘姚縣)人。

[21] 蓄,蓄養,此處有僱佣的意思。這句是説,僱有專門抄寫的人嗎?

[22] 是,指示代詞,這個人(牆下鋤地者)。

[23] 方作華,正在開花。華,古“花”字。

[24] 若,你們。

[25] 參互,交互。這句是説,以吴轎夫和西湖僧所言,參合起來思考。

薛福成文

薛福成,字叔耘,號庸盦。無錫(今江蘇省無錫市)人。生於公元一八三八年(清宣宗道光十八年),卒於公元一八九四年(清德宗光緒二十年)。光緒間,先後參預曾國藩、李鴻章幕府,出使英、法、意、比諸國,回國後升任右副都御史,不久卒。他和黎庶昌、吴汝綸等,同爲當時繼承桐城派傳統的重要作家。著有《庸盦全集》等。

觀巴黎油畫記

【解題】 本文選自《庸盦全集》第三種《庸盦文外編》卷四。光緒十六年春,作者出使法國,二月二十四日參觀了巴黎蠟人館和油畫院,他的《出使日記》記有此事。此文對蠟人形象的描繪和對油畫内容的敘述,細緻生動。末句以感嘆作結,更引人深思。

余遊巴黎蠟人館,見所製蠟人,悉仿生人,形體態度,髮膚顔色,長短豐瘠[1],無不畢肖。自王公卿相以至工藝雜流,凡有名者,往往留像於館:或立,或臥,或坐,或俯,或笑,或哭,或飲,或博[2];驟視之,無不驚爲生人者。余亟嘆其技之奇妙[3]。

譯者稱西人絶技[4],尤莫逾油畫,盍馳往油畫院[5],一觀普法交戰圖乎[6]?

其法爲一大圜室[7],以巨幅懸之四壁,由屋頂放光明入室。人在室中,極目四望,則見城堡岡巒,溪澗樹林,森然布列。兩軍人馬雜遝[8]:馳者,伏者,奔者,追者,開槍者,燃礮者,搴大旗者[9],挽礮車者,絡繹相屬[10]。每一巨彈墮地,則火光迸裂,煙燄迷漫;其被轟擊者,則斷壁危樓,或黔其廬,或赭其垣[11]。而軍士之折臂斷足,血流殷地[12],偃仰僵仆者,令人目不忍覩。仰視天,則明月斜掛,雲霞掩映;俯視地,則緑草如茵,川原無際;幾自疑身外即戰場,而忘其在一室中者。迨以手捫之[13],始知其爲壁也,畫也,皆幻也。

余聞法人好勝,何以自繪敗狀,令人氣喪若此?譯者曰:"所以昭炯戒[14],激衆憤,圖報復也。"則其意深長矣!

光緒年間《庸盦全集》第三種《庸盦文外編》卷四,
參校該書第九種《出使日記》卷一

【註釋】

[1] 豐瘠(jí 及),肥瘦。

[2] 博,賭博。

[3] 亟(qì 氣),頻亟,作屢屢、連連解。

[4] 西人,西方人。

[5] 盍(hé 何),何不。

[6] 普法交戰圖,巴黎油畫院著名作品。普指普魯士,法指法國。普法戰爭發生於公元一八七〇年,結果普魯士勝,法國敗,皇帝拿破崙第三投降。

[7] 圜,同"圓"。

[8] 雜遝(tà 踏),紛亂。

[9] 搴(qiān 牵),拔取。

[10] 相屬,猶相連。

[11] 或黔其廬二句:黔,黑色。廬,房屋。赭(zhě 者),赤褐色。垣(yuán 元),牆壁。這兩句是說,由於礮轟、火藥爆炸燃燒的緣故,有的房屋被燻黑,有的牆壁被燒成赤褐色。

[12] 殷(yān 烟),此處作赤黑色講。血流殷地,是說大量的血把土地都染紅了。

[13] 迨(dài 代),等到。捫(mén 門),撫摸。

[14] 昭炯戒,以明白的警戒昭示大衆。

譚嗣同文

譚嗣同，字復生，號壯飛，瀏陽（今湖南省瀏陽縣）人。生於公元一八六五年（清穆宗同治四年），卒於公元一八九八年（清德宗光緒二十四年）。曾先後遊歷西北、東南諸省。甲午戰争後，憤中國之積弱不振，在瀏陽倡立學社。一八九六年以父命入資爲候補知府。次年，陳寶箴、黄遵憲等在湖南實行新政，譚嗣同應邀赴長沙，積極參預設立時務學堂，籌辦内河輪船、開礦、修鐵路等活動。又倡設"南學會"，辦《湘報》，成爲維新運動的左翼領袖。又次年八月入京，見光緒帝，被任爲軍機處章京，受命與林旭等共謀變法。但不久頑固派發動政變，光緒帝被囚，西太后"訓政"，搜捕維新派，康有爲、梁啓超逃往國外。譚嗣同則與林旭、楊鋭、楊深秀、劉光第、康廣仁同時被害，稱爲"戊戌六君子"。其遺著編爲《譚嗣同全集》。

仁　學（節録）

【解題】 一八九六年，譚嗣同以父命入資爲候補知府，住南京。他因目擊民族危機和清朝官場的腐敗，不願與當權者同流合污，即藉此機會，埋頭研究，寫成《仁學》一書。《仁學》分上下卷，約五萬字。内容很廣泛。認爲"以太"是世界的根源，"仁"即"以太"的體現；提出"君主廢，則貴賤平；公理明，則貧富均"的理想；抨擊某些封建道德，反對君主專制。《仁學》在自然觀方面表現了一些唯物思想的因素，但在社會觀、認識論方面卻有嚴重的唯心主義傾向。一方面，他認爲"仁"就是"以太"，是物質的、變化的；另一方面，他又認爲"仁爲天地萬物之源，故唯心，故唯識"，同時又强調"心"、"心力"、"一切唯心所造"，把"心力"、"仁"看做是决定性的東西。

本文着重闡明"民本"、"君末"的道理，提出"君也者，爲民辦事者也"的思想，斥責"忠臣""死節"等腐朽的封建道德，認爲國家和人民是不可分割的，"除民之外，國果何有"這些地方表現了作者一定的民主思想；但文中對孔教的君臣之義，不作批判，反而加以美化，這是作者局限性的表現。

生民之初，本無所謂君臣，則皆民也。民不能相治，亦不暇治，於是共舉一民爲君。夫曰共舉之，則非君擇民，而民擇君也；夫曰共舉之，則其分際又非甚遠於民[1]，而不下儕於民也；夫曰共舉之，則因有民而後有君：君末也，民本也。天下無有因末而累及本者，亦豈可因君而累及民哉？夫曰共舉之，則且必可共廢之。

君也者，爲民辦事者也；臣也者，助辦民事者也。賦税之取於民，所以爲辦民事之資也。如此而事猶不辦，事不辦而易其人，亦天下之通義也。觀夫鄉社賽會，必擇舉一長，使治會事，用人理財之權咸隸焉[2]。長不足以長則易之，雖愚夫願農[3]，猶知其然矣；何獨於君而不然？豈謂舉之戴之，乃以竭天下之身命膏血，供其盤樂怠傲[4]，驕奢而淫殺乎？供一身之不足，又濫縱其百官，又欲傳之世世萬代子孫，一切酷毒不可思議之法，由此其繁興矣！民之俯首帖耳，恬然坐受其鼎鑊刀鋸[5]，不以爲怪，固曰大可怪矣，而君之亡猶顧爲之死節！

故夫死節之説，未有如是之大悖者矣。君亦一民也，且較之尋常之民而更爲末也。民之於民，無相爲死之理；本之與末，更無相爲死之理。然則古之死節者，乃皆不然乎？請爲一大言斷之曰：止有死事的道理，決無死君的道理！死君者，宦官宫妾之爲愛，匹夫匹婦之爲諒也[6]。人之甘爲宦官宫妾，而不免於匹夫匹婦，又何誅焉？夫曰共舉之，猶得曰吾死吾所共舉，非死君也；獨何以解於後世之君，皆以兵強馬大力征經營而奪取之，本非自然共戴者乎！況又有滿、漢種類之見，奴役天下者乎！夫彼奴役天下，固甚樂民之爲其死節矣。一姓之興亡渺渺乎小哉，民何與焉[7]？乃爲死節者，或數萬而未已也。本末倒置，寧有加於此者？

伯夷、叔齊之死[8]，非死紂也，固自言以暴易暴矣[9]，則亦不忍復覩君主之禍，遂一瞑而萬世不視耳。且夫彼之爲前主死也，固後主之所深惡也；而事甫定，則又禱之祠之[10]，俎豆之[11]，尸祝之[12]，豈不亦欲後之人之爲我死，猶古之娶妻者，取其爲得罟人也[13]。

若夫山林幽貞之士，固猶在室之處女也，而必脅之出仕，不出仕則誅；是挾兵刃摟處女而亂之也。既亂之，又詬其不貞，暴其失節，至爲貳臣傳以辱之[14]；是豈惟辱其人哉，實陰以嚇天下後世，使不敢背去。夫以不貞而失節於人也，淫凶無賴子之於娼妓，則有然矣。始則強姦之，繼又防其姦於人也，而幽錮之，終知姦之不勝防，則標著其不當從已之罪，以威其餘。夫在弱女子，亦誠無如之何，而不能不任其所爲耳；奈何四萬萬智勇材力之人，彼乃娼妓畜之，不第不敢微不平於心，益且詡詡然曰“忠臣忠臣”[15]。古之所謂忠乃爾愚乎[16]？

古之所謂忠，以實之謂忠也[17]。下之事上當以實，上之待下乃不當以實乎？則忠者共辭也，交盡之道也，豈又專責又臣下乎？

孔子曰：“君君臣臣”，又曰：“父父子子，兄兄弟弟，夫夫婦婦。”[18]教主未有不平等者。古之所謂忠，中心之謂忠也。撫我則后[19]，虐我則讎，應物平施，心無偏袒，可謂中矣，亦可謂忠矣。君爲獨夫民賊[20]，而猶以忠事之，是輔桀也[21]，是助紂也[22]。其心中乎不中乎？

嗚呼，三代以下之忠臣[23]，其不爲輔桀助紂者幾希！況又爲之掊克聚斂[24]，竭澤而漁[25]，自命爲理財，爲報國，如今之言節流者[26]，至分爲國與爲民二事乎？國與民已分爲二，吾不知除民之外，國果何有？無惑乎君主視天下爲其囊槖中之私產，而犬馬土芥乎天下之民也[27]。民既擯斥於國外，又安得少有愛國之忱？何也？於我無與也！繼自今，即微吾說，吾知其必無死節者矣。

三聯書店版《譚嗣同全集・仁學》卷下

【註釋】

[1] 分，名分，職分。《禮記・禮運》：“男有分。”註：“分，猶職也。”際，邊，畔。此處分際，猶言身份地位的界限。

[2] 咸隸焉，都歸屬他。隸，屬。

[3] 願，謹。《左傳》襄三十一年：“願，吾愛之。”註：“願，謹善也。”此處願農，猶言忠厚老實的農民。

[4] 盤，同“般”。《孟子・公孫丑》：“般樂怠敖。”趙註：“般，大也。”

[5] 恬然句：鼎鑊，原爲古代烹飪的器具。此處是指古代的一種酷刑：把人放在鼎鑊中烹煮。《史記・廉頗傳》：“臣知欺大王之罪當誅也，臣請就鼎鑊。”此句意謂，安然地受着統治者的各種酷刑。

[6] 諒,信。《論語·憲問》:"豈若匹夫匹婦之爲諒也,自經於溝瀆而莫之知也。"邢疏:"諒,信也。"

[7] 一姓兩句:與,參與,關涉。此兩句意謂,君主一姓的興亡得失,是很渺小的事,與人民大衆有何關涉?

[8] 伯夷、叔齊,殷代孤竹君之二子。周武王伐商時,夷、齊叩馬而諫,及周武王勝商,有天下,夷、齊恥食周粟,隱於首陽山,採薇而食,後餓死。事見《史記·伯夷列傳》。

[9] 以暴易暴,《史記·伯夷列傳》載伯夷、叔齊於首陽山餓且死時,作歌,其首章辭曰:"登彼西山兮,採其薇矣,以暴易暴兮,不知其非矣!"司馬貞索隱:"西山即首陽山。"又:"以武王之暴臣,易殷紂之暴主,而不自知其非矣。"按,當時周武王伐商是正義的戰争,伯夷、叔齊反對這個戰争,是錯誤的。古代不少人都對伯夷、叔齊采取歌頌的態度,這也是不對的。毛澤東同志在《別了,司徒雷登》一文中曾經説:"唐朝的韓愈寫過《伯夷頌》,頌的是一個對自己國家的人民不負責任、開小差逃跑、又反對武王領導的當時的人民解放戰争、頗有些'民主個人主義'思想的伯夷,那是頌錯了。"(《毛澤東選集》第四卷)

[10] 禱之祠之,祭祀他,並且向他祈禱求福。禱,告事求福。

[11] 俎、豆,皆古代祭祀時盛物的容器。此處俎豆作祭祀解。

[12] 尸祝,《莊子·庚桑楚》:"居三年,畏壘(或作嵔壘,山名)大壤(或作穰,豐也),畏壘之民相與言曰:'……子胡不相與尸而祝之,社而稷之乎?'"古時代表受祭者的人叫尸,祭時司告鬼神的人叫祝。此處引申爲崇拜祝頌之意。

[13] 猶古之娶妻者二句:《戰國策》卷三《秦策》:"楚人有兩妻者,人誂其長者,長者詈之;誂其少者,少者許之。居無幾何,有兩妻者死,客謂誂者曰:'汝取長者乎? 少者乎?''取長者。'客曰:'長者詈汝,少者和汝;汝何爲取長者?'曰:'居彼人之所,則欲其許我也;今爲我妻,則欲其爲我詈人也。'"

[14] 貳臣,仕二姓的臣子。清乾隆四十一年下詔於國史增列《貳臣傳》,所載皆明代舊臣降清朝者。據《清史列傳》,所列計一百二十餘人。

[15] 彼乃娼妓畜之三句:意謂清統治者像對待娼妓一般地對待臣民,而這些臣民不但不敢在心裏存在着一些不平、不滿,卻反而自誇説什麽"忠臣忠臣"。

[16] 乃爾愚乎? 是這樣的愚蠢嗎? 爾,如此。

[17] 實,誠。《楚辭·九嘆·逢紛》:"后聽虚而黜實兮。"註:"黜,貶也。實,誠也。"

[18] 孔子曰六句:《論語·顔淵》:"齊景公問政於孔子,孔子對曰:'君君臣臣,父父子子。'"《周易·家人》卦:"家人有嚴君焉,父母之謂也。父父子子,兄兄弟弟,夫夫婦婦,而家道正。正家,而天下定矣。"譚嗣同把兩處原文連在一處,屬之孔子。按,孔子所謂君臣父子兄弟夫婦之義,其實是一種維護封建等級制度的倫理道德,譚嗣同對此未加分析批判,反而把它説成是"平等"的,反映了作者反對封建傳統道德的不徹底性。

[19] 后,君主。此句連下句意謂,如果安撫、善待我,那末我就把他當作君主;如果虐待我,那末我就把他當作仇人。

[20] 獨夫,殘暴的君主。《尚書·泰誓》:"獨夫受洪惟作威。"蔡傳:"獨夫,言天命已絶,人心已去,但一獨夫耳。"獨夫或稱一夫,《孟子·梁惠王》:"殘賊之人,謂之一夫。"朱註:"一夫,言衆叛親離,不復以爲君也。"民賊,殘害人民的人。《孟子·告子》:"今之所謂良臣,古之所謂民賊也。"此處獨夫民賊,統指殘暴無道的統治者。

[21] 桀,夏桀,夏朝最末一個君主,暴虐無道。

[22] 紂,商紂,商朝最末一個君主,暴虐無道。後周武王率諸侯伐紂,遂滅商。

[23] 三代,指夏、商、周。《論語·衛靈公》:“斯民也,三代之所以直道而行也。”馬融註:“三代,夏、殷(商)、周。”

[24] 掊克,《詩經·大雅·蕩》:“曾是掊克。”毛傳:“掊克,自伐而好勝人也。”疏:“掊即倍也。倍者不自量度,謂己兼倍於人而自矜伐;克者勝也,己實不能,恥於受屈,意在陵物必勝而已。”按,朱傳則謂:“掊克,聚斂之臣也。”兩説不同。此處掊克,似作聚斂解於義爲長。

[25] 竭澤而漁,盡去澤中之水以取魚,比喻没有遺留。《淮南子·本經訓》:“焚林而田,竭澤而漁。”此處竭澤而漁,比喻剥削之甚。

[26] 節流,《荀子·富國》:“節其流,開其源。”開源節流,指財政上的開發税源、節減開支。

[27] 而犬馬句:意謂把人民當作犬馬土芥來對待。《孟子·離婁下》:“君之視臣如手足,則臣視君如腹心。君之視臣如犬馬,則臣視君如國人。君之視臣如土芥,則臣視君如寇讎。”國人,猶言路人。芥,小草。

章炳麟文

章炳麟，一名絳，號太炎，餘杭（今浙江省餘杭縣）人。生於公元一八六八年（清穆宗同治七年）。卒於公元一九三六年。炳麟富於民族思想，曾先後擔任《時務》、《昌言》等報編輯，並創愛國學舍，鼓吹革命，因此被捕。在獄時，參與光復會，出獄以後，逃往日本，復加入同盟會。辛亥革命後，曾一度爲籌邊使，旋被袁世凱幽禁。袁氏失敗後，始恢復自由，但日漸脱離政治，專意講學，思想也漸趨保守。魯迅説他"雖先前也以革命家現身，後來卻退居於寧静的學者，用自己所手造的和别人所幫造的牆和時代隔絶了"（《關於太炎先生二三事》）。生平邃於文字音訓經史之學，著有《章氏叢書》。

徐錫麟傳

【解題】 徐錫麟是作者當時所領導的革命團體——光復會的會員。光緒三十三年（一九〇七），他在安慶領導起義，擊死安徽巡撫恩銘。這次起義雖未成功，但爲後來的辛亥革命起了先驅的作用。本文記述了徐氏的一生事蹟，描繪了他的壯烈的英雄行爲。

徐錫麟，字伯蓀，浙江山陰人也[1]。幼撟虔[2]，器過手輒毁，父憎之。年十三，挺走錢塘爲沙門[3]，不合，歸讀書。喜算術，尤明天官[4]，中夜輒騎危視列宿[5]。所圖天象甚衆，又自爲渾天儀，徑三尺許[6]，及造紹興地勢圖，然未嘗從師受也。稍長，習農田事，聞崑山多曠土，欲往開治，不果。年二十九，以經算教於紹興中學[7]，二歲，轉副監督。在校四年，弟子益親如家人。頃之，以觀博覽會赴日本，得同志數人，且購圖書刀劍以歸。

錫麟家東浦[8]，在縣西十五里，爲立蒙學，又規建越郡公學[9]，爲惎者中傷數矣[10]，卒不動。嘗置一短銃，行動與將[11]。時露西亞人逼遼東[12]，錫麟聞之，慟哭，畫露西亞人爲的，自注彈丸射之，一日輒試銃十數反，遭彈丸反射，直徑汏肩上[13]，顔色不變，試之愈勤。其後持銃，有不發[14]，發即應指而倒。錫麟始慕句踐、項梁，欲保聚紹興[15]，且以觀變。年三十，以事過上海，上海有浙江豪傑十餘人，設盟約，謀光復，即走就之，歸始以兵法部勒子弟矣[16]。明年，與弟子循行諸暨、嵊、東陽、義烏四縣，晝步行百里，夜止叢社間[17]，幾一月，多交其地奇才力士。歸語人曰："涉歷四縣，得俊民數十[18]，知中國可爲也。"

初，紹興城中有大善寺，天主教會欲得之，陰構諸無賴脅沙門署質劑爲賃於教會者[19]，紹興名族士大夫皆怒，弗敢言。錫麟方病瘧，裹絮被，直走登壇，宣説抵拒狀，衆讙踊[20]，卒毁券，教會謀益衰。

錫麟念士氣孱弱，倡體育會，月聚諸校弟子數百人，習手臂注射[21]，女子秋瑾與焉。從是就大通師範學校[22]，朝夕講武。每訓練，必身先之。素短小，習一歲，筋力自倍，能日行二百里。尤善同縣許克丞，謀以術傾滿洲。克丞捐金五萬版與之，入貲得道員。年三十三，與其弟錫驥暨餘姚馬宗漢等二十五人詣日本[23]，因通商局長石井菊次郎求入聯隊[24]，不許。欲入振武學校，以短視[25]，試不及格。居數月，以事歸國。是時，餘杭章炳麟以言革命繫上海獄，罰作三歲，限且盡[26]。或言虜欲行賄獄卒毒殺之，上海大譁。錫麟爲奔走調護，直詣獄見炳麟。炳麟素不知錫麟名,識其友陶成章[27]。錫麟欲自陳平生事,獄吏訶之,錯遻不得語[28],乃罷去。復東抵日本,欲與陶成章及弟子會稽陳伯平入陸軍經理學校[29],不果。屬其友某學造紙幣,曰:"軍興餉匱,勢將鈔略[30];鈔略則病民,亦自敗,洪秀全事可鑒也。今計莫如散軍用票,事成,以次收之。然軍用票易作僞,宜習其彫文鐵鏤[31],令難作易辨,子勉學矣。"

議既定,以陳伯平、馬宗漢歸[32]。鄉人復請任徼巡事[33],許之。旋與同縣曹醴泉赴宛平[34],出山海關,徧走遼東、吉林諸部,至輒覽其山川形勢。見大盜馮麟閣[35],與語,甚説。是歲,淮安、徐、海大侵[36]。錫麟年三十四,即以道員赴安徽試用。錫麟未得道員時,欲藉權傾虜廷,諸達官無所不游説。自袁世凱、張之洞、及浙江巡撫張曾敭[37],故湖南巡撫俞廉三皆中其説,爲通關節書[38],鎮浙將軍滿洲人某,亦受錫麟倭刀[39],爲其用。

到安慶,歲莫,即主陸軍小學。踰年,移主巡警學堂。日中戎服,自督課,莫即置酒請諸軍將士,又賣衣服以給彈丸;諸生益嚴重錫麟,雖軍士,亦多欲附者矣。安徽巡撫恩銘謂錫麟能,奏請加二品銜。然聞人言,日本學生多陰謀,稍忌之。錫麟亦心動,即移書浙江諸豪,刻日赴安慶。又外與諸練軍結,欲倉卒取安徽大吏,令軍心亂,乃舉事。期五月二十八日,巡警生卒業,集大吏臨視,盡掩殺之。恩銘欲速,召其校執事顧松,令易斯,以二十六日臨視。時,援未集,顧已不可奈何,乃密與陳伯平、馬宗漢爲備。及期,鼓吹作,諸大吏皆詣校疑立[40],巡撫前即位[41],三司諸吏以次侍[42]。錫麟令顧松鍵門[43],拒出入;顧松固知情,陽諾,不爲鍵。錫麟持短銃,遽擊恩銘,數發,皆中要害。左右輿之走,三司皆奪門走,即閉城門,拒外兵。諸軍至,不得入,乃發兵捕錫麟。錫麟知事敗,傳呼巡警生百餘人,曰:"立正。"巡警生皆立正。錫麟曰:"向左轉走。"巡警生皆左轉走。走則攻軍械局,據之。發銃,彈丸盡。發礮,礮機關絶。陳伯平戰死,錫麟即登屋走,追者至,被禽[44]。恩銘已死,三司問錫麟狀,曰:"受孫文教令耶?"錫麟曰:"我自爲漢種,問罪滿洲,孫文何等鯫生[45],能教令我哉?"五月二十六日,虜殺山陰徐錫麟於安慶市,刳其心祭恩銘,而浙江虜官亦捕殺秋瑾,大通學校遂破壞。

錫麟之死,年三十五矣。錫麟雖陰鷙,然性愛人。在山陰,嘗步上龍山[46],見一老嫗方自經,遽抱持救之。問其故,曰:"負人錢。"即爲代償,得不死。……

章炳麟曰:"錫麟卓鷙越勁,蓋有項王風。其猝起不反顧者,非計短也,以寡助遇大敵,固以必死倡耳。始錫麟攜妻孥抵日本,及歸,有知其謀者,風錫麟當置家屬海外,猶得遺種。錫麟曰:'人皆有妻子,可悉移異域乎?以至安自處,詒人以危,吾恥之。'卒攜家歸。余見世之從容大言者多矣,臨事多全軀保妻子;而世方被以榮名,光復之緒其斬哉!……"

章氏叢書本《太炎文録初編》卷二,略有删節

【註釋】

[1] 山陰,今浙江省紹興市。

[2] 撟虔,頑皮,淘氣。《尚書·吕刑》:"奪攘撟虔。"鄭註:"撟虔謂撓擾。"

[3] 錢塘，今浙江省杭州市。秦時置錢塘縣。挺，《左傳》文公十一年："鋌而走險。"註："鋌，疾走貌。"洪亮吉《左傳詁》："按此字當從手廷。高誘《吕覽》註：'猶動也。'"沙門，一稱桑門，即和尚。

[4] 天官，天文的代稱。《史記》有《天官書》，記述天文星座等現象。

[5] 騎危，指攀登高處。《史記·魏世家》："（范）痤因上屋騎危。"裴駰集解："危，棟上也。"案，棟上指屋脊。列宿，列星，天空諸星宿。《史記·天官書》："天則有列宿，地則有州域。"

[6] 又自爲二句：渾天儀，一稱渾儀，古時觀測天象的儀器。徑，直徑。

[7] 經算，謂數學。

[8] 東浦，市集名。

[9] 規建，創辦。規，規劃；建，開辦。

[10] 惎（jì 忌），憎惡，厭惡。

[11] 嘗置二句：短銃（chòng 充去），手槍。與將，隨身帶。將，作從解。

[12] 露西亞，俄羅斯，日譯作露西亞。光緒二十六年（一九〇〇），八國聯軍攻入北京，當時沙俄乘勢出兵，佔領我東北。光緒二十八年，清廷和沙俄訂了《交收東三省條約》，但沙俄借故拖延，不肯撤兵，引起我國人民的極大憤慨。

[13] 一日三句：十數反，十數次。直徑，直接。汏（tà 闥），滑過。

[14] 有不發，除非不發，不發則已。

[15] 保聚，保守，聚守。

[16] 部勒，部署，約束。《史記·項羽本紀》："陰以兵法部勒賓客及子弟。"

[17] 叢社，叢祠，叢林中的神社。

[18] 俊民，有才幹的人，豪傑之士。

[19] 質劑，猶契約。《周禮·天官·小宰》："聽賣買以質劑。"鄭註："質劑謂兩書一札，同而别之，長曰質，短曰劑……今之券書也。"賃，典質，出售。

[20] 讙踊，喜歡得跳了起來。

[21] 手臂，拳術、刺擊之類。注射，射擊，打槍。

[22] 大通師範學校，一名大通學校，徐錫麟於光緒三十一年（一九〇五）創辦，並利用它進行革命活動。

[23] 馬宗漢，字子貽，曾肄業浙江高等學校，應徐錫麟之召，至安慶謀起義；徐錫麟既死，亦被殺。詣，往，到。

[24] 聯隊，日本軍隊組織單位，相當於中國軍隊的團。

[25] 短視，近視。

[26] 三歲，三年，此指三年徒刑。限且盡，快要滿期出獄。

[27] 陶成章，字焕卿，紹興人，光復會領導人之一。上海光復後，爲陳其美嗾使蔣介石刺死於廣慈醫院。

[28] 獄吏二句：訶，詆訶，申斥。错遌，一作錯愕，倉卒驚懼貌。

[29] 陳伯平，大通學校學生。

[30] 鈔略，搶略，劫掠。

[31] 彫文鐵鏤，雕印花紋。鐵，同"纖"。

[32] 以，與，和。

[33] 徼巡事,巡察,有關維持地方治安的事。巡,一作"循"。《漢書·百官表》:"中尉,秦官,掌徼循京師。"

[34] 宛平,本縣名,明清時與大興縣同隸順天府,因用爲北京的代稱。

[35] 馮麟閣,遼寧人,張作霖時,曾任東北軍師長。

[36] 大侵,大荒年。《穀梁》襄公二十四年:"五穀不升謂之大侵。"

[37] 張曾敭,字小帆,南皮(今河北省南皮縣)人,同治七年進士。光緒三十一年任浙江巡撫,秋瑾就是他殺害的。

[38] 關節,賄賂,請託。

[39] 倭刀,日本制造的佩刀,以鋒利得名。

[40] 疑(yì 邑)立,《儀禮·鄉飲酒》:"賓西階上疑立。"鄭玄註讀疑爲仡,仡立謂正立。諸大吏,謂巡撫以外的重要官吏。因爲巡撫親自主持畢業典禮,都到場立候。

[41] 即位,就位。

[42] 三司,指省的民政、司法、教育長官,即布政使司、按察使司、提學使司,亦稱藩臺、臬臺、學臺。

[43] 鍵門,鎖上門。

[44] 禽,同"擒",逮捕。

[45] 鯫生,小子,罵人之辭,亦用作自己的謙稱。

[46] 龍山,紹興南門内的一個小山。

梁啓超文

作者介紹見前詩歌部份。

少年中國説

【解題】 清朝末年,政治腐敗,死氣沉沉,帝國主義者因此譏笑中國爲"老大帝國"。作者站在資産階級改良主義的立場上,對當時腐朽的官僚提出批評,表現了他要求祖國繁榮富強的願望和積極進取的精神。但他所嚮往的是資本主義的道路,希望中國強大起來,"稱霸宇内,主盟地球"。這同我們今天馬克思主義的愛國主義和國際主義精神是不相符的。至於"少年""老年"之説的比喻,也有嚴重的片面性。類似這些問題,都應歷史地具體分析。

日本人之稱我中國也,一則曰老大帝國,再則曰老大帝國。是語也,蓋襲譯歐西人之言也。嗚呼!我中國其果老大矣乎?梁啓超曰:惡!是何言!是何言!吾心目中有一少年中國在。

欲言國之老少,請先言人之老少。老年人常思既往,少年人常思將來。惟思既往也,故生留戀心;惟思將來也,故生希望心。惟留戀也故保守,惟希望也故進取。惟保守也故永舊,惟進取也故日新。惟思既往也,事事皆其所已經者,故惟知照例;惟思將來也,事事皆其所未經者,故常敢破格。老年人常多憂慮,少年人常好行樂。惟多憂也,故灰心;惟行樂也,故盛氣。惟灰心也,故怯懦;惟盛氣也,故豪壯。惟怯懦也,故苟且;惟豪壯也,故冒險。惟苟且也,故能滅世界;惟冒險也,故能造世界。老年人常厭事,少年人常喜事。惟厭事也,故常覺一切事無可爲者;惟好事也,故常覺一切事無不可爲者。老年人如夕照,少年人如朝陽。老年人如瘠牛,少年人如乳虎。老年人如僧,少年人如俠。老年人如字典,少年人如戲文。老年人如鴉片烟,少年人如潑蘭地酒。老年人如别行星之隕石,少年人如大洋海之珊瑚島。老年人如埃及沙漠之金字塔,少年人如西比利亞之鐵路。老年人如秋後之柳,少年人如春前之草。老年人如死海之瀦爲澤[1],少年人如長江之初發源。此老年與少年性格不同之大略也。梁啓超曰:人固有之,國亦宜然。

梁啓超曰:傷哉,老大也!潯陽江頭琵琶婦,當明月繞船,楓葉瑟瑟,衾寒於鐵,似夢非夢之時,追想洛陽塵中春花秋月之佳趣[2]。西宫南内,白髮宫娥,一燈如穗,三五對坐,談開元天寶間遺事,譜霓裳羽衣曲[3]。青門種瓜人[4],左對孺人,顧弄孺子,憶侯門似海,珠履雜遝之盛事。拿破崙之流於厄蔑[5],阿剌飛之幽於錫蘭[6],與三兩監守吏,或過訪之好事者,道當年短刀匹馬馳騁中原,席捲歐洲,血戰海樓,一聲叱咤,萬國震恐之豐功偉烈,初而拍案,繼而撫髀[7],終而攬鏡,嗚呼,面皴齒盡,白髮盈把,頹然老矣!若是者,舍幽鬱之外無心事,舍悲慘之外無天地,舍頹唐之外無日月,舍嘆息之外無音聲,舍待死之外無事業,美人豪傑且然,而況於尋常碌碌者耶?生平親友,皆在墟墓;起居飲食,待命於人。今日且過,遑知他日?今年且過,遑恤明年?普天下灰心短氣之事,未有甚於老大者。於此人也,而欲望以拏雲之手段[8]，回天之事功，挾山超海之意氣[9]，能乎不能？

嗚呼！我中國其果老大矣乎？立乎今日以指疇昔，唐虞三代，若何之郅治[10]；秦皇漢武，若何之雄傑；漢唐來之文學，若何之隆盛；康乾間之武功，若何之烜赫[11]。歷史家所鋪敍，詞章家所謳歌，何一非我國民少年時代良辰美景賞心樂事之陳跡哉！而今頽然老矣，昨日割五城，明日割十城，處處雀鼠盡，夜夜雞犬驚。十八省之土地財産，已爲人懷中之肉，四百兆之父兄子弟，已爲人註籍之奴[12]，豈所謂"老大嫁作商人婦"者耶[13]？嗚呼！"憑君莫話當年事，憔悴韶光不忍看！"楚囚相對[14]，岌岌顧影，人命危淺，朝不慮夕。國爲待死之國，一國之民爲待死之民，萬事付之奈何，一切憑人作弄，亦何足怪。

梁啓超曰：我中國其果老大矣乎？是今日全地球之一大問題也。如其老大也，則是中國爲過去之國，即地球上昔本有此國，而今漸澌滅[15]，他日之命運殆將盡也。如其非老大也，則是中國爲未來之國，即地球上昔未現此國，而今漸發達，他日之前程且方長也。欲斷今日之中國爲老大耶，爲少年耶？則不可不先明國字之意義。夫國也者，何物也？有土地，有人民，以居於其土地之人民，而治其所居土地之事，自制法律而自守之；有主權，有服從，人人皆主權者，人人皆服從者，夫如是，斯謂之完全成立之國。地球上之有完全成立之國也，自百年以來也。完全成立者，壯年之事也。未能完全成立而漸進於完全成立者，少年之事也。故吾得一言以斷之曰：歐洲列邦在今日爲壯年國，而我中國在今日爲少年國……

龔自珍氏之集有詩一章，題曰：《能令公少年行》[16]。吾嘗愛讀之，而有味乎其用意之所存。我國民而自謂其國之老大也，斯果老大矣；我國民而自知其國之少年也，斯乃少年矣。西諺有之曰："有三歲之翁，有百歲之童。"然則國之老少，又無定形，而實隨國民之心力以爲消長者也。吾見乎瑪志尼之能令國少年也[17]，吾又見乎我國之官吏士民能令國老大也。吾爲此懼！夫以如此壯麗濃鬱翩翩絶世之少年中國，而使歐西日本人謂我爲老大者，何也？則以握國權者，皆老朽之人也。非哦幾十年八股[18]，非寫幾十年白摺[19]，非當幾十年差，非捱幾十年俸，非遞幾十年手本[20]，非唱幾十年諾[21]，非磕幾十年頭，非請幾十年安，則必不能得一官，進一職。其内任卿貳以上[22]，外任監司以上者[23]，百人之中，其五官不備者，殆九十六七人也。非眼盲，則耳聾，非手顫，則足跛，否則半身不遂也。彼其一身，飲食步履視聽言語，尚且不能自了，須三四人在左右扶之捉之，乃能度日，於此而乃欲責之以國事，是何異立無數木偶而使之治天下也！且彼輩者，自其少壯之時，既已不知亞細歐羅爲何處地方，漢祖唐宗是那朝皇帝，猶嫌其頑鈍腐敗之未臻其極，又必搓磨之，陶冶之，待其腦髓已涸，血管已塞，氣息奄奄，與鬼爲鄰之時，然後將我二萬里山河，四萬萬人命，一舉而畀於其手。嗚呼！老大帝國，誠哉其老大也！而彼輩者，積其數十年之八股、白摺、當差、捱俸、手本、唱諾、磕頭、請安，千辛萬苦，千苦萬辛，乃始得此紅頂花翎之服色[24]，中堂大人之名號[25]，乃出其全副精神，竭其畢生力量，以保持之。如彼乞兒拾金一錠，雖轟雷盤旋其頂上，而兩手猶緊抱其荷包，他事非所顧也，非所知也，非所聞也。於此而告之以亡國也，瓜分也，彼烏從而聽之，烏從而信之。即使果亡矣，果分矣，而吾今年既七十矣，八十矣，但求其一兩年内,洋人不來,強盗不起,我已快活過了一世矣。若不得已,則割三頭兩省之土地,奉申賀敬,以換我幾個衙門,賣三幾百萬之人民作僕爲奴,以贖我一條老命,有何不可?有何難辦?嗚呼!今以所謂老后、老臣、老將、老吏,其修身齊家治國平天下之手段,皆具於是矣。“西風一夜催人老,凋盡朱顔白盡頭。”使走無常當醫生[26],攜催命符以祝壽。嗟乎痛哉!以此爲國,是安得不老且死,且吾恐其未及歲而殤也。

梁啓超曰:造成今日之老大中國者,則中國老朽之冤業也,製出將來之少年中國者,則中國少年之責任也。彼老朽者何足道,彼與此世界作别之日不遠矣,而我少年乃新來而與世界爲緣。如僦屋者然[27],彼明日將遷居地方,而我今日始入此室處。將遷居者,不愛護其窗櫳,不潔治其庭廡,俗人恆情,亦何足怪。若我少年者,前程浩浩,後顧茫茫。中國而爲牛爲馬爲奴爲隸,則烹臠鞭箠之慘酷,惟我少年當之;中國如稱霸宇内,主盟地球,則指揮顧盼之尊榮,惟我少年享之;於彼氣息奄奄,與鬼爲鄰者何與焉。彼而漠然置之,猶可言也;我而漠然置之,不可言也。使舉國之少年而果爲少年也,則吾中國爲未來之國,其進步未可量也。使舉國之少年而亦爲老大也,則吾中國爲過去之國,其澌亡可翹足而待也[28]。故今日之責任,不在他人,而全在我少年。少年智則國智,少年富則國富,少年強則國強,少年獨立則國獨立,少年自由則國自由,少年進步則國進步,少年勝於歐洲,則國勝於歐洲,少年雄於地球,則國雄於地球。紅日初升,其道大光。河出伏流,一瀉汪洋。潛龍騰淵,鱗爪飛揚。乳虎嘯谷,百獸震惶。鷹隼試翼,風塵吸張。奇花初胎,矞矞皇皇[29]。干將發硎[30],有作其芒。天戴其蒼,地履其黄。縱有千古,横有八荒。前途似海,來日方長。美哉我少年中國,與天不老!壯哉我中國少年,與國無疆!

中華書局本《飲冰室合集》

【註釋】

[1] 死海,西南亞著名大咸湖。在約旦同巴勒斯坦之間。南北長七十五公里,東西寬五至十六公里。湖水含鹽度高達23%至25%,水生植物及魚類不生,故稱死海。瀦(zhū猪),積水。

[2] 潯陽六句:潯陽江,今江西九江以北的一段長江。白居易作《琵琶行》,敍述長安歌女,年老色衰,嫁作潯陽江上商人婦,追懷往事,不勝飄零之感。詩云:“潯陽江頭夜送客,楓葉荻花秋瑟瑟。”又:“去來江口守空船,繞船明月江水寒。”本文説洛陽,係作者誤記。

[3] 西宫六句:西宫南内,唐時太極宫,一稱西宫、西内。興慶宫在東内之南,一稱南内。白居易《長恨歌》:“西宫南内多秋草。”白髮宫娥,用元稹《行宫》詩意。《行宫》詩云:“寥落古行宫,宫花寂寞紅。白頭宫女在,閒坐説玄宗。”開元、天寶,都是唐玄宗的年號。霓裳羽衣曲,本名婆羅門,源出印度,開元中,始傳入中國。白居易有《霓裳羽衣舞歌》。

[4] 青門,長安城東最南頭的霸城門,其門色青,稱青門。種瓜人,指邵平,本秦東陵侯,秦亡,種瓜於青門外。

[5] 厄蔑,厄爾巴的異譯,在地中海中,一八一四年,拿破侖被放逐於此。

[6] 阿剌飛,一譯阿拉比帕沙(一八三九——一九一一),埃及人,曾任陸軍部長,倡導國家主義,反對外國干涉埃及内政,爲英軍所敗,流放於錫蘭島。

[7] 撫髀(bì 俾),撫股。《説文》:"髀,股外也。"《三國志·蜀志·先主傳》註引《九州春秋》:"備曰:'吾嘗身不離鞍,髀肉皆消,今不復騎,髀裏肉生。日月若馳,老將至矣!'"

[8] 拏,今作"拿",捉持。拏雲,猶言追風捉月,比喻雄心大志。李賀《致酒行》:"少年心事當拏雲。"

[9] 挾山超海,《孟子·梁惠王》:"挾泰山以超北海。"

[10] 郅(zhì 質)治,極乎治,猶言盛世。

[11] 烜(xuān 萱)赫,聲勢盛貌。

[12] 註籍之奴,記載在名册上的奴隸。

[13] 老大嫁作商人婦,見白居易《琵琶行》。

[14] 楚囚相對,東晉時,諸名士相邀新亭飲宴。周顗嘆曰:"風景不殊,正自有山河之異。"皆相視流淚。王導愀然變色曰:"當共勠力王室,克復神州,何至作楚囚相對。"見《世説新語·言語》。

[15] 澌滅,消滅,滅亡。

[16]《能令公少年行》,收入《定盦全集》,大意説一個人不要因爲老而自餒,不要追求功名利禄,應當放寬胸懷,飲酒高歌,做自己所應做的事,自然能長葆青春。

[17] 瑪志尼,意大利的革命志士。初組織少年意大利黨,鼓吹革命,屢敗屢起,終於完成意大利的統一事業,與加里波的、喀富爾,並稱意大利三傑。

[18] 八股,又名八比、制義、時文。明、清兩朝規定的科舉考試文體,由破題、承題、起講、題比、虚比、中比、後比、大結八者組織而成。八比之名出於元代的王充耘的《書義矜式》,明初又重定體式,到明憲宗成化年間而體製大備。

[19] 白摺,清代考卷之一。殿試用大卷,朝考及其它考試用白摺,由白紙叠成的摺葉。

[20] 手本,舊時下級官進上級官所用的名帖。始於明代,清時沿用之,分紅白兩種,因亦稱紅稟、白稟。紅者用於書寫官銜(官銜手本)、履歷(履歷手本)或慶賀,白者用於普通敍事。

[21] 唱幾十年諾,古人相見,作揖問好,叫做唱喏。諾,當作"喏"。

[22] 卿貳,指尚書、侍郎。舊時以六部尚書爲六卿,少卿爲卿之貳,因合稱卿貳。

[23] 監司,清代布政司、按察司、道員的通稱。

[24] 紅頂花翎,清制:文武官一二品都是紅頂。以孔雀翎爲飾,叫做花翎,有一眼、雙眼、三眼之别。其初惟有功或特賜者方得佩戴,咸豐以後,五品以上的官皆可佩戴,惟只限於一眼;雙眼三眼者,非宗室親王或大臣有殊勳者,不得佩戴。

[25] 中堂,唐時,中書省設政事堂,爲宰相辦公之處,後因稱宰相爲中堂。

[26] 走無常,舊時迷信説法:陰司用活人爲鬼役,勾攝應死者的魂魄,這種人叫做走無常。

[27] 僦(jiù 就)屋,租賃房屋。

[28] 翹足,舉足。比喻容易、快速。

[29] 矞(yù 聿)矞皇皇,美盛貌。《太玄經·交》:"物登明堂,矞矞皇皇。"

[30] 干將,劍名。春秋時,吴人干將善鑄劍,因以爲名。硎,磨刀石。發硎,意謂刀刃新磨。

譚嗣同傳

【解題】 譚嗣同,"戊戌六君子"之一。早年就有強烈的民族意識,甲午戰後更發憤提倡新學。他雖然與康有爲、梁啓超共圖變法維新，也受康、梁的影響，但思想上比康、梁激進。如康有爲主君民同治，他主民治，説："生民之初，本無所謂君臣，則皆民也。民不能相治，亦不暇治，於是共舉一民爲君。""夫曰共舉之，則且必可共廢之。君也者，爲民辦事者也。"（《仁學》）但他畢竟没能超出改良主義的局限，他把希望寄托於清德宗（光緒帝），相信以"皇上天亶聰明，暨我朝德澤之厚"，變法必能成功。由此可見，資産階級改良派本質上總是軟弱的，不徹底的。本文作者與譚嗣同共謀維新，對譚頗爲瞭解，故文章敍述事實，描寫人物，均較具體生動。

譚君，字復生，又號壯飛，湖南瀏陽縣人。少倜儻[1]，有大志，淹通羣籍[2]，能文章，好任俠，善劍術。父繼洵，官湖北巡撫。幼喪母，爲父妾所虐，備極孤孽苦，故操心危，慮患深[3]，而德慧術智日增長焉[4]。弱冠[5]，從軍新疆，游巡撫劉公錦棠幕府[6]。劉大奇其才，將薦之於朝，會劉以養親去官[7]，不果。自是十年，來往於直隸、新疆、甘肅、陝西、河南、湖南、湖北、江蘇、安徽、浙江、臺灣各省[8]，察視風土，物色豪傑[9]。然終以巡撫君拘謹[10]，不許遠遊，未能盡其四方之志也。

自甲午戰事後[11]，益發憤提倡新學[12]。首在瀏陽設一學會，集同志講求磨礪[13]，實爲湖南全省新學之起點焉。時南海先生方倡強學會於北京及上海[14]，天下志士，走集應和之。君乃自湖南泝江，下上海，遊京師，將以謁先生，而先生適歸廣東，不獲見。余方在京師強學會，任記纂之役[15]，始與君相見，語以南海講學之宗旨，經世之條理[16]，則感動大喜躍，自稱私淑弟子[17]，自是學識更日益進。時和議初定[18]，人人懷國恥，士氣稍振起，君則激昂慷慨，大聲疾呼。海内有志之士，覩其丰采，聞其言論，知其爲非常人矣。

以父命就官爲候補知府，需次金陵者一年[19]，閉户養心讀書，冥探孔、佛之精奥[20]，會通羣哲之心法[21]，衍繹南海之宗旨[22]，成《仁學》一書。又時時至上海與同志商量學術，討論天下事，未嘗與俗吏一相接。君常自謂："作吏一年，無異入山[23]。"

時陳公寶箴爲湖南巡撫[24]，其子三立輔之，慨然以湖南開化爲己任。丁酉六月[25]，黄君遵憲適拜湖南按察使之命；八月，徐君仁鑄又來督湘學[26]；湖南紳士某某等蹈厲奮發，提倡桑梓[27]，志士漸集於湘楚[28]。陳公父子與前任學政江君標，乃謀大集豪傑於湖南，併力經營，爲諸省之倡。於是聘余及某某等爲學堂教習，召某某歸練兵，而君亦爲陳公所敦促，即棄官歸，安置眷屬於其瀏陽之鄉，而獨留長沙，與羣志士辦新政。於是湖南倡辦之事，若内河小輪船也，商辦礦務也，湘粵鐵路也，時務學堂也，武備學堂也，保衛局也，南學會也，皆君所倡論擘畫者[29]，而以南學會最爲盛業。設會之意，將合南部諸省志士，聯爲一氣，相與講愛國之理，求救亡之法，而先從湖南一省辦起，蓋實兼學會與地方議會之規模焉。地方有事，公議而行，此議會之意也；每七日大集衆而講學，演説萬國大勢及政學原理，此學會之意也。於時君實爲學長，任演説之事。每會集者千數百人。君慷慨論天下事，聞者無不感動。故湖南全省風氣大開，君之功居多。

今年四月，定國是之詔既下[30]，君以學士徐公致靖薦，被徵，適大病，不能行。至七月，乃扶病入覲[31]，奏對稱旨[32]。皇上超擢四品卿銜軍機章京[33]，與楊鋭、林旭、劉光第同參預新政[34]，時號爲"軍機四卿"。參預新政者，猶唐、宋之參知政事，實宰相之職也。皇上欲大用康先生，而上畏西后[35]，不敢行其志。數月以來，皇上有所詢問，則令總理衙門傳旨；先生有所陳奏，則著之於所進呈書之中而已。自四卿入軍機，然後皇上與康先生之意始能少通，鋭意欲行大改革矣，而西后及賊臣忌益甚，未及十日，而變已起。

初，君之始入京也，與言皇上無權、西后阻撓之事，君不之信。及七月二十七日，皇上欲開懋勤殿設顧問官[36]，命君擬旨，先遣内侍持歷朝聖訓授君[37]，傳上言謂康熙、乾隆、咸豐三朝，有開懋勤殿故事，令查出引入上諭中。蓋將以二十八日親往頤和園請命西后云[38]。君退朝，乃告同人曰："今而知皇上之真無權矣！"至二十八日，京朝人人咸知懋勤殿之事，以爲今日諭旨將下，而卒不下，於是益知西后與帝之不相容矣。二十九日，皇上召見楊鋭，遂賜衣帶詔[39]，有朕位幾不保，命康與四卿及同志速設法籌救之詔。君與康先生捧詔慟哭。而皇上手無寸柄，無所爲計。時諸將之中，惟袁世凱久使朝鮮[40]，講中外之故，力主變法。君密奏請皇上結以恩遇，冀緩急或可救助，詞極激切。八月初一日，上召見袁世凱，特賞侍郎。初三日復召見。初三日夕，君徑造袁所寓之法華寺，直詰袁曰："君謂皇上何如人也？"袁曰："曠代之聖主也。"君曰："天津閲兵之陰謀[41]，君知之乎？"袁曰："然，固有所聞。"君乃直出密詔示之曰："今日可以救我聖主者，惟在足下，足下欲救則救之！"又以手自撫其頸曰："苟不欲救，請至頤和園首僕而殺僕[42]，可以得富貴也。"袁正色厲聲曰："君以袁某爲何如人哉？聖主乃吾輩所共事之主，僕與足下，同受非常之遇，救護之責，非獨足下。若有所教，僕固願聞也。"君曰："榮禄密謀，全在天津閲兵之舉。足下及董、聶三軍[43]，皆受榮所節制，將挾兵力以行大事。雖然，董、聶不足道也；天下健者[44]，惟有足下。若變起，足下以一軍敵彼二軍，保護聖主，復人權，清君側[45]，肅宫廷，指揮若定[46]，不世之業也。"袁曰："若皇上於閲兵時疾馳入僕營，傳號令以誅姦賊，則僕必能從諸君子之後，竭死力以補救。"君曰："榮禄遇足下素厚，足下何以待之？"袁笑而不言。袁幕府某曰："榮賊並非推心待慰帥者[47]。昔某公欲增慰帥兵，榮曰：'漢人未可假大兵權'，蓋向來不過籠絡耳。即如前年胡景桂參劾慰帥一事[48]，胡乃榮之私人，榮遣其劾帥，而已查辦昭雪之以市恩。既而胡即放寧夏知府，旋陞寧夏道，此乃榮賊心計險極巧極之處，慰帥豈不知之！"君乃曰："榮禄固操、莽之才，絶世之雄，待之恐不易易[49]。"袁怒目視曰："若皇上在僕營，則誅榮禄如殺一狗耳！"因相與言救上之條理甚詳。袁曰："今營中鎗彈火藥，皆在榮賊之手，而營、哨各官[50]，亦多屬舊人。事急矣！既定策，則僕須急歸營，更選將官，而設法備貯彈藥，則可也。"乃丁寧而去。時八月初三夜漏三下矣[51]。至初五日，袁復召見，聞亦奉有密詔云。至初六日，變遂發。

時余方訪君寓，對坐榻上，有所擘畫，而抄捕南海館之報忽至[52]，旋聞垂簾之諭[53]。君從容語余曰："昔欲救皇上，既無可救，今欲救先生，亦無可救。吾已無事可辦，惟待死期耳！雖然，天下事知其不可而爲之，足下試入日本使館謁伊藤氏[54]，請致電上海領事而救先生焉。"余是夕宿於日本使館，君竟日不出門以待捕者。捕者既不至，則於其明日入日本使館，與余相見，勸東游[55]，且攜所著書及詩文辭稿本數册、家書一篋託焉。曰："不有行者，無以圖將來；不有死者，無以酬聖主。今南海之生死未可卜，程嬰、杵臼[56]，月照、西鄉[57]，吾與足下分任之。”遂相與一抱而别。初七、八、九三日，君復與俠士謀救皇上，事卒不成。初十日，遂被逮。被逮之前一日，日本志士數輩，苦勸君東游，君不聽；再四強之，君曰：“各國變法，無不從流血而成。今中國未聞有因變法而流血者，此國之所以不昌也。有之，請自嗣同始。”卒不去，故及於難。君既繫獄，題一詩於獄壁曰：“望門投宿思張儉[58]，忍死須臾待杜根[59]，我自横刀向天笑，去留肝膽兩崑崙”[60]，蓋念南海也。以八月十三日斬於市。春秋三十有三[61]。就義之日，觀者萬人，君慷慨神氣不少變，時軍機大臣剛毅監斬[62]，君呼剛前曰：“吾有一言。”剛去不聽，乃從容就戮。嗚呼烈矣！

中華書局《飲冰室合集》專集第一册

【註釋】

[1] 倜（tì 惕）儻（tǎng 倘），豪爽灑脱。司馬遷《報任少卿書》：“惟倜儻非常之人稱焉。”

[2] 淹，深。淹通羣籍，深通各種書籍。

[3] 備極孤孽苦三句：《孟子·盡心下》：“獨孤臣孽子，其操心也危，其慮患也深，故達。”備極孤孽苦，受盡孤臣孽子之痛苦。孤，孤臣，孤立之臣。孽，孽子，庶出之子。操心危，慮患深，意謂小心謹慎，深謀遠慮。操，持。操心，猶言用心。危，危懼不安，此指有所警惕而小心謹慎。

[4] 德慧術智，猶言品德才智。《孟子·盡心上》：“人之有德慧術知者，恆存乎疢疾。”舊註：“人所以有德行、智慧、道術、才知者，以其在於有疢疾之人。疢疾之人又力學，故能成德。”疢（chèn 趁），猶病。疢疾，猶災患。

[5] 弱冠，《禮記·曲禮上》：“二十曰弱，冠。”古代男子二十歲成人而行冠禮。以其身體尚未十分壯健，故稱弱。

[6] 游巡撫句：意謂在劉錦棠的幕府裏作客。劉錦棠，字毅齋，湘鄉人，松山從子。轉戰多方。光緒間，官至甘肅新疆巡撫。封男爵，加太子太保銜。幕府，舊時將軍府的代稱，也用來泛稱軍、政公署。

[7] 會劉以養親去官，恰巧逢着劉錦棠因爲回家奉養父母而辭去官職。

[8] 直隸，清代之直隸省，即今河北省。

[9] 物色，謂形貌。《後漢書·嚴光傳》：“乃令以物色訪之。”註：“以其形貌求之也。”按物色本指狀貌言，引申爲訪求之意。《宋史·趙普傳》：“則人皆物色之矣。”

[10] 巡撫君，指譚嗣同的父親。

[11] 甲午戰事，指清光緒二十年（一八九四）的中日戰爭。

[12] 新學，清代末年，一些知識分子企圖變法維新，研究、介紹外國資本主義國家的政治文化，當時稱爲新學。

[13] 磨礪，討論研究，有磨鍊之意。

[14] 南海先生，指梁啓超之師康有爲。康有爲係廣東省南海縣人，故稱。強學會，當時資産階級改良派講求強國之道的團體。一八九五年八月，康有爲等在北京組織強學會，十一月間上海成立強學會分會。

[15] 任記纂之役，擔任編輯的工作。按，當時北京的強學會出版有《中外紀聞》，上海強學會分會出版有《強學報》等。

[16] 經世之條理,治理國家的策略計劃。

[17] 私淑,《孟子·離婁下》:"予未得爲孔子徒也,予私淑諸人也。"舊註:"淑,善也。我私善之於賢人耳,恨不得學於大聖人也。"私淑弟子,指仰慕其人,願奉其爲師而没有直接受教的學生。

[18] 和議,指腐敗的清廷在中日甲午之戰失敗後向日本求和,簽訂出賣主權的馬關條約。這個屈辱的賣國條約遭到全國人民和愛國志士的堅決反對。

[19] 需次,或稱待次,候補。《宋史·司廷讜傳》:"需次六年。"需次金陵者一年,謂在金陵候補一年。

[20] 冥探,深入地探求。冥,窮高極深之意。孔、佛之精奥,孔子學説和佛家學説的精深的道理。

[21] 會通羣哲之心法,融會貫通許多學問家的重要思想。

[22] 衍繹,猶演繹,發揮。衍,演。

[23] 無異入山,同入山隱居一般。此句連上句意謂,在南京爲候補知府一年,閉户治學,不受官場俗務的纏繞。

[24] 陳寶箴,字右銘,咸豐間舉人,以知府官湖南,光緒間累擢至湖南巡撫。主張分官權與民,尤以開化民智爲急務。他在湖南任上時,與下文的黄遵憲、徐仁鑄、江標、徐致靖等在湖南推行新政,很有聲色。

[25] 丁酉,指光緒二十三年(一八九七)。

[26] 督湘學,做湖南提督學政。

[27] 桑梓,《詩經·小雅·小弁》:"維桑與梓,必恭敬止。"朱傳:"桑梓,二木,古者五畝之宅,樹之牆下,以遺子孫,給蠶食、具器用者也。"詩意謂桑、梓皆祖先所植,故應恭敬,後遂以桑梓爲鄉里之稱。此處提倡桑梓,意謂提倡本省的改革。

[28] 湘楚,指湖南省。

[29] 擘畫,處分計畫。《淮南子·要略》:"擘畫人事之終始者也。"擘,剖,分。

[30] 今年兩句:今年,指光緒二十四年(一八九八),即戊戌年。國是,猶國事。劉向《説苑·雜事》:"君臣不合,國是無由定矣。"定國是之詔,決定國家大計的詔書。按,一八九八年六月十一日(舊曆四月二十三日),光緒帝頒佈明定國是上諭,表示變法的決心。

[31] 覲,見。扶病入覲,帶病進見皇帝。

[32] 奏對稱(chèng秤)旨,回答皇帝的話很合皇帝的心意。稱,符合。旨,旨意,皇帝的心意。

[33] 超擢,越級提升。四品卿銜軍機章京,賜四品卿的官銜,做軍機處辦理文書的官。軍機,軍機處,朝廷總管軍政機密大事的官署。章京,清代軍職多稱章京,爲滿語的音譯。軍機處辦理文書的官員,亦稱章京。

[34] 楊鋭,字叔嶠,又字鈍叔,四川人。林旭,字暾谷,福建人。劉光第,字裴村,四川人。此三人與譚嗣同及康有溥(字廣仁,康有爲弟)、楊深秀(字漪邨,山西人)後來同時被殺。時稱爲"戊戌六君子"。梁啓超寫有此六人的傳記。

[35] 西后,即慈禧太后(一八三五——一九〇八)。滿族,姓葉赫那拉氏,清文宗(咸豐帝)妃。文宗死後,她是穆宗(同治)、德宗(光緒)兩朝的實際統治者。光緒親政後,想取得維新派的支持掌握實際政權而有所作爲,於是帝黨與后黨的矛盾進一步擴大。以西后爲首的守舊派當時還佔優勢,戊戌變法終於失敗。下文所説的"賊臣",指依附於西后的反對變法維新的頑固派。

[36] 懋勤殿,清代皇帝讀書的地方。

[37] 内侍,太監。歷朝聖訓,歷代皇帝的遺訓。

[38] 頤和園,在北京西郊,是慈禧太后的行宫。

[39] 衣帶詔,密詔。《三國志・蜀志・先主傳》:"時獻帝舅車騎將軍董承,辭,受帝衣帶中密詔。"後世遂稱密詔爲衣帶詔。

[40] 袁世凱,清廷大臣榮禄部下主要將領之一。變法時,僞裝贊成維新運動,卻向榮禄告密,出賣譚嗣同等,以取得頑固派的信任。其後任山東巡撫,殘酷地鎮壓義和團。一九一一年武昌起義時期,被任命爲内閣總理大臣,組織内閣,掌握了軍政大權。依靠英、美帝國主義的支持和本人老姦巨猾的權術,一面逼迫以孫中山爲首的革命派,一面又逼使清帝讓位,自己卻奪得了臨時大總統的職位,建立了一個賣國的封建軍閥專制獨裁的反動政權。

[41] 天津閲兵之陰謀,西太后和她的親信榮禄密謀,定於十月底(農曆九月初)她和光緒帝同往天津閲兵時,乘機以武力脅迫光緒帝退位。

[42] 首,有罪自陳或告發别人。首僕,告發我。僕,譚嗣同自稱。

[43] 董,董福祥,統率甘軍。聶,聶士成,統率武毅軍。一八九八年頒佈表示變法的上諭之後數日,西太后就任命榮禄爲直隸總督,統率董、聶、袁三軍。

[44] 健者,英雄豪傑。《後漢書・袁紹傳》:"紹勃然曰:'天下健者,豈惟董公?'"董,指董卓。

[45] 清君側,肅清君主周圍的壞人,此處指清除西太后的黨羽。

[46] 指揮若定,胸有成竹地指揮大事。

[47] 慰帥,指袁世凱。袁字慰亭,又統帥軍隊,故稱。

[48] 即如句:指光緒二十二年(一八九六)御史胡景桂上奏章彈劾袁世凱尅扣軍餉一事。

[49] 易易,兩字叠用,極言很容易。

[50] 營、哨,清軍編制的單位,營以下爲哨。

[51] 漏三下,猶言打三更。

[52] 抄捕南海館之報,查抄康有爲的住處(南海會館)、逮捕康有爲的消息。報,消息。

[53] 垂簾之諭,此處指西太后的旨諭。垂簾,垂簾聽政,指皇太后親自執政。據范文瀾《中國近代史》上册:譚嗣同九月十八日(初三日)密訪袁世凱,"二十日(初五日),袁世凱請訓回天津,向榮禄告密。榮禄立即報西太后,半夜後,西太后囚禁光緒帝,宣稱皇帝再三懇請訓政,二十一日(初六日)起,坐殿辦事。"

[54] 伊藤,日本人的姓,疑是當時日本使館人員伊藤博文。

[55] 勸東游,勸梁去日本。

[56] 程嬰、杵臼,兩人皆係春秋時晉國大夫趙朔的門客。趙朔爲仇人屠岸賈所殺,趙朔妻遺腹生一兒。程嬰和杵臼兩人定計,由杵臼負别人的嬰兒藏於山中,叫程嬰向屠岸賈告發,屠遂派人攻而殺之,而程嬰則抱真的趙氏孤兒藏於山中,遂得免於難。其後孤兒長成,攻滅屠岸賈,程嬰也自殺以報杵臼。

[57] 月照、西鄉,月照是日本德川幕府末期的一個和尚,西鄉隆盛是他的好朋友。當時幕府專横,天皇無權。他們爲推翻幕府,到處進行宣傳,後來被迫投水自殺。西鄉隆盛遇救而活,終於完成了志願。

[58] 望門句:《後漢書・黨錮列傳・張儉傳》:"張儉,字元節,山陽高平人。……初舉茂才,以刺史非

其人,謝病不起。延熹八年,太守翟超請爲東部督郵,時中常侍侯覽家在防東(在今山東省金鄉縣西南),殘暴百姓,所爲不軌,儉舉劾覽及其母罪惡,請誅之。覽遏絶章表,並不得通,由是結仇。鄉人朱並,素性佞邪,爲儉所棄,並懷怨恚,遂上書告儉與同郡二十四人爲黨,於是刊章討捕。儉得亡命,困迫遁走,望門投止,莫不重其名行,破家相容。……"望門投止,即望門投宿。

[59] 忍死句:《後漢書·杜根傳》:"杜根,字伯堅,潁川定陵人……性方實,好絞直。永初元年,舉孝廉,爲郎中,時和熹鄧后臨朝,權在外戚。根以安帝年長,宜親政事,乃與同時郎上書直諫。太后大怒,收執(逮捕)根等,令盛以縑囊,於殿上撲殺之。執法者以根知名,私語行事人,使不加力。既而載出城外,根得蘇(甦醒)。太后使人檢視,根遂詐死三日,目中生蛆,因得逃竄,爲宜城山中酒家保。積十五年,酒家知其賢,厚敬待之。及鄧氏誅,左右皆言根等之忠。帝謂根已死,乃下詔布告天下,録其子孫。根方歸鄉里,徵詣公車,拜侍御史。"

[60] 兩崑崙,指康有爲和俠客王五。梁啓超《飲冰室詩話》:"所謂兩崑崙者,其一指南海,其一乃俠客大刀王五。瀏陽作《吴鐵樵傳》中所稱王正誼者是也。……瀏陽少年嘗從之受劍術,以道義相期許。戊戌之變,瀏陽與謀奪門迎辟(指謀救光緒帝),事未就而瀏陽被逮,王五懷此志不衰。"南海,指康有爲,康係廣東南海人,故稱。瀏陽,指譚嗣同,譚係湖南瀏陽人,故稱。又,或謂兩崑崙指康有爲與譚嗣同,即所謂一"去"一"留"。政變前夕,康有爲潛逃出京;政變時,譚嗣同拒絶出奔,準備犧牲。崑崙,喻兩人的巍峨高大。

[61] 春秋,年齡。《楚辭·九辯》:"春秋逴逴而日高兮。"王逸註:"年齒已老,將晚暮也。"

[62] 剛毅,字子良,滿族。歷任山西、江蘇、廣東巡撫,後任軍機大臣。一九〇〇年初,與軍機大臣榮禄等企圖廢黜光緒帝,立溥儁爲大阿哥(即皇儲),義和團運動時主張圍攻各國使館。八國聯軍攻陷北京,他隨慈禧太后逃向西安,中途死於山西侯馬鎮。

圖書在版編目(CIP)數據

中國歷代文學作品選. 下編 / 朱東潤主編. —上海：上海古籍出版社，2008. 4 （2025.5 重印）

高等學校文科教材

ISBN 978 - 7 - 5325 - 4756 - 2

Ⅰ. 中… Ⅱ. 朱… Ⅲ. 文學-作品綜合集-中國-高等學校-教材 Ⅳ. I211

中國版本圖書館 CIP 數據核字(2007)第 072962 號

高等學校文科教材

中國歷代文學作品選

下 編

朱東潤 主編

上 海 古 籍 出 版 社 出版、發行

（上海市閔行區號景路159弄1 5號A座5F 郵政編碼 201101）

（1）網址：www. guji. com. cn

（2）E-mail：gujil@guji. com. cn

（3）易文網網址：www. ewen. cc

浙江臨安曙光印務有限公司印刷

開本 787×1092 1/16 印張 30. 5 字數 694，000

2008 年 4 月第 1 版 2025 年 5 月第 21 次印刷

印數：116，101－123，200

ISBN 978 - 7 - 5325 - 4756 - 2

K・1053(課) 定價:56. 00 元